BASTEI
LÜBBE

Hedwig Courths-Mahler

Die entflohene Braut

Du bist meine Heimat

Sanna Rutlands Ehe

BASTEI LÜBBE

BASTEI-LÜBBE-TASCHENBUCH
Band 12953

Printed in Germany Mai 1999
Einbandgestaltung: Roland Winkler
Titelfoto: Greta Hessel, Baden-Baden
Satz: hanseatenSatz-bremen, Bremen
Druck und Bindung: Elsnerdruck, Berlin
ISBN 3-404-12953-9

Sie finden uns im Internet unter
http://www.luebbe.de

Der Preis dieses Bandes versteht sich einschließlich
der gesetzlichen Mehrwertsteuer.

Hedwig Courths-Mahler

Die entflohene Braut

BASTEI
LÜBBE

1

Und wann kommt dein Sohn heim, Georg?«

»Die Ferien beginnen in den nächsten Tagen, und daß er diesmal sofort nach Hause kommen muß, habe ich ihm klargemacht. Bisher hatte ich nichts dagegen, daß er sich während seiner Ferien draußen in der Welt umsah, denn sitzt er erst auf eigener Scholle, kommt er doch nicht mehr viel hinaus. Außerdem ... nun ja, ich hielt es für richtig, daß er deine Tochter nicht zu Gesicht bekam. Er kennt sie nur von ihrer Kinderzeit her. Wie alt war sie denn, als er das Gymnasium besuchte?«

»So ungefähr neun oder zehn Jahre!«

»Richtig. Und da ist er auch immer nur flüchtig mit ihr zusammengetroffen. Das war auch gut und richtig, denn wenn sie sich zu gut von Kind auf kennen, entsteht eher ein freundschaftliches oder geschwisterliches Verhältnis. Und wir haben doch beide schon seit Jahren beschlossen, daß sie mal Mann und Frau werden sollen.«

»Ja, Georg, ich versprach es dir bereits an dem Tage, da du mir in einer höchst kritischen Situation so tatkräftig beisprangst. Ich weiß, ohne deine Hilfe wäre es damals mit Heidersberg schiefgegangen, und daß ich mich wiederfand und wieder emporkam, danke ich dir. Deshalb gab ich dir auch ohne weiteres meine Einwilligung, daß unsere Kinder sich eines Tages heiraten und dadurch unsere beiden Besitzungen vereinigt werden sollten.

Und wir sind wohl beide nicht von diesem Wunsche abgekommen.«

»Ich bestimmt nicht«, sagte Georg Halden energisch, den Freund fast herrisch ansehend. Er war immer von beiden der energischere, zielbewußtere gewesen. Und fast lag es wie eine heimliche Drohung in seiner Stimme, so daß sich Heinz Roland zu sagen beeilte:

»Ich selbstverständlich auch nicht, Georg. Ich kann mir ja keinen besseren Mann für meine Tochter wünschen, ganz abgesehen davon, daß die Verhältnisse so gut zusammenstimmen.«

Georg Halden nickte befriedigt.

»Also machen wir jetzt, wenn mein Junge heimkommt, die Verlobung perfekt!«

Unsicher sah Heinz Roland zu dem tatkräftigen Freunde auf.

»Aber was werden die beiden dazu sagen?«

»Die werden wir nicht lange fragen. Sie haben sich beide zu fügen, und soviel Autorität werden wir doch wohl noch besitzen, unsern Wünschen Geltung zu verschaffen!«

Heinz Roland richtete sich im Bett, in dem er seit Wochen krank lag, mit Anspannung aller seiner Kräfte hoch, gleichsam durch des Freundes Willen bestärkt in seinen Entschlüssen, die eigentlich nicht die seinen waren, sondern ihm nur durch den energischen Freund suggeriert worden waren.

»Selbstverständlich, soviel Autorität besitzen wir schon, um das durchzuführen, was wir zum Besten unserer Kinder beschlossen haben.«

»Hast du mit Nanda schon darüber gesprochen?«

»Nein! Sie ist ja mit knapp fünfzehn Jahren noch zu kindlich, um das alles mit dem nötigen Ernst aufzunehmen.«

»Jetzt ist es aber die höchste Zeit dazu, Heinz; wenn Jürgen heimkommt, muß alles bereit sein, damit wir das Verlöbnis gleich vornehmen können.«

»Ja, allerdings, ich werde noch heute abend mit ihr sprechen. Es trifft sich gut, daß Fräulein Sanders heute in der Stadt bei ihrer Schwester bleibt, die sie so lange nicht besucht hat. Da bin ich mit Nanda allein und kann ungestört mit ihr reden.«

»Meiner Ansicht nach hätte Fräulein Sanders ruhig dabei sein können, sie ist eine unerhört energische und tüchtige Person und wird helfen, Nanda etwaige Mukken auszutreiben.«

Heinz Roland lächelte matt.

»Ja, energisch ist sie schon, manchmal geradezu unentwegt, wenn sie ein Ziel verfolgt. Man hat Mühe, ihr gegenüber seine Freiheit zu behaupten.«

»Oha! Sollte sie Absichten haben, Frau Roland zu werden?«

»Das erscheint mir ziemlich klar. Aber ganz abgesehen davon, daß ich, auch wenn ich gesund wäre wie ein Fisch im Wasser, Eugenie Sanders niemals heiraten würde, geschieht das ganz sicher nicht, nun ich mich bereits als Todeskandidaten betrachten muß.«

»Nun, wir sind Männer, die dem Unabänderlichen ins Auge sehen können, Heinz; jedem von uns schlägt einmal die Stunde. In Bereitschaft sein, ist alles. Abgesehen davon, daß Fräulein Sanders Heiratsabsichten auf dich hat, die sich nicht verwirklichen werden, wie ich dich kenne, ist sie doch eine äußerst tüchtige und zielbewußte Person, und Nanda wird in ihren Händen gut aufgehoben sein, bis sie sich mit Jürgen verheiratet. Du hast doch dafür Sorge getragen in deinen letztwilligen Verfügungen, daß Fräulein Sanders in Heidersberg bleibt, bis Nanda mündig ist oder sich verheiratet?«

»Ja, dafür habe ich gesorgt, wenn mir Fräulein Sanders auch zuweilen zu hart und zu tyrannisch erscheint.«

»Nun, das wird für Nanda sehr gut sein. Sie ist ziemlich eigenwillig und selbstbewußt, und wenn sie eine gute Ehefrau werden soll, muß ihr das ein wenig abgewöhnt werden.«

Der Kranke seufzte. »Sie ist eben ohne Mutter aufgewachsen, und ich habe ihr wohl etwas zuviel Willen gelassen seit dem Tode meiner Frau.«

»Richtig, und das muß ausgemerzt werden. Es ist nicht nötig, daß Jürgen erst in der Ehe anfangen muß, seine Frau zu erziehen, das gibt dann nur böses Blut, und besser ist es, Fräulein Sanders übernimmt das, ohne daß du dazwischenredest und durch unangebrachte Milde ihr Amt erschwerst.«

Heinz Roland sah unruhig zu dem Freunde auf.

»Faßt sie nur nicht zu hart an, meine wilde Hummel, es steckt sehr viel überschüssige Kraft in ihr, und wenn sie mir auch aufs Wort gehorcht, weil sie mich nicht betrüben will, so findet Fräulein Sanders doch nicht immer den richtigen Ton für sie. Mit Güte erreicht man alles bei ihr.«

Georg Halden war anderer Ansicht. Nanda Roland war ihm zu eigenwillig und ungebärdig, so, wie er es bei einer Schwiegertochter zu ertragen nicht willens war, aber er wollte dem kranken Freund jetzt nicht widersprechen und sagte beruhigend:

»Nun, schließlich bin ja auch ich noch da, um der Sanders die nötigen Direktiven zu geben. Du hast mich ja für alle Fälle zu Nandas Vormund bestimmt, falls dir, was Gott verhüten möge, etwas geschehen sollte, bevor sie sich verheiratet.«

Vertrauensvoll richtete der Kranke die Augen auf den Freund.

»Ja, Georg, dir vertraue ich meine Nanda an, wie ich dich auch zu ihrem Geschäftsführer bestimmt habe, bis sie sich verheiratet. Ich hoffe, daß ich so alles bestens eingerichtet habe, und ich danke dir schon im voraus für alle Mühe, die du haben wirst.«

Georg Halden drückte ihm, da er alles erreicht hatte, was er erreichen wollte, befriedigt die Hand und lächelte ihm mit einer gutgespielten Herzlichkeit, die leider nie ganz echt war, zu.

»Nun, nun, ich hoffe und wünsche, daß du deine Geschäfte selbst wirst führen können, bis dein künftiger Schwiegersohn sie dir abnehmen kann. Diese dumme Krankheit, die dich befallen hat, wirst du schon überstehen. Nur Mut, mein lieber Heinz, nicht vorzeitig die Waffen strecken. Und nun will ich dich allein lassen, damit du dich nicht zu sehr anstrengst. Brauchst noch Kraft, um mit Nanda zu reden. Verschiebe es aber nicht, einige Tage muß sie sich immerhin an den Gedanken gewöhnen, daß sie sich mit Jürgen verloben soll.«

Ein wenig seufzte der Kranke.

»Sie wird kaum den Ernst dieser Sache schon so recht erfassen können, aber selbstverständlich muß ich mit ihr sprechen.«

»Und heute noch!« Das klang fast befehlend.

»Ja, ja, es wird heute noch geschehen, sei unbesorgt.«

»Na, sieh nur nicht so sorgenvoll dabei aus, Heinz. Mein Jürgen ist doch wohl der Mann dazu, solch ein junges Herz zu erobern. Er wird schon den nötigen Eindruck auf sie machen. Wie gesagt, es ist gut, daß sie sich so lange nicht gesehen haben. Der Reiz der Neuheit gehört nun mal zum Verlieben.«

Nandas Vater vermochte sich freilich nicht vorzustellen, daß seine wilde Hummel sich in irgendeinen Mann schon jetzt verlieben könnte, aber auch er war davon überzeugt, daß Jürgen Halden der rechte Mann für sie sein würde. So nickte er dem Freund lächelnd zu, und dieser schied mit festem Händedruck von ihm.

Als Georg Halden draußen auf dem breiten Gange bis zur Treppe gegangen war, sah er auf der obersten Treppenstufe Nanda Roland sitzen, die Ellenbogen auf die Knie gestützt, das Gesicht in den Händen vergraben. Langsam richtete sie sich auf, als sie ihn kommen hörte, und hob ihr blasses, schmerz verzogenes Gesicht zu ihm empor. Vorwurfsvoll sahen ihre hellschimmernden Grauaugen aus dem sonnengebräunten Gesicht zu ihm auf.

»So lange hast du Vater von seiner Ruhe abgehalten! Er soll doch nicht soviel sprechen.«

Mit gutgespieltem Wohlwollen legte er die Hand auf ihr etwas zerzaustes, kastanienbraunes Haar, das sich in kurzen natürlichen Locken ringelte.

Sie machte aber schnell eine Bewegung, so daß seine Hand von ihrem Kopf gleiten mußte, worüber es ärgerlich in seinen Augen aufblitzte.

»Wir mußten Notwendiges besprechen; du, Nanda, brauchst mich nicht schon wieder so feindlich anzublikken. Kannst dir doch denken, daß ich selbst sehr besorgt um deinen Vater bin und ihm alles Schwere ersparen möchte.«

Sie warf den Kopf zurück und wollte sagen, daß sie davon durchaus nicht überzeugt sei, aber sie hielt diese raschen Worte zum Glück zurück, sonst hätte sie sich ihn noch mehr als bisher zum Feinde gemacht. Fernanda Roland hegte, seit sie klar denken konnte, eine unbestimmte Antipathie gegen diesen »Freund« ihres Vaters, weil sie nicht an seine Freundschaft glaubte. Ihre scharfen Augen hatten mancherlei beobachtet, was ihr diese Antipathie eingeflößt hatte. Und sie wußte, daß Georg

Halden sehr eng liiert mit Fräulein Sanders, ihrer Erzieherin war, die Nanda nicht leiden mochte, weil sie sehr wohl fühlte, daß diese sich zwischen sie und den geliebten Vater drängen wollte. Daß Eugenie Sanders ihr sehr feindlich gesinnt war, weil sie sich wie ein Schutzwall zwischen ihr und dem Vater aufstellte, wußte sie nur zu gut. Aber mochte sie, es war ihr viel lieber, als wenn sie mit ihrer öligen, falschen Freundlichkeit sie umschmeichelte, hinter der Nandas wahrhaftes und ehrliches Empfinden die krasseste Heuchelei spürte. Um dem Vater aber Ärger und Unruhe zu ersparen, da er schon lange leidend war, behielt sie ihre Aversion gegen Eugenie Sanders für sich.

Heute war sie sehr froh gewesen, daß Fräulein Sanders ihre Schwester in der Stadt besuchen wollte. Diese war verheiratet und hatte Kinder, und es fand bei ihr eine Familienfeier statt. Da sollte Eugenie über Nacht in der Stadt bleiben, und Nanda würde mit dem geliebten Vater und der Dienerschaft allein sein.

Und nun war plötzlich der Freund und Gutsnachbar ihres Vaters aufgetaucht, den sie, sehr gegen ihr Empfinden, von Kind auf Onkel Georg nennen mußte. Er behauptete. Wichtiges mit dem Vater besprechen zu müssen, und Nanda war deshalb aus dem Krankenzimmer geschickt worden. Tief betrübt, daß ihr nun die herrliche Zweisamkeit mit dem Vater gestört wurde, war sie hinausgegangen und hatte sich auf die Treppe gesetzt, um gleich wieder zur Hand zu sein, wenn der Vater sie brauchte. Die Unterredung dünkte sie eine Ewigkeit zu dauern. Was er schon Wichtiges mit dem Vater zu reden haben würde? Und so sah sie ziemlich grollend in sein hartes, eckiges Gesicht. Ohne direkt auf seine Worte zu antworten, sagte sie eilig:

»Ich will jetzt zum Vater gehen, du verzeihst, wenn ich

dich nicht hinunterbegleite. Hermann ist unten in der Halle und wird dir zu Diensten sein.«

»Siehst ja wieder sehr zerzaust um den Kopf aus, Nanda, das müßtest du abstellen, bist doch nun eine junge Dame.«

Erbittert sah sie ihn an. Dieser Vorwurf traf sie häufig, auch von Fräulein Sanders. Trotzig warf sie den Kopf zurück.

»Das kommt daher, weil mir immer alle möglichen Leute auf den Kopf fassen«, sagte sie ärgerlich.

Er wußte, daß dies ein Protest sein sollte dagegen, daß er ihr die Hand auf den Kopf gelegt hatte. Aber er lächelte nur wie zu der unartigen Torheit eines Kindes.

»Fräulein Sanders sollte dich besser erziehen«, erwiderte er ihr, und sie sah ein feindliches Funkeln in seinen Augen aufblitzen.

Trotzdem er sie zur Frau seines Sohnes machen wollte, hegte er durchaus keine Sympathie für das eigenwillige Geschöpf, aber an ihrer Hand hing Heidersberg und ein sehr ansehnliches Vermögen. Denn wenn auch Heinz Roland vor Jahren eine Schlappe erlitten hatte, so hatte er sich doch längst wieder erholt, und außerdem hatte er inzwischen einen Onkel beerbt und war nun ein reicher Mann. Nanda war sein einziges Kind, folglich eine glänzende Partie.

Und da Heidersberg in der direkten Nachbarschaft seines eigenen Gutes lag, war es schon immer sein Plan gewesen, es durch diese Verbindung an sich zu bringen.

Nanda blitzte ihn ebenso feindlich an, zuckte aber nur mit den Schultern und sagte: »Ich muß zu Vater.« Damit eilte sie davon und verschwand im Zimmer ihres Vaters.

Georg Halden sah ihr mit einem unbeschreiblichen Blick nach. Sie ist maßlos verzogen! dachte er. Wenn ihr Vater die Augen schließt, muß die Sanders sehr energisch vorgehen, um sie zu bändigen. Da wird es hart auf hart gehen, aber es kann doch nicht schwer sein, so ein wildes Füllen zu bändigen. Jürgen wäre vielleicht zu gutmütig dazu, und sie muß die Kandare fühlen, noch ehe sie seine Frau wird, sonst tanzt sie uns auf dem Kopf herum.

Das war sein Gedankengang, während er langsam die Treppe hinunterstieg. Unten in der Halle stand der Diener Hermann und half ihm dienstfertig in seinen Überrock. Georg Halden drückte ihm ein Trinkgeld in die Hand. Er war sonst nicht so großzügig, aber hier im Hause kam es darauf an, willige Helfer für alle Fälle zu werben. So hatte er schon Eugenie Sanders, Nandas Erzieherin, auf seine Seite gebracht, allerdings nicht durch Trinkgelder, sondern durch kleine Gefälligkeiten, die er der alten Jungfer erwies, was diese zu allerlei allerdings unberechtigten Hoffnungen ermunterte. Da sie bei Heinz Roland ausgespielt hatte, durch die Intrigen seiner Tochter, wie sie sich sagte, hielt sie es für angebracht, ihre Netze nach dem stattlichen Witwer Halden auszuwerfen, der ebenfalls ein reicher Gutsbesitzer war. Georg Halden ahnte, daß sie ihre Hoffnungen von seinem Freund Heinz auf ihn übertragen hatte, aber er zerstörte ihr vorläufig diese Hoffnungen nicht, weil er ihrer Unterstützung bedurfte. Er wollte sie so gefügig halten.

Ruhig und würdevoll schritt er zu seinem Auto, das vor der Tür hielt, und stieg ein. Der Chauffeur kurbelte an und fuhr davon.

2

Als Nanda zu ihrem Vater ins Zimmer trat, sah er ihr mit sehnsüchtigen Augen entgegen. Sie lief auf sein Bett zu und kniete neben ihm nieder.

»Vater, lieber Vater, du hast dich doch nicht zu sehr angestrengt? Onkel Georg sollte dich doch jetzt, da du krank bist, nicht mit geschäftlichen Dingen quälen.«

Er strich sanft über ihr Haar, und jetzt hielt sie geduldig still.

Der Vater ..., ja der durfte ihr Haar streicheln, soviel er wollte. Das tat gut und jagte einem nicht einen Schauder über den Rücken, wie wenn Onkel Georg oder Fräulein Sanders es taten.

»Es war ja nichts Geschäftliches, was wir zu besprechen hatten, Nanda.«

»Aber warum mußte ich dann hinausgehen?«

Er zögerte eine Weile, dann ergriff er ihre Hand und sah sie liebevoll an.

»Weil wir etwas über dich zu sprechen hatten, Nanda, was ich dir selber sagen will, nun wir allein sind.«

Unruhig sah sie ihn an.

»Über mich, Vater?«

»Ja, mein Kind. Und gerade heute will ich das mit dir besprechen, da Fräulein Sanders uns nicht stören kann.«

Hell und warm wie das liebe Sonnenlicht strahlten ihre Augen in die seinen.

»Oh, das ist gut, was du sagst, Vater! Du empfindest es also auch, wie störend zuweilen die Gegenwart von Fräulein Sanders ist. Sie, nun ja, Vater, du weißt es doch, sie möchte sich immer zwischen uns drängen.«

Er lächelte ihr zu und strich ihr wieder über den Kopf. Wußte er doch, daß Nanda die Bemühungen Eugenie

Sanders um seine Huld feindlich betrachtete, in einer gewissen zärtlichen Eifersucht.

»Brauchst keine Sorge zu haben, Nanda, nie wird es Fräulein Sanders gelingen, sich zwischen dich und mich zu drängen.«

Aufatmend küßte sie ihm die Hand.

»Ja, jetzt weiß ich das, Vater, aber früher hatte ich zuweilen Angst, sie könnte meine Stiefmutter werden. Das wäre doch schrecklich gewesen.«

Er mußte über ihr Entsetzen leise lachen.

»Nicht auszudenken, Nanda, das hätten wir alle beide nicht ertragen.«

Schmeichelnd lehnte sie ihre Wange an die seine.

»Ach, wie gut, daß du darüber lachen kannst und das ebensowenig ertragen hättest wie ich.«

»Nun du das aber weißt, Nanda, wirst du deine heimliche Feindseligkeit gegen Fräulein Sanders aufgeben und vernünftig sein.«

»Ich will mir wenigstens Mühe geben, lieber Vater.«

»Das ist brav. Mehr verlange ich nicht. Sie ist nun mal deine Erzieherin, und du mußt noch viel von ihr lernen.«

»Ja, Vater, das weiß ich. Aber verlange nur nicht, wie sie es tut, daß ich mir an ihr ein Beispiel nehmen soll. Nie in meinem ganzen Leben möchte ich auch nur im entferntesten so werden wie sie, in keiner Beziehung.«

Wieder mußte er lachen. Es war ein krankes, schwaches Lachen, aber sie freute sich darüber.

»Nein, nein, das sollst du auch nicht. Bleibe dir nur immer selbst treu, Nanda, und bringe es nie dahin, daß ich bedauern könnte, dir soviel freien Willen gelassen zu haben.«

»Oh, nie werde ich etwas tun, das dich ernstlich betrüben könnte. Du willst doch selbst nicht, daß ich unwahr und heuchlerisch werden soll; nicht wahr, Vater?«

»Ganz gewiß nicht. Und ich bin auch sicher, daß du, wenn du nur willst, all deine kleinen Torheiten ablegen und ein vernünftiges Mädchen werden wirst.«

»Das verspreche ich dir, lieber Vater. Ich könnte es schon jetzt sein, aber ich werde eben immer wieder trotzig, wenn man mich falsch anfaßt.«

»Ich weiß, du findest selbst den rechten Weg. Und wie sehr ich dir vertraue, sollst du jetzt erfahren. Ich will etwas sehr Ernstes und Notwendiges mit dir besprechen, und du mußt mir beweisen, daß ich dir vertrauen und mich auf dich verlassen kann, sonst machst du mich sehr traurig.«

Unruhig und angstvoll sah sie ihn an, aber sie nahm sich fest vor, alles, was er ihr sagen würde, so aufzunehmen, daß sein Vertrauen zu ihr belohnt würde. Ganz ernst und feierlich sagte sie:

»Ich werde es dir beweisen, lieber Vater, du sollst schon merken, daß ich viel vernünftiger und zuverlässiger bin, als du glaubst.«

»Gut! Gib mir erst noch ein wenig Limonade.«

Sorglich reichte sie ihm das Glas, ihn liebevoll dabei stützend, und er trank. Dann lehnte er sich wieder zurück.

»Setze dich auf meinen Bettrand, Nanda, und gib mir deine Hand. Also jetzt ganz tapfer, mein liebes Kind! Du mußt dich mit dem Gedanken vertraut machen, daß ich nicht mehr lange bei dir bleiben kann. Meine Krankheit ist ernster, als ich dich glauben ließ – sie kann zum Tode führen.«

Wie unter einem Schlage zuckte sie zusammen und wurde totenbleich. Ihre Augen verloren allen Glanz, und die Lippen zuckten in verhaltenem Schmerz. Aber sie dachte daran, daß sie dem Vater beweisen müsse, daß sie vernünftig und zuverlässig sei. Mit aller Kraft zwang sie den qualvollen Aufschrei nieder, der sich über ihre Lippen drängen wollte, und schluckte krampfhaft, damit sie sprechen konnte. Er sah ihren stillen Kampf und war gerührt.

»Vater, lieber Vater, jetzt hast du mich aber auf die härteste Probe gestellt«, flüsterte sie mit versagender Stimme.

»Ich weiß, mein Kind, und ... ich bin stolz auf dich. Aber ich muß noch weiter an deine Vernunft und Zuverlässigkeit appellieren.«

Sie erschauerte. »Oh, Vater, was könnte mich noch härter treffen als das?«

»Nein, härter wird dich jetzt nichts treffen können, das weiß ich, aber was ich dir noch zu sagen habe, wird auch einige Kraft von dir fordern. Sieh, mein Kind, wenn ich sterben muß, lasse ich dich allein, und mein Besitz muß in feste Hände kommen, damit dein Erbe nicht verlottert wird. Schon seit langer Zeit habe ich deshalb mit Onkel Georg besprochen, was geschehen muß, wenn ich die Augen schließe. Er wird dein Vormund sein.«

Sie preßte die Lippen fest aufeinander. Der Vater hatte recht, das traf sie fast so hart wie das andere, was er ihr eröffnet hatte. Aber dieses junge Geschöpf besaß große Seelenstärke. Was war denn noch wichtig, wenn sie den Vater hergeben mußte? Mochte doch Onkel Georg in Heidersberg die Geschäfte erledigen. Leise fragte sie:

»War er der Beste dafür, lieber Vater?«

»Ja, mein Kind! Er hat mir einst einen großen Dienst erwiesen, als ich dicht vor dem Ruin stand.«

»Ah, und das band dich an ihn – deine Dankbarkeit!«

»Nicht wahr, Nanda, das verpflichtet. Und ... seit Jahren haben wir uns deshalb vorgenommen, unsere Kinder miteinander zu verheiraten, wenn sie erwachsen wären. Du wirst Jürgen Haldens Frau werden, Nanda.«

Sie zuckte empor und sah ihn mehr erstaunt als erschrocken an.

»Jürgen Haldens Frau? Aber Vater, ich bin doch noch ein Kind. Und ich kenne ihn doch kaum, er war doch so lange fort von daheim. Verzeihe, Vater, aber das kommt mir so ... so unwahrscheinlich vor.«

Und sie lachte ein wenig vor sich hin, als amüsiere sie der Gedanke mehr, als er sie schrecken könnte. Junge Mädchen in ihrem Alter spielen wohl zuweilen schon mit dem Gedanken, daß sie sich eines Tages verheiraten werden. Doch liegt ihnen diese Zeit in so traumhafter, unwirklicher Ferne, daß sie noch keinen festen Begriff damit verbinden.

Für Fernanda Roland tauchte nun dieser Gedanke zum ersten Male auf, und da sie in ihrer Unerfahrenheit nicht wußte, was eine Ehe bedeutete, war der Gedanke für sie mehr komisch als schrecklich. Nur fühlte sie, daß es ihr viel lieber gewesen wäre, wenn der für sie bestimmte Gatte nicht gerade der Sohn von Onkel Georg gewesen wäre. Sie sann jetzt angestrengt darüber nach, was Jürgen Halden wohl für ein Mensch war. Wenig genug hatte sie Gelegenheit gehabt, ihm zu begegnen, und die letzte Begegnung mit ihm lag um Jahre zurück. Sie rief sich diese letzte ins Gedächtnis zurück. Es war an einem sonnigen Maientage gewesen, und sie hatte ein junges, nervöses Fohlen zugeritten, das sie aber abgeworfen hatte, Jürgen Halden gerade vor die Füße. Er hatte sie erschrocken aufgehoben und sie gefragt, ob sie sich weh getan habe. Sie aber hatte sich nur die rechte Hüfte, auf die sie gefallen war, ein wenig gerieben und hatte gelacht.

»Unsinn, wenn ich mir jedesmal weh tun wollte, wenn ich vom Pferde falle, wäre ich sehr ungeschickt.«

Und ohne auf ihn zu achten, sprang sie, sich das Fohlen einfangend, wieder auf dessen Rücken und ritt in wildem Galopp davon.

Sie wußte, daß Jürgen Halden ihr lachend nachgesehen und zugewinkt hatte. Also lachen konnte er wenigstens, er war nicht so finster und verdrossen, wie sein Vater es immer war. Und er hatte auch ein ganz anderes Gesicht als sein Vater. Vielleicht ähnelte er ihm auch sonst nicht. Immerhin war es ihr nicht angenehm, in ein so enges verwandtschaftliches Verhältnis zu Onkel Georg zu kommen. Aber Vater jetzt widersprechen und ihn betrüben, das kam gar nicht in Frage, da er leider viel schlimmer krank war, als sie geglaubt hatte.

Es würde ihr schon etwas einfallen, wie sie sich vor dieser Verbindung schützen konnte, wenn es soweit war. Vielleicht verzichtete auch Jürgen Halden darauf, sie zu heiraten; das wäre das beste, dann brauchte sie Vater nicht zu betrüben und konnte sich gehorsam zeigen.

Der Vater hatte das wechselnde Mienenspiel in ihrem Gesicht verfolgt und sagte nun überredend:

»Du mußt bedenken, mein liebes Kind, wie sehr es mich beruhigen würde, wenn ich dich in sicherem Schutz zurücklassen würde. Jürgen Halden ist ein zuverlässiger und ehrenhafter Mensch, dem ich volles Vertrauen entgegenbringe.«

Sie sah ihn unsicher an.

»Es ist aber doch sehr komisch, lieber Vater, daß ich jetzt schon an eine Heirat denken soll ...«

»Vorläufig ja nur an eine Verlobung, Nanda. Jürgen kommt in den Ferien nach Hause, und dann soll eure Verlobung perfekt werden. Mit der Heirat hat es noch einige Jahre Zeit.«

»So bald schon soll ich mich verloben?«

»Nur, um mich zu beruhigen, Nanda.«

Sie drückte seine Hand an ihre Lippen.

»Selbstverständlich, wenn es dich beruhigt! Dann wirst du auch wieder gesund, ich will sehr darum beten. Aber, wenn nun Jürgen Halden mich gar nicht heiraten will?«

»Er wird ebenfalls dem Wunsche seines Vaters nachkommen.«

Es zuckte um ihren Mund.

»Aber wenn nun nicht, es wäre doch möglich, daß er nicht will, dann brauche ich mich doch auch nicht mit ihm zu verloben?«

Er merkte aus ihren Worten, wie sehr kindlich ihre Einstellung zu dieser Frage noch war. Und um sie nicht zu beunruhigen, meinte er:

»Dann allerdings nicht, Nanda.«

Sie nickte abschließend.

»Nun gut, ich will dich beruhigen, so gut ich kann, und dir gehorsam sein; also willige ich in alles, was du gutheißt, das verspreche ich dir.«

Und sie dachte dabei:

Ich werde es schon so einrichten, daß Jürgen Halden mich nicht zu seiner Frau machen will. Das darf ich doch, um von ihm loszukommen, ohne Vater zu betrüben. Ich werde mich schon so aufführen, daß ihm alle Lust vergeht, mich zu heiraten. Wie konnte Vater nur darein willigen, daß ich mich jetzt schon verloben soll, und zwar mit Onkel Georgs Sohn? Dahinter steckt zweifelsohne Onkel Georg; der will mich nur vollends unter seine Fuchtel bringen. Dagegen wehre ich mich! Ich will nur Vater nicht betrüben.

Heinz Roland aber atmete erlöst auf. Er hatte große Angst vor dieser Eröffnung gehabt, und wenn Nanda die ganze Tragweite dieses Projektes erfaßt hätte, wäre die Unterredung auch sicherlich dramatischer ausgefallen, trotz ihrer sorgenden Liebe für den Vater. Er dankte ihr, daß sie sein liebes, gutes Kind sei, und sie beugte sich herab und küßte ihn.

»Wie könnte ich anders, mein lieber, guter Vater. Aber bitte, sage mir doch, daß es möglich ist, daß du wieder gesund wirst. Ich will ja alles tun, um dich zu hegen und zu pflegen. Ganz allein will ich es tun, kein anderer Mensch soll dir beistehen dürfen, außer wenn dich Hermann umbetten muß, wozu meine Kräfte leider nicht ausreichen. Nicht wahr, Väterchen, du wirst wieder gesund?«

Er wollte sie nicht unnötig betrüben, solange es nicht sein mußte.

»Der Arzt sagt, daß Hoffnung ist, solange ein Mensch lebt. Aber wir müssen doch mit dem Schlimmsten rechnen, damit es dich nicht unvorbereitet trifft. Du mußt mir auch versprechen, daß du tapfer sein wirst, was auch kommen mag.«

Wieder schluckte sie die aufsteigenden Tränen hinunter.

»Ja, Vater, das verspreche ich dir. Und du weißt, ich halte mein Versprechen immer. Aber nun wollen wir gar nicht mehr daran denken. Heute abend machen wir es uns behaglich. Ich bleibe bei dir und lasse mir auch das Essen heraufbringen. Niemand wird uns stören. Wenn du willst, lese ich dir die Zeitung vor, so gut wie Fräulein Sanders kann ich es auch, das kannst du mir glauben. Und noch eine Bitte habe ich.«

»Was denn, Kind?«

»Du mußt mir erlauben, daß ich jetzt, solange du krank bist, im Nebenzimmer auf dem Diwan schlafen darf, damit ich gleich zur Hand bin, wenn du mich brauchst.«

»Dann hast du aber keine ungestörte Nachtruhe, Nanda.«

Vorwurfsvoll sah sie ihn an.

»Denkst du denn, ich würde besser schlafen, wenn ich nicht bei dir sein kann! Immer habe ich jetzt Angst, es könnte etwas geschehen, wenn ich nicht bei dir bin.«

Ein gerührtes Lächeln huschte um seinen Mund. Er konnte es seinem Kind nicht versagen, die kurze Frist seines Lebens noch bei ihm zu sein.

»Also gut, Nanda, richte dich da drüben für die nächsten Nächte ein. Ich will dir das nicht abschlagen.«

»Du darfst aber auch nicht andern Sinnes werden, wenn dir Fräulein Sanders vorjammert, daß ich zu jung und zu leichtsinnig bin, um einen Kranken zu pflegen. Du kannst mir schon glauben, daß ich es besser machen werde als sonst ein Mensch.«

Lächelnd sah er in ihre hellen, bangen Augen.

»Du mußt aber nicht von deiner Erzieherin sagen, daß sie dir etwas vorjammert.«

»Liebster Vater, findest du nicht, daß ich mich noch sehr milde ausgedrückt habe? Wenn die gute Eugenie so loslegt – ich finde, das ist schlimmer als jammern.«

Wenn er ihr auch nicht unrecht geben konnte, wollte er doch die Autorität von Fräulein Sanders nicht untergraben. Und so zwang er sich zum Ernst und sagte mahnend:

»Es wäre besser, du hörtest darauf, was Fräulein Sanders dir an guten Lehren gibt, Nanda. Sie ist nun einmal dazu da, die Lücken in deiner Bildung auszufüllen. Ich habe deine Erziehung ein bißchen vernachlässigt.«

»Oh, Vater, ich finde, du hast mich wundervoll erzogen, hast mich alles Schlechte und Gemeine hassen gelehrt und mir alles Gute, Liebe und Schöne liebenswert gemacht. Ist das nicht die Hauptsache? All der nebensächliche Kram, den Fräulein Sanders mich lehrt, ist doch nur oberflächlicher Firnis! Wenn ich will, habe ich den in acht Tagen intus!«

»So, so, also du hast nur nicht gewollt.«

»Ehrlich gesagt – nein. Wenn die holde Eugenie mir in langen Tiraden etwas erklärt, was ich längst schon weiß, dann stelle ich mich so dumm, wie sie glaubt, daß ich bin. Das darfst du ihr aber nicht wieder sagen, lieber Vater.«

Er mußte lachen. »Ich werde mich hüten, du Wildfang!«

Sie beugte sich glückstrahlend über ihn.

»Ach, wie herrlich, jetzt habe ich dich zum Lachen gebracht. Sollst sehen, das ist gesund. Sorge dich nur nicht. Herzensvater, ich verspreche dir, daß ich eines Tages ein wohlerzogenes, würdevolles junges Mädchen sein werde, wenn ich erst drei, vier Jahre älter bin, also uralt. Jetzt laß mich noch ein bißchen herumtollen, wenn ich mir auch mal die Kleider dabei zerreiße. Ich ziehe mir ja zu solchen Unternehmungen immer die ältesten Kleider an, die ohnedies nicht mehr ausgebessert werden können. Ich finde es nun mal himmlisch, wenn Eugenie, die Unübertreffliche, dann jedesmal fast in Ohnmacht fällt, wenn ich ihr so als Lumpenbündel unter die Augen komme.«

Es war, als wehe bei Nandas Geplauder, das den Vater aufmuntern und erheitern sollte, ein Hauch von Jugendlust und Maienfreude durch das Krankenzimmer. Und als er nun wirklich lachte, lachte sie mit, so recht aus vollem, dankbarem Herzen, daß es ihr gelungen war, trotz all ihrer heimlichen Herzensnot um den Vater, diesen zum Lachen gebracht zu haben.

»Du bist und bleibst eine wilde Hummel!« suchte der Vater die Situation zu retten.

Aber Nanda sprang auf, wuchtete stolz und würdevoll durch das Zimmer, wie sie es Fräulein Sanders abgelauscht hatte, und sagte:

»Mon Dieu! Du bist doch das reine enfant terrible!«

Der Kranke amüsierte sich, weil Nanda ihre Erzieherin mit so viel Drollerie kopierte, und er konnte wieder nichts anderes tun als sich an seinem Kinde freuen und mitlachen. Aber dann seufzte er tief auf. »Welch ein Jammer, daß deine gute Mutter so früh sterben mußte.«

»Väterchen, wenn ich nicht fürchtete, du würdest dich zu sehr anstrengen, dann würde ich dich bitten, mir ein wenig von meiner Mutti zu erzählen.«

»Ich glaube, du wirst deiner Mutter eines Tages sehr ähnlich sein. Vielleicht sah sie als Kind auch so aus wie du jetzt, aber ich lernte sie ja erst kennen, als sie zwanzig Jahre alt war.«

»Du lerntest sie in Nizza kennen, nicht wahr, bei einem Blumenfest?«

»Ja, mein Kind. Ach, was waren das für Zeiten! Und dann, die wenigen Jahre, die sie hier in Heidersberg hatte! Sie war eine Waise, als ich sie kennenlernte, und lebte mit ihrer Schwester zusammen in der Obhut einer alten Dame, die sie auch auf Reisen begleitete. Diese alte Dame sehnte sich aber nach Ruhe und wollte nach der Verheiratung deiner Mutter ihre Stellung aufgeben. Da war deine Mutter sehr in Sorge, was aus ihrer fast zwei Jahre jüngeren Schwester werden sollte. Diese hieß Susanna, wurde aber nur Sanna gerufen.«

»Und Mutter hieß Leonore, wurde aber nur Lori gerufen?«

»So ist es. Du bist nach deiner Großmutter Fernanda genannt worden. Also da deine Mutter sich so sehr um die Schwester sorgte, sagte ich ihr: ›Wir nehmen sie einfach mit nach Heidersberg!‹ So geschah es auch. Und solange deine Mutter lebte, blieb Sanna hier.«

»Ach, warum ist sie dann fortgegangen? Du hast mir erzählt, daß sie sich nach Argentinien begeben habe.«

Es zuckte ein wenig unruhig in seinem Gesicht.

»Ja, erst wollte sie ja hier bei uns bleiben. Aber, du kannst es ja jetzt wissen, es geschah in jener Zeit, da auch Onkel Georg Witwer wurde, und ... er hatte Sanna liebgewonnen und wollte sie heiraten. Ich weiß selbst nicht, was geschehen war ... jedenfalls sagte sie mir, sie könne nicht länger bleiben, Georg Halden mache ihr das unmöglich. Er habe sie zu sehr gedrängt, seine Frau zu werden. Sie habe aber ihr Herz anderweitig verschenkt, an einen Mann, der in Argentinien lebe und zu dem sie nur nicht habe gehen wollen, solange ihre Schwester sie brauche. Er schreibe aber nun so sehnsüchtige Briefe, daß sie sich entschlossen habe, ihn zu heiraten. In Buenos Aires würde er sie erwarten, und dort sollte sogleich die Trauung stattfinden, ehe sie mit ihm ins Innere des Landes ginge, wo er seine Besitzungen habe.«

»Oh, wie romantisch das ist! Ich kann mir sehr gut denken, daß sie nicht Onkel Georgs Frau werden mochte«, seufzte Nanda auf.

»Nun, damals war er ja ein junger, stattlicher Mann, und ich denke wohl, hätte sie ihr Herz nicht schon verschenkt gehabt, wäre sie seine Frau geworden. Was zwischen ihnen vorgefallen ist, habe ich freilich nie erfahren, auch er hat darüber geschwiegen. Ein Mann spricht niemals gern von einer Niederlage.«

Nanda konnte aber ihre Tante sehr wohl verstehen. Wie hätte sie einem Manne wie Onkel Georg angehören können! Unmöglich! Zum Glück glich Jürgen Halden seinem Vater gar nicht. Außerdem wollte sie es schon so einrichten, daß er gern von einer Verlobung mit ihr zurücktrat. Und aufatmend fragte sie weiter:

»Und Tanta Sanna hat dann in Buenos Aires geheiratet? Ist sie denn glücklich geworden?«

»Soviel ich aus ihren seltenen Briefen entnahm, außerordentlich, sie ist es wohl jetzt noch, das nehme ich an, obwohl ich seit Jahren nichts mehr von ihr gehört habe. Wir haben uns immer seltener geschrieben, und schließlich ist der Briefwechsel ganz eingeschlafen. Jedenfalls lebte sie in sehr guten Verhältnissen, denn sie hatte, wie deine Mutter auch, ein ansehnliches Vermögen, und auch ihr Mann war begütert. Schade, daß das Vermögen deiner Mutter in der Inflation verlorenging. Ich konnte dir leider dieses Erbe nicht erhalten. Das brachte mich damals in eine so schwierige Lage, daß ich Onkel Georgs Hilfe in Anspruch nehmen mußte. Er hat mich sozusagen vor dem Ruin gerettet. Zum Glück konnte ich später die Scharte wieder auswetzen, und dann erbte ich ein hübsches Vermögen, und so bist du doch wieder eine reiche Erbin geworden.«

»War Tante Sanna meiner Mutter ähnlich?«

»Sehr, sie hießen überall die schönen Schwestern und man hätte sie für Zwillinge halten können. Du wirst ihnen mit jedem Tage ähnlicher, hast dieselben hellen Grauaugen, dasselbe kastanienbraune Haar und dasselbe Lachen. Manchmal, wenn ich dich draußen lachen höre, erschrecke ich, weil ich denke, es sei das Lachen deiner Mutter. Ach, wie gern lachten damals die Schwestern ein herrliches Duett. Sie wirkten wie das blühende Leben selbst – und doch raffte eine böse Grippe deine Mutter so früh hinweg.«

Traurig sah er vor sich hin. Aber obwohl Nanda selbst die Tränen aufsteigen wollten, sie durfte es nicht dulden, daß der Vater traurig wurde.

»Stundenlang könnte ich dir zuhören, Vater, aber du darfst dich nicht zu sehr anstrengen.«

»Laß mich nur, dies Plaudern von deiner Mutter strengt mich nicht an, es weckt in mir so schöne und liebe Erinnerungen.«

»Du hast Mutter wohl sehr liebgehabt?«

Er seufzte. »Sie galt mir mehr als mein eigenes Leben. Ich habe ihr auch nie eine Nachfolgerin geben mögen.«

Mit feuchten Augen sah sie ihn an.

»Wie glücklich macht es mich, dich so von meiner Mutter reden zu hören, lieber Vater. Hast du nicht ein Bild von ihr?«

Er nickte lächelnd.

»Mehrere, auch eines, auf dem sie mit ihrer Schwester Sanna zusammen fotografiert ist. Ich habe diese Bilder alle in meinen Schreibtisch geschlossen, denn immer kann ich ihren Anblick nicht ertragen. Der Schmerz um den Verlust deiner Mutter wird dann wieder allzu stark. Aber jetzt will ich sie dir zeigen ... jetzt, da du selbst danach verlangst. Ich glaubte nicht, daß du schon reif genug wärest, um zu verstehen, was mir diese Bilder sind. Heute, das fühle ich, wirst du mich trotz deiner Jugend verstehen.«

Er gab ihr seine Schlüssel und sagte ihr, in welchem Fache seines Schreibtisches in seinem Arbeitszimmer die Bilder lägen.

»Sie befinden sich in einem großen Kuvert, Nanda; bringe mir das herüber.«

Sie ging schnell hinaus, und ihr Herz klopfte erwartungsvoll.

Bald war sie mit dem Umschlag zurück, und nun zeigte ihr der Vater ein Bild nach dem ändern. Und Nanda war dabei zumute, als wisse sie erst seit heute, was ihr der Tod genommen hatte. Sie bat den Vater innig, ihr doch eines dieser Bilder zu schenken, und er nahm nur eines davon an sich, von dem er sich nicht trennen wollte. Die ändern stellte er ihr zur Wahl. Sie entschied sich für das Doppelbild ihrer Mutter und deren Schwester, weil es ihr am besten gefiel.

»Dann habe ich sie gleich alle beide, Vater; würdest du mir das geben, wenn ich dich darum bitte?«

Er nickte ihr zu.

»Nimm es nur, Nanda, und halte es allezeit in Ehren. Wenn ich einmal nicht mehr bin, wirst du ja auch die andern bekommen. Jetzt begnüge dich mit diesem.«

Nanda nahm das ihr geschenkte Bild und trug es gleich in ihr Zimmer. Sie wollte es dort über ihrem Bett befestigen. Die andern Bilder verschloß sie wieder in des Vaters Schreibtisch, nur das eine behielt er bei sich, das er ihr nicht mit zur Wahl gestellt hatte. Es mußte wohl eine sehr liebe Erinnerung an ihm hängen.

Als Nanda zu ihrem Vater zurückkam, hielt er dieses Bild mit beiden Händen auf seine Brust gepreßt und lag mit geschlossenen Augen da. Ganz leise setzte sie sich an seinem Lager nieder und sprach kein Wort. Sie glaubte, der Vater sei müde und wolle schlafen. Aber nach einer Weile schlug er lächelnd die Augen wieder auf.

»Wie still und ruhig meine wilde Hummel sitzen kann, wenn sie den Vater nicht stören will.«

»Oh, als ob ich nichts weiter für dich tun könnte! Bist du nicht müde, Vater? Willst du nicht erst ein Stündchen schlafen? Ich sitze dann ganz still bei dir und warte, bis du wieder aufwachst.«

Er sah sie wehmütig an. Schlafen konnte er noch lange, lange – aber in das Gesicht seines Kindes würde er nicht mehr lange sehen, nicht mehr auf dessen Stimme lauschen können.

»Ich bin nicht müde. Plaudere mir etwas vor, Nanda. Wie sieht es draußen in Wald und Feld aus und in den Ställen?«

Sie berichtete alles, was sie mit ihren klugen Augen beobachtet hatte, alles, was ihn interessieren konnte. Aber mit Absicht erzählte sie nur beruhigende Dinge, sprach allmählich leiser und leiser, und endlich hatte sie ihr Ziel erreicht ... der Vater war eingeschlafen. Sie rührte sich nicht, betrachtete unverwandt das Bild ihrer Mutter, das er beiseite gelegt hatte. Es zeigte die schöne, blühende Frau in einem schlichten, weißen Kleid und, der damaligen Mode entsprechend, mit einem Blumenstrauß im Arm. Das hätte kitschig wirken können, wenn es nicht so wundervoll zu dem schönen, lebensprühenden Gesicht gepaßt hätte. Hell und klar lachten die Augen aus dem Bild in die ihres Kindes hinein, so lebenbejahend, so glückselig und froh. Und doch mußte Nanda still vor sich hin weinen bei diesem Anblick. Und alles, was der Vater ihr jemals von der Mutter erzählt hatte, wurde wieder lebendig. Wie sehr mußten sich die Eltern geliebt haben! Und sie sollte sich als halbes Kind mit einem Manne verloben, den sie kaum kannte, der ihr bestenfalls gleichgültig war? Das erschien ihr plötzlich so ungeheuerlich, daß ihr war, als müsse sie davonlaufen, so weit sie konnte, um nur diesem Schicksal zu entgehen. Aber dann mußte sie doch den Vater allein lassen und ihm ihr Wort brechen. Sie hatte nun einmal ja gesagt – und alles war unwichtig, wenn er nur wieder eine Sorge los wurde.

Diese stille Stunde am Bette ihres schlafenden Vaters wirkte seltsam reifend und vertiefend auf das junge, wilde und ungestüme Kind.

3

Georg Halden saß im Wohnzimmer des Reichenauer Herrenhauses seinem vor einer Stunde eingetroffenen Sohn gegenüber. Jürgen Halden hatte tatsächlich nicht die geringste Ähnlichkeit mit seinem Vater, er war mehr der Familie seiner Mutter nachgeraten, die eine geborene Reichenau gewesen war und das Gut ihrem Gatten zugebracht hatte. Energisch und markant war Jürgens Gesicht auch, soweit das bei einem jungen Mann von vierundzwanzig Jahren möglich ist. Seine stahlblauen Augen, die sehr verschieden von den dunklen seines Vaters blickten, sahen noch recht vergnügt und unbeschwert ins Leben. Er hatte bisher keine harten Lebenskämpfe zu bestehen gehabt, wenn er auch im Grunde ein tief veranlagter Mensch war. Zuverlässig, gewissenhaft, energisch und ehrenhaft war er stets gewesen, und Pflichten waren für ihn da, um erfüllt zu werden. Aber im ganzen erschien ihm das Leben noch viel zu schön, um sich mit überflüssigen Dingen zu beschweren. Er wußte, daß er nach Beendigung seiner agronomischen Studien an der Hochschule für Landwirtschaft dem Vater helfen mußte, Reichenau zu bewirtschaften und freute sich eigentlich darauf. Aber solange er sich noch seiner studentischen Freiheit erfreuen konnte, wollte er sie auch genießen, soweit der Wechsel reichte, den der Vater ihm jeden Monat schickte. Über die Stränge schlug er nicht, wenn er sich auch seines Lebens freute. Schulden zu machen erschien ihm unehrenhaft, solange die Not nicht dazu zwang, und seine Wünsche an das Leben waren nicht so unbescheiden, daß er sie sich nicht mit seinem Wechsel hätte erfüllen können. Zudem hatte der Vater ihm erlaubt, einige sehr schöne und lehrreiche Reisen zu machen, und eine große Reise stand ihm noch bevor, wenn er seine verschiedenen Examina hinter sich hatte. Das hatte ihm der Vater versprochen.

Sein Verhältnis zu dem Vater war kein sehr inniges, das ließ dessen hartes, kantiges Wesen nicht zu. Aber bisher waren sie doch ohne Reibungen miteinander ausgekommen. Da Jürgen im Grunde nicht von seinem Vater abhängig war, weil seine Mutter ihm persönlich einen Teil ihres Vermögens hinterlassen hatte und er auch einst Reichenau erben würde, vermochte der Vater keinen so harten Zwang auf ihn auszuüben, wie er es wohl zuweilen gewünscht hätte. Doch hielt der Vater Jürgen für sehr leicht zu beeinflussen und für nachgiebig genug, daß er sich immer seinen Wünschen fügen würde. Er hatte bisher noch nicht im Widerspruch mit seinem Sohne gestanden, und daher ahnte er noch nicht einmal, ein wie fester Wille seinem Sohne jetzt eignete. Er war also gar nicht im Zweifel, daß er genügend Autorität besaß, um Jürgen veranlassen zu können, auf die Verlobung mit Fernanda Roland einzugehen.

Dabei kam ihm allerdings Jürgens Lebensanschauung zustatten, denn dieser hatte sich, wenn er Zukunftsplänen nachhing, ausgemalt, daß er selbstverständlich eines Tages heiraten und damit eine Staatsbürgerpflicht erfüllen würde. Über Art und Wesen einer künftigen Gattin hatte er noch nicht viel nachgedacht. Jetzt spielten noch die süßen kleinen Mädel, die in jedem Studentendasein eine gewisse Daseinsberechtigung haben, ihre Rolle. Aber wenn er mal an die »Zukünftige« dachte, stellte er sie sich vor als eine schöne, stolze Frau mit viel Scharm, von großer, natürlicher Liebenswürdigkeit und unbedingter Zuverlässigkeit. Sie mußte seinem Hause eine würdige Repräsentantin sein, ihm als Lebenskamerad zur Seite stehen und ihm gleich auf den ersten Blick zum mindesten eine warme Sympathie einflößen.

So sah die Frau aus, die er einst an seine Seite zu stellen hoffte, die Frau, die die Mutter seiner Kinder werden sollte.

Als er vorhin vom Bahnhof aus nach Reichenau gefahren war, hatte er eine junge Reiterin mitten im Walde halten sehen. Diese hatte mit großen, ernsten Augen vor sich hin geblickt, und er hatte sich gefreut über die unbewußte Grazie ihrer Haltung, wenn er auch erkannte, daß sie noch sehr jung zu sein schien. An den kastanienbraunen Locken, die unter ihrem Reithut hervorquollen, hatte er erkannt, daß es wohl Fernanda Roland gewesen sein mußte, denn er hatte auch ihre hellen grauen Augen einen Moment gesehen. Aber dann war sie wie in wilder Flucht davongejagt, als sie das Auto erblickt hatte, in dem er saß, und er hatte in sich hineinlachen müssen, weil er daran dachte, wie sie, als sie einander das letztemal begegnet waren, buchstäblich von ihrem Fohlen herab ihm zu Füßen gefallen war.

Er war sicher, daß diese jugendliche Reiterin niemand anders sein konnte als Fernanda Roland, die kleine wilde Hummel, die anscheinend auch jetzt noch ziemlich ungestüm durch das Leben tollte.

Irgendwie war ihm aber bei dieser flüchtigen Begegnung doch ein wenig warm ums Herz geworden. Er mußte an ihre Mutter denken, der die erste, traumhafte Verehrung seines Knabenherzens gehört hatte, und wenn er sich in seinen Gedanken näher damit befaßt hätte, wäre ihm klar geworden, daß das ungewisse Bild, das er sich von seiner künftigen Frau machte, sehr viel Ähnlichkeit mit Frau Lori Roland besaß. Nur konnte er sich bisher gar nicht ausmalen, daß Fernanda Roland je das Ebenbild ihrer schönen Mutter werden könnte. Heute jedoch, als er sie so ruhig und beherrscht auf ihrem schönen Goldfuchs im Walde halten sah, war in ihm für einen Moment die Erinnerung an ihre Mutter aufgetaucht, und er hatte sehr wohlgefällig zu ihr hinübergesehen.

Dieser Umstand sollte seinem Vater sehr zustatten kommen.

Als Vater und Sohn sich gegenübersaßen, plauderten

sie zunächst von nebensächlichen Dingen, aber dann richtete sich Jürgen entschlossen auf, sah den Vater groß und ruhig an und sagte:

»Du hast mir geschrieben, Vater, daß ich diesmal in den Ferien nach Hause kommen müsse, weil du Sachen von Wichtigkeit mit mir zu besprechen hättest. Ich bin daher sehr gespannt, um was es sich handelt.«

Auch der Vater richtete sich auf. Sein kantiges, hartes Gesicht wurde noch kantiger, noch härter, und er sagte kurz und scharf:

»Das sollst du ohne Umstände erfahren, Jürgen. Ich habe dich kommen lassen, weil ich wünsche, daß du dich verlobst.«

Jürgen fuhr jäh empor, sah erst erstaunt aus, lachte dann ein wenig und sagte noch immer lächelnd:

»Du machst einen Scherz, Vater!«

»Durchaus nicht. Du weißt, ich bin keine scherzhafte Natur, und mit so ernsten Dingen scherze ich schon gar nicht. Es ist mein völliger Ernst, eine klar und vernünftig erwogene Sache. Du sollst die Tochter meines Freundes Heinz Roland heiraten.«

»Aber Vater, sie ist doch meines Erachtens noch ein Kind!«

»Sie ist fünfzehn Jahre alt, und selbstverständlich sollst du sie nicht heute oder morgen heiraten. Aber ich hoffe, du bist vernünftig genug, um zu verstehen, daß diese Partie für dich die einzig gegebene ist. Reichenau und Heidersberg zusammen, das gibt einen Besitz, der dich zufriedenstellen wird. Außerdem erbt sie ein recht ansehnliches Barvermögen. Heinz Roland und ich haben uns eines Tages gelobt, daß wir unsere Kinder zusammengeben wollen.«

Jürgen antwortete zunächst nichts. Er war sehr überrascht über diese Mitteilung seines Vaters, aber es erging ihm ähnlich, wie es Nanda ergangen war, als ihr Vater ihr diese Eröffnung machte. Es erschien ihm mehr komisch und sonderbar als erschreckend, daß er »dies Kind« als seine künftige Frau betrachten sollte. Überhaupt, daß sein Vater schon für ihn an eine Heirat dachte. Er war jedoch gerecht genug, einzusehen, daß sein Vater eine sehr günstige Partie für ihn ausgesucht hatte. Heidersberg und Reichenau ... ja, das mußte zusammen einen herrlichen Großbesitz geben, den zu bewirtschaften eine Freude sein würde. Und vorläufig war man ja gottlob noch weit vom Schuß. Es ging noch lange nicht um seine Freiheit. Die hätte er sich noch nicht gern nehmen lassen. Allerdings sollte er sich, wie der Vater sagte, schon jetzt verloben. Das war ihm freilich ein wenig lästig. Vielleicht wäre er mehr voll Widerspruch gewesen gegen diesen Gedanken, wenn er nicht gerade vorhin Nanda Roland im Walde gesehen hätte und wenn sie nicht die Erinnerung an ihre Mutter in ihm geweckt haben würde. So hatte es immerhin etwas Verlockendes für ihn, sich mit dieser jungen Dame zu verloben. Soviel er beurteilen konnte, mußte sie eines Tages ihrer schönen, bezaubernden Mutter ähnlich werden. Konnte es also eine passendere Frau für ihn geben, wenn er eines Tages seine Staatsbürgerpflicht erfüllen sollte, um eine Familie zu gründen?

Reiflich überlegte er das alles, und gerade, weil sein Herz noch in keiner Weise engagiert war, konnte er klar und unbeeinflußt überlegen. Er hatte auch absolut keine Lust, sich mit seinem Vater in einen Kampf einzulassen. Er kannte dessen eiserne Beharrlichkeit und wußte, wenn einmal ein Kampf mit ihm ausgefochten werden müßte, würde es hart auf hart gehen, denn der Vater kannte ihn noch nicht und, das wußte er, hielt ihn noch immer für weiches Wachs in seiner Hand.

Da ihn absolut nichts davor warnte, sich mit Nanda Roland in Zukunft zu verbinden, hatte er nicht die Absicht, wegen dieser Sache sich mit seinem Vater auf einen Kampf einzulassen. Er wollte sich also nicht aufsässig zeigen, wollte sich die kleine Nanda erst einmal ansehen und, wenn sie ihrer Mutter ähnlich zu werden versprach, sich den Wünschen des Vaters fügen.

Soweit in seinem Gedankengange gekommen, hob er die Augen zu des Vaters gespanntem Gesicht empor.

»Verzeih, wenn ich dir nicht gleich antwortete, Vater, aber so etwas muß überlegt werden, es kam mir zu unerwartet.«

»Aber selbstverständlich willigst du ein, da es keine bessere Partie für dich geben wird!«

Dieses »Selbstverständlich« weckte einen leisen Widerspruch in Jürgen.

»Gestatte mir erst einige Fragen, Vater.«

»Bitte!«

Dieses »Bitte« klang schon etwas unwillig.

»Also erst einmal – wie steht Nanda Roland dieser Angelegenheit gegenüber?«

»Sie wird tun, was ihr Vater bestimmt.«

»Aber es wird keinerlei Zwang auf sie ausgeübt werden?«

»Nein, das wird nicht nötig sein.«

»Nun noch eine Frage. Ich kenne sie sehr wenig, weiß nur, daß sie ein wildes Füllen war und daß sie es wohl jetzt noch ist.«

»Das wird die Erziehung klären.«

»Es ist wohl anzunehmen; aber meine Frage wollte etwas anderes ergründen. Zwar sah ich sie vorhin auf einen Moment im Walde zu Pferde, aber es war zu flüchtig, um feststellen zu können, ob sie ihrer verstorbenen Mutter gleicht.«

Etwas betroffen zuckte sein Vater zurück. Dann sagte er langsam und schwer:

»Sie wird das genaue Ebenbild ihrer Mutter werden, wenn sie noch einige Jahre sich so weiter entwickelt. Weshalb willst du das wissen?«

Jürgen lachte ein wenig.

»Weil ich weiß, daß sie mir gefallen wird, wenn sie ihrer Mutter ähnlich wird. Diese war nämlich meine ... erste Liebe!«

Georg Halden fuhr auf, und sein Gesicht wurde seltsam blaß und fahl.

»Was soll das heißen? Du ... du warst doch kaum dreizehn Jahre, als sie starb.«

»Nun ja, aber ich verehrte sie mit dem ganzen Oberschwange meiner Knabenseele, und im Unterbewußtsein habe ich mir meine künftige Frau zuweilen so vorgestellt wie Frau Lori Roland.«

Ein undefinierbarer Laut kam über Georg Haldens Lippen, und er schien von einer großen Erregung befallen zu sein. Unwillig stieß er hervor: »Das sind ja Kindereien! Wir wollen doch ernsthaft wie Männer über diese Sache reden. Im übrigen – Nanda wird ihrer Mutter von Tag zu Tag ähnlicher werden.«

»Nun, dann wird sie mir auch sicherlich sympathisch sein«, sagte Jürgen unbekümmert und nicht ahnend, was jetzt in der Seele seines Vaters vor sich ging.

»Ich denke, die Hauptsache ist, daß Heidersberg und Reichenau zusammenkommen. Das ist mein Plan seit langer Zeit.«

Er verriet nicht, daß er einmal seinem Freund Heinz Roland das Darlehen nur gegeben hatte in der Hoffnung, dadurch Heidersberg in seine Hände zu bekommen. Die Erbschaft, die Heinz Roland machte, hatte diese seine Absicht vereitelt, da dieser ihm das Darlehen zurückzahlen konnte. Seither war er entschlossen gewesen, durch Jürgens Verheiratung mit Nanda dies Ziel zu erreichen.

Jürgens Lippen zuckten ein wenig bei diesen Worten seines Vaters. Er wußte, daß dieser seine Mutter nur geheiratet hatte, um Reichenau an sich zu bringen. Es war nur von seiten seiner Mutter eine Liebesheirat gewesen, der Vater ... den konnte sich Jürgen überhaupt nicht als Liebenden denken. Die Ehe seiner Eltern war eine sehr freudlose gewesen, und die Dienerschaft, die seiner Mutter mehr ergeben gewesen war als dem Vater, hatte davon gesprochen, daß Frau Maria Reichenau an gebrochenem Herzen gestorben sei. Das fiel Jürgen jetzt wieder ein. Seine stahlblauen Augen sahen forschend und prüfend zu dem Vater hinüber, und fast gegen seinen Willen kam es über seine Lippen:

»Ich möchte die Frau, die ich einmal heimführe, von ganzem Herzen lieben können.«

Der Vater sah ihn mit fast finsteren Augen an.

»In der Ehe ist es besser, wenn man mit kühlen, klaren Blicken die Herrschaft über die Frau behält.«

Es überlief Jürgen kalt und unbehaglich bei diesen Worten, aber er sagte sich, es sei gut, wenn er sich mit dem Vater nicht weiter auf dieses Thema einließe, da er ganz sicher nicht mit ihm übereinstimmen würde. So sagte er nur:

»Das mag nebenbei auch noch wichtig sein.«

Seltsam forschend sah der Vater ihn an. Dann sagte er, als sei das erledigt:

»Also, du wirst dich mit Fernanda Roland verloben!«

»Warum soll das aber schon jetzt geschehen, Vater?«

»Weil Heinz Roland sicher nur noch kurze Zeit zu leben hat. Er möchte seine Tochter und sein Besitztum in treuen, zuverlässigen Händen wissen.«

Jürgen hatte immer viel Sympathie für Heinz Roland

gehabt, und es machte ihn stolz, daß dieser ihn für treu und zuverlässig hielt.

»Traut er mir wirklich soviel zu?« fragte er bewegt.

Der Vater stutzte. Mit den treuen, zuverlässigen Händen hatte er eigentlich die seinen gemeint, wie er ja auch willens war, Nandas Erbe fest in seine Hände zu bekommen. An den Sohn dachte er dabei erst in zweiter Linie. Aber das verriet er jetzt doch lieber nicht.

»Er hat eine sehr gute Meinung von dir, was ja daraus hervorgeht, daß er dir seine Tochter ans Herz legen will.«

Aus diesen Worten klang für Jürgen eine falsche Sentimentalität, die in des Vaters Munde seltsam wirkte. Aber er antwortete ruhig:

»Hoffentlich werde ich ihn nicht enttäuschen. Also, weil er zu sterben fürchtet, will er schon jetzt eine Verlobung zwischen seiner Tochter und mir perfekt machen?«

»So ist es, und du darfst ihn keinesfalls enttäuschen. Ob du nun Nanda wirst lieben können oder nicht, du wirst sie heiraten. Ein Mann kann sich ja immer anderweitig schadlos halten, wenn ihm die Frau nicht gefällt. Aber laß sie nur ein paar Jahre älter sein, dann wird sie dir schon gefallen. Ich werde nach dem Tode ihres Vaters, der ein wenig zu weich mit ihr umgeht und sie etwas verzogen hat, ihre Erziehung in die Hand nehmen, damit sie eine gute, vernünftige Frau wird. Selbstverständlich hat sie eine Erzieherin, aber diese wird in Zukunft nach meinen Direktiven handeln.«

Jürgen wollte ein unbestimmtes Mitleid überkommen; er konnte sich nicht vorstellen, daß sein Vater einem jungen Mädchen ein sehr liebevoller Erzieher sein würde. War er ihm doch oft genug viel zu rauh erschienen, was jedoch für einen Jungen am Platze war. Würde die kleine Nanda nicht seelisch verkümmern müssen unter der Herrschaft seines Vaters?

Aber das flog nur flüchtig durch seinen Kopf. Er tröstete sich auch mit dem Gedanken, daß ja eine weibliche Erzieherin vorhanden sei, die des Vaters Strenge schon mildern würde. Jedenfalls begann Nanda Roland ihn langsam zu interessieren. Er antwortete gar nicht auf die Worte seines Vaters und sagte lächelnd:

»Nun gut! Ehe ich dir aber als Bewerber in das Haus ihres Vaters folge, will ich mir die sehr junge Dame doch einmal ansehen.«

»Wie meinst du das? Suchst du etwa nach Ausflüchten?«

»Das würde ich dir offen sagen. Nein, ich will sie mir nur einmal, sozusagen, unverbindlich ansehen. Ich denke, das wird sich machen lassen, ohne daß sie eine Ahnung davon hat. Ich werde mich heimlich an Heidersberg heranschleichen und versuchen, sie zu beobachten.«

»Wir werden aber morgen vormittag schon in Heidersberg erwartet.«

»Mein Gott, das geht ja im Eiltempo!«

»Weil Heinz Rolands Leben nur noch nach Tagen zählt, wie der Arzt mir sagte.«

»Dann werde ich mich also gleich aufmachen und Heidersberg einkreisen. Sie wird ja irgendwie zu sehen sein.«

»Dann gehst du am besten nach der hinteren Parkmauer, hältst dich dicht an dieser und schleichst dich durch die kleine Pforte ein. Ich habe den Schlüssel dazu, weil ich oft diesen Eingang benutze, wenn ich zu Fuß oder zu Pferde komme. Ich rate dir, reite bis an die kleine Pforte heran, binde das Pferd dort an, und tritt in den Park. Rechts neben dieser Pforte befindet sich ein Ruheplätzchen, dort sitzt Nanda gleich nach Tisch, wenn ihr Vater schläft und ihre Erzieherin auch etwas ruht, über ihren Büchern. Sicherlich kannst du sie dir dann ungestört betrachten, denn wenn sie liest, hört und sieht sie nichts. Das muß man ihr auch abgewöhnen, ich werde in Zukunft ihre Lektüre bestimmen.«

Jürgen dachte sich, daß dies nur zur Folge haben würde, daß Nanda sich heimlich verbotene Lektüre verschaffte, aber er sprach es nicht aus.

Gleich nach Tisch machte sich Jürgen Halden auf den Weg. Er hatte seine Freude an dem Ritt durch den maienfrischen Wald und dachte darüber nach, ob er sich würde entschließen können, sich mit Fernanda Roland zu verloben. Es muß gesagt sein, daß er diese Verlobung noch nicht so recht ernst nehmen konnte. Gleich Nanda hoffte er im Innern, daß irgend etwas dazwischenkommen könnte. Er fand es wunderlich, daß er sich mit einem Kinde verloben sollte, denn das war sie doch mit ihren fünfzehn Jahren unbedingt noch. Aber er fürchtete einen Kampf mit dem Vater, weil er wußte, daß gerade ein erster Kampf mit ihm Funken schlagen würde, die ein Feuer entfachen konnten.

In tiefes Sinnen verloren, kam er bei der Parkpforte an, stieg vom Pferd, band es an einen Baum und trat auf die Pforte zu, die er leise aufschloß.

Als er eingetreten war, sah er sich vorsichtig um. Niemand war zu sehen. Aber als er ein Stück weiterging, erblickte er das von seinem Vater beschriebene Ruheplätzchen. Dort sah er einen Liegestuhl stehen, und über die Lehne dieses Liegestuhls hinaus ragte ein kastanienbrauner Lockenkopf. Neben dem Liegestuhl aber sah er zwei schlanke Beine hin und her baumeln. Er lachte in sich hinein. Das mußte seine künftige Braut sein! Aber die Lehne verbarg ihm sonst alles von ihr, und er sondierte nun, wie er sich auf die gegenüberliegende Seite pirschen könnte, ohne gesehen zu werden. Zum Glück war der Platz fast ringsum von dichtem Gebüsch umgeben, also konnte er, durch dieses verborgen, Nanda bequem von allen Seiten betrachten. Das wollte er auch tun. Kein Mensch konnte es ihm verdenken, wenn er sich erst einmal ein möglichst genaues Bild von seiner »Zukünftigen« machte.

Leise umschlich er also das Wild und sah dann erst von der Seite eine schlanke Gestalt im Liegestuhl ruhen, sah, daß Nanda ein Buch in den Händen hielt, und hörte, daß sie eifrig französische Vokabeln lernte.

Zuweilen hielt sie aufatmend still, warf das Buch wütend auf den Boden und suchte es dann wieder mit Händen und Füßen zu erreichen.

»So eine verflixte Schinderei! Eugenie ist ... na, wir wollen höflich sein!« hörte er sie zornig hervorstoßen, als sie gerade wieder das Buch aufgehoben hatte. Dann begann sie noch viel lauter und vehementer als vorhin die Vokabeln herzusagen. Und plötzlich sprach sie dann in atemloser Hast laut und deutlich einen sehr langen französischen Satz vor sich hin. Zum Schluß warf sie das Buch von neuem zu Boden und sagte schnaufend, weil sie fast atemlos von der langen Rede war:

»Uff! Geht wie geschmiert! Aber Eugenie braucht es nicht zu wissen, daß ich das so leicht lerne, sonst brummt sie mir noch mehr auf. Und nun Schluß; der letzten Tage Qual war groß! Oh, Wallenstein – wer kann dich besser verstehen als ich!«

Jürgen mußte sich bei diesem ihrem Gefühlserguß auf die Lippen beißen, um nicht laut zu lachen. Und die Art, wie sie den Namen ihrer Erzieherin aussprach, er nahm ohne weiteres an, daß nur diese Eugenie heißen konnte, sprach eigentlich Bände. Sie sprach diesen Namen mit dem ganzen Spott und der Verachtung einer aufsässigen

Schülerin:. Euscheniiiiiie aus. So nannte Nanda Fräulein Sanders, wenn sie sich vor ihrem Vater ein wenig über diese lustig machen wollte. Das wußte Jürgen freilich nicht, aber er hätte am liebsten sogleich mit dieser reizenden Spottdrossel Bekanntschaft gemacht. Denn reizend war sie, darüber war kein Zweifel. Er konnte jetzt ihr gebräuntes, sehr hübsches Gesicht sehen, aus dem die großen grauen Augen wie zwei helle Sterne herausstrahlten. Ja, solche Augen hatte ihre Mutter gehabt, und auch ihre Züge gemahnten an die Mutter. Nur hatte sie nicht deren zarten, blütenfrischen Teint, man merkte, daß sie nicht eitel war, sondern ihr Gesicht unbekümmert Luft und Sonne aussetzte. Das würde vermutlich anders werden, wenn ihr erst weibliche Eitelkeit gebieten würde, ihren Teint zu schonen. Sie zog nun die Beine auf den Liegestuhl, streckte sich lang aus und faltete die Hände hinter dem Kopf. So lag sie eine Weile und sah zum Himmel empor. Ihr Gesicht bekam plötzlich einen schmerzlichen, bekümmerten Ausdruck, der in diesem Kindergesicht ergreifend wirkte. Die Augen füllten sich mit Tränen, und plötzlich richtete sie sich zum Sitzen empor, faltete die Hände zum Gebet und streckte sie zum Himmel empor.

»Laß mir doch Väterchen, lieber guter Gott, laß ihn mir, ich will ja alles tun, bitte, laß ihn mir!«

So sagte sie mit unbeschreiblich innigem Ausdruck und verharrte eine Weile in dieser Stellung wie versunken in ihr Leid.

Da bestieg Jürgen beschämt sein Pferd. Er wollte nicht Zeuge ihres Schmerzes sein. Er ritt nach Reichenau zurück.

Er kam dort gerade zurecht, als der Tee serviert wurde. Sein Vater sah ihm gespannt entgegen.

»Nun, hast du Nanda gesehen?«

»Ja, Vater, sie befand sich wirklich auf dem Ruheplatz, den du mir beschrieben hast.«

Mehr sagte er nicht. Um keinen Preis hätte er dem Vater verraten mögen, was er erlauscht hatte; ihm war, als sei das ein Geheimnis, das zwischen ihm und Nanda heilig gehalten werden müsse. Kein anderer durfte darum wissen. Aber der Vater fragte begierig:

»Nun – und?«

»Ich füge mich deinen Wünschen, Vater, wenn Fernanda Roland einwilligt, sich mit mir zu verloben.«

Dabei hatte Jürgen ein Gefühl, als sei es in seine Hand gegeben, Nanda seinen Schutz angedeihen zu lassen, wenn sie wirklich verwaist sein würde.

Georg Halden atmete befriedigt auf. Er war wieder einmal fest davon überzeugt, daß er seinem Sohne gegenüber stets seine Autorität wahren würde, und das erschien seinem despotischen Charakter erstrebenswert. Er hätte kaum verstanden, was in Jürgen vorgegangen war, als er Nanda beobachtet hatte, und hätte es gewiß nur als törichte Sentimentalität bezeichnet.

Weder er noch Jürgen sprachen noch ein Wort über diese Angelegenheit. Die Sache schien abgemacht. Georg Halden hatte heute nachmittag in Heidersberg angeklingelt. Fräulein Sanders hatte sich gemeldet, und er hatte sie so freundlich, wie er nur sein konnte, wenn es ihm etwas nützte oder einbrachte, ersucht, ihn mit Herrn Roland zu verbinden, der ein Telefon an seinem Bett hatte.

»Hallo, Heinz, wie geht es dir?«

»Ich danke dir, nicht besser und nicht schlechter.«

»Nun, das ist doch schon ein Fortschritt. Sag mal, hast du mit Nanda gesprochen?«

»Ja, Georg, und sie ist ein gutes, folgsames Kind und will alles tun, was ich von ihr verlange.«

»Nun gut! Ich werde morgen vormittag gegen elf Uhr

mit Jürgen in Heidersberg sein. Du sollst dich aber nicht aufregen und nicht darum kümmern, ich werde mit Nanda und Jürgen alles in Ordnung bringen, um dir jede Aufregung fernzuhalten. Erst wenn alles in Ordnung ist, kommen wir auf ein Weilchen zu dir.«

»Ja? Ist ja sehr lieb von dir, aber – meinst du nicht, daß es besser ist, wenn ich die beiden jungen Leute einander zuführe?«

»Damit du dich unnötig aufregst? Nein, nein, lieber Heinz, vertraue nur auf mich, ich werde das schon alles in die Wege leiten.«

»Du darfst aber nicht hart zu Nanda sein, sonst weckst du ihren Trotz.«

»Nimm's doch nicht so schwer, ich werde das ganz scherzhaft und vergnügt in die Wege leiten. Du wirst danach nur lachende Gesichter sehen und brauchst dich nicht zu beunruhigen.«

Es war merkwürdig, was für ein starker Einfluß von Georg Halden auf Heinz Roland ausstrahlte, selbst durch das Telefon. Er fügte sich also und versprach, Nanda vorzubereiten, daß ihr »Bräutigam« punkt elf Uhr eintreffen würde und sie ihn dann in Fräulein Sanders' Gegenwart empfangen sollte, und zwar in der großen Halle, wo alles viel zwangloser arrangiert werden könnte.

Georg Halden berichtete nun seinem Sohn, daß Nanda einverstanden sei, seine Frau zu werden, und daß sie morgen vormittag in Heidersberg erwartet würden.

Ein eigenartiges Gefühl schlich sich in Jürgens Herz. Im Geiste sah er die weinende, betende Nanda, die den Himmel um das Leben ihres Vaters anflehte, und ihm war, als müsse er seine Hände schützend über dieses impulsive Kind breiten. Denn impulsiv war sie, das hatte er erst an ihrem trotzigen Kampf mit den französischen Vokabeln erkannt, und dann an dem rührenden Flehen um des Vaters Leben. Für ihn hatte der Gedanke, sich diesem jungen Geschöpfe zu verloben, jeden Schrecken verloren.

Er nahm sich aber mit festem Willen vor, wenn er sich auch jetzt mit ihr verlobte, eines Tages, ehe sie seine Frau würde, ihr die freie Wahl zu lassen, ob sie dies Verlöbnis wirklich anerkannte. Sie war jetzt noch viel zu jung und unerfahren, um sich für ihr ganzes Leben zu entscheiden. Das brauchte er seinem Vater jedoch nicht zu offenbaren. Er wollte ihr jeden Kampf ersparen. Und gab es dann einen solchen mit dem Vater, wenn sie später anderen Sinnes geworden war, dann wollte er ihn für sie führen.

Dieser Vorsatz machte ihn ruhig. Er wußte jetzt, daß Nanda als seine »Braut« vorläufig in Sicherheit sein würde gegen etwaige Beeinflussungen.

Der Vater glaubte nun, seinen Willen restlos durchgesetzt zu haben, und zeigte sich besser gelaunt als je. Er sprach mit Jürgen über dessen Studium, ließ sich allerlei Neuerungen erklären, die man jetzt auf der landwirtschaftlichen Hochschule eingeführt hatte, und freute sich über den Ernst und Eifer seines Sohnes. Schließlich sagte er:

»Ich halte es für gut und richtig, wenn du jetzt ebensowenig wie sonst während deines Studiums nach Reichenau zurückkommst. Es ist besser, wenn du Nanda erst dann nähertrittst, wenn sie völlig erwachsen ist. Ich werde sie schon so erziehen lassen, daß du mit ihr zufrieden sein kannst. Und es stumpft euch dann die Gewohnheit nicht erst ab. Du hast jetzt noch gut drei Jahre Studium vor dir; und hast du alles gut bestanden, werde ich dir erlauben, eine Weltreise zu machen. Später bist du dann doch zu sehr gebunden.«

»Wird dir aber die Bewirtschaftung von Reichenau

und Heidersberg zusammen nicht zuviel, Vater, wenn Herr Roland wirklich bald sterben sollte?«

»Unbesorgt, in Heidersberg ist ein sehr guter und tüchtiger Verwalter angestellt, mit dem ich mich schon eingearbeitet habe während der Krankheit Heinz Rolands. Ich sehe ihm selbstverständlich auf die Finger, denn Heidersberg soll auf der Höhe bleiben. Und in Reichenau habe ich unseren Inspektor Hädrich, der mich in bester und wirksamster Weise vertritt. Ich suche mir meine Leute aus, so wie sie brauchbar für mich sind. Sie werden auch dir eines Tages beistehen. Also mache du ruhig nach Beendigung deiner Studien eine Weltreise, und sieh dich überall mit offenen Augen um. Ich weiß, was einem Landwirt fehlt, wenn er nichts von der Welt kennt.«

Jürgen faßte nun ehrlich dankbar die Hand des Vaters. Wenn auch die Kosten seiner Reise nach des Vaters sparsamer Art von seinem eigenen, von der Mutter ererbten Vermögen bestritten werden würden, danach fragte Jürgen nicht. Wenn der Vater sparte, sparte er doch nur für ihn, und er ging wohl von dem Grundsatz aus, daß jeder soviel wie möglich für sich selbst einstehen müsse. Auch sein Studium war von Jürgens eigenem Vermögen bezahlt worden. Und das war ihm sehr lieb, es gab ihm dem Vater gegenüber ein Gefühl der Freiheit. Nie wäre es ihm eingefallen, bei einer ähnlichen Erlaubnis, wie sie ihm der Vater jetzt erteilte, zu sagen: Es geht ja doch von meinem eigenen Vermögen, und deshalb brauche ich deine Erlaubnis nicht. Er blieb dem Vater auch dafür den Dank nicht schuldig. Und so dankte er ihm auch jetzt. Er freute sich immer, wenn nur die geringste Wärme aus dem harten Wesen des Vaters zu ihm sprach.

»Ich weiß es zu schätzen, Vater, welche Werte sich mir erschließen würden auf einer solchen Weltreise, und ich will sie mir durch fleißiges Studium zu verdienen suchen. Also ist es dein Wille, daß ich Nanda vorläufig nicht wiedersehe?«

»So ist es, ich halte es für besser, daß du sie erst näher kennenlernst, wenn sie reif und fertig ist. Für die große Reise gebe ich dir ein Jahr völlige Freiheit. In dieser Zeit wirst du, denke ich, die Welt kennenlernen können. Kommst du dann nach Hause, ist Nanda gut neunzehn Jahre alt, das richtige Heiratsalter für eine Frau. Du bist dann achtundzwanzig, ihr werdet auch im Alter gut zusammenpassen. Wir beide, du und ich, sehen uns während deiner weiteren Studienjahre, so wie wir es bisher gehalten haben, gelegentlich meiner Besuche in Berlin. Das muß uns genügen, bis wir dann eines Tages Seite an Seite hier zusammenarbeiten können. So, und nun habe ich zu arbeiten, und du kannst dich ein bißchen umsehen in Hof und Haus, damit du die Bindung mit der Heimat nicht ganz verlierst.«

Damit verabschiedete sich der Vater mit einem Kopfnicken von dem Sohn, und dieser wußte nun, daß er vor dem Abendessen nicht mehr mit dem Vater zusammenkommen würde.

4

Es war am nächsten Vormittag. Im Heidersberger Herrenhaus herrschte wie immer seit der Krankheit des Hausherrn tiefste Ruhe. Eugenie Sanders stand in Nandas Zimmer. Sie war eine etwas untersetzte Person mit einer unglücklichen Liebe zur modernen Schlankheit. Durch kurze Röcke, die sie mit Vorliebe trug, suchte sie Jugend vorzutäuschen, die ihr längst entschwunden war. Ihr fast immer verdrießliches Gesicht ließ sie sogar älter erscheinen, als sie war, und ihr sonst nicht einmal häßliches Aussehen wurde durch diese mißgestimmte Miene recht unansehnlich. Wenn allerdings gerade ein Herr zugegen war, in dem sie einen eventuellen Heiratskandidaten witterte, suchte sie eine freundliche Miene zu machen und zwang ein süßliches Lächeln um ihren Mund. Wegen ihrer kurzsichtigen Augen benutzte sie stets ein Stiellorgnon, durch das sie alle Menschen ziemlich ungeniert musterte, was immer den Anschein erweckte, als blicke sie sehr von oben herab auf ihre Umgebung.

Ihre Haltung, die sonst gemacht würdevoll war, hauptsächlich ihrem Zögling gegenüber, wurde neckisch und munter, wenn ein Herr in ihrer Gesellschaft war. Sie brillierte dann mit ihren Geistesgaben, und ihre blaßblauen Augen suchten vor Jugendlust zu sprühen. Seit sie ihr aschblondes, fahles Haar hatte schneiden lassen, lag sie stets im Kampf mit der sturen Glattheit dieses Haares, und sie beneidete im stillen Nanda um das weiche Gelock, das zwanglos und natürlich deren feines Gesicht umgab. Aber sie tadelte trotzdem offiziell dieses wundervolle kastanienbraune Haar als »ruschelig und zerzaust« und verlangte immer wieder, Nanda möge es glatt hinterkämmen und im Nacken mit Haarspangen bändigen.

Das also war Eugenie Sanders, die dreiundvierzigjährige Erzieherin Fernandas. Sie stand momentan in Nandas Zimmer und sah diese mißbilligend durch ihr Lorgnon an.

»Also mache dich so hübsch wie möglich, aber bändige dein Haar, daß es dir nicht so wild und unordentlich um den Kopf steht. Dein Vater hat mir gesagt, daß du dich heute mit Herrn Jürgen Halden verloben wirst. Es erscheint mir allerdings sehr verfrüht, daß du schon Braut werden sollst.«

Nanda mußte kurz auflachen. »Mir allerdings auch, Fräulein Eugenie, ich würde auch gern darauf verzichten. Aber mein Vater will es, und ich muß mich fügen.«

Eugenie Sanders konnte sich nicht denken, daß ein Mädchen sich dagegen zur Wehr setzen könnte, sich zu verloben, und ungläubig starrte sie Nanda an.

»Du willst mir doch nicht einreden, daß dein Vater dich zu dieser Verlobung zwingen will?« fragte sie maliziös.

Nanda setzte sich mit einem eleganten Schwung auf die Tischkante.

»Ich will Ihnen gar nichts einreden, Fräulein Eugenie, aber Sie können mir schon glauben, daß ich mich schweren Herzens zu dieser Verlobung entschlossen habe und sie nur eingehen werde, um meinen Vater über meine Zukunft zu beruhigen. Es beruhigt ihn nämlich, wenn ich meine Hand eines Tages in die Jürgen Haldens lege, und ich habe nicht das Herz, mich zu weigern. Aber – ich hoffe sehr, daß Jürgen Halden sich dafür bedanken wird, sich mit mir zu verloben, und was ich dazu tun kann, werde ich tun. Dann brauche ich Vater seinen Wunsch nicht zu versagen und bleibe frei.«

Fräulein Eugenie schüttelte ungläubig den Kopf.

»Das sagst du nur so. Aber glaube nur nicht, daß du nun, wenn du Braut geworden bist, bereits eine fertige Dame sein wirst. Herr Georg Halden hat mir schon einen Wink gegeben, er hoffe sehr darauf, daß ich mein Erziehungswerk an dir zu seiner Zufriedenheit vollende.«

Nanda warf stolz und trotzig den Kopf zurück.

»Zu seiner Zufriedenheit? Ich will nur zu Vaters Zufriedenheit erzogen werden, es geht sonst keinen Menschen etwas an, wie ich erzogen werde.«

Höhnisch sah Fräulein Eugenie wieder durch ihre Lorgnette. »Das wird sich finden. Dein Vater ist leider Gottes sehr nachsichtig allen deinen Fehlern gegenüber.«

»Vater ist zufrieden mit mir, so, wie ich bin, und das genügt mir.«

»Aber nicht mir, und ich bin für deine Erziehung verantwortlich und habe immerhin darüber zu bestimmen. Also mache dich jetzt fertig, kleide dich an, wie es sich gehört, aber putze dich nicht wie eine Dame heraus. Du bist nur ein törichtes Kind, auch wenn du jetzt wegen besonderer Umstände verlobt wirst.«

Nanda sprang vom Tisch herab.

»Gut, ich werde mir Mühe geben, so abstoßend wie möglich auszusehen. Das meinen Sie doch mit Ihren Worten, Fräulein Euscheniiiiiiie!«

Empört fuhr die Erzieherin auf. »Du sollst meinen Namen nicht immer in dieser entstellenden Weise aussprechen!«

Nanda machte ein unschuldiges Gesicht.

»Klingt das entstellend? Ich finde es süß, und wenn ich Eugenie heißen würde, ließ ich mich nur Euscheniiiiiiie anreden. Es klingt doch viel vornehmer!«

Etwas unsicher sah Fräulein Eugenie auf ihren Zögling, um zu entscheiden, ob er im Ernste sprach. Nanda verzog keine Miene, nur in ihren grauen Augen blitzte der Schelm. Fräulein Eugenie hielt es aber für besser, nicht weiter auf dieses Thema einzugehen.

»Also mache dich schnell fertig, in einer halben Stunde werden die Herren hier sein.«

Nanda machte einen tadellosen Hofknicks.

»Wie Sie befehlen, Fräulein Eugenie!«

Diese ging wieder einmal mit dem Gefühl von Nanda, als habe sie eine Niederlage erlitten, und das erboste sie sehr. Sie hatte absolut keinen Sinn für Humor und nahm jeden Scherz, zu Nandas Leidwesen, übel.

Kaum war Nanda allein, als sie sich vor ihren Ankleidespiegel stellte, sich erst ernsthaft kritisch betrachtete und dann plötzlich greuliche Gesichter schnitt. Dabei steckte sie sich eine Backpflaume, die sie aus einem Schüsselchen nahm, das ihr die Köchin mit Backpflaumen hatte füllen müssen, weil sie diese gern naschte, in den Mund. Und als sie diese recht umfangreiche getrocknete Frucht auf die eine Seite der Mundhöhle zwischen Zähne und Wange schob, trat die eine Wange so dick hervor, als sei sie angeschwollen.

»Au fein!« sagte sie begeistert vor sich hin und verdrehte die Augen, so daß sie schielte. Befriedigt blickte sie auf ihr entstelltes Gesicht. Dann schwenkte sie sich auf dem Absatz herum.

»Also machen wir jetzt Toilette, damit der Bräutigam das Grausen kriegt und davonläuft«, sagte sie vor sich hin.

Und nun begann sie Maske zu machen. Sie suchte aus einem Winkel ihres Garderobenschrankes das älteste ihrer Kleider hervor, mit dem sie in den Bäumen herumzuklettern und durch Ställe und Scheunen zu tollen pflegte. Es zeigte nicht nur allerlei Flecke, sondern auch verschiedene Risse.

Das legte sie an. Auch ihre ältesten und häßlichsten Schuhe zog sie an, den einen Strumpf schob sie ganz herab bis auf den Schuhrand, und den andern ließ sie lieblich in Wasserfalten herabrutschen. Das Haar begoß sie mit Kölnisch Wasser, daß es ganz naß wurde, und zog es dann so lange nach hinten, bis sie es mit einem Bande fest zusammenbinden konnte. Es lag nun glatt und straff um den Kopf, und die fest zusammengeschnürten Haarenden standen im Nacken wie ein steifer, praller Wurstzipfel geradeaus. Sie jauchzte auf, als sie sich im Profil betrachtete. Sie sah einfach grotesk aus.

Vorn, über der Stirn, lockerte sie eine dicke Strähne des Haares und zog sie über die Stirn, damit es trotzdem recht liederlich aussah. Aber sie war noch nicht ganz zufrieden mit sich. Noch sah sie sich nicht abschreckend genug aus. Ein Streichholz abbrennend, suchte sie sich mit dem verkohlten Ende verschiedene Schmutzflecke ins Gesicht zu zeichnen. So war es schon besser! Nun noch aus Leibeskräften schielen, eine dicke Backpflaume in die rechte Bakkentasche, damit das Gesicht schief und geschwollen aussah. Ihre Maske war beendet. Befriedigt nickte sie sich zu.

»Wenn er sich nun noch mit mir verloben will, ist es einfach eine Gemeinheit. Das wäre der beste Beweis, daß es ihm wie seinem Vater nur auf mein Erbe ankommt und nicht auf meine Person. Ist er ein anständiger Mensch, dann weigert er sich, eine solche Vogelscheuche um ihre Hand zu bitten. Er ist ja ein Mann und kann sich weigern, zumal er nicht einen kranken Vater durch seine Weigerung aufregen wird.« Sie legte sich nun vor dem Spiegel noch eine recht blöde Miene zurecht, stellte die Füße einwärts und watschelte so auf ihr eigenes Spiegelbild zu. Sie mußte aufjauchzen, so schauderhaft sah sie aus. Schon klopfte es an ihre Tür, und der Diener rief ihr zu, daß die Herren Halden, Vater und Sohn, sie in der Halle erwarteten.

»Ich komme sofort, melden Sie Fräulein Eugenie den Besuch!« rief sie zurück.

»Fräulein Sanders ist schon unten und hat die Herren empfangen«, erwiderte der Diener.

»Gut, gut, ich komme gleich!«

Nanda betrachtete sich noch einmal von oben bis unten, schnitt Grimassen, schielte, daß es ihr fast übel wurde, watschelte über die große Fußzehe und fand sich wundervoll.

Dann wandte sie sich zum Gehen.

Mit sehr gemischten Gefühlen hatte Jürgen seinen Vater nach Heidersberg begleitet. Zwar hatte ihm Fernanda Roland gestern, als er sie belauschte, sehr gut gefallen, aber erstens gab er seine Freiheit jetzt ungern schon auf, und dann gefiel ihm diese ganze Art der Verlobung absolut nicht. Er hatte es sich ganz anders gedacht, wie es sein würde, wenn er einmal eine Frau bitten würde, seine Lebensgefährtin zu werden. Aber er hatte es nun einmal seinem Vater zugesagt und konnte jetzt nicht zurücktreten. Immerhin bestand ja die Möglichkeit, daß aus dieser Verlobung nicht auch eine Ehe entstehen mußte. Das würde die Zeit zeigen. Er sagte sich freilich heute, daß er von seinem Vater überrumpelt worden sei. Das half jetzt aber alles nichts, er mußte sich zu dieser Verlobung bereit erklären.

Neugierig war er selbstverständlich sehr, wie Fernanda Roland sich dazu stellen würde. Seines Erachtens konnte sie in ihrem Alter den Ernst der Sache noch gar nicht erfassen. Willigte sie ein, so geschah es infolge ihrer großen Unerfahrenheit, und schließlich war es seine Pflicht, sie davor zu schützen, daß sie sich ohne reifliche Überlegung zu diesem Schritte bewegen ließ. Er nahm sich also ganz im stillen vor, jetzt gute Miene zu machen und dann den Dingen ihren Lauf zu lassen, bis das Kind Nanda eine zielbewußte Persönlichkeit geworden war und dann selbst entscheiden konnte, ob dies Verlöbnis zu einer Ehe führen sollte oder ob es aufgelöst werden müßte.

So stieg er denn einigermaßen beruhigt mit seinem Vater aus dem Wagen und wurde in der großen Halle des Hauses von Fräulein Sanders empfangen. Diese machte einen sehr unangenehmen Eindruck auf ihn, so süß und liebenswürdig sie sich auch zu geben bemühte. Und es fiel ihm auch sogleich auf, daß sie seinen Vater mit koketten, eroberungslustigen Blicken bombardierte. Was sollte denn das heißen? Hatte dieses etwas verschrobene, ältliche Fräulein etwa Absichten, seinen Vater mit ihrem Liebreiz in Fesseln zu schlagen?

Etwas beunruhigt sah er seinen alten Herrn an und mußte leider bemerken, daß dieser Fräulein Sanders außerordentlich liebenswürdig behandelte. Aber er konnte sich nicht denken, daß diese Dame dem Herzen seines Vaters gefährlich werden könnte. Wahrscheinlich hatte er andere Gründe, Fräulein Sanders so entgegenzukommen.

Und damit traf Jürgen das Richtige. Georg Halden sah in Fräulein Sanders vorläufig nur eine Bundesgenossin, die seine Pläne unterstützen würde und die Nanda in die Schablone pressen sollte, die er für gut und richtig hielt, um diese unter seinen Einfluß beugen zu können.

Jürgen hörte nun Fräulein Sanders zu seinem Vater sagen: »Herr Roland, der mir ja in allen Dingen sein volles Vertrauen schenkt, hat mir eröffnet, was heute geschehen soll. Sie sehen mich also völlig orientiert, und Herr Roland wünscht, daß ich Ihnen in allen Dingen behilflich sein soll.«

Georg Halden verneigte sich vor ihr und spendete ihr ein bei ihm sehr seltenes Lächeln.

»Ich weiß, was Sie ihm sind, Fräulein Sanders. Wie geht es meinem armen Freund heute?«

Jürgen hörte sehr wohl einen falschen Ton aus den Worten seines Vaters und sah erstaunt zu ihm hinüber. Daß sein Vater ein harter, schroffer Mann war, wußte er wohl, aber bisher hatte er ihn für unbedingt offen und ehrlich gehalten. Jetzt spürte er eine leise Falschheit, und das gefiel ihm gar nicht.

Fräulein Sanders erschien ihm ebenso falsch, als sie mit einem Seufzer antwortete:

»Er ist leider wieder sehr matt und hat wenig geschlafen. Wir sind in großer Sorge um ihn, und ich bin Ihnen sehr dankbar, daß Sie ihm alle Aufregung fernhalten wollen. Es ist wirklich besser, wenn ... das junge Paar ihn erst aufsucht, wenn alles klipp und klar ist. Ich werde Nanda gleich rufen lassen, bitte entschuldigen Sie einen Augenblick.«

Und sie ging an die Klingel heran und rief den Diener herbei, dem sie den Auftrag gab, Fräulein Nanda herunterzubitten, da die Herren Halden sie erwarteten.

»Sie ziehen sich nachher sofort wieder zurück und sorgen dafür, daß wir hier ganz ungestört bleiben«, sagte sie leise zu dem Diener. Dann setzte sie sich wieder zu den beiden Herren und plauderte mit ihnen in ihrer neckisch koketten Art, die Jürgen teils komisch, teils unangenehm erschien. Unruhig sah er von seinem Platze aus die Treppe hinauf, auf der Nanda Roland erscheinen mußte.

Und Nanda kam!

Jürgen sah sie zuerst, und ihm blieb das Wort im Munde stecken, und seine Augen sahen entgeistert auf das »Gebild' aus Himmelshöhen«, das langsam, über die große Zehe watschelnd, die Treppe herunterkam. Nur mit großer Mühe unterdrückte er ein aufsteigendes Lachen; denn als er Nanda in ihrer herrlichen Kostümierung erblickte, ahnte er sofort, was diese bezweckte. Nanda kam wie ein Opfer, das man zur Schlachtbank führt und das sich aus Leibeskräften, so gut es ging, dagegen wehrt. Sofort begriff er, daß man irgendeinen Zwang auf sie ausgeübt hatte. Vielleicht war sie nur zu schwach, nein zu sagen, vielleicht wollte sie auch den kranken Vater nicht betrüben. Jedenfalls hatte sie sich so schauderhaft herausgeputzt, um ihm zu mißfallen.

Hätte er sie nicht, gestern nachmittag im Park belauscht, wäre Nandas Zweck vielleicht erreicht worden und Jürgen geflohen bei ihrem Anblick. So aber fühlte er nur ein tiefes Mitleid mit ihr, nachdem er seine aufsteigende Lachlust bekämpft hatte, und er sagte sich, daß er gerade, um sie schützen zu können, in diese Verlobung willigen müsse.

Inzwischen war Nanda die Treppe vollends herabgekommen, watschelte auf die drei Personen zu und schnitt allerlei Grimassen. Sie schob die Backpflaume so fest zwischen Wange und Zahnfleisch, daß sie eine dicke Geschwulst im Gesicht vortäuschte, lächelte blöd und begann zu schielen. Als sie darin jetzt eine Pause machte und Jürgen erblickte, schrak sie leise zusammen, denn im Grunde gefiel er ihr sehr gut, und plötzlich schämte sie sich ihrer Maske. Aber das war nun nicht mehr zu ändern. Sie gab nur das greuliche Schielen auf.

Jetzt wurden erst die beiden andern auf sie aufmerksam und sahen sich nach ihr um. Beiden blieb das Wort im Munde stecken. Fräulein Sanders stieß einen sehr dramatischen Schrei aus und fuhr empor.

»Aber Nanda! Was soll das heißen? Wie siehst du aus?«

Nanda lächelte sie, nun wieder mutig, blöde an.

»Wie meinen Fräulein Euscheniiiiie? Sie haben doch gesagt, ich soll mir das Haar glatt hinterkämmen und nicht so wild um den Kopf hängen lassen? Und wie eine Dame soll ich mich auch nicht aufputzen! So habe ich mein bequemes Kletterkleid angezogen.«

»Mein Gott, und wie siehst du um die Füße aus? Das ist ja fürchterlich!«

»Bin ich nicht schön?« fragte Nanda in blöder Unschuld, so daß Jürgen wieder alle Kraft aufbieten mußte, um nicht einen neuen Lachanfall zu bekommen.

Jetzt hatte aber Georg Halden seine Fassung wiedergewonnen und sah Nanda mit strenger Miene an.

»Was treibst du wieder für Narrenpossen, Nanda? Schämst du dich nicht, in einem solchen Aufzuge herumzulaufen und dich so deinem künftigen Verlobten zu präsentieren?«

»Er braucht sich ja nicht mit mir zu verloben! Er ... er hat ja keinen kranken Vater, den er schonen muß.«

Georg Halden blitzte Nanda drohend mit seinen Augen an. »Geh sofort auf dein Zimmer und beende diese unwürdige Maskerade!«

Nanda zitterte das Herz. Sie warf einen Blick auf Jürgen und sagte unsicher, halb flehend, halb trotzig:

»Sie wollen sich doch nicht mit mir verloben, nun Sie mich kennen? Ich bin wirklich ein ganz unausstehliches Geschöpf und werde Sie nur unglücklich machen.«

Jürgen hätte sie am liebsten mitleidig gestreichelt und beruhigt, aber das ging nicht in Gegenwart der andern. Er sah sie jetzt fest und ruhig an und sagte klar und bestimmt:

»Doch, ich möchte mich mit Ihnen verloben und bitte Sie um Ihre Einwilligung.«

Kraftlos ließ sie die Arme sinken und schluckte in ihrer Entmutigung ihre Backpflaume hinunter, so daß ihr Gesicht seine natürliche Rundung wieder erhielt. Es lief ein leises Zittern über sie hin, und dann sagte sie leise:

»Dann hilft es nichts, wenn Sie mich so, wie ich bin, als Ihre Verlobte betrachten wollen, dann ... ja, dann muß ich mich fügen, weil Vater nicht aufgeregt werden darf. Ich hatte darauf gehofft, daß Sie mich verabscheuungswürdig finden würden. Meine Hoffnung hat mich getäuscht. Aber bitte, sagen Sie Vater nichts davon, daß ich diesen Versuch machte, meine Freiheit zu behalten, ohne daß ich ihn betrüben mußte. Ich gehe jetzt mich umzuziehen, gleich bin ich wieder da, und dann können wir zu Vater gehen.«

Jürgen klopfte bei ihren Worten das Herz, als begehe er ein großes Unrecht. Aber er wußte, zog er sich jetzt zurück, würde man sie quälen, und der Vater würde ihm schwere Vorwürfe machen. Er konnte Nanda nur helfen, wenn er sich mit ihr verlobte, damit er sie schützen konnte. Vielleicht konnte er später einen Augenblick mit ihr allein sprechen, dann wollte er versuchen, sie zu trösten und ihr alle Angst zu nehmen. Langsam, mit seltsam müden Schritten, aber nicht mehr über die große Fußzehe, schlich Nanda davon, die Treppe wieder hinauf und verschwand. Jetzt fand auch Fräulein Sanders wieder Worte und machte ihrem Ärger über ihre unbotmäßige Schülerin Luft. Sie lieferte ein sehr wenig günstiges Bild von Nanda. Aber Georg Halden erwiderte ihr, nachdem er eine Weile mit finster zusammengezogener Stirn zugehört hatte:

»Ich kann Ihnen den Vorwurf nicht ersparen, Fräulein Sanders, daß Sie Nanda nicht streng genug erzogen haben. Das geht so nicht weiter. Wenn Sie sich keine Autorität verschaffen können, muß ich, so leid es mir tut, meinen Freund veranlassen, eine andere Erzieherin zu engagieren. Nanda muß so erzogen werden, daß sie eines Tages in den Rahmen meines Hauses paßt, daß sie meinem Sohne eine gehorsame Frau wird. Ihre Mucken müssen ihr ausgetrieben werden!«

Jürgen suchte nun einzugreifen. »Aber Vater, das war doch nur ein kindlicher Einfall, das muß man nicht tragisch nehmen. Offen gesagt, ich konnte mich nur schwer beherrschen, daß ich nicht laut herauslachte. Sie sah ja zu komisch aus, und wenn ich sie nicht gestern schon, ohne daß sie es ahnte, in anderer Gestalt erblickt hätte, wäre ich wohl in die Flucht geschlagen worden.«

Sein Vater fuhr ärgerlich nach ihm herum.

»Zum Lachen fand ich das nun nicht, Jürgen; es war

eine Hinterlist, sie bezweckte eine Täuschung. Man muß ihr dergleichen energisch austreiben, sonst hast du einmal große Not mit ihr.«

»Sie ist ja noch ein Kind. In vier bis fünf Jahren wird sie so etwas nicht mehr machen.«

Fräulein Sanders hatte die bitteren Worte, die ihr Georg Halden zu schlucken gegeben hatte, so leidlich verwunden und sagte nun mit erheuchelter Sanftmut:

»Nein, nein, Herr Halden, Sie dürfen Nanda nicht in Schutz nehmen, es war einer ihrer Streiche, die ich in meiner Sanftheit und Gutmütigkeit bisher habe durchgehen lassen. Das soll jetzt anders werden, ich verspreche es Ihrem Herrn Vater. Meine Geduld ist zu Ende. Sie ist immer wild und ungebärdig gewesen und hat mich oft tief betrübt. Das muß nun aufhören. Seien Sie ganz außer Sorge, Herr Halden«, fuhr sie, zu dem Vater gewendet, fort, »Sie sollen sich nicht mehr über mich beschweren.«

Jürgen hatte das Gefühl, als ergreife dieses Fräulein Sanders nur zu gern die Gelegenheit, noch mehr Strenge bei ihrem Erziehungswerk anwenden zu können, und er hätte Nanda noch mehr bedauert, wenn er sich nicht gesagt hätte, daß diese sich wohl nicht allzu leicht unterdrücken lassen würde. Seinen Vater kannte er. Dem war es selbstverständlich unangenehm, eine aufsässige Schwiegertochter zu bekommen. Er vertrug niemals einen Widerspruch, und wenn es bisher zwischen Vater und Sohn noch nicht hart auf hart gegangen war, dann nur, weil Jürgen jede Gelegenheit vermied, sich mit ihm auseinanderzusetzen. Geschah das erst einmal, würde es Wunden geben, das wußte er. Er wußte aber auch, daß es sich eines Tages nicht mehr würde vermeiden lassen, wenn er erst dauernd in Reichenau leben würde. Der Vater betrachtete sich dort als alleinigen Herrn, während

Jürgen, laut Testament seiner Mutter, der eigentliche Besitzer von Reichenau war und der Vater sozusagen nur sein Verwalter und Geschäftsführer. Das mußte eines Tages festgestellt werden, aber dazu war Zeit, wenn er erst sein Erbe antreten würde. So ließ er vorläufig die Dinge gehen.

Ohne noch ein Wort einzuwerfen, ließ er den Vater jetzt ruhig Fräulein Sanders Direktiven geben, wie sie Nanda von jetzt ab anzufassen habe. Diese wagte nur einzuwenden, daß Herr Roland es ihr schwermachen würde, diesen Erziehungsplan durchzuführen, er verwöhne Nanda eben zu sehr, und das mache diese übermütig.

Jürgen erschrak, als sein Vater darauf mit harter, kalter Stimme erwiderte:

»Wir wissen ja, daß Nanda – leider – sehr bald nicht mehr unter seinem Einfluß stehen wird. Solange er lebt, müssen wir ihn gewähren lassen. Später habe ich als Vormund unbeschränkte Macht über sie.« Das klang so herzlos, daß Jürgen sich seines Vaters schämte, und seine Antipathie gegen Fräulein Sanders wuchs noch mehr, als diese mit falscher, heuchlerischer Trauer erwiderte:

»Man darf ihn nicht aufregen! Leider zählt sein Leben, wie der Arzt sagt, nur noch nach Tagen.«

Jürgen sprang auf, er ertrug es nicht mehr, solchen Worten zuzuhören, und er atmete auf, als Nanda wieder herunterkam, jetzt sehr reizend und anmutig anzusehen. Ihr inzwischen getrocknetes Haar umgab mit seiner Lokkenfülle das leicht gebräunte Gesicht, aus dem die hellen Augen herausleuchteten. Sie hatte ein hübsches, wenn auch einfaches Kleid angelegt, das zwar nicht festlich aussah, aber ihr dank seiner steingrünen Farbe vorzüglich stand. Die schlanken Beine mit den schmalen Fesseln waren jetzt mit tadellos sitzenden, seidenen Strümpfen bekleidet und hübsche, elegante Schuhe vervollständigten das Bild.

Ohne Verlegenheit, nur ziemlich entmutigt, kam sie heran.

»Ich bin fertig – wir können zu Vater gehen«, sagte sie, aufatmend wie nach einem schweren Werke.

Jürgen trat an sie heran.

»Wollen Sie mir nicht die Hand reichen und mir mit einigem Vertrauen entgegenkommen?«

Sie sah ihn mit großen, ernsten Augen an.

»Ein Mann, der sich mit einer Vogelscheuche verloben will, nur ... weil sie reich ist ... nein, dem kann ich nicht vertrauen«, sagte sie leise.

Georg Halden und Fräulein Sanders waren schon die Treppe hinaufgegangen. Jürgen sah sie fest an, obwohl seine Stirn sich rötete.

»Sie sollen mir diese Worte eines Tages abbitten, Nanda, und ich will Ihnen gleich jetzt sagen, daß ich wußte, daß die Vogelscheuche Maskerade war. Ich habe Sie nämlich schon gestern im Park gesehen, als sie französische Vokabeln lernten. Als mein Vater mir davon sprach, daß ich mich mit Ihnen verloben sollte, stellte ich die Bedingung, daß ich Sie zuvor sehen müsse.«

Jetzt schoß ihr das Blut ins Gesicht, und sie sah ihn unsicher an.

»Ach ... das wußte ich freilich nicht.«

»Nein! Aber Sie sollten sich hüten, vorschnell zu urteilen, wenn Sie einmal etwas nicht verstehen. Lassen Sie mich Ihnen jetzt gleich noch sagen, daß ich gern etwas Notwendiges mit Ihnen besprechen möchte, vielleicht haben wir nachher eine halbe Stunde für uns, in der wir ohne Zeugen miteinander reden können. Wollen Sie mir versprechen, vertrauensvoll mit mir zu kommen, vielleicht in den Park, wenn ich Sie im Beisein der andern darum bitte?«

Wieder wurde sie rot und sah ihn mit großen Augen an. Und sie mußte sich, wenn auch sehr widerwillig, gestehen, daß er ihr im Grunde sehr gut gefiel. Sie nickte aber nur stumm zu seinen Worten, denn jetzt waren sie bei den andern angelangt.

5

Heinz Roland hatte ungeduldig das Erscheinen seines Freundes Georg und des Brautpaares erwartet, und er atmete auf, als sich die Tür öffnete und die Erwarteten eintraten. Nanda flog auf ihn zu, kniete an seinem Bette nieder und fragte zärtlich:

»Wie geht es dir, Väterchen?«

Er nickte ihr zärtlich zu und strich ihr über das Haar.

»Gut geht es mir, Nanda!«

Dabei zuckte es aber wie verhaltener Schmerz in seinem blassen, schmalen Gesicht.

Seine Augen flogen nun zu Jürgen hinüber. Er streckte ihm die Hand entgegen.

»Ist alles erledigt, Jürgen?«

Dieser neigte das Haupt und sah ihn mit seinen ehrlichen stahlblauen Augen fest und ruhig an.

»Es geht alles in Ordnung, Onkel Heinz.«

Dieser drückte seine Hand, so fest er konnte.

»Ich lege meinen köstlichsten Schatz in deine Hände, Jürgen, und ich habe das beruhigende Gefühl, daß ich es unbesorgt tun kann.«

»Ich danke dir für dein Vertrauen. Du kannst dich fest und heilig darauf verlassen, Onkel Heinz, daß ich immer nur Nandas Wohl im Auge haben werde. Willst du mir das glauben?«

Groß und forschend sah der Kranke ihn an.

»Ja, ich glaube dir.«

Nanda hatte diesen Worten gelauscht, sie hatten ihr ans Herz gegriffen, und es erging ihr seltsam. Der Groll, den sie gegen Jürgen gehegt, weil er sie nicht abgelehnt hatte, als sie wie ein Schreckbild vor ihm stand, war verblaßt. Er hatte sie ja zuvor anders gesehen und hatte gewußt, daß sie Maske gemacht hatte. Also war er doch wohl nicht so sehr zu verurteilen, daß er sich mit ihr verlobt hatte. Und vielleicht stand auch er unter einem Zwange. Sein Vater war ein Despot, der am liebsten alle Menschen tyrannisierte. Warum also nicht auch seinen Sohn? Was ihr wohl Jürgen nachher zu sagen hatte? Sie lauschte seiner Stimme, die so ganz anders klang als die seines Vaters. Es lag so viel Wärme darin ...

Sie erschrak, als ihr Vater jetzt ihre Hand in die Jürgens und die seine um diese beiden zusammengefügten Hände legte. Ganz seltsam war ihr dabei zumute. Ihr war es, als brenne ihre Hand in der seinen, als müsse sie sie schnell zurückziehen, wenn sie nicht für immer gefangen sein wollte. Doch die Sorge um den Vater ließ sie auch jetzt geduldig ausharren.

Endlich löste der Vater seine Hände von denen der jungen Leute, und Jürgen trat zurück, um seinen Vater an das Bett heranzulassen.

»Nun ist also unser beiderseitiger Wunsch erfüllt, Heinz, und du kannst nun beruhigt sein über das Schicksal deiner Tochter«, sagte Georg Halden, joviale Biederkeit in seinen Ton legend. Wieder empfand aber Jürgen, daß dieser Ton falsch war und nicht von der Ehrlichkeit durchdrungen, die man für einen Freund haben muß.

Auch Nanda hatte dasselbe Empfinden, und sie hätte diesen Mann, den ihr Vater seinen Freund nannte, am liebsten fortgestoßen von seinem Lager. Wie schon oft dachte sie darüber nach, wie es möglich war, daß der Vater Georg Halden seinen Freund nannte. Sie fühlte instinktiv, daß er es nicht war, spürte im Gegenteil, daß eine heimliche Feindseligkeit von ihm ausstrahlte, sobald er mit ihr oder dem Vater sprach.

Jürgen wollte die Gelegenheit, da die beiden Väter jetzt zusammen sprachen, benutzen, um mit Nanda ein Alleinsein herbeizuführen.

»Ich möchte mir gern nach so langen Jahren, während welcher ich der Heimat fernblieb, den Heidersberger Park ansehen. Darf ich Sie bitten, Nanda, mich auf einem Spaziergang zu begleiten?«

Nanda sah zu dem Vater hinüber. Er lächelte ihr zu:

»Geh nur, Kind, es ist gut, wenn du Jürgen ein wenig näher kennenlernst.«

Nanda wollte nun mit Jürgen das Zimmer verlassen, da hielt sie Georg Halden fest an der Schulter.

»Erst wollen wir einmal das steife Sie aus eurem Verkehr verbannen. Da ihr nun verlobt seid, ist doch das Du am Platze.«

Jürgen sah, daß sich Nanda mit einem Ausdruck der Qual aus seinem Griffe löste und daß sie wie hilfeflehend zu dem Vater hinübersah. Schnell trat er vor, an Nandas Seite, als gehöre er dahin, und sagte ruhig und bestimmt:

»Das Du soll Nanda mir erst geben, wenn sie es selbst wünscht und wenn ich mir ihr Vertrauen verdient habe, Vater. Vorläufig wollen wir es bei der alten Anrede lassen. Zwingen soll sich Nanda zu nichts!«

Der Vater sah ihn finster an wie immer, wenn ihm widersprochen wurde, aber Heinz Rolands Augen leuchteten zu ihm auf. Dieser spürte mit der Sensitivität der

Todgezeichneten, daß Jürgen seine junge Tochter viel besser verstand als sein Vater.

Ehe Georg Halden noch seinen Ärger bezwungen hatte und etwas erwidern konnte, zog Jürgen Nanda mit sich aus dem Zimmer.

Stumm gingen sie nebeneinander die Treppe hinab, durch die Halle und hinaus in die linde Maienluft. Die beiden zurückbleibenden Väter entließen nun erst einmal Fräulein Sanders, die darüber ziemlich pikiert war.

Mit einem grimmigen Lächeln hatte Georg Halden hinter ihr hergesehen.

»Die ist hartnäckig, Heinz. Ich glaube, jetzt hat sie es auf den Posten einer Herrin von Reichenau abgesehen, da es sich für sie zerschlagen hat, Herrin von Heidersberg zu werden.«

Heinz Roland lächelte sein mildes Lächeln.

»Meinst du wirklich?«

»O ja, ich merke es deutlich genug, man muß höllisch aufpassen, um sie sich nicht zu nahe kommen zu lassen. Das wäre ja gerade das, was mir fehlte, so eine alte Jungfer mit verblühten Reizen, wenn je welche vorhanden waren. Aber mag sie sich in dem schönen Wahne wiegen, daß ich ihr doch eines Tages ins Netz gehen könnte, ich werde auf der Hut sein, und die Hauptsache ist, daß sie Nanda richtig erzieht.«

»So ist es, Georg, dazu ist sie ja in Heidersberg. Und ich glaube doch, daß sie bei aller Verschrobenheit eine ganz gute Erzieherin ist.«

»Selbstverständlich, daran zweifle ich gar nicht, und wenn man ihr nur die nötigen Direktiven gibt, wird sie ihre Sache schon machen. Aber ich habe dich noch gar nicht gefragt, wie es dir heute geht?«

Ein schmerzliches Lächeln umspielte die Lippen des Kranken.

»Ich glaube, Georg, daß ich so ziemlich meine letzte Kraft verbraucht habe. Übrigens freue ich mich über Jürgen, er hat sich in den letzten Jahren sehr gut entwickelt. Mit seinen vierundzwanzig Jahren erscheint er mir schon sehr männlich und bestimmt. Ich muß sagen, als ich ihn vor mir sah, war ich plötzlich ganz ruhig; ich glaube, er ist der rechte Mann für meine Nanda. Es liegt etwas in seinen Augen, was einem Vertrauen einflößt. Dir ist er übrigens gar nicht ähnlich.«

»Nein, er ist ein echter Reichenau; die von jeher hervorragende Männer waren, aber die Frauen waren alle häßlich.«

Heinz erschrak vor dem kalten, harten Ton.

»Aber Georg, deine Frau war doch nicht häßlich ...«

Ein scharfes, höhnisches Lachen kam über Georg Haldens Lippen, und in seinen Augen schimmerte etwas wie Haß, als er auf den Freund blickte.

»Das sagst du, der die schönste und bezauberndste Frau im ganzen Umkreis besaß?«

»Ja, meine Lori war schön, und, was mehr war, liebenswert. Aber deine Maria war doch auch eine sehr wertvolle Frau.«

Heiser lachte Georg Halden auf.

»Na ja, lassen wir das! Für verborgene Reize habe ich bei den Frauen nie etwas übrig gehabt. Friede ihrer Asche, sie hat mir ja bald genug meine Freiheit wiedergegeben, aber ... doch zu spät! Du weißt doch, ich wollte mir nach ihrem Tode eine schöne Frau nehmen, aber ... da war diese schon in festen Händen.«

»Du meinst Sanna, meine Schwägerin?«

Wieder glühte ein unbeherrschter Haßblick zu dem ahnungslosen Heinz hinüber.

»Ja, sie war so schön wie deine Frau, aber ... sie wies mich ab!«

Heinz sah in sein fahl gewordenes Gesicht.

»Ich habe gar nicht gewußt, daß dir das so tief gegangen ist.«

Wieder kam ein heiseres Lachen über Georg Haldens Lippen. »Was hast du überhaupt je von mir gewußt!« stieß er fast feindlich heraus.

Heinz Roland sah ihn erschrocken an. »Aber Georg, wir waren doch Freunde!«

Es zuckte in Georg Haldens Gesicht wie unterdrückter Zorn, aber dann hatte er sich wieder in der Gewalt und vermochte dem Freunde sogar zuzulächeln.

»Ja doch, aber auch dem besten Freund zeigt man seine brennenden Wunden nicht. Nun laß das, darüber wollen wir nicht mehr reden, das ist vorbei ... wenn auch nicht vergessen. Also unsere Kinder sind nun verlobt. Schon in den nächsten Tagen reist Jürgen wieder ab, ich halte das für gut. Er beendet erst sein Studium, was immerhin noch drei Jahre dauern kann. Dann schicke ich ihn auf eine Reise um die Welt ... und wenn er danach heimkommt, kann die Hochzeit sein.«

Mit großen Augen sah Heinz Roland vor sich hin.

»Die Hochzeit meiner Nanda!«

»Und die meines Sohnes!«

»Ja, ja, mögen sie beide glücklich werden. Ich bin dann nicht mehr bei euch, Georg, seid gut zu meinem Kinde!«

Dieser lachte auf.

»Was denkst du denn, wir sind doch keine Menschenfresser. Ich will schon darauf achten, daß Nanda sich so entwickelt, daß eine glückliche Ehe zustande kommt. Das ist mein Bestreben, mehr brauche ich dir nicht zu sagen.«

»Und dann kann Jürgen in Heidersberg die Zügel führen; solange du noch in Reichenau regierst, kann er sich Heidersberg widmen. Später muß er ja sowieso beide Güter in seine Hände nehmen.«

Befriedigt nickte Georg Halden.

»Das wird schon alles in die Reihe kommen, und du kannst mir glauben, daß ich dafür sorgen werde, daß in Heidersberg und Reichenau alles am Schnürchen geht.«

»Davon bin ich überzeugt, Georg.«

Sie besprachen nun, wie schon oft, allerlei Zukunftsfragen, und Heinz Roland gab dazu so ziemlich seine letzten Kräfte her. Er wollte sein Haus bestellt haben, wenn der Tod seine kalte Hand nach ihm ausstreckte. Und er glaubte fest daran, daß er seinen Besitz keinen zuverlässigeren Händen anvertrauen konnte als denen seines Freundes Georg, und seiner Tochter Schicksal Jürgen Haldens Händen.

Inzwischen waren Jürgen und Nanda nebeneinander durch den Park geschritten. Eine ganze Weile blieben sie stumm. Nanda war in schmerzliche Gedanken versunken, und Jürgen sah zuweilen forschend und prüfend in ihr etwas blasses Gesicht. Er mußte daran denken, in welcher Maskerade sie sich ihm vorgestellt hatte, und dabei zuckte immer wieder ein Lächeln über sein Gesicht. Endlich beendete er das Schweigen.

»Was hatten Sie eigentlich mit Ihrer Maskerade bezweckt, Nanda?« fragte er.

»Das ist doch nicht schwer zu erraten. Ich wollte Sie einfach fortgraulen ... in die Flucht schlagen.«

Er mußte lachen.

»Das wäre Ihnen auch todsicher gelungen, wenn ich mich eben nicht gestern heimlich in den Park geschlichen hätte, um Sie mir erst einmal ohne jeden Zwang anzusehen.«

Sie wurde rot und schaute ihn nicht an.

»Wenn ich das nur gewußt hätte, dann hätte ich mich schon gestern als Vogelscheuche herausgeputzt.«

»Haben Sie solche Angst gehabt vor einer Verlobung mit mir?«

»Der Gedanke war mir schrecklich!«

»Darf ich fragen, warum?«

Sie richtete sich kriegerisch auf und sah ihn mit flammenden Augen an.

»Vor allem, weil ich Ihren Vater hasse!«

Das kam so überzeugt und heftig über ihre Lippen, daß er zusammenzuckte.

»Sie hassen meinen Vater, der doch ein Freund des Ihren ist? Warum?«

»Weil er eben nicht der Freund meines Vaters ist, weil er ihm diese Freundschaft nur heuchelt und weil er auch mir vorheuchelt, daß er nur Gutes für mich will. Er lügt! Ja, er lügt, er will in Heidersberg regieren, will mich beherrschen und beeinflussen, will mein Vermögen an sich bringen. Nur er hat meinem Vater den Gedanken suggeriert, daß wir uns heiraten sollen, Vater hätte nicht daran gedacht. Er ist nur zu schwach, als daß er sich dem Einfluß Ihres Vaters entziehen könnte, dieser hat etwas an sich ... Man muß sehr stark sein, um sich seiner Gewalt zu entziehen. Er haßt mich ebenso, wie ich ihn hasse, weil er weiß und fühlt, wie ich zu ihm stehe und daß ich ihn durchschaue.«

Das kam mit so anklagender Wucht über die Lippen dieses Kindes, daß es Jürgen traf wie ein Schlag. Er wurde sehr blaß und vermochte nichts zu erwidern, vielleicht, weil er im tiefsten Innern fühlte, daß sie mit ihrer Anklage recht hatte. War ihm doch heute und gestern einige Male der falsche Ton seines Vaters aufgefallen ...

Als Nanda all ihrem Groll Luft gemacht hatte, sah sie in Jürgens Gesicht, und nun erschrak sie. Einen Moment verschlug es ihr die Rede. Dann sagte sie leise, bittend:

»Ach, verzeihen Sie mir, ich ... ich habe nicht bedacht,

daß es Ihr Vater ist. Ich hätte zu jedem andern Menschen eher darüber sprechen dürfen als zu Ihnen.«

Langsam wandte er ihr sein blasses Gesicht zu.

»Es ist mir lieber, daß Sie mir das gesagt haben, als wenn Sie es einem andern Menschen mitgeteilt hätten. Was Sie gesagt haben, ist bitter für mich ... viel bitterer, als Sie sich in Ihrer Unerfahrenheit denken können. Bedenken Sie einmal, wie Ihnen zumute wäre, wenn Ihnen jemand so etwas über Ihren Vater sagen würde?«

Sie streckte erschrocken abwehrend die Hände aus.

»Oh ... ich weiß nun, ich habe mich unerhört benommen. Aber ... über meinen Vater dürfte auch niemand so etwas sagen, er ist gut und edel, wahr und klar.«

Seine stahlblauen Augen wirkten fast schwarz, als er sie mit einem schmerzlichen Ausdruck ansah.

»Dann hätten solche Worte Sie eben nicht so schwer treffen können, weil Sie gleich gewußt hätten: Das ist nicht wahr! Das bitterste dabei ist ... daß, ja ... daß ich Sie nicht Lügen strafen kann.«

Das letzte stieß er so gequält hervor, daß sie zusammenzuckte und ihn angstvoll ansah.

»Ach, was tue ich nur, um Sie meine Worte vergessen zu machen?« fragte sie außer sich.

Er winkte ab.

»Lassen Sie nur – ich werde es schon verwinden!«

»Ich bin mir gram, daß ich mich zu so törichten Worten habe hinreißen lassen. Bitte vergessen Sie, was ein dummes Mädel dahergeschwatzt hat.«

Er schüttelte den Kopf.

»Nein, vergessen will ich es nicht und kann es nicht, weil Ihre Worte eben zu ehrlich, zu überzeugt waren. Und ... ich will Ihnen nur gestehen. Ihr Urteil über meinen Vater scheint mir kaum ungerecht zu sein. Ich ... ja, ich habe auch schon empfunden, daß er sich nicht so gibt, wie ihm ums Herz ist. Sie müssen wissen, daß wir uns immer ziemlich fremd gegenübergestanden haben, mein Vater und ich – immer habe ich empfunden, daß eine hohe Scheidewand zwischen uns steht. Das stammt aus meiner frühesten Kindheit. Ich sah, daß meine Mutter litt unter dem Wesen meines Vaters, daß er sie quälte. Und ... ich hatte meine Mutter sehr lieb.« Jürgen fuhr fort: »Alles, was ich jemals an Liebe erfahren habe, kam nur von ihr. Den Vater kenne ich nur in einer despotischen Kälte mir gegenüber. Ich habe immer gefühlt, daß es eines Tages zwischen uns zu schweren Konflikten kommen wird. Er hält mich für weich und biegsam, wie es meine Mutter war, aber ich habe nur vermieden, ihm zu zeigen, daß auch ich einen Willen habe, und zwar einen ziemlich festen. Merkt er das eines Tages – und er wird es merken müssen –, dann stoßen wir hart zusammen! Das will ich hinausschieben, solange es geht. Und deshalb habe ich auch jetzt darein gewilligt, mich mit Ihnen zu verloben, deshalb, und weil ich ahnte, daß es sein Einfluß war, daß diese Verlobung zustande kommen mußte. Aber ich habe Sie nun hierher geführt, um mit Ihnen allein zu sein und um Sie zu beruhigen. Ich habe mich mit Ihnen nur verlobt, um ein Recht zu haben, Sie zu beschützen, soweit es in meiner Macht liegt. Sie sollen keine Angst vor mir haben wie vor meinem Vater, Nanda ... ich gebe Ihnen mein Wort, daß ich Ihnen nur Kämpfe und Quälereien ersparen will. Ich hörte, wie Sie im Park so zärtlich von Ihrem Vater sprachen, ahnte, daß Sie nur in diese Verlobung willigten, um Ihrem Vater Aufregung zu ersparen. Und da wußte ich, daß ich zu Ihnen stehen müßte. Glauben Sie mir, Nanda, ich werde Sie nie gegen Ihren Willen zu meiner Frau machen. Lassen Sie jetzt alles gehen, wie ich es gehen lassen werde. Aber wenn Sie mir eines Tages sagen: Ich will frei sein! –

dann werde ich Sie freigeben. Bis dahin fügen Sie sich darein, meine Verlobte zu sein, es soll nur zu Ihrem Besten sein.«

Tief erschüttert sah sie zu ihm auf, sie waren stehengeblieben, und er sah sie groß und ernst an..

»Wie gut Sie zu mir sind! Und ich war so garstig zu Ihnen! Können Sie mir das verzeihen? Sie machen mir das Herz froh und leicht. Darf ich Ihnen danken?«

Er nahm ihre kleine, kühle Hand, drückte sie fest und warm und lächelte ihr zu.

»Es braucht keinen Dank!«

»Aber warum sind Sie so gut zu mir?«

»Vielleicht, weil ich Ihre Mutter kannte und sie so schrankenlos verehrte, wie das nur ein Knabe tun kann, der in einer Frau sein Ideal sieht. Etwas erinnern Sie mich an Ihre Mutter – und um meiner Mutter willen, zu der die Ihre so gütig und lieb war, will ich Sie vor etwaigen Kämpfen bewahren. Ich reise bald wieder ab, wir werden uns, dem Wunsche meines Vaters zufolge, jahrelang nicht wiedersehen. Ich glaube, vier Jahre sollen bis dahin vergehen. Sie sollen aber inzwischen ruhig und friedlich in der Überzeugung leben, daß ich niemandem gestatten werde, Sie zu zwingen, meine Frau zu werden. Wenn wir uns nach Jahren wiedersehen, sollen Sie mir sagen, ob Sie frei zu sein wünschen. Dann werde ich dafür sorgen, daß Sie frei werden, verlassen Sie sich darauf!«

Es erging ihr seltsam; fast tat es ihr nun leid, daß er sie nicht halten wollte. Er gefiel ihr so gut wie noch nie ein Mensch, und alles, was er sagte, gewann ihm ihr Vertrauen.

Sie reichte ihm mit warmem Druck die Hand.

»Wie dankbar bin ich Ihnen!«

»Und noch eines, Nanda, wenn Sie in diesen Jahren meiner Abwesenheit meiner Hilfe bedürfen, so rufen Sie mich. Mein Vater wird Ihnen immer meine Adresse geben können, und wenn Sie ihm sagen, daß Sie mir schreiben wollen, wird er sie Ihnen geben. Ich werde Ihrem Rufe folgen, wo ich auch weile. Lassen Sie sich nur durch nichts unterkriegen. Sie sind ja ein tapferes kleines Fräulein und werden schon Ihre Stellung behaupten. Geht es nicht allein, dann – wie gesagt – rufen Sie mich.«

»Ich hoffe, mir selbst helfen zu können, denn ich möchte nicht, daß Sie meinetwegen mit Ihrem Vater zusammenstoßen, aber ich danke Ihnen sehr für Ihr Anerbieten. Schon der Gedanke, daß Sie bereit sein würden, mir zu helfen, wird mich stark machen.«

Er sah in ihre großen, grauen Augen hinein und mußte denken, wieviel Kraft und Mut in diesem jungen Geschöpf wohnten. Ruhig sagte er nun:

»Wir wollen nun wieder ins Haus gehen und uns so zeigen, daß Ihr Vater ruhig sein kann.«

Sie drückte seine Hand, und ihre Augen wurden feucht.

»So gut sind Sie! Und ich habe Ihnen wehe tun müssen!«

»Daran sollen Sie nicht mehr denken. Ich hoffe nur, daß Sie nun mit Ruhe und Vertrauen zu mir in die Zukunft sehen. Hoffentlich wird Ihr Vater bald wieder gesund.«

Sie schauerte zusammen und sah ihn angstvoll an.

»Ich habe so Angst um meinen Vater!«

»Das weiß ich, und ich kann Ihnen das nachfühlen. Aber hoffentlich ist diese Angst umsonst.«

Sie konnte nicht antworten; etwas schnürte ihr fast die Kehle zusammen. Schweigend gingen sie in das Haus zurück und fanden Georg Halden noch immer bei Heinz Roland. Aber er schien mit dem Resultat seiner Unterredung zufrieden zu sein. Und so war es auch, er hatte dem Freunde auch die letzten Zugeständnisse entlockt. Mit allen Vollmachten über Nanda und ihr Erbe war er ausgestattet worden. Heinz Roland war aber sehr müde und abgespannt, und als Nanda mit Jürgen wieder erschien, nickte er ihr matt zu und sagte mit einem erzwungenen Lächeln:

»Nun ist es Zeit für euch, zu Tisch zu gehen. Ich werde inzwischen ein wenig zu schlafen versuchen.«

»Willst du nicht erst ein Süppchen essen, Väterchen?«

»Nein, nein, jetzt nicht, später vielleicht.«

»Darf ich nicht lieber bei dir bleiben?«

Er streichelte lächelnd ihre Hand.

»Die Braut darf doch bei der kleinen Verlobungsfeier nicht fehlen, Nanda. Ich bedarf deiner jetzt nicht, ich brauche nur ein Stündchen Ruhe.«

»Aber du klingelst gleich nach mir, wenn du merkst, daß du nicht schlafen kannst, oder wenn du aufwachst?«

»Ja, das werde ich bestimmt tun.«

Sie glättete ihm noch einmal liebevoll das Kissen, küßte ihn auf die Augen und sagte zärtlich:

»Schlaf gut, mein lieber Vater!«

Jürgen rührte dieser innige, zärtliche Ton seltsam das Herz.

Nanda saß mit unbeschreiblichen Gefühlen bei diesem sogenannten Verlobungsmahl an Jürgens Seite, dessen Vater und Fräulein Sanders gegenüber. Es ging erst sehr steif und förmlich zu, und nur wenige Worte wurden gewechselt. Georg Halden wollte durch sein Verhalten Nanda noch nachträglich für ihre Maskerade strafen. Aber für Nanda war es nur eine Erleichterung, daß er gleichsam über sie hinwegblickte. Fräulein Eugenie sah dafür Nanda immer wieder anklagend und vorwurfsvoll an, und diese wußte ganz genau, daß ihr noch eine geharnischte Strafpredigt bevorstände. Das focht sie aber nicht an und brachte sie auch nicht aus dem Gleichgewicht. Es war etwas ganz anderes, was sie jetzt beunruhigte. Sie machte sich selbst heftige Vorwürfe, daß sie Jürgen, der doch so gut zu ihr gewesen, so sehr in seinem Vater gekränkt hatte. Denn daß ihre Worte ihm weh getan hatten, sah sie an seinem blassen, gequälten Gesicht. Wie schrecklich mußte es sein, wenn man seinen Vater nicht rückhaltlos lieben und verehren konnte! Und das konnte Jürgen doch nicht.

Wenn er seinen Vater vielleicht auch nicht so gut kannte wie sie, so mußte er sich doch ein wenig erfreuliches Urteil über ihn gebildet haben. Er tat ihr herzlich leid, und sie hätte ihm gern irgend etwas Liebes und Gutes getan. Aber was konnte sie tun? Es stand ja leider nicht in ihrer Macht, ihn zu trösten. Wie sonderbar, daß es ihr jetzt gar nicht mehr so schrecklich erschien, seine Verlobte zu sein. Es war ihr sogar ein Trost, daß sie ihn auf ihrer Seite wußte und daß er einmal, wenn es nötig war, für sie eintreten würde. Nur wünschte sie sehr, daß das niemals nötig sein würde, denn sie wußte ganz genau, drohte ihr einmal etwas Schlimmes, dann konnte es nur von seinem Vater ausgehen, und dann würde er sie gegen seinen Vater in Schutz nehmen müssen. Das mochte der Himmel verhüten!

»Sitz doch gerade bei Tisch, Nanda!« ertönte in diese Gedanken hinein Fräulein Eugenies Stimme.

Nanda sah geistesabwesend zu ihr hinüber, ohne sich aus ihrer bisherigen Stellung aufzurichten. Diese Gelegenheit ergriff Georg Halden, um wieder einmal seinem Ärger über Nanda Luft zu machen.

»Hörst du nicht, was deine Erzieherin dir sagt, Nanda? Sofort richtest du dich aus deiner nachlässigen Stellung auf; es ist ungehörig, wie du bei Tische sitzest.«

Jürgen sprang auf, holte ein Kissen vom Diwan herüber und schob es Nanda hinter den Rücken.

»Sie sind wahrscheinlich müde, Nanda! So, lehnen Sie sich fest an das Kissen, das gibt Ihnen einen Halt«, sagte er.

Dankbar sah sie zu ihm auf, ohne auf seinen Vater und Fräulein Eugenie zu achten. Die letztere war wütend, und Georg Halden wußte nicht, ob er sich über das gute Einvernehmen zwischen Jürgen und Nanda freuen oder sich über Nandas passive Resistenz ärgern sollte. Er sagte zwar nichts, aber der Ärger über Nanda kochte in ihm. Auch einen stummen Protest konnte er nicht vertragen.

Und Nanda hatte recht; er haßte sie, haßte sie mit einer Intensität, von der nicht einmal Nanda eine Ahnung hatte. Und zwar haßte er sie, weil sie ihrer Mutter mit jedem Tage ähnlicher wurde, weil sie überhaupt die Tochter Lori Rolands war. Es lag da in der Vergangenheit etwas, das ihn zu diesem Haß veranlaßte, obwohl Nanda ganz unschuldig daran war. Und Nanda hatte durchaus recht, wenn sie sagte, Georg Halden sei nicht der Freund ihres Vaters, auch ihn haßte Georg Halden, obwohl auch er daran unschuldig war. Es war das Böse in ihm, das das Gute haßt. Und zugleich war es ein böser, fressender Neid auf den Freund, weil dieser hatte besitzen dürfen, was ihm versagt geblieben war.

Von alledem hatte Nanda keine Ahnung, nur fühlte sie instinktiv, kraft ihrer großen Feinfühligkeit, daß Georg Halden sie haßte und ganz bestimmt dem Vater kein treuer Freund war. Seit ihr das zum Bewußtsein gekommen war, ging ihr ganzes, ehrliches Wesen ihm gegenüber in einem meist stummen, aber doch merkbaren Widerspruch auf, und es erschien ihr als ihr gutes Recht, ihn wiederzuhassen mit der ganzen Energie ihres Wesens.

Georg Halden warf seinem Sohn, der Nanda so hilfsbereit mit dem Kissen beisprang, einen unwilligen Blick zu, sagte aber nichts, weil er sich damit tröstete, daß Jürgen in einigen Tagen wieder auf Jahre hinaus aus Nandas Leben verschwinden und sie keinen Beistand mehr an ihm finden würde. Denn daß Jürgen gesonnen war, ihr in jeder Weise beizustehen, ahnte er. Es war nötig, Nanda ganz klein, ganz demütig, ganz folgsam und bescheiden zu machen, ehe Jürgen sie in seine Hände bekam. Und das sollte geschehen, es würde eine Kleinigkeit sein, ihren Trotz zu brechen, wenn er sie nur erst allein unter seiner vormundschaftlichen Gewalt hatte.

Seiner unedlen Seele war es verlockend, dieses Geschöpf zu ducken, ihr alle »Mucken«, womit er ihre stolze Eigenart meinte, auszutreiben. Er wollte sie kraft seiner Strenge und Energie in die Schablone pressen, die ihm genehm war. Sie sollte ihn als ihren Herrn erkennen, und damit wollte er sich zugleich an ihrer Mutter rächen, die ihn einst gedemütigt hatte, wie er noch nie von einem Menschen gedemütigt worden war.

Fräulein Sanders war ihm schon jetzt schrankenlos ergeben und zu allen Diensten bereit, weil sie sich einbildete, auf diese Art einen so tiefen Eindruck auf ihn zu machen, daß er sie zu seiner Frau machen würde. Ahnungslose Eugenie! Wie sehr sollte sie enttäuscht werden!

Um ihm recht nach dem Munde zu reden, rügte sie in kurzen Pausen alles an Nanda, was ihr nur den geringsten Anlaß dazu bot. Aber diese reagierte gar nicht darauf. Wozu? Fräulein Eugenie war für sie eine völlig bedeutungslose Person und nur dazu da, sie allerlei zu lehren, was sie nun einmal wissen mußte. Das mochte sie tun, aber ohne daß sie sich von ihr schikanieren ließ.

In Jürgens Stirn stieg ein über das andere Mal eine

dunkle Röte bei den lieblos kritisierenden Worten, die Nanda bald von seinem Vater, bald von ihrer Erzieherin trafen. Und als Eugenie Sanders eben wieder rügte, daß Nanda sich zum zweiten Male von der Süßspeise nahm, und diese schon verzichten wollte, häufte er energisch eine tüchtige zweite Portion auf ihren Teller, sah Eugenie Sanders kampfbereit an und sagte ruhig und bestimmt:

»Ich möchte Sie bitten, Fräulein Sanders, meine Braut wenigstens nicht bei ihrer Verlobungsfeier wie ein unartiges Kind zu behandeln. Ich denke doch, daß sie das Recht hat, sich satt zu essen.«

Nanda wäre ihm am liebsten entzückt um den Hals gefallen, und sie verspeiste die ganze Riesenportion, obwohl es ihr kaum möglich war, sie zu bezwingen. Fräulein Sanders aber sah wie hilflos zu Georg Halden hinüber, aber er winkte ihr verstohlen zu, den Dingen ihren Lauf zu lassen. Jedenfalls hatte sich nun auch Jürgen Fräulein Sanders zur Feindin gemacht, und sie malte sich schwelgerisch aus, wie sie ihm diese Niederlage vergelten würde, wenn sie eines Tages seine Stiefmutter geworden war. Die gute Dame hatte keine Ahnung davon, daß nicht Georg Halden, sondern sein Sohn der eigentliche Herr von Reichenau war, und was sie sich in dieser Stunde vornahm, war nicht mehr oder weniger als Jürgen Haldens völlige Enterbung.

Trotzdem verbeugte sie sich mit einem süßlichen Lächeln vor ihm.

»Verzeihen Sie, aber ich bin so tief von meinen Pflichten durchdrungen, daß sie mir zur Gewohnheit geworden sind, und Nanda ist so schwer zu erziehen, daß man ihr nichts, aber auch gar nichts durchgehen lassen darf.«

Jürgen tauschte einen schnellen Blick mit Nanda. Es

freute ihn, daß sie ihn vertrauend ansah. Er konnte sich gar nicht denken, daß sie schwer zu erziehen sein sollte. Aber er vermied es, weiter darauf einzugehen, schon weil ihm Fräulein Sanders so unsympathisch war.

Da inzwischen auch Georg Halden Fräulein Sanders durch einen Blick dahin verständigt hatte, die Sache vorläufig ruhen zu lassen, wurde jetzt nicht mehr an Nanda herumerzogen. Dankbar für Jürgens Eingreifen, hatte sie ihre Süßspeise aufgezehrt, und da Fräulein Sanders nun würdevoll die Tafel aufhob, sprang sie wie befreit empor und wollte sich entfernen. Fräulein Sanders rief sie zurück.

»Wohin willst du, Nanda?«

Diese warf den Kopf zurück.

»Zu Vater!« sagte sie kurz.

»Der schläft doch jetzt, du sollst ihn nicht stören!« rief ihr Georg Halden zu.

»Ich störe ihn gewiß nicht, ich will nur an seiner Tür lauschen. Oft ist er so rücksichtsvoll, niemanden herbeizurufen, wenn er uns anderweitig beschäftigt weiß. Er würde bestimmt nicht nach mir klingeln, wüßte er mich noch bei Tisch. Und ich brauche nur an der Tür auf seinen Atem zu lauschen, dann weiß ich gleich, ob er schläft oder sich nur ruhig verhält. Und wenn er wach ist, hört er auch meinen Schritt und ruft mich.«

Ohne noch auf die andern zu achten, wollte sie sich entfernen. Da aber war Jürgen schon an ihrer Seite. »Darf ich mitkommen?«

Ihre grauen Augen leuchteten zu ihm auf.

»Ja, kommen Sie!«

Und schnell waren sie beide aus dem Zimmer.

Fräulein Sanders wandte sich zu Georg Halden und schüttelte empört den Kopf.

»Da sehen Sie wohl, Herr Halden, wie schwer Nanda

es mir macht. Und Ihr Herr Sohn erschwert mir mein Erziehungswerk.«

Georg Halden zwang sich zu einem Lächeln.

»Lassen Sie nur, mein Sohn reist in wenigen Tagen wieder ab, und von ihrem Vater ist kein großer Einfluß mehr zu befürchten. Haben wir beide erst das Erziehungswerk in unserer Hand, dann geht es aus einem andern Tone. Ich werde Sie dann genügend autorisieren, damit Sie die nötige Strenge anwenden können. Sie brauchen sich dann nur genau nach meinen Direktiven zu richten. Es ist unbedingt nötig, daß Nanda es lernt zu gehorchen und nur das zu tun, was wir für gut finden. Ich möchte einmal keine unbotmäßige Schwiegertochter ins Haus bekommen, zumal mein Sohn viel zu nachsichtig sein wird, wie ich heute schon merke. Das Erziehungswerk muß beendet sein, wenn er Nanda heiratet.«

Mit einem süßen Lächeln ließ sich Eugenie Sanders dicht an seiner Seite nieder.

»Oh, wie gern würde ich meine ganze Kraft in Ihre Dienste stellen, Herr Halden, ich werde nicht ruhen, bis ich Nanda in ein sanftmütiges und von Herzen demütiges Geschöpf umgewandelt habe. Sie soll ein nachahmungswürdiges Beispiel an mir haben. Und ich, Herr Halden, will Ihnen meine ganze Ergebenheit beweisen.«

Georg Halden fand es jetzt doch besser, sich aus der gefährlichen Nähe Fräulein Eugenies zu entfernen. Aber er nickte ihr huldvoll zu.

»Ich weiß, daß ich mich auf Sie verlassen kann und daß wir einig gehen miteinander, mein liebes, verehrtes Fräulein Sanders.«

Sie schmachtete ihn mit ihren wasserblauen Augen an.

»Oh, wie wohl es tut, einem verständnisvollen Manne dienen zu können«, flötete sie.

Er flüchtete an das Fenster und sagte nur:

»Es soll Ihr Schaden nicht sein, wenn Sie mich unterstützen. Sie werden es nicht bereuen.«

Er ahnte nicht, daß Fräulein Eugenie diese Worte als ein süßes Versprechen auffaßte.

»Darf ich Ihnen noch eine Tasse Mokka zurechtmachen, Herr Halden, so wie Sie es lieben, zwei Stück Zukker und reichlich Sahne? Oh, ich habe mir all Ihre Wünsche gemerkt und werde sie immer zu erfüllen trachten«, sagte sie neckisch, ein schelmisches Lächeln an ihn verschwendend.

Er winkte aber ab.

»Nein, danke, ich habe genug. Jetzt will ich noch einmal zum Verwalter hinüber, um zu sehen, ob er alle meine Befehle ausgeführt hat.«

»Oh, was für ein bedeutender Mann Sie sind, Herr Halden. Nicht nur, daß Sie Reichenau zu einem bewundernswerten Besitz gemacht haben. Sie halten auch auf Heidersberg alles in Ordnung. Fabelhaft, ich kann Sie nur restlos bewundern.«

Aber Georg Halden lag gar nichts an ihrer Bewunderung. Er winkte ihr nur leicht mit der Hand zu und verschwand. Sie sah ihm mit gerötetem Gesicht nach, verdrehte schmachtend die Augen und flüsterte vor sich hin: »Welch ein Mann! Wie konnte sich mein Herz nur zu dem schwächlichen Heinz Roland verirren? Ein junges Mädchenherz muß immer lange suchen, bis es den Richtigen findet.«

Mit dem jungen Mädchenherzen meinte sie das ihre.

6

Inzwischen war das Brautpaar leise die Treppe hinaufgeschlichen und stand nun an der Tür zu Heinz Rolands Krankenzimmer. Nanda beugte sich lauschend vor. Aber da rief schon des Vaters Stimme:

»Komm nur herein, Nanda, ich habe deinen leisen Schritt gehört.«

Sie öffnete die Tür einen Spalt breit und sah zum Vater hinüber.

»Darf Jürgen mit eintreten, Väterchen? Er möchte dich noch sehen, ehe er nach Reichenau zurückkehrt.«

Der Kranke lächelte matt.

»Ja, ja, laß ihn nur herein, ich freue mich, noch ein wenig mit ihm plaudern zu können.«

Dann standen die beiden jungen Menschen an seinem Lager. Fragend sah der Kranke zu ihnen auf. Da beugte sich Nanda zu ihm herab.

»Du kannst ganz ruhig und unbesorgt sein, Vater, Jürgen Halden ist lieb und gut, und ich habe volles Vertrauen zu ihm.«

Da reichte der Kranke Jürgen seine Hand und sagte mit einem schönen Lächeln:

»Kannst du dir denken, Jürgen, wie froh es mich macht, daß Nanda dir so vertraut?«

»Ja, Onkel Heinz, und ich bin deshalb noch einmal mit zu dir heraufgekommen, um dir zu sagen, daß du dich in keiner Weise um Nanda zu sorgen brauchst. Ich gebe dir mein Wort, daß ich sie schützen und hüten werde, wie ein Mensch es nur tun kann. Ich freue mich wirklich sehr, daß ich ihr Vertrauen gewonnen habe und daß auch du mir vertraust. Nie werde ich euch enttäuschen.«

Froh und erleichtert nickte der Kranke ihm zu.

»Setzt euch ein wenig zu mir, ich möchte mit euch plaudern.«

Gehorsam taten das die beiden jungen Menschen. Und es wurde eine friedliche und schöne Stunde. Aber dann wurden sie durch Georg Halden gestört, der es durchaus nicht gern sah, daß Jürgen sich zu sehr mit Heinz Roland beschäftigte.

»Wir wollen heimfahren, Jürgen!«

Dieser erhob sich.

»Ja Vater, ich bin bereit.«

Und zu Nanda und ihrem Vater gewendet, fuhr er fort:

»Darf ich morgen nachmittag noch einmal nach Heidersberg herüberkommen?«

Roland und seine Tochter sagten schnell und herzlich zu.

Aber Georg fügte schnell hinzu:

»Jürgen wird dann von euch Abschied nehmen, er muß übermorgen wieder abreisen.«

Jürgen sah ihn erstaunt an.

»Übermorgen schon, Vater? Ich glaubte, daß ich bis Ende der Woche in Reichenau bleiben sollte?«

»Nein, ich fahre übermorgen mit dir nach Berlin, ich habe dort zu tun, und wir können in Berlin noch einige Tage zusammen sein.«

Jürgen ahnte, daß der Vater nur nicht wollte, daß er länger mit Nanda zusammen sein sollte. Aber schließlich war es ihm ja gleich, ob er einige Tage früher oder später von Reichenau fortging, es hielt ihn da vorläufig nichts. Nur war es ihm wichtig, noch einmal mit Nanda alles Nötige zu besprechen. Vieles war schon gesagt worden, aber einiges mußte doch noch zwischen ihnen klargestellt werden. Er protestierte also nicht, sondern sagte nur ruhig:

»Gut, ist mir auch recht.«

Dann verabschiedete er sich von Vater und Tochter und sagte lächelnd zu Nanda:

»Also morgen nachmittag auf Wiedersehen, Nanda. Ich werde Sie doch antreffen?«

Sie reichte ihm die Hand und nickte ihm zu.

»Bestimmt! Auf Wiedersehen!«

Georg Halden war ziemlich erstaunt, daß Nanda so fügsam war, ahnte aber nicht, was sie im Park mit Jürgen besprochen hatte. Nur erschien ihm diese entschieden vorhandene Vertraulichkeit verfrüht, und er wollte durch Jürgens schnelle Entfernung verhüten, daß sie noch größer würde. Bei dieser Verbindung hatte er nur eigennützige Pläne und zugleich den Wunsch, Nanda unter seine Macht, seinen Einfluß zu bekommen. An dem Glück seines Sohnes war ihm nicht allzuviel gelegen, am wenigsten aber an Nandas Glück. Ihn reizte es nur, Nandas Nacken zu beugen, sie zu demütigen, weil sie ihrer Mutter Tochter war, und ihren Besitz in seine Hand zu bekommen.

Auch er verabschiedete sich nun von Vater und Tochter, und er ignorierte es, daß Nanda es vermied, ihm die Hand zu reichen. Aber Jürgen merkte das, und er wußte ja, warum sie es tat. Er merkte aber auch, daß sein Vater sich darüber ärgerte.

Als die beiden Herren gegangen waren, richtete Nanda die Kissen des Vaters, sah nach der Uhr und flößte ihm die verordnete Medizin ein. Dann setzte sie sich zu ihm und nahm zärtlich seine Hand.

»Hast du dich auch nicht zu sehr angestrengt, lieber Vater? Es war zuviel Aufregung heute für dich!«

»Nein, nein, ich fühle mich wohler als in den letzten Tagen, weil ich dich nun geborgen weiß. Nicht wahr, der Gedanke, in einigen Jahren Jürgens Frau zu werden, hat keinen Schrecken mehr für dich?«

Sie legte ihr Gesicht neben das seine auf das Kissen, weil sie ihn jetzt nicht anzusehen vermochte. Dann sagte sie leise:

»Nein, Vater, ich habe nun gar keine Angst mehr, seit ich Jürgen wiedergesehen und mit ihm gesprochen habe. Er wird mir alles leichtmachen, das weiß ich. Aber ich will dir nun doch lieber beichten, daß ich erst eine schreckliche Angst vor dieser Verlobung hatte, wenn ich dir auch deinen Wunsch gern erfüllen wollte. Und ich habe heimlich darauf gehofft, daß er selbst sich nicht mit mir verloben würde. Und ... weil ich das herbeiführen wollte, da ... ja, da habe ich etwas sehr Dummes angestellt.«

Er streichelte ihr Haar.

»Und warst doch so tapfer und hast mich diese Angst nicht spüren lassen?«

»Ich wollte dich nicht beunruhigen, Vater.«

»Und nun bist du diese Angst los?«

»Ja, Vater, Jürgen ist lieb und gut. Aber ich muß dir nun beichten, was ich Dummes angestellt habe.«

»So sprich es dir vom Herzen, mein Kind, vor mir brauchst du nichts zu verheimlichen.«

Sie berichtete nun von ihrer Maskerade, beschrieb sie ihm so genau, daß er sich sehr wohl ein Bild machen konnte von ihrem Aussehen. Es zuckte ein Lächeln um seinen Mund.

»Mußt ja schreckenerregend ausgesehen haben! Und Jürgen hat die Flucht nicht ergriffen?«

»Nein, er tat es nicht! Und ich wollte schon sehr schlecht von ihm denken, daß er sich eine so scheußliche Frau aufhängen lassen wollte. Aber dann sagte er mir, er habe gleich gemerkt, daß es eine Maskerade sei. Er hat mich nämlich gestern nachmittag schon im Park gesehen, weil er seinem Vater gesagt hatte, unbesehen lasse er sich keine Frau aufnötigen. Da war also meine ganze schöne Kostümierung umsonst, und ich habe mich hinterher schrecklich geschämt. Das Schielen hatte ich allerdings schnell eingestellt, weil ich es vergaß, aber es genügte auch so.«

Nun mußte der Vater lachen, und sie lachte mit.

»Väterchen, das hätte ich dir alles nicht gebeichtet, wenn mein Herz noch so schwer gewesen wäre wie vor der Verlobung. Aber nun ist es ganz leicht.«

»Gottlob, mein Kind! Ich bin sehr froh darüber, denn mir waren zuletzt schwere Bedenken gekommen, ob es gut sei, dich jetzt schon zu verloben. Der Plan stammte auch nur von Jürgens Vater; und weil er mir einmal in einer schweren Lage geholfen hat, wagte ich es nicht, dagegen zu reden. Es war mir aber immer ein wenig bedenklich.«

Sie richtete sich schnell auf und sah ihn an.

»Vater, so hätte es dich gar nicht einmal so schwer getroffen, wenn nichts aus einer Verbindung zwischen mir und Jürgen geworden wäre?«

»Mich hätte es nur schwer getroffen, wenn du in einer solchen Verbindung ein Unglück gesehen hättest. Ich war nur zu schwach, Jürgens Vater abzuweisen. Hättest du mir gesagt, nachdem du Jürgen wiedergesehen hast, es sei dir nicht möglich, in ihm deinen künftigen Mann zu sehen, dann hätte ich mich doch fügen müssen.«

Sie dachte eine Weile nach. Dann erfaßte sie seine Hand.

»Nun will ich dir auch noch das letzte sagen, Vater, ich habe dir noch etwas verheimlicht. Aber erst gib mir dein Vaterwort, daß du von dem, was ich dir sage, Georg Halden kein Wort wiedersagen wirst.«

Er sah sie forschend an. Dann sagte er fest:

»Ich gebe dir mein Vaterwort, Nanda.«

Sie küßte seine Hand.

»Also höre zu, Vater. Als ich mit Jürgen im Park war, da war ich sehr häßlich zu ihm. Aber trotzdem war er lieb und gut zu mir, und dann hat er mir ganz freiwillig versprochen, daß er mich nach Jahren, wenn wir uns wiedersehen, erst noch einmal fragen will, ob ich seine Frau werden oder ob ich wieder frei sein will. Bis dahin sollen wir ruhig verlobt bleiben, nur, damit er mich beschützen und behüten kann. Erst wenn wir uns dann wiedersehen, soll ich mich entscheiden. Ist das nicht sehr lieb und gut von ihm?«

Des Vaters Augen leuchteten gerührt zu ihr auf.

»Mein geliebtes Kind, ich wußte ja, daß Jürgen ein Ehrenmann ist. Nun bin ich noch viel ruhiger, du hast mir mit deiner Beichte das Herz um vieles leichter gemacht. Gott mag alles für dich zum Besten wenden.«

Wieder küßte sie seine Hand.

»Nun bin ich sehr froh, daß ich keine Heimlichkeiten mehr vor dir habe. Das war kein schönes Gefühl.«

»Du brauchst auch vor deinem Vater keine Heimlichkeiten zu haben, meine Nanda; ich will doch immer nur dein Bestes.«

»Das weiß ich, Vater, aber ich habe jetzt immer große Angst, daß ich dich mit etwas aufregen könnte. Und nun werde ich Jürgen morgen sagen, daß du alles weißt. Jetzt aber mußt du wirklich ein wenig schlafen. Weißt du, ich lese dir etwas vor, etwas recht Langweiliges, bis du einschläfst. Ich bleibe dann ruhig bei dir sitzen, bis du wieder wach wirst.«

Er nickte ihr zu und fühlte sich überreich in der Liebe seines Kindes. Wie lange würde er sie noch spüren können?

Nanda nahm ein für solche Fälle immer bereitliegendes Buch zur Hand und begann zu lesen. Und bald war der Vater eingeschlummert. Regungslos saß sie dabei und bewachte seinen Schlaf. Einmal hörte sie draußen die leisen Schritte von Fräulein Sanders, und sie hatte Angst, daß diese eintreten und den Vater stören könnte. Aber Eugenie Sanders mußte wohl am Schlüsselloch konstatiert haben, daß Herr Roland schlief und daß Nanda neben seinem Lager saß. Da schlich sie wieder davon und zog sich zu einem behaglichen Ruhestündchen in ihr Zimmer zurück.

Am nächsten Nachmittag kamen Vater und Sohn wieder nach Heidersberg. Jürgen hatte gehofft, allein hinüberfahren zu können, aber der Vater hatte bestimmt erklärt, er müsse in Heidersberg den Verwalter sprechen. Trotzdem fand sich für die »Verlobten« eine Gelegenheit zu einem kurzen Alleinsein. Sie waren wieder in den Park gegangen, und nun berichtete Nanda Jürgen, daß sie den Druck auf ihrer Seele nicht mehr habe aushalten können und daß sie dem Vater alles gebeichtet und dann, was dieser dazu gesagt habe. Daraus entnahm Jürgen, was für ein ehrlicher, aufrichtiger Mensch Nanda war, und zweitens, daß wirklich der ganze Verlobungsplan nur im Kopfe seines Vaters entstanden war. Er besprach nun allerlei Nötiges mit Nanda und bat sie dann, ihn noch einmal zu ihrem Vater zu führen, so daß er eine Weile mit ihm allein sein könne.

Das geschah auch, und die kurze Unterredung zwischen Jürgen und Heinz Roland war für beide Teile eine sehr befriedigende.

Nanda hatte vor der Tür Wache gestanden, und als sie das Kommen von Georg Halden vernahm, schlüpfte sie schnell in das Zimmer.

»Ihr Vater kommt, Jürgen!«

Die beiden Herren waren zum Glück fertig mit dem,

was sie sich zu sagen hatten, und reichten sich mit warmem Druck die Hand. Dann setzte sich Nanda zu ihnen, und sie begannen ein belangloses Gespräch. Nandas feinen Ohren entging es nicht, daß der leise Schritt Georg Haldens eine Weile vor der Tür haltmachte. Sie zweifelte nicht, daß er horchte, und sprach laut genug, daß er ihre unwichtigen Worte hören konnte. Georg Halden trat dann, sichtlich beruhigt, ein. Er war aber sehr froh, daß Jürgen morgen abreiste. Er konnte ihn vorläufig noch gar nicht brauchen.

Bald darauf verabschiedeten sich Vater und Sohn wieder und Georg Halden sagte zu Heinz Roland, daß er einige Tage nach Berlin fahren würde und wo ein telefonischer oder telegrafischer Ruf ihn erreichen könne. Heinz Roland merkte sehr wohl, daß er einen solchen Ruf wegen seines Ablebens erwartete, und Nanda fühlte das instinktiv auch, und sie haßte Georg Halden, weil ihn das anscheinend so ruhig ließ, wenn es sie auch nicht wunderte, daß sie ihn durchschaute.

Mit einem warmen Händedruck und einem langen ernsten Blick verabschiedete sie sich von Jürgen.

Dann war sie wieder mit dem Vater allein.

Ruhig vergingen nun die nächsten Tage; es war, als lebe der Kranke noch einmal auf. Aber den Arzt, der nach ihm sah, täuschte das nicht. Er wußte, daß das Ende näherrückte und gab Fräulein Sanders die nötigen Instruktionen. Nanda blieb den ganzen Tag bei dem Vater, und es waren unvergeßliche Stunden, die sie mit ihm verlebte.

Und seltsamerweise blieb der Kranke doch am Leben, bis Georg Halden von Berlin zurückkehrte. Erst zwei Tage später schlummerte er sanft und schmerzlos in das Jenseits hinüber, gerade, als er mit Nanda allein war.

Sie saß neben ihm, hielt seine Hand und hörte seinen

letzten Seufzer. Unruhig beugte sie sich über ihn ... und sah sein gebrochenes Auge. Da erschauerte sie vor Schmerz und brach an seinem Lager zusammen. Liebevoll schloß sie ihm die Augen und fühlte erschüttert, daß sie den ihr liebsten Menschen verloren hatte. Aber kein lautes Weinen und Jammern kam über ihre Lippen, nur ein banges, schweres Seufzen. Sie konnte sich nicht entschließen, fremde Menschen herbeizurufen; ihr war, als müsse das diese Stunde entheiligen.

Neben dem Sterbelager des Vaters auf den Knien liegend, seine erkaltende Hand in der ihren, sah sie in sein edles Gesicht, als müsse sie es sich für immer einprägen. Sie rührte sich nicht, betete nur inbrünstig und rang mit ihrem Schmerz.

So lag sie, bis Fräulein Sanders in das Zimmer drang. Sie hatte wohl erst mal an dem Schlüsselloch gelauscht und gesehen, was geschehen war. Nun war der stille, majestätische Frieden dieser Sterbestunde gestört. Lautes Schreien und Klagen, das Herbeiströmen der Dienstboten, ihr Weinen und Jammern rissen Nanda aus ihrer Erstarrung. Mit großen, brennenden Augen blickte sie auf all die jammernden Menschen, und Fräulein Sanders herrschte sie empört an:

»Hast du denn kein Herz im Leibe, daß du nicht eine Träne findest beim Tode deines Vaters?«

Langsam erhob sich Nanda, machte eine abwehrende Bewegung, als vertreibe sie lästige Insekten, und scheuchte durch ihren versteinerten Anblick die Leute wieder hinaus. Als Fräulein Sanders wieder auf sie einreden wollte, brach sie plötzlich ohnmächtig zusammen.

Da erschrak die Erzieherin denn doch und begriff vielleicht, daß es auch ohne Tränen herbe Schmerzen gab. Sie klingelte energisch, so daß die beiden Diener wieder eintraten, Nanda emporhoben und auf den Diwan betteten. Fräulein Sanders befahl, den Arzt und Herrn Georg Halden telefonisch herbeizurufen, und bemühte sich nun, Nanda wieder zum Bewußtsein zu bringen.

Es dauerte ziemlich lange, bis diese die Augen wieder aufschlug, und als sie um sich sah und den toten Vater erblickte, richtete sie sich mit einem Ruck empor und wollte zu ihm hinübereilen. Aber die Kraft fehlte ihr, sie fiel zurück. Und als der Arzt kam, hatte er eine neue Patientin. Nandas starrer Schmerz erschien ihm beunruhigender, als wenn sie geweint und gejammert hätte. Er wirkte ergreifend bei diesem jungen Geschöpf, und der Arzt gab ihr ein beruhigendes Pulver und verordnete ihr Bettruhe.

Da lag Nanda nun ganz allein, wohltätig durch die Medizin betäubt und all ihrem Jammer, ihren Schmerzen entrückt.

Sie merkte nichts von dem unruhigen Hasten und Treiben, das einen Todesfall zu begleiten pflegt, merkte nichts davon, daß Georg Halden kam und von Heidersberg gleichsam jetzt schon Besitz ergriff, merkte nichts von den schmachtenden Koketterien Eugenie Sanders', die sich schleunigst in Wogen von Trauerkrepp hüllte, den sie sorglich schon lange bereithielt.

Zwischen Jürgen und seinem Vater war es am Verlobungstage auf der Heimfahrt zu einer etwas erregten Auseinandersetzung gekommen. Georg Halden hatte ziemlich unbeherrscht über Nandas Maskerade geschimpft. Jürgen wollte es erst vorübergehen lassen, suchte den Vater zu begütigen, es sei doch nur eine Kinderei gewesen, und man könne von einem fünfzehnjährigen Mädchen nicht verlangen, daß sie zu einer so verfrühten Verlobung ernsthaft Stellung nehmen solle. Das hatte der Vater schon als Widerspruch aufgefaßt und fiel nun über den Sohn her. Er werde sich Nanda schnell über den Kopf wachsen lassen, wenn er ebenso nachsichtig ihren Unarten gegenüber sein würde wie bisher ihr Vater. Jürgen erklärte daraufhin ruhig, ihm gefalle Nandas frisches, ungekünsteltes Wesen, und das werde sich später schon abschleifen. Der Vater erklärte aber schroff, er wolle dafür sorgen, daß es sich abschleife, ehe Nanda Jürgens Frau würde; ihm passe keine renitente Schwiegertochter, die ihm den Frieden von Reichenau stören würde. In seinem Hause wolle er bestimmen, wie sich die Menschen zu benehmen hätten. Jürgen bekam eine rote Stirn und hätte sich fast verleiten lassen, zu antworten, daß es sich immerhin um sein Haus handle und um seine künftige Frau und daß er da wohl auch mitzubestimmen habe. Aber er konnte das glücklicherweise noch zurückhalten, denn er sagte sich, wenn er den Vater jetzt reizte, würde es nur Nanda auszubaden haben. Er zwang sich also zur Ruhe und sagte nur:

»Mir scheint dieses Fräulein Sanders nicht die geeignete Person zu sein, um ein so impulsives und unbedingt stolzes Geschöpf erziehen zu können.«

Der Vater aber erklärte ihm, daß Fräulein Sanders nur nach seinen Direktiven handle; Nanda, das dumme Ding, habe gar nicht stolz zu sein, sondern sich einfach seiner vormundschaftlichen Bestimmung zu fügen. Er tat schon damals so, als sei Nandas Vater bereits ein toter Mann und völlig ausgeschaltet.

Jürgen war deshalb sehr besorgt um Nanda und hatte ihr bei seinem Abschiedsbesuch nochmals eingeprägt, daß sie ihn sofort rufen möge, wenn sie irgendwelche Hilfe brauche.

Aber Nanda hatte sich fest vorgenommen, sich selbst zu helfen, damit Vater und Sohn ihretwegen nicht aneinandergerieten.

Nun Heinz Roland tot war, hatte Georg Halden Oberwasser und spielte sich ganz als Herr von Heidersberg auf. Nanda war viel zu bedrückt durch den Tod ihres Vaters, als daß sie vorläufig davon hätte Notiz nehmen können. Nur dachte sie, als sie endlich wieder zu innerer Klarheit gekommen war und sich für die Beerdigungsfeier zurechtmachte, ob Jürgen wohl kommen würde, um ihrem Vater die letzte Ehre zu erweisen. Aber seinem Vater paßte es nicht, daß Jürgen jetzt schon wiederkommen sollte, deshalb hatte er ihm Heinz Rolands Tod noch nicht mitgeteilt. Er wollte das erst tun, wenn es für Jürgen zu spät sein würde, zu der Feier zu kommen.

So war Nanda des Trostes beraubt, ihren nunmehr einzigen Freund auf der Welt – Jürgen Halden – unter den Trauergästen zu sehen. Sie war sehr traurig und fragte auch schließlich seinen Vater, ob Jürgen nicht kommen würde. Dieser machte kaum noch einen Hehl aus seiner Feindseligkeit Nanda gegenüber und sagte kurz: »Nein, du hast dich nicht so betragen, daß ich es Jürgen zumuten möchte zu kommen. Ich werde ihm erst morgen mitteilen, daß dein Vater gestorben ist.«

Kein Wort hatte Nanda darauf erwidert, aber sie hatte Georg Halden mit einem Blicke angesehen, der ihm verriet, daß sie ihm durchaus nicht freundlicher gegenüberstand als er ihr. Und sonderbarerweise ärgerte er sich darüber. Er wollte das Recht haben, sie zu hassen, aber sie sollte sich nicht das Recht anmaßen, ihn zu hassen. Auch während der Begräbnisfeier fand Nanda keine erlösenden Tränen; diese Wohltat wurde ihr nicht zuteil, sie sah nur sehr bleich und elend aus und vermochte sich kaum aufrecht zu halten. Doch niemand wagte es, an der Echtheit ihrer Traue, um den Vater zu zweifeln, nicht einmal Fräulein Sanders wagte das, seit Nanda vor ihren Augen ohnmächtig zusammengebrochen war.

Eugenie Sanders hatte sich mit einem umfangreichen

Trauerschleier versehen und fühlte sich beinahe als die Witwe des Verstorbenen. Und jedem, der es hören wollte, versicherte sie, daß sie einen echten, wahren Freund mit Heinz Roland verloren habe, der ihr das Wohl und Wehe seines Kindes ans Herz gelegt habe. Sie und Herr Halden würden sich nun gemeinsam Nandas annehmen, sie als Erzieherin, Georg Halden als Vormund.

Niemand zweifelte daran, daß diese beiden Menschen ihre Pflichten an der Waise erfüllen würden, denn wiewohl Georg Halden nicht sehr beliebt war seines schroffen, finsteren Wesens halber, traute man ihm doch zu, daß er der Tochter seines Freundes ein guter und gerechter Vormund sein würde.

Gleich nach Beendigung der Trauerfeier zog sich Nanda in ihr Zimmer zurück. Sie schloß es hinter sich ab und warf sich, nachdem sie Hut und Mantel abgelegt hatte, auf den Diwan. Hier blieb sie wie gelähmt liegen, starrte vor sich hin und sehnte sich nach ihrem Toten, den sie so sehr geliebt hatte und der nun nie mehr bei ihr sein würde. Sie wußte sehr wohl, daß sie nun von Georg Halden und Eugenie Sanders dressiert werden würde, wenn sie auch nicht ahnte, wie sehr und wie unnachsichtig das geschehen sollte. Diese beiden Menschen hatten sie hindern wollen, sich zurückzuziehen, aber sie hatte sie nur mit einem stummen Blick angesehen, der ihnen verriet, daß es zu einer Katastrophe kommen würde, wenn man sie festhielte.

»Ich bin nun allein, ganz allein auf der Welt«, sagte sich Nanda in dem Gefühl ihrer grenzenlosen Vereinsamung. »Niemanden habe ich mehr, der zu mir gehört, niemanden mehr, der mich liebt und den ich lieben könnte. Jürgen ist jetzt mein einziger Freund, aber er ist fern, und ich werde ihn vier Jahre nicht wiedersehen. Sein Vater und Fräulein Sanders sind mir feindlich gesinnt, das weiß ich, fühle ich, und sie haben Macht über mich. Das wird meine Lage noch verschlimmern. Aber ich darf mich nicht unterkriegen lassen, denn ich will Jürgen nicht zu Hilfe herbeirufen, damit er nicht mit seinem Vater zusammenstößt. Nein, keinen einzigen Menschen habe ich mehr.«

Und diese Gewißheit löste endlich ihre Tränen; sie konnte weinen, heiß und schmerzlich und es brachte ihr einige Erleichterung. Und nachdem sie sich ausgeweint hatte, richtete sie sich auf und sah mit zusammengezogener Stirn vor sich hin.

Es fiel ihr etwas ein. Ihr Vater hatte ihr noch in den letzten Tagen allerlei von Tante Sanna, der Schwester ihrer Mutter erzählt. Da hatte sie ihn gefragt, ob er deren Adresse wisse. Er hatte überlegt und dann erwidert:

»Ihr Mann besaß große Ländereien in Argentinien, sie lebten auf einer Riesenfarm, und sicherlich leben sie noch jetzt dort. Wie war doch die Adresse?«

Und nachdem er eine Weile überlegt hatte, gab er ihr den Schlüssel zu seinem Schreibtisch und beschrieb ihr, wo sie die Briefe Tante Sannas finden würde, die diese mit ihm gewechselt hatte.

»Nimm das Päckchen mit den Briefen an dich, Nanda, Tante Sanna erzählt darin allerlei von ihrem Leben in Argentinien, das wird dich interessieren, und du wirst jetzt Verständnis dafür haben. Du wirst darin auch ihre Adresse finden. Kannst ja die Briefe in deinem Schreibtisch aufbewahren und sie durchlesen, wenn du Langeweile hast. Und – vielleicht entschließt du dich dann einmal, an sie zu schreiben. Sie ist immerhin die Schwester deiner Mutter und ein vornehmer und hochsinniger Charakter. Nun du so ziemlich erwachsen bist, kann sie dir vielleicht etwas bedeuten. Soviel ich weiß, hat sie selbst keine Kinder bekommen, und es wird sie freuen, wenn du etwas von dir hören läßt. Vergiß dann auch nicht, sie herzlich von mir zu grüßen.«

Das hatte Heinz Roland Nanda gesagt in der Voraussetzung, daß seine Tochter sich einsam fühlen könnte nach seinem Tode und das Verlangen haben würde, mit dieser einzigen Blutsverwandten in Verbindung zu treten.

Nanda hatte also die Briefe aus des Vaters Schreibtisch genommen und verschlossen. Sie trug den Schlüssel zu ihrem Schreibtisch immer bei sich, seit sie einmal dazu gekommen war, als Fräulein Eugenie dessen Fächer »revidierte«, wie sie es genannt hatte. Nanda hatte zwar nichts zu verbergen, aber vielleicht gerade aus diesem Grunde hatte es sie verletzt, daß in ihren Sachen herumgestöbert wurde, und deshalb hatte sie seither den Schreibtisch immer unter Verschluß gehalten.

Zwar hatte Fräulein Sanders bissige Bemerkungen darüber gemacht, aber das hatte Nanda nicht gehindert, ihren Schlüssel immer wieder abzuziehen. Da sie nun die Briefe der Tante in dem Schreibtisch verwahrte, würde sie noch sorglicher für den Verschluß sorgen, denn sie mochte nicht, daß Fräulein Eugenie vielleicht auch diese Briefe las.

Sie selbst war übrigens noch nicht dazu gekommen, die Briefe zu lesen, denn in den letzten Tagen war sie kaum vom Lager ihres Vaters gewichen. Jetzt, in ihrer Herzenseinsamkeit, sehnte sie sich danach, und nachdem sie ihre Tränen getrocknet hatte, erhob sie sich und ging zu ihrem Schreibtisch hinüber. Sie entnahm ihm das Briefpaket und setzte sich damit auf den Diwan, die Briefe auf ein kleines Tischchen legend, das vor ihr stand.

Ehe sie das Päckchen öffnen konnte, klopfte es an ihre Tür. Nanda sah auf, rührte sich aber nicht. Sie wußte, das war Eugenie Sanders und sie wußte auch aus Erfahrung, daß diese eine Vorliebe für Schlüssellöcher hatte. Aber durch das ihrige konnte sie nichts erspähen, dafür hatte sie gesorgt, indem sie stets, wenn sie ihr Zimmer betrat und es hinter sich abschloß, ein Tuch so über die Türklinke hing, daß es den Einblick in das Zimmer verwehrte.

»Mach auf, Nanda! Was für eine Art, dich am hellen Tage einzuschließen. Du sollst zum Tee herunterkommen, dein Vormund will dich sprechen.«

So rief Eugenie ärgerlich vor der Tür.

Nanda rührte sich nicht. Sie hatte absolut kein Verlangen, sich jetzt mit ihrem Vormund zu unterhalten. Ihr Herz war so wund und weh, infolge ihres Verlustes, daß sie sich nicht die nötige Festigkeit im Verkehr mit Halden zutraute. Und so beschloß sie, sich schlafend zu stellen. Mochte Eugenie klopfen, soviel sie wollte – sie schlief eben.

Und so mußte Eugenie wirklich wieder abziehen, um Georg Halden zumelden, daß Nanda wohl vor Erschöpfung in einen tiefen Schlaf gefallen sei. Ihr war es sehr angenehm, allein mit Georg Halden ein Teestündchen verleben zu können, allein dieser war durchaus nicht entzückt davon und lehnte es ab, länger zu bleiben.

»Heute mag ihr das noch einmal hingehen, aber morgen vormittag komme ich wieder herüber. Und von morgen an wird Order pariert!«

Das klang wie eine finstere Drohung, und Fräulein Eugenie nickte ihm begeistert zu, wenn sie auch sehr betrübt war, daß er sich dem Reiz einer gemeinsamen Teestunde mit ihr nicht hingeben wollte.

Die letzten Trauergäste hatten das Haus verlassen, und nun verschwand auch Georg Halden. Nanda hörte seinen Wagen fortfahren und atmete auf. Und während

Fräulein Eugenie sich nun gütlich tat an den guten, lekkeren Sachen, die auf dem Teewagen aufgebaut waren, saß Nanda mit heißen Wangen und las Tante Saunas Briefe. Es waren liebe, gute und verständige Worte, die diese an ihren Vater gerichtet hatte, und Nanda konnte nicht verstehen, daß ihr Vater den Briefwechsel mit dieser klugen, warmherzigen Frau aufgegeben hatte. Sie konnte ja nicht wissen, daß Georg Halden auch hier seinen starken Einfluß auf den Vater geltend gemacht hatte, konnte ebensowenig ahnen, daß Tante Sanna aus den immer kühler werdenden Briefen ihres Schwagers sehr wohl Georg Haldens Einfluß herausgefühlt hatte. So war der Briefwechsel, der für beide Teile ein Gewinn gewesen wäre, schließlich eingeschlafen.

Die Briefe waren nach dem Datum geordnet, und die ersten waren sehr lieb und herzlich gehalten und beschäftigten sich viel mit »meiner süßen kleinen Nanda«, also mit ihr, um die sich die Tante herzlich gesorgt haben mußte. Die letzten Briefe enthielten fast nur Schilderungen ihres Lebens auf der argentinischen Riesenfarm, sie berührten kaum noch Intimes zwischen dem Vater Nandas und ihr. Aber auch in diesen letzten Briefen sprach sie immer in liebevollen Worten von Nanda. Das berührte diese wie eine Liebkosung. Sie ersah jedenfalls aus den Briefen, wie lieb Tante Sanna sie gehabt und wie innig sie mit ihrer Schwester gestanden hatte.

Nanda drückte die Briefe ans Herz, deren jeder am Kopf die Anschrift der Absenderin trug. Wie wohl tat es der armen Waise, daß sie nun wieder einen Menschen in der Welt wußte, der durch Blutsbande zu ihr gehörte und der sie wenigstens einmal liebgehabt hatte.

Wie gern hätte sich Nanda gleich an ihren Schreibtisch gesetzt und an Tante Sanna geschrieben. Aber sie fürchtete, daß diese sich im Laufe der Jahre im Herzen ganz von ihr und dem Vater abgewandt haben könnte und gar nichts mehr von ihr wissen wollte. Sie wäre sehr traurig gewesen, wenn die Tante ihr gar nicht oder sehr kühl geantwortet hätte. Da war es schon besser, sie hielt sich im Herzen an diese alten, liebevollen Briefe. Langsam trat sie an ihr Bett heran, über dem sie das Bild der Mutter und Tante Sannas aufgehängt hatte. Mit feuchten Augen blickte sie zu dem Bild der beiden schönen Schwestern auf und nahm es, wie schon oft, von der Wand und küßte es.

Dabei kam ihr in Erinnerung, daß sie an der Bahre ihres Vaters eine seltsame kleine Szene mit Georg Halden erlebt hatte.

Der Vater hatte ihr gegenüber den Wunsch geäußert, daß sie ihm das Bild der Mutter, das er in den letzten Tagen nicht mehr von sich gelassen hatte, mit in den Sarg legen sollte. Daran hatte sich Nanda erinnert und seinen Wunsch erfüllt. Dann war sie aber dazu gekommen, wie Onkel Georg dieses Bild unter den gefalteten, erkalteten Händen ihres Vaters fortgezogen und an sich genommen hatte.

Außer sich hatte sie ihm das Bild hastig fortgerissen und gesagt: »Vater wollte dieses Bild mit sich nehmen, und ich habe ihm versprochen, es ihm in den Sarg zu legen.«

Da hatte sie Onkel Georg mit einem haßerfüllten Blick angestarrt.

»Das ist doch sentimentaler Unsinn, hebe du dir lieber das Bild deiner Mutter auf.«

Nanda hatte von dem Vater am Tag vor seinem Tode die gesamten anderen Fotos ihrer Mutter erhalten und sie ebenfalls in ihrem Schreibtisch verschlossen, aber sie wußte doch, daß dem Vater gerade an diesem einen Bilde viel gelesen hatte, und also mußte er es unbedingt mitbekommen. Den Wunsch eines Toten darf man nicht unerfüllt lassen. So sagte sie zwar innerlich erregt, aber doch gefaßt:

»Vaters Wunsch muß erfüllt werden, um jeden Preis!«

»Ich sage dir aber, daß das Unsinn ist, das Bild wird nicht in den Sarg gelegt! Gib es mir augenblicklich wieder, ich werde es für dich in Verwahrung nehmen!«

Nanda hatte aber das Bild hastig auf dem Rücken geborgen und hielt es da fest. Blaß bis in die Lippen, aber furchtlos hatte sie ihn angesehen.

»Vaters Wunsch muß erfüllt werden, und weder du noch ein anderer Mensch werden mich daran hindern. Du solltest Vater nicht noch im Tode kränken, indem du dich seinem Wunsche widersetzest.«

Er hatte sie mit finsteren Augen angestarrt, dann hatte er sich umgewendet und gesagt:

»Heute sollst du noch deinen Willen haben, nach deines Vaters Beerdigung geht es aber aus einem anderen Ton.«

Damit hatte er das Zimmer, in dem der Tote aufgebahrt war, verlassen. Nanda hatte hinter ihm hergesehen, und ein frostiges Gefühl war ihr den Rücken heruntergekrochen. Als er gegangen war, wollte sie das Bild wieder unter die Hände des Vaters schieben, aber sie hielt plötzlich inne. Nein ... Onkel Georg kam vielleicht zurück, ehe Vaters Sarg geschlossen würde, und nahm das Bild doch noch fort. Ob sie ihm lieber sagte, daß sie noch andere Bilder von der Mutter besaß? Aber instinktiv fürchtete sie, er könnte sie ihr fortnehmen. Also mußte Vaters Bild so in seinem Sarge geborgen werden, daß Halden es nicht sah, wenn er zurückkam. Sie trat an das Totenlager heran, sah liebevoll in das blasse Totengesicht und flüsterte:

»Weißt du jetzt, Väterchen, daß er nicht dein Freund

war, sondern dein Feind, wie der meine? Er soll das Bild nicht finden und dir fortnehmen.«

Und sie überlegte, wo sie es bergen konnte, damit es Onkel Georg bei einer etwaigen Rückkehr nicht finden würde. Das Bild sollte auf Vaters totem Herzen ruhen. Da er schon aufgebahrt war, würde ihn niemand mehr anrühren. Schnell öffnete sie seine Kleider über der Brust und schob das Bild der Mutter unter die Kleider. Sorgsam schloß sie diese dann wieder und atmete tief auf.

»So Väterchen, nun halte es fest, niemand soll es dir nehmen!«

Als sie jetzt Schritte hörte, verbarg sie sich schnell hinter einem Vorhang, und gleich darauf trat Georg Halden wieder ein, sah sich im Zimmer um und trat an den Toten heran. Sein Blick überflog das Totenlager, er suchte nach dem Bild, fand es aber nicht und stieß einen ärgerlichen Ruf aus. Dann ging er wieder hinaus.

Nanda mußte darüber sinnen, warum er so ärgerlich gewesen sein mochte; jetzt noch, da das Bild verschwunden war. Er konnte doch nicht wissen, daß es nun unter den Kleidern direkt auf des Vaters Herzen ruhte. Also, wenn er glauben mußte, daß sie das Bild nicht wieder in den Sarg gelegt hatte, warum war er nun abermals nicht zufrieden?

Sie fand keine Antwort darauf. Aber sie hatte des Vaters Lager sorgsam bewacht, solange Onkel Georg in Heidersberg war, bis man den Sarg geschlossen hatte. Und ehe man den Deckel auf den Sarg legte, hatte sie leise noch einmal die Hand auf die Brust des Vaters gelegt und hatte das Bild ganz deutlich gefühlt.

An diese Szene dachte sie also jetzt wieder. Liebevoll drückte sie die Lippen auf das Bild der Mutter und Tante Sannas und hing es wieder auf.

Auf einmal spürte sie, daß ihr vor Hunger ganz elend war. Sie hatte seit gestern keinen Bissen gegessen. Aber es widerstrebte ihr, jetzt hinunterzugehen, um etwas zu genießen, denn dann lief sie sicherlich Fräulein Eugenie in die Arme, und deren Gesellschaft konnte sie heute nicht ertragen. Zum Glück fiel ihr ein, daß sie etwas Eßbares in ihrem Nachttischkästchen hatte. Sie zog dieses auf und nahm eine Tafel Schokolade heraus. Damit setzte sie sich wieder auf den Diwan und aß sie langsam auf. Das mußte für heute genügen. Sie konnte und wollte heute niemanden mehr sehen. Zwar hatte sie Onkel Georg fortfahren hören, aber auch sonst wollte sie keinen Menschen sehen; dieser Tag gehörte noch ganz Väterchen. Mochte Euscheniiiiiie morgen eine geharnischte Standpauke loslassen, die würde sie lieber ertragen als heute deren Anblick.

Als man sie zum Abendessen rufen wollte, schwieg sie wieder und öffnete ihre Tür nicht. Sie entkleidete sich, nahm, wie jeden Abend, eine kalte Dusche und legte sich nieder.

Sie weinte sich in den Schlaf.

7

Am andern Morgen erwachte sie durch ein energisches Klopfen an ihrer Tür. Sie fuhr empor, setzte sich aufrecht und rief: »Wer ist da?«

Fräulein Eugenie machte nun erst einmal hinter der geschlossenen Tür ihrer Empörung Luft und verlangte, daß Nanda sofort öffne. Nanda strich sich das kurzgelockte, kastanienbraune Haar aus der Stirn und besann sich erst, was es denn eigentlich gäbe. Aber da überfiel sie auch schon wieder der Schmerz über den Verlust des Vaters. Sie beherrschte sich jedoch und rief zurück:

»Ich werde mich ankleiden und dann hinunterkommen. Lassen Sie doch das ewige Klopfen, Fräulein Eugenie!«

Diese antwortete mit einem neuen Wortschwall und verlangte abermals, daß Nanda öffnen solle. Diese erhob sich nun langsam, trat an die Tür heran und sagte ruhig und beherrscht:

»Erst werde ich baden und mich ankleiden, dann komme ich in das Frühstückszimmer. Bei meiner Toilette kann ich keine Gesellschaft gebrauchen, auch die Ihre nicht!«

Und unbekümmert um Fräulein Eugenies Wutanfall, ging Nanda in das anstoßende Badezimmer, ließ das Wasser laufen, badete, machte gymnastische Übungen, wie sie es gewohnt war, und kleidete sich an. Einige Trauerkleider hatte sie sich schnell kommen lassen. Es war ihr sehr gleichgültig, wie sie gearbeitet waren, es genügte ihr, daß sie von schwarzer Farbe waren. Wie wundervoll das kastanienbraune Haar und ihre hellen grauen Augen damit kontrastierten, ahnte sie nicht einmal.

Als sie fertig war, spürte sie, wie hungrig sie war. Es erschien ihr ganz herzlos, daß sie sich auf ihr Frühstück freute, weil Väterchen doch nicht mehr bei ihr war, aber sie hatte wirklich großen Hunger. Sie betrat das Zimmer, wo immer das Frühstück eingenommen wurde, und fand dort Fräulein Eugenie, die mit ihren Fingerspitzen wütend einen Marsch auf den Fensterscheiben trommelte. Dann fuhr sie zu ihr herum, und einen Moment fand sie keine Worte. Nanda erschien ihr so seltsam gereift und erwachsen in dem schwarzen Kleid mit dem blassen, ernsten Gesicht, daß sie sich einen Ruck geben mußte, um ihre Standpauke loswerden zu können. Wenn sie nicht Georg Halden mit seiner ganzen Autorität hinter sich gewußt hätte, wäre sie vielleicht vorsichtiger gewesen, aber so wußte sie, daß sie in seinem Sinne handelte, wenn sie Nanda in flammender Rede ihren Undank, ihren Ungehorsam und ihre Widerspenstigkeit vorhielt.

Nanda setzte sich ruhig und beherrscht an den Frühstückstisch, füllte ihre Tasse, strich sich ein Brötchen und sah ab und zu wie in aufmerksamer Prüfung zu Fräulein Eugenie hinüber, die noch unvorteilhafter als sonst aussah. Als Nanda jetzt ihr Brötchen zu Munde führen wollte, riß Fräulein Eugenie es ihr fort und warf es auf ihren Teller.

»Erst höre mir gefälligst zu, damit du erfährst, daß es jetzt aufhört, daß du dich benimmst wie ein widersetzliches Füllen. Du wirst mich sofort um Verzeihung bitten, daß du mich an deiner Tür vergeblich um Einlaß bitten ließest.«

Nanda ließ ruhig das Brötchen, das Fräulein Eugenie mit ihren Händen berührt hatte, liegen und machte sich ein zweites zurecht.

»Sie werden doch wohl gestatten, daß ich mich in meinem Hause satt esse. Ich habe nämlich fast zwei Tage nichts genossen, und mir ist übel vor Hunger. Wenn Sie übrigens glauben, daß es für mich ein gutes Beispiel ist, wie Sie hier in einem Trauerhaus loszetern, dann irren Sie sich.«

Einen Moment war Eugenie Sanders sprachlos. Aber gleich ging es weiter:

»In deinem Hause? Da muß ich lachen. Du hast hier bis zu deiner Großjährigkeit überhaupt nichts zu sagen, hier hat einzig und allein dein Vormund zu befehlen; du hast dich zu fügen in alles, was er für gut und richtig hält. Und ich habe genaue Verhaltungsmaßregeln bekommen, wie ich dich zu behandeln habe. Jetzt kann dein Vater dir nicht mehr in unerhörter Schwäche den Rücken decken, das merke dir, jetzt geht es aus einem andern Tone!«

Nanda überlief ein Frostschauer, sie ahnte, fühlte plötzlich, daß sie in der Gewalt dieser beiden Menschen war, und wußte, daß diese sie ihre Macht in rücksichtsloser Weise fühlen lassen würden. Aber ihr Stolz war noch ungebrochen. Sie warf den Kopf zurück und sah Eugenie Sanders mit einem verächtlichen Blick an.

»Setzen Sie sich jetzt, und frühstücken Sie ruhig und anständig mit mir, oder verlassen Sie das Zimmer. Ich wünsche nicht weiter bei meinem Frühstück gestört zu werden«, sagte sie ruhig und bestimmt.

Eugenie Sanders war fassungslos. Aber sie fühlte plötzlich, daß es auch jetzt nicht leicht sein würde, dieses Mädchen so zu ducken, wie es ihr Vormund verlangte. Und sie wollte ihm doch gar zu gern ihre Tüchtigkeit als Erzieherin beweisen.

»Ich weiß nicht, über was ich mich mehr wundern soll, über deine Ungezogenheit oder über deine Hoffart.«

»Vielleicht überlegen Sie sich das nach dem Frühstück«, sagte Nanda, biß ruhig in ihr knuspriges Brötchen und trank ihre Schokolade, wodurch ihr sofort etwas besser wurde.

Eugenie zog es vor, die stumme Beleidigte zu spielen, sah Nanda nur durchdringend durch ihr Lorgnon an und sagte:

»Nun, du wirst schon klein werden, wenn dein Vormund nachher kommt. Er wird dir klarmachen, daß du mir aufs Wort zu gehorchen hast.«

Nanda ließ etwas Honig auf ihr Brötchen träufeln, und beachtete ihre Erzieherin vorläufig gar nicht weiter. Sie frühstückte herzhaft, denn sie wußte, wenn der Vormund nachher kam, mußte sie bei Kräften sein, da würde es einen neuen Kampf geben, und der würde schwerer sein als der mit Eugenie.

Diese ließ sich nun doch herbei, am Frühstück teilzunehmen, und legte sich, wie immer, sehr reichlich vor. Es blieb für den Rest des Frühstücks ganz still zwischen den feindlichen Parteien. Als das Frühstück beendet war, sagte die Erzieherin streng:

»Du wirst jetzt eine Stunde französisches Diktat schreiben.«

Nanda neigte ruhig den Kopf.

»Ich bin einverstanden, daß unser gewöhnlicher Stundenplan eingehalten wird. Demnach habe ich jetzt französisches Diktat. Also bitte, lassen Sie uns beginnen.«

Das klang aber Fräulein Eugenies Ohren viel zu stolz und bestimmt, doch erwiderte sie nichts. Sie begab sich mit Nanda in deren Arbeitszimmer, wo alle Stunden, die nicht im Freien absolviert werden konnten, abgehalten wurden.

Nanda vergaß nicht, was sie ihrem Vater versprochen hatte. Sie wollte fleißig lernen und nahm sich zusammen. Fräulein Eugenie diktierte heute aus heimlicher Rachsucht besonders schwere Sachen, aber Nanda biß die Zähne zusammen und lieferte nach einer Stunde ein so tadelloses Diktat, daß Fräulein Sanders zu ihrem Leidwesen nichts daran auszusetzen fand. Nur sagte sie gehässig:

»Man sieht schon, daß du kannst, wenn du nur willst, aber du willst eben meistens nicht!«

Nanda atmete tief auf.

»Sie können unbesorgt sein, ich habe Vater versprochen, mir Mühe zu geben, alles zu lernen, was ich lernen muß. Und jetzt, da ich leider durch Vaters Pflege nicht mehr abgehalten werde, soll mich nichts mehr hindern, meiner Pflicht nachzukommen, ich werde fleißig lernen, aber ich ersuche Sie höflichst, einen andern Ton mir gegenüber anzuschlagen. Ich bin kein törichtes, unbekümmertes Kind mehr, das im Übermut zuweilen vor dem Lernen davonlief, ich will jetzt fleißig arbeiten, es bedarf keines Zwanges und keiner Schelte mehr. Nur nehmen Sie bitte Rücksicht darauf, daß ich jetzt Ihre Herrin bin, die Ihnen Brot gibt. Das wollen wir gleich einmal festhalten, ehe Sie sich von meinem Vormund eine vielleicht falsche Beurteilung unserer gegenseitigen Lage beibringen lassen.«

Hätte Fräulein Eugenie nicht vollkommen unter Georg Haldens Einflusse gestanden, dann hätte sie Nandas Ton davon überzeugen müssen, daß sie am besten tun würde, sich ihr gegenüber auf diesen neuen Standpunkt zu stellen, aber sie war – in der Hoffnung, eines Tages seine Frau werden zu können – so sehr Haldens Geschöpf, daß sie der Vernunft kein Ohr geben konnte und wollte. Höhnisch sah sie Nanda an.

»Warte nur gefälligst ab, bis dein Vormund kommt und seine Bestimmungen trifft.«

Nanda wurde das Herz sehr schwer, aber nicht um die Welt hätte sie das zugegeben. Sie zuckte nur mit den Schultern und sagte ruhig:

»Wir haben jetzt englische Konversation – also bitte!«

Und Fräulein Eugenie mußte ihres Amtes walten. Vorläufig war also Nanda noch Siegerin geblieben, aber sie ahnte, daß es anders werden würde, wenn ihr und ihres Vaters Feind auf der Bildfläche erscheinen würde.

Scheinbar beteiligte sie sich ganz ruhig an der englischen Konversation und bemühte sich auch hier, ihr Bestes zu geben. Wiederum fand Fräulein Eugenie keine Veranlassung zum Tadel, doch rügte sie wenigstens

Nandas mangelhafte Aussprache, die aber in Wahrheit viel besser war als ihre eigene.

Nach dieser Stunde war eine Pause, die Nanda dazu benutzte, durch den Park zu laufen, hinüber an Väterchens Grab. Da weinte sie sich allen Kummer vom Herzen.

»Du wirst mir schon helfen, Väterchen!« sagte sie zuversichtlich.

Langsam ging sie dann wieder nach Hause. Gerade, als sie dort ankam, war Georg Halden vorgefahren, und Fräulein Eugenie war eben dabei, ihm eine dramatische Schilderung von Nandas »Ungezogenheit« zu geben.

Als Nanda eintrat, wollte sie einhalten, aber er forderte sie auf, fortzufahren, ohne vorläufig von Nanda Notiz zu nehmen. Diese setzte sich ruhig in einen Sessel am Fenster, nachdem sie dem Vormund eine stumme Verbeugung gemacht hatte, und Fräulein Eugenie mußte nun ihren Bericht in etwas gemäßigter Weise fortführen, um strenger bei der Wahrheit zu bleiben. Nanda sah ernst und ruhig zu den beiden hinüber.

Als die Erzieherin geendet hatte wandte sich Georg Halden seinem Mündel zu.

»Du hast dich also wieder einmal unerhört betragen! Das wird das letztemal gewesen sein. Glaube nur nicht, daß du hier die Herrin spielen kannst; du hast zu gehorchen, wenn wir beide, Fräulein Sanders und ich, dir etwas gebieten! Ich dulde ein für allemal deine Widersetzlichkeit nicht mehr, merke dir das! Du hast dich artig, bescheiden und gesittet zu benehmen, hast zu schweigen, bis man dich fragt, hast zu tun, was man dir sagt, und hast dir an Fräulein Sanders ein Beispiel zu nehmen!«

Jetzt fuhr Nanda auf.

»Das letztere niemals!«

Er erhob sich mit einem Ruck. Mit großen Schritten

kam er auf sie zu und starrte sie mit seinen finsteren Augen an, als wolle er sie hypnotisieren.

»Ruhe! Rede erst, wenn du gefragt wirst. Glaube nicht, daß du mit mir umspringen kannst wie mit deinem schwachen Vater. Es gibt Mittel genug, renitente Kinder unterwürfig zu machen!«

Da schnellte Nanda aus ihrem Sessel empor und reckte sich hoch auf. Ihre Augen flammten in die seinen, und sie rief außer sich:

»Jetzt zeigst du dein wahres Gesicht! Ich weiß, daß du mich haßt, wie du meinen Vater gehaßt hast, trotzdem du ihm Freundschaft heucheltest. Ich weiß nicht, warum du uns haßt, aber ich weiß, daß ich diesen Haß erwidert habe, solange ich den deinen gefühlt habe. Du hast dich ja schon lange darauf gefreut, diesen Haß an mir auslassen zu können, und ich weiß, daß du vor nichts zurückschrecken wirst, um ihm Ausdruck zu geben. Aber hüte dich! Eines Tages wird das alles auf dich zurückfallen. Du kannst dich, kraft deiner Macht als mein gesetzlicher Vormund, an einem schwachen, hilflosen Kinde versündigen, kannst mich quälen, peinigen und unterdrücken. Aber nie wirst du mich demütigen – nie wirst du mir verbieten können, dich zu verachten. Du bist ein schlechter Mensch!«

Er war bleich geworden bis in die Lippen. In ihrem flammenden Zorn war Nanda ihrer Mutter ähnlicher als je, und so wie sie hatte einst ihre Mutter vor ihm gestanden und hatte ihm ins Gesicht geschleudert: Du bist ein schlechter Mensch! Einen Moment versagte ihm sein klares Denken, aber dann loderte sein Haß unbändig hervor. Er faßte Nanda an beiden Armen und drückte sie zu Boden.

»Auf die Knie, auf die Knie mit dir! Sofort bittest du mich um Verzeihung!«

Sie war auf die Knie niedergefallen unter seinem rohen Griff, aber ihre Augen richteten sich zu ihm empor, und aus denen leuchtete der ungebrochene Stolz eines starken Menschen.

»Niemals! Niemals tue ich das! Ich sprach die Wahrheit und nehme nichts zurück.«

Er drückte ihr die schmalen Handgelenke so fest zusammen, daß sie vor Schmerzen stöhnte, die ganze Brutalität seines Wesens kam in seinem Gesicht zum Ausdruck. Er hatte alle Selbstbeherrschung verloren und selbst Fräulein Sanders bekam Angst, er möchte zu weit gehen. Doch wagte sie keine Einwendung zu machen und suchte sich damit zu beruhigen, daß die Widersetzlichkeit Nandas unbedingt gebrochen werden müsse.

Nanda hätte vor Schmerz laut aufschreien mögen, immer fester und brutaler wurde der Druck seiner Hände. Aber sie biß sich auf die Lippen, daß sie bluteten, ohne jedoch ein Wort hervorzubringen.

»Sofort bitte ab, oder du sollst mich kennenlernen«, herrschte er sie an und drückte noch fester die zarten Handgelenke zusammen.

Nanda fühlte, daß sie diesen Schmerz nicht länger aushaken konnte, es wurde ihr schwarz vor den Augen, und halb bewußtlos stieß sie hervor: »Väterchen – hilf mir!«

Darüber noch mehr in Wut geratend, drückte er noch fester zu ... und da merkte er, daß Nanda, zwar immer noch stumm, ohnmächtig zurücksank.

Nun erschrak er doch ein wenig und kam zu sich. Erst wollte er diese Ohnmacht für Komödie halten, aber als er Nandas blutleeres Gesicht sah, das fast wie das einer Toten wirkte, ließ er endlich ihre Handgelenke frei. Erschrocken kam nun auch Fräulein Sanders herbei und versuchte Nanda aufzurichten.

»Sie spielt ja nur Komödie«, stieß er heiser hervor.

»Nein, nein, Herr Halden, sie hatte schon an ihres Vaters Sterbelager eine tiefe Ohnmacht. Glauben Sie mir nur, daß sie schwer zu erziehen ist. Ihr Stolz und ihr Trotz sind unerhört. Sie stirbt lieber, als daß sie nachgibt.«

Er lachte hart auf.

»Das wird sich ändern. Aber ich sehe nun doch, daß es nicht so leicht ist, ihre Wildheit zu besiegen. Glauben Sie wirklich, daß es eine Ohnmacht ist?«

»Unbedingt! Die ist echt.«

Er drückte auf die Klingel, und der alte Diener Hermann kam herbei.

Erschrocken sah er seine junge Herrin liegen wie schon am Todestage ihres Vaters.

»Wohin, gnädiger Herr?« fragte er nur.

»In ihr Zimmer!« gebot Georg Halden hart und rauh.

Hermann trug Nanda hinauf in ihr Zimmer.

»Das gnädige Fräulein ist verletzt!« sagte er, und es lag ein seltsamer Ausdruck in den Augen des Dieners. Er war schon seit mehr als fünfundzwanzig Jahren im Hause und hatte mancherlei gesehen und gehört, was hier vorgegangen war. Er allein war, ohne daß man es ahnte, Zeuge gewesen, als seine verstorbene gnädige Frau, Nandas Mutter, Georg Halden mit der geballten Faust ins Gesicht geschlagen hatte. Neben dem Speisezimmer war er in der kleinen Silberkammer gewesen und hatte einen erregten Wortwechsel gehört zwischen Georg Halden und Frau Lori Roland. Erschrocken hatte er den Kopf durch die Tür gesteckt, weil er geglaubt hatte, seiner damaligen Herrin zu Hilfe kommen zu müssen, und da hatte er gerade gesehen, wie Georg Halden die gnädige Frau brutal in seine Arme riß und sie küssen wollte. Sie hatte sich nicht anders helfen können, hatte ihn mit der geballten Faust ins Gesicht geschlagen und gerufen: »Sie sind ein schlechter Mensch!«

Schon hatte Hermann seiner gnädigen Frau zu Hilfe kommen wollen, denn der Hausherr war gerade zu dieser Zeit nicht zu Hause, sondern in einer geschäftlichen Angelegenheit nach Berlin gefahren. Aber ehe er sein Versteck noch verlassen konnte, hatte sich die Tür geöffnet, und Fräulein Sanna, die Schwester der gnädigen Frau, war eingetreten. Frau Lori war der Schwester in die Arme geflogen und hatte zitternd hervorgestoßen:

»Laß mich nie mehr mit diesem Menschen allein, Sanna, er ist unverschämt und hat mich beleidigt durch seine Anträge. Wenn Heinz das wüßte, würde es ein Duell geben – er darf es nie erfahren.«

Und Georg Halden war, blaß bis in die Lippen, aber mit wutverzerrtem Gesicht davongegangen.

Frau Lori hatte dann der Schwester erregt berichtet, was vorgefallen war, und Hermann hatte in der Silberkammer reglos gestanden, weil sein Taktgefühl ihm sagte, diese Szene dürfe keine Zeugen haben.

Als er jetzt die roten, geschwollenen Handgelenke seiner Herrin sah, ahnte er, daß die von Georg Haldens brutalen Händen herrührten.

Georg Halden erwiderte auf seine Worte:

»Es hat nichts auf sich, ich wollte sie halten, als sie in Ohnmacht fiel, und faßte dabei wohl ein wenig zu heftig zu.«

Hermann ließ sich aber durch diese Worte nicht überzeugen. Er wollte Nanda weiter behilflich sein, aber Fräulein Eugenie wies ihn hinaus:

»Ich bin ja da, Hermann, und werde mich um das gnädige Fräulein bemühen.«

Nur zögernd verließ der Diener das Zimmer und hielt sich jedenfalls in der Nähe der Tür auf, um nötigenfalls einspringen zu können.

Eugenie Sanders bemühte sich nun, Nanda mit Kölnischem Wasser und kühlen Waschungen wieder zu sich zu bringen, und schließlich schlug sie mit einem tiefen Seufzer die Augen auf.

Erst nach einer Weile vermochte sie sich zu besinnen, was geschehen war, und durch die Schmerzen an ihren Handgelenken aufmerksam gemacht, betrachtete sie diese und stieß ein leises Stöhnen aus.

Er trat zu ihr heran und sah kalt und streng auf sie hinab.

»Das hast du dir alles selbst zuzuschreiben. Glaube nicht, daß ich dir auch nur das geringste straflos durchgehen lassen werde. Willst du jetzt Abbitte leisten?«

Sie richtete sich mit einem Ruck empor, starrte ihn mit großen Augen an und sagte leise, aber fest:

»Lieber sterben!«

Er wußte, daß es ihr damit ernst war, und er hätte sie schlagen mögen, bis sie Abbitte leisten würde. Aber das wagte er doch nicht. So sagte er nur:

»Gut, so wirst du deine Strafe auf andere Art erhalten. Mit solchen Dickköpfen, wie du einer bist, darf man keine Nachsicht haben. Ich will nicht, daß mein Sohn sich eines Tages mit einer renitenten Frau herumquälen soll. Du wirst schon lernen, Order zu parieren. Vorläufig erhältst du strengen Zimmerarrest und bekommst täglich nur eine Mahlzeit, bis du Abbitte geleistet hast. Willst du das tun, laß mich rufen. Fräulein Sanders – überlassen Sie Nanda jetzt sich selbst.«

Diese hätte gern erst noch lindernde Verbände um Nandas Handgelenke gemacht. So roh und abgestumpft wie der Vormund war sie doch noch nicht, aber sie wollte es eben nicht mit ihm verderben. Ihre Interessen sollten nicht hinter denen ihrer Schülerin zurückstehen. Und so erhob sie sich und folgte ihm. Georg Halden schloß Nandas Tür ab. Sie war gefangen.

Mühsam erhob sich Nanda und hielt ihre brennenden Handgelenke unter das kalte Wasser, das sie in ihren Waschtisch laufen ließ. Ihr war, als wären ihr die Gelenke zerbrochen; sie schwollen immer mehr an und wurden ganz steif. Plötzlich hörte sie ein leises Klopfen an der Tür. Sie trat an diese heran.

»Was ist? Wer ist da?«

»Ich bin es, gnädiges Fräulein – Hermann! Kann ich Ihnen irgendwie helfen?«

Die Teilnahme dieses schlichten Mannes ließ Nanda aufschluchzen.

»Ach, lieber Hermann, lieber, guter Hermann, er hat mich ja eingeschlossen, ich habe Zimmerarrest und soll durch Hunger kirre gemacht werden.«

Der Diener stieß einen leisen Zornesruf aus.

»Oh, wir lassen doch unsere junge Herrin nicht verhungern. Die ganze Dienerschaft steht auf Ihrer Seite, gnädiges Fräulein!«

»Aber ich soll nur täglich eine Mahlzeit bekommen, und die wird auch sehr knapp bemessen sein.«

Hermann schien zu überlegen, und endlich schien er etwas gefunden zu haben, wie er helfen könnte.

»Gnädiges Fräulein!«

»Was willst du noch, Hermann?«

»Bitte, legen Sie Ihr Ohr dicht an die Tür, ich darf nur leise sprechen, damit man mich unten nicht hört. Fräulein Sanders ist mit Herrn Halden im Wohnzimmer.«

»Ich bin ganz dicht an der Tür, Hermann.«

»Also, hören Sie! Ihr Badezimmer stand doch früher mit der Speisekammer im Souterrain durch einen kleinen Aufzug in Verbindung, durch den das gnädige Fräulein Sanna sich immer schnell etwas Kräftigendes für die kranke gnädige Frau Mutter heraufkommen ließ. Der Aufzug wurde jetzt nie mehr benutzt, über der Öffnung in Ihrem Badezimmer hängt ein Spiegel. Den brauchen Sie nur abzunehmen, und dann können Sie den Aufzug öffnen und herausnehmen, was ich Ihnen hochziehen werde. Die Köchin gibt mir schon alles Nötige für Sie und sonst braucht niemand darum zu wissen. Und – wenn ich Ihnen etwas mitzuteilen habe oder Sie mir, dann legen wir einen Zettel ein ... aber bitte, gleich verbrennen, denn ich möchte gerade jetzt nicht von Heidersberg fort, schon Ihretwegen nicht. Haben Sie das alles verstanden, gnädiges Fräulein?«

»Ja, ja, tausend Dank, Hermann, Gott lohne es Ihnen, bis ich es selbst tun kann. Bitte, verbrennen Sie auch meine etwaigen Zettel sofort. Niemand darf ahnen, daß wir in Verbindung stehen. Und nun fort, damit Sie keiner vor meiner Tür ertappt.«

»Ich gehe schon! Und wenn einer Ihnen etwas zuleide tut, dann schreien Sie nur laut, lassen Sie sich nicht wieder quälen.«

»Guter Hermann, ich danke dir!«

Und Hermann schlich davon.

Eugenie Sanders begab sich, nachdem Georg Halden sich entfernt hatte, wieder nach Nandas Zimmer. Den Schlüssel dazu hatte Halden ihr ausgefolgt, ihr aber eingeschärft, ihn nicht aus den Händen zu geben. Sie müsse auch dafür sorgen, daß Nanda wirklich nur einmal am Tage eine Mahlzeit serviert bekomme.

»Es hilft nichts, wir müssen mit größter Strenge gegen sie vorgehen, gleich von Anfang an, sonst ducken wir den Trotzkopf nie«, hatte er mit einem erzwungenen Lächeln gesagt, weil er merkte, daß die Erzieherin unruhig geworden war. Diese hatte geseufzt und ihn mit einen ersterbend hingebungsvollen Blick angesehen.

»Wenn sie aber nun doch nicht abbittet?«

»Nun, so soll sie wenigstens fühlen, daß sie sich mit ihrem Trotz nur selbst schadet, und wir müssen sie so hart strafen, daß sie derartige Aufsässigkeiten in Zukunft unterläßt. Also: sie verläßt ihr Zimmer nicht, bekommt nur eine Mahlzeit, und jede Art von Unterhaltung wird ihr unmöglich gemacht. Ich weiß, sie liest gern, aber außer ihren Lehrbüchern bekommt sie kein Buch in die Hand. Setzen Sie sehr viel Lehrstunden an, mehr denn sonst, und stellen Sie ihr schwere Aufgaben. Sie soll die Lücken in ihrer Bildung erst einmal ausfüllen.«

»Wir hatten heute französisches Diktat und englische Konversation, und ich muß sagen, sie hat sich große Mühe gegeben, mich zufriedenzustellen. Auch hat sie mir freiwillig versprochen, von nun an mit Ernst und Ausdauer an ihre Arbeit zu gehen. Aber sie tat das in einer so stolzen, abweisenden Art, wie ich es wirklich nicht verdient habe.«

Und Fräulein Eugenie tupfte sich einige nicht vorhandene Tränen aus ihren Augen.

»Nun, das wird sich ändern, sie soll Sanftmut und christliche Demut von Ihnen lernen.«

»Aber Sie hörten doch, wie energisch sie sich dagegen verwahrte, sich ein Beispiel an mir zu nehmen!«

»Das eben ist ihr vertrackter Widerspruchsgeist, den werden wir ihr mit vereinten Kräften austreiben. Und, wie gesagt, kontrollieren Sie jeden Tag ihr Zimmer, inspizieren Sie auch ihren Schreibtisch und ihre Schränke, damit sie keinerlei Näschereien oder Unterhaltungsbücher im Zimmer hat. Wir müssen sie durch körperlichen und geistigen Hunger matt setzen, das hilft nun nichts, wir müssen da schon ein bißchen streng sein, bis sie zur Vernunft kommt und den Nacken beugen lernt.«

Sie schmachtete ihn demutsvoll ergeben an. »Selbstverständlich halte ich mich streng an Ihre Befehle. Sie wissen doch, wie sehr ich Ihnen ergeben bin, Herr Halden.«

Gnädig nickte er ihr zu und gab ihr noch einige Anweisungen; ehe er sich dann entfernte, sagte er noch:

»Da fällt mir ein ... Sie könnten ihr begreiflich machen, daß der Himmel sie schon durch den Tod ihres Vaters für ihr renitentes Wesen bestraft hat, das wird auf sie wirken.«

Sie nickte ihm zu. »Vorzüglich, das wird sicherlich Eindruck auf sie machen.«

Und als sie sich dann von ihm verabschiedet hatte, überzeugt, daß er sie eines Tages mit seiner Hand belohnen würde, begab sie sich zu Nanda hinauf.

Ohne anzuklopfen, schloß sie das Zimmer auf und stand vor ihr, die in heilloser Ermattung am Fenster in einem Sessel saß. Sie hatte gerade hinausgesehen, ob sie etwa durch das Fenster entweichen könnte, um von Zeit zu Zeit wenigstens frische Luft zu schöpfen, aber die Hauswand war hier ganz glatt, man konnte nicht hinabklettern. Und zum Springen war es zu hoch.

Als Eugenie Sanders eintrat, wandte sie stumm das blasse Gesicht zu ihr herum und sagte ruhig:

»Es wäre mir lieber, wenn Sie anklopfen würden, sobald Sie mein Zimmer betreten wollen.«

»Du schweigst, bis du gefragt wirst, verstanden? Du hast es dir selbst zuzuschreiben, wenn du hier gefangen sitzest.«

»Die Notwendigkeit sehe ich nicht ein, und ich kann mich nur wundern, daß Sie sich als mein Kerkermeister aufzuspielen wagen. Haben Sie sich schon überlegt, daß Sie hier in meinem Hause von meinem Geld leben? Glauben Sie und Herr Halden, daß ich fügsamer und nachgiebiger werde, wenn Sie mich seelisch und körperlich mißhandeln?«

»Ich habe dich doch nicht mißhandelt!«

»Nein, Sie haben nur seelenruhig zugesehen, wie ein starker, haßerfüllter Mensch mir fast die Handgelenke zerbrochen hat.«

»Du hättest dich eben besser aufführen sollen!«

»Ich sagte nur die Wahrheit. Sie selbst haben mir doch einmal gesagt, Lüge sei etwas sehr Häßliches und Niedriges. Dieser Meinung bin ich auch, aber ... Sie habe ich jedenfalls schon auf mancher Lüge ertappt, das wissen Sie selbst.«

»Du schweigst sofort, oder ich werde dich empfindlich strafen!«

»Ach, wollen Sie mich auch mißhandeln? Wollen Sie mir vielleicht die eine Mahlzeit am Tage auch noch entziehen? Immerhin – dann verhungere ich etwas schneller.«

»Wahre deine Worte!« kreischte Fräulein Sanders zornig auf. »Du verdienst keine gütige Behandlung, dich hat ja schon der liebe Gott für deine Widersetzlichkeit bestraft, indem er dir deinen viel zu schwachen Vater nahm.«

Nanda fuhr aus ihrem Sessel empor, und ihre Augen flammten.

»Schämen Sie sich, aus dem gütigen Gott ein solches Zerrbild zu machen! Ihre Worte können mich nicht treffen, denn ich weiß, daß auch Sie mich hassen, weil Sie glauben, ich hätte Vater davon abgehalten. Sie zu seiner Frau zu machen. Er hätte nie daran gedacht, meiner Mutter eine Nachfolgerin zu geben, wie Sie es sind, das hat er mir selbst gesagt.«

»Nun, wir werden dich schon kirre kriegen, wenn du dich jetzt auch noch so stolz gebärdest. Hochmut kommt vor dem Fall.«

Erschöpft von aller Aufregung fiel Nanda wieder in ihren Sessel zurück und sagte matt:

»Lassen Sie mich jetzt allein. Ich kann Ihren Anblick nicht mehr ertragen.«

»Ich bleibe, solange es mir gefällt; hier habe ich zu bestimmen.«

Nanda sah sie nur verächtlich von oben bis unten an, was Eugenie selbstverständlich noch sehr viel mehr empörte.

»Sieh mich nicht so an, ungezogenes Ding. Jetzt werde ich erst einmal deinen Schreibtisch und deine Schränke durchsuchen. Ah, der Schreibtisch ist verschlossen. Gib den Schlüssel her!«

Nanda erschrak. Sie fürchtete, daß Eugenie die Bilder ihrer Mutter und die Briefe Tante Sannas finden würde. Beides würde ihr dann sicher fortgenommen werden, und das durfte nicht sein. Aber wie diesen ihren Schatz retten? Da zuckte ihr ein Gedanke durch den Kopf. Der Aufzug hinter dem Spiegel im Badezimmer! Da konnte sie ihren Schatz bergen und in Hermanns treue Hände liefern. Sie überlegte, wie sie Eugenie hinhalten könnte, und so nahm sie ihre Zuflucht zu einer kleinen Komödie. Matt genug war sie, daß ihr Kopf haltlos zurücksank und sie flüsterte heiser:

»Wenn Sie mich jetzt nicht eine halbe Stunde allein lassen, bekomme ich wieder eine Ohnmacht. Ich muß Ruhe haben.«

Eugenie fürchtete sich begreiflicherweise vor dieser Verantwortung.

»Nun gut, in einer halben Stunde komme ich wieder. Aber denke nicht, daß du mir entkommst, alles werde ich genau durchsuchen, sobald ich zurückkomme, es nützt nichts, wenn du etwas zu verbergen suchst.«

Nanda winkte nur matt mit der Hand. Erbarmungswürdig bleich sah sie ohnedies aus, und Eugenie zog es darum vor, sich zurückzuziehen, zumal sie sich durch ein Glas des von ihr geliebten Südweins für fernere Heldentaten stärken wollte.

Nanda hörte, wie der Schlüssel im Schloß herumgedreht wurde und wie sich Eugenies Schritte entfernten.

Mit einem Satze war Nanda an der Tür und schob von innen den Riegel vor. Schnell hängte sie das Tuch vor das Schlüsselloch, und dann trat sie an ihren Schreibtisch. Mit fliegenden Händen packte sie die Bilder, Tante Sannas Briefe und einige ihr liebe und teure Kleinigkeiten zusammen. Zum Glück hatte sie Packpapier und Bindfaden zur Hand. Dann schrieb sie auf einen Zettel:

»Lieber, guter Hermann! Bitte verwahre mir dieses Päckchen gut, es enthält Bilder meiner Mutter, Briefe meiner Tante und liebe Andenken. Man will es mir fortnehmen, und ich bekäme es dann vielleicht nie wieder. Vielen herzlichen Dank im voraus!
Nanda«

Mit diesem Zettel und dem Paket begab sie sich in ihr Badezimmer, nahm schnell den Spiegel von der Wand und erblickte die Tür zum Aufzug. Sie war nur angelehnt und wurde nur durch den Spiegel zugehalten. Hastig öffnete sie die Tür vollends und stieß einen leisen Freudenruf aus. Der Aufzug war bis zu ihr hochgezogen, und auf seinem Boden lagen allerlei Herrlichkeiten, von dem guten Hermann und der Köchin dort aufgestapelt. Ein Pfundpaket Schokolade, ein Paket Keks, ein Teller mit Früchten, ein großes Glas Milch und ein Teller voll kleiner, knuspriger Kuchen, die die Köchin zum Tee zu backen pflegte und die Nanda besonders gern aß. Aber, wo sollte sie diese Schätze verbergen? Eugenie Sanders würde sie finden.

Ah, es war das beste, wenn sie den Aufzug selbst als heimliche Speisekammer benutzte. Schnell lief sie noch einmal hinüber an den Schreibtisch und schrieb unter das bereits Geschriebene auf den Zettel:

»Tausend Dank für die Bescherung, guter Hermann, Dank auch Christinen; aber ich muß alles im Aufzug selbst verwahren, weil sie es sonst finden. Es ist ja Platz genug darin; ich hole mir nach Bedarf, was ich brauche. Ihr Guten, Gott lohne Euch Eure Treue!«

Nun räumte sie ihre Schätze im Aufzug auf die eine Seite, legte auf die andere ihre Paketchen und in die Mitte recht auffällig den Zettel. Schnell aß sie dann eine Banane, legte die Schale auf eines der Tellerchen, die nebst Bestecken ebenfalls vorhanden waren, seilte den Aufzug hinunter und hängte, nachdem sie die Tür angedrückt hatte, den Spiegel wieder davor.

Aufatmend und sich nun schon nicht mehr vollends verlassen fühlend, ging sie wieder in ihr Zimmer, schob den Riegel an der Tür zurück, nahm das Tuch fort und setzte sich wieder in den Sessel ans Fenster.

Und nun harrte sie der Dinge, die kommen sollten. Sie schloß vor Ermattung die Augen und schlummerte ein wenig, bis Fräulein Eugenie zurückkam.

Sie hatte sich durch ein Glas Portwein gestärkt, hatte schnell eine heimliche Zigarette geraucht und stand nun mutgeschwellt wieder vor Nanda, die aus ihrem kurzen Schlummer aufwachte. Und nun begann eine rücksichtslose Durchsuchung von Nandas Zimmer. Kein Schrankfach, kein Kasten, kein Schreibtischfach blieben undurchforscht. Eugenie fand aber nichts, was als verdächtigt zu werten war, nur einige harmlose Bücher, die Nanda sogar mit ihrer Erlaubnis gelesen und nicht wieder in die Bibliothek zurückgebracht hatte, weswegen sie freilich ihrer Unordentlichkeit halber eine Rüge bekam. Nanda saß stumm und resigniert am Fenster. Erst, als Eugenie sich an ihren Wäscheschrank machte, sprang sie auf.

»Bitte, rühren Sie nicht an meine Wäsche, ich mag es nicht, wenn diese von fremden Händen betastet wird. Ich will Ihnen jedes Stück herausnehmen und vorzeigen.«

Das ärgerte Eugenie allerdings sehr, aber Nanda stand so energisch vor ihrem Wäscheschrank, daß die Erzieherin fürchten mußte, daß es erneut eine große Szene geben könnte. Und nachgerade war Eugenie dieser Szenen müde. Sie störten sie in ihrer behaglichen Ruhe, in ihrem Lebensgenuß. Am liebsten hätte sie Frieden mit Nanda gemacht, auf der Basis, daß sie dem Vormund vortäuschen sollte, daß sie durch Eugenie gezähmt worden sei. Aber das konnte man doch mit dem dummen Ding nicht besprechen. Also mußte sie weiter ihr möglichstes tun, sie wirklich zu zähmen.

Ruhig nahm Nanda eines ihrer Wäschestücke nach dem andern aus dem Schranke, legte es auf ihr Bett und holte ein anderes heraus. Auch in dem Wäscheschrank und in dem Kleiderschrank fand sich nichts, was Eugenie mit Beschlag belegen konnte. Nur sah sie ganz hinten in letzterem ein Springseil hängen, das Nanda zuweilen jetzt noch benutzte, um mit ihm durch den Park zu springen. Das wurde konfisziert. Man konnte nicht wissen, was dieses renitente Mädchen damit anfangen würde.

Nanda zuckte nur mit den Schultern. Sie stießen nun noch auf das alte, fleckige und zerrissene Kleid, das Nanda angezogen hatte, um Jürgen abzuschrecken. Dadurch wurde Nanda an Jürgen erinnert, und sie dachte, was er wohl dazu sagen würde, wüßte er, wie man sie behandelte. Wie gern hätte sie sich ihm in einem Brief anvertraut, aber er durfte nicht in ihren Konflikt mit seinem Vater verwickelt werden. Lieber ertrug sie alle Kränkungen und Demütigungen. Aber ihr graute, wenn sie sich ausrechnete, wie viele Tage diese Jahre haben würden, in denen sie unter Georg Haldens Vormundschaft stand. Daß er, nun sie ihm die Wahrheit ins Gesicht gesagt hatte, ihr ein noch viel erbarmungsloserer Feind sein würde als zuvor, wußte sie. Und daß Eugenie Sanders ihm eine bereitwillige Helferin sein würde, wußte sie auch. Ihren klugen, scharfen Augen war es nicht entgangen, das »Euscheniiiiie« jetzt Georg Halden die gleichen Avancen machte wie einstmals ihrem Vater. Die Hoffnung, daß Halden sie heiraten würde, machte sie zu seinem ergebenen Werkzeug.

Also blieben ihr nur der alte Diener Hermann und die Köchin Christine. Daß diese beiden treuen Seelen den Aushungerungsplan ihres Vormundes wirkungslos machen würden, wußte sie und dankte es ihnen. Wenn sie eines Tages ihre Herrschaft in Heidersberg antreten würde, sollten die beiden es gut haben.

Als Revanche dafür, daß Eugenie Nandas Wäsche nicht hatte anfassen dürfen, schauderte sie nun mit einer Gebärde des Ekels vor diesem allerdings nicht einwandfreien Gewand zurück. Mit spitzen Fingern warf sie es einfach zum Fenster hinaus, damit es unten in die Lumpen käme. Selbstverständlich ging das nicht ohne eine erneute Strafpredigt darüber ab, daß Nanda »schamlos genug« gewesen war, dieses Kleid vor Jürgen Haldens Augen zu tragen.

Nanda fand es ja auch unerhört von sich, daß sie das getan, und schämte sich dessen sehr, nun sie in Jürgen so einen lieben und sympathischen Menschen kennengelernt hatte, aber das einzugestehen, hielt sie nicht für gut, sonst bekam Fräulein Eugenie gleich Oberwasser. Und Nanda wollte sich ihrer Haut wehren bis zum äußersten.

8

Die Inspektion der Räume war beendet, auch im Badezimmer hatte Eugenie Sanders alles umgestülpt. Nur den Spiegel hatte sie ahnungslos hängen lassen und war also nicht auf das Geheimnis des Aufzugs gestoßen. Nanda schickte ein Dankgebet zum Himmel, als Eugenie endlich die Inspizierung beendet hatte.

Dann hielt diese die vorschriftsmäßigen Unterrichtsstunden ab und machte sie Nanda wirklich über Gebühr schwer. Aber diese zeigte sich zum heimlichen Ärger ihrer Erzieherin ganz auf der Höhe. Es gelang ihr nicht, Nanda außer Fassung zu bringen. Diese gab sich ernstlich Mühe. Und so konnte Eugenie Sanders ihr keine Rüge erteilen. Sie meinte nur ironisch:

»Ah, sieh mal an, nun geht es ja auf einmal! Man muß dich nur hart anfassen, wenn man will, daß du etwas lernst.«

Darauf blieb Nanda die Antwort schuldig.

Als Fräulein Sanders sich entfernte, um zu Mittag zu essen, fragte Nanda anscheinend ergebungsvoll:

»Wann bekomme ich denn meine einzige Mahlzeit am Tage?«

Hoheitsvoll sah die Erzieherin sie an.

»Eigentlich hast du heute schon eine ausgiebige Mahlzeit genossen, nämlich das Frühstück. Aber ich will dir doch etwas zum Mittagessen heraufschicken lassen. Du bekommst allerdings nur eine Suppe, ein Stück Fleisch und Gemüse. Nachtisch kommt nicht in Frage. Es liegt ja in deiner Hand, diesem Zustand abzuhelfen.«

Nanda sah sie groß an.

»Sie kennen ja meine Ansicht darüber. Also, lassen Sie es sich nur in meinem Hause recht gut schmecken«, sagte sie anscheinend harmlos.

Eugenie Sanders ignorierte diese Worte. Sie klingelte, und als ein Diener erschein, sagte sie:

»Bringen Sie für das gnädige Fräulein eine Suppe, eine Portion Fleisch und Gemüse – sofort! Das gnädige Fräulein speist auf seinem Zimmer.«

Der Diener verschwand und brachte das Gewünschte in sehr kurzer Zeit. Die Köchin Christine hatte es vermieden, die Portion besonders reichlich zu bemessen, und Eugenie konstatierte befriedigt, daß diese Mahlzeit unmöglich für den ganzen Tag den sehr gesunden Hunger ihres Zöglings stillen würde. Sie begab sich nun selbst zu Tisch, schloß die Tür zu Nandas Zimmer wieder hinter sich ab, und Nanda war nunmehr allein mit ihrer »Gefängniskost«, wie sie sie bei sich nannte.

Selbstverständlich riegelte sie sich zunächst ein und verhängte das Schlüsselloch. Dann begann sie ihre Mahlzeit, und als sie das Servierte alles aufgegessen hatte, ging sie an ihre heimliche Speisekammer. Sie jauchzte leise. Da fand sie eine reichliche und köstliche Portion Süßspeise, Kompott, Früchte, noch eine Schüssel mit Gemüse und Fleisch, neben allem, was schon vorhin darin gewesen war. Nur das Paket und der Zettel von ihr fehlten. Dafür lag ein Zettel von Hermann wieder dabei. Er schrieb:

»Liebes gnädiges Fräulein! Das Paket habe ich sorglich unter meinen Sachen verwahrt. Ihren Zettel habe ich gelesen. Lassen Sie nur alles, was Sie nicht aufessen, in dem Aufzug, Christine sorgt für Auffrischung. Um fünf Uhr gibt es Tee mit Ihren Lieblingskuchen, um sieben Uhr Abendessen und morgen früh um acht Uhr Frühstück. So jeden Tag! Haben Sie nur keine Angst! Der liebe Gott wird schon helfen. Ich habe gesehen, wie Ihre armen Handgelenke ausgesehen haben. Schreien Sie doch laut, wenn man Ihnen wieder weh tun will, ich passe dann

schon auf und komme, gleichviel, ob man mich ruft oder nicht.
In treuer Ergebenheit *Hermann.«*

Nanda wurden die Augen feucht, und es hob ihren Mut und ihre Zuversicht. Sie hielt eine ausgiebigere Mahlzeit als vorher, verspeiste den Nachtisch, der immer ihre Liebe besaß, mit Andacht und Dankbarkeit gegen Hermann und die Köchin, barg die Reste wieder im Aufzug und schrieb auf einen Zettel:

»Dank Euch, Ihr lieben, guten Menschen, ich will Euch das nie vergessen. Christine soll mir auch ein paar von den großen Backpflaumen mit heraufschicken. Der Aufzug war eine herrliche Idee von Dir, guter Hermann. Von den kleinen Knusperkuchen zum Tee nicht zuwenig! Und ... lege doch, bitte, alle Tage frische Blumen auf Väterchens Grab; ich darf ja mein Zimmer nicht verlassen, und er muß frische Blumen haben. Bin neugierig, wie lange sie mich hier einsperren! Aber ich ahne, daß ich ohne Fräulein Sanders überhaupt nicht mehr ausgehen darf, und das wird gräßlich. Wenn Väterchen das geahnt hätte!«

So, damit hatte sie sich das Herz wieder einmal erleichtert, und das tat wohl.

Wie recht sollte Nanda mit ihrer Vermutung haben, daß sie ohne Eugenies Begleitung überhaupt nicht mehr ausgehen dürfte!

Mit einem grausamen Behagen sorgte Fräulein Sanders dafür, daß die einzige Mahlzeit, die Nanda täglich serviert wurde, eher noch kärglicher als reichlicher wurde, und jeden Tag fragte sie verschiedene Male, ob Nanda noch immer nicht abbitten wolle. Diese verneinte immer wieder, und Eugenie Sanders wunderte sich sehr, daß Nanda nicht mehr vom Hunger gequält und nachgiebig wurde. Nach einigen Tagen fragte sie:

»Wie lange willst du denn noch auf diese Weise fasten? Du bist doch sehr töricht und wirst deinen Vormund immer mehr erzürnen. Ganz von Kräften wirst du noch kommen.«

Darauf erwiderte Nanda mit gutgespielter Resignation:

»Ich weiß, er würde mich wahrscheinlich am liebsten verhungern lassen, wenn er sich dann nicht eines Mordes schuldig machte. Und Sie würden dann wegen Beihilfe zu einem Mord und Freiheitsberaubung mitangeklagt werden. Man müßte es eigentlich darauf ankommen lassen.«

Da wurde Fräulein Eugenie ganz blaß.

»Du bist und bleibst ein abscheuliches Ding! Statt daß du endlich in dich gehst und deinen schwer gekränkten Vormund um Verzeihung bittest, willst du uns mit solchen Drohungen schrecken.«

»Nun, Sie würden dann mal merken, wie es ist, bei schmaler Kost eingesperrt zu werden.«

»Willst du sofort schweigen! Ich werde mich bei deinem Vormund beschweren über deine ungezogenen Worte.«

»Meinetwegen tun Sie das! Eine Folterkammer gibt es zum Glück nicht in Heidersberg, und wenn mich jemand noch einmal anzurühren wagt, um mich körperlich zu mißhandeln, wie ich seelisch mißhandelt werde, dann schreie ich das ganze Haus zusammen und rufe meine Dienerschaft zu Hilfe. Und ... nun will ich mal ein Ultimatum stellen: Wenn diese Gefangenschaft und Kostentziehung nicht aufhört, trete ich in den Hungerstreik und nehme überhaupt keine Nahrung mehr an. Bitte, melden Sie das meinem Herrn Vormund. Ich werde Wort halten und keinen Bissen mehr von dem anrühren, was Sie mir als Gefangenenkost zubilligen.«

Eugenie Sanders wollte zunächst vor Empörung über Nandas »Frechheit« aus der Haut fahren, aber dann wurde ihr doch etwas angst. Sie traute Nanda zu, daß sie ihre Drohung wahrmachte, ließ sich das jedoch nicht anmerken. Aber nachdem sie dieser eine mühevolle Strafarbeit aufgegeben hatte, verließ sie ihr Zimmer, schloß es ab und begab sich ans Telefon. Sie klingelte in Reichenau an und ließ Herrn Halden an den Apparat rufen. Als er sich meldete und ihre Stimme erkannte, fragte er nervös:

»Nun, ist die Wildkatze endlich zahm?«

»O nein, Herr Halden, ganz im Gegenteil, sie ist unbotmäßiger denn je und hat mir eben gesagt, wenn diese Nahrungsentziehung nicht aufhört, tritt sie in den Hungerstreik. Ganz tolle Drohungen stößt sie aus, sie sagt, wenn sie verhungern würde, dann würden Sie wegen Mordes angeklagt und ich wegen Beihilfe und Freiheitsberaubung.«

Er schwieg eine Weile und hätte sie sein Gesicht gesehen, wäre ihr wohl angst geworden. Endlich hatte er sich gefaßt.

»Es wäre ja noch schöner, wenn wir uns durch diese Widersetzlichkeit ins Bockshorn jagen ließen.«

»Aber wenn sie nun wirklich die Nahrungsaufnahme ganz verweigert?«

»Wird sie schon bleiben lassen! Jedenfalls müssen wir auch das versuchen. Hat sie heute schon etwas zu essen bekommen?«

»Nein, sie bekommt immer erst zu Mittag ihre Mahlzeit.«

»Gut, so bekommt sie heute dasselbe wie alle Tage, und sagen Sie ihr, sie möge ruhig in den Hungerstreik treten. Das hat sie wohl mal irgendwo in einer Zeitung gelesen.«

Fräulein Sanders wurde es angst und bange.

»Ich wage aber dann die Verantwortung nicht mehr allein zu tragen, Herr Halden. Sie muß ja schon ziemlich kraftlos sein, wenn sie sich auch bemüht, alle ihre Aufgaben tadellos zu lösen. Wenn sie nun Schaden an ihrer Gesundheit leidet?«

»Eiserne Durchführung unseres Erziehungsplanes ist notwendig! Aber Sie sollen die Verantwortung nicht tragen. Ich komme morgen nachmittag hinüber. Kontrollieren Sie genau, was ihr zu essen vorgesetzt wird und was sie zurückschickt, damit wir Bescheid wissen, ob sie wirklich hungert. Melden Sie mir nach Tisch, ob sie etwas zu sich genommen hat. Heute ist es mir unmöglich, herüberzukommen. Morgen nachmittag werden wir dann sehen, ob sie abermals nichts gegessen hat. Und dann werde ich mir das renitente Geschöpf noch einmal vornehmen.«

Damit mußte sich Fräulein Eugenie zufriedengeben.

Sie merkte sehr wohl, daß die Dienerschaft sie mit finsteren Augen ansah, aber sie ahnte nicht, daß Hermann und Christine die Leute gegen sie aufgewiegelt hatten, indem sie berichteten, daß man das gnädige Fräulein mißhandelt habe und sie aushungern wolle. Sie bekäme nur einmal am Tag eine sehr kärgliche Mahlzeit. Außerdem werde sie von Fräulein Sanders auf Befehl des Vormundes gefangengehalten, und es müsse jedem ehrlichen Diener gegen das Gewissen gehen, das alles ruhig mit anzusehen. Jedenfalls dürfe man nicht leiden, daß diese beiden Tyrannen sich nochmals körperlich an dem gnädigen Fräulein vergreifen würden. Hermann verschwieg, daß Nanda von Christine und ihm reichlich mit Nahrung versehen würde, und die ganze Dienerschaft war rebellisch und stand auf Nandas Seite.

Einer erbot sich, auf einer Leiter zu Nandas Zimmer hinaufzuklettern und ihr auf diese Weise Nahrung zu bringen, ein anderer wollte ihre Tür aufbrechen und das Schloß demolieren. Jeder machte einen anderen Vorschlag, aber Hermann winkte ab.

»Vorläufig hat sie wohl noch ein paar Tafeln Schokolade, wir können also ruhig noch einige Tage zusehen. Aber über eines müssen wir uns alle klar sein, mißhandeln lassen wir unser gnädiges Fräulein, das immer wie der verstorbene gnädige Herr sehr gut zu uns gewesen ist, nicht. Wir wollen uns einfach gegenseitig in der Wache vor ihrem Zimmer ablösen. Merken wir, daß sie weint oder klagt, dann betreten wir einfach ungerufen ihr Zimmer und machen jeder Quälerei ein Ende. Darauf wollen wir uns alle die Hand geben.«

So war die Verschwörung im Domestikenzimmer perfekt. Und Fräulein Eugenie wurde es sehr unbehaglich, weil sie merkte, daß sie von der ganzen Dienerschaft sehr schief angesehen wurde.

Sie ging wieder zu Nanda hinauf und versuchte es jetzt damit, ihr gütlich zuzureden, klein beizugeben. Aber Nanda merkte die Falschheit hinter dieser geheuchelten Freundlichkeit und ließ sich schon deshalb auf nichts ein, weil sie sich verächtlich erschienen wäre, für etwas Abbitte zu leisten, was nur Wahrheit gewesen war.

Sie dankte im stillen Hermann und Christine aufrichtig, weil sie ihr ersparten, aus Hunger eine Heuchlerin werden zu müssen.

Fräulein Eugenie überwachte heute die servierten Nahrungsmittel und konstatierte dann, als das Tablett abgetragen wurde, daß Nanda tatsächlich keinen Bissen angerührt hatte. Christine und Hermann wußten durch Nandas Zettel, was jetzt gespielt wurde, und schickten noch größere Portionen durch den Aufzug als bisher, so daß Nanda auf einen Zettel schrieb: »Ihr guten Menschen, wenn Ihr mich weiter so gut füttert, werde ich rund wie eine Kugel, da ich ja keine Bewegung habe und frische Luft nur am offenen Fenster genießen kann. Und da ich jetzt ›Hungerstreik‹ mache, darf ich nicht dick werden, also führt mich nicht zu sehr mit den guten Sachen in Versuchung. Aber ich möchte Euch beiden einen Kuß geben. Hat Väterchen alle Tage frische Blumen?«

Fräulein Sanders hatte nach Tisch nach Reichenau gemeldet, daß Nanda tatsächlich keinen Bissen gegessen habe.

Am nächsten Mittag wiederholte sich das. Und Fräulein Sanders fügte ihrem Bericht noch bei:

»Anscheinend ist sie schon sehr matt, sie behauptete, sich nicht vom Diwan erheben zu können, weil sie sich so elend fühle.«

Damit hatte Nanda wirklich nicht gelogen, es fehlte ihr eben die Bewegung in frischer Luft, an die sie gewöhnt war.

Georg Halden schnaubte wütend durch das Telefon, er werde am Spätnachmittag hinüberkommen und dem Unfug ein Ende machen.

Diese Botschaft überbrachte Fräulein Eugenie Nanda, ehe sie sich zu einer ausgiebigen Siesta in ihr Zimmer zurückzog. Nanda wußte schon von früher her, daß »Euscheniiiiiie« eine gute Stunde nach Tisch fest schlief.

Darauf baute sie einen Plan. Mit ihrem abgegessenen Mittagsgeschirr war wieder ein Zettel im Aufzuge hinabgefahren:

»Lieber Hermann, wenn ich mich nicht wieder einmal auslaufen kann, werde ich an allen Gliedern steif. Auch muß ich wieder einmal an Väterchens Grab beten. Du weißt, Fräulein Sanders schläft nach Tisch eine Stunde, und ihre Fenster liegen nach der anderen Seite. Bitte, stelle doch eine Leiter an mein Fenster, sobald Fräulein Sanders in ihrem Zimmer verschwunden ist. Ich klettere dann hinunter, lauf zu Väterchens Grab und kehre dann über die Leiter in mein Zimmer zurück, damit Du keine Unannehmlichkeiten hast. Ich verschmachte nach frischer Luft. Und der Vormund kommt erst am Spätnachmittag nach Heidersberg. Hilf mir, lieber, guter Hermann!«

Und Hermann half. Pünktlich stand die Leiter bereit; Nanda kletterte hinunter, drückte Hermann die Hand und eilte davon.

Sie schüttete dem toten Vater an seinem Grab ihr Herz aus, dankte ihm, daß er ihr Hermann und Christine als Hilfstruppen geschickt habe, und versprach ihm, seine tapfere, mutige Tochter zu bleiben und sich nicht von dem falschen Freunde unterkriegen zu lassen und noch weniger von »Euscheniiiiiie«, weil er sonst sicherlich keine Ruhe im Grab finden würde.

»Sei nur ruhig, Väterchen – ich werde mich meiner Haut wehren, so gut ich kann, und gottlob leben wir nicht mehr im Mittelalter, wo es Folterkammern und Burgverliese gab. Sonst würden diese beiden schlechten Menschen sicherlich solche Mittel anwenden, um mich mürbe zu machen.«

Neugestärkt und elastisch kletterte sie die Leiter hinauf, nachdem sie schnell noch einiges mit Hermann besprochen hatte. Dieser trug die Leiter wieder fort, und als Fräulein Sanders nach einem behaglichen Mittagsschläfchen, von keinerlei Gewissensnöten beunruhigt, wieder in Nandas Zimmer trat – diese hatte den Riegel wieder geöffnet, den sie während ihres Ausfluges für alle Fälle vorgeschoben hatte, fand sie Nanda auf ihrem Diwan im tiefen Schlafe.

Sie weckte ihren renitenten Zögling sehr wenig schonungsvoll, trotzdem sie nichts ahnte von dem Geschehenen.

Nanda fühlte sich ganz wohl nach ihrem Ausflug, aber sie hielt es doch für gut, sich das nicht anmerken zu lassen. Sie blieb wie erschöpft liegen, aber Fräulein Eugenie verlangte, daß sie aufstehe und sich bereithalte, ihren Vormund zu empfangen.

Nanda sagte sich aber, daß sie leidend erscheinen müsse, da sie jetzt offiziell den dritten Tag ohne Nahrung war, und darum behauptete sie, dazu nicht imstande zu sein. Eugenie redete ihr zu wie einem kranken Huhn, sie möge etwas genießen, denn sie schade ihrer Gesundheit. Da erwiderte Nanda:

»Nicht einen Bissen nehme ich mehr von meinen Gefangenenwärtern an, wenn man mir nicht wieder volle ausreichende Nahrung und Bewegung in frischer Luft garantiert. Ich bin der Quälerei müde und werde einfach sterben, um ihr zu entgehen. Dann werdet ihr schon sehen, wie es euch ergeht, ihr schlechten Menschen!«

Fräulein Eugenie war beinahe bereit zu einer bedingungslosen Übergabe, und nur die Hoffnung auf Georg Haldens Kommen stärkte ihren Mut noch ein wenig.

»Es ist unglaublich, was für ein wildes, trotziges Geschöpf du bist«, seufzte sie schwach.

Und sie begann französisch mit Nanda zu sprechen, über irgendwelche beliebige Dinge, damit Nanda liegenbleiben konnte. Etwas anderes ihr zuzumuten, wagte sie nicht.

Für die immer sehr lebhafte Nanda war es direkt eine

Strafe, so ruhig liegenzubleiben, aber sie hielt aus, plauderte tadellos Französisch und wartete heimlich auf das Auftauchen des Vormundes ... ihres Feindes.

Und er kam.

Laut und hart klopfte er an ihre Tür, und auf den Zuruf Fräulein Eugenies trat er hastig ein. Mit harten, festen Schritten ging er an Nandas Lager heran, sah mit haßerfüllten Augen zu ihr hinab und kommandierte:

»Steh auf!«

Sie war tatsächlich vor heimlicher Angst und Aufregung ganz schwach.

»Ich kann nicht!« hauchte sie.

»Was ist das für ein verdammter Unsinn, wie kommst du dazu, die Nahrungsaufnahme zu verweigern?«

Nanda rieb ihre noch immer etwas geröteten und geschwollenen Handknöchel, ihr war, als fühle sie wieder seinen harten, erbarmungslosen Griff, aber der Gedanke, daß sie nur laut zu schreien brauchte, wenn er sie anfaßte, um Hilfe herbeizurufen, gab ihr wieder einigen Mut. Und tapfer sagte sie, so ruhig sie es vermochte:

»Weil mir die Nahrung, die man mir in den letzten Tagen gegeben hat, nicht genügt, um mich bei Kräften zu erhalten. Ich mag nicht langsam verhungern, dann soll es lieber schnell gehen.«

Wutentbrannt hob er die Hand, als wollte er sie schlagen. Da sah sie ihn groß und starr an.

»Wage nicht noch einmal, mir weh zu tun, dann bringe ich mich um; und du wirst dann mein Mörder sein!«

Er hatte sich nun wieder in der Gewalt.

»Wenn ich nur wüßte, woher du die Frechheit nimmst, dich so aufzuführen!«

»Vielleicht ist es Selbsterhaltungstrieb! Und wenn du auch mein Vormund bist, so hat es ganz sicher nicht im Sinne meines Vaters gelegen, daß du mich seelisch und körperlich mißhandeln sollst. Und ich möchte nur wissen, was Jürgen dazu sagen würde, wüßte er, wie sein Vater seine Verlobte behandelt.«

»Ah, es geschieht ja nur seinetwegen, damit er sich später nicht mit einer renitenten Frau abzuquälen braucht.«

»Das ist nur ein Vorwand von dir, du folgst einzig und allein deinem Hasse, dessen Grund ich nicht kenne. Ich habe dir jedenfalls niemals etwas zuleide getan, du aber hast mich nie ausstehen können. Und wenn du eine Verbindung zwischen Jürgen und mir herbeiführtest, tatest du es nur, um mich und meinen Besitz in deine Gewalt zu bringen.«

»Schweig, du freches Geschöpf!«

»Ich kämpfe nur um mein Leben!«

»Blödsinn, dein Leben ist nie gefährdet gewesen.«

»Jedenfalls meine Gesundheit, und du solltest daran denken, daß dein Sohn eine gesunde Frau brauchen wird. Mit meiner sogenannten Widersetzlichkeit wird er jedenfalls viel schneller fertig werden als du.«

»Also genug mit diesem Hin und Her! Ich will dir dieses eine Mal verzeihen, und du sollst deine Mahlzeiten wieder wie gewöhnlich bekommen, aber nur, wenn du dich anständig und gesittet aufführst. Denke nicht, daß dieses alles eine Machtprobe für dich war, die dir gelungen ist. Ich weiß sehr wohl, daß du dich nur als Opferlamm aufspielen willst. Du wirst aber auch in Zukunft sehr streng gehalten werden, bis du wirkliche Besserung zeigst. Das Haus darfst du in Zukunft nur in Fräulein Sanders' Begleitung verlassen, und nur jeden Vormittag und Nachmittag auf eine Stunde. Die Mahlzeiten nimmst du mit Fräulein Sanders ein und leistest ihr strengsten Gehorsam. Befleißige dich, alles zu lernen, was dir fehlt. Fräulein Sanders wird mir regelmäßig Bericht erstatten über deine Aufführung, und hüte dich, ihr den Gehorsam zu verweigern oder sonstwie aufsässig zu sein. Ich werde alles sehr streng ahnden. Fräulein Sanders hat genaue Direktiven von mir, wie du zu behandeln bist. Ich werde jede Woche zweimal persönlich nach dir sehen, wenn ich mit dem Verwalter zu verhandeln habe. Aber vergiß nicht ... bevor du mir nicht deine Unart abgebeten hast, und zwar in geziemender Weise, giltst du für mich nur als ein minderwertiges Geschöpf.«

Sie antwortete auf seine letzten Worte mit keiner Silbe. Er schritt nun zur Tür und sagte über die Schulter zurück:

»Steh jetzt auf, und komm zum Tee hinunter. Ich habe dabei noch einiges mit dir zu besprechen. Und ich will mich überzeugen, daß du etwas zu dir nimmst. Kommen Sie, Fräulein Sanders, begleiten Sie mich hinunter, ich habe auch mit Ihnen einiges zu besprechen.«

Damit verließ er das Zimmer. Eugenie Sanders folgte ihm, aber erst sagte sie begeistert:

»Was für ein gütiger und bewundernswerter Mann ist dein Vormund. Du bist soviel Güte wirklich nicht wert.«

Auch ihr antwortete Nanda nicht. Sie erhob sich, brachte ihren Anzug in Ordnung und ging hinunter. An der Treppe wartete Hermann auf sie und sah sie unruhig fragend an. Sie nickte ihm zu.

»Erweiterung der Gefangenschaft bei voller Beköstigung, aber immer noch strengste Maßnahmen, guter Hermann. Ich bedarf deiner jetzt nicht mehr, aber wenn ich deiner Hilfe bedürfen sollte, findest du im Aufzug Nachricht, und auf demselben Wege läßt du mir welche zukommen. Verwahre meine Bilder und Briefe gut. Und heißen, innigen Dank euch Guten!«

So flüsterte sie ihm zu; er atmete wie von einer Last befreit auf und ging langsam hinter ihr her.

Unten im Wohnzimmer mit seiner vornehmen, behaglichen Ausstattung war wie immer der Teetisch gedeckt, und Nanda ließ es sich recht gut schmecken, ohne daß sie gierig über die Toasts und kleinen Kuchen hergefallen wäre, und der Vormund und die Erzieherin sahen in dieser Beherrschtheit des jungen Geschöpfes wiederum nur Trotz und Hochmut. Sie konnten ja nicht ahnen, daß Nanda nicht so hungrig war, wie sie es annahmen.

Vorläufig sprach niemand ein Wort mit Nanda, und erst, als sie ihre Tasse zurückgeschoben hatte, fragte sie, den Vormund fest ansehend:

»Wann bekomme ich das Bild meiner Mutter und meiner Tante zurück? Du hast es mir fortgenommen.«

Georg Halden dachte nicht daran, das Bild zurückzugeben, das er in seinem Schreibtisch eingeschlossen hatte und immer wieder mit gierigen, brennenden und doch haßerfüllten Augen anstarrte, als sei es ihm eine Genugtuung, sich dadurch noch an diesen beiden Frauen zu rächen, daß er sie so anstarren konnte, und auch dadurch, daß er Nanda quälte und tyrannisierte. Zugleich war das aber auch eine Gelegenheit, Nanda zu zeigen, daß er noch immer Oberwasser hatte.

»Du wirst es nicht eher zurückbekommen, als bis du mir Abbitte geleistet hast.«

»Es ist aber mein Eigentum, Vater hat es mir geschenkt, und es ist hartherzig, daß du einem Kind das Bild seiner Mutter vorenthältst.«

Er wußte nun schon, daß sie niemals Abbitte leisten würde, und so blieb er bei seiner Bedingung, einesteils, um das Bild behalten zu können, andernteils, um Nanda seine Macht fühlen zu lassen.

»Es bleibt bei dem, was ich sage!«

»Wie schlecht und grausam das von dir ist!«

Er sah sie mit zornig funkelnden Augen an.

»Ich verbitte mir jede Kritik, und wenn du nicht aufhörst, mich zu kränken und zu beleidigen, werde ich deine Überführung nach Reichenau bestimmen. Dort werde ich dich besser unter meiner Aufsicht haben können. Es ist ohnedies ein Unsinn, ganz Heidersberg in Betrieb zu halten, nur für deine Person. Das Haus könnte auf Jahre hinaus geschlossen, die Dienerschaft entlassen werden ...«

Nanda erschrak bis ins Herz hinein. Ein Zittern lief über sie hin. Nur das nicht! Dann war sie vollends seiner Macht ausgeliefert. Aber sie wußte, daß sie sich nicht einen Moment schwach zeigen durfte, und so unterließ sie lieber jede Antwort. Er merkte sehr wohl, daß er sie empfindlich getroffen hatte, und sie ahnte nicht, daß sie jetzt nur der Umstand rettete, daß er nicht wollte, daß Eugenie Sanders in sein Haus ziehen sollte. Sonst hätte er wohl gleich bestimmt, daß die Übersiedelung stattfinden sollte.

Nanda hatte von dieser Stunde an immer die heimliche Furcht, daß er diese seine Drohung wahrmachen könnte. Was sollte dann aus ihr werden? Wenn man ihr auch noch die Heimat und die treuergebene Dienerschaft nahm, war sie ganz und gar verlassen.

Georg Halden ahnte, daß er jetzt wieder etwas gefunden hatte, womit er sie schrecken und gefügig machen konnte.

9

Nanda Roland führte kein beneidenswertes Dasein. Sie war immer auf Fräulein Sanders' Gnade angewiesen, und es war ihr fast unerträglich, einzig auf deren Gesellschaft beschränkt zu sein. Am erträglichsten waren die Unterrichtsstunden. Die gemeinsamen Mahlzeiten waren eine Tortur, aber das schlimmste waren die Spaziergänge, die Fräulein Sanders pflichtgemäß vormittags und nachmittags je eine Stunde mit ihr unternahm. Eugenie Sanders schritt dann langsam und unentwegt immer denselben Weg im Park auf und ab. Wollte Nanda an das Grab ihres Vaters, mußte sie sich das erst mit einer Spitzenleistung erkaufen, und dann war es für sie eine Qual, die kalten Augen dieser Person auf sich ruhen zu fühlen, solange sie am Grab ihres Vaters weilte.

Das hielt sie schließlich nicht mehr aus, und Hermann mußte wieder helfen. Wenn Fräulein Sanders sich mittags zu ihrem Schläfchen zurückzog, wurde Nanda unbarmherzig in ihr Zimmer eingeschlossen. Aber eine Verständigung mit Hermann brachte ihr Befreiung. Sobald die Erzieherin verschwunden war und man annehmen konnte, daß sie schlief, stellte Hermann die Leiter am Fenster Nandas auf. Sie kletterte hinab und eilte an das Grab ihres Vaters. Pünktlich kam sie wieder zurück, und von dem Tag an verlangte sie nie mehr von ihrer Erzieherin, sie an das Grab ihres Vaters zu begleiten. Gottlob, sie war allein mit dem toten Vater.

So spielte sich das Leben dieser armen, reichen Erbin ziemlich freudlos ab. Die Erzieherin versagte ihr auch unterhaltende und anregende Lektüre, aber endlich vermochte ihr Hermann auch diese nach ihren Angaben zu verschaffen, was wieder eine Erleichterung für sie war. Eines Tages bei Tische flüsterte ihr Hermann, ehe Fräulein Sanders eintrat, zu:

»Ich habe einen Brief für Sie dem Postboten abnehmen können ... von der gnädigen Frau Tante. Er liegt im Aufzug.«

Nanda klopfte das Herz bis zum Halse hinauf, und sie konnte kaum erwarten, bis die sehr langweilige Mahlzeit mit Fräulein Eugenie zu Ende war. Als sie Hermann ein Dankeswort zugeflüstert hatte, sagte sie ihm noch:

»Heute nicht die Leiter, ich will den Brief in Ruhe lesen.«

Und sobald sie nach Tisch wieder in ihrem Zimmer allein war, schob sie den Riegel vor die Tür, eine Vorsichtsmaßregel, die sie nie außer acht ließ, und holte den Brief aus dem Aufzug.

Mit zitternden Händen öffnete sie ihn, nachdem sie auf der Rückseite des Kuverts gelesen hatte: Abs. Frau Susanna Vendal, Argentinien, Farm Vendal bei Rosario.

Das war also noch die alte Adresse Tante Sannas, wie sie auf ihren Briefen an den Vater angegeben gewesen war. Nanda stieg das Blut in den Kopf, als sie nun las:

»Meine geliebte kleine Nanda! Hoffentlich erhältst Du diesen Brief, leider bin ich dessen nicht ganz sicher. Wenn Du ihn erhältst und es Dir möglich ist, sende an meine Adresse ein kurzes Telegramm, damit ich weiß, daß die Verbindung zwischen uns hergestellt ist. Du wirst von Deinem lieben Vater erfahren haben, daß ich, die einzige Blutsverwandte, die Du nach dem Tode Deines Vaters noch hast, den früher sehr regen Briefwechsel mit ihm schließlich abgebrochen hatte, weil ich spürte, daß feindliche Einflüsse die früher so herzlichen Beziehungen zu Deinem Vater merklich erkalten ließen. Ich habe nie Talent gehabt, mich aufzudrängen. Leid tat es mir sehr, auch um Deinetwillen, die ich so innig und herzlich liebe. Ich wünsche mir sehr, daß Du mich nicht ganz vergessen hast und daß Du es mir nicht versagen wirst, wieder mit Dir in Verbindung zu treten.

Meine liebe Nanda, geliebtes Kind meiner unvergeßlichen, zärtlich geliebten Schwester, ich habe mich immer einmal heimlich nach Dir erkundigen lassen und selbstverständlich auch nach Deinem Vater, der meine Schwester, wenn auch nur kurze Jahre, sehr glücklich machte. Ich wußte nur zu wohl, daß unsere Entfremdung nicht aus seinem Herzen kam, und ich kenne genau die Quelle, aus der die feindliche Beeinflussung stammte. Und da ich diese auch in Deiner Nähe wußte, bin ich immer in Sorge um Dich gewesen. Jetzt aber mehr denn je, denn ich weiß, daß seit Deines Vaters Tode ein Mensch die Vormundschaft über Dich erhalten, wahrscheinlich erschlichen hat, der Dir bestimmt nicht wohlwill. Und nun habe ich keine Ruhe, bis ich nicht mit Dir in Verbindung bin. Sollte man Dir meinen Brief vorenthalten und ich zur Zeit nicht ein Telegramm von Dir bekommen, werde ich mich selbst aufmachen, um mich zu überzeugen, wie es Dir geht und ob ich etwas für Dich tun kann. Meines Mannes Erlaubnis zu dieser Reise, wenn sie nötig sein sollte, habe ich schon; ja, er wird mich sogar begleiten.

Also, mein geliebtes Kind, wenn Du irgendwie meiner Hilfe und Teilnahme bedarfst, schreibe mir, sobald Du das Telegramm an mich abgesandt hast, ausführlich alles über Deine Lage, über die Verhältnisse, in denen Du lebst. Ich selbst habe keine Kinder, wir leben hier in einer wundervollen, idyllischen Umgebung auf einer Riesenfarm, und ich würde mich sehr glücklich schätzen, würdest Du Dich entschließen können, zu mir zu kommen ... für immer! Ich bin aber gewiß, daß Dein Vormund Dir die Einwilligung nicht geben würde, denn zwischen uns besteht ein tiefeingewurzelter alter Haß. Aber es soll meine Sorge sein, Dich trotzdem freizubekommen. Du sollst mir nur schreiben, ob es Dir erwünscht ist. Alles andere erledige ich. Ich – kann mir nicht denken, daß jener Mann Dir sympathisch und seine Vormundschaft Dir erträglich ist. Wüßte Dein Vater alles über diesen Mann, was ich weiß, hätte er Dich ihm sicherlich nicht ausgeliefert, das weiß ich. Aber die schlechten Menschen haben leider zumeist einen stark suggestiven Einfluß auf die guten.

Doch das alles später. Bitte, also schnellstens Bescheid, ob

Du Hilfe brauchst und wie Dich meine weitere Post sicher erreichen kann.

Ich grüße und küsse Dich herzlich und innig, meine süße kleine Nanda, und hoffe, ach wie sehr, auf ein Wiedersehen mit Dir. Deine Dir treuergebene Tante Sanna.«

Als Nanda diesen Brief gelesen hatte, schossen ihr die Tränen in die Augen. Ach, da war ein Mensch, der sie liebte, den sie lieben durfte, ein Mensch, der zu ihr gehörte und der sie schützen wollte vor ihrem Feind, der auch ihm ein Feind war. Wie herrlich wäre das, wenn Tante Sanna sie aus ihrer Gefangenschaft befreien könnte, wenn sie wirklich kommen wollte, um sie zu erlösen! Das war eine Fügung des Himmels, für die sie nicht genug danken konnte.

Noch einmal las sie den Brief durch, langsam und aufmerksam, denn zuerst hatte sie ihn nur hastig überflogen. Als sie abermals zu Ende war, überlegte sie eine Weile, was sie nun tun sollte, tun mußte. Sie sprang auf. Zuerst also das Telegramm, das mußte Tante Sanna so bald wie möglich erhalten, damit sie wußte, daß ihr Brief in die rechten Hände gekommen war. Wie gut, daß ihn Hermann aufgefangen hatte, sonst hätte ihn »Euscheniiiiie« abgefaßt und dem Vormund sicherlich ausgeliefert. Und wie gut, daß die Tante wußte, daß der Vormund ihr feindlich gegenüberstand. Sie mußte wissen, daß er ein schlechter Mensch war, mußte ihn hassen, wie sie selbst ihn haßte. Ihr war, als hätte sie einen herrlichen, wundervollen Bundesgenossen erhalten, und schon diese Gewißheit verlieh ihr neuen Mut. Sie vertraute Tante Sanna – war sie doch die Schwester ihrer Mutter, und sie liebte sie, das fühlte man aus jedem ihrer Worte.

Aber was nun tun? Wie sollte sie depeschieren? Ob ein Telegramm nicht sehr teuer war? Und sie hatte kein

Geld, nicht einen Pfennig. Aber, Hermann war da, und er würde ihr das Geld leihen und das Telegramm besorgen.

Das Telegramm lautete:

»Brief erhalten – Heißen Dank – Brief umgehend – Hilfe nötig. Nanda.«

Dann schrieb sie auf einen Zettel:

»Lieber, guter Hermann! Das beiliegende Telegramm muß sofort, oder doch so schnell wie möglich aufgegeben werden. Bitte bring es im Dorf zur Post. Das Geld dafür mußt Du auslegen, es ist, glaube ich, sehr teuer. Du bekommst es wieder, sobald ich Geld in die Hände bekomme. Ich bin sehr froh und dankbar, daß Du mir den Brief gebracht hast, wie gut, daß er nicht in andere Hände fiel. Das Telegramm ist selbstverständlich strengstens geheimzuhalten; niemand darf darum wissen. Gib mir ein Zeichen, wenn alles gut besorgt ist. Innigen Dank! Nanda.«

Zettel und Telegrammentwurf wanderten in den Aufzug, und mit klopfendem Herzen sah Nanda nach ihrer Uhr. Sie hatte noch eine halbe Stunde, ehe ihre Erzieherin wieder auftauchte. Da konnte sie den Brief an Tante Sanna schon beginnen.

Und das geschah. Sie schrieb ganz ausführlich und ganz so, wie ihr ums Herz war. Alles schilderte sie der Tante genau, was geschehen war, seit sie sich hatte mit Jürgen Halden verloben müssen. Auch ihre Maskerade, um ihn abzuschrecken, unterschlug sie nicht, und noch weniger seine guten, beruhigenden Worte.

Weiter kam sie jetzt nicht, sie mußte aufhören, um nicht von Fräulein Sanders überrascht zu werden.

Als sie mit ihrer Erzieherin zum Tee hinunterging, begegnete ihr Hermann, der gerade von der Post zurückgekommen war. Er blinzelte ihr nur ein wenig mit den

Augen zu, und da wußte sie, daß ihr Telegramm schon besorgt worden war.

Erst kurz vor dem Abendessen kam sie dazu, den Aufzug noch einmal zu revidieren, der jetzt, zum Leidwesen der Köchin und des alten Hermann, nicht mehr mit allerlei Speisen versehen wurde. Nur ab und zu wurde noch ein besonderer Leckerbissen befördert. Nanda brauchte in dieser Beziehung die Hilfe ihrer Getreuen nicht mehr.

Sie fand einen Zettel von Hermann:

»Telegramm besorgt, um das Geld brauchen sich gnädiges Fräulein keine Sorge zu machen, ich schreibe es auf für später. Wenn Brief an Frau Tante zu befördern ist, bitte in den Aufzug legen. Ich möchte aber raten, ›Eingeschrieben‹, ich frankiere dann schon. Und wenn gnädiges Fräulein auf Antwort hoffen – wäre schon besser, Sie ließen diese unter ›postlagernd‹ kommen. Ich kann dann schon immer auf der Post nachfragen und liefere alles getreulich in Ihre Hände, auch wenn gnädiges Fräulein wirklich, wie Sie fürchten, nach Reichenau übersiedeln müssen. Es findet sich dann schon eine Gelegenheit, denn wenn wir wirklich alle entlassen werden, bleibe ich doch im Dorf; ich habe ja meinen Notgroschen. Ich denke mir inzwischen aus, wie ich Ihnen dann die Briefe zustellen kann, ohne daß es jemand merkt. Nur guten Mut, gnädiges Fräulein; Ihre gnädige Frau Tante ist ein guter, vornehmer Mensch, der können Sie felsenfest vertrauen. Hermann.«

Nanda wurde das Herz leicht, ach, wie gut, daß sie den alten Hermann hatte, nicht dankbar genug konnte sie ihm sein.

Der Tag ging zu Ende wie seine Vorgänger. Fräulein Sanders packte Nanda die schwierigsten Aufgaben auf und schikanierte sie, wo und wie sie nur konnte. Aber das glitt heute alles eindruckslos an Nanda ab. Ihr

Schmerz um den Verlust des Vaters war in diesen Monaten milder geworden, nur wenn sie sein Grab besuchte, wallte er immer von neuem wieder auf.

Am Abend, als alles im Hause schon zur Ruhe gegangen war, beendete sie ihren Brief an die Tante. Nichts verschwieg sie ihr, streng wahrhaftig schilderte sie alles.

Zum Schlusse schrieb sie dann:

»Ach, wie gern käme ich zu Dir, geliebte Tante, aber ob das gehen wird? Ich wage nicht, darauf zu hoffen; der Vormund würde sicherlich Mittel und Wege finden, mich festzuhalten, schon, weil er Heidersberg nicht herausgeben will. Und dennoch setze ich alle Hoffnung auf Dich, denn Jürgen will ich doch nicht sagen, wie schlecht sein Vater ist, dann müßte er auch für mich gegen seinen Vater Stellung nehmen. Ja, er würde mir gewiß helfen, und seit ich weiß, daß er die Verlobung rückgängig machen will, wenn ich es wünsche, hege ich volles Vertrauen zu ihm. Nur wäre er eben der letzte, an den ich mich um Hilfe wenden könnte, denn er fürchtet schon so, daß er eines Tages mit seinem Vater zusammengeraten wird. Wenn das nicht eher geschieht, so sicherlich dann, wenn Georg Halden Heidersberg und mein Vermögen für sich verloren ansieht, dadurch, daß Jürgen mich freigibt.

Das ist nun ein sehr langer Brief geworden, und wenn Du mir antwortest, adressiere, bitte, postlagernd nach unserer Dorfpost. Hermann fragt immer nach, ob ein Brief für mich da ist. Welch ein Glück, daß er diesen ersten Brief von Dir abfing, sonst hätte ich ihn gewiß niemals bekommen. Vielleicht ist es besser. Du adressierst direkt an Hermann Köhler, Diener auf Gut Heidersberg.

Für heute lebe wohl, liebe, gute Tante Sanna, ich zähle die Tage, bis ich wieder von Dir höre. Habe innigen Dank für Deine Liebe – und – bitte – ach bitte – vergiß mich nicht!

Deine Dir treuergebene Nichte Nanda.«

Aufatmend machte Nanda den Brief nun noch postfertig, schrieb den Vermerk: »Eingeschrieben« über die Adresse auf das Kuvert und legte dieses sorglich in den Aufzug.

Es war inzwischen sehr spät geworden, und eilig suchte Nanda nun ihr Lager auf, wenn sie auch vor Aufregung nicht gleich einschlafen konnte. Als sie am Morgen erwachte, sah sie schnell noch einmal in den Aufzug, ob der Brief noch da war. Aber statt seiner lag schon ein Zettel von Hermann darin:

»Gleich nach dem Frühstück wird der Brief besorgt.«

Sie atmete auf. Und schnell machte sie Toilette und ging hinunter zum Frühstück.

Fräulein Sanders hatte gestern abend zu gut und zu schwer gegessen und mehrere Glas von dem geliebten Portwein getrunken. Danach hatte sie schlecht geschlafen und war in einer schauderhaften Laune. Die ließ sie selbstverständlich an Nanda aus und ersparte ihr wieder einmal nichts. Aber Nanda ertrug heute alles mit wahrer Lammsgeduld – und das ärgerte ihre Erzieherin nur noch mehr.

Nach dem Frühstück traf der Vormund ein, der ebenfalls schlechter Laune war und Nanda nichts schenkte an Demütigungen. Sie hatte sich aber schon seit einiger Zeit angewöhnt, alles hinzunehmen, ohne etwas dagegen zu sagen, wenn sie es irgend vermeiden konnte.

Stets wurde ihr das als Trotz ausgelegt, aber sie war es müde geworden, immer im Verteidigungszustand zu sein.

Zum Schluß drohte ihr der Vormund wieder, daß er sie nun bald nach Reichenau holen würde. Und bei dieser Drohung erbebte Nanda trotz ihrer Tapferkeit immer. Sie wußte, kam es zu dieser Übersiedelung, dann würde sie die Hölle auf Erden haben. Und sie betete, als sie allein war, inbrünstig, daß ihr der liebe Gott Tante Sanna zu Hilfe schicken möge.

Aus einem Gespräch zwischen dem Vormund und Fräulein Sanders entnahm Nanda, daß der Vormund morgen für einige Tage nach Berlin reisen wollte, weil Jürgen Herbstferien hatte und mit dem Vater zusammentreffen wollte. Wie gern hätte Nanda ihm einen herzlichen Gruß an Jürgen aufgetragen, aber sie wagte es nicht. Fräulein Sanders sah sie aber strafend an und fragte:

»Hast du nicht gehört, dein Herr Vormund wird deinen Verlobten treffen?«

»Ja, ich habe es gehört«, erwiderte Nanda ruhig.

»Nun, willst du nicht wenigstens einen Gruß an ihn bestellen?«

Nanda warf den Kopf zurück.

»Es liegt ja doch nur in der Macht meines Vormundes, diesen Gruß auszurichten oder nicht.«

Nanda wollte nicht zeigen, daß sie Jürgen viel sympathischer gegenüberstand als seinem Vater, sie fühlte, es wäre nicht klug gewesen.

Der Vormund sah sie zornig an.

»Mir auftragen könntest du den Gruß mindestens.«

»Nun wohl, so grüßen Sie Jürgen herzlich!«

Das sagte sie so, daß er es ernst oder ironisch auffassen konnte. Er wußte auch nicht, wie er es deuten sollte. Aber inzwischen war er doch so klug geworden, zu erkennen, daß er es mit Nanda nicht ohne Not wieder zu einem offenen Zwist kommen lassen durfte, er war nicht sicher, ob ein solcher nicht wieder mit einer Niederlage für ihn enden würde. Aber der Haß gegen sie grub sich immer tiefer in seine Seele, und er hatte nur die eine Hoffnung, daß sie doch noch eines Tages gedemütigt und zerbrochen zu seinen Füßen liegen würde.

Davon konnte er träumen. Mehr und mehr verschwamm ihr Bild mit dem ihrer Mutter. Auch diese hatte er nicht besiegen können, auch diese hatte sich ihm überlegen gezeigt. Ihre Tochter, das mußte er zähneknirschend sich selbst eingestehen, hatte genau die stolze, überlegene Art wie sie und ihre schöne Schwester, die ihn auch so verächtlich hatte abfahren lassen. Aber Nanda war in seiner Gewalt, und sie sollte büßen, für alle beide.

Nanda atmete jedenfalls auf, als der Vormund sich entfernt hatte.

Es begannen nun wieder die täglichen Unterrichtsstunden, und es war erstaunlich, was für Fortschritte Nanda in den letzten Monaten seit dem Tode ihres Vaters gemacht hatte. Es fiel ihr alles sehr leicht. Ihr Vater hatte immer gewußt, wenn sie nur erst ernstlich wollte, würde sie bald alles nachholen, was sie früher in kindlichem Übermut zuweilen versäumt hatte.

10

Wieder vergingen Wochen. Der September war zu Ende, und Nanda hatte sich ausgerechnet, daß sie frühestens Mitte Oktober Nachricht von Tante Sanna bekommen könnte. Sie zählte unruhig die Tage, denn immer näher rückte die drohende Übersiedlung nach Reichenau. Der Vormund hatte schon angedeutet, es sei Unsinn, das ganze Heidersberger Herrenhaus den Winter über zu heizen und zu beleuchten, ganz abgesehen von dem übrigen Betrieb.

Jürgen hatte bei der Zusammenkunft mit dem Vater interessiert nach Nanda und deren Ergehen gefragt. Der

Vater hatte darauf kurz und schroff geantwortet, es gehe ihr gut, aber sie sei sehr schwer zu erziehen.

Und er hatte Jürgen gesagt, daß er sie wohl nach Reichenau nehmen würde, um sie besser unter Aufsicht zu haben, Fräulein Sanders sei eine Gans, deren Verstand nicht weiter reiche als für ihre französischen und englischen Vokabeln; er habe schon ernstlich erwogen, sie zu entlassen, aber wer könne wissen, ob eine neue Erzieherin nicht noch unbrauchbarer sein würde.

Dieses harte Urteil über die Erzieherin seiner ›Braut‹ interessierte Jürgen wenig, aber wenn er an Nanda dachte, konnte er sehr wohl verstehen, daß dieses feinsinnige, kluge und warmherzige Geschöpf eine verständnisvollere Erzieherin gebraucht haben würde. Es erging ihm seltsam. Seit seiner, wenn auch nur formellen Verlobung mit Nanda hatte er zuweilen Anwandlungen von Heimatsehnsucht, die er früher kaum empfunden hatte.

Er konnte sich sehr wohl denken, daß ihr Leben ein freudloses und einsames sein müsse. Aber eine Anspielung seinem Vater gegenüber, ob er nicht zuweilen auf einige Zeit in den Ferien nach Hause kommen solle, um zu versuchen, Einfluß auf Nanda zu gewinnen, wurde kurz und glatt abgelehnt.

Ziemlich unerträglich war es ihm, im Zusammensein mit seinem Vater zu sehen, wie dieser nicht nur über sein, sondern vor allem über Nandas Besitz und Vermögen verfügte. Immer sprach er von Reichenau und Heidersberg, als gehöre beides ihm, als habe nur er darüber zu verfügen. Und wenn Jürgen auch wußte, daß der Vater schon im eigenen Interesse ein mustergültiger Verwalter der beiden Güter war, so ergaben sich doch für ihn allerlei demütigende Momente, wenn der Vater ihn so ganz als nebensächlich, als von ihm abhängig abtun wollte. Er erkannte mehr und mehr, warum die Mutter ihn in ihrem Testament so bevorzugt hatte. Sie hatte den Vater gekannt, und in ihrem letzten Lebensjahr war wohl doch die Erkenntnis in der vernachlässigten Frau erwacht, daß sie ihren Sohn nicht von diesem Vater abhängig machen durfte.

So verlief auch diese Begegnung von Vater und Sohn wie alle übrigen. Sie blieben einander fremd im innersten Wesen, und ihr Verkehr bestand eigentlich nur darin, daß Jürgen den Vater in allerlei Vergnügungslokale führen mußte, denen er selbst sonst fernblieb, weil er für so oberflächliche Genüsse nicht zu haben war.

Beide hatten sich wie immer ohne tiefe Anteilnahme voneinander getrennt. Jürgen hatte dem Vater für Nanda sehr herzliche Grüße aufgetragen; aber während Georg Halden seinem Sohn Nandas Gruß ausgerichtet hatte, unterschlug er Jürgens Gruß an Nanda. Er meinte bei sich, die ohnedies überhebliche Widerspenstige dürfe nicht noch in dem Glauben bestärkt werden, daß man sie wichtig nähme.

Also, nun war beschlossen worden, daß Ende Oktober das Herrenhaus von Heidersberg geschlossen werden sollte. Der gesamten Dienerschaft war gekündigt worden, aber seltsamerweise hatte Halden den alten Hermann dazu bestimmt, als eine Art Kastellan, in Heidersberg zu bleiben, der dort nach dem Rechten sehen solle, damit im Hause alles in Ordnung bliebe.

Nanda war natürlich sehr betrübt, daß die andere Dienerschaft entlassen werden sollte, auch die gute Christine, und sie bat Hermann auf einem Zettel, er möge Christine sagen, daß sie sich nicht um ihre Zukunft sorgen möge. Sie werde Tante Sanna bitten, ihr eine Summe zu leihen, damit Christine sorglos leben könnte, bis sie selbst als Herrin wieder über Heidersberg zu bestimmen habe.

Mit wachsender Unruhe wartete Nanda auf Antwort von Tante Sanna. Sie hatte sich mit Hermann dahin verständigt, für den Fall, daß sie wirklich nach Reichenau übersiedelte, daß er etwaige Post für sie mit irgendeinem Anliegen nach Reichenau bringen sollte.

Hermann versprach ihr, täglich nach Reichenau zu kommen. Er würde schon bald heraus haben, wo sich ihr Zimmer befände ...

So hatte Nanda alle möglichen Vorkehrungen getroffen, um sich vor dem Ärgsten zu schützen.

Aber alle diese Vorkehrungen sollte sie zum Glück nicht nötig gehabt haben. Am zehnten Oktober lag in der Frühe ein Brief im Aufzug. Er war von Tante Sanna – aber der Poststempel war ... Hamburg!

Nanda schluchzte wie erlöst auf, als sie allein war und den Brief lesen konnte.

Die Tante schrieb:

»Mein geliebtes Kind, meine Nanda! Aus dem Poststempel wirst Du ersehen, daß ich diesen Brief bereits in Hamburg aufgegeben habe. Ich habe mich nach Empfang Deines Briefes, dessen Inhalt mich um so mehr erschüttert hat, als ich den Mann kenne, der Dich bedroht und quält, auf den Weg gemacht. Mit dem nächsten Dampfer, den wir erreichen konnten, sind wir abgereist, mein guter Mann und ich, und wir sind fest entschlossen. Dich aus der unwürdigen Lage, in die man Dich gebracht hat, zu befreien. Wie das geschehen soll, hat Dein guter Onkel Richard, mein Mann, alles klug und genau überlegt, und ich will Dir das nun auseinandersetzen.

Wir kommen übermorgen nach Heidersberg, betreten aber weder das Haus noch den Park. Ich werde tief verschleiert sein, um nicht etwa von dem Schurken erkannt zu werden bei einer zufälligen Begegnung. An der kleinen Pforte in der Parkmauer, hinten nach den Wirtschaftsgebäuden zu, werden wir Dich in einem Auto um die Zeit erwarten, da Deine Erzieherin ihr Mittagsschläfchen hält. Wir wollen nicht mehr und nicht weniger als Dich entführen. Georg Halden würde Dich niemals freiwillig in unsere Hände liefern, deshalb müssen wir Dich auf diese Weise befreien. Vielleicht packst du einige Kleinigkeiten und Andenken, von denen Du Dich unbedingt nicht trennen willst, in ein Paket – nicht in einen Koffer, weil das auffallen würde – und läßt den guten Hermann dieses neben der Parkpforte verstecken, so daß Du es dort wieder findest. Du mußt ja wahrscheinlich den Weg durch das Fenster nehmen, um in den Park gelangen zu können. Nimm also schon gleich Abschied vom Grab Deiner Eltern, denn wenn wir Dich erwarten, ist dafür keine Zeit mehr.

Du kannst kommen, wie Du bist, alles Nötige habe ich bei mir, und wir kaufen Dir dann eine nette kleine Ausstattung unterwegs. Wegen des Passes mache Dir keine Sorge, es war sehr gut, daß Du Deinem Briefe an mich ein kleines Foto von Dir beigelegt hattest – mein Gott, wie ähnlich bist Du meiner unvergeßlichen Schwester! –, also einen Paß für Dich hat Onkel Richard bereits besorgt, einen ganz regelrechten, der in Rosaria ausgestellt worden ist, wo Onkel Richard bei den Behörden gut bekannt ist. Man hat ihn unbekümmert für seine Nichte, Fernanda Roland, ausgestellt. Jeder, der den Paß unterwegs revidiert, wird annehmen müssen, daß Du mit uns schon nach Deutschland gekommen bist und nun wieder mit uns nach Argentinien zurückkehrst. Also, guten Mut, mein armes, geliebtes Kind, wie freue ich mich, Dich in meine Arme, an mein Herz nehmen zu können. Du sollst in Ruhe und Sicherheit bei uns leben, bis Du, wenn Du willst, als Herrin Deines Besitzes heimkehren kannst. Selbst wenn Dein Vormund Dich zurückfordern wollte kraft seines Amtes, wird er es vergeblich tun. Ich werde ihm nämlich dann einige Worte zu sagen haben, die ihm doch ein wenig unangenehm sein würden. Also, präge Dir genau ein, von zwei bis drei steht unser Wagen bereit. Solltest Du übermorgen nicht unbemerkt fortkommen können, werden wir jeden weiteren Tag kommen und auf Dich warten. Würden wir offen und ehrlich kommen und Dich von Deinem Vormunde fordern, kämen wir wahrscheinlich vergeblich, Halden würde mit Wonne meine Bitte oder mein Verlangen unerfüllt lassen. Deshalb bedenke ich mich keinen Augenblick, Dich zu entführen. Also übermorgen, nachmittags um zwei Uhr, eile in die sehnsüchtig ausgestreckten Arme Deiner Dich liebenden Tante Sanna.«

Nanda warf sich erschüttert auf den Diwan, drückte den Brief an ihr Herz, küßte ihn und weinte, weinte sich alle Angst, alle Unruhe und alle Freude vom Herzen. Sofort war sie damit einverstanden, sich entführen zu lassen, sie konnte ja nur gewinnen, konnte der verschärften Gefangenschaft auf Reichenau und allen drohenden Qualen und Ängsten entfliehen.

Hastig sprang sie wieder auf, packte alles, was sie mitnehmen wollte, zusammen und legte es in den Aufzug. Dazu einen Zettel folgenden Inhalts:

»Guter Hermann! Noch um einen letzten Dienst bitte ich Dich. Alles, was ich Dir hier hineinlege, packe mir in ein Paket zusammen, dazu auch die Bilder meiner Mutter und Tante Sannas Briefe. Dieses Paket trägst Du morgen, während wir bei Tisch sitzen, in den Park an die kleine Hinterpforte. Dort verbirgst Du es in dem Holunderstrauch, der dicht neben der Pforte steht. Sobald Fräulein Sanders sich zum Schlafen zurückgezogen hat, legst Du mir die Leiter wieder an, nimmst sie aber dann, wenn ich herunter bin, sofort wieder weg und trägst sie fort. Ich kehre nicht wieder zurück, bevor ich nicht mündig bin, ich gehe mit Tante Sanna. Das darfst Du aber niemandem verraten, darfst offiziell von nichts wissen, schon, damit man Dir nichts anhaben kann. Du weißt einfach

von nichts, verstanden? Ich bin von Herzen froh, Hermann, daß ich nun nicht nach Reichenau zu gehen brauche, und wenn ich ganz in Sicherheit bin, schreibe ich Dir ausführlich und gebe Dir an, wohin Du mir schreiben kannst. Nie vergesse ich Dir und Christine, was Ihr für mich getan habt, und ich werde immer für Euch sorgen! Tante wird mir dazu helfen, bis ich erst selbst über mein Eigentum verfügen kann. Ich lasse Heidersberg beruhigt unter Deiner Obhut! Leb wohl, guter, alter Hermann! Deine Nanda Roland.«

Aufatmend legte Nanda den Zettel zu ihren Sachen und verschloß den Aufzug.

Es war die höchste Zeit, denn kaum hatte sie den Riegel von ihrer Tür wieder zurückgeschoben, als Fräulein Eugenie mit strenger Miene hereinkam.

Sie begann ohne weiteres den Unterricht und machte dann mit Nanda den üblichen Morgenspaziergang. Langweilig und würdevoll stolzierte sie die Parkwege entlang. Daß sie es nun erreicht hatte, daß man baldigst nach Reichenau übersiedelte, hatte sie mit neuen Hoffnungen erfüllt. Während dieser Spaziergänge wurde abwechselnd englisch oder französisch gesprochen. Heute war Französisch an der Reihe, und Nanda schnurrte mit einem glückseligen Übermut Rede und Antwort herunter.

Etwas verwundert sah die Erzieherin ihre Schülerin an.

»Du scheinst ja außerordentlich gut aufgelegt zu sein?«

»Ja, Fräulein Euscheniiiiiie, das bin ich in der Tat.«

So hatte sie Fräulein Sanders Namen lange nicht betont. Diese sah sie verweisend an.

»Sprich meinen Namen richtig aus. Weshalb bist du denn so gut aufgelegt?«

»Ich freue mich, daß Ihr Wunsch nun doch in Erfüllung geht.«

»Welcher Wunsch?«

»Daß wir nach Reichenau übersiedeln.«

Mißtrauisch sah Fräulein Sanders auf Nanda.

»Willst du dich vielleicht über mich lustig machen? Zuzutrauen wäre es dir schon. Ich weiß doch, daß es dir äußerst unangenehm ist, daß wir nach Reichenau gehen.«

»Ja, sehr, aber man muß seinen Mitmenschen auch eine Freude gönnen. Sie werden doch sehr glücklich sein, wenn Sie in Reichenau Ihren Einzug halten können, denn Sie betrifft es ja nicht wie die armen Dienstboten, daß Heidersberg geschlossen wird. Aber, ich weiß nicht, ich habe dennoch ein unbestimmtes Gefühl, daß auch Sie sich noch einmal nach den Fleischtöpfen von Heidersberg sehnen werden. Es war doch eine sehr nette Pfründe, nicht? Zumal in der letzten Zeit, wo Sie hier beinahe als Herrin schalten und walten konnten.«

»Unterlasse deine Spitzfindigkeiten! Du wirst schon in Reichenau lernen, klein beizugeben!«

»Würde Sie das sehr glücklich machen? Eigentlich habe ich Ihnen doch, abgesehen davon, daß ich Ihren Namen zuweilen falsch betonte, nichts zuleide getan.«

»Mehr als genug, du warst immer aufsässig und ungezogen.«

»Vielleicht haben Sie es nur nicht auf die rechte Art versucht, mir beizukommen. Jetzt bin ich allerdings ein hoffnungsloser Fall für Sie, aber – heute bin ich großmütig – im Grunde tun Sie mir doch leid. Sie werden Ihr ersehntes Ziel, um dessen willen Sie mich so schlecht behandelt haben, nie erreichen. Wirklich, Sie tun mir im Grunde leid, nun Sie mir ungefährlich werden.«

»Wie meinst du das?«

Nanda merkte, daß sie sich fast ein wenig verraten hätte, und sagte leichthin:

»Ach, wenn man Konversation macht, schwatzt man manches hin, ohne an den Sinn zu denken.«

»Du ... du bist eben ein hinterhältiges Geschöpf.«

Mit Augen, die vor Erregung ganz dunkel waren, sagte Nanda mit bebender Stimme:

»Ja, das wäre das Schwerste, was Sie mir hätten antun können, daß Sie mich hätten verleiten können, hinterhältig und heuchlerisch zu werden. Ich will in Zukunft sehr an mir arbeiten, um alle die bösen Eindrücke, die meine junge Seele durch Sie bekommen hat, wieder loszuwerden.«

Die Erzieherin sah, daß sie heute wieder einmal gar nichts bei Nanda erreichte, und dabei plauderte diese in einem so eleganten Französisch, daß sie sich als Lehrerin eigentlich hätte freuen müssen.

Seltsamerweise ärgerte sie sich aber nur, daß Nanda eine bessere Aussprache hatte als sie selbst.

Keine Ahnung aber kam ihr, daß sie heute die letzte Konversationsstunde mit Nanda abhielt. Später sollte sie oft daran zurückdenken, reuevoll, daß sie sich selbst mit ihrer Härte und Unbarmherzigkeit in die Nesseln gesetzt hatte.

Man ging ins Haus zurück, und gleich darauf wurde zu Tisch gerufen. Nanda hatte gerade noch Zeit, im Aufzug nachzusehen. Bis auf einen Zettel war er leer, und auf diesem stand:

»Alles wird bestens besorgt. Der liebe Gott schütze und behüte Sie, daß Sie eines Tages gesund und wohlbehalten in Ihre Heimat zurückkehren.«

Nanda mußte mit ihren Tränen kämpfen. Guter Hermann! Wie treu hatte er ihr gedient. Und das Herz wurde ihr doch ein bißchen schwer, daß sie durch hartherzige Menschen aus ihrer Heimat vertrieben werden sollte. Aber sie durfte den Tränen nicht freien Lauf lassen, sie durfte nicht weich werden.

Als sie bei Tisch Fräulein Sanders gegenübersaß, sah sie wieder ganz ruhig und gelassen aus.

Und als sie heute zum letzten Mal das Grab ihres Vaters besuchte, in ihrem Herzen ihm alles beichtend, was sie vorhatte, war sie seiner Zustimmung gewiß. Sie war überzeugt, daß Vater und Mutter ihr in Tante Sanna eine Retterin geschickt hatten.

Auf dem Heimwege mußte sie an Jürgen Halden denken – und seltsamerweise tat es ihr doch ein wenig weh, daß sie auch vor ihm fliehen mußte.

Am nächsten Morgen erwachte Nanda mit einem Gefühl, als sei ein Feiertag. Sie wurde aber mehr und mehr von einer nervösen Unruhe befallen, je näher die Stunde ihrer bevorstehenden Flucht herankam. Mit Hermann konnte sie noch vor dem Frühstück einige unbeobachtete Worte sprechen, weil sich Fräulein Sanders zum Glück etwas verspätet hatte. Sie nahm herzlichen Abschied von ihm und dankte ihm nochmals für alles Gute, was er an ihr getan hatte. Auch legte sie ihm ans Herz, den Aufzug gut auszuräumen, damit man, wenn er zufällig entdeckt würde, nicht merkte, daß er benutzt worden war. Unten in der Speisekammer hatte Hermann schon die Tür des Aufzugs hinter einem Stoß von Konservendosen verborgen. Er hatte alle Spuren beseitigt. Das war Nanda lieb, denn Hermann sollte nicht der Hauch eines Verdachtes treffen, daß er auf ihrer Seite gewesen sei. Es lag ihr viel daran, daß er im Heidersberger Herrenhaus blieb und alles in Ordnung halten konnte.

Als Nanda mit Fräulein Eugenie beim Frühstück saß, regte sich in ihr fast etwas wie Mitleid. Am schwersten würde diese davon betroffen werden, daß ihr Zögling entfloh, denn sie würde ihre Stellung verlieren, weil man sie nicht mehr brauchte, und sie würde ja dann auch merken, daß ihr Traum, Herrin von Reichenau zu werden, ausgeträumt sei. Sie konnte sich jedoch durch dieses Mitleid nicht von ihrer Flucht abhalten lassen, denn sie wußte, in Reichenau hätte sie eine andauernde Folter erwartet.

Mühsam zwang sie sich, einige Bissen zu essen und eine Tasse Kaffee zu trinken, der zwar gewöhnlich nur für Fräulein Sanders gekocht wurde, von dem sie aber heute, ohne zu fragen, nahm, weil sie sich ein wenig aufmuntern mußte. Das trug ihr sofort wieder einen Tadel ein, denn Fräulein Eugenie ließ sich die ihr liebgewordenen Genüsse nicht gern schmälern, und sie liebte guten, starken Kaffee ebensosehr wie alten Portwein.

Nach zwei Unterrichtsstunden wurde der Morgenspaziergang mit englischer Konversation unternommen, und heute hatte Fräulein Sanders die Genugtuung, Nanda verschiedentlich tadeln zu müssen, denn diese war infolge ihrer heimlichen Erregung ziemlich unaufmerksam. Aber sie nahm ruhig diesen Tadel hin, weil sie wußte, daß sie ihn verdiente, und nie hatte sie sich aufgelehnt gegen einen Tadel, der sie gerechterweise traf.

Bei Tische fieberte Nanda vor Erregung. Sie warf immer wieder einen verstohlenen Blick zum Fenster hinaus, um zu sehen, ob Hermann mit ihrem Paket zum Parkpförtchen ging. Erst als sie ihn gehen sah, wurde sie etwas ruhiger.

Ihr erschien es heute sehr lange, bis Fräulein Sanders sich zurückzog. Aber endlich geschah auch das, und Nanda schlüpfte aufatmend in ihr Zimmer. Aber sie horchte unruhig hinaus, ob Fräulein Sanders nicht gerade heute noch einmal inspizieren käme. Eingeschlossen worden war Nanda wieder von ihr. Nun verkündete die Uhr die zweite Stunde. Da sah Nanda auch schon die oberen Leiterenden langsam sich an ihrem Fenster heraufschieben.

Eiligst zog sie einen Mantel an und stülpte ein weiches Mützchen auf ihren Kopf, weil sie nicht wußte ob Tante Sanna auch daran gedacht hatte. Sie hatte mit Hermann vereinbart, daß er, sobald er die Leiter nach ihrer Flucht wieder an Ort und Stelle gebracht hatte, sich vor ihre Tür schleichen sollte, um den Schlüssel aufzudrehen.

Mittags ließ Fräulein Sanders jetzt den Schüssel immer außen stecken. Es sollte den Anschein erwecken, als habe sie vergessen, den Schlüssel umzudrehen und abzuschließen. Dadurch wurde der Verdacht, daß die Flucht mit Beihilfe anderer Menschen durchs Fenster über eine Leiter stattgefunden hatte, hinfällig.

Es sei gleich noch verraten, daß Hermann, als Nanda in Sicherheit war, sogar in ihr Zimmer hineinging und das Fenster schloß, durch das Nanda entflohen war.

Nanda war also die Leiter hinuntergeklettert, drückte Hermann noch einmal feuchten Auges die Hand und lief davon, um das Haus herum und in den Park.

Das Herz schlug ihr jetzt bis zum Halse hinauf. Sie achtete nicht auf den herrlichen Herbstsonnenschein; sie lief, wie man nur auf der Flucht vor dem Verhängnis läuft. Atemlos kam sie an der kleinen Hinterpforte des Parks an, ohne daß sie jemandem begegnet wäre. An dem Holunderstrauch machte sie Halt und suchte ihr Paket.

Sie fand es auch sogleich, raffte es an sich und öffnete hastig die Pforte. Wenige Schritte davon entfernt stand wirklich das Auto, und dieser Anblick löste die Spannung in Nandas Herzen. Sie sah eine schlanke Dame im Reisemantel neben dem Schlag stehen, sah, wie diese auf sie zueilte, und Tante und Nichte lagen sich, aufweinend vor Erregung in den Armen.

Kein Wort wurde vorläufig gesprochen, Tante Sanna zog Nanda mit sich in den Wagen, und nun sah Nanda auch einen hochgewachsenen Herrn mit einem gebräunten, charakteristischen Gesicht, dessen markante Züge von keinem Bart verdeckt wurden, aus dem Gebüsch hervortreten. Er half den Damen stumm beim Einsteigen und gab dann dem Chauffeur Weisung, loszufahren. Erst dann stieg auch er ein, und während der Wagen davonfuhr, wandte er sich lächelnd nach den beiden Damen um, die sich immer wieder umarmten und küßten, als müßten sie alles bisher Versäumte nachholen.

»Also da haben wir ja die kleine Nanda! Nun beruhigt euch nur erst«, sagte er gutmütig.

Nanda wurde seiner gewissermaßen jetzt erst gewahr, fuhr aus den Armen der Tante hoch und sah ihn mit großen Augen an. Diese grauen, leuchtenden Augen, von langen schwarzen Wimpern und feingezeichneten Brauen umgeben, gemahnten Richard Vendal an die seiner noch immer heißgeliebten Frau und gewannen Nanda sofort sein Herz.

Tante Sanna trocknete sich und auch Nanda energisch die Tränen.

»So, meine kleine Nanda, das werden hoffentlich die ersten und letzten Tränen gewesen sein, die du in unserer Obhut vergießen mußt.«

»Es sind ja nur Freudentränen, Tante Sanna.«

»Nun, die wollen wir gelten lassen. Also, das ist Onkel Richard, sag ihm erst einmal guten Tag!«

Nanda musterte Richard Vendal schweigend und konstatierte dabei, daß er ihr sofort sympathisch war.

Seine kraftvolle Männlichkeit, seine klugen Augen und sein warmherziges, gütiges Lachen flößten ihr sogleich das größte Vertrauen ein. Impulsiv reichte sie ihm die Hand.

»Oh, dich kann ich liebhaben, Onkel Richard; ich weiß immer sofort, ob mir jemand lieb ist oder nicht. Ich danke euch ... wie sehr danke ich euch, daß ihr mich in euren Schutz nehmen wollt! Gerade zur rechten Zeit seid ihr gekommen, Ende des Monats sollte ich nach Reichenau übersiedeln, und dann wäre eine Flucht viel schwerer, wenn nicht unmöglich geworden.«

»Ohne dich wären wir auch dann nicht umgekehrt, kleine Nanda. Tante Sanna wäre nicht so wehrlos gewesen wie du, und auf mich konnte sie rechnen. Aber es ist mir schon lieber, daß alles glatt gegangen ist, es erspart meiner Frau viele Aufregungen.«

Tante Sanna breitete einen Pelzmantel über Nanda.

»Es ist doch schon herbstlich kühl, und dein Mäntelchen ist kein genügender Schutz; deshalb nahm ich einen Pelzmantel auch für dich mit. Wie froh bin ich, daß ich dich bei mir habe, mein geliebtes Kind! Wie du deiner Mutter gleichst! Genauso sah sie in deinem Alter aus.«

»Nun, sie sieht dir mindestens ebenso ähnlich wie ihrer verstorbenen Mutter, ihr glichet einander beinahe wie Zwillinge«, bestätigte Richard Vendal lächelnd.

Er hatte Nandas Mutter gekannt. In einem Badeort, den die Schwestern mit Nandas Vater besuchten, hatte er sie kennengelernt. Er war damals auf einige Zeit von Argentinien herübergekommen und hatte sich sofort in Sanna verliebt. Seine Eltern, geborene Deutsche, hatten ihm in Argentinien riesigen Landbesitz hinterlassen, und er mußte bald dorthin zurückkehren. Aber ehe er abreiste, hatte er sich Sannas Jawort geholt. Diese hatte ihn nur gebeten, sie noch einige Zeit bei der bereits kranken Schwester zu lassen. Sie wollte sich, solange die Schwester leidend war, nicht von dieser trennen.

Damals dachte sie nicht daran, daß die Krankheit der Schwester zu einem frühen Tod führen sollte. Richard Vendal mußte einwilligen, seine Braut bei der Schwester zu lassen. Sie sollte ihm depeschieren, wann er sie in Buenos Aires erwarten dürfte, wo er sie vom Dampfer abholen wollte. Leider hatte er ziemlich lange warten müssen, denn Sanna konnte die kranke Schwester schon deshalb nicht verlassen, weil diese eine große Furcht vor Georg Halden hatte, der sie mit seiner unreinen Leidenschaft verfolgte. Nandas Mutter war die Angst nicht losgeworden, daß es zwischen ihrem Mann und dem falschen Freund zu einem Duell kommen könnte. Auch wollte sie nicht, daß Maria Halden in Erfahrung brächte, daß ihr Mann ihr untreu war. Die Schwestern waren mit Jürgens unglücklicher Mutter herzlich befreundet gewesen.

Dann starb zuerst Maria Halden und wenige Monate darauf Lori Roland. Sanna blieb noch einige Monate bei Loris trostlosem Gatten und der kleinen Nanda. In dieser Zeit hatte Georg Halden auch Sanna mit seinen Anträgen verfolgt und wollte sie zu seiner Frau machen. Aber Sanna wies ihn ab und sagte ihm, daß sie verlobt sei. Er hatte trotzdem seine Verfolgung nicht aufgegeben, und Sanna sah ein, daß sie nun Heidersberg verlassen müsse. Auch erhielt sie von Richard Vendal so sehnsüchtige Briefe, daß sie nicht länger zu zögern vermochte, und eines Tages reiste sie ab, ohne daß Georg Halden eine Ahnung davon hatte. Sie hatte den Schwager gebeten, ihren Abreisetermin nicht zu verraten. Dieser, von Georg bestürmt, hatte Sanna zu überreden versucht, in der Heimat zu bleiben und den Freund zu heiraten. Leider stand er schon damals viel zu sehr unter Georg Haldens Einfluß. Aber er merkte doch an Sannas Festigkeit, daß diese nie von Richard Vendal lassen würde. So mußte er sie ziehen lassen und verschwieg dem Freund auch ihre Abreise, was dieser ihm niemals verzeihen konnte.

Sanna war schon in Buenos Aires Richard Vendals Frau geworden und hatte ihr Glück an seiner Seite gefunden.

In kurzen Worten schilderte sie das Nanda während der Fahrt, ohne jedoch Näheres von Georg Haldens brutalen Überfällen zu berichten.

»Damit will ich dein junges Gemüt nicht belasten, meine Nanda; später einmal, wenn du reifer geworden bist, werde ich dir alles erzählen, nur soviel sollst du wissen, daß Georg Halden deiner Mutter und mir viel Leid zugefügt hat und daß er deinem Vater ein sehr falscher Freund gewesen ist. Da hat dich dein Instinkt schon richtig geleitet.«

Nanda seufzte tief auf.

»Wenn er uns nur nicht verfolgt und uns einholt. Kraft seiner Macht als mein Vormund kann er mich, glaube ich, gesetzlich zurückfordern.«

»Sei darüber ganz ruhig, kleine Nanda, wir liefern dich nicht wieder aus«, sagte Richard Vendal, Nanda die Hand streichelnd.

Und Tante Sanna sagte mit blitzenden Augen:

»Er soll es nicht wagen, dich zurückzufordern. Dann werde ich ihm sagen, daß ich alle seine Schandtaten der Öffentlichkeit bekanntgeben und ihn an den Pranger stellen werde. Dein Vater ist leider tot, und das entbindet uns von jeder Rücksichtnahme. Ihn kann es nicht mehr treffen, wenn der falsche Freund entlarvt wird. Niemand, auch das Gesetz nicht, wird einem Vormund Rechte zubilligen, die er sich nur erschlichen hat. Das Wohl und Wehe eines Kindes darf keinesfalls einem Manne anvertraut werden, der danach getrachtet hat, die Ehre seiner Eltern zu besudeln. Habe keine Angst, meine Nanda, wir geben dich bestimmt nicht heraus. Onkel Richard wird dich schützen wie ein eigenes Kind.«

Nanda warf sich aufweinend in ihre Arme, schalt sich aber dann selbst eine »blöde Heulsuse« und bat deshalb um Verzeihung. Die wurde ihr lächelnd gewährt. Das Ehepaar Vendal war entzückt von Nandas ungekünsteltem Wesen und umgab die arme Waise mit so viel Liebe und Fürsorge, daß Nanda sich vorkam wie im Himmel und das auch aussprach. Im Laufe des Gesprächs fragte sie, ob man nun gleich nach Argentinien zurückreise.

»Onkel hält es für das beste«, antwortete Tante Sanna, »wenn wir nicht in Hamburg an Bord gehen. Es wäre möglich, daß Georg Halden ahnt, daß ich dich entführt habe, und uns bis nach dem Hafen verfolgt. Wir fahren jetzt im Auto nach Berlin, und dort nehmen wir ein Flugzeug bis Paris. In Paris haben wir Einkäufe zu machen, unter anderem auch eine Ausstattung für dich. Dann fahren wir nach England und gehen dort an Bord. Diese Reiseroute wird dein Vormund nicht vorausahnen, und wir kommen in Sicherheit. Deinen Paß hat Onkel Richard in Ordnung, keine Behörde kann dich hindern. Also, sei guten Mutes, alles wird in bester Ordnung erledigt werden.«

Nanda drückte den beiden Menschen, so fest sie konnte, die Hand, und nun bekam auch Onkel Richard einen Kuß von ihr. Sie mußte dann alles erzählen, was noch seit ihrem Brief an Tante Sanna geschehen war, und bei dieser Gelegenheit gedachte Nanda auch ihrer beiden treuen Diener und bat darum, daß Christine Geld bekäme. Onkel Richard sagte ihr auch ohne weiteres zu, daß er Christine eine Rente aussetzen und Hermann eine bestimmte Summe anweisen wolle.

Nach Nandas Berechnung hatte man eine Stunde Vorsprung, ehe Fräulein Sanders ihre Flucht entdecken würde, eine weitere Stunde würde vergehen, bis der Vormund von Reichenau herbeigerufen werden würde. Auch würde einige Zeit vergeudet werden mit nutzlosem Suchen nach der Verschwundenen.

»Bis dahin sind wir schon im Flugzeug nach Paris unterwegs. Mögen sie sich die Köpfe zerbrechen, wohin du geflohen bist! Gönnen wir ihnen für ihre Schlechtigkeit recht unruhige Tage. Wir werden erst von England aus, bevor wir an Bord gehen, ein Telegramm nach Reichenau schicken, daß du wohlaufgehoben in unserem Schutze bist.«

Nanda sah vertrauensvoll den stattlichen, sympathischen Onkel an.

»Ach, lieber Onkel Richard, weshalb hat der liebe Gott nur so böse Menschen geschaffen?« fragte sie seufzend.

Er sah sie nachdenklich an. Dann sagte er lächelnd:

»Das sind Fragen, mein liebes Kind, die dir auch ein Weiser nicht beantworten kann. ›Gutes und Böses gemischt – trägt das Wesen der Erdbewohner‹, heißt es in der ›Edda‹. Mit solchen Fragen haben sich schon viele den Kopf zerbrochen, aber der liebe Gott wird schon wissen, weshalb er das alles so eingerichtet hat. Ich kann dir da zum Beispiel eine andere Frage vorlegen, die der weise Omar, der Zeltmacher, einmal an den lieben Gott gerichtet hat:

›Als du das Leben schufst, schufst du das Sterben,
Uns, deine Werke, weihst du dem Verderben.
War schlecht dein Werk, warum erschufst du es?
Und war es gut, warum schlägst du's in Scherben?‹

Siehst du, kleine Nanda, das ist auch so eine Frage, auf die wir kleinen Erdenbürger keine Antwort wissen. Aber der liebe Gott weiß schon, warum das alles so von ihm geordnet ist.«

Nanda hatte seinen Worten aufmerksam gelauscht. Sie sah ihn bewundernd an.

»Du bist ein sehr kluger Mann, Onkel Richard!«

Er lachte fröhlich auf wie ein übermütiger Junge.

»Wäre ich klug, fände ich vielleicht eine Antwort auf deine Frage. Aber, für meinen bescheidenen Bedarf reicht meine Klugheit schon aus.«

Tante Sanna nahm seine Hand und drückte sie.

»Er ist schon sehr klug und tüchtig, Nanda; das kannst du mir glauben.«

Mit innigem Ausdruck sahen sich die beiden Gatten in die Augen.

Nanda blickte sie bewundernd an und wußte nicht, wem von beiden sie mehr Begeisterung entgegenbringen sollte, der noch immer schönen, schlanken Tante Sanna oder dem kraftvollen, klugen Onkel Richard. Sie spürte die Harmonie dieser glücklichen Ehe und wußte, fühlte instinktiv, daß sie noch nie so wertvollen Menschen begegnet war. Aus der Tiefe ihres Herzens seufzte sie auf, faßte beider Hand und sagte: »Ich weiß, bei euch werde ich gut und tüchtig; in meiner bisherigen Umgebung wollte man mich zu Lüge und Heuchelei nötigen. Seit Vater mir genommen wurde, hatte ich nur meine ergebene Dienerschaft, die ich hochachten konnte. Und ich weiß, vor Zorn und Haß wäre ich schlecht geworden. Ich danke euch für die Rettung aus dieser Umgebung. Immer will ich euch dafür dankbar sein!«

Sie wurde von neuem geherzt und geküßt von Tante Sanna und von Onkel Richard gestreichelt.

Bis das Auto in Berlin auf dem Flugplatz anlangte, waren sich die drei Menschen schon sehr nahegekommen.

Das Flugzeug, das sie nach Paris bringen sollte, lag bereit, und Nanda bestieg es in jubelnder Freude, sollte es doch die erste Luftreise sein, die sie unternahm.

11

Fräulein Sanders hatte ein ausgiebiges Mittagsschläfchen gehalten, und sie beeilte sich nun, zu ihrem Zögling zu kommen. Schnell ging sie den langen Gang hinunter, der von ihrem Zimmer zu dem Nandas führte, und faßte nach dem im Schloß steckenden Schlüssel. Sie wollte ihn umdrehen und aufschließen, spürte aber zu ihrem Schrecken, daß das Zimmer gar nicht abgeschlossen war. Hatte sie *dis* zum ersten und einzigen Male vergessen? Wie ärgerlich! Hoffentlich hatte Nanda das nicht bemerkt, sonst würde sie es vielleicht ihrem Vormund melden, um ihr zu schaden und sie eine Nachlässigkeit zu überführen. Dazu war dieses »abscheuliche Geschöpf« imstande.

Unruhig, aber ahnungslos, was ihrer harrte, trat sie ein – und sah das Zimmer leer. Ihre Augen weiteten sich erschrocken, dann lief sie zum Badezimmer und riß die Tür auf.

»Nanda!«

Aber keine Nanda hörte auf diesen Ruf, und keine Nanda war zu sehen.

Noch glaubte sie nur, Nanda habe es sich zunutze gemacht, daß sie das Zimmer nicht abgeschlossen hatte – es erschien ihr freilich noch immer unbegreiflich, daß sie das vergessen haben sollte, und sich wahrscheinlich nach unten ins Wohnzimmer begeben.

Das war allerdings eine Frechheit von ihr, da sie doch wußte, daß sie ihr Zimmer zu hüten hatte, bis ihre Erzieherin sie abholte. Vielleicht hatte sie gar die Unverschämtheit begangen, in den Park zu laufen, wahrscheinlich nach dem Grab ihres Vaters, das sie, so glaubte Eugenie, lange nicht besucht hatte. Nun, sie würde eine empfindliche Strafe dafür bekommen!

Daß Nanda den Weg durchs Fenster genommen haben könnte, kam ihr schon deshalb nicht in den Sinn, weil das Fenster fest geschlossen war. Fräulein Sanders bedauerte nur, daß sie über diese neue »Unbotmäßigkeit« Nandas deren Vormund nicht ausführlichen Bescheid geben konnte, weil sie dann auch ihre Nachlässigkeit verraten mußte. Aber war es denn nur möglich, daß sie, die immer so »pflichtgetreu« war, sich eine solche Nachlässigkeit hatte zuschulden kommen lassen? Sie hätte darauf geschworen, daß sie wie immer fest abgeschlossen hatte. Ärgerlich und besorgt zugleich drückte sie auf die Klingel und läutete Sturm. Die ganze Dienerschaft lief zusammen, und Fräulein Eugenie herrschte die Leute an:

»Wo ist das gnädige Fräulein?«

Alle sahen sie ehrlich erstaunt an, sogar Hermann. Und man sagte ihr, man habe angenommen, das gnädige Fräulein sei, wie immer, in seinem Zimmer eingeschlossen gewesen.

Heftig schüttelte die Erzieherin den Kopf.

»Nein, nein, ich ... ich wollte versuchen, ob sie nicht auch, ohne daß man sie einschließt, gehorsam auf ihrem Zimmer bleibt. Aber das Zimmer war leer, als ich eben wieder eintrat – sie ist verschwunden. Hat sie keiner von Ihnen gesehen?«

Nein, niemand hatte Nanda gesehen, was ja auch der Wahrheit entsprach. Oft genug hatte sich die Dienerschaft darüber erbost, daß »die Sanders« das gnädige Fräulein einsperrte wie eine Verbrecherin, und wenn man auch gewußt hätte, daß Hermann mit im Spiele war, keiner hätte ihn verraten. Hermann hatte es aber immer für besser gehalten, niemanden in seine geheime Hilfe einzuweihen, nur die Köchin wußte Bescheid, und daß diese als Mitverschworene den Mund halten würde, davon war er fest überzeugt.

Fräulein Eugenie schickte die Dienerschaft nach allen Himmelsgegenden aus; sämtliche Zimmer des Hauses wurden abgesucht, der ganze Park wurde durchstöbert, und einer mußte zum Erbbegräbnis der verstorbenen Herrschaften laufen. Alles blieb resultatlos. Der Zorn der Erzieherin stieg ins Uferlose, sie glaubte noch immer, daß Nanda ihr einen Schabernack spiele und sich irgendwo versteckt habe. Aber als mehr denn eine Stunde vergangen war, ohne daß man eine Spur von Nanda gefunden hätte, bekam Fräulein Eugenie es doch mit der Angst, und sie mußte sich wohl oder übel entschließen, in Reichenau anzuklingeln. Das tat sie freilich schweren Herzens. Sie war nun schon so weit, zu befürchten, Nanda könne sich ein Leid angetan haben. Aber auch dann mußte sie doch irgendwo gefunden werden. Mitten im Park lag ein Teich – Eugenie wankte erst noch mit zitternden Knien dorthin, von der Dienerschaft begleitet, die lange Stangen, mit sich führte. Damit wurde der nicht große und nicht tiefe Teich abgesucht. Aber auch hier keine Spur ...

So mußte denn der Vormund angerufen werden. Fräulein Eugenies Stimme zitterte ein wenig, als sie die Verbindung mit Georg Halden hergestellt hatte.

»Ich bin ganz außer mir, Herr Halden – Nanda ist verschwunden und nirgends aufzufinden.«

Ein zorniger Ausruf antwortete ihr.

»Was heißt verschwunden? Haben Sie denn nicht nach meiner Vorschrift gehandelt – haben Sie Nanda nicht eingeschlossen, wenn Sie nicht mit ihr zusammen waren?«

Eugenie überlegte erst, was sie sagen sollte. Dann suchte sie ihr Heil in einer Ausrede.

»Ich hatte ihr das Ehrenwort abgenommen, daß sie ihr Zimmer nicht verlassen würde, als ich mich für eine Weile auf mein Zimmer zurückzog. Ich wollte an ihre Ehre appellieren, wollte versuchen, ihr eigene Verantwortlichkeit beizubringen. Als ich wieder ihr Zimmer betrat, war es leer.«

Und sie schilderte nun das Ergebnis allen Suchens. Verschiedene Male warf Georg Halden einen zornigen Ausruf dazwischen, und als sie zu Ende war, schimpfte er wütend:

»Sie sind eine Gans, mein Fräulein, eine ganz untüchtige und unzuverlässige Persönlichkeit! Habe ich Ihnen nicht genaue und detaillierte Vorschriften gemacht? An die hätten Sie sich halten müssen!«

»Aber Herr Halden, ich dachte doch ...«

»Unsinn, lassen Sie lieber das Denken, dabei kommt nicht viel Gescheites heraus! Da haben Sie mir ja einen schönen Streich gespielt! Schaffen Sie Nanda zur Stelle, oder Sie werden fristlos entlassen, verstehen Sie – fristlos! Ich komme sofort hinüber, um die Nachforschungen selbst zu leiten. Und wehe diesem widersetzlichen Geschöpf, wenn ich es in meine Finger bekomme! Diesmal entgeht Nanda nicht einer Tracht Prügel!«

Ärgerlich hängte Georg Halden ab. Fräulein Eugenie stand wie verdonnert am Apparat und lauschte, ob er sich nicht zu einer friedlicheren Rede wieder melden würde, aber alles blieb still, und die arme Eugenie ging keineswegs so hoheitsvoll wie bisher durch die Räume des Hauses und suchte nochmals alles ab, Nandas Namen ganz verzagt und flehend immer wieder rufend.

Die Dienerschaft sah schadenfroh hinter ihr her. Einer meinte, er könne es dem gnädigen Fräulein nicht verdenken, wenn es »getürmt« sei. Eines der Hausmädchen meinte schaudernd, sie habe sich sicherlich das Leben genommen, weil sie es nicht mehr habe aushalten können, und wenn man sie auch im Teiche nicht gefunden hätte, ihre Leiche habe sich vielleicht irgendwo festgesetzt, so daß sie nicht zur Oberfläche emporkommen könne. Oder am Ende sei sie nach dem Bahndamm gelaufen, um sich unter den Zug zu werfen.

Das hörte Fräulein Sanders und wurde ganz grün vor Schrecken. Sie schickte einen der Diener fort, er möge den Bahndamm absuchen.

Und völlig kraftlos sank sie in einen Sessel.

Der einzige, der hätte angeben können, wohin Nanda gegangen war, nämlich der alte Hermann, schwieg selbstverständlich; denn er gönnte »der Sanders« die Angst und hoffte, daß auch Georg Halden davon angesteckt werden würde. Verdient hatte er es reichlich um seine arme junge Herrin und »die Sanders« nicht minder.

Jetzt fuhr draußen das Reichenauer Auto vor, und Georg Halden stürmte mit rotem Gesicht und vor Wut hervorgequollenen Augen in die Halle. Als er hörte, daß noch immer keine Spur von Nanda gefunden worden sei, fluchte er auf wenig schöne Weise, drohte der verschwundenen Nanda alle Höllenstrafen an und entlud dann seinen ganzen Groll über Eugenie Sanders, die blaß und schlaff wie ein Häufchen Elend vor ihm saß und sich kaum zu rühren wagte.

Dann unterwarf er die Dienerschaft einem strengen Verhör, aber ganz ergebnislos, denn sowohl Hermann als auch Christine wußten absolut von nichts, genausowenig wie die übrige Dienerschaft. Und Hermann dachte dabei befriedigt:

Das geschieht dir recht, du Schinder, das hast du um mein armes gnädiges Fräulein verdient, ganz abgesehen davon, daß du unsere verstorbene gnädige Frau gequält und gepeinigt und unserem gnädigen Herrn Freundschaft geheuchelt hast. Nun ist mein gnädiges Fräulein hoffentlich längst in Sicherheit, und du wirst sie nicht wieder in deine Hände bekommen und wirst auch Heidersberg und ihr Vermögen herausrücken müssen, wenn sie eines Tages wiederkehrt. Ich werde dir schon auf die Finger sehen, daß du ihr Erbe anständig verwaltest, und werde hier selbst nach dem Rechten sehen. Immer wüte weiter, und ärgere dich, bis du schwarz wirst, du schlechter Mensch!

Das war Hermanns Gedankengang.

Georg Halden schickte die Dienerschaft nochmals zu einer Streife in alle vier Himmelsgegenden aus. Als er hörte, daß man den Teich abgesucht habe und daß ein Diener jetzt den Bahndamm absuche, wurde es ihm einen Augenblick sehr flau. An Nandas Tod war ihm, bevor sie nicht Jürgens Frau geworden war, absolut nichts gelegen, denn dann fiel das ganze reiche Erbe an ihre einzige Verwandte – an Susanna Vendal.

Als er an diese dachte, durchzuckte ihn plötzlich ein Verdacht, der die Wahrheit sehr nahe streifte, aber er wehrte ihn von sich wie etwas, das nicht sein durfte. Wie sollte Nanda eine Verbindung mit ihr hergestellt haben? All ihr Tun war doch unter strengster Kontrolle gewesen! Aber er verhörte doch die verstörte Eugenie, ob sie auch beschwören könne, daß außer heute Nanda niemals in Freiheit gewesen sei, ob sie Briefe erhalten oder fortgeschickt habe.

Eugenie sagte der Wahrheit gemäß aus, daß es heute das erstemal gewesen sei, daß Nanda nicht eingeschlossen gewesen wäre, sonst sei sie stets in ihrer Gesellschaft gewesen.

Als die Dienerschaft von ihrer Streife ergebnislos zurückkam, wurde auch diese verhört, ob durch sie Nanda einen Brief erhalten oder fortgeschickt habe, was durchweg verneint wurde. Man sei ja gar nicht mit dem gnädigen Fräulein zusammengekommen, außer, wenn Fräulein Sanders zugegen gewesen sei.

Hermann aber sagte sich:

Aha, jetzt ahnt er was von Frau Sanna! Ja, ja, du Schurke, da bist du auf dem rechten Wege, und ich könnte dir schon sagen, wie alles zusammenhängt. Aber kein Wort sollst du aus mir herausbekommen!

Georg Halden fuhr nun selbst in seinem Auto in der ganzen Umgegend herum und forschte nach Nanda, aber niemand hatte sie gesehen oder etwas von ihr gehört. Nur ein Knecht kam schließlich mit der Auskunft heraus, daß er kurz vor zwei Uhr ein Auto an der hinteren Parkmauer gesehen habe, in dem außer dem Chauffeur ein Herr und eine Dame gesessen hätten. Er habe aber nicht weiter darauf geachtet, und das habe wohl auch kaum etwas mit dem gnädigen Fräulein zu tun, dieses wäre jedenfalls nicht in dem Auto gewesen.

Trotzdem ging es Georg im Kopfe herum, daß dieses Auto vielleicht doch mit Nanda zusammenhängen könnte. Dann aber handelte es sich um eine Flucht – und kraft seines Amtes als Vormund war er berechtigt, sie wieder zurückzuholen.

Aber wo sollte er suchen?

Das Ergebnis seines Grübeins war eine telefonische Anfrage in Hamburg im Reisebüro, wann der nächste Dampfer nach Argentinien abgehen würde. Er bekam die Nachricht, daß der nächste Dampfer schon übermorgen früh auslaufen würde.

Darauf fuhr Georg Halden nach Hamburg, fing auch den Dampfer nach Argentinien ab, ließ sich die Passagierliste vorlegen und beobachtete stundenlang die Ankunft der Passagiere. In der Passagierliste fand er selbstverständlich die gesuchten Namen nicht, auch ging der Dampfer ab, ohne daß er etwas von dem Flüchtling, für den er Nanda nun ziemlich sicher hielt, gesehen hatte. Er gab auch Order, ihm sofort telegrafisch Nachricht zu geben, wenn ein Ehepaar Vendal mit seiner Nichte, die keinen Paß besäße, sich als Passagiere anmelden würde. Er ahnte nicht, daß Richard Vendal dies alles vorausgesehen und seine Vorkehrungen dementsprechend getroffen hatte.

Am meisten ärgerte es ihn, daß er wahrscheinlich von Nanda und ihrer Tante Sanna überlistet worden war, und sein Haß auf die beiden wurde noch brennender. Nach Reichenau zurückgekehrt, klingelte er in Heidersberg an, ob sich eine Spur von der Vermißten gezeigt habe, aber er erfuhr durch die geknickte Eugenie, daß man noch immer nichts wisse. Er fragte, ob Nanda Garderobe mitgenommen habe, und vernahm, daß nichts fehle als das Kleid, das sie getragen hätte, ein leichter Mantel und eine kleine Mütze. Sonst sei alles noch da, nicht einmal Wäsche fehle.

Ohne weiter darauf zu antworten, hängte er wieder ein.

Grübelnd saß er wieder bis in die Nacht hinein und überlegte, wie er Nanda erneut in seine Gewalt bekommen könnte. Aber alle Pläne mußte er wieder umwerfen. Schon erwog er, nach Argentinien zu reisen und Nanda einfach wieder zu entführen, aber er überlegte sich, daß ihm als Ausländer dabei allerlei Schwierigkeiten erwachsen würden. Jedenfalls wollte er, sobald er Gewißheit hatte, daß Vendals Nanda entführt hatten, mit Repressalien drohen, wollte ihre sofortige Auslieferung verlangen, widrigenfalls er mit aller gesetzlichen Strenge wegen Entführung einer Minderjährigen aus der Obhut ihres gesetzlichen Vormundes vorgehen würde.

An seiner Wut erstickte er fast, und da er diese an niemanden weiter auslassen konnte, tat er es an der unglückseligen Eugenie. Sie erhielt wirklich wegen Unzulänglichkeit ihre Entlassung; es wurde ihr bedeutet, daß sie am ersten November mit der ganzen Dienerschaft Heidersberg verlassen müsse. Ein Monat Gehalt und

Verpflegung solle ihr noch ausgezahlt werden, obwohl sie es nicht verdient habe, und damit sei die Angelegenheit erledigt. Alles Flehen und Jammern Eugenies halfen nichts, er blieb unerbittlich, und als sie schließlich bockig wurde und ihm unverblümt drohte, zu verraten, wie er sie zu seinem Werkzeuge gemacht habe, verneigte er sich ironisch.

»Bitte sehr, ich habe nur das Wohl meines Mündels im Auge gehabt. Wenn Sie das anders aufgefaßt haben und doch bereit waren, mir zu helfen, setzen Sie sich selbst ins Unrecht. Und noch ein Wort in diesem Tone zu mir, dann entziehe ich Ihnen auch noch das Monatsgehalt und verklage Sie wegen versuchter Erpressung!«

Da knickte Eugenie ganz zusammen. Ihr Traum war ausgeträumt, sie würde wirklich mit der gesamten Dienerschaft, die sie so wenig bemitleidet hatte, am ersten November Heidersberg verlassen müssen, verlor die fette Pfründe und bereute tief und schmerzlich, sich nicht auf seiten Nandas geschlagen zu haben, von der sie einen besseren Lohn für ihre Ergebenheit hätte erwarten dürfen. Niemand hatte aber Mitleid mit ihr.

Sie benutzte die letzten friedlichen Tage in Heidersberg noch, um eine Offerte nach einer neuen Stellung aufzugeben und in den Zeitungen die Stellenangebote zu durchforschen.

Nanda hatte inzwischen Paris wohlbehalten mit Tante und Onkel erreicht, verlebte dort einige wundervolle Tage, wurde von Tante Sanna wie ein geliebtes Töchterchen ausgestattet, mit allem Luxus, was ihr durch ihren und ihres Gatten Reichtum möglich war. Sie sonnte sich in der Liebe dieser beiden gütigen Menschen, die sie durch ihre kindliche Zärtlichkeit vergessen machte, daß ihre Ehe kinderlos geblieben war.

Tante Sanna ergänzte bei dieser Gelegenheit in Paris auch ihre eigene Garderobe, und Nanda lernte von ihrer noch immer schönen Tante sich geschmackvoll zu kleiden. Die drei Menschen lebten miteinander in wundervoller Harmonie, und Nanda war selig, daß sie aus der sie bisher umgebenden Atmosphäre des Hasses in die der Liebe gekommen war. Sie fühlte selbst, daß alle Härten, aller Trotz von ihr abfielen wie nicht zu ihr gehörig. Mußte sie doch jetzt nicht in einer Abwehrstellung gegen feindliche Angriffe bereitstehen.

Richard Vendal hatte sich nur schwer aus seinem großen Betrieb freimachen können und war froh, als die Damen zur Heimreise bereit waren, wenn er auch viel zu großmütig gewesen war, um sie zu drängen.

Kurz vor Abgang des Dampfers aus dem englischen Hafen wurden verschiedene Briefe aufgegeben. Einer von Nanda an Jürgen Halden, einer an Hermann Köhler, wie verabredet, postlagernd, und ein Brief von Richard Vendal an Nandas Vormund. Erst hatte Tante Sanna diesen Brief schreiben wollen, aber Richard hatte den Kopf geschüttelt.

»Der braucht ein kräftiges Männerwort, Sanna; dazu bist du zu zart, ich werde dir meinen Brief zur Begutachtung vorlegen, und du kannst mir sagen, ob er deine Zustimmung hat. Deine Waffen gegen diesen Schurken hast du mir ja ausgeliefert, und ich werde sie gut benutzen. Darauf kannst du dich verlassen!«

Außer diesen Briefen ging noch ein Telegramm kurz vor Ablauf des Dampfers an Georg Halden ab, folgenden Inhaltes:

»Nanda in guter Hut – Näheres brieflich –

Richard Vendal.«

Mit welchen Gefühlen Nanda an der Reling lehnte, als der Dampfer sich in Bewegung setzte, läßt sich nicht beschreiben. Wohl fühlte sie sich sicher und geborgen unter dem Schutz von Onkel und Tante, wohl wußte sie, wie zärtlich sie geliebt wurde. Auch freute sie sich auf das ferne Land, in dem sie viel Neues und Interessantes zu finden hoffte, aber doch riß ein jäher Schmerz an ihrem Herzen, daß sie nun der Heimat immer ferner rückte, der Heimat und vielen Dingen, die ihr lieb geworden waren. Seltsamerweise schmerzte es sie auch, daß sie Jürgen Halden kaum noch wiedersehen würde, bevor sie mündig war. Und dann geschah es vielleicht auch nur auf kurze Zeit, und sie waren einander wieder fremd geworden. Das tat ihr weh; allein, sie wußte nicht, warum.

Dasselbe Gefühl hatte sie veranlaßt, an Jürgen einen Brief zu richten, ihm wollte sie einige Abschiedszeilen schreiben, aber es war doch schließlich ein langer Brief geworden. Sie hatte ihm erst, um ihn nicht mit den Taten seines Vaters zu betrüben, nichts von ihren Erlebnissen in Heidersberg unter der Vormundschaft seines Vaters verraten wollen, aber dann sagte sie sich, wenn sie nicht ganz offen wäre, würde er ihre Flucht nicht verstehen. Und er sollte sie doch verstehen, weil er so gut zu ihr gewesen war. In seinen Augen wollte sie nicht als leichtfertig oder undankbar gelten. So hatte sie ihm alles geschrieben, was sie erlebt und erlitten hatte, und das hatte ihr das Herz etwas leichter gemacht. Nur von Christines und Hermanns Hilfe hatte sie nichts erwähnt, er sollte nicht gezwungen sein, vor seinem Vater etwas verbergen zu müssen.

Als sie nun allein an der Reling lehnte – Tante und Onkel richteten sich in ihrer Kabine ein, womit sie schon fertig war –, dachte sie darüber nach, wie Jürgen wohl ihren Brief auffassen würde. Sie hatte ihm auf Wunsch der Tante ihre Adresse nicht geschrieben; hatte ihm nur mitgeteilt, daß Onkel und Tante sie in Heidersberg im Auto abgeholt hätten und daß sie dann mit ihnen nach Paris geflogen sei.

Als Nanda so allein an der Reling stand und mit großen, traurigen Augen in die Ferne sah, trat Tante Sanna zu ihr, legte den Arm um sie und sagte liebevoll:

»Nicht rückwärts sehen, mein liebes Kind, sieh vorwärts, da wird alles licht und klar um dich sein!«

Nanda warf sich in ihre Arme.

»Was wäre nur aus mir geworden, wenn ich dich nicht gehabt hätte, liebe Tante!«

»Dann hätte dir der liebe Gott sicherlich eine andere Hilfe geschickt. Ohne seinen Willen fällt kein Spatz vom Dach!«

Und Tante Sanna plauderte so munter und vergnügt mit ihr, daß sie bald wieder heiter und zuversichtlich ins Leben schaute. Onkel und Tante mußten ihr nachher von der Farm Vendal erzählen und von Buenos Aires und von Rosario. Daß Rosario noch als Hafenstadt galt, weil es auf dem Parana von kleinen Seedampfern erreicht würde, und daß es eine sehr ansehnliche Stadt sei, erstaunte Nanda. Sie hatte gemeint, es sei ein sehr kleiner Ort. Für Onkel Richard war es sehr wichtig, daß er viele Erzeugnisse seiner Farm von Rosario aus auf Dampfern verfrachten lassen konnte. Bis Rosario wurden diese Erzeugnisse wie Häute, Wolle und Getreide auf großen Lastautos befördert. Nach Rosario lieferte der Onkel auch an Zuckerfabriken und Bierbrauereien. Auf diese Weise hatte er von Jahr zu Jahr seinen Reichtum vermehrt.

Mit brennendem Interesse hörte Nanda zu, auch wenn Tante Sanna das idyllische Leben und Treiben auf der Farm beschrieb. Sie bewohnten ein schönes, behaglich eingerichtetes Haus, das inmitten der Besitzung lag. Etwas abseits davon lagen die Leutehäuser, das Verwaltungsgebäude, große Ställe und Scheunen. Das Vieh blieb fast das ganze Jahr im Freien, wo es in großen Krals eingezäunt war. Auch Pferdezucht wurde betrieben, und Onkel Richard versprach Nanda ein schönes, reinrassiges Reitpferd für den eigenen Gebrauch.

So lebte sich Nanda während der Seereise in Gedanken schon auf Farm Vendal ein. Onkel und Tante versprachen ihr auch, zuweilen mit ihr in Rosario Vergnügungen aller Art zu besuchen und auch jedes Jahr zweimal mit ihr eine Zeit in Buenos Aires zu verbringen.

Nanda strahlte.

»Ich werde sicherlich von euch sehr verwöhnt werden, das weiß ich nun schon, und ich kann euch doch nicht anders für alles danken, als daß ich euch liebhabe«, sagte sie.

Onkel und Tante meinten, gerade darauf legten sie großen Wert. Nanda müsse ihnen ein eigenes Kind ersetzen.

Das wollte sie auch gern tun, und so liebevoll Onkel und Tante zu ihr waren, so voll kindlicher Zärtlichkeit umgab sie diese beiden Menschen und war glücklich, daß sie jemanden hatte, den sie recht von Herzen lieben konnte.

Eines Tages saßen Tante und Nichte auf den bequemen Deckstühlen, während Onkel Richard in der Kabine einige geschäftliche Arbeiten verrichtete. Nanda hatte wieder von allerlei erzählt, was sie erlebt hatte, seit der Vater gestorben war, und selbstverständlich war auch von Georg Halden die Rede. Tante Sanna stieß einen tiefen Seufzer aus.

»Er ist wirklich ein überaus schlechter Mensch, und ich glaube, der einzige, den ich jemals mit Inbrunst gehaßt habe.«

»So erging es mir auch, Tante Sanna, ich empfand seine Schlechtigkeit so stark, daß ich meinte, auch ich müsse schlecht werden in seiner Gegenwart. Willst du mir nicht endlich erzählen, was er meiner Mutter und dir angetan hat?«

Frau Sanna Vendal sah sinnend vor sich hin.

»Zwar bist du noch viel zu jung, als daß man dich mit solchen Dingen belasten sollte, aber – vielleicht hast du durch deine schlimmen Erfahrungen bereits so viel Reife bekommen, daß du alles verstehen kannst.«

»Du mußt bedenken. Tantchen, daß ich sehr bald sechzehn Jahre alt bin und daß die letzten Monate hinsichtlich meiner Erfahrungen fast wie Jahre zählen!«

»Nun gut! Ich will also von allem erzählen. Also, Georg Halden war immer ein brutaler, gewissenloser Mensch. Er hat seine Frau nur geheiratet, weil sie ihm Reichenau und ein anständiges Vermögen zubrachte. Dafür hat er sie sehr rücksichtslos und brutal behandelt. Er gab sich mit den Jahren immer weniger Mühe, ihr zu verbergen, daß er sie nicht liebte. Sie war eine ziemlich zarte und fein besaitete Frau. Was sie an diesem Manne geliebt hat, war uns immer ein Rätsel. Aber wir konnten ja auch nicht verstehen, daß dein Vater ihm soviel ehrliche Freundschaft entgegenbrachte, da wir doch sehr wohl wußten, daß er ihm ein sehr falscher Freund war.

Als ich mit deiner Mutter nach Heidersberg kam, schlossen wir uns Frau Maria Halden herzlich an, wir stimmten sehr gut zueinander und konnten der armen Frau viel sein in ihrer seelischen Verlassenheit.

Wir kamen oft zusammen, in Reichenau oder auch in Heidersberg. Damals war Maria Haldens Liebe zu ihrem Manne schon stark erkaltet, es band sie eigentlich nur noch der Sohn an ihn. Jürgen Halden hing sehr an seiner Mutter, und wenn diese von dem Vater gequält wurde, konnte er mit einem sehr finsteren Blick zu diesem aufsehen. Er war zum Glück ganz anders geartet als sein Vater und war, wie Maria Halden oft mit Stolz und Freude bemerkte, ein echter Reichenau, also nach seiner Mutter geschlagen.

Mit der Zeit kam es wohl dazu, daß uns Maria Halden zuweilen einen Blick in ihr unglückliches Dasein werfen ließ, und wir suchten sie zu trösten. Eines Tages fragte sie uns, ob wir es wohl verstehen könnten, wenn sie Reichenau und ihr Vermögen testamentarisch ihrem Sohn vermachen und ihren Mann nur auf das Pflichtteil beschränken würde. Wir konnten das beide nur gutheißen, da wir sehr wohl bemerkt hatten, daß Georg Halden seinen Sohn sehr wenig liebte und ... man ja nicht wissen konnte, ob er sich nicht noch einmal verheiraten würde, falls seine Frau vor ihm starb. Daß sie jung sterben würde, ahnte, wußte Maria Halden. Sie sprach selbst zuerst den Verdacht aus, daß ihr Mann sich nach ihrem Tode eine andere Frau nehmen und dieser den Hauptteil an dem Vermögen zuwenden würde, wenn sie ihn zum Haupterben einsetzte. Kurzum, deine Mutter und ich wußten darum, daß Maria Halden ein Testament zugunsten ihres Sohnes gemacht und daß sie es bei Gericht deponiert hatte. Georg Halden ahnte das nicht, er glaubte fest daran, daß seine Frau immer noch voller Liebe an ihm hinge, obwohl er nichts dazu tat, sich diese Liebe zu erhalten.

Deine Mutter und ich, wir haben niemals zu einem Menschen davon gesprochen, daß wir um dieses Testament wußten, nicht einmal zu deinem Vater. Es war ja nicht unser Geheimnis, und wir konnten nicht wissen, ob dein Vater nicht zu Georg Halden von diesem Testament sprechen würde.

Nun hatten wir schon von Anfang an bemerkt, daß

Georg sich immer in die Nähe deiner Mutter drängte. Ich sah oft in seinen Augen ein häßliches, unreines Begehren aufblitzen, wenn er deine Mutter ansah. Sie war ja auch gerade in jener Zeit unbeschreiblich schön in ihrer Zartheit. Ich bin immer etwas robuster gewesen als sie. Auch sie begann nach deiner Geburt zu kränkeln, was aber ihrer wunderbaren Schönheit keinen Abbruch tat. Eigentlich krank war sie nicht, nur sehr zart und hinfällig, aber dein Vater und ich sorgten uns sehr um sie und suchten ihr alles Schwere abzunehmen und sie, dem Rate des Arztes gemäß, vor allen Aufregungen zu behüten.

Und nun merkte ich, daß Georg Halden deine Mutter mit immer deutlicher werdenden leidenschaftlichen Wünschen verfolgte. Erschrocken bat sie mich, sie nicht mit ihm allein zu lassen, er werde sehr zudringlich, trotzdem sie ihn schon energisch zurückgewiesen habe. Dein Vater dürfe aber davon nichts merken, sonst käme es schließlich zu einem Duell. Und auch unsere Freundin Maria Halden sollte nichts davon erfahren.

Wir suchten Georg Halden also auszuweichen, soviel wir konnten, und wenn er in Loris Nähe auftauchte, war ich immer, wenn es möglich war, an ihrer Seite, was ihn anscheinend sehr ärgerte.

In dieser Zeit wurde Maria ernstlich krank, und während sie allein zu Hause lag, kam Georg Halden nach Heidersberg, obwohl er wußte, daß dein Vater in Geschäften gerade nach Berlin gereist war.

Ich selbst war zu einem längeren Spaziergang unterwegs, weil ich mich zuweilen gründlich auslaufen mußte. In deiner Mutter Gesellschaft konnte ich das längst nicht mehr, sie wurde zu schnell müde. Ich konnte ja nicht ahnen, daß sich Georg Halden während der Krankheit Loris und der Abwesenheit seines Freundes in Heidersberg einfinden würde. Ich erschrak, als ich seinen Wagen vor dem Haus erblickte, lief in das Zimmer und fand deine Mutter in einer unerhörten Aufregung. Sie eilte auf mich zu, warf sich wie hilfesuchend in meine Arme und bat mich, sie nie mehr mit diesem Menschen allein zu lassen, er habe sie beleidigt, und wenn ihr Mann das erführe, würde es sicherlich ein Duell geben. Das dürfe aber nicht sein.

Georg Halden schlich davon, wie es nur ein Mensch mit einem bösen Gewissen tut, und ich sah, daß sein Gesicht auf der einen Seite stark gerötet war, sah aber auch, wie er deine Mutter, noch ehe er ging, mit einem haßerfüllten Blick ansah.

Als ich mit ihr allein war, berichtete sie mir zitternd, Georg Halden habe plötzlich vor ihr im Zimmer gestanden und ihr eine so unverschämt-deutliche Liebeserklärung gemacht, daß sie außer sich gewesen sei und ihn aufgefordert habe, Heidersberg sofort zu verlassen und nie mehr wiederzukommen, wenn ihr Mann nicht zugegen wäre. Er drang immer weiter in sie, so daß sie aus dem Wohnzimmer in das Speisezimmer lief, um vor ihm zu flüchten. Er aber stürzte ihr nach, blind vor Leidenschaft, und riß deine Mutter in seine Arme, um sie zu küssen. Sie konnte sich nicht anders helfen, als daß sie ihm mit aller Kraft ihre Faust ins Gesicht schlug. Er ließ sie einen Moment los, und sie eilte davon. Sie hatte ihm ins Gesicht geschrien, er sei ein schlechter Mensch, nachdem sie ihm schon vorher ihre Verachtung ausgedrückt und ihm gesagt hatte, nur die Rücksicht auf seine Frau und die Angst, daß es zwischen ihm und ihrem Mann zu einem Duell kommen möchte, wobei leider auch der Unschuldige fallen könnte, halte sie davon ab, seine Schande zu offenbaren und ihn an den Pranger zu stellen.

Von jener Stunde an war seine Leidenschaft, die eine

sehr unedle war, in Haß gegen deine Mutter umgeschlagen.

Wenige Tage darauf starb Maria Halden, und leider wurde auch deine Mutter ernstlich krank. Es grassierte damals eine böse Grippe, und deine Mutter wurde davon befallen. Sie war zu zart, um diese Krankheit zu überstehen, und nur einige Wochen nach Marias Tod starb auch deine Mutter. Noch auf dem Krankenlager hat sie mich bestürmt, deinem Vater nichts von Georg Haldens Überfall zu sagen, weil sie Angst hatte, dieser könnte deinen Vater im Duell niederschießen. So schwieg ich und konnte deinem Vater leider nicht die Augen öffnen über seinen falschen, ehrlosen Freund.

Im Sommer vorher hatten wir wegen deiner Mutter ein Bad aufgesucht, dort lernte ich, wie ich dir schon erzählte, meinen Mann kennen. Aber ich konnte mich, so lieb ich ihn hatte, in jener Zeit nicht entschließen, deine Mutter zu verlassen, um ihn nach Argentinien zu begleiten. Und auch nach deiner Mutter Tod blieb ich noch einige Monate in Heidersberg, weil dein Vater ganz gebrochen war und ich erst für dich eine geeignete Kinderpflegerin suchen und anlernen wollte. Aber was sagst du dazu, daß jetzt plötzlich Georg Halden mir nachzustellen begann, auch mich mit seinen Anträgen zu beleidigen versuchte und endlich um meine Hand anhielt? Du kannst dir denken, daß ich ihn abwies und ihm meine ganze Verachtung ins Gesicht schrie. Ich machte kein Hehl daraus, daß er mir so widerwärtig sei, wie einem ein Mensch nur sein kann. Kurzum, seit jenem Tage beehrte er auch mich mit seinem Haß, trotzdem er noch versuchte, mich durch deinen Vater beeinflussen zu lassen, ihm meine Hand zu reichen. Das versuchte er noch, nachdem er erfahren hatte, daß ich bereits verlobt war. Noch einmal trat er mir in den Weg, nachdem er von meiner Verlobung erfahren hatte, und ich schaudere noch jetzt davor zurück, wie er mich ansah. Er wollte auch mich in seine Arme reißen und hätte es sicherlich getan, wenn ich nicht in sinnloser Flucht davongelaufen wäre. Nun beschloß ich schnell abzureisen, bat deinen Vater, dem ich von Georg Haldens Verhalten auch mir gegenüber nichts verraten hatte, ihm meine Abreise zu verheimlichen, weil ich nicht noch einmal mit ihm zusammentreffen wollte. Du kannst dir denken, wie schwer mir der Abschied von dir wurde; aber ich war wie erlöst, daß ich jenem ehrlosen Menschen nicht mehr zu begegnen brauchte. Wie gesagt, er beehrte nun auch mich mit seinem Haß und man kann es sich wirklich nur zur Ehre anrechnen, wenn man von ihm gehaßt wird. Auch auf dich wird er dann seinen Haß geworfen haben, weil du deiner Mutter sehr ähnlich bist und ihn wohl immer wieder an seine Niederlage erinnert hast. Und deinen Vater hat er ebenfalls in glühender Eifersucht gehaßt, weil dieser besitzen durfte, was er vergebens ersehnte. Gottlob, meine kleine Nanda, daß du der Gewalt dieses Menschen entronnen bist; wer kann wissen, was er dir noch alles angetan haben würde. Daß er alles daran gesetzt hat, dich und deinen Besitz in seine Gewalt zu bekommen, ist ein Beweis dafür, daß er noch nichts vergessen hat.«

Aufatmend schwieg Frau Sanna still und sah Nanda mit brennenden Augen an. Diese ergriff deren Hände und barg ihr Gesicht darinnen.

»Wie froh ich bin, Tante Sanna, daß ich ihm ins Gesicht gesagt habe, daß ich ihn hasse und daß er ein schlechter Mensch sei. Wie leid tut mir Jürgen Halden, daß er einen solchen Vater hat.«

Frau Sanna streichelte ihr Haar.

»Deswegen ist er gewiß zu bedauern, Nanda, aber er ist ja ein Mann, und zum Glück hat seine Mutter ihn testamentarisch sichergestellt, so daß er nicht vom Vater abhängig ist.«

»Georg Halden tut aber immer so, als sei er der Herr von Reichenau, und sicherlich wird Jürgen noch schwere Kämpfe mit ihm haben.«

»Das kann ich mir denken. Ich weiß noch, was für ein Gesicht Halden gemacht hat, als nach der Beerdigung seiner Gattin deren Testament verlesen wurde. Blaurot wurde er vor Wut und Empörung, und eine Dame neben mir sagte ganz erschrocken: ›Er sieht aus, als bekäme er einen Schlaganfall.‹ – Wie er sich damit abgefunden hat, weiß ich nicht, aber sicherlich hält er seinen Sohn für einen schwachen, leicht zu beeinflussenden Menschen, dessen Erbe er nach Gutdünken für sich verwenden kann.«

Nanda richtete sich auf.

»Vielleicht irrt er sich darin sehr, denn Jürgen wird eines Tages sein Recht fordern und schiebt das nur um des lieben Friedens willen solange wie möglich hinaus. Er liebt seinen Vater nicht sehr, das weiß ich, und er wußte, daß es spätestens an dem Tage zwischen ihnen beiden zur Katastrophe kommen müsse, da er erklären würde, er gäbe mich frei.«

Tante Sanna sah Nanda heimlich forschend an, als sie sagte:

»Nun, du hast dich mit unserer Hilfe nun selbst frei gemacht, und Jürgen wird nicht nötig haben, für dich und deine Freiheit einzutreten.«

Tante Sanna sah, daß Nanda bei diesen ihren Worten erst dunkelrot und dann seltsam blaß wurde. Daraus und aus dem warmen Herzenston, den Nanda hatte, wenn sie von Jürgen sprach, zog die kluge Frau allerlei Schlüsse. Aber sie sagte nichts darüber.

Jetzt erschien auch Richard Vendal auf Deck, und man

nahm nun gemeinsam den Tee, während die Schiffskapelle zu musizieren begann.

Georg Halden war in keiner beneidenswerten Stimmung gewesen in den Tagen nach Nandas Verschwinden. Ganz abgesehen davon, daß er wütend war, überlistet worden zu sein, wollte er auch die Behörden nicht gern in diese Angelegenheit verwickelt sehen. Wenn er Nandas Verschwinden meldete, würde man wahrscheinlich den Dingen auf den Grund gehen, und es konnte dabei allerhand Unliebsames zutage gefördert werden. So beschloß er, vorläufig anzugeben, er habe Nachricht von seinem Mündel, und es sei alles in Ordnung.

Als aber endlich die Depesche von Richard Vendal einlief, die seinen Verdacht bestätigte, bekam er zunächst einen neuen Wutanfall. Der spielte sich aber in seinen vier Wänden ab, und niemand erfuhr davon. Nun wartete er ungeduldig auf den angekündigten Brief.

Seinem Sohn hatte er noch nichts mitgeteilt von Nandas Verschwinden, denn er ahnte, daß dieser nicht unbedingt auf seiner Seite stehen würde. So war Jürgen ganz ahnungslos, daß seine »Verlobte« aus Heidersberg geflohen war.

Endlich traf der Brief Richard Vendals ein, und Georg Halden schloß sich mit diesem Schreiben in sein Arbeitszimmer ein. Er öffnete es hastig und las:

»Herrn Georg Halden auf Reichenau!
Schon durch mein Telegramm haben Sie erfahren, daß unsere Nichte, Fernanda Roland, sich unter unsern Schutz begeben hat, um sich vor weiteren Mißhandlungen und vor Freiheitsberaubung zu schützen. Ich will Ihnen meine Ansicht über diese Angelegenheit verschweigen, teile Ihnen aber mit, daß

unsere Nichte uns nach Argentinien begleitet und in unserem Hause bleiben wird bis zu ihrer Mündigkeit.

Falls Sie gesonnen wären, Ihre von meinem Schwager, Herrn Heinz Roland, erschlichene Macht als Fernandas Vormund weiter zu mißbrauchen und Schritte zu unternehmen, unsere Nichte erneut in Ihre Gewalt zu bekommen, teile ich Ihnen mit, daß dann das ganze Material über Ihr Verhalten den dortigen Behörden ausgeliefert werden wird, woraus diese ersehen könnten, daß der Vater unserer Nichte von Ihnen betrogen wurde und daß er nie darein gewilligt hätte, Ihnen die Vormundschaft über sein Kind zu übertragen, hätte er gewußt, daß Sie in unerhörter und unehrenhafter Weise seiner Frau nachgestellt, sie durch Worte und Zumutungen beleidigt haben und auch seiner Schwägerin, meiner Frau, unverschämte Anträge gemacht haben.

Auch einer Verlobung seiner Tochter mit Ihrem Sohne, die Sie ihm suggeriert haben, würde Heinz Roland niemals zugestimmt haben, hätte er alles gewußt. Aus eigennützigen Gründen haben Sie den kränklichen Mann, der Sie für seinen Freund hielt, beeinflußt, daß er Sie zum Vormund seiner Tochter machte und in eine Verlobung des Kindes mit Ihrem Sohn willigte.

Diese Verlobung ist ohnedies ungültig, da Fernanda noch ein Kind war und nur aus Angst, ihren kranken Vater aufzuregen, darein gewilligt hat. Sie haben das alles nur eingefädelt, um nicht nur Fernandas Person, sondern auch deren gesamten Besitz in Ihre Hand zu bekommen, und dabei hat Sie entscheidend der Gedanke getrieben, an dem unschuldigen Kind Ihren Haß auszulassen, weil dessen Mutter und Tante Sie in die gebührenden Schranken zurückgewiesen haben.

Außerdem haben Sie unsere Nichte körperlich und seelisch mißhandelt, haben sie einsperren lassen und sie in die Hände einer verständnis- und mitleidlosen Person, die Ihr Werkzeug war, gegeben. Auch dies wird den Behörden unterbreitet werden, falls Sie Versuche machen sollten, Fernanda Roland von neuem in Ihre Gewalt zu bekommen. Zeugen sind für alles vorhanden.

Wir gedenken, unserer Nichte ein Asyl in unserm Hause zu bieten, bis sie mündig ist. Ich ersuche Sie, mir Antwort zu geben nach Farm Vendal, bei Rosario in Argentinien, ob Sie einverstanden sind, die Vormundschaft über Fernanda Roland und ihr Vermögen niederzulegen. Für ihr Vermögen wird ein anderer Treuhänder bestimmt, und Heidersberg wird durch den bisherigen, zuverlässigen Verwalter weiter verwaltet werden. Gleich nach Empfang Ihrer Antwort werde ich alles Nötige veranlassen. Ich ersuche Sie aber um Beschleunigung dieser Angelegenheit, da ich sie nicht auf die lange Bank zu schieben beabsichtige. Richard Vendal.«

Georg Halden tobte wie ein Wahnsinniger, als er das gelesen hatte, und die Dienerschaft hörte dieses Toben durch die geschlossene Tür. Noch nie war Georg Halden einem Schlaganfall so nahe gewesen wie in dieser Stunde, und wenn er seine Wut nicht an toten Gegenständen hätte auslassen können, wäre es auch bei seiner körperlichen Veranlagung sicherlich zu einer Katastrophe gekommen. Immer wieder las er diesen von tiefster Verachtung zeugenden Brief durch, um eine Stelle zu finden, wegen der er dem Schreiber hätte beikommen können. Aber er fand nichts, sondern mußte zähneknirschend einsehen, daß er keinen dieser Vorwürfe entkräften konnte und darauf verzichten mußte, Nanda wieder in seine Hände zu bekommen.

Zu dieser Einsicht kam er freilich erst nach einigen Tagen. Und jetzt erkannte er wutentbrannt, wie es war, wenn man sich in eines Menschen Gewalt befand. Er konnte es einfach nicht darauf ankommen lassen, daß Vendal gerichtlich gegen ihn vorging. Dann war seine Position in jeder Beziehung erschüttert.

Nach dieser Erkenntnis suchte er nur nach einer Begründung für seinen Verzicht auf die Vormundschaft, die so wenig demütigend wie möglich für ihn war. Und nachdem er alle Möglichkeiten durchdacht hatte, ohne einen Ausweg zu finden, setzte er sich fluchend und schimpfend an seinen Schreibtisch und schrieb:

»Herrn Richard Vendal, Farm Vendal!«

Eine weitere Anrede umging er ebenfalls.

»Daß Sie mein Mündel auf ungesetzliche Weise entführt haben und ich Ihnen deshalb den Prozeß hätte machen lassen können, werden Sie sich wohl selbst sagen. Aber ich verzichte nur zu gern darauf, Fernanda Roland, dieses undankbare Geschöpf, weiterhin als mein Mündel zu betrachten. Ich lege die Vormundschaft nieder und werde der Behörde melden, daß Fernanda Roland sich in das Haus ihres Onkels begeben hat. Ihre Drohungen, die an eine Erpressung grenzen, würden mich nicht schrecken; ich finde sie einfach lächerlich. Aber ich bin, wie gesagt, sehr froh, jede Verantwortung für das widersetzliche und unbotmäßige Geschöpf loszuwerden und von der großen Mühe entbunden zu sein, ihr Erbe zu verwalten, das ich seinerzeit durch ein großes Darlehen an Heinz Roland vor der Vernichtung rettete. Undank ist der Welt Lohn.

Was die Lösung des Verhältnisses meines Sohnes zu Nanda anbetrifft, so überlasse ich ersterem die Initiative. Ich nehme an, daß er es dankbar begrüßen wird, Gelegenheit zu bekommen, seine Freiheit wiederzuerlangen. Denn er ging diese Verlobung einzig und allein auf den besonderen Wunsch des Herrn Heinz Roland ein, um diesen über das fernere Schicksal seiner Tochter zu beruhigen. Sie selbst werden wohl auch noch merken, daß es keine reine Freude ist, Fernanda Roland unter

Ihrer Obhut zu haben. Ich bin mit dieser Sache fertig und will nie mehr etwas damit zu tun haben. Georg Halden.«

Dieser Brief gewährte ihm nun doch einige Genugtuung, er hatte wenigstens nicht klein beigeben müssen, sondern mit einer großen Geste die Vormundschaft wie etwas Lästiges niedergelegt.

Als der Brief zur Post gegeben war, telegraphierte er an seinen Sohn, er möge sobald wie möglich nach Reichenau kommen. Denn er mußte Jürgen diese Angelegenheit unbedingt so hinzustellen suchen, daß seine väterliche Autorität gewahrt blieb. Auf keinen Fall durfte Jürgen den Brief lesen, den Richard Vendal ihm geschrieben hatte.

Als er auch das Telegramm an seinen Sohn erledigt hatte, fuhr er nach Heidersberg hinüber, wo die Dienerschaft dabei war, aufzubrechen. Auch Fräulein Sanders hatte ihre Habseligkeiten gepackt und empfing Georg Halden mit der Miene einer beleidigten Königin. Er sah sie hohngeschwellt an.

»Ich wollte Ihnen nur gute Reise wünschen, Fräulein Sanders. Und vielleicht interessiert es Sie zum Abschied, daß ich mein Amt als Vormund des Fräulein Nanda Roland niederzulegen gedenke. Ich habe es satt, mich um solch ein unerzogenes, widerspenstiges Geschöpf zu kümmern und meine kostbare Zeit zu verschwenden, um ihr Erbe zu verwalten. Wie ich vor einigen Tagen hörte – ich ahnte es schon – ist sie von ihrer Tante einfach entführt worden, während Sie ein behagliches Mittagsschläfchen hielten und Ihre Pflichten vernachlässigten. So, weiter habe ich Ihnen nichts zu sagen. Ein gutes Zeugnis habe ich Ihnen ausgestellt, aber eigentlich gegen meine Überzeugung, denn im Grunde waren Sie völlig unbrauchbar!«

Eugenie Sanders, die Zeugnis und einen Monatslohn

schon in der Tasche hatte, gestattete sich auf seine hohngeschwellte Rede ebenfalls eine kleine Genugtuung:

»Man kann Nanda nur gratulieren, daß Sie die Vormundschaft niedergelegt haben. Ich habe mich leider von Ihnen beeinflussen lassen, sonst wäre alles anders gekommen. Und wenn Nanda auch stolz war, widerspenstig haben Sie erst das arme Kind gemacht, und es tut mir sehr leid, daß ich Sie als Ihr betörtes Werkzeug darin unterstützt habe.«

Er lachte ihr höhnisch ins Gesicht.

»Weil Sie hofften, Frau Halden zu werden, nachdem Sie schon versucht hatten, Frau Roland zu werden! Beides ist Ihnen mißglückt, meine Teure – Sie sollten sich mehr an Ihresgleichen halten, wenn es Sie nach Ehefreuden gelüstet. Guten Morgen!«

Sie war blaß geworden. Was sie an Nanda gesündigt hatte, war ihr heimgezahlt worden. Kein Wort brachte sie hervor, mit starren Augen sah sie ihm nach. Und in müder, blasser Resignation verließ sie einige Stunden später Heidersberg, wo es ihr einige Jahre ihres Lebens so gutgegangen war, daß es sie gelüstet hatte, einen Dauerzustand daraus zu machen. Mit der Erkenntnis ihrer Torheit kam die Reue, die ihr aber nun nicht mehr helfen konnte.

Am nächsten Morgen lag das Herrenhaus von Heidersberg still und verlassen da. Alle Türen und Fensterläden waren geschlossen, bis auf eine kleine Nebenpforte, durch die der nunmehrige Kastellan Hermann Köhler ein und aus gehen konnte.

Da Hermann erfahren hatte, daß von seiner entflohenen jungen Herrin Kunde an den Vormund gelangt war, ging er auf das Postamt im Dorf und fragte, ob ein Brief für ihn angekommen sei. Es wurde ihm auch einer ausgehändigt, der mit einer englischen Marke versehen war.

So schnell er konnte, eilte er heim, und, in seinem behaglichen Zimmer angelangt, öffnete er Nandas Schreiben und las:

»Lieber, guter Hermann! Alles ist gutgegangen, ich lebe jetzt wie im Himmel unter dem Schutze meiner Tante Sanna und meines Onkels Richard Vendal. Meine Adresse findest Du am Briefkopf; dorthin kannst Du mir schreiben, wenn Du Zeit und Lust hast, mir ein wenig über meine liebe Heimat zu berichten. Das Herz tut mir noch manchmal weh, wenn ich an mein geliebtes Heidersberg denke. Nur der Gedanke, daß Du alles dort in meinem Vaterhause erhalten wirst, wie es war, so daß ich es einst in guter Ordnung wiederfinden werde, tröstet mich ein wenig.

Onkel Richard hat Dir Geld angewiesen, damit will ich erst einmal meine Schulden an Dich bezahlen. Und wenn alles kommt, wie ich hoffe, dann werde ich dafür sorgen, daß Christine, die bis dahin eine Rente erhält, auch wieder nach Heidersberg kommt. Denn für Dich allein ist es doch zu schwer, das große Haus in Ordnung zu halten. Auch soll Christine dann für Euch kochen, damit Du Deine ordentlichen Mahlzeiten hast.

Wir fahren nun von England aus nach Argentinien auf die große Farm Vendal, wo ich eine neue Heimat finden soll. Onkel und Tante sind einzig lieb und gut zu mir, es sind zwei wundervolle Menschen, und in ihrer Obhut werde ich wieder ein guter, tüchtiger Mensch. Beinahe wäre ich doch schon schlecht geworden vor lauter Haß gegen den Vormund und aus Ärger über Eugenie Sanders' Quälereien. Ist sie noch in Heidersberg? Bitte, schreibe mir immer von allem, was dort vorgeht, und grüße den Herrn Verwalter, und sage ihm, ich vertraue ihm mein geliebtes Heidersberg an, er soll es gut verwalten, weil ich doch eine Waise bin. Er wird es schon tun, denn wir hielten immer große Stücke auf ihn.

Sonst wüßte ich heute weiter nichts. Ich werde Dir zuweilen schreiben, das wird meine einzige Verbindung mit Heidersberg sein. Also lebe wohl, guter, alter Hermann, und vielen, vielen Dank noch einmal für alles, was Du an mir getan hast. Die Gräber meiner Eltern versorgst Du doch gut, darum brauche ich nicht erst zu bitten. Auf Wiedersehen nach vielen Jahren. Deine Dir dankbare Nanda.«

Dem alten Hermann lachte das Herz im Leibe, als er diesen Brief las, und er ging dann gleich noch einmal durch das ganze Haus, um nachzusehen, ob auch alles in Ordnung sei.

12

Jürgen Halden war eben von einem Kolleg nach Hause gekommen, als er auf dem Tisch seines Wohnzimmers einen Brief mit einer englischen Marke liegen sah. Erstaunt nahm er ihn in die Hand, drehte ihn um und stutzte. Er las Nandas Namen als Absenderin.

Das konnte doch nicht möglich sein – Nanda in England? Was sollte das heißen?

Schnell öffnete er den Brief, sich in einen Sessel fallenlassend.

»Lieber Jürgen! Sie machen gewiß jetzt ein sehr erstauntes Gesicht, wenn Sie nicht schon alles von Ihrem Vater erfahren haben. Also, kurz und bündig, ich bin auf meinen Wunsch und dringende Bitte von meiner Tante Sanna aus Heidersberg entführt worden. Ja, ganz romantisch bin ich entflohen, aus dem verschlossenen Zimmer, über eine Leiter durchs Fenster. Irgendein mitleidiges Wesen, das ich nicht verraten will, hat

mir auf diesem Wege zuweilen ins Freie geholfen, wenn ich meine demütigende Gefangenschaft nicht mehr aushalten konnte und ich mich an Väterchens Grab allein ausweinen wollte, ohne daß ›Euscheniiiies‹ kalte Augen mich dabei ansahen. Und so bin ich auch durch das Fenster entflohen, um mich in Tante Sannas und Onkel Richards liebevolle Arme zu retten. Sie hielten nämlich mit einem Auto an der kleinen Hinterpforte an der Parkmauer. Es mußte alles sehr schnell und heimlich zugehen. Meine Erzieherin schloß mich immer ein, wenn sie nicht selbst Wache bei mir halten konnte, aber zum Glück hielt sie jeden Tag ein Mittagsschläfchen. Ach, lieber Jürgen, wenn Sie wüßten, wie man mich drangsaliert hat, weil ich nicht heuchlerisch Abbitte leisten wollte wegen meiner wahrhaften Äußerung, daß ich wüßte, daß Ihr Vater mich hasse, und daß ich ihn wieder haßte und ihn für einen schlechten Menschen hielte. Ja, nun steht doch alles auf dem Papier, aber Sie würden es doch erfahren und sollen es wenigstens richtig erfahren.«

Dann schilderte Nanda wahrheitsgemäß alles, was ihr geschehen war, nur sprach sie Hermanns wegen nicht von dem geheimen Aufzug, sondern berichtete nur, daß ein geheimer Verbündeter ihr aus Mitleid die fehlende Nahrung beschafft hätte. Alles berichtete sie ohne jede Beschönigung. Dann fuhr sie fort:

»Bitte, glauben Sie mir, daß ich streng bei der Wahrheit blieb, wenn man Ihnen dies alles entstellt zutragen sollte. Ich weiß ja, wie Sie zu Ihrem Vater stehen und daß es Ihnen nicht sehr weh tun wird, was ich Ihnen über diesen mitteilen muß. Ich will doch nicht, daß Sie schlecht von mir denken sollen, denn Sie waren gut zu mir und großmütig, trotzdem ich Sie gräßlich angeschielt habe und mir mit der Backpflaume ein schiefes Gesicht machte. Meine Frisur muß ja auch fürchterlich

ausgesehen haben; und erst mein Kleid ..., nun, Fräulein Sanders hat es in die Lumpen geworfen, wohin es auch gehörte. Ich brauche es auch nicht mehr, denn auf Bäume klettere ich nicht mehr, ich tat es ja auch nur, um mich zuweilen vor ›Euscheniiiie‹ zu verstecken, die ich nicht immer ertragen konnte.

Ich gehe nun mit Onkel und Tante nach Argentinien, wo diese eine große Farm haben, und dort will ich ein guter, vernünftiger Mensch werden, denn jetzt spüre ich nie mehr Haß, sondern nur zärtliche Liebe und habe nur liebe, herrliche Menschen um mich, wobei man ganz von selbst gut wird. Ich war schon ganz böse geworden, weil ich mich immer verteidigen mußte und weil ich überall nur Haß spürte. Ich weiß nun auch schon, warum mich Ihr Vater so gehaßt hat, aber das will ich Ihnen lieber nicht schreiben, genau wird es mir meine Tante auch erst später erzählen. Aber die Hauptsache weiß ich schon und will sie lieber für mich behalten, weil es Ihnen bestimmt weh tun würde.

Mein Onkel Richard sagt, meine Verlobung mit Ihnen sei ungültig, weil ich ein Kind gewesen sei und mich in einer Zwangslage befunden habe. Aber das ist ja schon längst zwischen Ihnen und mir erledigt; ich weiß, wie es auch kommt. Sie werden mich nie zu etwas zwingen, und das ist sehr lieb von Ihnen. Ich werde bis zu meiner Mündigkeit bei Onkel und Tante bleiben und dann erst mein Erbe antreten. Dann werde ich Sie wiedersehen, und ich weiß. Sie werden mich dann auch Ihrem Vater gegenüber in Schutz nehmen. Er hat ja dann auch keine Gewalt mehr über mich, und Onkel Richard sagt, er wird ihn zwingen, schon jetzt die Vormundschaft niederzulegen. Mag das nun kommen, wie es will, jetzt bin ich in Sicherheit und später unter Ihrem Schütze auch; ich vertraue Ihnen unbedingt.

Das alles wollte ich Ihnen sagen, damit Sie mich begreifen und nicht schlecht von mir denken. Der liebe Gott mag Sie behüten! Ich grüße Sie herzlich und bitte Sie um ein gutes Gedenken. *Ihre Nanda Roland.«*

Lange sah Jürgen auf diesen Brief herab, der ihm deutlich das halb kindlich Unerfahrene, halb Herangereifte der kleinen Nanda widerspiegelte. Er spürte ihre Willenskraft, dank der sie sich energisch zur Wehr gesetzt hatte gegen den Despotismus seines Vaters. Er sah sie wieder vor sich, wie sie, bar jeder Eitelkeit, aus sich ein kleines Monstrum gemacht hatte, um der gefürchteten Verlobung mit ihm zu entgehen, und dann sah er sie wieder, wie er sie am Tage zuvor im Park belauscht hatte, als sie erst die französischen Vokabeln heruntergeschnurrt und dann in weichem, liebevollem Ton von ihrem Vater gesprochen hatte. Und dieses wertvolle Menschenkind hatte der Vater despotisch in eine ihm genehme Schablone pressen wollen? Das mußte ja schlecht ausgehen! Kleine Nanda! Wie vertrauensvoll sie sich auch heute an ihn wandte. Das freute ihn und machte sein Herz warm, das ebenfalls vereinsamt war. Sie sollte nicht vergebens an seine Ritterlichkeit appelliert haben; er wollte alles tun, was in seinen Kräften stand, sich ihr Vertrauen zu erhalten, das Vertrauen der Tochter der Frau, die er als Knabe verehrt und angeschwärmt hatte, die seiner Mutter eine so warmherzige Freundin gewesen war. Was ihm Nanda nur angedeutet hatte, daß sie wisse, weshalb sein Vater sie hasse, konnte er nicht ergründen. Er war damals zu jung gewesen, um seines Vaters Leidenschaft für Nandas Mutter zu bemerken, aber er wußte, Nanda verschwieg ihm etwas, das seinen Vater belasten mußte.

Es stieg heiß in ihm auf, als er sich ausmalte, was Nanda hatte erdulden müssen unter seines Vaters Tyrannei, denn er wußte aus eigener Erfahrung sehr gut, wie quälend dessen Art gerade auf sensitive Menschen wirkte. Hatte er doch oft genug selbst darunter leiden müssen. Sehr leid tat es ihm, daß Nanda ihre neue Adresse nicht beigefügt hatte, er wußte nur, daß ihre Tante sich nach Argentinien verheiratet hatte, kannte aber nicht einmal den Namen ihres Mannes, und den verriet auch Nanda nicht in ihrem Briefe. Entweder hatte sie vergessen, eine Adresse beizufügen, oder man hatte es ihr untersagt, sie ihm zu schreiben. Konnte man ihn doch nicht von seinem Vater trennen, er gehörte zu ihm wie ein Teil von ihm ...

Er seufzte tief auf. Davon kam auch er niemals los, daß er der Sohn seines Vaters war, so fremd er ihm auch im Herzen gegenüberstand. Nandas Brief verwahrte er gut, und immer wieder zog er ihn einmal hervor und las ihn durch.

Einige Tage später erhielt er dann das Telegramm seines Vaters, das ihn nach Hause rief, mitten aus seinem Studium heraus. Es mußte etwas Wichtiges sein, und er ahnte, daß es mit Nanda zusammenhing. Er beschloß jedoch, seinem Vater kein Wort über ihren Brief zu sagen.

Noch an demselben Tage reiste er ab und traf gegen vier Uhr nachmittags in Reichenau ein. Der Vater hatte das Auto zum Bahnhof geschickt.

Er empfing ihn in seinem Arbeitszimmer, und Jürgen merkte, daß er sehr schlecht aussah. Wohl war sein Gesicht wie immer stark gerötet, woran der ausgiebige Genuß schwerer Burgunderweine schuld war, aber um die Augen lagen tiefe Schatten, und seine sonst so straffen Gesichtszüge waren schlaff geworden. Dieser Mann litt darunter, daß er den in ihm fressenden Haß nicht mehr austoben lassen konnte.

Die Begrüßung zwischen Vater und Sohn war ohne jede Wärme wie immer, aber Jürgen fragte ihn, ob er sich nicht wohl fühle, er sähe nicht gut aus. Da brach der Vater wütend los:

»Ist das ein Wunder! Was ich in den letzten Wochen für Ärger gefressen habe, hätte auch einen Stärkeren als mich schlapp gemacht. Diese Vormundschaft über das widerspenstige Geschöpf hat mich Jahre meines Lebens gekostet. Ich habe sie niedergelegt, will nichts mehr damit zu tun haben, und nun mag sich, wer da will, um sie und ihr Erbe kümmern, für mich ist die Sache erledigt!«

Jürgen ließ sich nicht anmerken, daß er unterrichtet war, und fragte nur:

»Was ist geschehen?«

»Ausgerissen ist sie, die Wildkatze, trotz aller meiner Vorsichtsmaßregeln! Irgendwie muß sie sich heimlich mit ihrer Tante Sanna in Verbindung gesetzt haben. Trotzdem ich sie hinter Schloß und Riegel hielt. Aber die Sanders, diese Gans, hält eines Tages vergnügt ihr geliebtes Mittagsschläfchen und vergißt Nandas Tür abzuschließen. Da ist sie auf und davon!«

Jürgen sah ihn groß an.

»Aber weshalb hast du sie denn einschließen lassen?«

»Weil sie anders nicht zu bändigen war. Ich wollte sie für dich zu einer vernünftigen, sanftmütigen Frau erziehen, aber sie war renitent bis zum äußersten, man konnte mit ihr nichts anfangen. Zuerst hielten wir sie einige Tage ganz streng in ihrem Zimmer eingeschlossen, wobei sie nur eine Mahlzeit bekam. Sie sollte mir abbitten, daß sie sich unverschämt gegen mich betragen hatte. Aber sie war nicht dazu zu bewegen. Nach einigen Tagen trat sie in den Hungerstreik, nahm keinen Bissen mehr zu sich, und ... ich mußte klein beigeben. Sie bekam wieder ihre volle Nahrung, wurde aber unter Verschluß gehalten, sooft die Sanders nicht bei ihr war. Nur in deren Begleitung durfte sie ihre Spaziergänge unternehmen. Und dann ist sie doch entwischt. Was sagst du dazu?«

Jürgen richtete sich hochauf.

»Daß das eine unerhörte Art ist, Kinder zu erziehen! Wie konntest du dieses impulsive Geschöpf seiner Freiheit berauben und sie durch Hunger strafen wollen!«

Das Blut schoß dem Vater dunkler ins Gesicht. Er schlug mit der Faust auf den Schreibtisch.

»Ich verbitte mir jede Kritik deinerseits, ich weiß selbst, was ich zu tun habe!«

Früher hätte Jürgen zu einem derartigen Ausbruch seines Vaters geschwiegen, um es nicht zu einer Katastrophe kommen zu lassen. Heute aber fühlte er das ritterliche Bedürfnis, Nanda zu verteidigen, und sagte fest und ruhig, den Vater groß und ernst ansehend:

»Du fragtest mich, was ich dazu zu sagen habe, und das habe ich dir mitgeteilt. Wenn du glaubtest, daß ich in dieser Sache auf deiner Seite stehen würde, hast du dich geirrt. Schließlich hieltest du doch Nanda für alt und verständig genug, eine Verlobung mit mir einzugehen; wie konntest du sie dann wie ein ungezogenes Kind behandeln und sie durch Hunger und Entziehung der Freiheit strafen? Das muß doch ein so stolzes, impulsives Geschöpf über alle Maßen erbittern. Ich kann somit sehr wohl begreifen, daß sie alles tat und aufbot, um sich deiner Macht zu entziehen.«

Auf diese Worte des Sohnes folgte ein so furchtbarer Wutanfall Haldens, daß Jürgen Angst bekam, sein Vater könnte einen Schlaganfall bekommen. Er ließ ihn aber ruhig austoben. Georg Halden war allerdings vor Zorn fast sinnlos. Er hatte noch nicht erlebt, daß sein Sohn eine so herbe Kritik an ihm übte; und daß er ihm Widerspruch entgegensetzte, war bisher nur sehr selten geschehen. Da der Vater schon durch die Sache mit Nanda schwer gereizt war, richtete sich sein? Wut nun auch gegen den Sohn, weil er auf Nandas Seite stand. Er wollte nicht einsehen, daß Jürgen recht hatte.

Als er endlich ausgetobt hatte und ermattet in seinen Sessel sank, sagte Jürgen, noch immer sehr ruhig:

»Du solltest dich etwas mehr beherrschen, solche Anfälle müssen dir schaden!«

»Das ist meine Sache! Ärgere mich nicht so maßlos, dann brauche ich mich nicht aufzuregen. Also kurz und gut, ich habe die Vormundschaft niedergelegt. Der Herr Onkel und die Tante mögen sich selber mit dem ungezogenen Gör herumärgern. Dich habe ich kommen lassen, um dir zu sagen, daß der Herr Onkel auch die Gültigkeit eurer Verlobung anzweifelt und sie anfechten will.«

Er glaubte, Jürgen dadurch auf seine Seite zu bringen, aber wiederum irrte er sich. Er lernte seinen Sohn heute von einer ganz neuen Seite kennen. Bisher hatte er ihn für einen schwachen, willenlosen Menschen gehalten, heute merkte er zum ersten Male, daß Jürgen sehr energisch sein konnte.

Jürgen erwiderte ganz ruhig und beherrscht:

»Ich habe diese Verlobung nie als bindend angesehen.«

Der Vater fuhr zu ihm herum, starrte ihn an und lachte nach einer Weile schallend auf.

»Aha, weil dir der fette Braten nun doch entgehen soll, spielst du dich darauf hinaus! Großartig! Aber mir wirst du nicht weismachen, daß du so ruhig über den etwaigen Verlust von Heidersberg denkst.«

Jürgen strich sich über die Stirn, es wurde ihm heiß, je mehr der Vater sich vor ihm erniedrigte.

»Wie ich darüber denke, wirst du vielleicht daran erkennen können, daß ich Nanda gesagt habe, sie möge ruhig sein wegen dieses ihr aufgezwungenen Verlöbnisses, ich gedächte es zu lösen, sobald sie es von mir wünschen würde. Darauf habe ich ihr mein Wort gegeben.«

Wieder starrte der Vater ihn an, erstaunt, ungläubig, fassungslos.

»Du ... du hättest sie freiwillig freigegeben?«

»Ja, sobald sie es von mir verlangt hätte.«

»Und warum hast du mir das nicht gleich gesagt?«

»Weil ich dich nicht unnötig aufregen wollte.«

»Ah – also aus Feigheit!«

Das klang wie von Hohn durchtränkt.

Jürgen fuhr empor, trat dicht an den Vater heran und sah auf ihn hinab.

»Wahre dich, Vater! Es gibt Dinge, die man sich selbst von einem Vater nicht sagen lassen darf. Den Vorwurf der Feigheit wirst du zurücknehmen müssen.«

»Und ... wenn ich das nicht tue?« fragte Georg Halden, den Sohn von unten herauf mit einem hinterhältigen Blick musternd.

»Wenn du das nicht tust, dann habe ich dir nichts mehr zu sagen, dann müssen sich unsere Wege trennen.«

Das sagte er so ruhig, so stolz, daß der Vater ihn anstarrte, als sähe er ihn zum ersten Male.

»Willst du damit sagen, daß du dann Reichenau für immer verlassen würdest?« fragte er lauernd.

Wieder fuhr Jürgen empor.

»Nein ..., das will ich nicht sagen, denn Reichenau ist mein Eigentum, meine Mutter hat es m i r vererbt, das scheinst du vergessen zu haben, weil ich nie davon gesprochen habe.«

Georg Halden blickte zu seinem Sohne auf wie ein gereiztes, zum Sprunge geducktes Raubtier.

»Das ... das wagst du mir zu sagen?«

»Ich hätte es wohl schon früher einmal sagen müssen, aber solange wie möglich wollte ich dich schonen. Seit meiner Mutter Tod trägst du es mir nach, daß sie mich zu ihrem Erben bestimmte und dir nur dein Pflichtteil aussetzte. Du spieltest dich trotzdem als Herr auf und ließest mir mit einer Großmutsgeste von meinem Vermögen zukommen, was sowieso mir gehörte. Ich habe es ruhig hingenommen, weil ich mich darüber nicht mit dir streiten wollte, bevor es nicht nötig war. Jetzt erscheint es mir aber nötig. Ich habe vorgehabt, dich bis zur Beendigung meines Studiums und bis ich von meiner Weltreise zurückkommen würde, hier als Herrn schalten und walten zu lassen. Käme ich dann nach Hause zurück, würde ich selbst die Zügel in die Hand nehmen, schon um dich zu entlasten und meine jungen Kräfte zu regen. Wenn du aber den Vorwurf der Feigheit, den du mir gemacht hast, nicht sofort zurücknimmst, dann werde ich dir deutlich zeigen müssen, daß ich alles andere eher als feige bin.«

Georg Halden sank ganz entgeistert in seinen Sessel zurück.

»Das mir? Von meinem Sohn?«

»Dein Sohn darf nicht den Vorwurf der Feigheit auf sich sitzen lassen, es würde dir selbst nicht gefallen. Also, nimm ihn zurück!«

Das klang fest und entschlossen, und sein Vater mußte wohl merken, daß er Jürgen bisher ganz falsch eingeschätzt hatte. Aber es traf ihn hart, einen so energischen Widersacher an dem Sohn gefunden zu haben.

Schwer atmend stieß er hervor:

»Nun wohl, ich sehe ein, daß du nicht feige bist, und nehme das zurück. Um dich dafür zu entschädigen, daß ich mich als Herrn von Reichenau betrachte, wollte ich dir ja Heidersberg zuschieben und Nandas Vermögen dazu, das nicht geringer ist als das, was deine Mutter dir hinterließ.«

»Ich ziehe es vor, mich an mein eigenes Erbe zu halten.«

»Und mich willst du hier matt setzen? Willst mir mein Lebenswerk aus den Händen nehmen?«

»Wir können auch später Seite an Seite hier arbeiten, aber der Herr werde ich sein, so hat es meine Mutter gewollt, und ihrem Willen werde ich Geltung verschaffen.«

»Sie hat mich hinterlistig betrogen, als sie mich so weit hinter ihren Sohn zurückstellte.«

»Ich dulde nicht, daß du Mutter den Vorwurf der Hinterlist machst. Wer in eurer Ehe der betrogene Teil war, weiß ich besser! Trotzdem ich noch ein Knabe war, als sie starb, habe ich ihr Martyrium voll erkannt. Es ist ihr nicht zu verdenken – da sie mich liebte, wie eine Mutter ihr Kind liebt –, daß sie mich durch ihr Testament von dir unabhängig machen wollte. Nur das war ihr Bestreben.«

»Nein, sie wollte sich dafür rächen, daß ich sie nicht lieben konnte.«

»Rachsucht lag ihr fern, und wenn du ihr Liebe heucheltest, damit sie deine Frau wurde und sie dich zum Herrn von Reichenau machen sollte, so hättest du ihr wenigstens die Illusion dieser Liebe erhalten müssen. Du hast aber sehr bald deutlich genug gezeigt, daß sie dir gar nichts galt. Ich weiß, sie hat schwer gelitten unter deiner Kälte und Rücksichtslosigkeit. Trotzdem wird es ihr nicht leicht geworden sein, ein Testament zu meinen Gunsten zu machen, aber sie wußte, daß sie das Kind einer ungeliebten Frau vor dir, dem eigenen Vater, schützen mußte. Denn so wenig du meine Mutter geliebt hast, so wenig hast du mich geliebt. Nie bist du wie ein Vater zu mir gewesen, du hast mich dir schon entfremdet, als ich noch ein Kind war. Erst habe ich darunter gelitten, dann nahm ich es als unabänderlich hin, und jetzt stehe ich dir so gegenüber, wie du mir immer gegenüber gestanden hast.«

Georg Halden wußte sich nicht anders zu helfen, als daß er höhnisch auflachte. Wohl sah er ein, daß diese Vorwürfe nicht grundlos waren, aber wer wagte ihm solche Vorwürfe zu machen? Dieser dumme Junge, der noch nicht trocken hinter den Ohren war? Konnte er ahnen, was er in dieser Ehe gelitten hatte ... mit dem Begehren nach anderen, schöneren Frauen als die seine?

»Ich fand, daß deine Mutter dich mit Zärtlichkeiten überfütterte, da wollte ich dich nicht noch mehr verweichlichen.«

»Du wirst schon noch erkennen, daß Mutter mich nicht verweichlicht hat. Ohne Liebe kann kein Kind gedeihen, und ich danke es der Mutter, daß meiner Kindheit die nötige Liebe nicht fehlte. Dies mußte einmal ausgesprochen werden. Du kannst also ruhig hier noch den Herrn spielen, bis ich nach Beendigung meines Studiums und meiner Weltreise zurückkomme. Dann werde ich dich ablösen, und du wirst ja dann auch die Arbeitslast gern auf jüngere und kräftigere Schultern legen wollen.«

»Mit dir denke ich es noch immer aufnehmen zu können«, stieß der Vater grimmig hervor.

Jürgen ging nicht weiter darauf ein. Er ließ sich wieder nieder in seinen Sessel und fragte nun, als sei dieses Thema erledigt:

»Darf ich nun wissen, zu welchem Zweck du mich nach Reichenau riefst?«

Unmutig zuckte der Vater mit den Schultern.

»Das ist hinfällig geworden. Ich wollte dich warnen, falls man an dich wegen Auflösung der Verlobung herantreten würde. Die Verlobung hat mit Einwilligung von Nandas Vater stattgefunden, ist also bindend, und ich an deiner Stelle würde mir Heidersberg nicht entgehen lassen.«

»In dieser Angelegenheit verstehen wir uns leider ebensowenig wie in vielen anderen. Nie würde ich eine Frau an mich zu ketten versuchen, die nicht freiwillig zu mir kommt. Auch wenn ich Nanda nicht schon ihre volle Freiheit versprochen hätte, würde ich sie nicht zu halten versuchen. Ich bin mit meinem Erbe zufrieden, es wird mir einen Wirkungskreis bieten, der mich ausfüllt.«

»Viel Ehrgeiz scheinst du nicht zu haben!«

»Es kommt darauf an, was man unter Ehrgeiz versteht. Den Ehrgeiz, mir eine reiche Frau zu ertrotzen, habe ich allerdings nicht. Mir liegt mehr daran, meinen Besitz durch eigene Arbeit zu verbessern.«

»Na, wir werden ja sehen, wie weit du damit kommst.«

»Hast du mir sonst noch etwas zu sagen, Vater?«

»Nein, nicht daß ich wüßte!«

»Dann ziehe ich vor, gleich heute wieder nach Berlin zurückzukehren. Ich möchte nicht gern mehr Vorlesungen versäumen, als unbedingt nötig ist.«

»Meinetwegen, ich halte dich nicht.«

Jürgen begab sich in sein Zimmer, ließ sich etwas Tee und Butterbrot bringen und bestellte das Auto. Dann konnte er gerade noch den Zug erreichen.

Kurz verabschiedete er sich von dem Vater. Sie waren einander noch fremder geworden als bisher. Aber das Ergebnis dieser etwas stürmischen Unterredung war für den Vater die Erkenntnis, daß er seinen Sohn unterschätzt hatte, und für den Sohn, daß nun endlich einmal Klarheit geschaffen war in ihrem Verhältnis zueinander.

13

Nach einer ruhigen, angenehmen Überfahrt war Nanda mit Onkel und Tante in Argentinien angekommen. In Buenos Aires waren sie an Land gegangen, weil der Onkel dort noch Geschäfte zu erledigen hatte. Währenddessen fuhr Tante Sanna mit Nanda durch die Straßen dieser schönen Stadt, und Nanda betrachtete interessiert alles, was sie zu sehen bekam. Tante Sanna gab ihr die nötigen Erklärungen.

Man hätte auch mit einem Dampfer weiterfahren können, den Rio de la Plata entlang, bis zum Paranastrom, aber die Dampferfahrt nahm viel mehr Zeit in Anspruch als die Fahrt mit dem Auto.

Der schöne, große Tourenwagen Onkel Richards hatte sie in Buenos Aires erwartet, als sie den Dampfer verließen. Nun fuhr er sie erst kreuz und quer durch Buenos Aires, wo Tante Sanna noch allerlei Einkäufe für den Haushalt machte. Als der Onkel seine Geschäfte abgewickelt hatte, fuhren sie erst bis Rosario, fast immer an den Ufern des Stromes entlang, und dann weiter nach der Farm Vendal. Es war eine wundervolle Fahrt, und Vendals freuten sich an Nandas lebhafter Anteilnahme. Sie hatten inzwischen Nanda so liebgewonnen wie ein eigenes Kind und waren beide sehr stolz auf ihr »Töchterchen«.

Ganz voll von neuen, interessanten Eindrücken, kam Nanda auf der Riesenfarm an und staunte nicht wenig über den großartigen Betrieb.

Sie bekam in dem großen, vornehm gehaltenen Wohnhaus einige reizende Zimmer, und während Onkel Richard sich arbeitshungrig in seine Geschäfte stürzte, führte Tante Sanna Nanda überall herum. Abends mußte sie dann dem Onkel erzählen, was sie alles Neues gesehen hatte, und sie tat das in so lebhafter und drolliger Weise, daß das Ehepaar sich dadurch sehr angeregt fühlte. Sie genossen sozusagen ihre Umgebung von neuem und sahen sie mit Nandas jungen Augen.

Bald war diese mit dem neuen Leben ganz vertraut. Sie half der Tante bei ihren häuslichen Arbeiten, plauderte mit ihr englisch und französisch, damit sie nicht aus der Übung kam, und begann dann auch etwas Spanisch zu lernen, weil es ihr Freude machte. Da einige Neger zur Dienerschaft des Hauses gehörten, war Nanda erst ein wenig scheu diesen schwarzen Gesichtern gegenüber, aber auch daran gewöhnte sie sich schnell und lernte diese schwarze Dienerschaft schätzen. Nach einigen Wochen kam dann der Brief von Georg Halden, an den Onkel adressiert, worauf Onkel Richard gleich alle erforderlichen Schritte einleitete, die Vormundschaft über Nanda zu erlangen.

Es ging alles ganz glatt, da Georg Halden keine Schwierigkeiten machte. Onkel Richard setzte sich brieflich mit dem Verwalter von Heidersberg in Verbindung und auch mit dem Notar von Nandas Vater, der angewiesen wurde, die Geldgeschäfte zu erledigen und Richard Vendal in bestimmten Zeitabständen genaue Rechenschaft abzulegen.

Nandas Wunsch, daß die Köchin Christine wieder nach Heidersberg übersiedeln sollte, wurde erfüllt. Das besorgte alles der alte Hermann, der Nanda regelmäßigen Bericht erstattete über alles, was in und um Heidersberg geschah. Von ihm erfuhr sie auch, daß es zwischen Jürgen Halden und seinem Vater zu einer stürmischen Auseinandersetzung gekommen war. Die Dienerschaft hatte manches erlauscht und es Hermann mitgeteilt. So wußte Nanda, daß Jürgen in jeder Hinsicht ihre Partei gegen den Vater ergriffen hatte und daß auch die Frage, wer Herr über Reichenau sei, angeschnitten worden war. Herr Georg Halden habe in maßloser Wut seinen Sohn so angebrüllt, daß man draußen jedes Wort hätte verstehen können. Aber auch Herr Jürgen sei sehr energisch geworden, obwohl er kaum die Stimme erhoben habe.

Fräulein Sanders sei fort von Heidersberg, sie sei in Ungnade entlassen worden, weil sie sich selbst bezichtigt hätte, Nandas Tür nicht ordnungsgemäß verschlossen zu haben. Aber da sie ja auch so entlassen worden wäre, hätte Hermann lieber nichts davon verraten, daß er die Türe erst aufgeschlossen habe, nachdem sein gnädiges Fräulein schon den Weg durch das Fenster genommen habe.

In einem späteren Briefe teilte Hermann Nanda mit, daß Christine hochbeglückt wieder in Heidersberg eingezogen sei und daß sie ihm alle seine Leibspeisen koche, wie das eben nur Christine tun könne, und daß sie beide das Herrenhaus wie ein Schmuckkästchen hielten. So war im Verlauf einiger Monate alles glatt geordnet worden.

Einmal schrieb Hermann auch, Herr Halden sei noch despotischer und tyrannischer geworden gegen seine Leute, und er sei sehr unbeliebt, wie er das auch verdiene. Er laufe immer herum wie ein böses Tier, das gern jemanden verschlingen wolle, und alle, die in Reichenau angestellt seien, hofften sehnlichst darauf, daß der junge Herr ans Ruder käme, damit auch für die Leute wieder friedliche Zeiten kämen.

»Wenn Herr Georg Halden mir begegnet, was zuweilen vorkommt, sieht er mich immer sehr zornig an. Vielleicht ahnt er jetzt, daß ich dem gnädigen Fräulein fortgeholfen habe, aber nun kann er mir ja nichts mehr anhaben. Aber er sieht immer aus, als suche er nach einem neuen Opfer, das er unter seine Fäuste bekommen könnte.«

So hieß es in einem Brief Hermanns.

Immer wieder wurde Nanda durch diese Briefe an die alte Heimat erinnert. Hermann berichtete auch, daß die Gräber von Nandas Eltern immer mit Blumen geschmückt seien oder im Winter mit Tannen- und Waldkränzen.

Manchmal überkam Nanda doch etwas Heimweh, zumal in der ersten Zeit. Dann schrieb sie schnell einen Brief an den alten Hermann und bat ihn, wenn er den jungen Herrn Jürgen einmal sehen würde, möge er ihn von ihr grüßen.

Aber diesen Gruß hat Hermann erst viel später ausrichten können, denn Jürgen kam gar nicht mehr nach Reichenau und traf auch seltener als sonst in Berlin mit seinem Vater zusammen. Georg Halden vergnügte sich lieber allein, wenn er in Berlin weilte, und Jürgen stand dieser Art von Vergnügungen jetzt noch verständnisloser gegenüber als vordem. Vater und Sohn trafen also nur noch selten zusammen, und dann verkehrten sie miteinander wie zwei fremde Menschen. Jürgen war immer sehr höflich und rücksichtsvoll gegen den Vater, und dieser befleißigte sich einer eisigen Zurückhaltung. Er vergab es Jürgen nicht, daß er der Herr von Reichenau war und sich auch als solcher fühlte.

Jahre vergingen. Nanda blieb durch Hermann immer in Kontakt mit der Heimat. Aber sie fühlte sich nunmehr auf Farm Vendal ganz zu Hause. Sie veränderte sich unter der liebevollen Erziehung Tante Sannas sehr, erblühte zu einem reizenden Geschöpf, wurde immer mehr das Ebenbild ihrer schönen Mutter, nur daß sie einen kraftvolleren, sportgestählteren Körper als diese besaß. Denn sie trieb mit Onkel und Tante und vielen jungen Menschen, mit denen sie Verkehr pflegte, eifrig Sport. Auf dem Parana wurde gerudert und gesegelt, in seinen Fluten schwamm sie wie ein Fisch im Wasser, sie spielte Tennis und Golf, turnte und trieb Gymnastik. Sie ritt mit Onkel und Tante die weiten Strecken der Farm ab, half der Tante fleißig im Haushalt und wurde Onkel und Tante immer mehr zum Lebensinhalt.

Als Nanda neunzehn Jahre alt war, erhielt sie von einem jungen Herrn der Gesellschaft von Rosario einen Heiratsantrag, den sie abweisen mußte, weil er ihr nicht gefiel. Doch stellten sich immer mehr Bewerber und Verehrer ein, aber keiner fand Gnade vor ihren Augen. Sie verglich sie still im Herzen mit Jürgen Halden, der ihr die alte Heimat verkörperte.

Gerade an ihrem neunzehnten Geburtstag hatte sie den ersten Heiratsantrag erhalten, und sie mußte dabei daran denken, wie sie Jürgen durch eine Maskerade hatte abschrecken wollen. Da mußte sie lachen ... und seitdem sagte man ihr nach, daß sie herzlos sei.

Tante Sanna sagte zu Nanda, als sie von diesem Heiratsantrag erfuhr:

»Also du hast anscheinend noch nicht die Absicht, dich zu verheiraten, Nanda?«

Wieder lachte Nanda.

»Nein, Tante Sanna, absolut nicht. Wollt ihr mich vielleicht loswerden?«

»Du weißt, daß wir dich am liebsten nie wieder hergeben würden. Aber eines Tages wirst du doch einem Manne angehören wollen.«

Nanda umarmte die Tante, sah ihr mit ihren wundervollen, schwarzbewimperten Grauaugen in das Gesicht und sagte aufatmend:

»Ich glaube nicht, Tante Sanna, bei euch ist es doch am

schönsten. Und dann – du weißt doch –, im Grunde bin ich doch mit Jürgen Halden verlobt.«

»Das ist Unsinn, Nanda, diese Verlobung ist ungültig, das hat auch sein Vater einsehen müssen.«

»Ja, aber Jürgen hat mich noch nicht freigegeben, und wir haben uns versprochen, daß wir es uns eines Tages sagen wollen, wenn wir frei sein wollen. Was man verspricht, muß man halten. Ehe ich mich ganz frei fühlen kann, muß ich Jürgen Halden darum gebeten und er mir gesagt haben, daß ich frei bin.«

»Das soll doch nicht heißen, daß du dich die ganzen Jahre als an ihn gebunden gefühlt hast?«

»Doch, das will ich sagen, Tante Sanna. Ich will ihm mein Wort nicht brechen.«

»Aber um Gottes willen, Kind, wenn nun ein Mann in dein Leben tritt, den du liebst, wie willst du dich denn dann verhalten?«

Nanda küßte die Tante lächelnd:

»Dann schreibe ich an Jürgen Halden und verlange meine Freiheit. Vorläufig habe ich noch kein Verlangen danach.«

»Aber ... er kann doch längst verheiratet oder verlobt sein! Denkst du, er wird sich als gebunden betrachten?«

Nandas Augen verloren plötzlich allen Glanz, und ihre Lippen zuckten. Das sahen Tante Sannas kluge Augen, und ein Verdacht, den sie lange schon gehegt hatte, wurde wieder lebendig.

»Er ist weder verlobt noch verheiratet, das wüßte ich durch Hermann. Jürgen befindet sich momentan auf einer Weltreise. Er hat sein Studium beendet, und diese Weltreise sollte immer den Abschluß seines Studiums bilden.«

Tante Sanna ließ nun das Thema fallen. Aber als sie abends mit ihrem Gatten allein war, sagte sie ihm, daß

Nanda einen Heiratsantrag bekommen habe. Er sah sie erschrocken an.

»Das Kind! Sie wird uns doch nicht verlassen wollen?«

»Nein, Richard, sie hat ihn kurzerhand abgelehnt. Und denke dir, was dabei herausgekommen ist. Sie hält sich noch an Jürgen Halden gebunden.«

»Unsinn, daran ist doch nicht zu denken.«

»Doch, sie denkt sehr stark daran. Und nun muß ich dir einmal sagen, welchen Verdacht ich schon seit Jahren habe. Ich glaube, sie liebt Jürgen Halden, ohne daß sie es noch selbst weiß.«

Richard Vendal blieb wie erstarrt stehen, seine eben abgebundene Krawatte ratlos durch die Hände ziehend.

»Das ist doch nicht möglich ... den Sohn dieses Vaters?«

»Er ist nur der Sohn seiner Mutter, ein guter, wertvoller Mensch, du weißt, wie tadellos er sich in der ganzen Affäre benommen hat.«

Richard Vendal schnaufte ein wenig, machte große Augen und sagte dann leise:

»Sanna, wenn das wahr wäre ... sollten wir dann das Kind wieder verlieren?«

Sie umfaßte ihn lächelnd.

»Aber Richard, denkst du, sie wird bei uns bleiben bis an unser Ende?«

»Sie könnte aber doch einen Mann heiraten, mit dem sie bei uns bleiben würde?«

»Nie wird in ihr die Heimatsehnsucht sterben, und Jürgen Halden gehört zu dieser Sehnsucht, das kannst du mir glauben.«

»Es ist nur fraglich, ob er jemals daran denkt, sich noch um Nanda zu kümmern, ob er je wieder ihren Lebensweg kreuzen wird.«

»Du hast ihr doch versprochen, daß wir, wenn sie

mündig wird, in ihre Heimat reisen, damit sie offiziell als Herrin von Heidersberg eingesetzt wird.«

Lächelnd nahm er sie bei den Schultern.

»Habe ich schon jemals etwas versprochen, was ich nicht gehalten hätte, Sanna?«

Sie fiel ihm um den Hals und küßte ihn.

»Nein, mein Richard, das wirst du auch weiter so halten, ich weiß es und zweifele auch nicht daran. Ich wollte damit nur sagen, daß es doch sehr wahrscheinlich ist, daß sie sich beide dann wiedersehen.«

Er seufzte tief auf.

»Nun, ich denke, wir überlassen das alles vorläufig dem lieben Gott. Zum Glück sind es noch zwei Jahre bis zu ihrer Mündigkeit, und in dieser Zeit brauchen wir sie wenigstens noch nicht herzugeben, wenn es wirklich so ist, wie du glaubst.«

»Siehst du, so hätte das doch für uns ein Gutes, Richard, so behalten wir das Kind doch wenigstens so lange. Schwer genug wird es uns werden, wenn wir sie wieder hergeben müssen.«

»Sehr schwer!« sagte er seufzend.

»Aber wir müssen uns mit anderen Eltern trösten, die auch ihre eigenen Kinder hergeben müssen, wenn sie flügge werden.«

»Das ist vielleicht dann noch schwerer, Sanna, und von dem Standpunkt aus gesehen, ist es vielleicht gut, daß wir keine Kinder haben.«

Sie sah ihn mit innigem Ausdruck an.

»Wir haben uns, Richard. Wer weiß, ob wir so eng miteinander verwachsen wären, wenn wir Kinder gehabt hätten.«

»Du wärest mir auch dann immer der beste und liebste Mensch geblieben, meine Sanna. Aber du hast schon recht, wir haben uns, was brauchen wir mehr. Elternfreuden haben wir nun an Nanda genossen, und Elternleid werden wir auch kennenlernen, wenn wir sie wieder hergeben müssen.«

»So wollen wir hoffen, daß wir sie nicht hergeben müssen, sondern noch einen Sohn dazu bekommen. Sind wir dann auch räumlich von ihr getrennt, so bleiben wir doch immer mit ihr verbunden. Sie wird uns ebensowenig vergessen, wie wir sie, und ... es fahren ja Dampfer über den Ozean.«

Sie sahen sich an und lachten, und Richard sagte humorvoll:

»Schließlich erwarten uns dann auch noch Großelternfreuden. Was meinst du dazu, Sanna?«

»Gott mag es geben! So ganz kleine Kinder sind am niedlichsten. Vielleicht werden wir eines Tages dann noch drüben in Deutschland seßhaft, wenn du dich mal zur Ruhe setzen wirst.«

Neckend zupfte er sie am Ohr. »Das könnte man wohlwollend in Erwägung ziehen.«

Einige Zeit später reisten Vendals mit Nanda für ein paar Wochen nach Buenos Aires. Familie Vendal freute sich immer sehr auf Buenos Aires, konnte sie doch dort Kunst, Musik und Theater in viel besserer Qualität genießen als in Rosario. Onkel Richard machte seinen Damen solche Reisen immer zu einem einzigen großen Fest. Er sorgte für Unterhaltung und für jeglichen Komfort. Zimmer wurden vorher in einem der großen Hotels bestellt, in dem sie Stammgäste waren und immer sehr gut aufgenommen und aufmerksam bedient wurden.

Eines Vormittags machte Nanda mit der Tante Besorgungen. Tante Sanna war soeben in ein Geschäft gegangen, wo sie nur einige Bestellungen machen wollte, während Nanda inzwischen vor dem Eingang zu diesem

Geschäft im Auto wartete. Das Auto war offen, und Nanda beobachtete interessiert von dem Wagen aus das Auf und Ab in dieser größten Geschäftsstraße der Stadt, die um diese Zeit stark belebt war.

Plötzlich wurde Nanda auf einen hochgewachsenen Herrn aufmerksam, der, in einen grauen Reiseanzug gekleidet, langsam von einem der Schaufenster zum ändern ging und nun, vom Menschenstrom gedrängt, dicht an das Auto herangetrieben wurde. Nandas Augen wurden groß, sie erbleichte ein wenig und wurde dann sehr rot. Trotz der Veränderung, die mit Jürgen Halden vorgegangen war, erkannte sie ihn sofort, und ihr Herzschlag schien zu stocken. Sie wollte ihn anrufen, brachte aber keinen Ton über ihre Lippen.

Jürgen stand jetzt ganz dicht an dem Wagen und mußte sich ein wenig abstützen, um nicht durch die Menge in den Wagen geschoben zu werden. Er sah sich nun nach der Insassin des Wagens um und wollte sich bei ihr entschuldigen. Da trafen seine Augen in die ihren ... und nun zuckte er zusammen, nun wurden seine Augen groß und weit, und sie sahen sich beide sprachlos lange Zeit ins Gesicht.

Nanda ahnte nicht, wie sehr auch sie sich verändert hatte. Jürgen glaubte, Nandas Mutter vor sich zu sehen, wie er sie als Knabe verehrt und angebetet hatte. Konnte das Fernanda Roland sein?

Unwillkürlich stieß er fragend ihren Namen hervor.

»Nanda?«

Und ihre Lippen formten seinen Namen:

»Jürgen?«

Da war der Bann gebrochen. Seine Augen strahlten sie nun in vollem Erkennen an, und sein Herz klopfte rebellisch, als er daran dachte, daß er sich einst mit diesem schönen, reizenden Mädchen verlobt hatte.

»Nanda! Also Sie sind es wirklich?«

»Ja, Jürgen Halden! Wie kommen Sie hierher, nach Buenos Aires?«

»Ich befinde mich auf einer Reise um die Welt. Und eben, als ich hier durch die Menge ging, dachte ich mir, ob ich es wohl wagen dürfte, Ihnen und Ihren Angehörigen auf der Farm Vendal einen Besuch abzustatten. Bis kurz vor meiner Abreise kannte ich leider Ihre Adresse nicht, sogar nicht einmal den Namen Ihres Herrn Onkels. Aber als ich vor meiner Abreise meinem Vater einen Abschiedsbesuch machte, begegnete ich Ihrem alten Diener Hermann, und der hat mir Ihre Adresse verraten.«

Sie waren beide vor Erregung abwechselnd blaß und rot geworden.

»Hatten Sie meine Adresse nicht von Ihrem Vater? Ich muß gestehen, daß ich mich gewundert habe, nie ein Wort von Ihnen zu hören.«

»Vater behauptete, Ihre Adresse verlegt zu haben. Vielleicht ... ja, vielleicht wollte er nicht, daß ich mit Ihnen in Verbindung treten sollte, er fürchtete wohl, ich könnte mancherlei von Ihnen hören, was ihm nicht angenehm gewesen wäre. Er ahnte ja nicht, daß ich einen ausführlichen Brief von Ihnen erhalten hatte. So habe ich mich mit der Hoffnung begnügen müssen, daß Sie, sobald Sie mündig sein würden, nach Heidersberg zurückkehren würden. Aber nachdem mir Hermann Ihre Adresse verraten hatte, stand es bei mir fest, auf meiner Reise auch Argentinien zu berühren. Und wie gesagt, eben erwog ich, ob ich der Farm Vendal einen Besuch würde abstatten dürfen – da sah ich Sie vor mir.«

Sie atmete tief auf.

»Und ich glaubte, daß Sie mich ganz vergessen hätten!«

Er schüttelte lächelnd den Kopf und sah dabei immer

noch wie gebannt in ihr reizendes Gesicht, in die wundervollen grauen Augen hinein, die so hell und klar zwischen den dunklen Wimpern hervorsahen. Und er sah, daß sie tief errötete unter seinen aufleuchtenden Blicken.

»Nein, ich habe Sie nicht vergessen, im Gegenteil, ich habe sehr oft an Sie gedacht und mich gefragt, ob Sie wohl Ihrer schönen Mutter noch ähnlicher geworden sein könnten. Und nun kann ich plötzlich konstatieren, daß Sie ihr sehr ähnlich sehen. Fast war es mir, als sähe ich sie selbst vor mir.«

Da wurde Nanda noch röter. Und verlegen fragte sie:

»Sind Sie schon lange hier?«

»Seit zwei Tagen.«

Und es stellte sich heraus, daß er in demselben Hotel wohnte wie sie und ihre Angehörigen.

Inzwischen war Frau Sanna aus dem Geschäft getreten und sah zu ihrem Erstaunen Nanda mit einem fremden jungen Herrn in Reisekleidern sprechen. Sich nur langsam durch die Menschenmenge drängend, kam sie heran. Der Chauffeur eilte ihr entgegen und nahm ihr einige kleine Pakete ab. Jetzt sah Nanda die Tante und machte Jürgen auf sie aufmerksam.

»Tante Sanna, wer, glaubst du wohl, ist dies?« fragte sie, lächelnd auf Jürgen deutend.

Tante Sanna war wirklich eine kluge Frau. Aus Nandas Augen las sie, wer der Fremde war, so unglaublich es ihr auch erschien, daß Jürgen Halden plötzlich hier in Buenos Aires auf der Straße stand und mit Nanda plauderte.

Jürgen verneigte sich sehr artig vor Frau Sanna.

»Das können Sie gewiß nicht erraten, gnädige Frau!«

Sie lächelte.

»Doch, obwohl ich Sie lange Jahre nicht gesehen habe

und Sie nur kannte, als Sie noch ein Knabe waren, weiß ich doch, daß Sie Jürgen Halden sind.«

»Fabelhaft, Tante Sanna, wie du das gleich herausbekommen hast.« Nanda errötete über und über.

»Also, ich denke, es ist vorläufig einmal das beste, wenn Sie uns jetzt nach dem Hotel begleiten, wo wir meinen Mann finden werden«, meinte Tante Sanna, zu Jürgen gewandt.

Dieser verneigte sich dankend, half ihr beim Einsteigen und nahm auf ihre Einladung selbst im Wagen Platz.

Im Hotel fanden sie Richard Vendal schon vor. Die beiden Herrn wurden miteinander bekannt gemacht und sahen sich einen Moment prüfend an, ehe sie sich dann impulsiv die Hände entgegenstreckten, als habe der eine in dem ändern einen ihm sympathischen Menschen erkannt.

Richard Vendal erfuhr, wie die Damen mit Jürgen zusammengetroffen waren, und forderte Jürgen auf, mit ihnen zu Mittag zu speisen.

Bei Tische herrschte eine lebhafte Unterhaltung, und Jürgen konnte sich nun davon überzeugen, daß Nanda sehr klug, weltgewandt und wohlerzogen war. Man konnte ihr anmerken, daß sie in der Tante eine gütige und verständnisvolle Erzieherin gehabt hatte und daß sie sich deren Lehren zu Herzen genommen hatte.

Es gab beiderseits viel zu berichten. Jürgen machte keinen Hehl daraus, daß er mit seinem Vater fast nur noch formell verkehrte und daß er, wenn er von seiner Reise zurückkehrte, selbst die Herrschaft in Reichenau antreten würde. Was sein Vater dann zu beginnen dachte, wußte er nicht, aber es erschien ihm als ziemlich sicher, daß es diesem unerträglich sein würde, die zweite Rolle zu spielen.

»Ich bin es aber meiner verstorbenen Mutter schuldig,

auf meinem Recht zu bestehen, und nichts kann mich davon abhalten, ihr diese späte Genugtuung zu verschaffen. Ich weiß, daß meine Mutter sehr von meinem Vater gedemütigt und gekränkt worden ist. Wenn er jetzt am eigenen Leibe erfährt, wie es ist, zurückstehen zu müssen, so hat er es meiner Mutter wegen verdient.«

So sagte er zum Schluß. Und die Art, wie er das alles berichtet hatte, diese ruhige, zielsichere und energische Art, gewann ihm die Hochachtung seiner Zuhörer.

Nandas Herz wurde bei alledem noch mehr als bisher für ihn eingenommen, und Tante Sannas kluge Augen sahen das sehr wohl. Sie konnte Nanda nunmehr sehr gut verstehen, denn Jürgen Halden gefiel ihr mit jeder Minute besser; sie sah wohlgefällig auf seine sympathische Erscheinung und in seine klugen und guten Augen hinein. Und auch Onkel Richard betrachtete ihn immer wohlgefälliger. Es ergab sich ganz von selbst, daß Vendals Jürgen aufforderten, die letzten Tage ihres Aufenthaltes in Buenos Aires in ihrer Gesellschaft zu verbringen und sie dann nach Farm Vendal zu begleiten, wo er für längere Zeit ihr Gast sein sollte.

Bei dieser Einladung sah Jürgen in Nandas Augen, und er las gleichfalls eine Bitte darin, die Einladung anzunehmen. Das tat er nur zu gern.

Nach Tische zogen sich Tante Sanna und Onkel Richard zu einer kurzen Siesta auf ihre Zimmer zurück, und Nanda und Jürgen blieben allein auf der Hotelterrasse zurück. Das war beiden sehr angenehm, und wiewohl sie nun nicht anders zusammen verkehrten als zuvor in Gesellschaft des Herrn und der Frau Vendal, so dünkte es sie doch viel reizvoller, miteinander allein zu sein.

Nanda berichtete ihm noch allerlei Einzelheiten von ihrer damaligen Flucht, und jetzt verriet sie auch das

Geheimnis des Aufzuges und der Beteiligung von Hermann und Christine.

Sie kam auch auf ihre Maskerade zu sprechen, als sie damals mit ihm verlobt werden sollte.

»Wie oft habe ich mich später geschämt, Ihnen diese Komödie vorgespielt zu haben. Ich muß Sie nochmals deswegen um Verzeihung bitten.«

Er mußte in Erinnerung an ihre monströse Erscheinung herzlich lachen.

»Sie sahen allerdings zwerchfellerschütternd aus, Nanda, und ich hatte große Mühe, Ihnen nicht ins Gesicht zu lachen.«

Da mußte sie selbst mitlachen. Und noch immer lachend sagte sie:

»Später habe ich mich meines Aussehens sehr geschämt. Mir war aber ganz jammervoll zumute. Von dem vielen Schielen war mir ganz übel, und an der Backpflaume hätte ich mich fast verschluckt, weil ich es, als ich Sie sah, doch berpute, mich so häßlich gemacht zu haben.«

Mit großen Augen sah er sie an.

»Also hätten Sie doch lieber einen angenehmeren Eindruck auf mich gemacht, Nanda?«

Sie wurde zu seinem Entzücken dunkelrot, sagte aber schnell: »Nun ja. Sie hatten ja nicht die bösen, drohenden Augen Ihres Vaters, sondern sahen mich gütig und freundlich an. Da schämte ich mich schon sehr. Aber noch mehr schämte ich mich, als Sie dann so großmütig und lieb zu mir waren, mir alle Angst von dem Herzen nahmen und mich beruhigten.«

Mit einem seltsam forschenden Blicke sah er in ihre Augen. »Also Sie hatten schreckliche Angst, daß ich die Verlobung ernst nehmen und Sie wirklich Ihrer Freiheit berauben könnte?«

Sie atmete tief auf. »Das können Sie sich doch denken, was weiß denn ein Kind von solchen Dingen! Ich glaubte doch nur, daß ich an Ihnen noch einen zweiten Unterdrücker bekommen würde, denn Ihr Vater, Jürgen, der stand mir doch immer, auch als Vater noch lebte, so gegenüber, daß ich ihn fürchten mußte.«

Er biß die Zähne zusammen, daß die Muskeln in seinem Gesicht zuckten. Noch immer traf es ihn hart, daß man mit Berechtigung so über seinen Vater sprechen durfte. Sie merkte, daß es ihn traf, und schnell erfaßte sie über den Tisch seine Hand und sagte bittend:

»Verzeihen Sie mir, ich vergaß wieder einmal, daß es Ihr Vater ist, von dem ich spreche.«

Schnell drückte er seine Lippen auf ihre Hand.

»Wenn Sie mich nur nicht entgelten lassen, was er Ihnen angetan hat«, sagte er heiser.

Sie schüttelte den Kopf.

»Sie und er ... ach nein, gottlob sind Sie ein ganz anderer Mensch. Tante hat mir erzählt, wie stolz und glücklich Ihre Mutter war, daß Sie kein Halden, sondern Ihrer ganzen Art nach ein Reichenau waren.«

Er nickte vor sich hin. »Gottlob! Sonst würden Sie mich hassen müssen. Wollen Sie mir jetzt nicht offenbaren, warum mein Vater Sie gehaßt hat?«

Sie schüttelte eifrig den Kopf.

»Nein, nein, nicht von mir sollen Sie das hören. Bitten Sie Tante Sanna darum. Sie wird Ihnen alles sagen. Ich kann das nicht, weil ich weiß, daß Ihnen das wieder weh tun wird. Aber vielleicht ist es doch gut, wenn Sie alles erfahren ..., das wird Sie freier machen Ihrem Vater gegenüber. Ich will dafür sorgen, daß Sie eine Weile mit Tante Sanna allein bleiben können, wenn Onkel wieder seinen Geschäften nachgeht. Dann können Sie mit ihr sprechen.«

»Ich danke Ihnen. Es ist quälend, wenn man weiß, daß fremde Menschen mehr über den eigenen Vater wissen als man selbst. Aber jetzt wollen wir nicht mehr davon sprechen. Ahnen Sie, wie sehr ich mich freue, daß ich Sie getroffen habe?«

Sie schluckte die heimliche Erregung hinunter und sagte lächelnd: »In der Fremde freut man sich immer, wenn man jemandem aus der Heimat begegnet.«

Sinnend sah er sie an.

»Nein, das ist es nicht allein. Ich ... ja, denken Sie, ich habe all die Jahre hindurch ein großes Verlangen gehabt, etwas über Sie zu hören oder Ihnen etwas über mich selbst zu berichten. Aber, wie gesagt, mein Vater hat mir wohl absichtlich Ihre Adresse und sogar den Namen Ihres Onkels verschwiegen. Und ich wollte nicht in ihn dringen.

Er hätte sonst vielleicht falsche Schlüsse gezogen, weil er den Fehler der meisten Menschen begeht, andere nach sich selbst zu beurteilen. So sehr wie mein Vater hat mich noch kein Mensch verkannt.«

»Weil er Ihre Art eben nicht verstehen kann.«

»So ist es wohl. Können Sie sich denken, Nanda, daß ich mich direkt davor fürchte, in Zukunft mit meinem Vater zusammenleben zu müssen?«

Sie nickte lebhaft und wurde sehr blaß.

»O ja, das kann ich nur zu gut verstehen. Und so sehr ich mich zuweilen nach Heidersberg zurücksehne, der Gedanke, daß ich dann zum mindesten in der Nachbarschaft Ihres Vaters leben müßte, flößt mir Furcht ein.«

Nun wurde er bleich, und wieder faßte er ihre Hand.

»Nanda, jetzt werde ich immer in Reichenau leben, können Sie sich nicht denken, daß ich Sie vor ihm schützen werde?«

Ihre Augen strahlten ihn vertrauensvoll an.

»O ja, ich weiß, daß Sie mir kein Leid antun lassen werden.«

Seine Stirn wurde rot vor heimlicher Erregung.

»Ich danke Ihnen für dieses Vertrauen, Nanda, von ganzem Herzen. Wann werden Sie wieder nach Heidersberg kommen?«

»Wenn ich großjährig bin, wollen Onkel und Tante mit mir hinüberreisen, aber wahrscheinlich werde ich doch nur auf einige Zeit nach Deutschland kommen. Ich darf doch Onkel und Tante, die so gut zu mir sind, hier nicht ganz verlassen.«

Mit brennenden Augen sah er sie an. »Wenn Sie aber einmal heiraten werden ... dann können Sie doch nicht bei ihnen bleiben.«

»Nein, dann allerdings nicht, aber das hat noch lange Zeit.«

Forschend blickte er sie an.

»Die Freier werden sich bald einstellen.«

Sie lachte.

»Es haben sich schon einige eingestellt, aber ... man kann doch nein sagen.«

»Also schon Körbe ausgeteilt?«

Sie wurde ernst.

»Gräßlich ist das! Man tut doch niemandem gern weh. Aber aus lauter Mitleid kann man sich doch nicht verschenken.«

»Um Gottes willen, nein!«

Sie lachte schelmisch.

»Und dann ... erst muß ich doch offiziell von Ihnen freigegeben werden, ich habe Onkel und Tante erklärt, daß ich mich noch als an Sie gebunden betrachte, solange Sie nicht auf meinen Wunsch unsere ... Verlobung gelöst haben.«

Er atmete tief und schwer.

»Nun soll ich wohl erklären, daß ich mit Freuden und sofort dazu bereit bin. Sie freizugeben?«

Sie wurde dunkelrot und wußte nicht, was sie darauf erwidern sollte. Zum Glück kam eben Tante Sanna über die Terrasse her auf sie zu, und Nanda lief, um ihre Verlegenheit zu verbergen und Jürgen nicht antworten zu müssen, auf sie zu und schob ihre Hand in ihren Arm. So kamen sie an den Tisch heran, und Jürgen erhob sich, um Frau Sanna artig einen Sessel zurechtzurücken.

Gleich darauf erschien auch Onkel Richard, und man saß nun noch ein halbes Stündchen plaudernd zusammen. Danach hatte Richard Vendal aber wieder eine geschäftliche Konferenz, und er war froh, daß Jürgen den Damen seine Ritterdienste für den Nachmittag anbot. Die Damen wollten noch, bis die größte Hitze vorüber war, auf der Hotelterrasse bleiben, um dann mit Jürgen einen Autoausflug in die weitere Umgebung von Buenos Aires zu machen.

Tante Sanna bestellte Tee, und Nanda erhob sich, mit einem verständnisvollen Blick auf Jürgen, unter dem Vorwande, auf ihrem Zimmer einen kleinen Schaden an ihrem Kleid ausbessern zu müssen.

Jürgen empfand, daß sie ihm jetzt ein Alleinsein mit Tante Sanna verschaffen wollte. Nanda konnte sich denken, daß Jürgen die Ungewißheit mehr quälen würde, als wenn er alles wußte.

Und kaum war Nanda verschwunden, so ergriff Jürgen die Gelegenheit, Frau Vendal um Aufklärung zu bitten.

»Nanda hat mir einmal angedeutet, sie wisse, weshalb mein Vater sie hasse. Ich habe auch aus seinem Verhalten gemerkt, daß er ihr wirklich zum mindesten ein gehässiges Gefühl entgegenbringt. Sie hat es aber schon damals abgelehnt, mir zu sagen, was der Grund seines Hasses sein könnte. Heute fragte ich sie wieder danach, als wir allein waren, und sie sagte mir, sie selbst möchte mich nicht darüber aufklären, aber von Ihnen würde ich die Wahrheit erfahren, wenn ich Sie darum bitten würde. Damit ich das ungestört tun kann, hat Nanda sich jetzt wohl unter einem Vorwand zurückgezogen, und ich ergreife die Gelegenheit, Sie, verehrte gnädige Frau, darum zu bitten, mir zu offenbaren, was meinem Vater wohl einen Grund oder Vorwand für diesen Haß gegeben hat.«

Eine Weile sann Frau Vendal darüber nach, ob es gut sei oder nicht, ihm reinen Wein einzuschenken, aber sie sagte sich, diesem jungen Mann würde sie keine Illusionen über seinen Vater zerstören, und es sei sicherlich gut und befreiend für ihn, wenn er erführe, daß er allen Grund habe, seinem Vater so fremd gegenüberzustehen, wie es der Fall war. Sie richtete sich entschlossen auf.

»Ja, ich will Ihnen alles sagen. Dieser Grund zum Haß liegt in der Vergangenheit. Er ist absolut nicht berechtigt, aber danach fragt ja wohl der Haß nicht. Ich brauche auch nicht zu fürchten, Ihnen eine rosa Brille von den Augen nehmen zu müssen. Sie erinnern sich vielleicht noch aus Ihrer Knabenzeit, daß meine Schwester und ich sehr mit Ihrer Mutter befreundet waren?«

»Ja, gnädige Frau, und ich weiß ganz genau, daß Ihre und Ihrer Frau Schwester Freundschaft ein Trost war für meine Mutter in leidvoller Zeit. Ich war Ihnen immer dankbar dafür.«

»Nun wohl, so hören Sie mich an.«

Und sie berichtete Jürgen ausführlich und der Wahrheit gemäß, wie sein Vater sich in unziemlichster Weise ihrer Schwester aufgedrängt und wie diese nur aus Angst, es könne ein Duell zwischen den beiden Männern geben und Maria Halden könne von der Untreue ihres

Gatten erfahren, geschwiegen, und wie sie ihn dann, weil sie sich gar nicht anders helfen konnte, mit der geballten Faust ins Gesicht geschlagen hatte. Sie schilderte dann auch, wie sein Vater sich nach dem Tode ihrer Schwester ihr aufzudrängen begonnen und sie schließlich zur Frau begehrt habe. Sie machte keinen Hehl daraus, daß sie ihn verächtlich abgewiesen hatte, daß sie das auch getan haben würde, wäre sie nicht schon mit Richard Vendal verlobt gewesen.

»Seine unreine Leidenschaft für meine Schwester war in brennenden Haß umgeschlagen, seit sie ihn ins Gesicht geschlagen hatte, dieser Haß übertrug sich auf mich, als ich ihn abwies. Und später übertrug er ihn auf Nanda – weil sie mehr und mehr ihrer Mutter Ebenbild wurde. Auch meinen Schwager Roland hat er in seiner brennenden Eifersucht gehaßt, weil er die Frau besaß, die er selber begehrte, und als mein Schwager in der Inflationszeit in pekuniäre Verlegenheit geriet, drängte Ihr Vater ihm ein Darlehen auf, ganz gewiß nur in der Hoffnung, ihn dadurch in seine Gewalt zu bekommen. Daß er Nandas Vater dahin brachte, sie mit Ihnen zu verloben, war ebenfalls nur das Bestreben, nicht nur ihr Erbe, sondern auch ihre Person in seine Gewalt zu bekommen. Nanda war zu klug und klarsehend, um nicht zu erkennen, daß er sie und den Vater haßte, und deshalb setzte sie sich von Anfang an gegen ihn zur Wehr, sie wollte sich nicht unterjochen lassen, aber sie wagte nicht, sich gegen den Wunsch ihres Vaters aufzulehnen, obwohl sie ahnte, daß ihm dieser Wunsch nur durch Ihren Vater suggeriert worden war. So, mein lieber Herr Halden, das also ist es, was hinter dem Haß Ihres Vaters steckt.«

Jürgen hatte atemlos vor Erregung zugehört. Nun strich er sich über die Stirn, als müsse er etwas Häßliches fortwischen. Schweigend küßte er Frau Vendal die Hand.

»Ich danke Ihnen für diese Aufschlüsse, verehrte gnädige Frau. Nun ich alles weiß, wundere ich mich, daß Sie mir, dem Sohn dieses Mannes, Ihr Haus öffnen wollen«, stieß er heiser hervor.

Mit ihrem schönen, gütigen Lächeln faßte sie seine Hand.

»Vergessen Sie, daß Sie der Sohn Ihres Vaters sind ... wie auch wir das vergessen haben. Für uns sind Sie nur der Sohn Maria Reichenaus, die wir, meine Schwester und ich, sehr geliebt haben und deren Leiden uns immer das Herz bewegte. Als ihr Sohn sind Sie uns herzlich willkommen, denn Ihre Mutter hat schon damals oft aus tiefem Herzen heraus gesagt: Gottlob, daß mein Sohn ein Reichenau ist und nichts von seinem Vater geerbt hat.«

Er beugte sich über ihre Hand und küßte sie verehrungsvoll.

»Ich danke Ihnen von ganzem Herzen, verehrte gnädige Frau. Es war zwar bitter für mich, was ich vernehmen mußte, aber es hat mich innerlich restlos von meinem Vater gelöst. Jetzt weiß ich doch gewiß, daß ich ihm nicht unrecht getan habe, wenn ich kein Vertrauen zu ihm fassen konnte.«

Frau Vendal berichtete Jürgen noch viele kleine Einzelheiten über ihren und ihrer Schwester freundschaftlichen Verkehr mit Frau Maria Halden. Er lauschte fast mit Andacht. Das Bild von Nandas Mutter stand wieder ganz klar vor seinem Geiste, er beichtete Frau Vendal seine knabenhafte Schwärmerei für diese Frau, die sein Ideal gewesen war, beichtete ihr auch, daß es ihn angetrieben, Nanda zu schützen, eben, weil sie ihrer Mutter schon damals ähnlich zu werden versprach, und wie es ihn fast überwältigt hätte, als er Nanda heute im Auto vor sich sah – das getreue Ebenbild ihrer Mutter!

Die kluge Frau Sanna spürte in seinen Worten viel mehr, als er verraten wollte; sie merkte, daß Nanda einen tiefen Eindruck auf ihn gemacht hatte.

Während sie noch darüber sprachen, kam Nanda zurück, strahlend im Glanz ihrer Jugend und seit gestern irgendwie verändert. Selbst Tante Sanna war jetzt überwältigt von der fabelhaften Ähnlichkeit Nandas mit ihrer Mutter, und sie konnte Jürgen nur beistimmen, als er ihr leise und erregt zuflüsterte:

»Sehen Sie doch Nanda an, gnädige Frau, kommt sie nicht daher, wie das leibhaftige Ebenbild ihrer schönen Mutter? Geht nicht von ihr derselbe Zauber aus, wie ihn ihre Mutter ausstrahlte?«

Sie nickte leise; sie konnte ihm nicht widersprechen, aber in ihrer humorvollen Art dachte sie: Den hat es gepackt, und wenn ich recht hatte mit meiner Vermutung, daß Nanda ihm fast unbewußt ihr junges Herz geschenkt hat, dann habe ich auch damit recht, daß er keinen sehnlicheren Wunsch hat, als ihr das seine dafür zurückzugeben. Also wappne dich, Sanna, man wird dir dein Töchterchen bald genug entführen wollen. Aber dann ist es Gottes Wille!

Inzwischen war Nanda am Tisch angelangt und sah fragend zwischen der Tante und Jürgen hin und her.

Er nickte ihr zu.

»Ja, Nanda, ich weiß nun alles und muß Ihnen sehr dankbar dafür sein, daß Sie mich nicht wollen entgelten lassen, was mein Vater getan hat.«

Da reichte ihm Nanda mit einem Lächeln, das ihn entzückte, die Hand. »Onkel Richard hat einmal gesagt: Eltern werden meist die Verantwortung dafür tragen müssen, wie ihre Kinder geworden sind, aber Kinder darf niemand dafür verantwortlich machen, was ihre Eltern sind. Mein Onkel Richard ist ein weiser Mann, von dem man sehr viel lernen kann. Wenn man mit ihm disputiert, kann man mehr lernen als auf mancher Universität.«

Er sah sie strahlend an.

»Wie dankbar bin ich Ihrem hochverehrten Herrn Onkel, daß er Sie solche Erkenntnis lehrte.«

Unter seinem bewundernden Blick wurde sie rot und sagte, um ihre Verlegenheit zu verbergen:

»Mich dünkt, wir könnten nun zu unserm Ausflug aufbrechen!«

»Erst nimmst du eine Tasse Tee, Nanda, inzwischen kann das Auto vorfahren.«

Wenige Minuten später saßen sie im Auto und fuhren am Strande entlang auf der Straße nach La Plata dahin. Es war eine herrliche Fahrt, und sehr befriedigt kehrten die Teilnehmer nach zwei Stunden wieder in das Hotel zurück, wo Vendals einige ihrer Freunde zum Abendessen eingeladen hatten.

Die Damen zogen sich gleich zurück, um Toilette zu machen, und Jürgen plauderte noch ein halbes Stündchen mit Richard Vendal.

Bei der kleinen Abendgesellschaft wurde Jürgen den Gästen der Vendals vorgestellt, und er bemerkte sehr wohl, wie Nanda von den anwesenden jungen Herren der Hof gemacht wurde. Es waren auch einige hübsche junge Damen anwesend, die Jürgens interessante Erscheinung mit sehr wohlgefälligen Blicken musterten, aber er hatte nur für Nanda Augen, und es überfiel ihn plötzlich eine unsinnige Angst, sie könnte zu ihm kommen und ihn bitten: Gib mich frei, denn ich liebe einen dieser jungen Männer.

Dieser Gedanke ließ ihn den ganzen Abend nicht los, und er atmete auf, als sich die Gäste entfernt hatten, ohne daß das Gefürchtete geschehen war, und daß er noch eine Weile in Nandas Nähe bleiben durfte, als die ändern sich schon entfernt hatten.

14

Für Nanda Roland schien plötzlich die Welt viel schöner und strahlender geworden zu sein, seit Jürgen in Buenos Aires war. Sie waren viel zusammen in diesen Tagen, und wenn es auch zufällig erschien, so taten doch beide das ihre dazu, daß sie möglichst wenig getrennt wurden. Onkel und Tante ließen den Dingen ihren Lauf, auch Onkel Richard hatte, von seiner Gattin beeinflußt, schon die Waffen vor Jürgen gestreckt. Den beiden jungen Menschen leuchtete die Liebe füreinander so deutlich aus den Augen, daß man nicht zweifeln konnte, daß sie füreinander bestimmt waren. Und Tante Sanna, die Ästhetikerin war, meinte befriedigt, diese beiden schönen jungen Menschen paßten so vorzüglich zueinander, daß es Sünde sei, dem lieben Gott ins Handwerk zu pfuschen, da er sie doch augenscheinlich füreinander bestimmt hatte.

Eines Abends, als das Ehepaar Vendal sich in das gemeinsame Schlafzimmer zurückgezogen hatte, sagte Sanna zu ihrem Gatten:

»Weißt du, Richard, ich stelle mir vor, wenn ich mir ein Leben nach dem Tode vor Augen halte, daß jetzt da oben im Himmel meine Schwester Lori und Maria Halden zusammensitzen, beschaulich auf uns herunterblicken und dabei eifrig an dem Schicksalsteppich für ihre Kinder weben. Und dann verweben sie die Fäden so fest ineinander, daß sie nie mehr voneinander loskommen.«

Richard nahm seine Frau lächelnd in die Arme. Aber dann seufzte er.

»Das ist alles gut und schön, Sanna, aber ein dunkler Punkt ist doch in der ganzen Geschichte.«

»Du meinst ... Jürgens Vater?«

»Just den! Was soll da werden? Denkst du, ich hätte Ruhe, wenn ich unsere Nanda in der Nähe dieses Menschen wüßte?«

»Nun, die Kinder könnten doch in Heidersberg wohnen, damit sie nicht mit ihm zusammen sein müßten.«

»Schön und gut, das wäre immerhin eine räumliche Trennung. Aber wenn ich an die Atmosphäre des Hasses denke, die dieser Mensch ausströmt, dann sorge ich mich um Nanda.«

Sie überlegte. Dann nahm sie den Kopf ihres Mannes in ihre Hände.

»Nun denke dir einmal, ich sei Nanda und du Jürgen, würdest du mir dann irgendeinen Menschen, der mir nicht wohlwollte, in die Nähe kommen lassen?«

»Nein, ganz gewiß nicht. Niederboxen würde ich ihn, und wenn es mein eigener Vater wäre.«

Sie lachte. »Nun also, dann kannst du es wohl ruhig Jürgen überlassen, alles rund um Nanda herum niederzuboxen, was ihr schaden wollte. Ich glaube, er ist nicht weniger stark als du, und seinen Vater kennt er nun zur Genüge. Du selbst aber hast oft gesagt, eine Gefahr, die man kennt, ist keine mehr.«

»Oh, du Philosophin! Selbstverständlich hast du recht. Aber trotzdem, über den Vater stolpere ich immer bei meinen Zukunftsplänen.«

»Aber Zukunftspläne machst du doch schon.«

Er lachte und küßte sie herzlich.

»Ich male mir immer aus, was für Prachtkinder es sein müssen, die uns von diesen beiden Menschen zu unserer großelterlichen Freude beschert werden. Ich plädiere für einen Buben.«

»Und ich für ein Mädel; so ein kleines, rosiges kuscheliges Baby ... ach, Richard, es soll schon lieber ein Mädel sein.«

»Schön, für dich ein Mädel, für mich einen Buben.«

Sie sahen sich an und lachten, fielen sich um den Hals und küßten sich.

An einem Morgen brach man auf zur Heimfahrt. Jürgen fuhr selbstverständlich mit. Sein Gepäck hatte er mit der Bahn vorausgeschickt, weil das Auto schon zu voll war. Man war sehr vergnügt auf der Fahrt, und Jürgen und Nanda lachte das helle Glück aus den Augen. Sie wurden von keinem Zweifel gequält, daß sie nicht füreinander bestimmt sein könnten. Jürgen erinnerte sich, wie sehr ihm Onkel Heinz das Wohl und Wehe Nandas ans Herz gelegt hatte vor seinem Tode, und es erschien ihm sicher, daß dieser, wenn er ihm ins Herz sehen könnte, sein Kind keinem ändern für das Leben anvertrauen würde als ihm.

Nanda aber dachte immer wieder daran, daß sie ja mit Jürgen im Grunde noch verlobt sei, es fiel ihr dann immer wieder seine Frage ein: Nun soll ich wohl erklären, daß ich mit Freuden und sofort dazu bereit bin, Sie freizugeben?

Ihr hatte es scheinen wollen, als protestiere etwas in seinem Herzen dagegen, sie freizugeben, als klinge seine Stimme bedrückt, als er ihr diese Frage vorlegte. Was sollte sie ihm antworten, wenn er diese Frage noch einmal an sie richten würde?

Wenn sie so weit war in ihren Gedanken, dann klopfte ihr das Herz bis zum Halse hinauf. Ach, sie wünschte absolut nicht, daß er mit Freuden und sofort dazu bereit sein würde, sie freizugeben. Im Gegenteil, ganz zag und leise gestand sie sich ein, daß er diese Frage nie wieder an sie richten, sondern ihr einfach erklären sollte, daß er freiwillig niemals auf sie verzichten würde. Aber, das konnte er doch nicht, weil er ihr versprochen hatte, sie sofort auf ihren Wunsch freizugeben. Ja ... auf ihren Wunsch? Aber wenn sie nun diesen Wunsch niemals aussprach? Mit einem scheuen Blick sah sie zu ihm hinüber, und im selben Moment wandte auch er ihr seine Augen zu. Erschrocken und doch beseligt hingen die beiden Augenpaare ineinander und lösten sich dann nur schwer.

Unterwegs machte man Station, um ein Mittagessen einzunehmen. Richard Vendal ließ es nie zu, daß seine Damen sich auf zu langen Fahrten überanstrengten. So wurde zwei Stunden haltgemacht. Jürgen und Nanda machten während dieser Zeit einen kurzen Spaziergang am Ufer des Rio de la Plata entlang, während Onkel und Tante eine Siesta hielten. Nanda erzählte Jürgen von ihrem Leben auf Farm Vendal und er staunte, als er hörte, wie großartig dort alles eingerichtet sei.

»Was denken Sie, Onkel besitzt Ländereien, die beinahe größer sind als ein deutsches Fürstentum. Vielen, vielen Menschen gibt er Lohn und Brot, und er sorgt großartig für alle seine Untergebenen. Wer aber ein besonderes Anliegen an ihn hat, kommt zuerst zur Tante und sie bringt dann alles so bei Onkel Richard an, daß alle diese Anliegen erfüllt werden, sofern sie überhaupt erfüllbar sind.«

Jürgen lachte. »Also dann verblassen wir kleinen deutschen Gutsbesitzer wohl vor ihm.«

Sie lachte mit.

»Reichenau und Heidersbach sind vielleicht zusammen nicht ein Zehntel so groß, wie sein Besitz, und bei der großen Viehzählung im Frühjahr wird alles Vieh zusammengetrieben. Er treibt auch Pferdezucht im großen. Ich besitze ein wundervolles, reinrassiges Reitpferd, einen Goldfuchs. Onkel Richard hat ihn zugeritten, als er noch ganz wild war. Später hat ihn dann Tante in die Schule genommen. Sie ist eine erstklassige Reiterin, und ich glaube, ich bin es inzwischen auch geworden, denn wir sind täglich stundenlang im Sattel. Wenn wir es irgend können, begleiten wir Onkel auf seinen Ritten durch seine Ländereien, damit er nicht soviel allein unterwegs ist.«

»Fabelhaft, wie Sie sich in diesen Betrieb eingefügt haben, Nanda!«

»Oh, das kommt ganz von selbst. Und dann wissen Sie ja auch, daß ich von Kind auf im Sattel zu Hause war. Als ich daher zu Zimmerarrest verurteilt wurde und nur jeden Tag zwei Stunden mit Fräulein Eugenie im Park spazieren gehen durfte – was übrigens eine Marter für mich war, da sie immer nur langsam Schritt für Schritt dahinschlenderte, wobei wir abwechselnd französische und englische Konversation trieben –, war es die größte Entbehrung für mich, daß ich nicht reiten durfte.«

Er sah sie mit brennenden Augen an.

»Oh, bitte, schweigen Sie davon, ich ertrage es nicht, mir vorzustellen, was man Ihnen angetan hat.«

Sie erschrak. »Bitte, verzeihen Sie mir, aber ich habe Sie in meinen Gedanken so vollständig von Ihrem Vater getrennt, daß ich oft vergesse, daß Sie zu ihm gehören.«

»Sie können mir keine größere Wohltat erweisen, als mich von ihm zu trennen«, stieß er bitter hervor.

Da nahm sie seine Hand.

»Armer Jürgen, ich kann Ihnen nachfühlen, wieviel Bitterkeit sich in Ihrem Herzen gegen Ihren Vater aufgespeichert hat, zumal jetzt, da Sie von Tante Sanna alles erfahren haben.«

Er drückte ihre Hand fest und warm und empfand es als eine große Wohltat, daß sich diese kleine, schlanke Mädchenhand so vertrauensvoll in die seine schmiegte.

»Ja, sie hat mir alles gesagt, und nun weiß ich, daß mein Vater der größte Feind meiner Mutter war. Wie hätte er ihr sonst das alles antun können! Wenn er sie nicht lieben konnte, dann durfte er sie auch nicht bitten, seine Frau zu werden. Aber da sie seine Frau geworden war, vertrauensvoll und voll Liebe, war es ein Verbrechen von ihm, sie immer wieder so zu kränken. Er hätte ihr doch für alles, was sie für ihn getan hatte, wenigstens die Illusion eines Glückes erhalten müssen. Daß er sich in Ihre Mutter verliebte, könnte ich vielleicht verstehen, wenn ich eine so geartete Leidenschaft überhaupt verstehen könnte, aber es lag nur an Ihrer Mutter, daß die meine von dieser Demütigung nichts erfuhr. Ihre Mutter war ein anbetungswürdiges, bezauberndes Wesen, und ich kann nicht verstehen, daß sich ein Mann ihr mit unreinen Wünschen näherte. Daß dieser Mann aber mein Vater war, das ... nein, das kann ich ihm niemals verzeihen.«

»Suchen Sie alles zu vergessen, Jürgen, es macht Sie nur bitter, und Sie quälen sich damit. Vielleicht wäre es besser gewesen, wenn Sie nie davon erfahren hätten, aber ich dachte mir doch, es müsse Sie befreien ... vollends befreien von jedem Einfluß Ihres Vaters.«

»Ja, ja, es wird mein Herz verhärten gegen ihn, ohne daß ich mir deswegen Vorwürfe zu machen brauche. Früher habe ich mich zuweilen deshalb gescholten, weil ich ihm im Herzen fremd und kalt gegenüberstand, aber jetzt sage ich mir, daß ich ein Recht dazu hatte. Mit einem gewissen Grauen denke ich daran, daß ich in Zukunft täglich mit ihm zusammenleben muß. Aber ... immerhin ist er mein Vater, und ich kann ihn nicht auf die Straße weisen.«

»Nein, das dürfen Sie nicht, seinetwegen weniger als Ihretwegen.«

»Nicht wahr, das sehen Sie ein, Nanda?«

»Ja, das sehe ich ein.«

»Aber, nun bedenken Sie, wenn ich nun eines Tages eine Frau heimführen möchte, mit welchen Gefühlen ich sie in dasselbe Haus führen würde, in dem auch mein Vater wohnt?«

Er sah sie dabei mit so angstvollem Blick an, daß ihr das Blut ins Gesicht schoß. Sie wußte, fühlte, mit dem Instinkt der Liebenden, daß er dabei an sie dachte. Unruhig suchte sie nach einer Antwort, die ihn beruhigen könnte. Und dann sagte sie:

»Reichenau ist doch groß genug. Sie könnten doch eine Trennung herbeiführen und brauchten ja Ihrer Frau nicht zuzumuten, mit Ihrem Vater ihr Leben zu teilen. Und außerdem ... sie stünde doch unter Ihrem Schutz.«

Er atmete auf. Sie waren wieder dicht an den Gasthof herangekommen, wo Onkel und Tante ihrer harrten. Onkel Richard stand schon am Auto und winkte ihnen zu.

Jürgen vermochte nicht weiter zu sprechen. Tief in Gedanken versunken, schritt er neben Nanda her. Sie sah von der Seite in sein Gesicht. Da wandte er ihr seine Augen zu, und in diesen lag eine bittere Not. Trotzdem er wußte, daß sie seine Frage hatte auf sich beziehen müssen, war er nicht beruhigt. Es war doch nicht möglich, Nanda in dasselbe Haus zu führen, in dem sein Vater lebte.

Er vergaß, daran zu denken, daß auch Heidersberg noch da war. Sie hätte ihn gern daran erinnert, aber das wagte sie doch nicht, es wäre zu deutlich gewesen.

Sie kamen nun an das Auto heran, und jetzt erschien

auch Tante Sanna, mit schlafroten Wangen. Lachend sagte sie: »Wie ein Murmeltier habe ich geschlafen. Muß ich mich nicht schämen?«

»Nein, das ist beneidenswert, Sanna! Nun wirst du für den Rest der Fahrt ganz frisch sein. Also einsteigen, Herrschaften, es geht weiter!«

Und wenige Minuten später sauste das Auto davon.

Über vier Wochen war Jürgen schon auf der Farm Vendal zu Gast, und seine Gastgeber wußten ihm den Aufenthalt so angenehm zu machen, daß er nur ungern an die Abreise dachte. Täglich war er stundenlang mit Nanda zusammen. Sie ritten, ruderten, segelten und trieben allerlei Sport zusammen. Auch Vendals beteiligten sich mit noch ungebrochener Jugendkraft daran. Für Jürgen und Nanda war es wie ein Leben im Paradies. Die beiden jungen Menschen lernten einander in dieser Zeit erst so richtig kennen, und ihre Liebe wurde immer stärker und tiefer. Sie machten einander auch kaum noch einen Hehl daraus, wenn sie auch kein Wort darüber sprachen. Aber ihre Augen verrieten ihr Fühlen, der Klang ihrer Stimmen, das leise Beben ihrer Hände, wenn sie einander berührten.

Jürgen hätte seiner Liebe gern Ausdruck gegeben, aber ihn quälte noch immer der Gedanke, daß er Nanda aus diesen paradiesischen Verhältnissen in eine Umgebung verpflanzen sollte, in der auch sein Vater lebte. Immer wieder fragte er sich, ob er Nanda das zumuten dürfe, ob ihr Onkel und ihre Tante dareinwilligen würden.

Zu seiner Qual mußte er bei dem geselligen Verkehr, der im Vendalschen Hause gepflegt wurde, mit ansehen, wie die jungen Herren Nanda umschwärmten. Das wurde ihm nur erträglich, wenn ihre Augen den seinen begegneten und wenn es dann in diesen wundervollen

Augen aufleuchtete, sehnsüchtig – wie in den seinen. Dann war er für eine Weile beruhigt, bis er wieder in Zweifel und Unruhe verfiel.

War er dann wieder mit ihr allein, oder nur in Gesellschaft von Onkel und Tante, dann fiel alle Unruhe von ihm ab. Er spürte es dann wieder ... sie dachte an keinen anderen. Und das war wundervoll beglückend und beruhigend.

Eines Morgens beim gemeinsamen Frühstück sagte er aufseufzend:

»Ich bin nur neugierig, wann Sie mir klarmachen werden, daß ich meinen Besuch nun schon reichlich lang ausgedehnt habe?«

Dabei bemerkte er mit starkem Herzklopfen, daß Nanda erblaßte und ihn erschrocken ansah.

Richard Vendal, dem Jürgen sehr lieb geworden war, wie seiner Frau auch, lachte behaglich.

»Meinetwegen können Sie Daueraufenthalt in meinem Hause nehmen, das liegt nur an Ihnen.«

Jürgen, der das Ehepaar Vendal sehr ins Herz geschlossen hatte, sah ihn ebenfalls lachend an und hob warnend den Finger.

»Seien Sie vorsichtig, Herr Vendal, es gibt Leute, die so etwas ausnützen.«

»Zu denen gehören Sie leider nicht«, scherzte Tante Sanna.

Nanda aber fragte leise: »Müssen Sie schon fort, Jürgen?«

Ein tiefer Atemzug hob seine Brust. »Es ist im Grunde strafbar, daß ich hier wochenlang in Nichtstun schwelge. Wenn es nur nicht so schön hier wäre!«

Dabei sah er Nanda an, so daß sie sehr wohl begreifen mußte, daß sie die Hauptursache dafür war.

Tante Sanna sah von einem zum anderen, und dann

sagte sie ruhig: »Es kommt gar nicht in Frage, daß wir Sie schon fortlassen.«

Jürgen küßte ihr die Hand.

»Ich komme mir sehr unbescheiden und aufdringlich vor, wenn ich ergebenst bei Ihnen anfrage, ob ich noch vierzehn Tage bleiben darf. Sie müssen es mir aber ganz offen sagen, wenn ich Ihnen lästig werde.«

»Wir werden Ihnen das sicherlich nicht sagen«, scherzte Onkel Richard, »sondern wir werden sämtliche Fenster und Türen aufreißen und einen Dauerdurchzug veranstalten, wenn wir Sie los sein wollen. Nach diesem Rezept arbeitet ein uns bekannter Herr, wenn in seinem Hause eine Gesellschaft stattfindet. Er findet dann die Luft zu dick und die Hitze zu groß. Es beginnt dann zu ziehen, daß alles fliegt ... und die Gäste selbstverständlich auch.«

Jürgen lachte. »Also werde ich inzwischen schon Flugversuche machen.«

»Strapazieren Sie sich nicht unnötig. Sie werden von uns ganz bestimmt nicht an die Luft gesetzt werden, wir sind viel zu froh darüber, einen so angenehmen Gast zu haben.«

Das sagte Frau Sanna und nickte ihm zu, während sie ihm eine Scheibe Toast mit Butter bestrich und mit einer Schinkenschnitte belegte.

Als sie das auf seinen Teller legte, küßte er ihr verehrungsvoll und dankbar die Hand. Sie nickte ihm lächelnd zu, und dann sah sie ihren Gatten an, der sie verständnisinnig anlachte. Er hatte am Abend vorher zu ihr gesagt:

»Also ich akzeptiere Jürgen Halden als Sohn, wir werden in Zukunft einen Sohn und ein Töchterchen haben. Sie passen so wundervoll zusammen, daß ich restlos einverstanden bin.«

Daran mußten sie jetzt beide denken.

Nach dem Frühstück machte Tante Sanna einen Inspektionsgang durch das Haus, während ihr Gatte sich nach dem Verwaltungstrakt begab. Nanda wollte die Tante begleiten, um ihr zu helfen, aber diese bemerkte Jürgens sehnsuchtsvollen Blick und meinte:

»Ich kann dich heute nicht brauchen, Nanda, und wer soll unsern Gast unterhalten? Schließlich bist du als seine Nachbarin die nächste dazu. Also, auf Wiedersehen!«

Jürgen und Nanda schlenderten zum Strom hinunter, und Jürgen machte dort ein Ruderboot flott. Nanda ließ sich am Steuer nieder, und sie fuhren davon, stromaufwärts.

Jürgen strengte sich beim Rudern nicht sehr an, er brauchte zuviel Aufmerksamkeit für Nanda. Immer wieder sah er sie mit brennenden Augen an.

»Können Sie sich vorstellen, Nanda, daß ich nur ungern an meine Abreise denke?«

Sie errötete. »Warum denken Sie auch an so unangenehme Dinge?«

»Ist meine Abreise auch für Sie ein unangenehmes Ding?«

»Das müssen Sie doch wissen, Jürgen, Sie verkörpern mir doch die Heimat. Solange Sie hier sind, fühle ich mich mit ihr verbunden.«

Er zog die Ruder ein, beugte sich vor und faltete seine Hände.

»Und ich fühle mich hier wie zu Hause – weil Sie hier sind«, sagte er mit verhaltener Stimme.

Wieder wurde sie rot. »Dann ist ja Hoffnung, daß Sie noch recht lange bleiben.«

»Wünschen Sie das wirklich?«

Sie sah in seine heißen, sehnsüchtigen Augen hinein, schloß dann die ihren und lehnte sich zurück.

»Ja!« sagte sie leise. Nur dieses eine Wort, aber es verriet ihm viel.

Plötzlich ergriff er die Ruder wieder und ruderte an Land. Er befestigte das Boot an einem Baum und streckte ihr die Hände entgegen, um ihr an das Ufer zu helfen. Es war ein sehr idyllisches Plätzchen, wo sie landeten; hier hatten sie schon manche Stunde verplaudert. Ohne ein Wort zu sprechen, warf sich Nanda auf einen Rasenplatz unter den Bäumen, und er ließ sich neben ihr nieder. So saßen sie beisammen, ganz stumm, und sahen auf das Wasser und auf die vorüberziehenden Schiffe und Boote.

»Nanda!«

Sie wandte langsam den Kopf nach ihm.

»Was wünschen Sie, Jürgen?«

»Ich habe Ihnen damals in Buenos Aires auf der Hotelterrasse eine Frage vorgelegt, die Sie mir nicht beantwortet haben. Gestern abend sah ich Sie sehr angeregt mit einem der jungen Herren plaudern, die Ihnen den Hof machen. Da kam mir die Frage wieder. Ich lege sie Ihnen auch jetzt noch einmal vor. Verlangen Sie von mir, daß ich Sie freigebe?«

Sie warf sich auf die Seite und barg das Gesicht in ihrem Arme.

»Nein, ach nein, ich verlange es nicht ... wenn Sie es nicht selbst wollen.«

»Nanda!«

Das klang wie ein Jauchzen. Er zog ihr den Arm vom Gesicht und beugte sich zu ihr nieder.

»Nanda!«

Ganz leise und zärtlich klang jetzt ihr Name an ihr Ohr.

Da sah sie zu ihm auf, mit einem Blick, der ihm all ihr Fühlen und Denken enthüllte.

Immer tiefer beugte er sich hinab – bis seine Lippen

auf den ihren ruhten, fest und innig, in einem Kuß, der nicht enden wollte. Sie lag ganz still und rührte sich nicht, und er fühlte, wie sie ihm gehörte, mit jedem Pulsschlag, mit jedem Gedanken.

Als er sich nach langer Zeit aufrichtete und sie sich in die Augen sahen, fuhr sie hastig empor und strich sich das Haar zurück.

So saßen sie nebeneinander, und er legte den Arm um sie und zog sie nah zu sich heran.

»Nanda, diesen Augenblick habe ich heiß herbeigesehnt und habe ihn doch gefürchtet.«

Mit einem verträumten, glücklichen Lächeln sah sie zu ihm auf. »Warum gefürchtet, Jürgen?«

»Weil mich der Gedanke quälte, daß ich dich in ein Haus führen muß, in dem auch mein Vater lebt.«

Sie legte den Kopf vertrauensvoll an seine Brust.

»Das mußt du doch nicht, Jürgen.«

»Aber süße Nanda, ich muß doch nun mein Erbe antreten und Reichenau bewirtschaften.«

Mit einem schelmischen Blick sah sie zu ihm auf.

»Und da ist dir gar kein Ausweg eingefallen, Jürgen?«

Erstaunt sah er sie an.

»Was für ein Ausweg?«

»Nun, du wirst in Zukunft doch Heidersberg und Reichenau zu verwalten haben, das kannst du doch vom Heidersberger Herrenhaus aus ebensogut wie vom Reichenauer. Wir wohnen eben in Heidersberg, und dein Vater kann in Reichenau leben bis zu seinem Tode.«

Er lachte auf ... glücklich erlöst wie ein Junge. Und dann küßte er sie, bis sie beide atemlos waren. Aufatmend sagte er dann: »Eine wundervolle Lösung, süße Nanda! Daran hatte ich wirklich nicht gedacht, damit hätte ich mir viel Sorge und Unruhe ersparen können.

Ich habe kaum gewagt, daran zu denken, dich mit meinem Vater in einem Hause wohnen zu lassen.«

Sie lachte leise.

»Denkst du, ich hätte mich dadurch abschrecken lassen, wenn wir nur Reichenau zur Verfügung gehabt hätten?«

»So lieb hast du mich?«

»Noch viel, viel lieber! Hättest du auf mich verzichtet, wenn ich dich zum Beispiel mit einer bösen Schwiegermutter hätte zusammenbringen müssen?«

»Nein – o nein!«

»Siehst du wohl, und ich fürchte mich auch nicht vor einem bösen Schwiegervater. An deiner Seite, unter deinem Schutze kann er mich nicht mehr erschrecken. Aber etwas anderes bedrückt mich nicht wenig, Jürgen, und ich komme mir sehr egoistisch vor.«

»Ach, ich weiß, der Gedanke an Onkel und Tante?«

Sie nickte.

»Ja, ich bin nämlich eingebildet genug, zu behaupten, daß es ihnen sehr schmerzlich sein wird, sich von mir zu trennen.«

Wieder küßte er sie. »Das kann ich ihnen nur zu gut nachfühlen. Aber so selbstlos kann ich nicht sein, ihretwegen auf dich zu verzichten.«

Sie barg ihr Gesicht an seiner Schulter.

»Nein, so selbstlos kann ich auch nicht sein, ihretwegen von dir zu lassen. Aber es wird mir sehr schwer, ihnen zu sagen, daß ich sie verlassen muß, um mit dir zu gehen. Sie haben es nicht um mich verdient, daß ich ihnen Schmerzen bereite.«

Ein wenig verzagt sahen sie sich an, auch Jürgen fühlte sich bedrückt durch den Gedanken, Vendals Nanda zu nehmen.

Aber dann vergaßen sie erst einmal alle beide wieder für lange Zeit alles andere auf der Welt. Hatten sie sich doch so vieles zu sagen, was nur sie beide anging und was alle Liebespaare, die sich endlich gefunden haben, einander zu sagen haben.

Dabei verging die Zeit sehr schnell, denn ihre Lippen hatten auch noch etwas anderes zu tun, als zu reden. Immer wieder küßten sie einander zärtlich und hingebungsvoll, und sie achteten nicht einmal darauf, ob sie von den vorüberfahrenden Schiffen aus beobachtet werden konnten. Es hätte wohl kaum ein großes Wundern bei den Vorüberfahrenden gegeben, denn:

»Des Mondes Rund und der Liebe Gebärden
Sind überall die gleichen auf Erden.«

Sie wurden jedenfalls nicht gestört, und erst nach langer Zeit richtete sich Nanda erschrocken auf.

»Mein Gott, wie spät ist es denn?«

Er sah auf seine Armbanduhr. »Fast ein Uhr, Nanda.«

Sie sprang auf. »Schnell, schnell, nach Hause!«

Er fing sie erst noch einmal ein und küßte sich noch einmal satt. Dann hob er sie wie ein Kind auf seine Arme und trug sie in das Boot. Behutsam ließ er sie auf der Steuerbank nieder.

»So will ich dich durchs Leben tragen. Süße, kein Stein soll deinen Fuß verletzen.«

Sie sah zärtlich zu ihm auf.

»Jürgen, wie lieb habe ich dich!«

Er kniete vor ihr nieder und umfaßte sie.

»Sag das noch einmal!« bat er.

»Ich liebe dich, Jürgen ... lange, lange schon!«

»Wie lange?«

»Ich glaube, seit ich dir als Monstrum unter die Augen trat. Da bekam ich einen ganz seltsamen Schrecken, als du mich mit so lieben, guten Augen ansahst. Und manchmal habe ich denken müssen: Wenn er dich doch nie, niemals freigeben würde.«

Er lachte glücklich auf.

»Da habe ich also umsonst Angst gehabt, daß du mich um deine Freiheit bitten würdest?«

»Ganz umsonst, du dummer, lieber, geliebter Jürgen!«

Er drückte sie innig, aber doch behutsam an sich, und diese Behutsamkeit rührte sie, weil sie fühlte, wieviel Kraft es ihn kostete, sich zu beherrschen.

Aber dann mahnte sie zur Heimfahrt. Und er setzte sich ans Ruder. Es ging jetzt flußabwärts, und sie waren schnell am Bootshaus. Hand in Hand liefen sie auf das Wohnhaus zu.

Tante Sanna stand schon am Fenster und schaute nach Nanda und Jürgen aus, und als sie die beiden so Hand in Hand daherkommen sah, mit geröteten, glücklichen Gesichtern, da wußte sie, was geschehen war. Sie drückte die Hand aufs Herz und zwang sich zur Ruhe. Jede Mutter mußte das durchmachen, daß sie ihr Kind hergeben mußte, wenn es dem Menschen folgen wollte, den es liebt. Also mußte auch sie tapfer sein. Kein Schatten durfte auf Nandas Glück fallen. Sie zog sich vom Fenster zurück, um von draußen nicht gesehen zu werden. Jürgen und Nanda verhielten in der Halle des Hauses erst noch einmal ihre Schritte, um sich zu küssen, dann traten sie Hand in Hand in das Wohnzimmer, wo sich Tante Sanna befand, traten vor sie hin und sahen sie stumm und flehend an. Sie wagten beide nicht zu sprechen, und Frau Sanna fühlte, sie wollten ihr nicht weh tun. Darum nahm sie beide zusammen in ihre Arme und sagte bewegt, aber tapfer:

»Zwei Kinder habe ich nun, zu der Tochter auch noch einen Sohn, ich gebe keines von euch her, daß ihr's nur wißt.«

Sie wurde jubelnd umfangen.

»Tante Sanna, kluge Tante Sanna, so kannst nur du

sprechen, du bist wundervoll gütig wie immer!« rief Nanda weinend und sie küssend. Und Jürgen preßte seine Lippen auf Tante Sannas Hand.

»Ich danke Ihnen, danke Ihnen von ganzem Herzen, daß Sie uns glücklich sein lassen wollen, und daß Sie keine Bitterkeit in unsern Glücksbecher träufeln. Wir hatten große Angst, Ihnen weh tun zu müssen.«

Hastig wischte Frau Sanna einige Tränen fort.

»Wir haben es doch schon kommen sehen und konnten damit fertig werden, ehe es so weit kam. Und nochmals, wir gewinnen ja einen Sohn zu unserem Töchterchen. Sie müssen uns ein Sohn werden, nein du, Jürgen, du mußt uns ein Sohn werden.«

Und sie küßte ihn auf die Stirn. Er umarmte sie und dankte ihr ergriffen.

»Wenn ich es darf, wie gern ... wie gern! Darf ich ›Tante Sanna‹ sagen?«

»Nein, von heute an will ich Mutter Sanna sein! Ich denke, ich habe es mir verdient.«

»Tausendmal, Liebste, Beste!«

»Nein, Nanda, heute erst, heute fühle ich mich erst ganz als Mutter, weil ich Opfer bringen muß wie eine echte Mutter. Und Onkel Richard, den müßt ihr nun gleich Vater Richard nennen, wenn er kommt. Dann weiß er gleich alles.«

Und Richard Vendal wußte wirklich gleich alles, als die beiden jungen Menschen ihn bei seinem Nachhausekommen überfielen und ihn Vater Richard nannten. Er sah zu seiner Frau hinüber, drückte das Brautpaar an sein Herz und umfaßte dann seine Frau.

»Nun, Mütterchen Sanna, wie ist dir nun zumute?«

Sie lachte unter Tränen.

»Schwiegermütterlich, Richard!«

Sie küßten sich, und diese Gelegenheit ergriff das

Brautpaar selbstverständlich ebenfalls, um sich zu küssen.

Bei Tische wurde dann auf das Wohl des Brautpaars angestoßen, und nachher wurde alles Nötige besprochen. Vendals baten sich aus, daß Jürgen noch mindestens zwei Monate bei ihnen bleiben sollte. Dann sollte die Hochzeit des jungen Paares in ihrem Hause gefeiert werden. Inzwischen würde in Heidersberg alles zum Empfang des jungen Paares vorgerichtet werden. Hermann bekam ein ausführliches Telegramm, daß er die nötige Dienerschaft, am liebsten die alte, engagieren solle, daß Christine wieder die Herrschaft in der Küche anzutreten habe und daß alles im Hause in Ordnung gebracht werden müsse. Nanda war davon überzeugt, daß man Hermann das alles überlassen könne.

An Jürgens Vater wurde nur ein kurzes Telegramm mit der Verlobungsanzeige des jungen Paares gesandt; welche Gefühle diesen beim Empfang des Telegramms beseelten, hat nie jemand erfahren.

Jürgen war mit allem einverstanden und glückselig, daß ihm keine längere Wartezeit bis zur Hochzeit auferlegt wurde. Er hatte Angst gehabt, daß man ihn vorläufig allein wieder nach der Heimat schicken würde. Das brachten Vendals aber nicht übers Herz, als sie in die beiden jungen Augenpaare sahen. Sie erklärten aber gleich, daß die Reise, die sie zu Nandas einundzwanzigstem Geburtstage geplant hatten, auf dem Programm bleiben würde. Zu dieser Zeit sollte ihr erster Besuch bei dem jungen Paar stattfinden.

Jürgen und Nanda verlebten gemeinsam die schönste Zeit ihres Lebens. Von allen Sorgen und Nöten losgelöst, konnten sie nur dem Glück ihrer jungen Liebe leben, und sie wußten, daß jeder Tag sie der vollen Erfüllung ihres Glückes näherbringen würde. Mutter Sanna hatte alle Hände voll zu tun, um die Vorbereitungen zur Hochzeitsfeier zu treffen. Viele Gäste wurden geladen, und Vater Richard neckte seine Frau, weil sie sich so inbrünstig in diese Vorbereitungen vertiefte. Sie schüttelte ihn dann ein wenig an den Schultern und sagte lachend:

»Ich habe ja nur diese eine Tochter zu verheiraten, dieses Vergnügen wird mir nicht zum zweiten Male zuteil, also muß ich es gründlich auskosten.«

Sie fuhr in dieser Zeit noch einmal mit Nanda und Jürgen nach Buenos Aires, wo Nandas Ausstattung bestellt wurde. Auch dabei konnte sich Mutter Sanna nicht genug tun; das Schönste und Beste war ihr gerade gut genug.

Nanda erschienen diese Wochen wie ein einziger großer Glückstraum. Alle wetteiferten darin, sie zu verwöhnen mit Liebe und Güte, und sie wußte nicht, wem sie am dankbarsten sein sollte.

Von Georg Halden kam dann eine Glückwunschdepesche, die er sich abgerungen hatte, nachdem er seinen Ärger, daß nun alles ohne sein Zutun so gut für seinen Sohn abgelaufen war, bezwungen hatte.

Schöne Gefühle waren es nicht gewesen, die ihn bewegten, als er die Verlobungsanzeige bekommen hatte. Er ahnte sehr wohl, daß sein Sohn nun auch die volle Wahrheit über ihn erfahren würde oder schon erfahren hatte. Sanna Vendal würde Jürgen gewiß nichts verschweigen von dem, was in der Vergangenheit lag.

Aber seit der Auseinandersetzung mit seinem Sohn war er merklich niedergedrückt. Ihm war, als seien ihm alle seine Pläne zu Wasser geworden. Um seine Enttäuschung zu verwinden, hatte er mehr als je dem schweren Burgunder zugesprochen, was zur Folge hatte, daß selbst bei geringfügigen Ursachen Wutausbrüche erfolgten, so daß seine Leute sich immer mehr vor ihm fürchteten.

Nach Heidersberg kam er gar nicht mehr. Einige Male hatte er von Eugenie Sanders Bittgesuche erhalten. Es ging ihr sehr schlecht, sie hatte keine Stellung wieder gefunden, hatte mit ihren Ersparnissen ein kleines Konfitürengeschäft eröffnet, das aber nicht sehr florierte, wodurch sie oft genug in bedrängte Lage geriet. Aber Georg Halden zerriß solche Briefe und warf sie, ohne sie zu beantworten, in den Papierkorb.

Von alledem wußte Jürgen selbstverständlich nichts. Und in dieser Zeit, da er so glücklich war, dachte er kaum an seinen Vater. Er war nur froh, daß er Nanda nicht nach Reichenau zu bringen brauchte, sondern mit ihr in Heidersberg leben konnte, solange sein Vater lebte.

So brauchte er nicht in zu nahe Berührung mit ihm zu kommen.

Der Hochzeitstermin für das junge Paar kam heran, viel schneller, als sie geglaubt hatten. Sie wurden in Rosario getraut, und von dort fuhr das Brautpaar mit Vendals und den Hochzeitsgästen in einer langen Reihe von Autos nach Farm Vendal.

Hier wurde die Feier im großen Stil abgehalten. Ehe Nanda mit Jürgen nach Rosario zur Trauung gefahren war, kam auch ein Telegramm von Hermann und Christine.

Es lautete:

»Alles in bester Ordnung und zum Empfang bereit – tausend Glückwünsche. Hermann und Christine.«

»Du, Jürgen, ich glaube, diese beiden treuen Menschen freuen sich ehrlich, daß wir heimkommen!«

Er zog sie an sich und sah sie zärtlich an.

»Ganz Heidersberg freut sich auf sich auf seine junge Herrin, dessen bin ich gewiß, meine Nanda!«

So waren sie nach Rosario gefahren. Als sie von der Trauung heimkehrten, war abermals ein Telegramm von Georg Halden angekommen. Es enthielt Glückwünsche zur Vermählung, nichts weiter. Und Jürgen fragte sich, wie der Vater wohl jetzt seiner Schwiegertochter entgegensehen würde. Sicherlich hatten sich seine Gefühle für sie in keiner Weise geändert, wenn er auch sozusagen klein beigeben mußte.

Die Hochzeitsfeier verlief glänzend. Das junge Paar wurde mit Glückwünschen und Aufmerksamkeiten überschüttet. Auch die abgeblitzten Bewerber Nandas hatten sich in das Unvermeidliche gefügt, und vielleicht war es ihnen ein Trost, daß keiner von ihnen zum Ziele gekommen war, sondern ein Mann, der schon seit ihrem fünfzehnten Jahre mit Nanda verlobt war. Das hatte sich herumgesprochen.

Mutter Sanna wurde fast nicht weniger gefeiert als die Braut, denn sie war sehr beliebt in der Gesellschaft. Und sie verbarg tapfer ihren Schmerz, daß sie ihr Töchterchen hergeben mußte. Sie rettete sich mit ihren Gefühlen in das Bewußtsein, daß sie an Jürgen wirklich einen liebevollen Sohn erhalten hatte, der ihr jeden Wunsch von den Augen ablas und ihr immer wieder dankte, daß sie ihm sein Glück nicht mit Jammern und Klagen vergällte.

Gleich nach der großen Tafel brach das Brautpaar nach Buenos Aires auf, wo es noch für einige Tage im Hotel Wohnung nahm. Zum Abgang ihres Dampfers wollten Vendals kommen und einen letzten Abschied nehmen.

Innig umschlungen fuhr das junge Paar nach Buenos Aires, alles hinter sich lassend außer ihrem Glück.

Mutter Sanna und Vater Richard blieben zurück, und

es war gut, daß sie sich noch lange Zeit ihren Gästen zu widmen hatten.

Am nächsten Tage, als alles im Haus dabei war, die Spuren des Festes zu verwischen, kam eine Depesche aus Reichenau, an Jürgen adressiert. Mutter Sanna nahm sie in Empfang und öffnete sie, um zu prüfen, ob sie dem jungen Paare nachgeschickt werden sollte.

Die Depesche war von Hermann aufgegeben worden und lautete:

»Georg Halden infolge Schlaganfalls plötzlich verschieden – Verwalter und Notar ordnen alles Nötige. Hermann.«

Mutter Sanna tat einen tiefen Atemzug. Eine große heimliche Angst fiel von ihr ab. Der Feind Nandas lebte nicht mehr, konnte ihr nichts Schlimmes mehr zufügen. Das hatte der Himmel herrlich gefügt.

Sie lief hinüber nach dem Verwaltungsgebäude, wo sie ihren Gatten wußte. Mit der offenen Depesche in der Hand trat sie vor ihn hin und reichte sie ihm stumm. Er las, ließ sie sinken ... und atmete gleichfalls erlöst auf.

»Ich kann nur sagen: Gott sei Dank! Das bewahrt unser junges Paar vor allen weiteren Konflikten«, sagte er wie erlöst.

Georg Haldens Tod konnte bei ihnen keine Trauer auslösen.

Mutter Sanna fragte nun:

»Sollen wir den Inhalt des Telegramms nach Buenos Aires ins Hotel telefonieren?«

Richard Vendal schüttelte energisch den Kopf.

»Nein! Jürgen käme ja doch nicht zur Beerdigung nach Hause, und sie erfahren diese Nachricht noch früh genug, wenn wir ihnen das Telegramm vor Abgang des Dampfers bringen. Der tüchtige Hermann depeschiert ja, daß alles Nötige geordnet wird. Alle Schuld rächt sich auf Erden, Sanna. Jetzt ist dieser Mann, der nur Haß und Feindschaft säte, einsam und verlassen gestorben, und sein Sohn wird nicht einmal zeitig genug kommen, um ihm die letzte Ehre zu erweisen.«

Mutter Sanna nickte und seufzte tief auf.

»Nur gut, daß diese Nachricht das Fest unserer Kinder nicht störte.«

»Sehr richtig, und es soll auch die ersten Glückstage ihrer jungen Ehe nicht stören.«

So erhielt Jürgen erst Nachricht vom Tode seines Vaters, als er von Vendals Abschied nahm. Trotz allem war er erschüttert. Mag ein Kind sich durch das Leben noch so weit von den Eltern entfernt haben, gleichviel, durch wessen Schuld ... der Tod eines Vaters und einer Mutter wird doch ans Innerste rühren. So erging es auch Jürgen. Mit dem Tode seines Vaters war alles vergessen, was dieser Böses getan hatte. Nur tiefe Trauer war in ihm, daß sein Vater sich und andere so glücklos gemacht hatte.

Der Abschied von Vendals fiel dem jungen Paar sehr schwer, aber sie hatten den Trost, daß diese beiden lieben und geliebten Menschen zu Nandas einundzwanzigstem Geburtstag nach Heidersberg kommen würden. Trotzdem stand Nanda herzbrechend weinend neben Jürgen an der Reling, als sich der Dampfer in Bewegung setzte. Und drüben am Kai stand Mutter Sanna, von ihrem Gatten liebevoll umschlungen, und weinte ebenso herzbrechend. Die beiden Männer wahrten ihre Fassung, aber auch in ihren Augen glänzte ein feuchter Schein.

»Siehst du, meine Sanna, Mutter sein, heißt Schmerzen leiden!« sagte Richard Vendal zärtlich.

Sie winkten beide ihren Kindern nach, die sie sich durch Liebe zu eigen gemacht hatten. Und Jürgen und

Nanda winkten zurück, solange sie noch etwas von ihnen sehen konnten.

Jürgen zog Nanda dann mit sich fort, und in seinen Armen, in seine Liebe eingehüllt wie in einen warmen Mantel vergaß sie den Trennungsschmerz. Es ist das Vorrecht der Jugend, Schmerzen schneller zu verwinden, als das Alter es vermag.

15

Georg Halden war zu Grabe getragen worden. Es gab wohl kaum ein Herz, das ehrlich um ihn trauerte.

Sein Tod war durch einen erneuten Wutausbruch erfolgt. Er hatte abermals von Eugenie Sanders einen Brief bekommen, in dem sie ihm drohte, der Öffentlichkeit zu übergeben, zu welchen Zwecken er sie »mißbraucht« habe. Dazu wäre sie gut genug gewesen. Er hätte ihr durch seine Machenschaften ihr ganzes Leben zerstört, hätte sie um eine glänzende Stellung gebracht. Seinetwegen sei sie in Not geraten, und an ihm sei es nun, ihr zu helfen. Sie wisse vor Verzweiflung nicht mehr, was sie tun solle, und müsse unbedingt zweitausend Mark haben, um sich ihre bescheidene Existenz erhalten zu können.

In diesem Tone hatte sie sich vier Seiten lang verbreitet, und die Folge war, daß Georg Halden bei dieser Lektüre der längst drohende Schlaganfall ereilte.

Zufällig war gerade Hermann in Reichenau gewesen, um einige Sachen für Herrn Jürgen nach Heidersberg zu holen, wie es Hermann durch einen Brief, den Nanda und Jürgen gemeinsam an ihn geschrieben hatten, befohlen worden war.

Man holte ihn an das Lager Georg Haldens. Dieser war zwar noch nicht tot, kam jedoch nicht wieder zur Besinnung. Hermann erblickte in seiner zusammengeballten Hand ein Papier, und als er sich darüber beugte, las er den Namen: Eugenie Sanders. Da sagte sich der umsichtige treue Diener, daß dieses Schreiben am besten verschwände, bis er es in die Hände seiner jungen Herrschaft legen könnte. Er löste den Briefbogen sorgsam aus Georg Haldens Händen und steckte ihn zu sich. Zu Hause schloß er ihn, ohne ihn gelesen zu haben, in ein Kuvert und verwahrte das für Jürgen Halden.

Das Begräbnis Georg Haldens verlief ziemlich still und ohne große Beteiligung. Er war sehr wenig beliebt gewesen, auch bei seinen Nachbarn, die er durch sein galliges Temperament oft vor den Kopf gestoßen hatte. Auch war allerlei durchgesickert von seinem unverantwortlichen Benehmen als Fernanda Rolands Vormund.

Es blieb nur noch wenig Zeit, um in Heidersberg und Reichenau alles zum Empfang des jungen Paares vorzubereiten; auch Reichenau sollte nun noch instand gesetzt werden, das war Hermanns Ehrgeiz.

Als das junge Paar nach einer wundervollen Seereise in Heidersberg eintraf, flatterte über dem Herrenhaus die Begrüßungsflagge. Alles war mit Blumen bekränzt, alles im Hause blitzte und blinkte. Der größte Teil der alten Dienerschaft war wieder zur Stelle und bewillkommnete das junge Paar begeistert. Auch der Verwalter hatte sich eingefunden. Hermann und Christine standen aufgeregt unter dem Portal und strahlten über die alten, treuen Gesichter, als Nanda sie mit der ganzen herzlichen Dankbarkeit ihres Wesens begrüßte und Jürgen ihnen die Hände schüttelte.

Als das junge Paar glückselig die erste Mahlzeit in seinem schönen Heim einnahm, brachte Hermann den

Brief herbei, den er Jürgens Vater aus den Händen genommen hatte. Jürgen überflog ihn und reichte ihn stumm seiner jungen Frau. Auch Nanda las das Schreiben und konnte nicht anders, sie mußte Eugenie bemitleiden.

»Jürgen, wir wollen ihr die zweitausend Mark schikken, wenn sie es auch nicht um mich verdient hat.«

Er faßte ihre Hand und drückte seine Lippen darauf.

»Das bist du nun, meine Nanda! So kannst nur du sprechen. Meinetwegen sende ihr das Geld, von dir wird sie es nicht als Schweigegeld auffassen, wohl aber, wenn es von meiner Seite kommen würde. Solche Menschen wachsen sich sonst zu Erpressern aus.«

Das sah Nanda ein. Und so erhielt Eugenie Sanders einige Tage später zweitausend Mark von Nanda. Sie hatte schon erfahren, daß Georg Halden auf Reichenau einem Schlaganfall zum Opfer gefallen war und somit gewußt, daß ihr Brief erfolglos gewesen war. Zum Glück erfuhr sie nicht, daß er der Anlaß zu diesem Schlaganfall gewesen war. Das von Nanda gesandte Geld traf gerade in dem Moment ein, in dem Eugenie ihren kleinen Laden für immer schließen sollte. Es brachte ihr eine neue Existenzmöglichkeit, und die Reue, daß sie es damals so schlecht mit Nanda gemeint hatte, überfiel sie von neuem.

Das brachte sie auch in ihrem Dankschreiben an Nanda zum Ausdruck, aber auf den Rat ihres Mannes erwiderte Nanda kein Wort auf diesen Brief.

»Du wirst sie sonst nie wieder los, Nanda«, hatte er ihr gesagt.

Das sah sie ein ... wie alles, was Jürgen sagte.

Ein ungetrübtes, schattenloses Glück war mit dem jungen Paar in Heidersberg eingezogen. Nanda und Jürgen blieben im Heidersberger Herrenhaus wohnen, es war ihnen beiden zumute, als habe Schloß Reichenau die Haßatmosphäre in sich eingesogen, die Georg Halden immer um sich verbreitet hatte. Reichenau würde noch lange Zeit nur von Licht und Sonne durchflutet werden, ehe es wieder bewohnt werden sollte ...

Das junge Paar fand viele Arbeit und Pflichten und seine Liebe erfüllte es mit großer Glückseligkeit.

Sie waren einander alles, gingen ganz ineinander auf und konnten glückselige Briefe an Mutter Sanna und Vater Richard senden, damit auch diese beiden geliebten Menschen an ihrem Glück teilnehmen konnten, bis sie nach Jahresfrist wieder für längere Zeit zusammensein würden, worauf sich alle vier herzlich freuten.

Hedwig Courths-Mahler

Du bist meine Heimat

BASTEI LÜBBE

1

Vom Meer herüber kam eine frische Brise und fegte das Dünengras auf und nieder. Es sah aus, als wenn grüngelbe Wogen die Hänge überfluteten und dem zerzausten Kiefernwald zuflössen. Die ganze Nacht hatte es gestürmt, nun war der Wind abgeflaut und trieb nur noch sein Spiel mit all den Dingen, die er zuvor so wütend geschüttelt hatte. Er lockerte den feinen Dünensand und blies ihn davon, um dann, als sei er des Spiels müde, wieder in sich zusammenzusinken.

Noch einmal erhob er sich, um spielerisch über die schlanke Frauengestalt herzufallen, die soeben aus dem Wald trat und auf die Düne emporkletterte. So recht übermütig faßte er ihre Kleider und trieb sie so fest um die schlanke Gestalt, daß sich die jugendschönen Formen zart abzeichneten. Er schien großen Gefallen an diesem übermütigen Spiel zu finden, denn immer wieder erhob er sich, und die junge Dame mußte sich lachend des Ungestümen erwehren und konnte kaum vorwärtskommen. Aber das lustige Spiel schien ihr ebensoviel Spaß zu machen. Tapfer hielt sie stand und kletterte bis auf den Kamm der Düne empor. Hier blieb sie aufatmend stehen, strich sich das Haar aus der Stirn und ließ den Blick weit über das noch aufgewühlte Meer gleiten. Der Wind schien nun keine Lust mehr zu haben, alles durcheinanderzuwirbeln, er flaute ganz plötzlich ab und spielte nur noch ein wenig mit dem hellblonden Haar, das in der Sonne flimmerte wie gesponnenes Gold.

Die junge Dame sah wie traumverloren ins Weite. Endlich wandte sie den Blick hinüber zum Badeort, der etwa eine Wegstunde entfernt am Strande lag. Auch dort hatte der Sturm allerlei angerichtet, die Strandkörbe lagen umgeweht, und das Wasser war fast bis an die Laufbretter herangetrieben worden. Die Fischer waren gerade dabei, ihre Segelboote wieder flottzumachen, denn es gab genug unternehmungslustige Badegäste, die sich gern ein wenig auf den aufgewühlten Wellen schaukeln lassen wollten.

Sehnsüchtig flogen die Blicke der jungen Dame zum vielbesuchten Seebad hinüber. Hier an der Hornklippe, über die hinaus man ihr nicht erlaubte zu gehen, war es still und menschenleer. Selten verirrte sich einer der Badegäste von Swinemünde bis hierher und noch seltener zum Dorf, das eine Viertelstunde weit landeinwärts lag und von der Hornklippe seinen Namen erhalten hatte.

Es war ein armseliges Fischerdorf mit niederen strohgedeckten Katen. Etwas abseits, dem Walde zu, standen einige kleine Sommerhäuser. Ihre Besitzer waren meist alte Leute, die nichts mehr vom Leben verlangten als ihr Gärtchen und ein paar Hühner.

Zu einem richtigen Badeort konnte sich Hornklippe zum Leidwesen der Eingesessenen nie auswachsen, denn vorn am Meer lag die felsig vorspringende Klippe, und um sie her war nur schmaler, steiniger Strand. So hatten sich die Bewohner von Hornklippe damit abgefunden, für die Badegäste von Swinemünde Fische zu fangen und zu räuchern, um auf diese Weise an dem goldenen Segen, den die Fremden an den Ostseestrand bringen, teilzuhaben. Auch lieferten sie Eier und Gemüse, Milch und Butter, denn fast jeder Fischer hatte noch eine tüchtige Frau, die eine kleine Landwirtschaft betrieb. Dies alles wußte Romana Harland, die nun schon seit Jahren in diesem Nest lebte. Sie wohnte in dem größten der kleinen weißen Sommerhäuschen, die aber auch im Winter bewohnt waren. Es gehörte dem pensionierten Geheimrat Dürkopp.

Wie oft stand Romana hier oben auf der Düne und sah sehnsüchtig und traurig hinüber zum belebten Badestrand von Swinemünde, wo jeden Sommer Tausende von Menschen Erholung suchten. Oft nahm sie ein Fernglas mit, so daß sie ganz deutlich das Leben und Treiben da drüben beobachten konnte. Aber das steigerte nur die Sehnsucht, auch einmal zwischen all den frohen Menschen sein zu dürfen.

Es war ihr jedoch strikt untersagt, nach Swinemünde zu gehen, solange sich dort Badegäste aufhielten. Ganz still und zurückgezogen mußte sie den ganzen Sommer mit ihren Pflegeeltern, Herrn und Frau Dürkopp, in dem Haus am Waldrand leben, und erst, wenn alle Gäste abgereist waren, durfte sie wieder frei und ungehemmt umherstreifen und auch zuweilen nach Swinemünde hinübergehen.

Mit den Töchtern der Pensionsinhaber und ihren Brüdern, soweit diese zu Haus waren, durfte sie im Herbst und Winter an einigen Geselligkeiten teilnehmen, aber daran fand sie wenig Gefallen. Diese jungen Leute hatten ihr viel zu einseitige Interessen, als daß sie sich gut mit ihnen hätte unterhalten können. Und doch mußte sie froh sein, daß sie wenigstens mit ihnen in die, wenn auch bescheidene, Gesellschaft kam. So einfach diese winterlichen Feste auch waren, ließ sie doch keines aus, nur um wieder einmal tanzen und lachen zu können.

Sobald aber dann die ersten Fremden in Swinemünde

auftauchten, mußte Romana wieder in ihre Einsamkeit zurück.

Warum sie das nicht durfte? Sie wußte es nicht – wußte nur, daß ein Geheimnis über ihrem Leben stand und daß irgendeine große Gefahr ihr drohte, wenn sie nicht dem strengen Gebot ihrer sonst sehr liebevollen Pflegeeltern folgte und sich von allem Verkehr mit Fremden zurückhielt. Sie wußte auch, daß ihr Vater, der von seiner letzten großen Reise nach Rußland nicht wiedergekehrt war, vor seiner Abreise alles so bestimmt hatte. Und die Liebe zu diesem ihr so früh entrissenen Vater, den sie angebetet hatte und den sie schon verlor, als sie kaum fünfzehn Jahre zählte, hatte ihr immer wieder geholfen, sich in alles zu fügen, was man von ihr verlangte.

Der Vater hatte sie damals nicht selbst zu ihren Pflegeeltern gebracht, sondern sein Freund und Sachverwalter, Justizrat Harland. Nie hatte sich der Vater mit ihr in der Öffentlichkeit gezeigt. Nur heimlich hatte er sie zuweilen besucht, als sie noch in einer Pension in Genf untergebracht war. Meist kam er da am späten Abend und blieb immer nur wenige Stunden; aber in diesen kurzen Stunden schüttete er allen Liebesreichtum seines Herzens über seine Tochter aus. Sie hingen beide mit einer fast schmerzhaften Innigkeit aneinander, und nach jedem Wiedersehen wurde ihnen der Abschied schwerer. Daß der Vater aus irgendeinem Grunde nicht bei ihr bleiben konnte, wußte Romana. Er hatte ihr gesagt, daß er von schweren Gefahren bedroht sei und daß ihr auch Gefahren drohten, wenn man sie an seiner Seite sehen oder nur in Erfahrung bringen würde, wo sie sich aufhalte. Und deshalb müsse sie immer streng befolgen, was er oder die wenigen Menschen, denen er sein Vertrauen schenken könnte, über sie beschließen würden.

Und er hatte sich das Zusammensein mit ihr immer

nur unter vielen Vorsichtsmaßregeln gegönnt. Nach wochenlangen Pausen kam er in das kleine Genfer Pensionat, dessen Besitzerin ihm treu ergeben war, und labte sein vereinsamtes Herz an dem Anblick seines Kindes.

Und als Romana fünfzehn Jahre alt geworden war, hatte sie der Vater wieder einmal besucht und ihr gesagt, daß er sie jetzt lange Zeit nicht würde sehen können, daß aber sein Freund, Justizrat Harland, in den nächsten Tagen kommen werde, um Romana abzuholen. Er werde sie zu guten, treuen Menschen bringen, die sie liebevoll aufnehmen würden und bei denen sie bleiben solle, bis er sie eines Tages abholen oder andere Weisung geben werde. Es würde nur zu ihrem besten geschehen, wenn es ihr auch zuweilen unverständlich oder lästig scheinen sollte.

An jenem Abend hatte der Vater sich gar nicht losreißen können von seiner Tochter, und sein alter Diener Wladimir hatte dringlich werden müssen, damit sein Herr endlich aufbrach. Vielleicht hatte dieser geahnt, daß er sein heißgeliebtes Kind zum letztenmal in die Arme schloß, daß er es nie wiedersehen würde. Das Scheiden von Vater und Tochter war an jenem Abend besonders qualvoll und schmerzlich gewesen. Immer wieder hatte der Vater Romana an sich gerissen, und in seinen Augen hatten Tränen gefunkelt.

Wenn Romana später an diese Abschiedsstunde dachte, dann sah sie im Geiste immer das schmale, leiddurchfurchte Gesicht des Vaters vor sich. Jeder Zug darin hatte sich ihr eingeprägt für immer. Und auch heute, nachdem schon fast acht Jahre vergangen waren, empfand Romana noch immer dieses sehnsüchtig schmerzliche Bangen für ihren toten Vater.

Wie er gestorben war, hatte man ihr nicht gesagt. Justizrat Harland, der sie einige Tage später in Genf abgeholt hatte, war mit ihr unmittelbar nach Hornklippe gefahren und hatte sie im Haus des Geheimrats Dürkopp untergebracht. Und schon kurze Zeit danach war er wiedergekommen und hatte ihr schonungsvoll mitgeteilt, daß ihr Vater auf einer Reise nach Rußland verunglückt und nicht mehr am Leben sei. Der alte Wladimir habe ihm die Kunde von seinem Tod gebracht, und ihr Vater habe diesem noch aufgetragen, seine geliebte Tochter ein letztes Mal zu grüßen und sie zu bitten, immer genau nach den Weisungen ihres Vormundes zu handeln. Justizrat Harland war Romanas Vormund geworden.

Romanas Schmerz über den Verlust ihres Vaters war unbeschreiblich groß und tief gewesen. Sie wußte, fühlte, daß mit ihrem Vater der letzte Mensch aus ihrem Leben schied, der zu ihr gehörte und der sie so liebte, wie es ihr liebesbedürftiges Herz ersehnte. An ihre Mutter konnte sich Romana nur noch ganz wenig erinnern. Zuweilen, wenn im Halbschlaf ein Erinnern über sie kam, sah sie eine stolze schöne Frau in glänzenden Gewändern, die sich liebevoll zärtlich über ihr Bettchen beugte und sie »meine süße kleine Romana« nannte. Noch hörte sie in der Erinnerung die liebe weiche Stimme dieser schönen Frau, von der man ihr eines Tages gesagt hatte, sie sei in den Himmel gegangen, zu dem kleinen Brüderchen, das der liebe Gott wieder zu sich genommen habe und das nicht allein sein sollte. So machte sie sich in ihrem kindlichen Verstand damals klar, daß Mütterchen bei dem Brüderchen und Väterchen bei ihr geblieben sei, damit auch sie nicht allein bleiben sollte.

Später einmal, kurz vor ihrem letzten Zusammensein mit dem Vater, hatte dieser zu ihr gesagt, die Mutter sei Romana durch böse, schlechte Menschen genommen worden, und wenn sie einmal groß und verständig sein werde, werde sie alles erfahren.

Und auch ihr Vormund, der Justizrat, sagte ihr immer, wenn sie ihn zuweilen nach diesem und jenem fragte, was ihr unklar erschien und sie quälte: »An deinem fünfundzwanzigsten Geburtstag sollst du alles erfahren, was man dir jetzt aus Fürsorge verschweigen muß. Und solltest du früher heiraten, dann wirst du es schon am Tag deiner Hochzeit wissen. So hat es dein lieber, unvergessener Vater bestimmt.«

Es war auch der Wunsch ihres Vaters gewesen, daß Romana den Namen seines Freundes annahm. Justizrat Harland war Junggeselle und hatte Romana liebgewonnen wie ein eigenes Kind. Gern hatte er ihr seinen Namen vor der Öffentlichkeit gegeben, und da sie ihn »Onkel Justizrat« nannte, glaubten die Leute, Romana sei die Tochter eines Bruders von ihm. Romana wußte freilich, daß ihr Vater ein Graf Soblikoff gewesen war, aber sie verriet es niemand. Ihr Vater war russischer Aristokrat, ihre Mutter Deutsche gewesen, die der Vater unaussprechlich geliebt hatte und deren frühen Tod er nie hatte verwinden können.

Es machte Romana gar nichts aus, daß sie den Titel einer Gräfin nicht führen konnte, sie legte keinen Wert darauf.

Mit brennendem Interesse verfolgte sie freilich in den Zeitungen alles, was mit Rußland zusammenhing. Aber es war ihr dabei nie, als sei Rußland ihre Heimat, da sie schon seit ihrer Kindheit von Rußland entfernt war.

Ihr Vormund hatte nun auch nach dem Tod ihres Vaters bestimmt, daß sie in dem stillen Fischerdorf bleiben sollte, und so weilte Romana nun schon seit Jahren in dieser abgeschiedenen Einsamkeit im Hause des Geheimrats Dürkopp. Dieser hatte sich die kleine weiße Villa, die allerdings die ansehnlichste und besteingerichtete in Hornklippe war, schon in Friedenszeiten bauen lassen und damals geglaubt, sie sei nur für den Sommeraufenthalt bestimmt. Aber dann war er »abgebaut« worden, hatte auch noch in der Inflation sein Vermögen verloren und war nun froh, daß ihm das kleine Haus geblieben war, in dem er mit seiner Frau seine alten Tage verleben konnte.

Die beiden alten Herrschaften hatten Romana herzlich aufgenommen, als sie von ihrem Vormund, einem Freund des Geheimrats, gebracht worden war, und jetzt, nachdem sie jahrelang ihr Leben teilte, war sie ihnen lieb und teuer geworden. Alles drehte sich um das Pflegetöchterchen. Romana nannte die beiden alten Herrschaften »Papa« und »Mama Dürkopp« und hatte sie ebenfalls in ihr Herz geschlossen. War sie doch froh, wenn sie von dem Liebesreichtum ihres Herzens ein wenig austeilen konnte. Sie fügte sich immer vertrauensvoll ihren Anordnungen, wenn es ihr auch manchmal schwerfiel, sich immer von allem zurückzuhalten, was jungen Menschen Freude macht.

Im ganzen Dorf war Romana wohlbekannt. Man nannte sie »Fräulein Harland« und ahnte nicht, daß dieses lichtblonde, sanfte Wesen eine russische Grafentochter war. Auch die jungen Mädchen, mit denen Romana im Winter verkehren durfte, wußten nicht anders, als daß sie Harland hieß.

Romana hatte eine erstklassige Erziehung genossen, sie beherrschte mehrere Sprachen und musizierte viel. In der Pension hatte sie Malunterricht von einem hervorragenden Lehrer bekommen, da man bei dem Reichtum ihres Vaters mit ihren Erziehungskosten durchaus nicht zu sparen brauchte, und sie vertrieb sich nun manche Stunde mit ihren Malereien, die ein schönes Talent verrieten. Mit dem Geheimrat trieb sie wissenschaftliche Studien, plauderte mit ihm englisch und italienisch und mit seiner Gattin französisch. Mit den Kindern auf dem Dorfe aber »snakte« sie plattdeutsch, als sei sie hier geboren.

Geldsorgen kannte Romana nicht. Sie war sehr schlicht und anspruchslos, obwohl sie wußte, daß sie sich alle Wünsche, die mit Geld zu bezahlen waren, erfüllen konnte. Wenn der Vormund sie immer wieder danach fragte, ob er ihr keinen Wunsch erfüllen könne, dann sagte sie ruhig: »Ich habe alles, was ich brauche.«

Aber später kam sie ihm dann zuweilen mit Anliegen. Da war einmal im Dorf eine Frau, die ihren Mann verloren und für sich und die Kinder keinen Unterhalt hatte. Der kaufte sie eine kleine Kate, wo sie sich durch fleißige Arbeit vorwärtsbringen konnte, und kleidete die Kinder zum Weihnachtsfest neu ein. Das sprach sich natürlich herum, und bald kamen alle zu Romana, die irgendwie von Geldsorgen geplagt waren, und es machte ihr Freude, helfen zu können. So war sie sehr beliebt in Hornklippe, und besonders die Kinder hingen an ihr.

Die einzige Abwechslung im Sommer war der Besuch von Onkel Justizrat. Er verbrachte immer einige Wochen bei ihnen. Für ihn war stets ein freundliches Gaststübchen bereit. Dann unterhielt und stritt sich Romana eifrig über allerlei ernste und gewichtige Tagesfragen mit den beiden alten Herrn. Aber das war natürlich kein vollwertiger Ersatz für Jugendfreuden und Geselligkeit.

Trotzdem freute sich Romana stets sehr auf den Besuch ihres Vormunds, denn mit ihm konnte sie immer wieder über ihren Vater sprechen.

In den letzten Jahren war es zuweilen dem Justizrat angst und bange geworden bei dem Gedanken, daß Romana doch nun in dem Alter sei, wo man ihr Gelegenheit geben müßte, mit jungen Männern zusammenzutreffen. Sie mußte doch Bekanntschaften machen, die es ihr ermöglichten, einen Lebensgefährten zu finden! Hier in Hornklippe war es ganz ausgeschlossen, daß sie mit geeigneten jungen Herren zusammentraf. Aber er hatte von seinem verstorbenen Freund, Romanas Vater, mit dem zusammen er die Universität besucht hatte, strenge Weisung bekommen, Romana soviel wie möglich im Verborgenen zu halten. Er wußte auch sehr wohl, warum sein Freund das so angeordnet hatte und warum es nötig war. Aber daran, daß Romana eines Tages heiraten würde, hatte ihr Vater auch gedacht, hatte damit gerechnet und deshalb zu dem Justizrat gesagt: »Hoffentlich findet sie eines Tages einen Gatten, der ein ganzer Mann ist und sie gegen alles Ungemach schützen kann.«

Justizrat Harland überlegte nun schon lange, wie er es bewerkstelligen konnte, daß Romana in sicherer Hut blieb und doch Bekanntschaften machen konnte, die notwendig waren. Endlich kam ein Zufall zu Hilfe. Ein Freund von ihm, Professor Peter Marks, ein bekannter Kunsthistoriker, war vor einigen Jahren mit seiner Gattin nach Venedig gegangen, um dort Kunststudien zu betreiben. Kürzlich hatte nun der Professor an den Justizrat geschrieben, daß er sich mehr und mehr von seinen Studien gefangennehmen lasse und daß er seine kinderlose Gattin bedauere, weil sie dadurch ein wenig einsam sei.

»Du weißt, meine Annelie ist eine betriebsame Frohnatur und muß Geselligkeit und Umgang haben. Ich kann aber noch lange nicht von Venedig fort. Meine Frau aber fortzuschicken, um allein hierzubleiben, ist ausgeschlossen. Sie würde sich die größten Sorgen machen, was ich in meiner Zerstreutheit wohl für Dummheiten mache, und, offen gesagt, ich glaube, diese Sorge ist nicht unberechtigt! Und – ich kann es ohne meine Annelie auch nicht aushalten, obwohl ihr geringes Kunstverständnis mich oft aus der Fassung bringt, wenn ich ihr etwas erklären will. Aber es ist ganz gut so, daß sie nicht auch noch über dem Kunsteifer ihre praktische Lebensklugheit und ihren frischen Lebensmut verliert.

Sie müßte hier eine junge Gesellschafterin haben. Aber um eine solche Dame anzustellen, für die ich hier immerhin eine ganz beträchtliche Pension zahlen müßte, ganz abgesehen von Gehalt und Reisekosten, reichen meine Einkünfte nicht. So muß ich wohl diesen Plan fallenlassen.«

Als der Justizrat das gelesen, war ihm ein Gedanke gekommen. Nach reiflichem Überlegen hatte er dem Professor auf diese Angelegenheit geantwortet:

»Ich wüßte eine Gesellschafterin für Deine Frau, für die Du keinen Pfennig bezahlen müßtest. Es ist mein Mündel, eine junge Dame von liebenswürdigen Eigenschaften, für die ich gern einen geselligen Anschluß hätte und die ich gern auf einige Zeit in Eure Obhut geben möchte.«

Es waren noch einige Briefe hin und her gewechselt worden, und nun stand es bei Justizrat Harland fest, daß er Romana nach Venedig bringen würde. Sie wußte jedoch nichts davon. Er wollte es ihr selber sagen oder doch nur kurz vor seinem Kommen mitteilen.

Hätte Romana geahnt, was ihr bevorstand, dann hätte sie wohl nicht so traurig auf das lustige Strandleben geblickt, das sich nun drüben in Swinemünde, da sich der Sturm gelegt hatte, wieder entwickelte. Ihre Augen rissen sich endlich los, und sie wandte sich um und schritt langsam, in Gedanken verloren, die Dünen hinunter, dem Wald zu.

Mit großen ernsten Augen vor sich hin sehend, durchschritt sie den Wald, in dem sie jeden Baum kannte, und langte bald im Fischerdorf an. Vor einer der ersten Fischerhütten spielten die Kinder mit einem Gummiball.

Lächelnd blieb Romana stehen und sah dem Spiel zu. Als ein kleiner Blondkopf den Ball lachend zu ihr hinüberwarf, fing sie ihn auf und sagte, während sie ihn betrachtete: »Oh, was habt ihr für einen schmutzigen Ball – der ist sehr garstig. Da muß ich doch Fiken Töls gleich sagen, daß sie einen neuen mit aus Swinemünde herüberbringt, wenn sie nachher ihre Räucherfische hinüberträgt.«

Die Kinder jubelten auf.

»Ick wull och een lütten Ball hebben, Frölen Harland!«

»Ick hev och all keen«

Und diesen beiden Kühnen folgten die anderen schnell mit ihren Wünschen. Die Kinder wußten schon, daß »Frölen Harland« immer etwas zu verschenken hatte. Romana zählte lachend die erhobenen Hände. Sechs Kinder bettelten um einen Gummiball. Romana nickte lachend.

»Is god. Ji süllt een nigen Ball hebben«, sagte sie in Hornklipper Mundart.

Und sie ging gleich zu Fiken Töls, um ihr den Auftrag zu erteilen. Die ganze kleine Schar begleitete sie, damit sie ja nicht einen vergaß. Fiken Töls war eine Fischerfrau, die jeden Tag frische Räucherwaren nach Swinemünde hinüberbrachte.

Sie versprach lachend, die sechs Gummibälle mitzubringen, und Romana schärfte ihr ein, möglichst gleich große und bunte Bälle zu kaufen, denn sie kannte ihre Pappenheimer. Kam einer zu kurz, dann gab es Rauferei. Sie gab Fiken Töls Geld und setzte dann ihren Weg fort. Die Kinder begleiteten sie nun nicht weiter, sondern setzten vorläufig ihr Spiel mit dem alten Ball fort. Nun, da die Bestellung der Bälle geschehen war, hielten sie es nicht mehr für nötig, Romana weiter zu folgen.

Überall im Dorf nickten Romana freundliche Gesichter zu. Und hier und da blieb eine der von harter Arbeit gebeugten Gestalten stehen und sah wohlgefällig hinter der graziösen, weißgekleideten Frauengestalt her. Romana wirkte natürlich wie ein Wesen anderer Art zwischen diesem schlichten Fischervolk, aber immerhin waren die Hornklipper alle schon im Sommer drüben in Swinemünde gewesen und an elegante Erscheinungen unter den Badegästen gewöhnt.

Für sie war Romana eben nichts anderes als so ein Badegast. Und da die Badegäste auch ins Dorf guten Verdienst brachten, sah man sie mit wohlgefälligen Augen an. Es war den Hornklipper Einwohnern ein fortwährender Stachel, daß ihr Strand sich nicht für den Badebetrieb eignete, weil eben die wie ein Horn gebogene Klippe sich im Wasser vorlagerte und das Meer gerade hier alle Steine anspülte, die es loswerden wollte. Und da Geheimrats mit ihrem jungen Gast und die wenigen anderen aus der Stadt stammenden Ansiedler für Hornklippe gewissermaßen die Badegäste ersetzen mußten, standen sie schon deshalb in großem Ansehen. Und nun gar Romana, die so oft helfend in die armseligen Verhältnisse der Fischer eingriff, war für sie alle das Mädchen aus der Fremde, das für jeden etwas mitbrachte.

Romana hatte die kleine Villenstraße am Waldrand erreicht und schritt auf Dürkopps Haus zu. Ein sorgfältig gepflegter Obst- und Gemüsegarten umgab das schlichte, schmucke Haus, das wie die anderen einen weißen Anstrich hatte, der in der reinen, klaren Luft keinen Schmutz ansetzte. Den Garten pflegte der Hausherr zusammen mit seinem alten Diener, der mit in das stille Dorf gezogen war, um sich nicht von seiner Herrschaft trennen zu müssen. Bei der gemeinsamen Gartenarbeit pflegten sich die Standesunterschiede zwischen den beiden Männern vollständig zu verwischen, ja, es kam vor, daß der auf dem Land großgewordene Diener seinem Herrn Vorwürfe machte, wenn sich dieser ungeschickt anstellte. Mit heiligem Eifer waren sie beide bei ihrem Werk, und der Diener betrachtete Villa Elisabeth und alles, was dazu gehörte, gewissermaßen auch als sein Eigentum.

Zwischen diesen beiden Männern gab es keine sozialen Fragen zu lösen, sie hatten das auf die einfachste Weise selbst getan, indem jeder für das Gedeihen des kleinen Grundstückes, das ihnen ein friedliches Alter sicherte, sein Bestes tat.

Beide freuten sich über jeden Apfel, den sie ernteten, und über jede Blume.

Außer dem alten Angestellten gab es nur noch ein ganz junges Dienstmädchen in der Villa Elisabeth. Frau Dürkopp tat ebenfalls das ihre, um die soziale Frage zu lösen: sie lernte alle aus der Schule entlassenen Mädchen aus Hornklippe in ihrem Haushalt an, damit sie dann draußen in der Welt eine gute Stellung bekommen und, was den Hornklippen das Wichtigste war, Geld verdienen konnten.

Im übrigen kochte sie selbst – das hatte sie nie anders gehalten und hielt es jetzt für noch viel nötiger. Denn es mußte gespart werden in dem kleinen Haushalt, damit das knappe Einkommen reichte. Und wer mit Liebe kocht, kocht gut. So war ihre Küche sehr gut, trotz der einfachen Gerichte, die auf den Tisch kamen. Das Pensionsgeld, das der Justizrat für Romana bezahlte, sparte Frau Elisabeth für unvorhergesehene Fälle. Dieses Geld war einfach nicht für den Haushalt da und wurde nicht im Haushaltplan zur Aufstellung gebracht, denn man wußte ganz genau, daß Romana eines Tages wieder fortgehen würde. Dann würde die schöne Extraeinnahme wieder aufhören; deshalb wollte man sich nicht daran gewöhnen, daß sie da war.

In dem sonst so friedlichen Leben der alten Herrschaften gab es jetzt nur die eine Sorge, daß sie sich eines

Tages wieder von ihrem Pflegetöchterchen würden trennen müssen, an das sie ihre Herzen gehängt hatten. Da sie keine Kinder hatten, war ihnen Romana lieb wie ein eigenes Kind geworden.

Als Romana jetzt durch die Gartenpforte schritt, erschien Frau Geheimrat in der Tür, die über die Veranda in den Garten führte.

Sie war eine stattliche grauhaarige Dame in der Mitte der Fünfzig, mit einem frischen Gesicht und guten Augen. Lächelnd nickte sie Romana zu.

»Wie war es am Strand, Romana?«

»Gar nicht so wild, wie ich dachte, Mama Dürkopp. Der Sturm ist abgeflaut, und drüben in Swinemünde kommen die Leute alle wieder an den Strand und bauen ihre zerstörten Burgen wieder auf. Es war sehr lustig anzusehen – schade, daß ich nicht auch dabeisein konnte.«

Die alte Dame zog Romana, die zu ihr emporgestiegen war, in ihre Arme.

»Tut das Herzchen wieder einmal weh bei dem Gedanken, daß du nicht da hinüber darfst?«

»Das Herz nicht, Mama Dürkopp, aber mehr und mehr quält es mich doch, daß ich nicht über die Hornklippe hinausgehen soll, sobald drüben die ersten Badegäste erscheinen.«

»Habe nur noch eine Weile Geduld, liebes Kind. Einmal wird das alles hinter dir liegen – wie hinter uns –, nur, daß wir dann die Leidtragenden sind, wenn du nicht mehr bei uns sein wirst.«

Romana umarmte die alte Dame und küßte sie auf die Wange.

»Siehst du, schlecht bin ich, Mama Dürkopp, daß ich gar nicht an euch denke, wenn ich mich von Hornklippe fortsehne. Zanke mich aus!«

»Nein, mein liebes Kind, das werde ich nicht tun. Ich

kann dich ja so gut verstehen: Jugend gehört zu Jugend, und hier bist du nur immer mit uns alten Leuten zusammen. Und wenn Onkel Justizrat kommt, dann ist das auch nicht anders. Er ist ja auch nur ein alter Herr.«

Ein schelmisches Lächeln flog über Romanas Gesicht.

»Schilt mir die alten Herrn nicht, es sind meine interessantesten Gesellschafter. Mit ihnen kann ich mich wenigstens über alle bedeutenden Fragen unterhalten. Das kann man von den wenigen jungen Mädchen drüben in Swinemünde nicht gerade behaupten.«

Liebevoll strich die alte Dame Romanas lichtblondes Haar aus der Stirn, das im Verein mit den großen goldbraunen Augen und dem schönen, nur leicht von Wind und Sonne gebräunten Teint sehr reizvoll wirkte.

»Bist ja noch nie mit einem jungen Herrn, der dir geistig ebenbürtig wäre, zusammengekommen, Kind. Aber hoffentlich kommen auch für dich noch schöne Tage, wo du dann nur noch mitleidig an das stille Hornklippe und seine Bewohner zurückdenken wirst.«

Romana streichelte ihre Hand.

»Mußt mich nicht für undankbar halten! Was auch kommt, immer werde ich gerne an euch zurückdenken. Weiß ich doch, wie gut ihr es mit mir meint. Höre nur nicht darauf, wenn ich mal ungeduldig werde! Aber – wo steckt denn Papa Dürkopp? Ich gestehe, daß ich einen Bärenhunger habe und mit Freuden merke, daß es Essenszeit ist.«

»Er macht eben Toilette für die Mittagstafel.«

»Ei, das klingt ja ganz großartig!«

Die alte Dame lachte.

»Es war nötig, Romana. Er hat doch den ganzen Morgen mit Friedrich im Garten gearbeitet, und du weißt doch, wie lange es dann dauert, bis er sich wieder in Ordnung gebracht hat.«

»Und ich Faulpelz lasse euch all die schwere Arbeit tun und begnüge mich damit, alles aufzuessen, was du kochst und was Papa Dürkopp, von Friedrich unterstützt, im Garten zieht.«

»Schilt dich nur nicht einen Faulpelz, Kind, du füllst doch deine Tage auch mit Arbeit und machst dich auf andere Weise nützlich.«

»Oh, da bin ich begierig, zu hören, womit ich mich nützlich mache!«

»Damit, daß du anderen Menschen Freude machst.«

»Womit mache ich denn anderen Menschen Freude?«

»Nun, durch deinen Gesang, durch deine Malerei, durch dein Eingehen auf die Wünsche deiner alten Pflegeeltern, durch dein zärtliches Anschmiegen – überhaupt dadurch, daß du da bist.«

»Das ist so wenig. Ich möchte gern mehr tun und Besseres.«

»Aber, mein liebes Kind, du bist doch kaum erst mit deiner Ausbildung fertig, studierst noch jetzt so fleißig, daß ich mir manchmal denke, daß gar nicht alles in dein Köpfchen hineingehen kann. Schon deine Sprachstudien, was haben die für Zeit gekostet! Welches junge Mädchen in deinem Alter kann sich rühmen, perfekt deutsch, russisch, italienisch, englisch und französisch zu sprechen?«

»Aber, liebe Mama Dürkopp, Deutsch lehrte mich meine Mutter vom ersten Atemzug an. Russisch mein Vater, Französisch lernte ich in Genf ebenso mühelos, nur Englisch und Italienisch lernte ich mit etwas mehr Mühe, aber doch ohne sonderliche Anstrengung. Und was ich sonst tue, das geschieht doch alles nur zur Unterhaltung, zum Zeitvertreib! Das ist doch keine ernste Pflicht.«

Liebevoll strich die alte Dame wieder über Romanas Haar.

»Wirst auch noch ernste Pflichten bekommen, Kind! Und jetzt komm zum Essen, ich höre den Papa die Treppe herunterkommen, und da ist auch schon Friedrich mit der Suppe.«

Der alte Diener hatte den Arbeitsrock, den er bei der Gartenarbeit trug, mit einer sauberen Leinenjacke aus weiß und blau gestreiftem Stoff vertauscht und war nun wieder ganz der alte gut geschulte Diener, der genau wußte, wie er sich zu benehmen hatte.

Man plauderte angeregt über allerlei Tagesfragen. Ein Stoß Zeitungen war gekommen – mit diesen liebäugelte der Geheimrat schon. Nach Tisch pflegte er sich in das Lesen zu versenken, um danach ein sanftes Schläfchen zu machen. Wie er seinen Damen so gegenübersaß, war er ganz ein Kavalier der alten Schule.

2

Es war eine Woche später. Romana hatte wie so oft die Zeit der Nachmittagsruhe ihrer Pflegeeltern dazu benutzt, ihr Lieblingsplätzchen im Wald aufzusuchen. Dort hatte sie sich eine Bank und einen Tisch aufstellen lassen. Mit ihrer Hängematte begab sie sich dorthin, während ihr der alte Friedrich mit ihrer Staffelei und einigen Büchern folgte.

Über den Tisch wurde schnell eine hübsche bunte Dekke gebreitet, darauf wurden die Bücher gelegt, in denen Romana lesen wollte. Friedrich machte die Hängematte zwischen den großen Buchen fest, die diesen Platz wie ein grüner Dom überschatteten, stellte die Staffelei neben dem Tisch auf und fragte Romana, ob sie noch Befehle habe. Lächelnd schüttelte sie den Kopf.

»Nein, Friedrich. Ich bitte Sie nur, mich zur Teestunde wieder abzuholen, weil ich nicht alles allein tragen kann.«

»Ich werde pünktlich um halb fünf Uhr hiersein, gnädiges Fräulein«, erwiderte der Diener und ging. Romana setzte sich auf die Bank und schlug eines der Bücher auf. Auf der ersten Seite lag ein Brief, den sie aufnahm und entfaltete. Sie hatte ihn heute morgen mit der Post bekommen und war durch ihn in freudige Aufregung versetzt worden. Nun las sie ihn noch einmal durch. Er lautete:

Meine liebe Romana!

Dein alter Onkel Justizrat kommt also Ende August nach Hornklippe; früher wird es nicht möglich sein. Sage bitte der lieben Mama Dürkopp, daß ich vierzehn Tage in ihrem Hause bleiben möchte. Länger geht es diesmal nicht, denn ich habe mir gesagt, daß es endlich einmal Zeit wird für dich, ein wenig mehr von der Welt zu sehen als das kleine Fischerdorf. Dein Vater, wäre er noch am Leben, würde selbst die Notwendigkeit einsehen, daß Du ein wenig unter die Leute kommst. Du bist nun in dem Alter, wo es notwendig wird, daß Du einen Deiner Bildung angemessenen geselligen Verkehr findest. Es ist selbstverständlich, mein liebes Kind, daß wir auch jetzt noch die größte Vorsicht walten lassen werden, denn die Gefahren, die dich bedrohen, sind noch nicht vorüber, und wir müssen alles tun, was möglich ist, um Dich vor Deinen Feinden zu verbergen. Ich betrachte es aber auch als eine Gefahr, Dich noch länger von jedem Umgang mit gleichaltrigen Gefährten abzuschließen. Kurzum, Du sollst Hornklippe verlassen, mit mir eine hübsche Reise machen, und dann bringe ich Dich in das Haus eines meiner Freunde, dessen liebenswürdige, frohsinnige Gattin Dich so herzlich aufnehmen wird, wie Mama Dürkopp es getan hat, und die Dich in einen geselligen Kreis einführen wird, wie er Dir zukommt. Du wirst aber auch dort als Romana Harland auftreten müssen.

Bereite also Mama und Papa Dürkopp auf die bevorstehende Trennung vor. Sie haben noch einige Wochen, um sich an den Gedanken zu gewöhnen, denn leicht wird es ihnen nicht werden, Dich fortzulassen. Auch Dich wird es etwas Herzweh kosten, Deine liebevollen Pflegeeltern verlassen zu müssen. Aber Du bist jung und wirst das bald verschmerzen, wenn Du die Freuden der Jugend genießen kannst.

Alles andere besprechen wir, wenn ich nach Hornklippe komme. Ich freue mich sehr auf das Wiedersehen und sende Dir herzliche Grüße.

Dein alter Onkel Justizrat

Romana faltete den Brief zusammen und sah mit großen, verträumten Augen in die grünen Baumwipfel hinauf. Seit sie diesen Brief erhalten hatte, war sie in einer freudig unruhigen Stimmung und kam sich sehr undankbar vor, als sie merkte, wie Mama Dürkopp mit den Tränen kämpfte und wie Papa Dürkopp seine Pfeife ausgehen ließ, was sonst nur geschah, wenn er krank war. Romana hatte die beiden alten Herrschaften liebreich getröstet.

»Ich komme doch wieder, wir sehen uns wieder. Gönnt mir doch diesen Ausflug in die Welt!« hatte sie gesagt.

Da hatten sich die beiden alten Leute gefaßt und mit ihr Pläne gemacht für die Zukunft. Aber daß Romana je nach Hornklippe zurückkehren würde, glaubten sie nicht. Wußten sie doch durch einen gleichzeitig eingetroffenen Brief des Justizrats an sie, was er mit Romana vorhatte. Sie sollten nur noch nicht mit Romana darüber sprechen.

Als Romana nun die Pflegeeltern scheinbar getröstet sah, kam ihre Freude mehr und mehr zum Durchbruch.

Sie sollte hinaus in das Leben, nach dem sie sich immer so sehr gesehnt hatte. Sie sollte sich draußen in der Welt frei bewegen dürfen wie andere Menschen.

Und nun, da sie hier in ihrem geliebten Waldwinkel allein war, hätte sie vor Freude singen und tanzen mögen. Aber obwohl sie sich hier ganz ungestört wußte – kam doch nie ein fremder Mensch hier vorüber –, summte sie nur still ein Liedchen vor sich hin und setzte sich an ihre Staffelei. Ein fast fertiges Ölgemälde stand darauf. Es zeigte Romanas Lieblingsplätzchen, und auf der Bank vor dem Tisch saßen zwei kleine Mädchen, die, vom Beerensuchen heimkommend, eines Tages an Romanas Lieblingsplatz vorbeigekommen und zutraulich bei ihr sitzen geblieben waren. Da hatte Romana den Plan gefaßt, die beiden Kinder auf der Bank vor dem Tisch zu malen, mit der ganzen Umgebung und mit ihren gefüllten Beerenkrügchen. Jeden Nachmittag brav zu kommen hatten sie versprechen müssen und es auch gern getan, zumal ihnen Romana eine große Zuckertüte versprochen hatte. Aber die übermütige Ungeduld war den beiden kleinen Mädel dabei nur so aus den Augen gesprungen, und das hatte Romana in ihrem Bilde wunderbar wiedergegeben. Es war ein ganz entzückendes Bildchen geworden. Romana hatte nur noch einige Lichter aufzusetzen, dann war es fertig.

Sie machte sich sogleich an die Arbeit, die ihr flink von der Hand ging.

Es war ein köstlicher Waldwinkel, den sie sich zu ihrem Lieblingsplatz erkoren hatte. Er lag nur etwa zehn Minuten von dem Anwesen Dürkopp entfernt, und sie fühlte sich hier so sicher und wohlgeborgen, daß sie sich ganz zu Hause fühlte.

Nachdem sie ihr Bild vollendet und es noch einmal kritisch prüfend betrachtet hatte, packte sie ihren Malkasten ein, legte ein großes Kissen in die Hängematte und schwang sich, immer leise vor sich hin summend, hinein. Das Kissen drückte sie unter den Kopf und blinzelte behaglich zu dem grünen Blätterdom empor.

Es war sehr heiß, und die ungewohnte Freude hatte Romana müde gemacht. Ganz gegen ihre Gewohnheit schlief sie, als sie eine Weile ruhig vor sich hin geblickt hatte, ein.

Wie lange sie so geschlafen hatte, wußte sie nicht, als sie plötzlich, wie einem hypnotischen Zwange gehorchend, erwachte.

Erschrocken sah sie in zwei helleuchtende graue Männeraugen hinein, die aus einem gebräunten Gesicht bewundernd in die ihren blickten, so sehr bewundernd, daß Romana das Blut in die Wangen jagte und sie mit einem Satz aus der Hängematte heraus war.

Und jetzt erblickte sie hinter dem hochgewachsenen Mann eine zweite Männergestalt, die vor ihrem Bild stand und es mit Vergnügen betrachtete. Während der junge Herr, den sie zuerst erblickt hatte, stumm mit einer Verbeugung zurückwich, wandte sich der vor dem Bild stehende jetzt lachend zu Romana.

»Verzeihen Sie, Gnädigste, daß wir Ihren Schlummer gestört haben. Wir berieten soeben, ob wir Sie wecken oder uns noch länger an dem reizenden Bildchen, dessen Malerin Sie vermutlich sind, erfreuen sollten. Da Sie nun, ehe wir einen Entschluß fassen konnten, ohne unser Dazutun aufgewacht sind, dürfen wir Sie wohl bitten, uns zu sagen, wo es nach Swinemünde geht. Wir haben uns im Wald verirrt, und da wir das Meer hier nicht sehen, wissen wir nicht, in welcher Richtung wir gehen müssen.«

Romana hatte sich schnell ermuntert und suchte sich zu fassen. Sie, die so gar nicht gewöhnt war, mit Fremden zu sprechen, wußte vor Befangenheit kaum, was sie sagen sollte, zumal ihr die grauen Männeraugen noch immer in stummer Bewunderung zugewandt waren.

Die beiden Herren trugen den üblichen Strandanzug: helle Beinkleider und seidene Hemden. Über die Schulter gehängt trugen sie einen Pullover, den sie wohl der Hitze wegen abgelegt hatten. Eine Kopfbedeckung trugen sie beide nicht, und so konnte Romana sehen, daß der mit den grauen Augen dunkelbraunes Haar hatte, der andere aber ganz lichtblondes Haar und blaue Augen. Daß sie trotz des anspruchslosen Anzuges sehr elegant und vornehm aussahen und sicher Badegäste aus Swinemünde waren, erkannte Romana sogleich. Durch ihr Fernglas hatte sie viele Herren dieser Art am Strand von Swinemünde beobachtet.

Obwohl Romana strenge Weisung hatte, sich nie in ein Gespräch mit Fremden einzulassen, sagte sie sich, daß es ungezogen und unfreundlich aussehen würde, wenn sie keine Auskunft gab. Und sie wollte weder das eine noch das andere in den Augen dieser beiden Herren sein, zumal nicht in den grauen Männeraugen.

»Der kürzeste Weg nach Swinemünde führt hier geradeaus zum Strand. Wenn Sie sich immer links halten, werden Sie in einer knappen halben Stunde an der Hornklippe sein und dann Swinemünde liegen sehen«, sagte sie mit ihrer reinen, etwas akzentuierten Aussprache. Sie deutete dabei die Richtung an, die die Herren einschlagen mußten.

Diese verneigten sich, artig dankend, und der Blonde mit den blauen Augen fragte noch:

»Haben Sie das reizende Bildchen gemalt. Gnädigste?«

Romana neigte nur stumm errötend das Haupt.

Die Herren spürten, daß sie nun gehen mußten, und nur, um noch ein wenig verweilen zu können, fragte der Grauäugige:

»Verzeihen Sie eine Frage, mein gnädiges Fräulein. Ist dies Bild verkäuflich?«

Dunkle Röte schoß in Romanas Gesicht. Fast hilflos sah sie ihn an und sagte dann leise:

»Nein – es – es ist bereits bestellt.«

Sie sagte damit nicht die Unwahrheit, denn Mama Dürkopp hatte das Bild bereits mit Beschlag belegt. Der Grauäugige verneigte sich.

»Dann verzeihen Sie meine Frage. Verzeihen Sie auch, daß wir Sie durch unser Anschauen in Ihrem Schlummer gestört haben. Wir meinten, die Waldfee in höchsteigener Person habe sich hier zur Ruhe niedergelassen.«

Etwas Seltsames stieg in Romanas Herz auf. Je länger sie in die grauen Augen sah, desto bestimmter fühlte sie, daß ihr von diesem Menschen keine Gefahr drohte. Und auch der andere sah durchaus nicht aus, als könne er etwas Böses im Schilde führen.

Und hatte der Vormund heute in seinem Brief nicht selbst geschrieben, daß sie nun endlich hinaus unter Menschen müsse? Diese beiden Herren sahen so vertrauenerweckend aus, daß sie gar zu gern noch ein wenig mit ihnen geplaudert hätte, und so sagte sie leise und befangen, nachdem sie nach ihrer Armbanduhr gesehen hatte:

»Es ist mir sehr lieb, daß ich geweckt worden bin. Ganz ungewohnt hat mich der Schlummer überfallen.«

»Es liegt ein Gewitter in der Luft, mein gnädiges Fräulein, das hat Sie müde gemacht.«

Das sagte der Grauäugige, nachdem sich sein Begleiter schon nach einer dankenden Verbeugung auf den Weg gemacht hatte. Romana betrachtete nun das Gespräch als beendet und machte sich, um ihre Verlegenheit zu bemänteln, daran, ihre Hängematte von dem Baum zu lösen. Da trat der Grauäugige rasch neben sie.

»Gestatten Sie, daß ich Ihnen behilflich bin«, sagte er ruhig und bestimmt.

Romanas Hände zuckten zurück, als sie zufällig bei seinem Bemühen seine Hand leicht berührte.

»Bemühen Sie sich nicht, ich kann das selber tun«, stieß sie hastig hervor.

Inzwischen war auch der Blonde wieder stehengeblieben und sprang an das andere Ende der Hängematte, um auch das zu lösen. Er wickelte sie zusammen und wollte sie Romana mit einer Verbeugung überreichen, aber der Grauäugige faßte schnell zu und fragte, Romana mit einem bittenden Blick ansehend:

»Dürfen wir sie Ihnen nicht nach Hause tragen? Sie haben noch so viel zu tragen. Gestatten Sie mir, uns vorzustellen.«

Und er nannte seinen und seines Begleiters Namen.

Jetzt richtete sich Romana kurz auf und sagte:

»Ich danke – die Sachen werden abgeholt.«

Damit wandte sie sich ruhig von den beiden Fremden ab, setzte sich nieder und vertiefte sich in ein Buch. So gern sie noch ein wenig mit den beiden Herren geplaudert hätte, so wußte sie doch, daß es nicht sein durfte. Und ihren Namen wollte sie nicht nennen.

Der Blonde zog seinen Begleiter am Arm.

»Komm, Gunter, mich verlangt nach einem Imbiß. Und wenn wir bis zur Hornklippe noch eine halbe Stunde haben, dann haben wir bis nach Swinemünde noch anderthalb Stunden.«

Doktor Gunter Valberg, der Grauäugige, seufzte tief auf, warf noch einen Blick auf Romana, die keinerlei Notiz mehr von ihnen nahm, und folgte dem Freund. Dieser lachte.

»Warum seufzest du denn so abgrundtief, Gunter?«

»Habe ich geseufzt?«

»Sehr tief! Hat die Waldfee einen so tiefen Eindruck auf dich gemacht? Das wäre doch ganz außergewöhnlich.«

»Trotz der Spottlust, die dir aus den Augen lacht, mein lieber Bernd, ja, ich fand, daß es ein wundervolles Bild war.«

»Ja doch, ganz nett gemalt, soviel ich davon verstehe, aber deshalb braucht man doch nicht zu seufzen.«

»Ich meine nicht das Bild auf der Staffelei, sondern das Bild, das die reizende Schläferin selbst bot. So muß Dornröschen ausgesehen haben, als der Prinz sie fand!«

Bernd von Altdorf sah den Freund verdutzt von der Seite an.

»So poetisch, Gunter? Möchtest du etwa der Prinz sein, der dieses Dornröschen wachküssen darf?«

»Du mußt doch zugeben, Bernd, daß sie entzückend aussah, als sie schlafend dalag. Wie ein unberührtes, friedlich schlafendes Kind sah sie aus und war dann doch so ganz stolze Dame. Als sie die Augen aufschlug, war ich ganz benommen von so viel Schönheit. Hast du jemals so schöne Augen gesehen?«

Bernd lachte.

»Ach Gunter, daß du einmal so schwärmerisch von einer Frau sprechen würdest, hätte ich auch nicht für möglich gehalten. Wenn ich das tun würde, wäre es kein Wunder, denn ich fange schnell Feuer. Du aber bist immer so wählerisch in bezug auf Frauen und hast selten einen Blick für eine übrig.«

»Hier konnte man doch nur restlos bewundern. Ich habe jedenfalls noch nie eine reizvollere Frau gesehen als dieses schöne Mädchen.«

»Woraus schließest du, daß es ein Mädchen war? Es kann doch auch eine Frau gewesen sein!«

»Ausgeschlossen – sie hatte einen so kindlichen, unberührten Zug im Gesicht – das ist keine Frau! Aber ein wundervolles Geschöpf war sie – schön, wie ein Traum.«

»Himmel, nun hör auf, Gunter!«

Gunter Valberg wandte sich mit ernstem Gesicht dem Freund zu.

»Du weißt, Bernd, daß so etwas nicht spielerisch bei mir ist, mir ist sehr ernsthaft zumute.«

»So tief war der Eindruck, den sie auf dich machte?«

»Es hat noch nie eine Frau auf mich gleich auf den ersten Blick einen so tiefen Eindruck gemacht. Auf dich also nicht, Bernd?«

Bernd sprang gewandt über eine Baumwurzel, strich sich über seinen lichtblonden Haarschopf, der sich beim Umherstreifen im Wald aus dem sonst so peinlich ordentlich gehaltenen Scheitel gelockert hatte, und sagte nachdenklich:

»Das war sonderbar, Gunter, solange die Dame schlief, fand ich sie auch sehr reizend, aber als sie dann erwacht war und dich mit ihren Augen so groß ansah, da ...«

»Da?« drängte Gunter Valberg.

Bernd schüttelte nachdenklich den Kopf.

»Da mußte ich so intensiv darüber nachdenken, an wen mich die junge Dame erinnerte. Wenn ich nur wüßte, wo ich dieses Gesicht schon einmal gesehen habe – ich muß noch immer darüber nachgrübeln.«

»So ein Gesicht kann es doch nur einmal auf der Welt geben«, sagte Gunter Valberg mit einem seltsamen Klang in der Stimme.

Bernd von Altdorf sah ihn von der Seite an.

»So kenne ich dich gar nicht, Gunter.«

Dieser warf den Kopf zurück.

»Hast recht, ich verliere mich in Torheiten! Es ist vielleicht sehr gut, daß unsere Begegnung nur flüchtig war – man muß sich nicht mutwillig in Gefahr begeben. Aber reizend war sie – ganz reizend, wie sie so vor mir stand und hilflos war, weil sie uns nicht ohne Auskunft lassen und doch ihre stolze Unnahbarkeit betonen wollte. Schade ist es doch, sehr schade, daß sie nicht hinüber nach Swinemünde zu gehören scheint.«

»Aber jedenfalls weilt sie auch irgendwo zur Sommerfrische, denn bodenständig ist sie hier sicher nicht. Damen gehören hier nicht zu den Eingeborenen. Vielleicht wohnt sie in dem kleinen Fischerdorf, oder vielleicht gehört sie auf eines der Güter in der Nähe.«

»Nein, nein – sie wird im Dorf wohnen – scheinbar ist sie Malerin.«

»Und als solche wird sie sich niederlassen, wo sie malerische Motive findet. Sie schien aber nicht sehr darauf aus zu sein, ihre Bilder an den Mann zu bringen, sonst hätte sie auf deine Anfrage nicht so kurz und ablehnend geantwortet.«

»Es war vielleicht ein wenig taktlos und zudringlich von mir, und sie wollte mich zurechtweisen.«

Die beiden waren rüstig in der angegebenen Richtung davongeschritten. Nach einer knappen halben Stunde standen sie auf der Düne in der Nähe der Hornklippe. Von hier aus sahen sie Swinemünde liegen, und nun wanderten sie weiter auf dem feuchten, festgespülten Strand.

Als sie ungefähr die Hälfte des Strandweges zurückgelegt hatten, wandte sich Gunter Valberg, von dem vorausschreitenden Freund unbemerkt, noch einmal um, als suche er nach der verschwundenen Waldfee. Er zuckte plötzlich zusammen, denn oben auf der Düne, dicht über der Hornklippe, stand eine schlanke, weißgekleidete Frauengestalt. Die Sonne ließ ihr lichtblondes Haar aufglänzen. Gunter blieb stehen. Sein Herz schlug laut und stark. Er wußte, das war dieselbe junge Dame, die er vorhin im Wald in der Hängematte gesehen hatte. Sie hielt die Hand über die Augen und blickte ihnen nach, vielleicht nur, um sich zu überzeugen, daß die beiden Fremden den Weg gefunden hatten. Unwillkürlich winkte er mit der Hand einen Gruß zu ihr zurück – und hatte dabei das Gefühl, als müsse er zu ihr zurücklaufen und sie anflehen: Verschwinde nicht aus meinem Leben!

Hatte Romana seinen Gruß bemerkt? Er sah jedenfalls, daß sie sich sofort umwandte und wie gejagt die Düne hinabeilte.

Ja, Romana hatte den Gruß des Fremden bemerkt! Sie hatte sich nicht versagen können, ihnen von der Düne aus noch einen Blick nachzuwerfen. Vor allem dem Schlanken mit den grauen Augen.

Sie wußte nicht, was für ein rätselhaftes Gefühl es war, aber sie war traurig, als er gegangen war, und es trieb sie auf die Düne, um ihn wenigstens noch einmal von weitem zu sehen. Und sie wußte auch, daß er es war, der einen Gruß zu ihr zurückwinkte, denn der andere, der vorausging, hatte helles, blondes Haar, das sie auch auf diese Entfernung erkennen konnte. Und der Schreck, der sie befiel, als sie seinen Gruß bemerkte, trieb sie in die Flucht, ahnungslos, daß sie gerade durch diese Flucht bewies, daß sie seinen Gruß bemerkt hatte.

Mit klopfendem Herzen eilte sie zur Villa Elisabeth zurück, wohin Friedrich schon ihre Sachen getragen hatte.

Sie überreichte Mama Dürkopp das fertige Bildchen, wofür diese ihr überschwenglich dankte. Erst als sie mit den beiden alten Herrschaften beim Tee saß, erzählte sie dann, scheinbar ganz unbefangen, daß sie zwei jungen Herren aus Swinemünde den Weg hatte zeigen müssen, weil sie sich im Wald verirrt hatten. Der Geheimrat und seine Gattin sahen sich erschrocken an.

»Was waren das für Herren, Romana, beschreibe sie uns.«

Romana dachte nach und sagte dann:

»Es waren zwei elegante Badegäste aus Swinemünde. Der eine war hellblond und hatte blaue, lustige Augen, der andere aber hatte dunkles Haar und graue Augen.«

»Wie alt waren die Herren, Kind?«

»Vielleicht Anfang der Dreißig.«

»Und sprachen sie geläufig deutsch?«

Verwundert sah Romana ihren Pflegevater bei dieser Frage an.

»Gewiß, ein ganz reines Deutsch, wie es nur gebildete Deutsche sprechen.«

Da atmeten die alten Herrschaften erleichtert auf, schärften aber Romana nochmals ein, daß sie vorsichtig sein müsse und lieber gleich das Haus aufsuchen solle, falls ihr wieder einmal ein Fremder begegnen sollte. Das versprach Romana auch. Aber sie dachte bei sich, daß sie unbesorgt sein könne, wenn sie diesen Herren wieder einmal begegnete, was ja leider nicht der Fall sein würde. Wie sollte ihr auch Gefahr drohen von Menschen, die einen so vertrauenerweckenden Eindruck auf sie gemacht hatten?

Sie mußte sehr, sehr viel an den jungen Mann mit den grauen Augen denken. Der andere erschien ihr nicht so wichtig, wenn ihr seine lustigen Augen auch sehr gefallen hatten. Ob sie ihn wohl jemals wiedersehen würde?

Am nächsten Tag gingen die beiden Freunde gemeinsam baden. Sie wohnten beide in einer Pension am Strand. In derselben Pension wohnte seit einigen Tagen auch eine sehr schicke und interessante Dame, die sich ebenfalls auf dem Weg zum Bad befand und dabei fleißig mit Bernd kokettierte. Diese unleugbar reizende junge Dame hatte sich als Witwe ausgegeben und fand daher sehr viele Verehrer. Anscheinend begünstigte sie aber Bernd von Altdorf, vielleicht wegen seiner lustigen Augen, vielleicht aber auch, weil er mit seinem Freund das eleganteste Zimmer in der Pension bewohnte und scheinbar sehr viel Geld hatte.

Bernd von Altdorf ging niemals einem amüsanten Flirt aus dem Weg und kokettierte fleißig mit ihr. Obwohl er sich angeregt mit Gunter unterhielt, fand er reichlich Gelegenheit, mit der jungen Witwe immer wieder Blicke zu wechseln.

Gunter Valberg bemerkte das sehr wohl. Er kannte den Freund und ließ ihn gewähren. Keine Miene von ihm verriet, daß er das kokette Spiel zwischen den beiden bemerkte.

Während man badete, gelang es Bernd, seinem Freund zu entschlüpfen und sich der jungen Frau, die einen entzückenden Badeanzug trug, zu nähern. Gunter lächelte verstohlen und schwamm weit hinaus ins Meer. Als er wieder zurückkam, seinen nassen Badeanzug abgelegt hatte und in den Bademantel geschlüpft war, legte er sich in den warmen Sand zu einem Sonnenbad nieder und rauchte eine Zigarette.

Während er nun mit geschlossenen Augen behaglich dalag, dachte er an seine gestrige Begegnung mit der jungen Dame im Wald. Der Eindruck, den Romana auf ihn gemacht hatte, war nicht verwischt worden – im Gegenteil, er hatte sich noch vertieft. Eine innere Unruhe hatte sich seiner bemächtigt, und er war sich schon jetzt klar darüber, daß er versuchen müßte, sie wiederzusehen.

So kam es ihm sehr gelegen, daß Bernd, der sich nach einer Weile wieder zu ihm gesellte, lachend sagte:

»Lieber Gunter, du wirst den heutigen Nachmittag ohne mich verbringen müssen, ich habe mich mit der reizenden jungen Frau zu einem Ausflug verabredet.

Hoffentlich zürnst du mir nicht, wenn ich dich deinem Schicksal überlasse.«

Gunter wandte sich dem Freund zu und sagte gutmütig:

»Ich zürne dir nicht, Bernd, wenn du mir versprichst, dir von ›Madame‹ nicht allzu feste Fesseln überstreifen zu lassen.«

»Warum betonst du das ›Madame‹ so stark?«

»Weil ich ein wenig daran zweifle, daß sie jemals verheiratet gewesen ist. Sieh dich vor – sie scheint etwas mit dir vorzuhaben.«

»Keine Sorge, du weißt doch, daß ich ein Schmetterling bin.«

»Auch Schmetterlinge können in ein Netz fliegen. Und deine junge Witwe scheint darauf aus zu sein, einen guten Fang zu tun.«

»Daran zweifle ich nicht – sie hält mich nämlich für sehr reich, weil man weiß, daß du reich bist. Sie läßt sich durch dein Auftreten bestechen und ahnt nicht, daß ich neben dir nur ein bescheidenes Zimmerchen bewohne. Sollte sie zu sehr aufs Ganze gehen, dann brauche ich ihr nur zu verraten, daß ich ein armer Schlucker bin. Vorläufig sonne ich mich noch ein wenig im Glanze deines Reichtums – das gibt mir den rechten Hintergrund, verstehst du?«

»Du bist ein Spaßvogel, Bernd. Im übrigen brauchst du nur bei solchen Weibern, wie dieser Witwe, so einen Hintergrund. Andernfalls kommt ein tüchtiger Kerl, wie du bist, auch ohne diesen Nimbus aus.«

Bernd lachte vergnügt.

»Ach, weißt du, mein lieber Gunter, ich hätte bei all meiner von dir und deinem Vater so liebenswürdig anerkannten Tätigkeit durchaus nichts dagegen, wenn mir so eine nette runde Million Ansehen geben würde.«

»Muß es gleich eine Million sein?« fragte Gunter scherzend.

»Vielleicht mache ich es auch billiger! Aber heute werde ich ›Madame‹ ganz als Millionär unter die Augen treten und mich von ihr entsprechend anbeten lassen.«

»Nun, ich bin beruhigt, du scheinst es wirklich nur auf ein kleines Abenteuer abgesehen zu haben.«

»Aber Gunter, zweifelst du daran? Nun sage mir, was wirst du am Nachmittag anfangen, wenn ich dich so schnöde verlassen habe?«

Gunter gestand nicht einmal sich selber ein, daß er das schon ganz genau wußte. Er zuckte gleichmütig die Achseln.

»Das wird sich finden! Vielleicht segle ich ein Stück hinaus. Irgendwie werde ich mir die Zeit schon vertreiben. Du brauchst dein zartes Gewissen meinetwegen nicht zu belasten!«

Bernd glaubte an diese Gleichmütigkeit, denn er hatte das kleine Erlebnis gestern im Wald längst über seinem leichtherzigen Flirt vergessen. Es fiel ihm gar nicht ein, anzunehmen, daß sein immer so vernünftiger Freund Gunter planen könnte, heute schon wieder den weiten Weg bis nach Hornklippe zurückzulegen.

Die beiden Freunde blieben noch eine Weile im Sand liegen, dann zogen sie sich gemächlich an und schlenderten zur Pension zurück.

Hier fanden sie Post vor. Bernd hatte einen Brief von seiner Mutter und Gunter einen von seinem Vater, sowie geschäftliche Berichte. Sie vertieften sich, auf der Loggia zu Gunters Zimmer sitzend, in die Briefe.

Doktor Gunter Valberg war der einzige Sohn und Erbe von Georg Valberg, dem Besitzer großer Maschinenwerke.

Er hatte mit Bernd zusammen die Hochschule besucht. Sie hatten sich angefreundet, obwohl oder gerade weil sie beide so ganz verschiedene Menschen waren. Bernd war immer ein wenig zu leicht, Gunter zu schwerblütig und ernsthaft.

Beide glichen sich gut aus. Gleichzeitig hatten sie ihren Diplomingenieur und ihren Doktor gemacht. Während Gunter danach in den Betrieb seines Vaters als Teilhaber eintrat, bekam Bernd von Altdorf durch Gunters Vermittlung in den Valberg-Werken eine weit günstigere Stellung, als sie sich wohl für den jungen Ingenieur sonst gefunden hätte. Allerdings war Bernd trotz seiner sonstigen Leichtherzigkeit ein sehr begabter und tüchtiger Mensch, und Gunter brauchte es nicht zu bereuen, ihn gefördert zu haben. Bernd war ihm jedenfalls sehr dankbar dafür, denn sein Vater hatte nur mit Mühe sein immerhin kostspieliges Studium durchhalten können, weil er sein Vermögen in der Inflation verloren hatte. So war auch er Gunter sehr dankbar, daß er seinem Sohn eine sehr gute Stellung verschaffte. Für Bernds Mutter aber war Gunter der erklärte Liebling. So, wie Bernd im Hause von Gunters Vater verkehrte, weilte Gunter gern und oft bei Familie Altdorf. Seine Mutter hatte er schon sehr früh verloren. Dem Haushalt des Vaters stand eine Hausdame vor, die wohl mustergültig den Haushalt führte und eine glänzende Repräsentantin war, aber doch für Vater und Sohn nicht das Behagen schaffen konnte, wie es zuvor Gunters Mutter und wie es Bernds Mutter für Gatten und Sohn bereitete. Darum liebte Gunter die harmonische Häuslichkeit bei Altdorfs, der die feinsinnige und gütige Hausfrau das Gepräge gab. Ihr wahrhaft vornehmes Wesen, ihre frischfrohe Lebensenergie, die sich von keinem Schicksalsschlag hatte beugen lassen, und ihre Klugheit nötigten Gunter eine tiefe Verehrung für diese Frau ab, die ihn in manchen Dingen an seine Mutter erinnerte.

Ihre bedeutenden Geistesgaben und der würdevolle Reiz ihrer Persönlichkeit machten den Umgang mit ihr für einen so tief angelegten Menschen wie Gunter zum Genuß. Die sehr rüstige Fünfzigerin mit der noch mädchenhaft schlanken Gestalt und dem lichtblonden Haar, das kein graues Fädchen zeigte, war in der Berliner Gesellschaft eine bekannte und beliebte Erscheinung. Sie war im Herzen jung geblieben, ohne sich mit ihrer Jugendlichkeit hervorzutun. Gunter unterhielt sich in Gesellschaft immer viel lieber mit ihr als mit den unbedeutenden jungen Damen, die für nichts Sinn und Interesse hatten als für Tanz, Sport und Modefragen.

Mit großer Freude begünstigte Frau von Altdorf die Freundschaft des Sohnes mit Gunter Valberg, nicht etwa, weil sie aus diesem Freundschaftsverhältnis eine Förderung im Beruf ihres Sohnes sah, sondern weil sie fühlte, daß Gunter ihren etwas leichtherzigen Sohn günstig beeinflußte und ihn vor mancher Torheit bewahrte. Mit seinen gediegenen Eigenschaften war Gunter ganz der Freund, den eine Mutter sich für ihren Sohn wünschen konnte.

Daß Bernd wiederum das etwas schwerblütige Wesen Gunters wohltätig beeinflußte, erkannte sie an und freute sich, weil ihr Sohn auch der Gebende und nicht nur der Nehmende in diesem Bund sein durfte. Es war ihr ein Bedürfnis, Gunter eine natürliche mütterliche Zuneigung zu zeigen, die er mit tiefer Verehrung erwiderte. Bernd neckte den Freund oft damit, daß er der »Vorzug« seiner Mutter sei.

»Wenn sie nicht eine so mustergültige Mutter wäre, dann würde sie dich über ihren Sohn stellen! So aber kommst du dicht hinter meinem Vater und mir in ihrem Herzen, und das will ich dir gönnen! Es ist wundervoll, eine solche Mutter zu haben!« hatte er einmal gesagt.

Denn für seine Mutter hegte Bernd eine tiefe Verehrung.

So, wie die beiden Freunde nun fleißig miteinander arbeiteten, suchten sie es auch immer einzurichten, daß sie ihre Ferien zusammen verbrachten. Und daher hatten sie auch diesen Sommer erst eine vierzehntägige Bergwanderung miteinander gemacht und wollten nun noch einige Wochen Seeluft genießen. Wie immer herrschte eine herzliche Harmonie zwischen ihnen, die durchaus nicht getrübt wurde, wenn Bernd hier und da einem galanten Abenteuer nachging, wie an diesem Tag.

Und heute hatte nun auch Gunter so etwas wie ein galantes Abenteuer vor; nur, daß das von ganz anderer Art war als das Bernds.

Nachdem die beiden Herrn ihre Post erledigt hatten, war es Zeit zum Mittagessen. Danach rauchten sie im Strandkorb eine Zigarre, und dann verabschiedete sich Bernd von Gunter. Er hatte verschiedene Male zur Pension hinaufgespäht und erblickte nun die hübsche junge Witwe ausflugsbereit vor der Tür.

»Also, wenn nicht eher, dann beim Abendessen, auf Wiedersehen, Gunter!«

»Auf Wiedersehen, Bernd, viel Vergnügen. Und bitte vergiß nicht, was ich dir über die Schmetterlinge gesagt habe!«

Bernd lachte.

»Keine Sorge, Gunter, ein Schmetterling läßt sich nicht so leicht fangen.«

Nachdem Bernd verschwunden war, sah Gunter erst einmal zum Himmel empor, der in seiner tiefen Bläue sehr beständiges Wetter versprach. Dann schlenderte er langsam am Strand entlang zur Hornklippe. Und je weiter er kam, desto schneller schritt er aus.

3

Romana war wieder zu ihrem Lieblingsplätzchen gegangen, wie fast jeden Tag. Heute hatte sie die Staffelei zu Hause gelassen, denn sie hatte sich vorgenommen, kein Bild mehr anzufangen, bis Onkel Justizrat kam. So brauchte sie Friedrich weder zu begleiten noch später abzuholen, und das war diesem lieb, da er im Garten viel zu tun hatte.

Sie hatte sich nur eine Handarbeit mitgenommen, denn auch zum Lesen fehlte ihr die Lust. Es war so viel Neues in ihr Leben getreten, daß sie darüber nachdenken mußte und sich nicht durch Bücher ablenken wollte. Erst die Nachricht des Vormundes, daß er mit ihr eine Reise machen und sie dann zu Freunden bringen wollte, bei denen sie geselligen Verkehr haben sollte. Und dann gestern die Begegnung mit den beiden Herren! Das war für Romanas zurückgezogenes Leben sehr viel auf einmal.

Während sie an einer feinen Stickerei arbeitete, ließ sie ihren Gedanken immer wieder freien Lauf. Und diese Gedanken beschäftigten sich hauptsächlich mit den beiden Herren – oder vielmehr nur mit dem einen von ihnen – mit dem, in dessen Augen sie zuerst geschaut hatte, als sie aus dem Schlummer erwachte.

Sie war fest davon überzeugt, daß sie die beiden Herren gestern zum ersten- und letztenmal in ihrem Leben gesehen hatte. Ganz sicher würden sie nie mehr ihren Weg kreuzen. Aber trotzdem war sie heute schon wieder am frühen Morgen auf der Düne bei der Hornklippe gewesen und hatte mit ihrem Fernglas nach Swinemünde hinübergeschaut. Sie hatte den ganzen Strand abgesucht, aber natürlich konnte sie trotz des guten Glases niemand erkennen. Sie konnte nur wie immer feststellen, daß viele Damen und Herren den Badestrand bevölkerten. Und doch hatte ihr Herz immer wieder laut geklopft, wenn sie eine schlanke männliche Erscheinung sich aus der Menge lösen sah.

Nach einer Weile war sie aber sehr böse auf sich selbst geworden, hatte sich eine Törin gescholten und sich selbst das Wort gegeben, in den nächsten Wochen nicht wieder auf die Düne zu gehen und nach Swinemünde hinüberzusehen. Sie ärgerte sich, daß sie ein so brennendes Interesse für den Fremden hegte.

Auch jetzt suchte sie ihre Gedanken von ihm abzulenken, aber es gelang ihr nur für kurze Zeit. Immer wieder endeten ihre Gedankenflüge an dem einen Punkt. Schließlich gab sie sich keine Mühe mehr, an etwas anderes zu denken, und vertiefte sich so sehr in die Erinnerung an die gestrige Begegnung, daß sie nicht bemerkte, wie ein schlanker junger Herr vom Meer herüber durch den Wald auf den Platz zukam, wo sie saß. Auf dem weichen Waldboden verklangen seine Schritte, und seine Augen flogen suchend umher, als hoffe er, eine weißgekleidete Mädchengestalt zu sehen.

Er konnte jedoch Romana noch nicht erblicken, weil die Gebüschgruppe, vor der die Bank und der Tisch standen, sie ihm verbarg. Erst, als er ganz nahe herangekommen war, erblickte er sie und blieb mit laut klopfendem Herzen stehen. Ohne sich zu rühren sah er zu Romana hin. Ihm war, als habe er etwas Köstliches gefunden, das er schmerzlich gesucht hatte.

Übte sein Blick eine magnetische Kraft auf sie aus wie gestern, da er sie aus dem Schlaf geweckt hatte, oder beirrte sie sonst ein unerklärliches Gefühl – sie ließ plötzlich ihre Stickerei sinken und hob den Blick in die Richtung, wo er im Anschauen versunken stand. Romana zuckte zusammen, und dunkle Röte stieg verräterisch in ihre Wangen. Sie sah hilflos erschrocken in die grauen

Männeraugen, die schon gestern einen so tiefen Eindruck auf sie gemacht hatten.

Gunter Valberg verbeugte sich tief und ehrerbietig.

»Verzeihung, mein gnädiges Fräulein, wenn ich abermals störend in Ihre Einsamkeit dringe, dieser idyllische Waldfrieden unter den schönen Buchen hat es mir angetan. Man findet sonst hier in der Nähe fast nur Nadelwald. Darf ich ein wenig hier verweilen?«

Romana hatte sich mühsam gefaßt und zögerte eine Weile mit der Antwort. Aber die grauen Augen zwangen sie, zu sagen:

»Der Wald ist für jeden Menschen frei! Und wenn ich auch gewöhnt bin, daß sich niemand hierher verirrt, der nicht ins Dorf gehört, so habe ich doch nicht darüber zu bestimmen, ob Sie hier verweilen dürfen oder nicht. Ich werde mich ohnedies sogleich entfernen.«

Die letzten Worte kamen freilich nur zögernd über ihre Lippen, und nur, weil sie an die Ermahnung ihrer Pflegeeltern dachte, sich nie mit Fremden in eine Unterhaltung einzulassen.

Er hob bittend die Hände.

»O nein, bitte gehen Sie nicht fort – ich müßte sonst annehmen, daß ich Sie vertreibe.«

Und Romana wurde schwach. Sie sagte sich zu ihrer eigenen Beruhigung, daß die Pflegeeltern an den beiden Herren, als sie ihnen dieselben beschrieb, doch nichts Beunruhigendes gefunden hatten und daß sie gewissermaßen die Zensur passiert hätten. Mit leise bebenden Händen nahm sie ihre Stickerei wieder auf und sagte:

»Nein – ich will Sie nicht vertreiben, aber ich muß bald nach Hause.«

Er ließ sich ihr gegenüber auf einem Baumstumpf nieder und sah sie mit großen, ernsten Augen an.

»Bald – aber nicht gleich, mein gnädiges Fräulein – ich

möchte Sie um die Auszeichnung bitten, mir zu gestatten, bei Ihren Angehörigen einen Besuch machen zu dürfen.«

Sie sah rasch auf und blickte ihn erschrocken an.

»O nein!« rief sie unbedacht.

Ein tiefer Atemzug hob ihre Brust.

»So unsympathisch bin ich Ihnen, daß Sie mir nicht gestatten wollen, mich Ihren Eltern oder sonstigen Angehörigen vorzustellen?«

Ihre Lippen zuckten, und wider Willen erwiderte sie leise:

»Nein, nein, so unsympathisch sind Sie mir nicht, aber es geht nicht.«

»Wirklich nicht?«

»Es hat auch keinen Zweck«, sagte sie seufzend.

Er sah sie mit brennenden Augen an.

»Ganz offen, mein gnädiges Fräulein, es war der Zweck meines Kommens heute. Ihren Aufenthalt auszukundschaften und mich Ihren Angehörigen vorzustellen, denn – ich muß es Ihnen sagen – Ihre Persönlichkeit hat einen so starken Eindruck auf mich gemacht, daß mich der Wunsch, Sie näher kennenzulernen, nicht mehr losließ.

Ich machte mir fortwährend Vorwürfe, daß ich gestern von Ihnen schied, ohne zu wissen, wo und wann ich Ihnen wieder begegnen könnte. Nun bin ich hier, um diesen Fehler wiedergutzumachen, und will Ihnen sagen, daß ich mich Ihnen mit den ehrlichsten und ehrerbietigsten Absichten genähert habe. Darf ich auch nach dieser Erklärung nicht die Ehre haben, Ihre Angehörigen kennenzulernen? Wollen Sie mir nicht sagen, wo Sie wohnen?«

So unerfahren Romana auch war, fühlte sie doch, daß dieser fremde Mann etwas sehr Schwerwiegendes gesagt hatte. Ihre Augen flogen scheu zu ihm hinüber und schlossen sich gleich wieder im Erschrecken über den flehenden Blick der seinen.

Dann sagte sie leise:

»Da drüben im Dorfe Hornklippe wohnt der Geheimrat Dürkopp mit seiner Gattin. Das sind meine Pflegeeltern. Drüben am Waldrand, die größte der kleinen Villen, gehört ihnen, und da bin ich zu Haus. Aber – ich bitte Sie, obwohl ich Ihnen das gesagt habe, nicht zu meinen Pflegeeltern zu gehen. Wüßten sie, daß ich heute schon wieder mit Ihnen gesprochen habe, würden sie mir zürnen. Gestern habe ich von meiner Begegnung mit Ihnen und Ihrem Begleiter erzählt, und – ich soll mit Fremden nicht sprechen.«

»Aber – ich bin Ihnen doch nicht mehr fremd, ich habe mich Ihnen vorgestellt und will noch hinzufügen, daß ich Dr.-Ing. und Mitinhaber der Valberg-Werke bin, die meinem Vater gehören, und hoffe, Ihren Pflegeeltern genügend Anhaltspunkte geben zu können, um sie über meine Persönlichkeit zu beruhigen.«

Romana richtete sich auf und strich sich das Haar aus der Stirn, als sei ihr zu heiß, und dann sagte sie hastig wie ein banges Kind:

»Wenn Sie meinen Pflegeeltern Ihren Besuch machen und sie erfahren, daß ich wieder mit Ihnen gesprochen habe, dann – dann wird man wohl dafür sorgen, daß – daß wir uns nie wiedersehen.«

Er hörte aus diesen Worten nur, daß sie selbst nichts dagegen haben würde, ihn wiederzusehen, und das beglückte ihn sehr. Fragend sah er sie an.

»Warum sollten Ihre Pflegeeltern so grausam sein? Hat irgendein Mensch Rechte auf Sie, die es mir verwehren würden, mich Ihnen zu nähern. Sie besser kennenzulernen? Ich bitte Sie dringend, diese Frage nicht als Neugier oder Zudringlichkeit aufzufassen; ich möchte nur wissen, wie ich mich zu verhalten habe.«

In Romanas Gesicht hatte die Farbe verschiedentlich gewechselt. Ihr war, als müsse sie aufstehen und sich, ohne noch ein Wort mit ihm zu reden, entfernen. Aber sein Blick hielt sie fest, ließ sie alle Ermahnungen ihrer Pflegeeltern vergessen. Sie konnte nicht anders, als ihm zu antworten:

»Die Rechte eines andern Menschen verletzen Sie nicht – es hat niemand anders über mich zu bestimmen als ich selbst und mein Vormund.«

Er atmete auf.

»Oh, wenn Sie es mir nur nicht streitig machen – mit Ihrem Vormund will ich schon fertig werden«, sagte er rasch, annehmend, daß der Geheimrat Dürkopp ihr Vormund war.

Es zuckte ein leises Lächeln um ihren Mund.

»Wer weiß, ob es sich für Sie lohnt, mich näher kennenzulernen.«

Dies Lächeln machte ihm das Herz warm.

»Ganz sicher.«

»Sie werden vielleicht sehr enttäuscht sein, denn ich bin hier in der Einsamkeit aufgewachsen und verstehe nicht, Konversation zu machen.«

»Die sogenannte Konversation unserer Kreise vermisse ich gern – mit Ihnen zu plaudern wird immer ein Gewinn sein, so viel weiß ich schon jetzt. Darf ich fragen, ob Sie Ausländerin sind? Sie sprechen zwar fehlerlos deutsch – aber vielleicht zu fehlerlos und mit einem leichten Akzent.«

Schon wollte Romana antworten, daß ihr Vater Russe und ihre Mutter Deutsche gewesen seien, als ihr einfiel, daß sie das um keinen Preis verraten durfte. Und so sagte sie nur:

»Ich war als Kind viel im Ausland.«

Er sah sie forschend an.

»Ist es Ihnen hier in diesem einfachen Fischerdorf nicht zu still und langweilig?«

»Langeweile kenne ich nicht. Meine Pflegeeltern wohnen, seit sie durch die Inflation ihr Vermögen verloren haben, Sommer wie Winter hier in dem Häuschen, das sie sich zuerst nur für den Sommeraufenthalt hatten bauen lassen – und schließlich gewöhnt man sich an das stille Leben.«

»Das ganze Jahr leben Sie in dieser Einsamkeit? Sie kommen aber doch wenigstens manchmal nach Swinemünde hinüber?«

»Nur im Winter, wenn keine Kurgäste da sind.«

Er sah sie erstaunt an.

»Aber gerade im Sommer ist es viel schöner dort!«

Romana fühlte, daß sie schon zuviel gesagt hatte.

»Ich gehe im Sommer nie hinüber.«

»Sehnen Sie sich denn gar nicht in die Welt hinaus?«

Sie seufzte ein wenig.

»Man ist zuweilen so töricht, sich hinauszusehnen.«

»Das ist doch nicht töricht.«

Sie zuckte leicht mit der Schulter.

»Es kommt auf die Verhältnisse an.«

Er glaubte, sie sei arm und müsse deshalb ihr Leben in der Stille dieses Fischerdorfes vertrauern. Ein heißes Glücksgefühl stieg plötzlich in ihm auf, daß er reich war. Noch nie hatte ihm das eine so große Freude gemacht. Eine starke Sehnsucht erwachte in ihm, das Leben dieses schönen jungen Geschöpfes zu verschönen, ihm alle Wünsche zu erfüllen, es mit hinauszunehmen in die schöne lachende Welt, in eine Welt, die auch für ihn schöner und leuchtender werden mußte, wenn so ein holdes Geschöpf an seiner Seite schritt. Nie war ihm der Gedanke gekommen, sich zu verheiraten, wenn er mit einer Frau zusammengetroffen war, obwohl er immer damit gerechnet hatte, eines Tages eine Ehe zu schließen, wie er sich die Ehe dachte.

Jetzt zum erstenmal sah er eine Frau daraufhin an, ob sie seine Weggenossin für das ganze Leben sein könnte.

Er kannte sich selbst nicht mehr. Er, der immer so besonnen und zurückhaltend gewesen war den Frauen gegenüber, stand plötzlich unter dem starken Einfluß dieses fremden Mädchens, von dem er nichts wußte, als daß es ihn mit reinen stolzen Augen ansah. Es gab für ihn keinen Zweifel mehr, daß das Schicksal ihm dieses Mädchen über den Weg geführt hatte, zur Ergänzung seines eigenen Ichs. Er hatte gar nicht das Gefühl, daß sie ihm fremd war. Ihm war, als kenne er sie ganz genau, er glaubte, ganz mühelos in ihrem Innern lesen zu können.

Und mit einer ihm ganz unbekannten Glückseligkeit erkannte er, daß auch er einen starken Eindruck auf sie gemacht hatte. Nichts an ihr verriet die kokette, spielerische Art, mit der sich sonst die Frauen an ihn herandrängten – weil er eine gute Partie war. Es lag ein schwerer, sinnender Ernst über diesem jungen Geschöpf, und der Ausdruck ihrer wundervollen Augen verriet ihm, daß sie ein tiefgründiger, wertvoller Mensch war.

Er sagte sich, daß es Menschen gab, die man ein ganzes Leben kennen konnte, ohne sie ganz zu kennen, und wieder andere, die man auf den ersten Blick bis in die Tiefe ihres Seins beurteilen konnte. Zu den letzteren schien ihm dieses fremde Mädchen zu gehören.

Möglich auch, daß eine erhöhte Lebenskraft seines Wesens, die mit dem Augenblick eingesetzt hatte, als er den ersten Blick in ihre Augen getan, ihn befähigte, in ihr die gleichgesinnte Seele zu erkennen.

Langsam, sich zur Ruhe zwingend, erwiderte er:

»Ich gebe zu, daß die Verhältnisse dabei ausschlaggebend sein können; aber auf Ihre Sehnsucht können sie doch nicht bestimmend einwirken. Es ist doch verständlich, daß eine so junge und reizende Dame, wie Sie es sind, den Wunsch hat, aus der drückenden Stille des Dorfes hinaus ins Leben zu kommen.«

Romana war unter seinen Worten sehr rot geworden und sagte nun mit der ganzen stolzen Reinheit ihres Wesens und der Sicherheit der großen Dame, die ihr angeboren war:

»Keine Komplimente, wenn ich bitten darf, Herr Doktor! Ich gebe Ihnen kein Recht dazu.«

Und sie erhob sich, um ihre Stickerei zusammenzupacken. Er erschrak und sah sie flehend an.

»Verzeihen Sie mir! Ich gehöre nicht zu den Männern, die gedankenlos Komplimente machen. Wenn ich Ihnen sagte, daß Sie reizend sind, so sprach ich nur die Wahrheit, die Ihnen Ihr Spiegel tagtäglich ungestraft sagen darf. Ist es zu kühn, wenn ich mir dasselbe erlaube?«

Er sah sie dabei so ernst und bittend an, daß ihr das Herz bis zum Halse hinauf klopfte. Sie hatte noch nie in ihrem jungen Leben Gelegenheit gehabt, solche Worte aus dem Munde eines Mannes zu hören. Wenn sie im Winter zuweilen drüben in Swinemünde mit den Söhnen und Töchtern der Pensionsinhaber zu einer schlichten Geselligkeit zusammenkam, dann wurde sie natürlich auch von allen Seiten ausgezeichnet, aber das hatte nie Eindruck auf sie gemacht. Sie fühlte sich bei diesem Umgang außerhalb ihrer Sphäre und lächelte höchstens über die mehr oder minder ungeschickten Versuche, ihr Artigkeiten zu sagen. Hier klang zum erstenmal bei solch bewundernden Worten eine Saite in ihrem Innern mit, die bisher stillgeschwiegen hatte. Und weil sie fühlte, daß sie unter dem bewundernden Blick dieser grauen

Männeraugen mehr und mehr ihre Ruhe verlor, raffte sie sich auf.

»Ich muß jetzt gehen«, sagte sie hastig.

»Darf ich Sie nicht bis nach Hause begleiten?«

Sie schüttelte heftig den Kopf.

»Nein, nein! Bitte, lassen Sie mich allein gehen.«

»Ich bitte Sie dringend, mir ganz offen zu sagen, ob es Ihnen lästig und unangenehm ist, wenn ich Sie wiedersehe. Ich muß das wissen, denn wenn ich Ihnen unsympathisch bin, dann muß ich mich hüten, jemals wieder in Ihre Nähe zu kommen, weil das eine Gefahr für meine Seelenruhe bedeuten würde. Bin ich Ihnen aber nicht so unsympathisch, daß Sie mir um jeden Preis ausweichen möchten, dann – dann werde ich alles versuchen. Sie wiederzusehen und in Ihre Nähe zu kommen.«

Ihr Fuß stockte. Sie wollte erst ohne Antwort weitergehen, aber unter dem Bann der beschwörend auf sie gerichteten Augen vermochte sie es nicht. Sie fühlte, dieser Mann suchte nicht ein leichtsinniges Abenteuer. Seine ernsten, guten Augen flößten ihr Vertrauen ein, und was schon bei seinem ersten Anblick leise in ihr aufgekeimt war, wurde stärker und tiefer. Sie konnte ihn nicht auf immer von sich weisen, mußte sich selbst die Hoffnung erhalten, ihn wiederzusehen. Was sie schon jetzt für ihn empfand, war zu stark, als daß sie sich auch in diesem Fall blindlings dem Gebot ihrer Pflegeeltern hätte fügen können.

Und so sagte sie leise:

»Wenn uns das Schicksal wirklich noch eine Begegnung zugedacht hat, dann – werde ich mich freuen. Sie wiederzusehen.«

Sie neigte den Kopf zum Gruß und ging schnell davon. Er sah ihr nach. Die stolze Anmut ihrer Haltung, der graziöse Gang entzückten ihn.

Wie eine junge Königin schreitet sie dahin, dachte er. Und er klammerte sich an ihre Worte: Dann werde ich mich freuen, Sie wiederzusehen.

Daran wollte er sich halten. Sie klangen ihm wie eine Verheißung. So viel wußte er nun wenigstens, daß sie nichts dagegen hatte, wenn er sich um sie bewarb! Alles andere erschien ihm unwichtig.

Langsam folgte er ihr von ferne, bis sie seinen Augen entschwunden war. Dann schritt er schneller aus, dem Dorf Hornklippe zu. Aber Romana bekam er nicht mehr zu Gesicht, als er es erreicht hatte. Er sah nur am Waldrand die weißen Villen stehen und suchte mit den Augen die größte unter ihnen heraus. Sie war leicht zu finden.

Dort also wohnte das fremde Mädchen, das ihm nach so kurzer Bekanntschaft schon so bekannt und vertraut erschien. Er würde sie wiedersehen, das stand für ihn fest. War sie morgen nicht wieder auf dem Platz unter den Buchen, wenn er zur gleichen Zeit herüberkam, dann würde er es am andern Tag wieder versuchen. Sah er sie auch dann nicht, dann würde er unter irgendeinem Vorwand einen Besuch im Haus des Geheimrats Dürkopp machen.

Sich in respektvoller Entfernung von der Villa Elisabeth haltend, ging er nun um das Dorf herum nach der Hornklippe zu. Oben auf der Düne blieb er stehen. Hier hatte die junge Dame gestern gestanden und ihm nachgeschaut – ja, er fühlte es, daß sie ihm nachgeschaut hatte. Wie sie auf ihn gleich einen so nachhaltigen Eindruck gemacht hatte, so schien er auch ihr nicht gleichgültig zu sein, wenn sie das auch in ihrer stolzen, zurückhaltenden Art verbergen wollte. Es bestand kein Zweifel für ihn, dieses fremde Mädchen war ihm vom Schicksal mit Absicht in den Weg geführt worden.

Das fremde Mädchen? Ja – nicht einmal ihren Namen

wußte er, aber seinem Herzen war sie trotzdem nicht fremd! Schnell sprang er über die Dünen zum Strand hinunter und ging dicht am Wasser nach Swinemünde zurück.

In der Pension angekommen, suchte er den Pensionsinhaber auf. Dieser saß in seinem Kontor und schrieb Rechnungen für seine Gäste aus. Gunter fragte ihn erst etwas Belangloses und dann:

»Hier in der Nähe muß doch das Dorf Hornklippe liegen?«

»Jawohl, Herr Doktor, eine gute Wegstunde entfernt nach Westen liegt es, hinter der Düne im Wald.«

»Es ist nur von Fischern bewohnt?«

»In der Hauptsache. Unser ganzer Fischbedarf wird von Hornklippe gedeckt, auch die Räucherfische kommen von drüben. Außer den Fischern wohnen nur noch einige abgebaute Beamte dort, weil das Leben sehr billig ist und Hornklippe auch im Winter durch den Wald sehr geschützt liegt. So sechs bis acht Villen stehen drüben.«

»Die nehmen wohl auch Sommergäste auf?«

»Nein, wer wird denn zur Sommerfrische nach Hornklippe gehen? Da ist nichts los, und man hat vor allen Dingen keinen Badestrand.«

»Es lohnt sich also nicht, einen Ausflug dorthin zu machen?« forschte Gunter diplomatisch weiter.

»Nein, Herr Doktor, es lohnt sich wirklich nicht. Wald haben wir hier auch, und sonst finden Sie drüben nichts als arme Fischer und die alten Leute, die sich zur Ruhe gesetzt haben. Außer der Pflegetochter des Geheimrats Dürkopp ist nicht ein einziges junges Blut in Hornklippe, denn auch die Fischertöchter verlassen Hornklippe, sobald sie flügge sind, um sich in die großen Städte zu verdingen.«

Gunter freute sich, daß ihn der Pensionsinhaber auf die richtige Fährte gebracht hatte.

»Also eine einzige junge Dame wohnt in Hornklippe? Das muß ja sehr langweilig für sie sein.«

»Na ja, amüsant ist es wirklich nicht für sie, zumal sie im Sommer, wo wir doch hier Betrieb haben, nie herüberkommt. Die Pflegeeltern sind gar zu ängstlich mit ihr. Nur im Winter nimmt sie mit unseren jungen Leuten ab und zu an einem Tänzchen teil. Meine Tochter ist die einzige Bekanntschaft für sie, denn sie besucht Fräulein Romana auch im Sommer, obwohl wir da viel zu tun haben, einige Male. Unsere Lotte schwärmt nun mal für das Fräulein Romana, wie eigentlich unser ganzes junges Volk hier. Sie sieht ja auch aus wie eine verwunschene Prinzessin, und unsere Lotte nennt sie poetisch immer nur ›Das Mädchen aus der Fremde‹. Weil sie nämlich nie zu den Winterfestlichkeiten hier erscheint, ohne jedem etwas mitzubringen, wie sie auch drüben in Hornklippe alle Menschen beschenkt. Es ist, glaube ich, ihre einzige Freude, anderen Freude zu machen.«

Gunter hatte starkes Herzklopfen bei diesem Bericht, aber er sagte scheinbar scherzend:

»Sie machen einen ja ganz neugierig auf dieses ›Mädchen aus der Fremde‹.«

Ernsthaft schüttelte der Pensionsinhaber den Kopf.

»Diese Neugier lassen Sie sich nur lieber vergehen, Herr Doktor. Die junge Dame ist sehr vornehm und zurückhaltend, und ihre Pflegeeltern behüten sie wie ihren Augapfel.«

»Sie hat wohl keine Eltern mehr?«

»Nein, sie ist Waise. Ich weiß nicht, irgend etwas Geheimnisvolles umgibt die junge Dame. Darüber habe ich mir schon manchmal den Kopf zerbrochen. Aber wenn man auch noch so vorsichtig bei dem alten Geheimrat antippt, zu erfahren ist nichts von ihm.«

Gunter wußte nun wenigstens, daß seine schöne Fremde mit Vornamen Romana hieß. Er fand, daß es ein seltener und schöner Name war, der zu ihr paßte. Alles, was er jetzt von ihr gehört hatte, schreckte ihn durchaus nicht ab, wieder nach Hornklippe zu gehen, um Romana wiederzusehen. Aber er gab sich den Anschein, als sei sein flüchtiges Interesse für den Fall vollkommen erschöpft.

»Also gehen wir lieber nicht nach Hornklippe«, sagte er scherzend.

Der Pensionsinhaber lachte, ahnungslos, daß er ausgehorcht worden war.

»Ist auch besser, Herr Doktor. Fräulein Romana ist wirklich ein sehr schönes Mädchen – ich habe mein Lebtag kein schöneres gesehen, aber hier nach Swinemünde kommen doch genug Schönheiten! Sie hat so etwas Apartes, Vornehmes, da ist es besser, man verbrennt sich die Flügel nicht.«

Gunter verabschiedete sich und dachte bei sich, daß er sich die Flügel schon gründlich verbrannt habe.

Langsam ging er zum Strand hinunter und setzte sich in seinen Strandkorb. Kurze Zeit nach ihm fand sich dort auch Bernd ein.

»Nun, Schmetterling, glücklich dem Netz entronnen?« fragte Gunter lächelnd.

»Du, dieses Netz wurde mit so viel Scharm und Grazie geschwungen, daß es ein Wunder ist, ihm entronnen zu sein. Einige Male war ich drauf und dran, darin zu zappeln, aber meine schöne junge Witwe – sie heißt übrigens Dora – hat so ein eigenartiges kleines Teufelchen in den Augen! Das blitzt immer warnend auf, wenn das Netz dicht über mir ist und, schwupp, bin ich draußen.«

»So laß dich nur immer rechtzeitig von diesem Teufelchen warnen, auch wenn es mal nicht aufblitzt.«

»Keine Sorge! Jedenfalls war der Nachmittag sehr amüsant, mein lieber Gunter, und du mußt mir verzeihen, wenn ich so herzlos sein werde, dich noch einige Male allein zu lassen. Ist dir die Zeit sehr lang geworden?«

»Offen gestanden, nein, ich habe mich ganz gut unterhalten.«

»Das nimmt mir einen Stein von der Seele. Ich hatte wahrhaftig ein ganz schlechtes Gewissen, daß ich dich allein gelassen und über meiner hübschen jungen Bekanntschaft ganz vergessen hatte.«

Gunter lachte gutmütig.

»Das haben junge Witwen so an sich, Bernd, und daß du mich über diesen Flirt vergessen hast, das ist ja nicht schlimm! Aber daß du auch Fräulein Rosa Mertens, der du doch bis zum Auftauchen deines neuesten Schwarmes ganz eifrig den Hof gemacht hast, darüber vergessen hast, das wird dir diese nicht verzeihen.«

»Ach, weißt du, das tut dem naseweisen Ding, das immer von der Selbständigkeit der Frau faselt, ganz gut. Vielleicht geht sie inzwischen ein wenig in sich und ist dann netter, wenn ich reumütig zu ihr zurückkehre.«

»Also an eine Rückkehr zu ihr denkst du doch?«

»Man muß immer mehrere Eisen im Feuer haben! Fräulein Rosa Mertens ist ja auch ein hübsches Mädchen, aber gar zu ernsthaft darf ich mich mit ihr nicht beschäftigen. Ich glaube, die ist auf eine Heirat aus, obwohl sie über die ›Versklavung der Frau‹ stundenlang sprechen kann. So ein Weilchen ist das ganz hübsch. Aber solche Frauen heiraten – nein – danke!«

»Und du meinst, die junge Witwe sei nicht auf eine Heirat aus?«

»Aber Gunter, so etwas heiratet man doch überhaupt nicht!«

»Diese Erkenntnis beruhigt mich sehr, mein Sohn. Und nun laß uns ein wenig zur Kurmusik hinübergehen.«

Die beiden Herren schritten auf den Laufbrettern den Strand entlang und dann hinauf zum Kurhaus, vor dem die Kurkapelle konzertierte. Der größte Teil der Gäste ging hier zu den Klängen der Musik auf und ab, und die Freunde schlossen sich an.

Am nächsten Nachmittag hatte Bernd von Altdorf abermals mit »Frau Dora« einen Ausflug verabredet, und Gunter beruhigte Bernds Gewissensbisse ein wenig verlegen, da er ja im Grunde nur darauf wartete, daß der Freund ihn allein ließ. Und kaum war Bernd verschwunden, machte er sich schon auf den Weg nach Hornklippe. Wieder wie gestern suchte er den Platz unter den Buchen auf – aber zu seiner großen Enttäuschung war Romana nicht zu sehen. Wie sehr ihn das traf! Er merkte an seiner bitteren Enttäuschung, wie tief das so plötzlich erwachte Gefühl für die junge Dame schon in seinem Herzen Wurzeln geschlagen hatte.

Eine Weile blieb er auf der Bank sitzen und schaute sehnsüchtig in die Richtung, wohin Romana gestern verschwunden war.

Endlich stand er auf und ging, in trübe Gedanken versunken, noch tiefer in den Wald hinein. Und plötzlich stockte sein Fuß, seine Augen weiteten sich – da vor ihm, ganz in seiner Nähe, erblickte er auf einem einfachen Feldsessel vor einer Staffelei die junge Dame, nach der er so große Sehnsucht gehabt hatte. Schnell trat er auf sie zu.

»Mein gnädiges Fräulein, Sie dürfen mir nicht zürnen, daß ich Sie hier abermals störe. Ich war auf demselben Platz, wo ich gestern die Ehre hatte, Sie anzutreffen, und da ich Sie dort nicht fand, ging ich sehr betrübt und enttäuscht tiefer in den Wald hinein. Sagen Sie mir bitte, ob Sie heute Ihr Lieblingsplätzchen nur deshalb nicht aufgesucht haben, um mich nicht wiederzusehen?«

Romana war bei seinem Erscheinen dunkelrot geworden. Es hatte sie mit allen Fasern wieder auf ihren Lieblingsplatz gezogen, weil sie fühlte, daß Gunter Valberg heute wiederkommen würde, aber sie hatte siegreich widerstanden. Er durfte nicht glauben, daß sie ihm Gelegenheit zu einem Zusammentreffen geben wollte. Deshalb war sie, bangen Herzens freilich, weiter in den Wald hineingegangen. Um die Unruhe ihres Herzens zu beschwichtigen, mit der sie sich immer wieder fragte: »Wird er mich hier finden oder nicht?« hatte sie sich von Friedrich ihre Staffelei hierhertragen lassen, um nun doch wieder ein Bild zu beginnen. Sie war aber noch nicht weit damit gekommen, diesen malerischen Waldwinkel aufzuzeichnen, denn immer wieder hatte sie vor sich hin gelauscht. Und nun stand Gunter ganz plötzlich vor ihr und legte ihr seine Frage vor.

Sie atmete tief auf und sagte unsicher:

»Ich konnte doch nicht wissen, daß Sie heute wieder hierherkommen würden, also kann ich Sie nicht damit kränken, daß ich nicht auf meinem Stammplatz war. Hätte ich es aber gewußt, so durfte ich doch den Platz erst recht nicht aufsuchen – was hätten Sie sonst von mir denken sollen?«

»Sie haben recht, es wäre eine zu große Auszeichnung für mich gewesen, die ich mir erst verdienen muß. Aber ich werde sie mir verdienen. Darf ich Ihnen wieder ein Weilchen Gesellschaft leisten?«

»Ich habe kein Recht, Sie fortzuschicken.«

»Und wenn Sie es hätten, würden Sie es tun?« fragte er dringlich, sich an einen Baumstamm lehnend.

Nun flog ein leises Lächeln um ihren Mund.

»Fragen Sie nicht ein wenig viel?«

»Weil ich so viel von Ihnen und über Sie wissen möchte. Ich ging gestern von Ihnen fort in dem quälenden Bewußtsein, daß ich nicht einmal Ihren Namen erfahren hatte. Jetzt weiß ich aber wenigstens Ihren Vornamen.«

Sie blickte zu ihm auf.

»Wer sollte Ihnen diesen verraten haben?«

»Der Inhaber der Pension, in der ich in Swinemünde wohne, mit dem ich zufällig auf Sie zu sprechen kam – nein, erschrecken Sie nicht, er weiß nicht, daß ich die Ehre hatte, Ihre Bekanntschaft zu machen –, nannte ihn mir. Aber wie gesagt, nur den schönen Vornamen, den Sie führen. Ich hätte vielleicht von ihm auch Ihren anderen Namen erfahren, aber ich wollte nicht danach fragen, um mein Interesse an Ihnen nicht zu verraten.«

»Es wäre mir auch sehr unangenehm gewesen, wenn Sie verraten hätten, daß wir uns kennengelernt haben, denn – ich habe meinen Pflegeeltern nicht gesagt, daß ich Sie gestern wiedersah, weil – weil ich sie nicht beunruhigen wollte. Sie sind sehr ängstlich besorgt um mich.«

»In meiner Gegenwart soll Ihnen kein Leid geschehen, mein gnädiges Fräulein.«

»Das weiß ich«, sagte sie schlicht.

Er trat einen Schritt auf sie zu.

»Ich bin sehr glücklich über das Vertrauen, das Sie mir entgegenbringen, und werde mich immer entsprechend verhalten.«

Eine Weile schwiegen sie. Romana arbeitete an ihrem Bild. Endlich sagte Gunter:

»Darf ich fragen, was Sie malen?«

»Nur die Waldlichtung vor uns.«

»Ein hübsches Bild! Ist es Ihr Beruf, Bilder zu malen?«

Sie lächelte.

»O nein, ich habe leider keinen Beruf und muß mich darauf beschränken, mit irgendeiner Tätigkeit meine Tage auszufüllen.«

»Das Bildchen aber, das ich fertig sah, als ich Sie zum erstenmal traf, war sehr reizend; ich hätte es wirklich gern gekauft und war betrübt, daß Sie mir sagten, es sei bestellt. Es hat also schon einen Käufer gefunden?«

Wieder erschien das leise Schelmenlächeln in ihrem Gesicht, das ihn so sehr entzückte.

»Nein, einen Käufer nicht, ich habe es verschenkt.«

»Oh, dann haben Sie ein sehr kostbares Geschenk gemacht.«

»Nicht kostbar genug in diesem Fall. Ich schenkte es meiner Pflegemutter, der ich sehr viel Dank schuldig bin.«

»Obwohl sie sehr hart und streng zu Ihnen zu sein scheint?«

»Das ist durchaus nicht der Fall – sie ist nur sehr besorgt um mich.«

»Und Sie wollen mir noch immer nicht erlauben, Ihren Pflegeeltern meinen Besuch zu machen?«

Sie schüttelte den Kopf.

»Nein, nein, das darf nicht sein. Ich fürchte, daß – daß ich Sie dann nicht wiedersehen dürfte.«

Er trat dicht an sie heran und faßte ihre Hand.

»Dafür muß ich Ihnen die Hand küssen, mein gnädiges Fräulein. Es macht mich sehr glücklich, daß Sie mir sagen, daß Sie das fürchten.«

Sie zog schnell ihre Hand wieder zurück, nachdem er seine Lippen darauf gedrückt hatte, und sagte leise:

»Sie haben mir schon so viel Liebes und Gutes gesagt, daß ich es für unehrlich halten würde, wenn ich Ihnen sagte, daß es mir gleichgültig wäre, Sie nicht wiederzusehen. Ich weiß, daß ich damit etwas ausspreche, was eine junge Dame nicht aussprechen darf, aber – nach allem was Sie mir gesagt haben, will ich Sie nicht belügen. Das wäre meiner Ansicht nach ein noch viel größeres Unrecht.«

Er sah ihr tief in die Augen, die groß und ehrlich zu ihm aufsahen.

»Ich danke Ihnen. Aber nun noch einmal meine Frage: Ist es ganz unmöglich, daß Ihre Pflegeeltern mir gestatten würden, Sie wiederzusehen?«

»Wenn Sie so plötzlich auftauchen, ganz gewiß. Gedulden Sie sich wenigstens, bis ich sie vorbereitet habe.«

»Sie machen mir also Hoffnung?«

»Ich will es überlegen, bitte, drängen Sie mich nicht. Ich kann Ihnen nicht alles so erklären, wie ich möchte. Es liegen ganz besondere Verhältnisse vor.«

Er dachte daran, daß der Pensionsinhaber gesagt hatte, daß etwas Geheimnisvolles um die junge Dame sei, und wollte nicht weiter in sie dringen. Er sah sie nur bittend an und sagte:

»Sie werden es mir sagen, wenn ich kommen darf, ich bitte sehr darum. Und – ich werde jeden Tag versuchen. Sie um diese Zeit hier in der Nähe im Wald zu treffen, um Sie zu fragen, ob es noch nicht soweit ist – ja?«

Errötend sah sie vor sich nieder. »Das sähe doch wieder aus, als gäbe ich Ihnen ein Rendezvous.«

Er atmete tief auf.

»Wäre denn das ein so großes Unrecht?«

Sie legte den Pinsel hin und krampfte die Hände zusammen.

»Ich weiß ja nicht, was ich tun soll«, klagte sie mit einem Ausdruck, der ihn erschütterte.

Wieder trat er auf sie zu, faßte ihre Hände und sah sie groß und ernst an.

»Ich will Sie nicht bestürmen, will Ihnen Zeit lassen,

aber Sie dürfen mich nicht verbannen. Lassen Sie mich Sie wenigstens ein paar kurze Augenblicke täglich sehen und sprechen, ich gebe Ihnen mein Wort, daß Sie in meiner Gegenwart so sorglich beschützt und behütet sind, als seien Sie unter der Obhut Ihrer Mutter. Genügt Ihnen das?«

Sie ließ ihre Augen in den seinen ruhen, und ein köstliches Gefühl des Geborgenseins überkam sie. So tief und mächtig war dies Gefühl, daß es ihr Tränen in die Augen trieb. Er sah den feuchten Schimmer und war tief bewegt. Und ihre Hand ehrerbietig an die Lippen ziehend, sagte er warm und innig:

»Sie sollen nicht weinen, wenn ich es verhindern kann. Das Schicksal hat uns zusammengeführt, weil es uns vielleicht als zusammengehörig betrachtet. Solche Schicksalsfügungen soll man nicht unbeachtet lassen. Wir sehen uns wieder, ja?«

Sie nickte leise und sah dann zusammenzuckend auf ihre Armbanduhr.

»Bitte, lassen Sie mich jetzt allein, ich werde in einer halben Stunde abgeholt, und niemand darf Sie sehen.«

Gehorsam verneigte er sich und sagte aufatmend:

»Auf Wiedersehen, mein gnädiges Fräulein. Wollen Sie mir nicht zum Abschied Ihren Namen sagen?«

Romana wurde bleich. Ihren richtigen Namen durfte sie ihm nicht sagen, und ihren angenommenen Namen wollte sie ihm nicht nennen. Keine Unwahrheit sollte ihm gegenüber über ihre Lippen.

»Warten Sie, bis Sie meinen Namen von meinen Pflegeeltern erfahren werden – ich habe meine Gründe dafür.«

»Dann muß ich mich bescheiden. Auf Wiedersehen also!«

»Auf Wiedersehen!« sagte sie leise.

Sie sahen sich noch einmal an, lange, mit einem ernsten großen Blick ... Dann ging er schnell von dannen.

Romana sah ihm nach, bis er verschwunden war. Dann preßte sie die Hände vor das Antlitz und kämpfte mit der tiefen Erregung, die sie befallen hatte, seit Gunter Valberg in ihr Leben getreten war. Sie wußte und fühlte nur eins – daß sie nie in ihrem Leben einem Menschen so innig zugetan gewesen war wie diesem jungen Mann.

4

Es verging nun kein Tag, ohne daß Gunter mit Romana zusammentraf. Er wußte sie immer zu finden, und sie machte es ihm nicht schwer. Sie plauderten zusammen wie zwei Menschen, die sich bis in die tiefste Tiefe ihres Wesens kennenlernen wollen, und beide empfanden mit heißer Freude, daß sie sich wunderbar verstanden. Gunter staunte über das tiefe Wissen Romanas, das sie ihm enthüllte, und es beglückte ihn, immer mehr zu erkennen, was für ein reiches Seelenleben dieses einsame Mädchen besaß. Immer mehr setzte sich bei ihm der Gedanke fest, daß nur sie die für ihn geschaffene Lebensgefährtin sein könne. Und Romana erkannte mehr und mehr, welch wertvoller, vornehm empfindender Mensch Gunter Valberg war. Sie wußten bald, daß sie sich liebten, wenn sie auch nicht mehr über das gesprochen hatten, was sie füreinander empfanden.

Das Zusammentreffen beseligte sie beide, aber während Gunter sich ganz unbekümmert seinem starken Gefühl hingab, kämpfte Romana im stillen doch mit Gewissensbissen, weil sie ihren Pflegeeltern nichts von diesen Begegnungen gesagt hatte. Gunter merkte das sehr wohl, und es konnte sie nur in seinen Augen ehren, daß sie sich quälte wegen dieser Heimlichkeit, die er so unnötig fand. Er war jedenfalls nicht willens, irgend jemand das Recht einzuräumen, zwischen ihn und Romana zu treten.

Bisher waren sie nur immer ganz formell miteinander. Er nannte sie gnädiges Fräulein, und sie ihn Herr Doktor. Als aber Gunter dann eines Tages merkte, wie diese Heimlichkeit Romana bedrückte, sagte er plötzlich fest entschlossen:

»Ich kann nicht mehr ruhig ansehen, wie Sie sich mit unserer kleinen Heimlichkeit herumquälen – ob Sie es wollen oder nicht, ich komme morgen zu Ihren Pflegeeltern. Sie brauchen nicht in Sorge zu sein, daß man uns ein Wiedersehen verbietet, ich werde dafür sorgen, daß wir uns wiedersehen. Wenn Sie nicht wünschen, daß ich Ihren Pflegeeltern erzähle, daß wir uns schon gesehen haben, so kann ich ja unter irgendeinem Vorwand in die Villa Elisabeth kommen.«

Romana sah ihn fast dankbar an.

»Ich bin froh, daß Sie mir die Entscheidung vorwegnehmen. Es hat mich wirklich sehr gequält, denn ich habe bisher nie ein Geheimnis vor meinen Pflegeeltern gehabt. Aber – Sie sollen nicht unter einem Vorwand kommen, ich werde heute noch beichten, daß wir zusammengetroffen sind und daß Sie einen Besuch machen werden.«

Er küßte ihr innig die Hand.

»So soll es sein! Ich danke Ihnen.«

Und sie trennten sich heute mit einem festen Händedruck. Ihr tief in die Augen sehend, sagte er bittend:

»Was auch kommen mag – Romana, ich halte uns beide für unzertrennlich. Bitte, sagen Sie mir, daß Sie das auch tun.«

Sie war leise zusammengezuckt, als er zum erstenmal

ihren Namen aussprach. Er klang ihr wie eine Liebkosung bis in das Herz hinein.

Und mit einem innigen Aufstrahlen ihrer schönen Augen sagte sie bewegt:

»Ich tue es, Gunter Valberg. – Gott gebe, daß ich Sie wiedersehen darf!«

Damit trennten sie sich.

Als Romana heimkam, sah sie Mama Dürkopp in der kleinen Laube des Gartens sitzen, mit einer Näherei beschäftigt. Und ohne langes Besinnen begab sie sich zu ihr, warf sich in ihre Arme und beichtete von ihrem wiederholten Zusammentreffen mit Doktor Valberg und berichtete, daß er morgen seinen Besuch in Villa Elisabeth machen werde. Frau Geheimrat Dürkopp erschrak nicht wenig, beherrschte sich aber klug, und obgleich sie merkte, daß Romana diese Begegnungen durchaus nicht gleichgültig gewesen waren, sagte sie ruhig:

»Also dieser junge Herr will Besuch bei uns machen? Ja, Kindchen, da weiß ich wirklich nicht, wie wir uns dazu stellen sollen. Onkel Justizrat hat uns für einen solchen Fall keine Anweisungen gegeben.«

Ein wenig kriegerisch, wie es sonst nie ihre Art gewesen war, erwiderte Romana:

»Daß mich Onkel Justizrat nicht länger in dieser Abgeschlossenheit halten will, geht doch daraus hervor, daß er mit mir eine Reise machen und mir Geselligkeit verschaffen will. Warum sollen wir da nicht mit Doktor Valberg den Anfang machen?«

Die alte Dame merkte sehr wohl, daß mit Romana eine Veränderung vorgegangen war, und sagte sich, daß hier größte Vorsicht geboten sei, um Romanas Vertrauen zu ihnen nicht zu erschüttern. Sie nahm das junge Geschöpf liebevoll in ihre Arme und sagte:

»Kindchen, du weißt doch, daß wir dich nur deshalb von allem zurückhielten, weil dir Gefahr drohte.«

Romanas Augen leuchteten auf.

»Oh, von Doktor Valberg droht mir keine Gefahr, er würde mich im Gegenteil gegen alle Gefahren verteidigen!«

Da wußte Mama Dürkopp, daß diese Angelegenheit sehr ernst war. Und äußerlich ganz ruhig, im Innern aber sehr besorgt wegen der Verantwortung, die sie traf, sagte sie, Romanas Haar streichelnd:

»Nun, wir wollen abwarten, ob der junge Herr wirklich seinen Besuch macht. Wir werden ihn uns ansehen und prüfen, wes Geistes Kind er ist. Es war doch nicht ganz richtig, Romana, daß er dich verleitete, Heimlichkeiten vor uns zu haben.«

»Oh, daran ist er nicht schuld. Er bat mich gleich, als er das erstemal wiederkam, daß er sich euch vorstellen dürfe. Ich wollte es nicht haben, zuerst nicht, um euch Beunruhigungen zu ersparen, und dann – weil ich fürchtete, Ihr würdet mir verbieten, ihn wiederzusehen.«

Besorgt sah die alte Dame ihre Pflegetochter an. Obwohl ihr Romana schamhaft manches verschwieg, was Gunter ihr an lieben Worten gesagt hatte, merkte sie doch, daß sie der neuen Bekanntschaft nicht gleichgültig gegenüberstand. Und daß dieser Doktor Valberg den Reizen Romanas gegenüber nicht unberührt blieb, war ihr nur zu verständlich. Möglich, ja wahrscheinlich war es, daß Romana von diesem Mann keine Gefahr drohte, aber immerhin konnte man nicht wissen, ob er nicht irgendwie mit ihren Widersachern zusammenhing, und man mußte vorsichtig sein.

Sie hielt es aber nun für besser, Romana mit diesen Befürchtungen nicht weiter zu behelligen. Es war so verständlich, daß diese sich nach jungen Leuten sehnte, und es war ihr zu gönnen, wenn sich solch ein Umgang auf ehrbare Weise anknüpfen ließ.

Sie sprach später mit ihrem Gatten darüber, als sie mit ihm allein war. Der alte Herr hörte aufmerksam zu und erwiderte dann in seiner bedächtigen Weise:

»Es wird natürlich von Jahr zu Jahr schwerer, Romana von allem zurückzuhalten. Das hat ja unser Freund Harland auch schon eingesehen. Uns trifft natürlich in diesem Fall die Verantwortung, aber wir können jetzt, wie die Dinge liegen, nichts anderes tun, als diesen Doktor Valberg empfangen und ihn auf Herz und Nieren prüfen. Besteht er diese Prüfung, dann werde ich Harland schreiben und ihn zu bestimmen suchen, Romana diesen Umgang zu gestatten. Die Gefahren, die Romana bedrohen, bestehen vielleicht heute gar nicht mehr. Man weiß ja nicht einmal, ob die beiden Verbrecher noch leben, die ihr Vater und Mutter genommen haben und auch ihr nach dem Leben trachten. Vielleicht sind auch sie in Rußland den Unruhen zum Opfer gefallen. Jetzt, da sich so langsam die Verhältnisse in Rußland zu klären scheinen, müßte man das doch in Erfahrung bringen können. Sind sie tot, dann ist Romana frei von Gefahren; leben sie aber noch, dann werden sie freilich nach wie vor danach trachten, Romana zu vernichten, um an das reiche Erbe zu gelangen. Diese Schurken sind in ihrer Gier nach diesem Erbe vor nichts zurückgeschreckt und werden auch weiter danach trachten, solange sie leben. Aber vielleicht kann man doch etwas gegen sie unternehmen. Immer wird das Verbrechen ja nicht straffrei ausgehen. Irgendein wirksamer Schutz muß doch für Romana geschaffen werden, man kann sie ja nicht ewig verstecken. Daß Harland diese Reise mit ihr unternehmen und sie zu seinem Freund Professor Marks bringen will, ist mir ein Beweis, daß auch er meiner Ansicht ist. Wir werden nach wie vor unsere Pflicht tun und Romana nach bestem Wissen beschützen, aber diesen Doktor Valberg wollen wir uns ruhig einmal ansehen und ihm ein wenig auf den Zahn fühlen. Dann können wir ja weitersehen, was zu tun ist. Entpuppt er sich als ein harmloser Mensch, der tatsächlich nur von Romanas Reizen bezaubert ist, was ich sehr gut verstehen kann, dann werde ich Harland bestimmen, Romana die Freundschaft mit ihm zu gestatten. Sie steht immerhin im dreiundzwanzigsten Lebensjahr, und wenn sie auch bisher im Herzen noch ein Kind geblieben ist, kann sie doch in ihrem Alter in einer einzigen Stunde zur Frau heranreifen.«

Mama Dürkopp nickte zustimmend und sagte:

»Mir scheint, daß diese Stunde schon gekommen ist. Romana war seltsam verändert, als sie mir ihre Beichte ablegte.«

»Um so vorsichtiger müssen wir handeln, Elisabeth. Das liebe Kind soll nicht zu Schaden kommen, wenn wir es hindern können.«

Die beiden alten Herrschaften nickten sich zu und waren, wie immer, einig.

Gunter Valberg erschien wirklich am nächsten Tag zur Besuchsstunde in Villa Elisabeth.

Der alte Friedrich war im Garten beschäftigt, und Gunter sprach ihn an. »Ich möchte Herrn Geheimrat Dürkopp in einer wichtigen Angelegenheit sprechen. Bitte, wollen Sie ihm meine Karte bringen und ihn bitten, mich zu empfangen«, sagte er in seiner ruhigen bestimmten Art.

Er ahnte nicht, daß Romana oben am Fenster ihres Zimmers hinter den Gardinen verborgen stand und mit heftig klopfendem Herzen herabsah. Der alte Friedrich war im Haus verschwunden, etwas verdutzt über diesen sehr vornehm wirkenden Besucher. Der Geheimrat nahm ihm die Karte ab, reichte sie dann seiner Gattin, die neben ihm im Wohnzimmer saß, und sagte dann zu Friedrich: »Führen Sie den Herrn in unser Empfangszimmer, Friedrich.«

Der Diener ging davon, und der alte Herr wandte sich an seine Gattin:

»Er scheint es eilig zu haben, Elisabeth. Ich bin sehr gespannt auf ihn, das muß ich sagen.«

»Ich auch«, erwiderte seine Gattin und warf noch einen prüfenden Blick in den Spiegel, ob sich nicht ein loses Härchen aus dem glatten Scheitel ihres grauen Haares gestohlen hatte. Sie legte auch die schwarzseidene Schürze ab, die sie immer im Haus trug. Noch wußte sie nicht, ob ihr Gatte sie mit dem Besucher bekannt machen würde, aber sie wollte auf alle Fälle bereit sein.

Gleich nachdem der Geheimrat das Wohnzimmer verlassen hatte, trat Romana ein und umarmte die Geheimrätin.

»Ich sah Doktor Valberg in das Haus treten, Mama Dürkopp. Ist Papa Dürkopp drüben bei ihm?«

Die alte Dame nickte scheinbar ganz ruhig und unbefangen, denn sie spürte, daß Romanas Erregung groß war und sie bis in die Fingerspitzen zitterte. Sie war sehr blaß und sah die alte Dame mit bangen Augen an. Diese strich ihr über das Haar.

»Nur ruhig, Kindchen. Komm, setz dich zu mir, wir wollen warten, bis wir gerufen werden.«

Und Romana ließ sich neben ihr nieder und sah immer mit großen Augen nach der Tür zum Nebenzimmer.

Der Geheimrat hatte inzwischen das Empfangszimmer betreten. Es war ein kleiner, hübscher Raum, der selten benutzt wurde. Gunter Valberg stand inmitten dieses Zimmers und sah dem alten Herrn entgegen.

»Was verschafft mir die Ehre Ihres Besuches, Herr Doktor?« fragte dieser, Gunter einen Platz anbietend und selbst Platz nehmend.

Gunter gab den forschenden Blick des alten Herrn ebenso zurück und fand, daß er klare, gute Augen hatte und durchaus nicht aussah, als könne er einem Menschen etwas zuleide tun. Er atmete tief auf und erwiderte, dem Blick des alten Herrn standhaltend:

»Gestatten Sie mir, ganz offen zu sein, Herr Geheimrat?«

Dieser lächelte, und dieses Lächeln verriet viel Wohlwollen und Wohlgefallen an der Persönlichkeit seines Besuchers.

»Ich bitte darum, Herr Doktor, der gerade Weg ist immer der beste.«

»Ich hoffe sehr, daß es auch diesmal der beste ist, Herr Geheimrat, denn ich weiß, wie sehr mein Lebensglück davon abhängt, daß ich den richtigen Weg einschlage.«

»Ihr Lebensglück?«

Gunter nickte energisch.

»Sie werden von Ihrem Fräulein Pflegetochter gehört haben, auf welche Weise wir uns kennengelernt haben, und daß ich gleich darum bat, Ihnen einen Besuch machen zu dürfen. Erst gestern aber gab mir die junge Dame die Erlaubnis und sprach dabei die Befürchtung aus, daß Sie mir nicht gestatten würden, in Ihrem Haus zu verkehren. Nun, da ich Sie gesehen habe, kann ich mir nicht denken, daß Sie mir aus kleinlichen und engherzigen Gründen Ihr Haus verbieten würden. Ich will noch vorausschicken, daß die junge Dame nicht der kleinste Vorwurf trifft, daß wir uns einige Male getroffen haben. Sie hat mich immer so kurz wie möglich abgefertigt, und ihr Verhalten ist über jeden Zweifel erhaben. Ich hätte nicht gewagt, ihr nur mit einem Blick oder einem

Gedanken nahezutreten. Trotzdem hat sie einen tiefen Eindruck auf mich gemacht, wie nie zuvor eine Frau. Ich bin durchaus kein Schürzenjäger, der leichtfertig Abenteuer sucht, sondern ein Mensch, der in ernsthafter Weise empfindet, daß sein Lebensglück auf dem Spiel steht. Ich bitte Sie vorläufig um nichts weiter, als daß Sie mir gestatten, in Ihrem Haus zu verkehren und die junge Dame in Ihrer oder in Ihrer Frau Gemahlin Gegenwart sehen und sprechen zu dürfen. Nicht eine leichtsinnige Bekanntschaft will ich machen, sondern ich will ernsthaft der jungen Dame näherzutreten versuchen und ihr vor allen Dingen Gelegenheit geben, mich näher kennenzulernen. Ich bedarf dessen kaum noch, denn ich bin fest überzeugt, daß sie alle Eigenschaften besitzt, die mich glücklich machen würden. Und ich habe bereits eine leise Hoffnung, daß sie mich nicht ungern sieht. Ich hoffe, Sie nun genügend aufgeklärt zu haben, und bitte Sie inständig, mir keine Hindernisse in den Weg zu legen.«

Das alles hatte Gunter in so schlichter, gewinnender Offenheit gesagt, daß der alte Herr einfach von ihm bezaubert war.

Ich glaube wahrhaftig, das wäre ein Mann für Romana, dachte er, immer wieder forschend in Gunters Gesicht blickend, das so klug und energisch war und aus dem doch die grauen Augen mit so viel Güte herausblickten.

»Mein sehr verehrter Herr Doktor«, sagte er, »ich freue mich, daß Sie offen zu mir waren. So können wir uns, wie ich hoffe, leicht verständigen. Ihre Bekanntschaft mit meiner Pflegetochter kam uns freilich etwas überraschend, das Kind ist noch nie mit einem Mann aus Ihren Kreisen bekannt geworden. Sie haben recht erkannt, daß eine stolze Reinheit und Unberührtheit über ihr liegt. Von einem guten Freund ist sie uns als kostbares Gut anvertraut worden. Er hatte Gründe, sie in großer Abgeschiedenheit aufwachsen zu lassen, und diese Gründe wird sicher einst der Mann, der sie heimführen wird, erfahren und billigen. Ob ich Ihren Verkehr in meinem Hause gestatten kann, darüber darf ich selber keine Entscheidung treffen. Ich muß darüber erst meinen Freund, der ihr Vormund ist, fragen.«

Gunter sah ihn fragend an.

»Ich glaubte, Sie seien auch der Vormund der jungen Dame gewesen – denn jetzt bedarf sie wohl keines Vormunds mehr.«

»In gewissem Sinne doch, und mein Freund wird sich dieses Recht nicht nehmen lassen.«

Gunter richtete sich auf.

»Daß Sie nicht dem ersten Besten, der in Ihr Haus kommt, Tür und Tor öffnen, kann ich verstehen, und deshalb möchte ich Ihnen noch sagen, daß mein Vater der Besitzer der bekannten Valberg-Werke ist und daß ich sein einziger Sohn und Erbe bin, auch schon als Teilhaber in den Betrieb eingetreten bin, seit ich mein Studium beendet habe. Das dürfte genügen, um Sie über meine Lebensstellung und meine Vermögensverhältnisse aufzuklären. Wenn Sie außerdem noch eines Leumundszeugnisses bedürfen, so kann ich Ihnen mit Referenzen dienen. Sie würden zum Beispiel von Herrn Gerichtspräsident von Altdorf in Berlin, dessen Sohn mein bester Freund ist und der mich seit Jahren kennt, alles Wissenswerte über mich erfahren.«

Bei der Nennung des Namens des Gerichtspräsidenten zuckte Geheimrat Dürkopp leicht zusammen. Er beherrschte sich freilich sofort wieder, aber Gunter hatte dieses leise Zusammenzucken sehr wohl bemerkt. Es fiel ihm auch auf, daß der alte Herr sogleich etwas reserviert und zurückhaltend wurde.

Geheimrat Dürkopp fragte dann ziemlich beklommen:
»Gerichtspräsident Herbert von Altdorf – nicht wahr?«
»Ganz recht. Kennen Sie ihn?«
Der Geheimrat versuchte gleichmütig auszusehen.
»Oh, nur dem Namen nach, ich war lange Jahre Beamter, und sein Name hat einen guten Klang.«
»Und mit Recht, er ist ein Ehrenmann ohne Furcht und Tadel. Und sein Zeugnis wird Ihnen genügen.«
Der alte Herr hatte sich wieder gefaßt und sagte lächelnd:
»Ich glaube, meine Menschenkenntnis gestattet mir, auf dieses Zeugnis zu verzichten. Ich werde keinen Augenblick anstehen, Ihren Verkehr in meinem Hause zu gestatten und Sie von Herzen willkommen zu heißen; aber ich muß Sie nochmals darauf hinweisen, daß ich das nicht darf, ohne den Vormund meiner Pflegetochter vorher zu unterrichten. Ich habe bestimmte Weisungen und kann mich davon nicht entbinden. Es bestehen da besondere Verhältnisse, mein sehr verehrter Herr Doktor. Sofort werde ich an den Vormund meiner Schutzbefohlenen nach Berlin schreiben und mich bemühen, seine Zustimmung einzuholen. Mehr kann ich als Mann zu Mann heute nicht versprechen.«
»Damit muß ich mich wohl vorläufig zufriedengeben«, sagte Gunter verstimmt.
Der alte Herr faßte seine Hand.
»Seien Sie mir nicht böse, und glauben Sie mir, ich werde mich glücklich schätzen, Ihnen eine zustimmende Antwort meines Freundes Bernd von Altdorf, der bei unseren Werken Sie noch in Swinemünde zu bleiben gedenken?«
»Noch einige Wochen, denke ich. Ich wohne in Gesellschaft meines Freundes Bernd von Altdorf, der bei unseren Werken als Ingenieur angestellt ist – wir haben zu-

sammen die Hochschule besucht –, in der Pension Seeschloß.«

Wieder zuckte es leise im Gesicht des alten Herrn.

»Ah – so war es wohl dieser Herr von Altdorf, mit dem zusammen Sie sich im Wald verirrt hatten?«

Gunter merkte wieder die leichte Unruhe des alten Herrn, die er sich aber nicht erklären konnte.

»So ist es, Herr Geheimrat. Ehe ich mich nun empfehle, bitte ich Sie sehr, mir zu gestatten, Ihrer Frau Gemahlin meine Aufwartung zu machen und auch Ihr Fräulein Pflegetochter für einige Minuten zu sprechen. Ich will ihr nur gern selbst mitteilen, was Sie beschlossen haben und daß ich mich Ihrem Beschluß fügen will, bis Antwort von ihrem Vormund da ist, der uns hoffentlich gestatten wird, uns öfter zu sehen und zu sprechen.«

»Das will ich auch hoffen, Herr Doktor«, sagte der alte Herr, »denn Sie sind mir sehr sympathisch, und ich möchte Sie nicht gern betrüben.«

Er war aber ein wenig unsicher geworden, seit er den Namen Altdorf gehört hatte. Am liebsten hätte er ein nochmaliges Zusammentreffen zwischen Gunter und Romana verhindert, bis er von Justizrat Harland Bescheid hatte. Aber Gunters bittender Blick und die Erwägung, daß auch Romana sehnsüchtig auf dieses Wiedersehen warten würde, stimmten ihn doch um.

Schließlich hatten sich die beiden jungen Menschen nun schon verschiedene Male gesehen, und es kam auf einmal mehr nicht an. So zog er die Klingel und gebot dem eintretenden Friedrich, der inzwischen seinen Rock gewechselt hatte, um das Haus seines ehrwürdigen Herrn würdig zu repräsentieren, daß er die beiden Damen herüberbitten lasse. Einen Namen nannte er nicht, und Gunter wagte heute noch nicht, nach Romanas Namen zu fragen. Daß er ihren Vornamen wußte, verschwieg er dem alten Herrn natürlich auch.

Es dauerte nicht lange, da trat die Geheimrätin mit Romana ein. Inzwischen hatte sich der alte Herr überlegt, daß Romana Doktor Valberg sicher ihren Namen noch nicht genannt hatte. Wie sollte er sie vorstellen? Natürlich nur unter dem Namen, unter dem sie auch hier in der Öffentlichkeit bekannt war.

Gunters Augen flogen so aufleuchtend zu Romana hinüber, daß die Geheimrätin, die diesen Blick bemerkte, sofort ein warmes Gefühl für ihn in sich aufsteigen fühlte. Romana aber verursachte dieser Blick Herzklopfen.

Der Geheimrat stellte nun in aller Form vor: »Herr Doktor Valberg – meine Frau, meine Pflegetochter, Fräulein Harland. Der Herr Doktor wünscht den Damen seine Aufwartung zu machen.«

Die Geheimrätin reichte Gunter impulsiv die Hand. Diese kluge, warmherzige Frau hatte sehr entschiedene Sympathien und Antipathien. Wer ihr nicht gleich beim ersten Blick gefiel, der sagte ihr niemals zu. Gunter hatte sich ihr Herz im Sturm erobert, und ihre Augen lächelten ihm zu.

»Es freut mich, Herr Doktor, Sie kennenzulernen. Es verirrt sich selten ein Gast zu uns.« Gunter zog ihre Hand an seine Lippen.

»Als ein Gast Ihres Hauses darf ich mich leider noch nicht betrachten. Ihr Herr Gemahl hat mir vorläufig nur gestattet, Ihnen und dem gnädigen Fräulein meine Aufwartung zu machen.«

»Oh, ich hoffe aber, daß wir Sie bald als lieben Gast bei uns sehen dürfen, Herr Doktor.«

Der Geheimrat merkte sehr wohl, daß seine Gattin bereit war, Doktor Valberg Tür und Tor und auch ihr gutes Herz zu öffnen, und fürchtete ein zu großes Entgegenkommen von ihrer Seite. Da er sie nicht anders warnen konnte, sagte er, sie fest und bedeutungsvoll ansehend: »Herr Doktor Valberg ist intim befreundet mit dem Sohn des Gerichtspräsidenten von Altdorf, Elisabeth, du weißt – ich kenne den Herrn Gerichtspräsidenten von meiner Amtstätigkeit her. Der junge Herr von Altdorf ist in Gesellschaft Doktor Valbergs in Swinemünde, und er war neulich in seiner Begleitung, als sich die beiden Herren im Wald verirrt hatten und unser Töchterchen nach dem Weg fragten.«

Ganz deutlich sah Gunter, daß bei diesen Worten der frohe Schein im Gesicht der alten Damen erlosch. Das gab ihm Rätsel auf. Aber er ließ sich nichts anmerken und wandte sich nun an Romana:

»Darf ich Ihnen guten Tag sagen, mein gnädiges Fräulein?«

Romana reichte ihm mit einer reizenden, halb zutraulichen, halb verlegenen Befangenheit die Hand.

»Ich freue mich sehr, Herr Doktor, Sie bei uns zu sehen«, sagte sie mit bebender Stimme.

Man plauderte nun ein wenig über Nichtigkeiten, aber Gunters Augen redeten eine andere Sprache, wenn sie mit denen Romanas zusammentrafen, und sie verriet ihm durch den Ausdruck ihrer Augen auch mehr, als sie ahnte. Sie gab jetzt, unter dem Schutz ihrer Pflegeeltern, ihre stolze Zurückhaltung auf und beglückte Gunter damit unsagbar. Jetzt erst erkannte er ganz den weichen, bezaubernden Liebreiz, der ihr eigen war und ihre Persönlichkeit noch liebenswerter machte. Es wurde ihm sehr heiß ums Herz, und er hätte ihr die Hände küssen mögen vor Glückseligkeit, daß sie vor ihm saß.

Aber endlich mußte er gehen. Als er sich von Romana verabschiedete, sagte er mit seiner warmen, sonoren Stimme, die sich Romana ins Herz geschmeichelt hatte:

»Ich hoffe auf ein baldiges Wiedersehen, mein gnädiges Fräulein.«

»Es soll mich freuen«, erwiderte sie, und ihre Augen verrieten ihm, wie ehrlich sie das meinte.

Die Geheimrätin verabschiedete sich mit einer verhaltenen Herzlichkeit von ihm, die sich aus irgendeinem Grund nicht so recht hervorwagte.

Als er sich entfernt hatte, stand der Geheimrat mit seiner Gattin Hand in Hand am Fenster. Romana war schon aus dem Zimmer geschlüpft, sie sehnte sich danach, allein zu sein mit den neuerwachten, süßseligen Empfindungen, die sie doch niemand zeigen wollte. Sie war in ihr Zimmer hinaufgeeilt und sah ebenfalls hinter der stolzen, aufrechten Männergestalt her, die sich mit elastischen Schritten entfernte. Der Gang eines Menschen ist oft viel mehr der Ausdruck seiner ganzen Persönlichkeit als alles andere. Und Gunters zielsicherer, energischer Gang mit der stolzen, freien Haltung kennzeichnete wirklich sein ganzes Wesen. Ihre Empfindungen schlugen über Romana zusammen. Sie preßte die Hände an das Herz und schloß die Augen. Es war Gunter Valberg nicht schwer geworden, dies unberührte junge Mädchenherz sich zu eigen zu machen – war er doch der erste echte Mann, der ihr begegnete.

Überwältigt von ihren Gefühlen sank sie in einen Sessel und barg das Gesicht in den Händen.

Unten aber wandte sich jetzt der Geheimrat an seine Gattin.

»Hast du verstanden, Elisabeth, daß ich erschrocken bin, als ich hörte, daß Doktor Valberg mit Bernd von Altdorf befreundet ist, ja, daß dieser auch hier in Swinemünde weilt und sogar neulich mit Romana im Wald zusammentraf?«

Die alte Dame nickte seufzend.

»Ja, Ernst, ich verstand dich wohl und erschrak wie du. Was hältst du davon, daß Doktor Valberg uns besuchte?«

Der alte Herr winkte hastig ab.

»Der ist ganz unbefangen. Ihn führt nichts her als der Wunsch, den er mir angab – er will sich um Romana bewerben, ich würde dem Kind einen solchen Mann gönnen. Nur dieser Herr von Altdorf beunruhigt mich. Es ist möglich, sogar wahrscheinlich, daß die Anwesenheit des jungen Herrn von Altdorf ganz zufällig ist. Aber wir dürfen keine Vorsichtsmaßregel außer acht lassen! Du weißt, daß Romana gerade in der Nähe der Familie Altdorf die größte Gefahr droht und daß Harland deshalb strenge Weisung von Romanas Vater hatte, seine Tochter dieser Familie fernzuhalten, obwohl sie ihr nahesteht und ihr von ihr selbst keine Gefahr droht – im Gegenteil. Aber das brauche ich dir ja nicht erst zu erklären.«

»Nein, nein, Ernst, aber es sollte mir doch furchtbar leid tun, wenn Romana sich deshalb, weil Doktor Valberg mit Herrn von Altdorf befreundet ist, von diesem fernhalten müßte. Soll denn das arme, liebe Kind nie zur Ruhe kommen?«

»Es tut mir natürlich auch sehr leid, Elisabeth. Du weißt doch, wie lieb mir Romana ist, und kannst dir denken, daß ich ihr ein reiches, volles Glück wünsche. Aber ich selbst kann und will hier nicht entscheiden, die Verantwortung ist zu groß. Ich habe Doktor Valberg gesagt, daß ich Romanas Vormund erst von seinem Wunsch in Kenntnis setzen werde und daß dieser darüber entscheiden muß. Nur ungern gestattete ich ihm heute noch ein Zusammentreffen mit Romana.«

»Das arme Kind! Soll denn das Drama, das ihr junges

Leben schon so verdunkelt hat, nun auch noch ihre Herzensneigung ersticken?«

»Du glaubst, daß Romana Doktor Valberg auch nicht mehr gleichgültig gegenübersteht?«

»Das glaube ich ganz bestimmt! Und ist es denn ein Wunder? Der erste Mann, der ihr gegenübertritt, ist ein bezaubernder Mensch. Sie würden so gut zusammenpassen, diese beiden schönen, jungen Menschen, man könnte seine Freude daran haben.«

»Du hast dir natürlich schon ein abschließendes Urteil über ihn gebildet«, scherzte der alte Herr gutmütig.

»Aber Ernst, du weißt doch, wie schnell das bei mir geht – und wie richtig mein Urteil meist ist. Was tun wir nur, Ernst, um den beiden zu helfen?«

»Nichts können wir tun, Elisabeth, leider gar nichts, als daß ich sogleich an Harland schreibe und um Weisungen bitte. Nach diesen muß ich mich unter allen Umständen richten.«

5

Die Antwort auf das Schreiben des Geheimrats an Justizrat Harland traf telegrafisch ein und lautete:

»Komme morgen mit Abendzug, Harland.«

Als der Geheimrat Romana dieses Telegramm zu lesen gab, fragte sie beklommen, unruhig zu ihm aufsehend:

»Onkel Justizrat wollte doch erst nächste Woche kommen?«

»Seine Pläne haben sich anscheinend geändert.«

»Meinst du, Papa Dürkopp, daß er wegen Doktor Valberg so viel früher kommt?«

»Sicher, liebes Kind. Meinen Brief hat er erhalten. Du

weißt, daß ich über den Besuch Doktor Valbergs berichtet habe. Ich bin froh, daß er herkommt und mir die Verantwortung abnimmt.«

Da ging Romana still aus dem Zimmer mit einem blassen, gespannten Gesicht. Und schwerer als sonst überfiel sie das Bangen über das Geheimnis, das über ihrem Leben schwebte. Sollte es auch Gewalt bekommen über ihre Liebe? Ja – ja – es war plötzlich klar in ihr: Sie liebte Gunter Valberg, sie liebte ihn mit der ganzen innigen Zärtlichkeit einer an Liebe darbenden Seele! Eine schwere Angst bedrückte sie. Sie fühlte, daß es ein großes Unglück für sie bedeuten würde, wenn man ihr verbot, mit Gunter Valberg zusammenzutreffen. Die bange Unrast ihres Herzens trieb sie hinüber zur Hornklippe. Sie wollte wenigstens ihre Augen nach Swinemünde hinüberschweifen lassen, wo er weilte. Sie wußte, er würde genauso unruhig wie sie auf die Entscheidung des Vormundes warten.

Mit schnellen Schritten durchkreuzte sie den Wald, der zwischen dem Dorf und der Hornklippe lag. Und als sie vorn am Meer die Dünen erstieg, da erstieg diese Dünen von der anderen Seite – Doktor Gunter Valberg. Auch ihn hatten die Sehnsucht und die heiße Unrast seines Herzens wenigstens in die Nähe der Geliebten getrieben.

So standen sie plötzlich ganz unvorbereitet einander auf der Düne gegenüber und sahen sich, atemlos vom schnellen Anstieg, mit flammenden Gesichtern an. Ihre Herzen klopften, nicht nur vom schnellen Steigen, in rasendem Tempo, und ihre Augen senkten sich ineinander, ohne etwas verbergen zu können. Die Glut ihrer Gesichter erlosch vor unterdrückter Erregung, und sie erblaßten. Sie wußten in diesem Augenblick beide, daß sie nie mehr voneinander lassen konnten, mochte kommen, was wolle.

»Romana!«

Wie ein Hauch nur klang dieser Name an ihr Ohr, aber es sprach sich alles in diesem Namen aus, was er noch verschweigen mußte. Ihre Augen trübten sich, aufsteigende Tränen verdunkelten ihren Blick. Sie stand zitternd vor ihm und konnte nicht reden. Auch er rang mit aller Kraft um Fassung. Endlich sagte er heiser: »Die Sehnsucht trieb mich her, Romana, mir war, als riefen Sie nach mir. Und nun bin ich so froh überrascht, Sie vor mir zu sehen. Ich wagte mich nicht mehr in Ihren Wald, hatte mir geschworen, Sie nicht eher wieder aufzusuchen, als bis ich Nachricht von Ihrem Vormund erwarten durfte. Nur von weitem wollte ich wenigstens das Haus sehen, in dem Sie weilen. Meine Sehnsucht muß Sie hergezaubert haben.«

Sie machte eine hilflose Bewegung.

»Ich – ich wollte auch nur einen Blick nach Swinemünde hinüberwerfen.«

Er ergriff ihre Hand.

»Wie glücklich macht es mich, Sie wiederzusehen.«

Sie schrak plötzlich zusammen.

»Es darf ja nicht sein, ich versprach, Sie nicht zu sehen, bevor mein Vormund eintrifft. Er hat heute als Antwort auf meines Pflegevaters Brief ein Telegramm gesandt, daß er morgen kommt. Und – mir ist so bange – so bange – ich fürchte, wir dürfen uns nicht wiedersehen.«

Er preßte ihre Hand an seine Lippen.

»Dieses Wiedersehen kam ohne unsern Willen, Romana – und daß Sie so verzagt sind, weil Sie fürchten, daß man uns trennen könnte, das beglückt mich sehr. Aber nicht diese Angst, Teuerste, wir sehen uns wieder! Ich habe Ihrem Pflegevater offen und ehrlich meine Absichten enthüllt. Man darf uns nicht trennen, ich werde Mittel und Wege finden, Sie mir zu erringen, auch gegen den Willen Ihres Vormundes. Ich liebe dich, Romana, ich liebe dich seit dem ersten Augenblick, da ich dich wie Dornröschen im Schlafe sah in deiner Hängematte. Als deine Augen mich dann, aus dem Schlafe erwachend, ansahen, da fühlte ich, daß du meines Lebens Glück und Inhalt sein würdest. Es ging nun alles so rasch, daß ich mir selber nicht gleich darüber klar wurde. Und nun bestürme ich dich auch viel zu rasch mit meiner Liebe – aber die Angst, dich zu verlieren, läßt mich alles vergessen. Du bist dir vielleicht noch nicht klar über das, was du für mich empfindest, aber ich weiß, daß du mich liebst wie ich dich, denn du bist mir vom Schicksal bestimmt. Sag, Romana, schreckt dich meine Liebe, oder kannst du sie erwidern?«

Sie war unter seinen Worten rot und blaß geworden und sah zitternd und bebend und doch voll heißer Glückseligkeit zu ihm auf.

»Ich weiß nicht, ob das Liebe ist, was ich für Sie empfinde, aber – wenn ich Sie nicht wiedersehen darf, dann – dann will ich lieber sterben«, stieß sie hervor.

Wie gern hätte er sie in seine Arme genommen und ihre Lippen mit Küssen bedeckt, aber sie standen hier oben so frei – leicht konnte sie jemand sehen. So preßte er nur ihre Hand an seine Lippen und sagte:

»Wir werden uns wiedersehen, Romana, irgendeinen Weg finde ich zu dir. Was auch Geheimnisvolles zwischen uns stehen mag, unsere Herzen gehören zusammen, und das ist die Hauptsache. Wir sehen uns wieder, und wenn ich durch Feuer und Wasser gehen müßte!«

Wieder sahen sie sich tief in die Augen, und dann schrak Romana zusammen.

»Ich muß gehen – leben Sie wohl!«

»Nein, sag nicht Lebewohl, sag auf Wiedersehen, Romana.«

»So Gott will, auf Wiedersehen!«

Und schnell riß sie sich los und rannte die Düne hinunter in den Wald. Er sah ihr schweratmend nach. Und nach einer Weile blieb sie stehen und sah zu ihm zurück. Er stand noch oben auf der Düne. Seine schlanke, stolze Gestalt zeichnete sich klar vom blauen Himmel ab.

Wenn ich ihn nie wiedersehen würde? dachte sie, fast vergehend vor Schmerz.

Ihr war, als müsse sie zu ihm zurücklaufen, sich in seine Arme werfen und zu ihm sagen: Halte mich, schütze mich vor den unbekannten Gefahren, die mich bedrohen, die mich immer zur Einsamkeit verdammten! Hilf mir! Wie in hilfloser Angst streckte sie die Arme nach ihm aus, ohne sich vom Fleck zu rühren.

Er sah das, und mit großen Sätzen war er wieder an ihrer Seite. Sie sah ihm mit großen, bangen Augen entgegen. Und da vergaß er alle Zurückhaltung. Er zog sie in seine Arme und preßte seine Lippen auf die ihren. Er fühlte, wie sie zitterte, wie sie aber seinen Kuß zurückgab in heißer Innigkeit. So verharrten sie eine Weile, innig umschlungen, Mund an Mund. Aber dann merkte er, wie sich ihr Körper in wiedergewonnener Energie straffte und sich leise aus seinen Armen wand. Er preßte ihre Hand an seine Lippen.

»Romana – meine Romana«, sagte er mit unbeschreiblicher Zärtlichkeit, die ihr Herz erbeben ließ. Ihre Augen strahlten in die seinen, und leise, aber voll Innigkeit erwiderte sie:

»Ich liebe dich, ich liebe dich, Gunter!« Damit riß sie sich los und eilte davon. Wie gejagt flog sie dahin, und als sie nach Hause kam, eilte sie hinauf in ihr Zimmer, ohne das Wohnzimmer zu betreten, und schloß sich ein. Von ihrem Empfinden überwältigt, warf sie sich auf den Diwan und vergrub ihr Gesicht in den Händen. Und immer wieder flüsterte sie in verhaltenem Jubel vor sich hin: »Ich liebe dich – ich liebe dich!«

Es war, als berauschte sie sich an diesen Worten. Sie klangen in ihrem Herzen wider und überfluteten sie mit Licht und Wärme. Die ganze qualvolle Einsamkeit ihrer Jugend war vergessen, ging unter in der seligen Gewißheit, zu lieben und geliebt zu werden. Dazwischen wollte freilich auch immer wieder die Angst aufkommen, daß man sie von Gunter trennen könnte; aber dann rief sie sich schnell zum Trost seine Worte ins Gedächtnis zurück: »Wir sehen uns wieder, und wenn ich durch Feuer und Wasser gehen müßte!«

So lag sie lange, eine Beute ihrer aufgestörten Empfindungen. Sie wußte, über diese Begegnung mit Gunter würde sie mit ihren Pflegeeltern nicht sprechen können. Mit einem Mal hatte ihr junges Leben ein anderes Gepräge bekommen. Wie ein Kind hatte sie bisher dahingelebt, nichts hatte an ihrer Herzensruhe gerüttelt als die Trauer um den verlorenen Vater und der lastende Druck der Gefahr, in der sie, wie man ihr gesagt hatte, schweben sollte. Das alles waren niederdrückende, lähmende Gefühle gewesen. Jetzt zum erstenmal war ein Gefühl starker, heißer Glückseligkeit in ihr aufgewacht, ein Gefühl, das alles andere zum Schweigen brachte und sie über alles andere Schwere hinwegtrug. Wie ein Sturmwind war diese Liebe über sie gekommen und hatte sie heute wehrlos in Gunters Arme getrieben. Ach – wie ruhte es sich warm und köstlich in seinem Schutz. Sie wußte, fühlte, daß nur in seinen Armen für sie die Ruhe und Sicherheit zu finden war, und der Gedanke, daß man sie hindern könne, in seine Arme zu flüchten, erschütterte sie.

Lange lag sie so – bis es endlich an ihrer Tür klopfte und Frau Geheimrat draußen rief:

»Bist du hier, Romana?«

Sie erhob sich hastig, strich sich das Haar aus dem Gesicht und öffnete die Tür.

»Ich lag eine Weile auf dem Diwan – weil ich Kopfweh hatte, Mama Dürkopp«, erwiderte sie.

Die alte Dame trat in das Zimmer.

»Ich hatte schon Angst, daß du noch draußen im Wald sein könntest, weil ich dich so lange nicht sah.«

»Nein, nein, ich habe nur geruht, und jetzt komme ich mit dir hinunter. Ist schon alles bereit zum Empfang von Onkel Justizrat?«

»Gewiß, das bedarf ja keiner großen Vorbereitungen.«

»Wird Onkel Justizrat schon jetzt seine Ferien antreten, oder kommt er jetzt nur vorübergehend nach Hornklippe?«

Die Geheimrätin spürte die Unruhe in Romanas Worten und legte ihren Arm um sie.

»Das weiß ich auch nicht, aber du mußt das Vertrauen zu ihm nicht verlieren, Kind, auch wenn er einmal nicht nach deinen Wünschen handeln kann.«

Romana seufzte leise.

»Ob sich wohl je die Wolken über meinem Schicksal zerteilen werden?«

»Ganz bestimmt!«

»Oder es steigen neue auf.«

»Nicht so mutlos sein, mein liebes armes Kind. Du bist jetzt ganz verstört, und das ist kein Wunder. Aber ich hoffe, daß sich alles zu deinen Gunsten klären wird.«

Mit einem dankbaren Blick sah Romana zu ihr auf.

»Kannst du mir nicht nachfühlen, du Liebe, Gute, die du mich doch in allem verstehst, wie schwer mein Herz jetzt ist, weil ich nun immer wieder auf dies Geheimnis stoße, das mein ganzes Leben wie eine unsichtbare Mauer umgibt, die mir keinen freien Blick ins Leben gönnen will?«

»Oh, wie gut kann ich dir das nachfühlen!«

Romana richtete sich auf.

»Wenn ich nur erst einmal klar sehen könnte, wenn ich endlich wüßte, was mir eigentlich droht. Dies Tappen im dunkeln ist so quälend!«

»Vergiß nicht, daß dein Vater in seiner übergroßen Liebe und Sorge um dich alles so bestimmt hat. Er wollte nicht, daß du die Gefahr kennst, die dich bedroht, weil er hoffte, daß er sie dir fernhalten könnte durch diese Vorsichtsmaßregeln. Wir handeln alle nach dem Wunsch deines Vaters und breiten unsere Hände über dich.«

»Kennst du denn die Gefahr, in der ich schwebe?«

Romana fragte das sehr dringend, und die alte Dame fürchtete, daß sie ihr nicht Ruhe geben würde, ihr alles zu enthüllten, wenn sie wußte, daß sie diese Gefahr kannte, und deshalb sagte sie:

»Ich kenne sie so wenig wie du. Habe doch noch diese zwei Jahre Geduld – oder bis du dich verheiratest. Das kann vielleicht früher geschehen als zu deinem fünfundzwanzigsten Geburtstag. An diesem oder an deinem Hochzeitstag wirst du alles erfahren!«

Mit großen Augen sah Romana vor sich hin.

»An meinem Hochzeitstag?«

Das hatte sie längst gewußt, daß sie an einem dieser beiden Tage alles erfahren sollte. Aber bisher hatte für sie der Begriff »Hochzeitstag« gar nicht bestanden. Jetzt aber schmeichelte er sich in ihr Herz mit einem süßen, verheißungsvollen Klang. Einen Augenblick schloß sie die Augen und sah sich im Geist mit Gunter durch eine hohe Kirche gehen, Seite an Seite, im weißen Brautkleid und Schleier. Sie sah Gunters Gesicht vor sich, so wie vorhin, als er ihre Lippen zum erstenmal geküßt hatte. Das heiße Glücksempfinden, das sie zum erstenmal in ihrem Leben in seinen Armen kennengelernt hatte, strömte wie eine warme Welle über sie hin. Und sie schrak auf, als die Geheimrätin liebevoll sagte:

»Komm, Kind, laß uns hinuntergehen, Papa wartet auf uns.«

Das herrliche Bild war verschwunden – gehorsam folgte sie der alten Dame hinunter in das Wohnzimmer.

Gunter Valberg war nach Swinemünde zurückgekehrt und fand seinen Freund Bernd, der schon auf ihn wartete, auf der Loggia, in eine Zeitung vertieft.

Erstaunt sah ihn Gunter an.

»Du bist zu Hause, Bernd? Ich denke, du machst mit der jungen Witwe eine Segelpartie?«

Bernd legte die Zeitung hin und sah den Freund mit tragikomischer Miene an.

»Wir waren auch schon dazu aufgebrochen, aber – wir sind nicht weit gekommen.«

Gunter, in dessen Herz noch die heiße Glückseligkeit loderte, achtete nicht sonderlich auf ihn, er war zu sehr von seinen eigenen Gefühlen in Anspruch genommen. Er setzte sich Bernd gegenüber und sah auf das Meer hinaus, das für eine Segelpartie recht schön bewegt war. Bernd sah ihn unsicher von der Seite an. Dann sagte er aufatmend:

»Warum bist du so still, Gunter?«

Dieser fuhr aus seinem Sinnen empor.

»Ich glaubte, du wolltest lesen.«

»Eilt mir gar nicht. Du bist wohl böse auf mich, weil ich dich so viel allein ließ in den letzten Tagen?«

Gunter lachte fast übermütig auf.

»Gewissensbisse, Bernd? Was hat dich denn plötzlich so reumütig gemacht?«

Bernd machte ein zerknirschtes Gesicht.

»Ich habe erst in dieser Stunde gemerkt, wie herzlos es

war, daß ich dich so viel allein ließ. Die letzte Stunde, die ich einsam und gelangweilt hier verbrachte, hat mich das gelehrt.«

Wieder mußte Gunter lachen.

»Bernd, du scheinst deinen Nachmittag nicht angenehm verbracht zu haben?«

»Sag doch bitte mal ›Altes Kamel!‹ zu mir.«

Gunter sah Bernd nun forschend an.

»Liegt dir so viel an diesem Kosenamen?«

»Ja, Gunter, weil ich ein riesengroßes Kamel bin«, erwiderte Bernd mit einem tiefen Seufzer.

»Nun, die Verwandlung eines Schmetterlings in ein Kamel, noch dazu in ein riesengroßes, stelle ich mir einigermaßen schmerzhaft vor.«

Bernd nickte.

»War auch einigermaßen schmerzhaft!«

»Und vielleicht auch ein bißchen teuer, was?«

Bernd sah den Freund lachend an.

»Hast du eine feine Nase gehabt, Gunter! Herrgott, war ich ein Kamel!«

»Da du in der Vergangenheit sprichst, ist ja begründete Hoffnung vorhanden, daß du dich inzwischen aus einem Kamel in einen einigermaßen vernünftigen Menschen zurückverwandelt hast. Aber nun schieß mal los – was hast du denn auf dem Herzen? Ist die hübsche Witwe untreu oder sonst ein überwundener Standpunkt geworden?«

Bernd nickte energisch.

»Ein sehr überwundener Standpunkt. Sie ist fort – über alle Berge.«

»So plötzlich?«

»Nur für mich so plötzlich, sie selbst muß diese Abreise schon von langer Hand vorbereitet haben.«

»Du sprichst in Rätseln. Willst du nicht die Güte haben, etwas deutlicher zu werden?«

»Soll gleich geschehen. Also stell dir vor, ›Madame‹ wünschte mit mir eine Segelfahrt zu machen. Als wir über die Brücke zur Abfahrtsstelle der Seegelboote gehen, fragt sie mich neckisch: ›Haben Sie auch Geld bei sich, Herr Doktor, wir müssen doch Pfand für das Boot geben, und ich habe keinen Pfennig bei mir.‹ – Daß man Pfand hinterlegen muß, wenn der Fischer mit hinausfährt, beruhe auf einem Irrtum – so meinte ich wenigstens. Ich ziehe aber übermütig meine Banknotentasche hervor, in die ich ein dickes Zeitungsblatt zusammengefaltet hineingesteckt hatte. Es enthielt einen für mich sehr wichtigen wissenschaftlichen Artikel, den ich der Sicherheit halber in meiner sonst ziemlich schwindsüchtigen Brieftasche verwahrte. Ich hatte ihn einige Male zusammengefaltet, und meine Banknotentasche sah dadurch riesig wohlhabend aus – wie es einem so reichen Mann, wie ich in ›Madame‹ Doras Augen sein wollte, zukam. Außer dieser Zeitung hatte ich nur zwanzig Mark in der Tasche. Denn auf einer Segelfahrt braucht man nicht mehr, und ich wollte nicht noch einmal meinen Koffer aufschließen, ehe ich ging. Im übrigen hatte ich auch noch etwas Silber in einer anderen Tasche bei mir. Ich halte also meine wohlhabende Banknotentasche der hübschen Frau Dora vor das winzige Naschen und sage so obenhin: ›Frisch angefüllt mit dreißig Tausendmarkscheinen – das wird genügen.‹ Sie lächelte entzükkend – aber in ihren Augen sprühte wieder das Teufelchen auf, und das warnte mich. Sie war reizender und anschmiegsamer denn je, und ich half ihr in das Segelboot, das ich schon gemietet hatte. Sie flog mir dabei buchstäblich in die Arme, und ich hielt sie eine Weile fest. So etwas macht sich beim Einsteigen in ein Boot immer sehr nett, und wenn uns der Fischer nicht zugerufen hätte, wir sollten uns setzen, dann hätte ich sie vielleicht noch ein wenig länger gehalten. Also – wir segeln los! Aber kaum sind wir über den Brückenkopf hinaus, da wird ›Madame‹ Dora auf einmal sehr anschmiegend und schutzbedürftig. Sie läßt sich willig von meinem Arm umfangen, schmiegt sich dicht an mich, und mir wird dabei sehr warm. Ich ziehe mein Sakko aus und lege es hinter ihren Rücken, damit sie bequemer sitzt. Es rutscht aber hinunter und liegt nun zwischen uns. ›Madame‹ wird immer hilfsbedürftiger, schmiegt sich immer näher an mich an und – da merke ich plötzlich, daß sie verstohlen, während sie sich an mich anschmiegt, mit der einen Hand an meinem Sakko herumtastet. Ohne sie etwas von meiner Entdeckung merken zu lassen, fahre ich mit meinen Tröstungsversuchen ruhig fort, und drücke ihr Köpfchen fest an mich. So kann ich über ihre Schulter hinweg genau beobachten, ohne daß sie es merkt, wie ihre Hand auf Raub ausgeht. Die süße Dora ergattert auf diese Weise meine ›gutgefüllte‹ Banknotentasche. Das ging mit einer solchen Sicherheit vor sich, daß ich auf große Übung schließen mußte. Immer lieblich mit mir kosend, läßt sie nun die Banknotentasche in ihrer ziemlich umfangreichen Handtasche verschwinden, die von Anfang an zwischen uns lag. Ich sah diesem Manöver erst mit Entrüstung, dann mit einer diabolischen Freude zu. ›Madame‹ bekommt nun plötzlich, nachdem die Tasche verschwunden ist, ein so starkes Unwohlsein, daß sie energisch wieder an Land will. Der Fischer muß umkehren, und wir fahren zum Land zurück. Natürlich beschäftigt mich ›Madame‹ ausreichend mit allerlei sinnigen Mätzchen, und im Bestreben, ihr die Freude an ihrem Raub nicht zu stören, spiele ich willig in dieser Komödie die Rolle des Idioten, der sich an der Nase herumführen läßt. Ich denke natürlich nicht daran, nach meiner gutgefüllten Banknotentasche zu fühlen, als ich das Sakko schnell überwerfe, denn ›Madame‹ bedarf meiner sehr als Stütze. Hier in der Pension angekommen, ziehe ich im Flur schnell mein Sakko wieder aus und werfe es dem Zimmermädchen mit der Bemerkung zu, sie möge es auf mein Zimmer tragen. Es blitzt triumphierend in ›Madames‹ Augen auf – jetzt soll ihr noch jemand beweisen, daß sie die Banknotentasche aus meinem Sakko genommen hat! Sie erklärte mir, es sei ihr schon viel besser und ich möge nur warten, bis sie nach Post gefragt habe. Schön – ich warte, gespannt, wie sich die Dinge weiterentwickeln werden. Sie bekommt auch Post – ein Telegramm. Ich konnte es nachher genauer betrachten – es war in Swinemünde selbst aufgegeben, vermutlich von ihr selbst, bevor wir zum Segeln gingen. Sie heuchelt wahnsinnige Aufregung – muß sofort abreisen. Den Nachmittagszug erreicht sie noch, versichert sie mir. Ich muß ein Auto heranrufen, und ›Madame‹ läßt ihren Koffer, der seltsamerweise gepackt ist, herausbringen. Ehe ich mich versehe, ist ›Madames‹ Koffer verstaut, ›Madame‹ eingestiegen und – während sie mir Kußhändchen zuwirft, fährt sie davon. Ich stehe noch einige Minuten verdattert da und frage dann den Pensionsinhaber, der eben zu mir heraustritt, ob ›Madame‹ schon mit ihm abgerechnet hat, da sie doch so plötzlich abgereist sei. Er erwidert mir, daß ›Madame‹ täglich im voraus bezahlt habe, weil sie immer darauf gefaßt sein müsse, einmal plötzlich abreisen zu müssen. Na, das war denn also geschehen, ›Madame‹ hatte wohl schon immer gehofft, mich ein wenig zur Ader lassen zu können und hatte gut vorgearbeitet, damit sie zur rechten Zeit mit ihrem Raub verschwinden konnte. – Zum Glück weiß ich die Nummer der Zeitung, die den für mich wichtigen Artikel enthielt, so daß ich sie leicht wieder bestellen kann. Die Banknotentasche war auch schon recht verbraucht. – Was sagst du zu diesem Abenteuer?«

Gunter konnte nicht anders, er mußte laut lachen.

»Ich habe sie immer für eine Bäderhyäne gehalten und dich deshalb gewarnt. Du kannst froh sein, daß du sie so leichten Kaufes losgeworden bist. Ich gratuliere dir, daß sich die Verwandlung vom Schmetterling zum Kamel nicht schmerzlicher vollzogen hat.«

Bernd kämpfte zwischen Ärger und Lachen.

»Du hast gut reden – sie konnte wirklich sehr reizend sein.«

»Von dieser Sorte gibt es noch mehr, Bernd. Du wirst weise Lehren aus diesem Fall ziehen und dich doch lieber auf einen Flirt mit der kleinen Rosa Mertens beschränken, die dich sicher jetzt trösten muß. Sie ist weniger gefährlich, wenn sie auch gegen die Versklavung der Frau ist und doch gern heiraten möchte.«

Bernd lachte.

»Nun, man kann ja mal sehen, ob Fräulein Rosa Mertens jetzt etwas weniger für Selbständigkeit ist. Irgendeinen kleinen Flirt muß ich haben, da man hier den ganzen Tag nichts zu arbeiten hat. Nein, Gunter, du hättest nur sehen sollen, wie geschickt ›Madame‹ vorging, um in den Besitz meiner Brieftasche zu kommen! Ich muß doch den reichen Mann mit großer Sicherheit gespielt haben, daß sie mir geglaubt hat, ich hätte eine so große Summe bei mir.«

»Hat sie dir nie eine Andeutung gemacht, daß sie in Geldverlegenheit sei?«

»Doch, sie sagte mir kürzlich, ihre Bank habe ihr nicht rechtzeitig Geld überwiesen und sie sei in Verlegenheit, bis es eintreffen würde.«

Gunter lachte.

»Und du botest ihr nicht deine gutgefüllte Börse an?«

»Daran hätte ich wahrhaftig auch nicht gedacht, wenn ich tatsächlich über eine gutgefüllte Börse verfügt hätte. Ich hätte geglaubt, sie damit zu beleidigen.«

»Mein lieber Bernd, solche Damen pflegen immer in Geldverlegenheit zu sein, und sie hat dich sicher für einen reichen Geizkragen gehalten und beschlossen, dich auf andere Art zu schröpfen. Sicher hätte sie aber die Anleihe wiederholt, wenn ihr dieser Raub nicht gelungen wäre und – dann hätte es dich mehr gekostet, als sie heute erbeutet hat, denn dann wäre sie so deutlich geworden, daß du nicht anders gekonnt hättest, als ihr auszuhelfen.«

Nun mußte Bernd wieder lachen.

»Ich sage es ja, ich bin ein Glückspilz, bei mir gehen solche Sachen immer gut aus. Für diesen Spaß sind mir die verlorenen zwanzig Mark nicht zuviel. Du – das Gesicht von ihr hätte ich sehen mögen, als sie die Banknotentasche, sich endlich in Sicherheit wähnend, geöffnet hat und statt der erwarteten dreißig Tausendmarkscheine bloß eine alte Zeitung und lumpige zwanzig Mark entdeckte.«

Auch Gunter mußte wieder lachen. Und dann sagte Bernd ganz zerknirscht:

»Mir ist schon recht geschehen, warum habe ich dich so schnöde allein gelassen, um mit ›Madame‹ zu scharmuzieren. Ich bitte dich um Verzeihung, Gunter, du mußt dich furchtbar gelangweilt haben, das habe ich erst so recht gemerkt, als ich die letzte Stunde so allein hier gesessen habe.«

»Du bist wirklich sehr zerknirscht, Bernd, und damit du deine Gewissensbisse los wirst und dich frisch und munter in den Strudel einer neuen Aufregung stürzen kannst, will ich dir versichern, daß ich mich durchaus nicht gelangweilt habe.«

»Aber was hast du denn mit diesen einsamen Nachmittagen angefangen?«

Gunter zögerte eine Weile, dann sah er Bernd groß und ernst an.

»Ich will es dir sagen, Bernd – ich war in Hornklippe, jeden Nachmittag.«

Bernd stutzte.

»In Hornklippe? Was hast du denn da gemacht?«

»Die junge Dame wiedergesehen, die uns im Wald den Weg zeigte. Jeden Tag habe ich sie gesehen, und dann habe ich im Hause ihrer Pflegeeltern einen Besuch gemacht und ihrem Pflegevater gesagt, daß ich die Absicht habe, mich um sie zu bewerben. Und heute, Bernd, heute habe ich mich mit ihr verlobt«, sagte Gunter mit verhaltener Erregung.

Bernd sprang auf und starrte ihn überrascht an.

»Mit der Dame aus der Hängematte?«

»Ja, Bernd«, erwiderte Gunter mit einem strahlenden Leuchten in seinen Augen.

Bernd fiel fassungslos wieder in seinen Stuhl zurück.

»Donnerwetter, Gunter, du bist ja noch viel leichtsinniger als ich! Das hätte ich dir nicht zugetraut.«

»Es war nicht leichtsinnig, Bernd.«

»Nicht leichtsinnig, wenn man seine Freiheit so mir nichts dir nichts preisgibt?«

»Du weißt, daß wir in diesem Punkt ganz verschieden sind. Ich habe immer gewußt, daß es mich, wenn ich einmal die Richtige finde, gewaltig packen würde. Du weißt, ich habe nie etwas dafür übrig gehabt, meine Gefühle in kleiner Münze zu verzetteln. So von Blume zu Blume zu flattern wie du, hier und da ein wenig nippen, das ist nichts für mich. Entweder alles oder nichts! Und vom ersten Augenblick an wußte ich, daß meine Schicksalsstunde geschlagen hatte, als ich in die Augen dieser jungen Dame sah. Sie ist die eine, die einzige, die ich mir als meine Weggenossin denken kann – ich liebe sie wirklich von ganzem Herzen.«

Bernd war blaß geworden vor Aufregung.

»Herrgott, Gunter, da wird einem ja selber warm dabei. Und sie? Liebt sie dich wieder?«

»Ja, Bernd, auch bei ihr ist diese Liebe mit Sturmesgewalt gekommen. Denke dir, Bernd, dies wundervolle Geschöpf ist Jahr um Jahr nicht aus der Einsamkeit von Hornklippe hinausgekommen und hat noch nie mit Männern ihres Standes verkehrt. Mir ist das große Glück zuteil geworden, diesen kostbaren Edelstein zu finden – zu erobern.«

Ein tiefer Seufzer entfloh Bernds Lippen.

»Dich hat es ja ordentlich, Gunter! Aber schließlich bist du mit deinen dreiunddreißig Jahren alt genug, um zu wissen, was du tust. Also kann man Glück wünschen?«

Gunter schüttelte den Kopf.

»Noch nicht, Bernd, vorläufig haben wir zwei uns nur heimlich verlobt. Ich habe allerdings dem Geheimrat gesagt, daß ich ernste Absichten auf seine Pflegetochter habe. Aber er hat mir kurzerhand gesagt, daß sich dazu erst der gestrenge Vormund seiner Pflegetochter äußern müsse. Er soll darüber entscheiden, ob ich im Hause des Geheimrats verkehren darf, um mich um die junge Dame zu bewerben. Nach diesem Ultimatum war uns nahelegt worden, daß wir uns nicht sehen dürften, bis dieser Bescheid eingetroffen ist. Ich traf aber die junge Dame heute zufällig bei der Hornklippe – die beiderseitige Sehnsucht hatte uns dahin getrieben –, und da haben wir uns ohne vormundliche Erlaubnis, die rechtlich gar nicht mehr nötig ist, da meine Braut schon mündig geworden ist, plötzlich in den Armen gelegen und geküßt, weil es gar nicht anders sein konnte. Das erfährst vorläufig nur du, Bernd. Wir hatten nicht lange Zeit, uns unseres Glükkes zu freuen. Sie riß sich los und lief mir davon. Aber wir lieben uns – alles andere ist Nebensache.«

Nachdenklich sah Bernd zu ihm empor und sagte dann ungewohnt ernst:

»Wenn ich die junge Dame nicht selbst gesehen hätte, Gunter, dann würde ich mich jetzt um dich sorgen. Aber sie hat auf mich einen durchaus einwandfreien Eindruck gemacht, daß ich gern glauben will, daß du etwas ganz Eigenartiges in ihr gefunden hast. Sie hatte so reine, stolze Augen und bei aller Damenhaftigkeit etwas so Unberührtes, Kindliches. Ich rufe mir jetzt ihr Gesicht ins Gedächtnis zurück – schön und reizvoll erschien sie mir auch, aber:

Doch eine Würde, eine Höhe
Entfernte die Vertraulichkeit.

Ich hätte gar nicht gewagt, meine Augen zu ihr zu erheben, obwohl ich doch nicht ängstlich bin. Du bist doch bedeutend kühner als ich. So eine Eroberung in so kurzer Zeit zu machen, das will was heißen. Übrigens fällt mir jetzt wieder ein, daß sie mich an irgend jemand erinnerte. Ich kann aber nicht daraufkommen, an wen. Also, mein Alter, hier meine Hand, mögest du gefunden haben, was zu dir paßt! Ein so wertvoller Mensch wie du muß eine ebensolche Frau haben. Menschen deines Schlages sind nicht für ein mattes Durchschnittsglück geschaffen. Also ein volles, reiches Menschenglück, Gunter! Dir wünsche ich es von Herzen.«

Die beiden Freunde drückten sich die Hand.

»Ich danke dir, Bernd.«

»Und was wird dein Vater dazu sagen?«

»Er wird sich freuen, daß ich ihm endlich die ersehnte

Tochter ins Haus bringe – so eine Tochter! Wäre es nur erst soweit! Ich weiß nicht, ich habe eine innere Unruhe wegen dieses Vormundes. Der Geheimrat und seine Gattin sind reizende Menschen, so gediegen, gütig und herzlich. Aber was hat der Vormund dreinzureden?«

»Da deine Braut mündig ist, vermutlich nichts.«

»Das läßt mich hoffen, daß alles gutgeht. Er wird vielleicht versuchen, ein Gewohnheitsrecht geltend zu machen, aber wenn er gegen unsere Verbindung sein sollte, dann werde ich ihm entschieden gegenübertreten, das steht fest.«

Die beiden Freunde besprachen noch einiges und begaben sich dann zum Abendessen.

6

Justizrat Harland war in Hornklippe eingetroffen und von Geheimrats herzlich wie immer begrüßt worden. Romana zeigte ihm diesmal ein etwas unfreies, unsicheres Wesen. Wußte sie doch, daß es von ihm abhängen würde, ob sie Gunter Valberg angehören durfte.

Die Liebe war über Romana mit solcher Allgewalt gekommen, daß sie nur das eine wußte: an Gunters Seite das Leben – fern von ihm der Tod. So lange war sie trotz ihres reichen Wissens in ihrem ganzen Empfinden ein Kind geblieben, jetzt aber, nachdem sie Gunter kennengelernt hatte, nachdem seine starke Persönlichkeit, seine heiß aufflammende Liebe ihr Gefühlsleben geweckt hatte, war sie gleichsam über Nacht zur Frau herangereift, die ihre Lebenserfüllung nur in der Vereinigung mit dem Geliebten sieht. Und in jedem Menschen, der sich zwischen sie und den Geliebten stellen wollte, mußte sie naturgemäß ihren Feind sehen. Weil sie nun wußte, daß der Vormund in dieser Schicksalsfrage ein entscheidendes Wort zu sprechen hatte, sah sie ihm nicht so freudig und unbefangen entgegen wie sonst. Bedingungslos hatte sie sich bisher allem, was er über sie bestimmt hatte, gefügt. Jetzt, das wußte sie, würde sie nicht mehr so bedingungslos in alles einwilligen.

Aber als Justizrat Harland dann ihre Hand ergriff, sie mit seinen klaren, gütigen Augen ansah, da war plötzlich wieder das alte Vertrauen zu ihm da. Er strich ihr sanft über das Haar und sagte warm und herzlich:

»Du weißt, Romana, daß alles, was ich anordnete, alles, was ich über dich bestimmen mußte, im Sinne deines verewigten Vaters geschah – nur zu deinem Besten, mein liebes Kind.«

Sie nickte aufatmend.

»Ja, Onkel Justizrat, du wirst nicht wollen, daß ich unglücklich werde.«

»Um keinen Preis, mein Kind. Im Gegenteil, ich werde alles, was in meiner Macht steht, tun, um dich glücklich zu machen. Du sollst eines Tages über jeden meiner Schritte Rechenschaft erhalten, so daß du genau wissen wirst, weshalb ich dieses tat und jenes ließ.«

»Ich vertraue dir, Onkel Justizrat, aber warum hat mein Vater bestimmt, daß ich erst an meinem fünfundzwanzigsten Geburtstag über alles Aufklärung erhalten soll?«

»Vor allem deswegen, weil du erst dann die Last dieses Geheimnisses auf dich nehmen solltest. Du solltest erst die nötige Reife besitzen und dann der Gefahr, die dich bedroht, gewachsen sein. Früher solltest du nur dann unterrichtet werden, wenn du dich verheiraten würdest, weil dir dann in deinem Gatten ein natürlicher Schutz zur Seite stehen würde.«

»Also an meinem Hochzeitstag werde ich alles erfahren?«

»Ja, mein Kind. Deinem künftigen Gatten aber muß ich dann schon vor der Hochzeit alles Nötige eröffnen. Er müßte doch vor allem dann deinen wahren Stand und Namen erfahren. Erhalte mir nur dein Vertrauen, Romana, du wirst es nie bereuen müssen. Und nun, ehe wir weiter über deine Angelegenheit sprechen, gestattest du wohl, daß ich einige geschäftliche Dinge mit Papa Dürkopp bespreche. Beim Abendessen sehen wir uns wieder. Mama Dürkopp hat mir junge Hähnchen und frisch gepflückte Erbsen versprochen. Darauf freue ich mich.«

Damit mußte Romana vorerst zufrieden sein, so gern sie auch gleich erfahren hätte, ob der Vormund etwas gegen Doktor Valberg einzuwenden habe. Justizrat Harland und der Geheimrat zogen sich in das Arbeitszimmer des Hausherrn zurück. Hier saßen sich die beiden Herren eine Weile schweigend gegenüber und sahen sich an.

Endlich sagte der Justizrat:

»Ja, ja, mein lieber Ernst, dein Brief hat mich Hals über Kopf hierhergejagt. Ich habe meinen Urlaub früher antreten müssen, als ich geplant hatte. Dein Brief hat mich sehr erschreckt – weil du mir mitteilst, daß dieser Doktor Valberg ein Freund von Bernd von Altdorf ist.«

»Das kann ich mir denken, Walter, aber ich bin fest überzeugt, daß Doktor Valberg keine Ahnung hat von Romanas verwandtschaftlichen Beziehungen zu den Altdorfs. Und ebensowenig wird Bernd von Altdorf wissen, mit wem er neulich hier im Wald zusammengetroffen ist.«

»Aber – er ist mit ihr zusammengetroffen.«

»Nur auf wenige Minuten.«

Der Justizrat seufzte.

»Der Zufall ist ein mächtiger Gegner und ein ebenso mächtiger Verbündeter, wie es gerade trifft. Da haben wir all die Jahre alles bedacht und geordnet, daß Romana nie in die Nähe ihrer Verwandten kommt, und nun läuft ihr durch Zufall ihr Vetter in den Weg.«

»Ohne daß sie gegenseitig eine Ahnung davon haben, wie nahe sie verwandt sind. Ich muß schon sagen, es ist eine Grausamkeit des Schicksals, daß man Romana vorenthalten muß, daß sie Verwandte hat, die sie sicher zärtlich lieben würden.«

»Wüßte sie es, dann wäre es noch grausamer, weil man sie von ihnen trennen muß. Gewiß ist es eine Grausamkeit des Schicksals, daß Romana gerade dort, wo sie den besten Schutz und Hort finden müßte, am meisten Gefahr läuft, das traurige Schicksal ihrer Eltern zu teilen.«

»Könnte man jetzt nicht auf diplomatischem Weg in Erfahrung bringen, ob die beiden Schurken noch am Leben sind? Vielleicht sind sie, wie so viele Russen, in den politischen Unruhen umgekommen.«

Bekümmert schüttelte der Justizrat den Kopf.

»Du müßtest mich doch gut genug kennen, Ernst, um zu wissen, daß ich keine Gelegenheit versäumt habe, etwas über die beiden in Erfahrung zu bringen. Und ich habe durch meine Beziehungen auch Erfolg gehabt mit meinen Erkundigungen. Sie leben leider beide noch. Natürlich haben sie auch während des Umsturzes in Rußland versucht, im Trüben zu fischen, wie sie es immer getan haben. Sie führen ein abenteuerliches Leben. Immer sind sie zusammen. Es scheint, daß einer dem anderen nicht über den Weg traut, und ihre gemeinsamen Schandtaten binden sie natürlich auch aneinander. Sie haben verstanden, sich in Stellungen zu drängen, die ihnen gestatten, alle europäischen Länder zu bereisen. Mein Gewährsmann behauptet, daß sie jetzt sogar in

Deutschland sind. Er will sie kürzlich in Berlin gesehen haben. Vermutlich haben sie die Gelegenheit benützt. Altdorfs mit Spionen zu umgeben, um Romanas Aufenthalt zu ermitteln. Nun kannst du wohl verstehen, wie mich deine Nachricht erschreckte.«

Der Geheimrat sah ihn fassungslos an.

»Dann allerdings, dann teile ich deine Bedenken voll und ganz.«

»Ich habe versucht, soviel wie möglich über sie in Erfahrung zu bringen. Es war vielleicht deshalb möglich, weil nicht gerade viele Aristokraten drüben ein Amt bekommen haben. Wie es die beiden Grafen Soblikoff möglich gemacht haben, sich dem neuen Regime anzupassen, so daß man ihnen anscheinend allerlei schwierige Aufgaben anvertraut, weiß ich nicht. Erst haben sie sich um den Zaren gedrängt, um ihrem Onkel, Romanas Vater, zu schaden und dabei ihren Vorteil zu suchen, und dann haben sie es verstanden, das neue Regime über ihre Vergangenheit zu täuschen. Diese ausgekochten Schurken sind aalglatt und ausgesprochene Opportunisten. Ich fürchte natürlich, daß sie die Familie Altdorf ständig beobachten lassen; müssen sie doch annehmen, daß Gräfin Romana Soblikoff eines Tages zu ihren Verwandten kommen wird, wenn auch vielleicht unter irgendeiner Maske. Das hat Romanas Vater nur zu klar erkannt und deshalb bestimmt, daß Romana ihren Verwandten ferngehalten werden müsse. Es würde ihnen freilich nicht so leicht werden, Romana zu ermorden, denn hier bei uns würde das nicht ohne Folgen für sie abgehen. Wegen des Mordes an Romanas Eltern und Bruder kann man sie hier nicht zur Verantwortung ziehen, solange sie sich drüben der Gerechtigkeit zu entziehen wissen. Diese Verbrechen sind auf russischem Boden an russischen Staatsangehörigen geschehen – denn auch Romanas

Mutter, Gräfin Ruth, war durch ihre Heirat russische Staatsangehörige. So kann man von hier aus nicht eher etwas gegen sie unternehmen, als bis sie gegen die Gesetze unseres Landes verstoßen – und dann, mein lieber Ernst, würde es für unsere Romana zu spät sein. Daß sie noch immer nicht den Plan aufgegeben haben, auch die letzte aus dem Weg zu räumen, die zwischen ihnen und dem von Graf Alexander Soblikoff in der Schweiz angelegten riesigen Vermögen steht, erscheint mir sicher. So viele Verbrechen haben sie schon um dieses Erbes willen begangen, daß sie vor dem allerletzten auch nicht zurückschrecken würden. Man kann es eben nicht darauf ankommen lassen, sie auf frischer Tat zu ertappen. Sie sind ärmer denn je und gieren schon seit der Verheiratung des Grafen Alexander nach seinem Vermögen. Also wie gesagt, Romana darf um keinen Preis mit ihren Verwandten in Berührung kommen. Das siehst du doch ein.«

»Gewiß, Walter. Aber soll man sie deshalb auch von ihrem Glück trennen? Ich muß dir sagen, dieser Doktor Valberg ist ein prachtvoller Mensch, und es scheint sich bei beiden um eine starke Neigung auf den ersten Blick zu handeln. Er macht einen sehr guten Eindruck, ist sicher nicht ein Mensch, der leicht entflammt und leicht ernüchtert ist. Er scheint sehr zuverlässig, und nach allem könnte man Romana kaum einen besseren Mann wünschen. Standesrücksichten hat sie ja nicht zu beachten, und sie steht ohnehin ihrem Titel so gleichgültig gegenüber. Sie ist ja nun schon fast dreiundzwanzig Jahre alt, und es ist kein Wunder, daß ihr junges Herz so einem Prachtmenschen entgegenfliegt.«

»Du glaubst also an eine ernste Neigung, obwohl sich die beiden erst so kurze Zeit kennen?«

»Eine Minute genügt, um eine Liebe zu erwecken.

Und soll Romana verdammt sein, auf einen so wertvollen Menschen zu verzichten, nur weil er zufällig der Freund ihres Vetters ist, den sie meiden muß?«

»Du treibst mich fürchterlich in die Enge, mein guter Ernst, aber bedenke meine Lage. Ich gab meinem Freund Soblikoff mein Ehrenwort, alle seine Anordnungen genau zu befolgen, als er sich damals von mir trennte, um nie wiederzukehren. Ich muß mich danach richten. Und ich habe ihm versprochen, Romanas Aufenthaltsort sofort zu wechseln, wenn ein Mitglied der Familie Altdorf in ihre Nähe kommt. So bin ich Hals über Kopf hierhergekommen, habe all meine Geschäfte meinem Vertreter übergeben und meinen Urlaub sofort angetreten. Und – morgen früh schon verlasse ich mit Romana dein Haus und reise mit ihr ab, wie ich es ohnedies schon geplant habe.«

Geheimrat Dürkopp seufzte auf.

»Das wird Wunden geben, bei Romana – und auf der anderen Seite.«

»Hältst du es für möglich, daß die Liebe schon so tief geht?«

»Gewiß! Romana ist bei aller stolzer Zurückhaltung ein stark empfindender Mensch. Und ich gönnte ihr einen Mann wie Doktor Valberg, in dessen Schutz sie gut aufgehoben ist. Wir sind alt geworden, mein lieber Walter, und es wäre gut, unser Amt auf junge Schultern zu legen. Willst du Romana um ihr Lebensglück bringen?«

»Das wird hoffentlich nicht nötig sein; was wir machen können, es ihr zu erhalten, werden wir tun. Aber erst muß sie einmal fort von hier. Sie darf jetzt um keinen Preis noch einmal mit Doktor Valberg zusammenkommen, solange dieser mit Bernd von Altdorf drüben in Swinemünde weilt. Auch könnte ein Zufall Bernd von Altdorf enthüllen, daß Romana seine Base ist. Seine Mutter würde dann alles tun, um sich Romana zu nähern. Sie hat doch ihre Schwester Ruth so sehr geliebt und sehnt sich jahraus, jahrein nach ihrer Nichte, von der sie nur dann und wann unter allen erdenklichsten Vorsichtsmaßnahmen unter fremdem Namen durch mich erfährt, daß sie lebt und gesund ist. Sie hat nur den Trost, daß sie an Romanas fünfundzwanzigstem Geburtstag von dieser selbst Nachricht bekommen wird. Ich bringe Romana also erst einmal zu meinem Freund Marks nach Venedig. Wir werden auf Umwegen durch die Schweiz reisen. Romana erfährt erst unterwegs, wohin ich sie bringe, damit sie keine Torheit begeht. Sie nimmt nur das Nötigste mit, das sie schnell zusammenpacken kann. Das übrige Gepäck schickt ihr deine Frau nach, an die Adresse von Professor Marks.«

»Und – sie wird nie zu uns zurückkehren?«

Der Justizrat faßte des Freundes Hand.

»Mein lieber Freund, ich kann euch nachfühlen, wie schwer es euch sein wird, euch von Romana zu trennen; aber wir dürfen nicht an uns denken. Und wenn Romana heiraten würde, hättet ihr euch doch auch von ihr trennen müssen.«

»Dann wüßten wir sie wenigstens glücklich, Walter.«

»Sie wird es ja mit Gottes Hilfe werden, und ihr werdet sie dann auch sicher zuweilen wiedersehen.«

»Und was soll nun aus ihrer Liebe zu Doktor Valberg werden?«

Der Justizrat sah eine Weile nachdenklich vor sich hin. Dann sagte er aufatmend:

»Wenn es sich wirklich bei beiden um eine ernste Neigung handelt, dann sollen sie sich auch eines Tages gehören. Du kannst dir doch denken, daß mir nichts ferner liegt, als Romana von dem Mann zu trennen, den sie liebt und dem wir sie nach deiner Ansicht anvertrauen können. Aber erst muß Romana jetzt schnell in Sicherheit gebracht werden für den Fall, daß die beiden Grafen Soblikoff wirklich in Berlin sind und vielleicht auch Bernd von Altdorf beobachten lassen. Doktor Valberg soll ja von dir Nachricht erhalten, ob er in deinem Hause verkehren darf oder nicht. Ich denke, sobald ich mit Romana abgereist bin, bittest du ihn zu dir und sagst ihm, daß ich mit Romana eine Reise, die schon geplant war, angetreten habe. Und du sagst ihm, daß ich nichts dagegen habe, wenn er sich – sagen wir in zwei Monaten – bei mir in Berlin einfindet, damit wir alles Nötige besprechen können. Vorher darf er um keinen Preis wissen, wo ich Romana hingebracht habe. Er muß, falls er seiner Absicht, Romana zu heiraten, treu bleibt, vorher alles erfahren und darf Romana nicht eher wiedersehen, als bis er weiß, was auf dem Spiel steht, wenn er Romana in die Nähe ihrer Angehörigen bringt. Ist er der Mann, den du in ihm siehst, dann werden wir eine wirksame Unterstützung an ihm finden. Bürgt er mir dafür, daß Romana bei ihm in treuester Hut ist, dann will ich mein Schützeramt gern in seine Hände legen. Und glaube mir, lieber Ernst, dann werde ich aufatmen. Aber wie gesagt, das alles soll er erst von mir in Berlin erfahren. Du sagst ihm nur, daß ich nicht gegen seine Verbindung mit Romana bin, sofern er nach zwei Monaten seinen Entschluß, sie zu heiraten, noch nicht geändert hat, und daß ich ihn dann in Berlin in meinem Büro erwarte, um alles weitere mit ihm zu besprechen.«

»Ich werde natürlich ganz nach deinen Wünschen handeln, Walter, und hoffe bestimmt, daß Doktor Valberg nach zwei Monaten sich bei dir einfinden wird.«

»Gut, wenn er sehr ungeduldig ist, kann er auch schon nach einem Monat kommen – bis dahin bin ich von meiner Reise zurück«, sagte der Justizrat lächelnd.

Und der Geheimrat lächelte auch, er sah nun doch einen Hoffnungsschimmer für Romana.

Die beiden Herrn besprachen noch mancherlei, bis sie zum Abendessen gingen.

Bei Tisch sagte dann der Justizrat zu Romana:

»Mein liebes Kind, ich hatte dir eine Reise versprochen. Freilich wollte ich diese Reise erst einige Wochen später antreten, aber nun halte ich es für nötig, daß wir sofort abreisen. Morgen früh mit dem ersten Zug verlassen wir Hornklippe. Du mußt noch heute abend deine notwendigsten Sachen zusammenpacken. Mama Dürkopp wird dir behilflich sein.«

Romana war bei diesen Worten totenbleich geworden. Mit großen Augen, in denen alle Lichter erloschen waren, sah sie zu dem alten Herrn hinüber.

»Ich soll fort von hier – morgen schon?« fragte sie heiser vor Erregung.

»Ja, mein liebes Kind, es muß sein!«

Sie versuchte weiterzusprechen – es ging nicht. Sie mußte erst die krampfhafte Erregung, die sie bei seinen Worten befallen hatte, niederzwingen.

Endlich aber rang es sich heiser über ihre Lippen:

»Ich soll fort? Soll das heißen, daß du es mir unmöglich machen willst, weiter mit Dr. Valberg zu verkehren?«

Über den Tisch hinüber faßte er ihre Hand.

»Romana, zum erstenmal fühle ich, daß du mir dein Vertrauen entziehen willst. Tu es nicht! Du würdest unrecht tun, du würdest es später sehr bereuen. Auch heute sage ich dir, ich tue nur, was dein Vater mir aufgetragen hat, und bitte dich, vertrauensvoll mit mir abzureisen.«

Sie sah ihn an, mit einem Blick, der ihn erschütterte.

»Wenn ich Doktor Valberg nicht wiedersehen darf,

Onkel Justizrat, dann werde ich sehr, sehr unglücklich sein. Erspare mir das, wenn du es vermeiden kannst.«

Er streichelte ihre Hand.

»Du sollst ihn wiedersehen, das will ich dir zum Trost sagen. Sei ganz ohne Sorge, unsere schnelle Abreise, die notwendig ist, hat nicht den Zweck, dich von Doktor Valberg zu trennen, sondern den, dich in Sicherheit zu bringen, weil die Gefahr, in der du schwebst, sich dir hier vielleicht nähern könnte. Sobald ich dich in Sicherheit weiß und wieder nach Berlin zurückgekommen bin, werde ich die Gelegenheit wahrnehmen, mit Doktor Valberg zu reden. Liebt er dich, wie wir hoffen und wünschen, so treu und stark, daß er so wenig von dir lassen will wie du von ihm, dann soll eurer Liebe Erfüllung werden. Laß mir Zeit, alles in die Wege zu leiten, so daß ich dich ohne Sorge in seine Obhut geben kann. Papa Dürkopp wird ihm, wenn wir morgen fort sind, sagen, daß ich ihn nach meiner Rückkehr in Berlin erwarte. Alles andere überlasse vertrauensvoll mir!«

Forschend sah Romana in sein Gesicht. Seine guten Augen verscheuchten die Angst, daß man sie um jeden Preis von Gunter trennen wollte. Sie atmete auf und fragte hastig:

»So verbietet das Geheimnis, das über meinem Leben steht, mir nicht, Gunter Valbergs Frau zu werden?«

»Nein, mein armes liebes Kind, da sei Gott vor! Im Gegenteil, es wird uns allen lieb sein, wenn du von einem treusorgenden Gatten beschützt und behütet wirst. Habe nur noch ein Weilchen Geduld!«

»Ich darf ihn aber vor unserer Abreise nicht wiedersehen?«

»Nein, das muß um jeden Preis vermieden werden. Bevor ich nicht in Berlin mit ihm gesprochen habe – ich muß ihn dann in dein Geheimnis einweihen –, darfst du nicht wieder mit ihm zusammenkommen. Später wirst du dann alles verstehen.«

»Aber wenn er mich nicht mehr findet – was soll er dann über mich denken?«

»Ich werde ihm sagen, Romana, daß du nicht anders hast handeln können und – daß du auf ein Wiedersehen mit ihm hoffst, sobald alles geklärt ist«, warf hier der Geheimrat ein.

Romana sah langsam von einem zum andern, und in den Augen dieser drei Menschen sah sie nur Sorge und Liebe. Sie wurde ruhiger und überlegte eine Weile. Dann kam wieder Glanz in ihre Augen, und nach wenigen Minuten sagte sie aufatmend:

»Ich werde vertrauensvoll mit dir gehen, Onkel Justizrat. Ihr drei könnt ja nur mein Bestes wollen.«

Die drei Menschen atmeten auf und nickten Romana erlöst zu.

Romana fragte nun ganz gefaßt, wohin sie mit Onkel Justizrat reisen werde. Er erwiderte ihr aber, daß sie das erst morgen auf der Reise erfahren werde. Ein Schatten flog über Romanas Gesicht, aber sie faßte sich schnell.

Das erste aber, was sie tat, als sie ihr Zimmer erreicht und hinter sich abgeschlossen hatte, war, daß sie sich an ihren Schreibtisch setzte und einen Brief an Gunter schrieb:

Mein lieber Gunter!

Von meinem Vormund, der heute angekommen ist, hörte ich soeben, daß er morgen früh mit dem ersten Zug mit mir von Hornklippe abreist. Ich fürchte, daß ich nicht nach Hornklippe zurückkehren werde, und weiß, daß ich Dich vor meiner Abreise nicht wiedersehen darf. Auch weiß ich das Ziel unserer Reise nicht. Aber man hat mir gesagt, daß ich Dir eines Tages angehören darf, wenn unsere Liebe bestehen bleibt. Lieber, Du

– es schwebt ein Geheimnis über meinem Leben, man sagt mir, ich sei von Gefahren bedroht und müsse in Sicherheit gebracht werden. Warum man mich deshalb auch von Dir trennt, weiß ich nicht. Aber ich muß gehorchen, und ich will es auch, denn man hat mir immer so viel Liebe und Sorgfalt erwiesen, daß es undankbar wäre, wollte ich mißtrauen. Mein Vormund handelt nach Weisungen meines verstorbenen Vaters. An meinem fünfundzwanzigsten Geburtstag soll ich erfahren, was bisher dunkel über meinem Leben steht. Wenn ich mich aber früher verheirate, soll ich an meinem Hochzeitstag schon alles zu hören bekommen.

Wirst Du mich lieb behalten, bis wir uns wiedersehen? Und wann wird das sein? Ich werde immer, immer an Dich denken, und der Gedanke an Dich wird mir ein Trost sein. Vergiß mich nicht – o vergiß mich nicht! Von Geheimrat Dürkopp wirst Du morgen erfahren, was über uns beschlossen wurde. Dieser Brief wird vielleicht erst morgen nachmittag in Deinen Händen sein, denn unser Postkasten wird erst morgen früh geleert. Ich schleiche mich aus dem Haus, um diese Zeilen zum Postkasten zu bringen. Ich kann doch nicht fort von hier, ohne Dir noch ein Wort gesagt zu haben. Ich liebe Dich und weiß, daß auch Du mich liebhast von ganzem Herzen. Wie glücklich macht mich der Gedanke, daß es einen Menschen gibt, zu dem ich gehöre, der mir alles, alles sein wird. Es darf doch nicht sein, daß ich Dich, den ich kaum gefunden habe und der doch mein ganzes Lebensglück in den Händen hält, wieder verlieren soll. So grausam kann das Schicksal nicht sein. Auf Wiedersehen, mit Gottes Hilfe auf baldiges Wiedersehen!

Deine – Deine Romana

Den Brief in der Tasche, schlich Romana die Treppe hinunter. Sie hörte im Wohnzimmer ihre Pflegeeltern mit dem Justizrat plaudern und stahl sich leise aus dem Haus.

Der einzige Briefkasten des Dorfes war unweit der Villa Elisabeth angebracht, und es dauerte nur einige Minuten, bis Romana wieder zurück war und aufatmend in ihr Zimmer trat. Mit einer jauchzenden Glückseligkeit fühlte sie trotz aller Trennungsnot, daß Gunters Herz ihr für immer gehöre. Er würde sie bestimmt nicht vergessen, würde nach einigen Wochen mit Onkel Justizrat sprechen, und dann würde alles gut werden.

Freilich tat ihr das Herz bei dem Gedanken, daß sie Gunter jetzt lange Zeit nicht wiedersehen würde, sehr weh. Aber sie sagte sich, um so herrlicher würde dann das Wiedersehen mit ihm sein.

Schnell packte sie nun ihre Sachen für die Reise.

Als sie noch damit beschäftigt war, rief die Geheimrätin nach ihr, ob sie allein fertig werde. Romana erwiderte, sie sei schon gleich fertig und werde dann noch einmal hinunterkommen.

Als Romana in das Wohnzimmer trat, sah sie, daß die Geheimrätin geweint hatte.

Sie warf sich in die Arme der alten Dame.

»So gern bliebe ich bei dir, Mama Dürkopp«, sagte sie leise.

Die alte Dame streichelte ihr das Haar.

»Ich weiß, mein Kind. Was gäbe ich darum, dürfte ich dich halten.«

Auch der Geheimrat war schmerzlich bewegt und zog Romana neben sich nieder.

»Nun wird es still und sonnenarm für uns zwei alten Leute, Romana.«

Sie sah ihn forschend an.

»Werde ich nicht eines Tages zu euch zurückkehren dürfen?«

Er lächelte resigniert.

»Wenn du es einst kannst, wirst du es nicht mehr wollen, denn dann wirst du, will's Gott, eine schönere Heimat gefunden haben – an der Seite eines geliebten Gatten.«

Sie schmiegte ihre Wange an seine Hand.

»Dann werde ich euch aber sehr oft in Hornklippe besuchen, und ihr müßt auch zu mir kommen, das versprecht mir nur gleich.«

»Gern tun wir das, mein liebes Kind.«

Man saß noch ein Stündchen beisammen. Dann ging man zur Ruhe. Die Geheimrätin begleitete Romana in ihr Zimmer und umgab sie mit mütterlicher Zärtlichkeit. Wie so oft flocht sie Romanas langes, schweres Haar in zwei dicke Flechten und sagte ihr viel Liebes und Gutes. Und als das Haar in glatten Zöpfen über Romanas Schultern hing, sprang diese plötzlich auf und warf sich in die Arme der alten Dame.

»Ich will nicht von dir scheiden, du Liebe, Gute, ohne dir gebeichtet zu haben, daß ich Gunter Valberg noch einmal gesehen habe, nachdem er hier im Hause war. Wir waren beide, ohne es zu wissen, von unserer Sehnsucht zur Düne an der Hornklippe getrieben worden und standen uns ganz unvorbereitet gegenüber. Und da haben wir uns gesagt, wie lieb wir uns haben und – ein einziges Mal haben wir uns geküßt. Ich glaubte, ich könnte mit keinem Menschen darüber sprechen, aber heute zum Abschied muß ich es dir sagen. Dir kann ich es nicht verheimlichen. Und, nicht wahr, eine Liebe wie die unsere, die von Gott in unsere Herzen gelegt wurde, so daß sie gleich so groß und stark war, die kann nicht vergehen? Und wenn er traurig ist, wenn er zu euch kommt, dann tröste ihn, du kannst das so fein, du Liebe; sei gut zu ihm!«

Die alte Dame zog das junge Mädchen liebevoll an sich.

»Mein liebes Kind, ich hoffe, daß noch alles gut wird. Der liebe Gott muß doch endlich Erbarmen mit dir haben und alles licht und klar gestalten, was bisher dunkel und schattenhaft war. Sei gewiß, ich werde Doktor Valberg alles sagen, was ich sagen darf.«

»Grüße ihn vieltausendmal von mir!« bat Romana aufschluchzend.

Tiefbewegt schloß sie die alte Dame in die Arme.

»Alles will ich ihm sagen, was ihn trösten kann, mein liebes Kind!«

Romana schluchzte sich in ihren Armen allen Kummer von der Seele. Liebevoll brachte sie die Pflegemutter zu Bett und ließ sie dann allein.

Seufzend ging sie darauf zu ihrem Gatten in das Schlafzimmer und sagte kummervoll:

»Weißt du, Ernst, es ist gar nicht gut, wenn man sein Herz so fest an einen Menschen hängt. Bisher ist es mir immer sehr leid gewesen, daß wir keine Kinder haben, aber glaube mir, heute bin ich froh darüber. Denn wenn ich eine Tochter gehabt hätte und ich hätte sie an einen Mann geben müssen, wie ich ja auch Romana jetzt hergeben muß, das hätte ich gar nicht ertragen können. Tut mir doch das Herz schon so weh, weil ich mein Pflegetöchterchen hergeben muß. Wieviel weher muß es tun, wenn man sein eigenes Kind fortgeben muß.«

Sie brach in Tränen aus, und der alte Herr mußte sie trösten, obwohl er selbst auch recht trostbedürftig war.

In dieser Nacht schlief in Villa Elisabeth außer dem alten Friedrich und dem kleinen Dienstmädchen niemand ruhig und sorglos. Das geheimrätliche Ehepaar rang mit seinem Trennungsschmerz um Romana; der Justizrat zergrübelte sich den Kopf, wie er am besten für Romanas Sicherheit sorgen könnte; und Romana kämpfte mit den ersten heißen Liebesschmerzen ihres jungen

Lebens und wäre am liebsten auf und davon gegangen zu Gunter Valberg, um in seinen Armen Schutz zu suchen gegen alles, was sich feindlich an sie herandrängen wollte.

Aber auch diese Nacht verging, und am andern Morgen schien die Sonne hell und verheißungsvoll. Romana wanderte nach schmerzlichem Abschied von den Pflegeeltern neben dem Justizrat und dem alten Friedrich, der das Gepäck trug, zur kleinen Bahnstation von Hornklippe. Romana war bei jedem Schritt zumute, als müsse Gunter Valberg irgendwo auftauchen, um sie in seine Arme zu nehmen und ihr zu sagen: »Du bleibst bei mir, ich lasse dich nicht fort!« Aber sosehr sie sich auch nach diesem erlösenden Wunder sehnte, es geschah nicht.

Die Pflegeeltern waren absichtlich nicht mit zur Station gegangen. Romanas Abreise sollte möglichst ohne Aufsehen vor sich gehen.

Der Zug rollte langsam heran, als sie die Station erreicht hatten. Friedrich hob das Gepäck hinein, bekam das übliche noble Trinkgeld von dem Justizrat und einen festen, warmen Händedruck von Romana.

Als sich der Zug in Bewegung setzte, stürzten die Tränen aus Romanas Augen, die sie so lange tapfer zurückgehalten hatte. Der Justizrat ließ sie ruhig gewähren, bis sie selbst ihre Fassung wiedergewann. Sie waren allein im Abteil, niemand störte sie.

7

Gunter Valberg wäre am liebsten gestern auch wieder nach Hornklippe gegangen; aber er sagte sich, daß Romanas Vormund angekommen sei und sie sicher nicht das Haus verlassen könne. So bezwang er sich in der Hoffnung, bald Nachricht zu bekommen.

Zu derselben Zeit, da Romana weinend im Zug saß, erhob sich Gunter. Er kleidete sich an, nahm dann mit Bernd das Frühstück ein und ging mit ihm zum Baden. Nach dem gemeinsam eingenommenen Mittagessen saßen dann die beiden Freunde, weil Gunter das Haus nicht verlassen wollte, um eine etwaige Nachricht nicht zu verpassen, auf der Veranda und rauchten eine Zigarre. Sie plauderten schläfrig ein wenig, denn das Sonnenbad hatte sie müde gemacht. Aber plötzlich sprang Gunter auf und beugte sich so hastig über die Brüstung hinweg, daß Bernd ihn erschrocken festhalten wollte. Er hatte unten den alten Friedrich erblickt.

»Wollen Sie zu mir?«

Friedrich sah auf diesen Anruf empor.

»Ja, Herr Doktor, ich bringe Ihnen einen Brief des Herrn Geheimrats.«

»Kommen Sie herauf!«

Aber Gunter lief dem alten Diener schon entgegen, nahm ihm auf der Treppe den Brief ab und riß ihn auf. Er enthielt nur wenige Worte.

Sehr geehrter Herr Doktor!

Es würde mich freuen, wenn Sie mich baldigst aufsuchen wollten, ich habe Ihnen einiges zu sagen.

Mit ergebenem Gruß

Ihr Ernst Dürkopp

Gunter atmete auf. Gottlob, dies fürchterliche Abwarten, das seiner tatkräftigen Natur zuwider war, hatte ein Ende! Seine Augen leuchteten auf, Friedrich bekam ein fürstliches Trinkgeld, und Gunter sagte erregt:

»Melden Sie dem Herrn Geheimrat, daß ich Ihnen auf dem Fuß folge, ich will mich nur umkleiden.«

Friedrich trollte sich vergnügt. Heute war ein guter Tag für ihn. So fürstliche Trinkgelder war er in Hornklippe nicht gewöhnt.

Gunter kehrte zu Bernd zurück.

»Ich gehe nach Hornklippe, Bernd«, sagte er, den Brief schwingend. »Du wirst guttun, dich Fräulein Rosa Mertens zu nähern, damit du nicht zu sehr unter der Langeweile zu leiden hast. Es tut mir leid, dich allein lassen zu müssen, aber du weißt, um was es geht.«

»Auf mich darfst du keine Rücksicht nehmen, Gunter, und damit du dir nicht ähnliche Gewissensbisse machst wie ich, will ich dir sagen, daß ich jetzt erst ein Stündchen Siesta halte und vor mich hin döse und dann zur Kurmusik gehe, um mich mit Fräulein Rosa Mertens zu treffen. Ich habe das heute vormittag mit ihr verabredet.«

»Also sie hat dich gnädig wieder aufgenommen?«

»Jawohl, und sie hat etwas weniger von der Versklavung der Frau gesprochen und mich gefragt, ob es mir etwas ausmache, wenn ich sie ihren Bekannten gegenüber als Base ansehen wolle. Es werde in der Pension gleich geklatscht, wenn sie mal mit einem Herrn spazierengehe, und sie wolle mich deshalb, sobald wir auf der Kurpromenade diesen Herrschaften begegnen, als ihren Vetter vorstellen.«

Gunter lachte.

»Ach, ich weiß schon: Was man nicht deklinieren kann, das sieht man als Kusinchen an! Na, viel Vergnügen zu dieser Vetternschaft«, sagte er.

Bernd schüttelte mit tragikomischer Gebärde sein blondes Haupt.

»Ich weiß nicht, Gunter, ich habe diesmal kein Glück bei den Frauen. Die eine brennt mir mit meiner wohlgefüllten Banknotentasche durch, die andere will mit ihrer Tante nach Italien reisen.«

»Fräulein Mertens?«

»Ja, sie wartet nur noch auf die telegrafische Nachricht von ihrer Tante, um sich mit ihr in Berlin zu treffen. Dann bin ich wieder allein, und da du wahrscheinlich Minnedienst haben wirst, bleibt mir nichts anderes übrig, als mich von neuem unter den Töchtern des Landes umzusehen, ob eine fein und lieblich genug ist, mich zu trösten.«

»Tu das, mein lieber Bernd. Und vorläufig hast du ja heute ›Vetternpflichten‹ zu erfüllen, die dir hoffentlich recht gut zu Gesicht stehen. Vergiß nur bei alledem nicht, daß die Verwandlung eines Schmetterlings in ein Kamel sehr schmerzhaft sein kann.«

»Ich vergesse es sicher nicht. Dir aber, mein lieber Gunter, möchte ich auch noch ein Sprüchlein mit auf den Weg geben, dasselbe, das Georg Frundsberg zu Martin Luther sagte: ›Mönchlein, Mönchlein, du gehst einen schweren Gang!‹«

Gunter warf den Kopf zurück.

»Der Weg ins Glück kann kein schwerer Gang sein.«

»Er kostet dich die Freiheit, mein Lieber!«

»Ich gebe sie freudig hin für ein Lächeln meiner Romana.«

Bernd von Altdorf zuckte beim Nennen dieses Namens betroffen zusammen.

»Von wem?«

»Von Romana Harland, so heißt meine Braut.«

»Ach so! Sie heißt Romana mit Vornamen?«

»Ja, wundert dich das?«

Bernd sah plötzlich sehr ernst aus.

»Dieser Name, er ist sehr selten, aber in unserer Familie kommt er vor, deshalb stutzte ich.«

»Findest du nicht, daß er wunderbar zu meiner Braut paßt?«

Bernd hatte die ernste Stimmung schon wieder abgeschüttelt.

»Seltene Blumen müssen seltene Namen haben, ich halte es vorläufig mit der Rose, fängt auch mit R und 0 an. Aber nun laß dich nicht aufhalten.«

Gunter ging in sein Zimmer, um sich umzukleiden. Aber ehe er damit fertig war, kam die Nachmittagspost, und er erhielt einen Brief – Romanas Brief.

Da er ihre Schrift nicht kannte, sah er erst eine Weile befremdet darauf nieder. Aber dann riß er den Brief auf und las – und ausgelöscht war das Leuchten seiner Augen. Romana war fort? Abgereist mit ihrem Vormund? Und wußte nicht einmal, wohin dieser sie brachte? Das geschah doch nur, um sie von ihm zu trennen. Warum tat man das? Warum entzog man ihm, der doch die ehrlichsten Absichten hatte, die Geliebte? Was lag da zugrunde? Ein Geheimnis schwebte über ihrem Leben. Das hatte ihm doch auch schon der Pensionsinhaber damals angedeutet. Um sie einer Gefahr zu entziehen, hätte sie der Vormund fortgebracht? War das nicht vielleicht nur ein Vorwand, um sie zu bestimmen, abzureisen? Hatte man ihr deshalb vielleicht nur zum Trost gesagt, daß sie ihm eines Tages angehören werde?

Hundert Fragen jagten durch seinen Kopf, und eine heiße Angst überkam ihn, daß man ihn von Romana für immer trennen wolle. Aber dann warf er den Kopf in den Nacken. Das sollte man nur probieren! Er würde sie zu finden wissen und sie sich erobern gegen die feindlichsten

Mächte! Er war kein schwaches, gutgläubiges Mädchen, ihm gegenüber durften sie nicht hinterhältig sein. Und jetzt wollte er erst einmal zu dem Geheimrat hinübergehen und hören, was für eine Nachricht dort auf ihn warte.

Mit bebenden Händen beendete er das Ankleiden. Er nahm sich nicht Zeit, noch einmal mit Bernd zu sprechen. Inbrünstig drückte er Romanas Brief an die Lippen und steckte ihn zu sich. Dann eilte er davon. Von unten herauf rief er Bernd noch einen Gruß zu. Dieser beugte sich über die Brüstung der Loggia.

»Glück auf den Weg!« rief er ihm nach.

Dieser Zuruf tat Gunter weh. Glück auf den Weg! Wo er Romana nicht finden sollte?

Nein, Glück war in Zukunft für ihn nur auf den Wegen, die er mit Romana beschreiten konnte!

Und er schritt so hastig aus, daß er dicht hinter dem alten Friedrich die Villa Elisabeth betrat. Der alte Diener ließ ihn wieder in das Empfangszimmer treten. Der Geheimrat aber öffnete die Tür zum Wohnzimmer und sagte freundlich:

»Bitte kommen Sie hier herüber, Herr Doktor, meine Frau sitzt hier bei einer Näharbeit und möchte auch dabei sein, wenn wir uns unterhalten.«

Unfähig, sich länger zu beherrschen, trat Gunter ein und rief erregt:

»Romana ist abgereist! Warum?«

Die alten Herrschaften sahen ihn forschend an.

»Woher wissen Sie das bereits?« fragte der Geheimrat.

Gunter reckte sich drohend empor.

»Von Romana selbst – sie schrieb es mir!«

Der Geheimrat wußte zwar von seiner Gattin, was Romana ihr über die letzte Begegnung mit Gunter gebeichtet hatte, aber er fragte, Gunter scharf und durchdringend ansehend:

»Wie kam meine Pflegetochter dazu, an Sie zu schreiben, und wie kommen Sie dazu, sie beim Vornamen zu nennen?«

Gunter hielt frei und offen seinen Blick aus.

»Sie wissen nicht, Herr Geheimrat«, sagte er etwas ruhiger und beherrschter, »daß ich mit Romana noch einmal zusammentraf, nachdem ich bei Ihnen gewesen war. Ganz zufällig trafen wir uns und waren so überrascht durch das Zusammentreffen, daß wir nicht Zeit fanden, uns hinter einem konventionellen Ton zu verstecken. Wir haben uns in jener Stunde verlobt, und da sie mündig ist, kann mir kein Vormund der Welt verbieten, sie zu meiner Frau zu machen.«

Der Geheimrat sagte sich in diesem Augenblick, wie weise sein Freund Harland gewesen war, daß er Romana nicht das Reiseziel verraten hatte. Sonst hätte sie es sicher Doktor Valberg mitgeteilt. Aber daraus, daß Romana heimlich an Gunter geschrieben hatte, merkte der alte Herr, wie fest die beiden jungen Menschen schon zusammenhielten und zusammengehörten. Ganz im stillen freute er sich darüber, und es flog ein feines Lächeln über seine Züge. Begütigend legte er die Hand auf Gunters Arm.

»Nun beruhigen Sie sich erst mal, Herr Doktor, und sehen Sie uns nicht so feindlich an. Ich versichere Ihnen, daß sich niemand so sehr auf Ihre Hochzeit mit Romana freuen wird wie wir beiden Alten. Es will auch gar kein tyrannischer Vormund Hindernisse zwischen Ihnen und Romana aufbauen. Bitte, setzen Sie sich einmal ruhig zu uns und hören Sie mich an. Romanas Vormund, der Justizrat Harland, hat unsere Pflegetochter, wahrlich auch zu unserem Leidwesen, nur von Hornklippe entfernt, weil er in ihrem ferneren Bleiben hier eine Gefahr für sie sah. Es schwebt ein Geheimnis über ihrem Leben, und seit Jahren haben wir, der Justizrat und wir zwei, alles getan, was wir tun konnten, um sie vor dieser Gefahr zu behüten, die vielleicht ihr Leben bedroht. Weil diese Gefahr durch einen Zufall wieder besonders drohend geworden ist, mußte Romana erst einmal in Sicherheit gebracht werden. Ich bitte Sie in Romanas Interesse, diese Mitteilung streng vertraulich zu behandeln. Diese Reise war schon vor Ihrem Auftauchen geplant, und sie mußte unter allen Umständen ihren Aufenthalt ändern. Justizrat Harland, mein Freund, hat mich ermächtigt, Ihnen mitzuteilen, daß er Ihrer Verbindung mit seinem Mündel durchaus nicht im Wege stehen will, wenn sich Ihre beiderseitigen Gefühle nicht ändern. Sobald er von seiner Reise zurückgekehrt ist, was in etwa sechs Wochen, vielleicht auch schon früher, geschehen wird, ist er bereit, Sie in seinem Büro zu empfangen und alles weitere mit Ihnen zu besprechen. Mehr, mein lieber Herr Doktor, kann ich Ihnen in dieser Angelegenheit nicht sagen.«

»Aber ich, Herr Doktor!« rief Frau Elisabeth Dürkopp in ihrer impulsiven Art. Und sie berichtete ihm ihr Gespräch mit Romana, in dem diese sie gebeten hatte, Gunter zu trösten, wenn er traurig sein würde.

»Das möchte ich so gern tun, Herr Doktor«, fuhr sie fort, »denn ganz offen, es würde mich freuen, wenn zwei Menschen, die der liebe Gott so offensichtlich füreinander geschaffen hat, zusammenkommen würden. Das müßte schon zur Freude anderer Menschen geschehen. Ich will gar nicht vernünftig davon sprechen, daß Sie einander viel zu wenig kennen, ich selbst bin sehr impulsiv, und bei mir gibt es auch immer nur Sympathien und Antipathien auf den ersten Blick. Es ist bei mir gar kein Wunder, daß Ihre Herzen einander so im Sturm entgegengeflogen sind. Meine kleine Romana hat den Instinkt eines klugen Kindes und hat in Ihnen gleich den wertvollen Charakter erkannt. Und Sie – nun, Sie haben in Romana das Kleinod erkannt, das sie ist. Und so sage ich Ihnen aus vollem, warmem Herzen heraus: Halten Sie fest an Ihrer Liebe! Eines Tages wird Romana Ihnen angehören können, und – das möchte ich gern erleben, wenn ich auch leider nichts dazu tun kann, Sie zu vereinigen.«

Gunter war unter den gütigen Worten der alten Dame ruhiger geworden. Er küßte ihr die Hand und reichte auch dem Geheimrat impulsiv die Rechte. Daß diese beiden Menschen ohne Arg waren, erkannte er sehr wohl. Aber er konnte leider nicht im gleichen Maß davon überzeugt sein, daß auch dieser Justizrat Harland ein ehrliches Spiel trieb. Wie nun, wenn er eigennützige Gründe hatte, Romana vor ihm zu verbergen, ihn hinzuhalten in der Hoffnung, daß er Romana vergessen könne oder sie ihn? Vielleicht wollte er ihn auch durch die Hoffnung, daß er sich Romana eines Tages erringen könne, nur davon abhalten, ihrer Spur zu folgen? Er kannte diesen Justizrat Harland nicht, wußte nicht, ob er ein Ehrenmann war oder das Gegenteil. Und sein Herz zitterte vor Sehnsucht nach Romana. Er fürchtete, man könne sie beeinflussen, von ihm zu lassen, und war in Angst und Sorge, was man mit ihr vorhatte.

Ach, was für kummervolle Gedanken wirbelten ihm im Kopf herum! Sein Schmerz um das Verschwinden der Geliebten machte ihn unfähig, mit der geringsten Sympathie an Justizrat Harland zu denken. Er sah in ihm seinen Feind, der sich zwischen ihn und sein Glück stellte. Trotzdem gab er sich jetzt den Anschein, überzeugt zu sein und abwarten zu wollen, obwohl er sich sogleich vornahm, ohne Zögern die Verfolgung der beiden aufzunehmen. Er entschuldigte seine Heftigkeit und fragte dann:

»Wollen und dürfen Sie mir wenigstens sagen, Herr Geheimrat, wohin sich Justizrat Harland mit Romana gewandt hat?«

»Es tut mir leid, Ihnen darüber jede Aussage verweigern zu müssen.«

Wieder fuhr Gunter zornig auf.

»Ich verstehe diese Geheimniskrämerei mir gegenüber überhaupt nicht, verstehe überhaupt nicht, was für eine Gefahr hier in diesem stillen Fischerdorf Romana drohen soll.«

Trotz allem gefiel den beiden alten Herrschaften dieser heiße Zorn des jungen Mannes, und der Geheimrat sagte nun wieder begütigend:

»Das können Sie auch nicht verstehen. Aber Sie werden alles begreifen, wenn Justizrat Harland erst mit Ihnen über alles gesprochen hat.«

Gunter war nicht überzeugt, aber er hatte sich nun wieder in der Gewalt und fragte:

»Also, Herr Justizrat Harland wohnt in Berlin. Wie ist seine Adresse?«

»Das Büro befindet sich in der Dorotheenstraße 10.«

»Und wann denkt er zurück zu sein?«

»Spätestens in sechs Wochen, wahrscheinlich aber schon früher.«

»Gut – ich werde warten. Aber sagen Sie mir, wie kommt es, daß Romana ebenfalls Harland heißt, wie ihr Vormund? Ist er außerdem noch verwandt mit ihr?«

Einen Augenblick zögerte der alte Herr. Dann sagte er ruhig: »Ich kann Ihnen diese Frage auch nicht positiv beantworten, deshalb bitte ich Sie, mir die Antwort zu erlassen. Auch darauf wird Ihnen Justizrat Harland Antwort geben.«

Gunter schüttelte den Kopf.

»Rätsel über Rätsel! Aber jedenfalls danke ich Ihnen,

meine verehrten Herrschaften, daß Sie mir so liebenswürdig entgegengekommen sind. Ihre tröstenden Worte, verehrte gnädige Frau, haben mir sehr wohlgetan in all meinem Kummer. Sollte es Ihnen vergönnt sein, Romana eine Nachricht zukommen zu lassen, so bitte ich Sie inständig, ihr mitzuteilen, daß ich niemals von ihr lassen und nicht einen Augenblick aufhören werde, daran zu denken, wie ich sie mir erringen kann. Ich sage Ihnen ganz offen, will man mich daran hindern, Romana zu meiner Frau zu machen, dann werde ich es auf den härtesten Kampf ankommen lassen.«

Der Geheimrat drückte ihm mit warmem Blick die Hand.

»Diese Kampfstimmung heben Sie sich auf gegen Romanas Feinde, gegen ihre Freunde und Beschützer werden Sie sie nicht nötig haben.«

Mit großen Augen sah Gunter ihn an.

»Sie und Ihre Frau Gemahlin sind bestimmt Romanas Freunde, das fühle ich. Es ist doch überhaupt nicht auszudenken, daß so ein holdes Geschöpf Feinde hat. Wenn sie wirklich welche hat, dann sind sie auch meine Feinde, und wehe ihnen, wenn ich sie kennenlerne. Aber nun will ich Sie nicht länger stören.«

»Sie stören uns nicht, Herr Doktor«, sagte Frau Elisabeth.

Er atmete tief und schwer.

»Ich möchte, offen gesagt, allein sein. Romanas Verschwinden hat mich tief bedrückt. Ich muß erst mein Gleichgewicht wiederfinden.«

»Werden wir Sie noch einmal wiedersehen, ehe Sie von Swinemünde abreisen?«

»Zürnen Sie mir nicht, wenn ich nicht wiederkomme. Ich möchte nicht noch einmal die Stätte betreten, an der Romana nicht mehr weilt. Möglich auch, daß ich nun meinen Aufenthalt in Swinemünde sehr kurzfristig abbreche, die Ostsee ist mir verleidet.«

Daß er schon den festen Vorsatz hatte, sofort von Swinemünde abzureisen, um Romanas Spur zu verfolgen, verschwieg er wohlweislich.

In tiefes, schmerzliches Sinnen verloren, ging Gunter wieder nach Swinemünde zurück. Immer wieder mußte er darüber grübeln, weshalb der Justizrat Romana so plötzlich aus Hornklippe entfernt hatte und in welchem Verhältnis sie überhaupt zu ihm stand, daß er jetzt noch so viel Gewalt über sie hatte. Die Macht des Vormundes über sein Mündel erlischt doch mit ihrem einundzwanzigsten Jahr, und Romana war fast dreiundzwanzig Jahre alt. Im Oktober war ihr Geburtstag, wie sie ihm eines Tages gesagt hatte. Und sie mußte sich ihrem Vormund fügen wie ein willenloses Kind! Stand sie vielleicht noch in einem verwandtschaftlichen Verhältnis zu ihm, oder war sie in pekuniärer Abhängigkeit von ihm? War der Justizrat vielleicht ein Betrüger, der es aus irgendeinem Grund verhindern wollte, daß Romana sich verheiratete, vielleicht weil sie ein eigenes Vermögen besaß, das er verwaltete und nicht herausgeben wollte?

Ach, auf was für Gedanken kam Gunter in dem schmerzlichen Grimm seines Herzens. Irgend etwas mußte doch den Vormund dazu veranlassen, denn auf die Versprechungen gab Gunter in seinem Groll nicht viel.

Sehnsuchtsvoll der fernen Geliebten gedenkend, überlegte er nun hin und her, wie er ihre Spur verfolgen sollte. Daß es geschehen würde, stand bei ihm fest. Er würde sogleich abreisen und in Berlin erst einmal auf diplomatische Art zu ergründen versuchen, wohin der Justizrat gereist war. In seinem Büro mußte das doch zu erfragen sein. Er legte sich einen richtigen Plan zurecht, während er den langen Weg zurücklegte, und als er in Swinemünde ankam, stand es bei ihm fest, daß er am nächsten Morgen abreisen würde, denn heute ging kein Zug mehr nach Berlin.

Da er Bernd noch bei der Kurmusik wähnte, die ihre letzten Stücke spielte, schlenderte er den Strand entlang, um ihn zu suchen. Er entdeckte ihn auch in der Menge – an der Seite einer hübschen jungen Dame mit modernem Bubikopf. Sie gingen auf und ab und schienen eifrig in ihre Unterhaltung vertieft. Gunter setzte sich abseits auf eine Bank und wartete, bis das Konzert zu Ende gehen würde. Seinen Gedanken nachhängend, beobachtete er unwillkürlich Bernd und die junge Dame, die eine der elegantesten Erscheinungen war. Und da fiel ihm plötzlich auf, daß zwei Herren, etwa Anfang der Vierzig, sich immer dicht hinter Bernd und Rosa Mertens hielten und, wenn sie getrennt wurden, immer schnell so manövrierten, daß sie wieder hinter die beiden jungen Leute kamen. Gunter konnte sich das Gebaren der beiden Herren nur so erklären, daß sie sich vielleicht in irgendeiner Weise für Fräulein Mertens interessierten. Vielleicht waren es ehemalige Verehrer der jungen Dame, die nun etwas eifersüchtig auf Bernd waren. Denn ihre Mienen verrieten entschieden eine gewisse Feindseligkeit. Wenn seine Vermutung übrigens stimmte, dann konnte er sehr wohl verstehen, daß Fräulein Mertens sich lieber von dem hübschen und amüsanten Bernd den Hof machen ließ als von den beiden Verfolgern, die wenig sympathische Gesichter hatten. Außerdem waren es zwei Russen, wie Gunter wußte, denn er hatte sie schon in den letzten Tagen einige Male in der Nähe der Pension gesehen. Dabei hatte er einmal einen Bruchteil ihrer Unterhaltung aufgefangen; sie hatten russisch gesprochen. Gunter und

Bernd beherrschten beide die russische Sprache vollkommen. Vor dem Krieg galt Rußland als Eldorado für junge Ingenieure, und Bernd hatte stets für die russische Sprache etwas übrig gehabt. Gunter hatte sich seinen Sprachstudien angeschlossen, weil er überhaupt großes Interesse für fremde Sprachen hatte. So beherrschte er außer Russisch noch Italienisch, Französisch und Englisch. Mit Bernd übte er sich fleißig in all diesen Sprachen.

Gunter hatte also verstanden, was die beiden Russen zueinander sagten:

»Man kann nicht wissen, Gregor, ob er nicht gerade hier im Seebad unverfänglich mit ihr zusammentreffen will, irgendwo müssen sie doch miteinander Fühlung nehmen«, hatte der eine gesagt, und der andere hatte darauf erwidert:

»Ich fürchte, Michael, du bist wieder, wie so oft, auf der falschen Fährte. Sie würde viel lieber mit seiner Mutter zusammentreffen.«

»Vielleicht erscheint ihr das gefährlicher, denn daß man ihr eingeschärft hat, uns zu fürchten, ist doch sicher.«

Weiter hatte Gunter nichts gehört. Aber diese Sätze hatte er sich deshalb so gut gemerkt, weil er sie gewissermaßen in seinem Gedächtnis wie eine russische Lektion immer wiederholt hatte, bis er sie auswendig wußte. Sie kamen ihm auch jetzt wieder in den Sinn, und er fragte sich, ob sie damals vielleicht über Rosa Mertens gesprochen hatten. Er wußte nicht, was ihn zwang, diesen beiden Herren sein besonderes Interesse zuzuwenden. Durch die reine Aussprache und ihre Ausdrucksweise verrieten sie sich als Angehörige der gebildeten Stände. Auch trugen sie sich elegant und hatten anscheinend gute Manieren. Er hatte die beiden Russen einige Tage nicht wiedergesehen, da er viel in Hornklippe war, und nun erwachte, ohne daß er dafür einen Grund hätte angeben können, sein besonderes Interesse für sie. Er vertiefte sich in seine Beobachtungen und stellte fest, daß sie nicht nur unsympathische, sondern auch lasterhafte, verlebte Gesichter hatten und daß ihnen ein gewisses Etwas anhaftete, das zur Vorsicht riet.

»Bäderhyänen«, sprach er leise durch die Zähne. Und er ließ nun seine Blicke nicht mehr von ihnen, sah, daß sie sich immer weiter so bewegten, daß sie in der Nähe von Bernd und Fräulein Mertens blieben. Gunter hatte das unbestimmte Gefühl, daß er Bernd vor diesen beiden Menschen warnen müsse.

Nach einer Weile merkte er, daß Bernd und seine Begleiterin vor einer Gesellschaft von Herren und Damen stehenblieben. Anscheinend die Bekannten aus Fräulein Mertens Pension; denn sie schien Bernd vorzustellen. Ob sie ihn wirklich als ihren Vetter vorstellen würde? Die beiden Russen waren währenddessen dicht bei der Gesellschaft stehengeblieben, aber obgleich sie sich dabei den Anschein gaben, interessiert in die andere Richtung zu sehen, merkte Gunter doch, daß sie auf das lauschten, was neben ihnen in der Gruppe gesprochen wurde.

Gleich darauf entfernten sich die beiden Russen schnell, während sie aufgeregt miteinander zu sprechen schienen. Gunter erhob sich, wie von einer unwiderstehlichen Macht getrieben, und richtete es so ein, daß er in die Nähe der beiden Russen kam und scheinbar zufällig vor ihnen herschritt. Da gerade Pause im Konzert war, konnte er hören, was sie sprachen.

Ihr Gebaren war ihm so seltsam erschienen, daß er nicht widerstehen konnte, auf ihr Gespräch zu hören. So vernahm er folgende Worte:

»Es ist doch kein Zweifel mehr, Gregor, sie ist es! Wiederholt haben wir doch vernommen, daß sie ihn Vetter und er sie Kusinchen nennt!«

»Und sie ist blond und hat braune Augen, auch das stimmt, Michael. Wir scheinen endlich auf der richtigen Spur zu sein.«

»Das Alter kann auch stimmen, und unter einem anderen Namen muß sie sich doch die ganze Zeit verborgen haben, sonst hätten wir sie längst ausfindig gemacht.«

»Es ist höchste Zeit, daß wir endlich Oberwasser bekommen. Wenn sie heiraten würde, hätten wir neue Schwierigkeiten, das darf auf keinen Fall geschehen.«

»Und wenn sie Kinder bekäme, dann wäre es ganz aus.«

»Still doch, nicht so laut!«

»Eh! Es versteht uns hier doch kein Mensch.«

»Hast du gehört, daß sie in den nächsten Tagen nach Venedig reist?«

»Ja, das trifft sich gut, in Italien können wir leichter zum Ziel kommen. Jetzt nur ihre Spur nicht verlieren.«

Die Erregung, in der die beiden Russen sich zu befinden schienen, hatte sie ziemlich laut sprechen lassen, so daß Gunter jedes Wort vernommen hatte. Als sie nun schwiegen, wiederholte sich Gunter ihre Worte, wie neulich, immer wieder. Er wollte sie sich heute nicht nur einprägen wie eine Lektion, sondern er meinte, er müsse sich jedes Wort merken, weil es für Bernd irgendeine Bedeutung haben könne.

Die beiden Russen bogen nun von der Strandpromenade ab in eine Nebenstraße. Gunter folgte ihnen langsam, sie nicht aus den Augen verlierend. Und nach einer Weile sah er sie in eine der Pensionen eintreten, die in dieser Straße lagen. Unwillkürlich sah Gunter unauffällig nach dem Namen dieser Pension. Sie hieß Vineta. Es war keine Pension ersten, aber auch keine letzten Ranges.

Langsam schlenderte Gunter zum Strand zurück. Hier war inzwischen die Kurmusik zu Ende, und die Kurgäste hatten sich verlaufen. Auch von Bernd war keine Spur mehr zu sehen.

So ging Gunter zur Pension zurück. Während er hier auf den Freund wartete, zog er sein Notizbuch hervor und vermerkte genau, was die beiden Russen heute und neulich schon gesprochen hatten. Und dann, auf diese Notizen niedersehend, schüttelte er den Kopf. Was das nur alles heißen sollte? Es mußte doch irgendwie auf Bernd und Fräulein Mertens Bezug haben, denn Bernd hatte ihm doch lachend erzählt, daß Fräulein Mertens ihn als ihren Vetter vorstellen werde. Er mußte Bernd fragen, ob das geschehen war, ob er Fräulein Mertens beim Auf- und Abgehen Kusinchen genannt hatte und ob sie davon gesprochen hatte, daß sie nach Venedig reisen würde. Immerhin war das alles sehr seltsam, zumal die beiden Russen gesagt hatten, daß »sie« sich unter einem falschen Namen verborgen halte. Sollte Bernd wieder an eine Betrügerin geraten sein? Dieses Fräulein Mertens machte zwar durchaus keinen solchen Eindruck, wenn sie auch ein wenig emanzipiert wirkte, aber man konnte doch nicht wissen! Bernd mußte jedenfalls gewarnt werden.

Bei diesem kleinen Zwischenfall hatte Gunter für einige Zeit seinen Schmerz um das Verschwinden Romanas vergessen. Nun überfiel er ihn von neuem. Aber bald darauf kam Bernd – in heiterster Stimmung.

»Hallo, mein Lieber, bist du schon wieder da? Wie war es in Hornklippe – schön? Alles richtig?«

Gunter schüttelte den Kopf.

»Nichts ist richtig, Bernd, alles ist schiefgegangen. Der

Vormund von Romana Harland hat heute morgen sein Mündel mit sich auf Reisen genommen. Er läßt mir zwar großmütig durch Geheimrat Dürkopp sagen, daß er unserer Vereinigung nichts entgegenstellen will, falls unsere Liebe sich als beständig erweist. Aber das kann mich nicht trösten, ich habe das Gefühl, daß man es uns unmöglich machen will, zu heiraten. Man hat sie mir entführt.«

Bernd sah ihn betroffen an.

»Aber warum nur, Gunter?«

»Wenn ich das nur erst selber wüßte. Man macht mir nur unklare, geheimnisvolle Angaben, die mich wahrscheinlich geduldig hinhalten sollen, bis man Romana vor mir in Sicherheit gebracht hat.«

»Das ist ja schnurrig, Gunter. Wenn sonst ein Freier von deinen Qualitäten anklopft, wird ihm doch willig Tor und Tür auf getan, und die Herzen auch.«

»Du siehst, daß dies hier nicht der Fall ist.«

»Und was willst du nun tun?«

»Das will ich dir sagen. Ich reise morgen früh ab und nehme die Verfolgung des Justizrats und seines Mündels auf.«

»Wie willst du aber ergründen, wohin sie sich gewendet haben?«

»Das weiß ich selbst noch nicht, aber finden will und muß ich sie! Ich kann nicht von Romana Harland lassen, und ich weiß, sie wartet auf mich.«

Bernd seufzte abgrundtief.

»Merkwürdig, so schwer hatte ich mir eine Verlobung nicht vorgestellt. Meistens geht das doch nur zu schnell.«

Ein schwaches Lächeln spielte um Gunters Mund.

»Dir könnte es nur lieb sein, wenn man dir im gegebenen Falle Schwierigkeiten machte.«

»Ganz sicher! Es ist doch viel schöner, ein freier Mann zu sein.«

»Jeder lebt sein Leben, wie er kann und wie es ihm seine Wesensart vorschreibt! Ich war übrigens vorhin bei der Kurmusik und sah dich in angeregter Unterhaltung mit dem hübschen und eleganten Fräulein Mertens. Sollte da nicht einige Gefahr für deine Freiheit bestehen?«

»Ausgeschlossen! Sie ist viel zu sehr ›smartes Girl‹, entschieden etwas amerikanisch zugestutzt – weil sie einen Bruder in Amerika hat. Sie ist für unbedingte Freiheit und Gleichberechtigung der Frau und schwatzt eine ganze Menge süßen Unsinn. Sport und Körperkultur sind ihre Schlagworte, aber dabei kann sie kokettieren, daß einem vor Vergnügen die Ohren wackeln. Sie wehrt sich gegen die Versklavung der Frau und hofft doch im stillen, daß sie möglichst bald in Fesseln geschlagen wird. Gegen die Bevormundung der Familie kämpft sie aus Leibeskräften und hat es auch bei ihrer anscheinend schwachen Mutter durchgesetzt, daß sie allein ins Bad reisen durfte. Aber man hat sie wenigstens in eine sehr sittenstrenge Pension eingemietet, in der sie zu ihrem Leidwesen unter Kontrolle von mindestens einem halben Dutzend alter Damen steht, die jeden ihrer Schritte mit Argusaugen bewachen. Auch einige alte Herren befinden sich unter dieser Bewachungskommission. Fräulein Rosa ist der Verzweiflung nahe und hat mit Kußhand die Einladung einer verwitweten Tante angenommen, mit ihr nach Italien zu reisen. Sie meint, mit der einen Tante würde sie eher fertig als hier mit der ganzen Sittenkommission. Natürlich hat sie mich diesen Herrschaften vorhin mit großer Sicherheit als ihren Vetter vorgestellt, und auf die Frage einer spinösen alten Dame, ob ich ihr einziger Vetter sei, erwiderte sie prompt: ›Gewiß, außer Bernd besitze ich keinen anderen Vetter.‹ Süß ist die kleine Rosa und witzig und schlagfertig, man amüsiert sich blendend mit ihr, aber zur Frau möchte ich sie um keinen Preis haben.«

Nachdenklich, an die Unterhaltung der beiden Russen denkend, hatte Gunter zugehört und sagte nun:

»Das ist mir lieb zu hören, Bernd, ich wollte dich schon warnen. Ich hörte nämlich etwas über diese junge Dame, was mir zu denken gab, obwohl ich sie unbedingt für eine junge Dame aus guter Familie hielt.«

»Das ist sie auch unbedingt.«

»Trotzdem wurde heute von zwei Herren, die euch beobachteten, behauptet, daß sie unter einem falschen Namen auftritt.«

Bernd sah Gunter überrascht an.

»Nicht möglich! Donnerwetter noch mal – bin ich denn etwa schon wieder an eine solche geraten?«

»Die beiden Herren, die über sie sprachen und die euch nicht aus den Augen ließen, sahen allerdings sehr nach Bäderhyänen aus. Hat Fräulein Mertens blondes Haar?«

»Ja, einen reizenden blonden Bubikopf.«

»Und braune Augen?«

»Stimmt!«

»Und hat sie dir heute nachmittag erzählt, daß sie in den nächsten Tagen nach Venedig geht, und habt ihr euch, während ihr auf und ab gingt, immer mit ›Vetter‹ und ›Kusinchen‹ angeredet?«

Bernd sah Gunter verdutzt an.

»Hast du uns belauscht?«

»Nein, aber die beiden Herren, die ich beobachtete, als sie sich immer sehr auffällig in eure Nähe drängten. Ein paar unsympathische Gestalten übrigens! Ich hörte, wie sie sich darüber aufhielten, daß ihr euch ›Vetter‹ und ›Kusinchen‹ genannt habt und daß sie dich auch so vorgestellt hat. Und sie hatten auch gehört, daß sie nach Venedig geht, und sie scheinen auch hingehen zu wollen, ihren etwas unverständlichen Andeutungen nach. Mir schien erst, als wenn sie dich als Nebenbuhler mit mißgünstigen Augen ansahen, aber es kann auch einen anderen Grund haben, weshalb sie dieses Fräulein Mertens so unentwegt beobachteten. Jedenfalls, mein lieber Bernd, da ich dich morgen hier allein zurückzulassen gedenke, bitte ich dich um äußerste Vorsicht. Irgend etwas stimmt anscheinend auch mit diesem Fräulein Mertens nicht.«

Bernd machte eine abwehrende Bewegung.

»Wenn du fortgehst, bleibe ich auch nicht hier. Ich werde meiner Mutter die Freude machen, die letzten Tage meines Urlaubs bei ihr daheim zu bleiben. Weißt du, Gunter, die Mütter sind doch die einzigen Frauen, an denen man nie eine Enttäuschung erlebt, und schon gar die meine. Eine richtige unbändige Sehnsucht habe ich plötzlich nach meiner Mutter. Du wirst mich ja auf deiner Jagd nach dem Glück doch nicht brauchen können.«

»Nein, Bernd, da muß ich allein sein. Aber deine Mutter wird eine große Freude haben, wenn sie dich wieder einige Tage ganz für sich allein hat, und dein Vater wird sich auch freuen.«

Die Freunde besprachen nun alle Einzelheiten ihrer Abreise. Gunter ahnte nicht, daß Bernd von Altdorf, wenn er gewußt hätte, daß die beiden Herrn, die ihn und Fräulein Mertens beobachtet hatten, Russen waren, auf ganz andere Schlüsse über ihre Unterhaltung gekommen wäre. Zufällig hatte Gunter das zu berichten vergessen und wurde nun wieder durch seine eigene Angelegenheit abgehalten, weiter über diesen Vorfall nachzudenken. Auch für Bernd war er mit dem Entschluß erledigt, abzureisen und Fräulein Mertens nicht wiederzusehen.

Die Freunde meldeten an der Kasse der Pension, daß sie morgen früh abreisen würden, und machten dann zusammen noch einen Strandspaziergang. Dabei kamen sie an der Strandburg vorbei, die sich Fräulein Mertens um ihren Strandkorb herum selbst aufgeschaufelt hatte. Die junge Dame saß mit einem Buch im Strandkorb, und Bernd war froh, daß sie ihn nicht bemerkte. Er hielt es für besser, ihr nicht noch einmal zu nahe zu kommen. Das Erlebnis mit ›Madame‹ Dora hatte ihn doch ein wenig vorsichtig gemacht.

Gunter aber sah nachher von seiner Loggia aus, daß sich die beiden Russen, die er auf den Laufbrettern den Strand entlanggehen sah, ganz in der Nähe des Strandkorbes von Fräulein Mertens in den Sand legten und immer wieder verstohlen zu ihr hinsahen. Er nahm sein Fernglas und beobachtete die beiden und Fräulein Mertens eine Weile, wobei er ganz deutlich bemerkte, daß die Russen über einen Sandwall hinweg ganz genau jede Bewegung der jungen Dame beobachteten, während diese, anscheinend ganz unbekümmert, in ihr Buch vertieft, die beiden Russen gar nicht beachtete.

Er dachte bei sich, daß es auf alle Fälle sehr gut sei, daß Bernd mit ihm abreiste.

Wenn er geahnt hätte, wie sehr ihn diese anscheinend so unwichtige Beobachtung noch beschäftigen würde, hätte er wahrscheinlich das Fernglas nicht so schnell aus der Hand gelegt.

8

Die Freunde waren in Berlin eingetroffen. Bernd wollte gleich zu seinen Eltern fahren und erst nach Ablauf seines Urlaubes seine Junggesellenwohnung, die er in der nächsten Nähe der Valberg-Werke bewohnte, wieder beziehen.

Gunter hatte an seinen Vater gedrahtet und um den Wagen gebeten. Daher stand das Auto am Bahnhof bereit. Er fuhr Bernd erst nach Hause und ging für einige Minuten mit zu seinen Eltern hinauf, um sie zu begrüßen. Diese freuten sich herzlich, waren aber erstaunt, daß die beiden Freunde ihren Seeaufenthalt so kurzfristig abgebrochen hatten.

»Bernd wird Ihnen alles erklären. Mich entschuldigen Sie wohl, ich wollte Ihnen nur guten Tag sagen und muß nun zu meinem Vater hinausfahren«, sagte Gunter.

»Es ist wirklich sehr liebenswürdig von Ihnen, lieber Herr Doktor, daß Sie an uns gedacht haben. Hoffentlich sehen wir uns bald für längere Zeit«, sagte Bernds Mutter.

»Ich werde mir vielleicht morgen schon erlauben, Ihnen wieder lästig zu fallen.«

»Das tun Sie nie!«

Gunter fuhr hinaus nach Grunewald, wo sein Vater eine wunderschöne Villa bewohnte. Er fand den alten Herrn daheim. Vater und Sohn, die in einem besonders harmonischen Verhältnis zueinander standen, begrüßten sich herzlich. Dann sagte der Vater:

»War es dir zu langweilig an der Ostsee, Gunter, daß du so viel früher zurückkommst, als du dir vorgenommen hattest?«

»Meine frühe Rückkehr hat einen ganz besonderen Grund, lieber Vater. Ich werde vielleicht schon morgen oder übermorgen wieder abreisen und bin eigentlich nur gekommen, um meinen Urlaub zu verlängern.«

»Wo willst du hin?«

»Das weiß ich selbst noch nicht, Vater.«

»Wie soll ich das verstehen, Gunter?«

Vertrauensvoll berichtete Gunter seinem Vater nun alles, was geschehen war, und setzte ihn dann von seiner Absicht, den Justizrat Harland und sein Mündel zu verfolgen, in Kenntnis. Als er zu Ende war, sah sein Vater eine Weile prüfend und forschend in sein Gesicht. Dann sagte er ruhig:

»Ich bin davon überzeugt, daß deine Wahl auf eine wertvolle Persönlichkeit gefallen ist. Denn ich kenne dich und weiß, daß du an zu leichter Ware gar keinen Gefallen findest. In dieser Beziehung hast du mir noch nie Sorge gemacht, du bändelst nicht mit der ersten besten an. Und ich habe auch immer gewußt – wenn es dich einmal packt, dann geschieht es gründlich! Bist auch darin, wie in allen Dingen, mein echter Sohn. Ich habe auch nur einmal in meinem Leben so recht von Herzen lieben können – deine Mutter. Und obwohl sie mir genommen wurde, als ich noch im besten Mannesalter stand, habe ich ihr nie eine Nachfolgerin geben mögen. Also – ich lasse dir da freie Hand. Helfen kann ich dir leider nicht bei deiner anscheinend etwas schwierigen Brautfahrt, aber du bist ein ganzer Kerl und wirst dir schon allein deine Braut erkämpfen. Also, Glück auf den Weg!«

Damit reichte der stattliche alte Herr, dem man ansah, daß er in seiner Jugend Gunters Ebenbild gewesen sein mußte, seinem Sohn die Hand.

Dieser faßte sie mit warmem, herzlichem Druck.

»Ich danke dir, Vater. Ich wußte, daß ich bei dir Verständnis finden würde.«

»Es wäre doch das erstemal, wenn wir uns nicht verstehen würden.«

Vater und Sohn besprachen nun noch ausführlich das Thema, und Kommerzienrat Valberg meinte zum Schluß:

»Ich denke doch wohl, daß der Sohn des Kommerzienrats Valberg überall als Freier gern gesehen würde. Auch ich muß deiner Ansicht sein, daß da irgendwelche unlauteren Machenschaften im Spiele sind. Du bist aber der Mann dazu, bald reinen Tisch zu machen, wenn du erst weißt, wohin man die junge Dame gebracht hat.«

»Das ist selbstverständlich! Wirst du mir also auf unbestimmte Zeit Urlaub geben?«

»So lange es nötig ist, selbstverständlich. Bring mir bald eine liebe Tochter ins Haus, Gunter, ich habe so lange auf Licht und Wärme am häuslichen Herd verzichten müssen. Unsere Hausdame in Ehren – sie hält alles musterhaft in Gang, aber die Seele fehlt, die Licht und Wärme spendet. Und dafür soll eine junge Frau ins Haus! Einen Stammplatz an eurem Herdfeuer mache ich mir schon im voraus aus – das kannst du meiner künftigen Schwiegertochter sagen, sobald du sie wieder siehst!«

»Dieser Stammplatz ist dir sicher, lieber Vater. Romana ist ein entzückendes, ein liebevolles Geschöpf, stolz und doch bescheiden, unnahbar und doch anschmiegend. Sie wird dir gefallen, das weiß ich. Wäre es nur erst soweit!«

»Nun, die Welt ist klein. Aber – warte doch mal einen Augenblick, gib mir mal das Telefonbuch her.«

Gunter tat es, und der alte Herr blätterte darin.

»Da haben wir es ja – Justizrat Dr. Walter Harland, Rechtsanwalt und Notar.«

Und er notierte die Telefonnummer.

»Was willst du damit, Vater?«

»Einfach dort anrufen und nach der Adresse des Justizrats fragen.«

Gunter hielt ihn mit einem Lächeln zurück.

»Ich glaube, der Herr Justizrat hat schon dafür Sorge getragen, daß seine Adresse nicht jedem beliebigen Menschen verraten wird. Rufst du aber mit deinem Namen an, dann wirst du noch weniger Auskunft erhalten, denn mein Name ist dem Justizrat bekannt. Er hat sicher Weisung hinterlassen, daß Unbefugten keine Auskunft gegeben wird, vor allen Dingen mir nicht. Ich werde aber morgen früh gleich selbst in das Büro gehen und unter einem anderen Namen, einen wichtigen Prozeß vorschiebend, den Aufenthalt des Justizrats zu ergründen suchen. Ich kann so vielleicht mehr erfahren!«

Gunter Valberg begab sich am anderen Morgen nach Berlin in die Dorotheenstraße. Er ließ sein Auto an der Ecke stehen und ging zu Fuß die Straße entlang, bis er die richtige Hausnummer gefunden hatte. Ganz unauffällig stieg er die Treppe zum ersten Stock empor. Die Schilder an der Tür verrieten, daß der Justizrat Harland hier zusammen mit einem Kollegen praktizierte.

Gunter trat ein und kam in einen Vorraum, in dem an einem Pult ein etwas vertrockneter Aktenmensch saß und zerstreut zu ihm aufblickte, dann aber wieder in einem Aktenbündel blätterte. Gunter konnte durch die offene Tür dieses Raumes in einige Büroräume sehen, in denen Herren und Damen fleißig bei der Arbeit waren. Rechts und links gliederten sich diese Räume an, der Vorraum befand sich anscheinend direkt in der Mitte des Raumes. Nach der rechten und linken Seite schloß eine gepolsterte Tür die Zimmerflucht ab. An der gepolsterten Tür rechts stand zu lesen: »Dr. jur. Robert Pendler, Rechtsanwalt«, an der linken: »Justizrat Dr. Walter Harland«.

Er hatte Zeit genug, sich das alles anzusehen, ehe der

Mann am Pult seine Aktenmappe mit wichtiger Miene zuklappte, über die Brille hinweg zu Gunter aufsah und ohne jede Betonung fragte:

»Sie wünschen?«

»Ich möchte Herrn Justizrat Harland in einer wichtigen Prozeßangelegenheit sprechen.«

»Bedaure, Herr Justizrat ist für einige Wochen verreist und wird in dieser Zeit durch Herrn Doktor Pendler vertreten.«

Das sagte der Aktenmensch wieder mit der seltsamen, unbetonten Sprechweise, die dennoch etwas Arrogantes hatte, genau wie die wichtig heraufgezogenen Augenbrauen dieses Zerberus.

»Es liegt mir aber viel daran, meinen Prozeß, bei dem es um ein großes Vermögen geht, von Herrn Justizrat selbst führen zu lassen.«

Der Aktenmensch biß auf den Köder an.

»Um was handelt es sich?«

»Das kann ich nur dem Herrn Justizrat sagen.«

»Hm! Es handelt sich also um ein großes Objekt?«

»Um ein ganz besonders großes, Herr Bürovorsteher.«

Dieser Titel schmeichelte anscheinend dem Zerberus, wenn er auch abwehrend sagte:

»Ich bin nicht Bürovorsteher, der ist augenblicklich nicht hier. Aber ich mache Sie noch einmal darauf aufmerksam, daß Herr Doktor Pendler Ihren Fall mit derselben Sorgfalt erledigen würde, wie der Herr Justizrat selbst.«

»Das bezweifle ich nicht, aber in einer Sache, wo es um Hunderttausende geht, muß man ein ganz besonderes Vertrauen zu seinem Rechtsvertreter haben, und ich kann das nur zum Herrn Justizrat haben.«

Die »Hunderttausende« schienen einen großen Eindruck auf den Zerberus zu machen. Seine Augen begannen zu funkeln, und in seinem Gesicht stand mit gespanntester Erwartung:

Nicht auslassen, diesen Klienten!

Er wurde sehr höflich und sehr artig.

»Würde Ihre Angelegenheit nicht einige Wochen Zeit haben, mein Herr? In vier Wochen ungefähr kommt Herr Justizrat zurück.«

»Nein, nein, die Sache eilt. Vielleicht könnte ich dem Herrn Justizrat meine Angelegenheit schriftlich unterbreiten? Bitte, geben Sie mir seine Anschrift.«

Damit zog Gunter, wie ganz selbstverständlich, sein Notizbuch und sah den Zerberus erwartungsvoll an.

»Bedaure, der Herr Justizrat macht eine Rundreise und hat keine Adresse hinterlassen.«

Gunter steckte sein Notizbuch ein und sagte bedauernd:

»Das ist recht ärgerlich, aber unter diesen Umständen muß ich meinen Prozeß einem anderen mir bekannten Rechtsanwalt übertragen. Ich empfehle mich.«

Der Zerberus streckte die Hand nach ihm aus.

»Einen Augenblick, mein Herr. Wenn Ihre Sache so dringlich ist – wir sollen natürlich den Herrn Justizrat soviel wie möglich mit Geschäften verschonen während seiner Urlaubsreise, aber wenn ein wichtiger Fall vorliegt – bitte schreiben Sie an den Herrn Justizrat, und richten Sie das Schreiben an seine hiesige Adresse, dann werde ich dafür sorgen, daß es sofort nachgeschickt wird.«

Gunter blieb wie nachdenklich stehen und sagte dann wie unschlüssig:

»Sie sagten doch eben, daß Sie die Anschrift des Herrn Justizrats nicht haben? Wer bürgt mir dafür, daß mein Schreiben streng diskret behandelt wird und nur in seine Hände gelangt?«

»Sie können beruhigt sein, mein Herr. Wir sind angewiesen, die Anschrift niemand zu geben. Aber wir selbst wissen sie genau und können den Brief sofort auf die diskreteste Weise befördern.«

Gunter sagte sich, daß er vorläufig nichts weiter erreichen würde. Er schien zu überlegen und sagte dann:

»Also gut, ich werde meine Angelegenheit zu Papier bringen und Ihnen das Schreiben dann bringen, damit Sie es zur Post geben können – selbstverständlich eingeschrieben.«

»Aber gewiß, mein Herr, ganz gewiß. Sie können ganz unbesorgt sein.«

Gunter verabschiedete sich nun und überlegte, während er die Treppe hinabging, was er tun sollte. Jedenfalls hatte er sich den Weg in das Büro offengehalten. Er konnte, wenn er wollte, auf dem vorgeschlagenen Weg ein Schreiben an den Justizrat senden, in dem er – ja, was sollte er ihm schreiben?

Langsam ging er in der Richtung zu seinem Auto weiter. Aber da stand er plötzlich vor einem Postamt und blieb nachdenklich stehen. War es nicht möglich, hier auf dem Postamt die Adresse des Justizrats zu erfahren? Immer noch nachdenklich betrat er, wie von einer unsichtbaren Macht geschoben, das Postamt und stellte sich an einem der großen Doppelpulte auf, die zu mehreren nebeneinanderstanden.

In Gedanken versunken faßte er nach einem der Federhalter und malte versonnen mystische Zeichen auf das Telegrammformular, das vor ihm lag. Ganz geistesabwesend war er, ganz vertieft in das Problem, wie er die Anschrift des Justizrats erfahren könnte. Und während er sich vergeblich den Kopf zerbrach – daß er hier auf dem Postamt die Anschrift bekommen würde, erschien ihm doch fraglich, und er zögerte noch, die Frage darnach zu tun –, sollte ihm ein Zufall zu Hilfe kommen. Am Nebenpult nahm jetzt ein junger Mensch Aufstellung, der einen großen Stoß Briefe auf das leere Pult warf, die er anscheinend frankieren wollte. Er hatte soeben erst Briefmarken an einem Schalter zu diesem Zweck erstanden.

Umständlich machte er sich an sein Werk und stellte sich dabei ganz dicht neben Gunter. Er sah neugierig auf dessen Pult, weil er ergründen wollte, was der junge Herr da zu schreiben hatte. Sicher einen Liebesbrief, dachte er.

Gunter wurde durch die aufdringliche Neugier des Burschen gestört, zumal er plötzlich merkte, daß er in seiner Zerstreuung den Namen Romana auf das Formular mehrere Male untereinander geschrieben hatte. Um dem Burschen sein unpassendes Benehmen begreiflich zu machen, beugte sich Gunter genauso neugierig über das Pult, wo der Bursche seine Briefe frankierte, und sah sich die oberste Anschrift an. Aber dabei schoß ihm plötzlich das Blut jäh in den Kopf – die Anschrift, die er so auffallend neugierig las, um eine Anstandslektion zu erteilen, lautete: Herr Justizrat Dr. Walter Harland. Per Adresse Herrn Professor Peter Marks, Venedig. Via dei Baccaroli, Pension Calani.

Gunter traute seinen Augen nicht. Er sah wie hypnotisiert auf die Anschrift und hätte am liebsten einen lauten Jubelruf ausgestoßen. Er sah auch noch, daß der Umschlag den Aufdruck des Büros des Justizrates hatte, der Brief war also vom Büro an ihn abgeschickt. Fest prägte er sich die Anschrift ein und wollte gerade sein Notizbuch ziehen, um sie zu notieren, als der Bursche, ihn angrinsend, sagte: »Na, Mensch, wat kickste denn?«

Gunter notierte schnell und verstohlen erst die auf so seltsame Weise erbeutete Anschrift, dann steckte er sein Notizbuch wieder ein und antwortete sehr übermütig, ebenfalls in Berliner Mundart:

»Mensch, ick wollte dir man bloß begreiflich machen, det es nich anständig is, anderen Leuten beim Schreiben über die Schulter zu blinzeln.«

»Jotte doch, schreibst woll 'nen Liebesbrief? Man keene Bange nich, ick gucke nischt von ab.«

Damit fuhr er fort, seine Briefe zu verlesen und zu frankieren. Gunter hätte den Lümmel am liebsten umarmt in seiner Freude. Da das doch nicht anging, zog er schnell ein Fünfmarkstück aus der Tasche und legte es vor den Burschen hin.

»So, mein Sohn, dafür kaufen Sie sich den ›guten Ton in allen Lebenslagen‹. Und nun keine Feindschaft mehr!«

Der Bursche sah strahlend zu ihm auf.

»Is det Ihr Ernst?«

Gunter nickte und ging lachend davon. Aber das Herz klopfte ihm bis zum Hals hinauf. Ein dummer kleiner Zufall – o nein – eine Schicksalsfügung hatte ihm ohne Mühe die Anschrift in die Hand gespielt, die ihm so wichtig war. Nach Venedig also würde der Justizrat Romana bringen. Daß er ihr sofort folgen würde, stand bei ihm fest. Er sagte sich, daß der Justizrat möglicherweise auf Umwegen nach Venedig fahren würde, aber jedenfalls würde er in einigen Tagen dort eintreffen. Und Gunter konnte ungeniert seine Nachforschungen in Venedig anstellen, denn weder der Justizrat noch dieser Professor Marks würden ihn entdecken. Nur Romana würde ihn erkennen, wenn sie ihn sah, und ihr wollte er schon ein Zeichen geben, ihn nicht zu verraten, falls er ihr begegnete, ehe er den Weg zu ihr frei hatte.

Wie aber, wenn diese Anschrift nur eine Zwischenadresse war, wenn der Justizrat gar nicht mit Romana nach Venedig kam, sondern sich nur von diesem Professor Marks die Briefe nachschicken ließ?

Für eine Weile dämpfte dieser Gedanke Gunters Freude. Aber dann richtete er sich energisch auf. Dann mußte er eben versuchen, von Professor Marks die richtige Adresse zu erfahren. Jedenfalls war er entschlossen, nach Venedig zu reisen.

Sehr zufrieden mit seinem Erfolg, begab sich Gunter sofort zum Reisebüro, um sich eine Fahrkarte und einen Schlafwagenplatz für den nächsten Tag zu bestellen.

Vom Reisebüro aus fuhr er zu Altdorfs.

9

Er fand Bernd mit seinen Eltern zu Hause und wurde herzlich wie immer aufgenommen. Bernd hatte seinen Eltern von Gunters Liebe auf den ersten Blick und seiner mißglückten Absicht, sich zu verloben, berichtet. Mit viel Feinfühligkeit tröstete Frau Altdorf Gunter und sprach die Hoffnung aus, daß ihm das Geschick bald helfen möge, sein Glück zu finden. Gunter mußte zum Mittagessen bleiben. Gleich nach Tisch mußte der Hausherr ins Amt. Gunter wollte sich auch entfernen, aber Bernd und seine Mutter nötigten ihn so dringend, noch zu bleiben, bis er nachgab. Seinen Vater würde er ohnedies erst gegen fünf Uhr zu Hause antreffen.

Während die drei Menschen plaudernd bei einer Tasse Kaffee saßen, sprang Bernd plötzlich auf und griff nach einem Bildnis, das in einem ovalen Rahmen über dem Kopf seiner Mutter an der Eckwand hing.

»Jetzt weiß ich doch endlich, an wen mich deine Braut erinnert hat, Gunter, als sie damals vor uns stand. Sieh dir dies Bild an!«

Gunter betrachtete interessiert das kleine, entzückende Gemälde, das eine blonde junge Frau in einem weißen Kleid darstellte. Ja – dasselbe lichtblonde Haar, dieselben samtbraunen Augen und derselbe feingeschwungene Mund. Und auch sonst zeigte das Bild eine große Ähnlichkeit mit Romana. Betroffen schaute Gunter auf Mutter und Sohn.

»Du hast recht, Bernd, es besteht fraglos eine große Ähnlichkeit zwischen diesem Bild und meiner Braut. Darf ich fragen, wen es darstellt?«

Die Augen von Frau von Altdorf wurden feucht. »Es ist das Porträt meiner unglücklichen Schwester Ruth.«

Gunter sah wieder auf das Bild.

»Ja, jetzt finde ich darin auch eine gewisse Ähnlichkeit mit Ihnen, liebe gnädige Frau. Nur ist Ihr Haar viel dunkler, wenn es auch noch immer blond ist.«

Die alte Dame lächelte wehmütig.

»Mein Haar ist nachgedunkelt mit der Zeit. Als ich noch so jung war, wie meine Schwester hier auf dem Bild ist, da hatte mein Haar dieselbe lichtblonde Farbe. Es ist ein Familienerbe, dies blonde Haar. Sie sehen, Bernd hat es auch von mir geerbt.«

»Jawohl, wenn es bei mir auch durch den ewigen Gebrauch von Pomade, womit ich meinen widerspenstigen Scheitel bändigen muß, immer dunkler erscheint.«

Gunter sah noch immer auf das Bild.

»Verzeihen Sie mein starkes Interesse, liebe gnädige Frau. Ich finde tatsächlich eine große Ähnlichkeit zwischen dem Bild und meiner Braut. Wo lebt denn Ihre Frau Schwester? Ich habe nie gehört, daß Sie eine besitzen.«

»Meine arme Schwester lebt leider nicht mehr. Von ruchloser Mörderhand ist sie in der Blüte ihres Lebens dahingerafft worden.«

»Oh, wie leid tut es mir, daß ich so trübe Erinnerungen

weckte. Aber Sie werden verstehen, daß mich das Schicksal einer Frau, die meiner Braut so ähnlich sieht, interessieren muß. Darf ich wissen, wie es kam, daß sie ermordet wurde?«

Frau von Altdorf preßte ihr Taschentuch an die Augen.

»Alles, was mit dem Schicksal meiner Schwester zusammenhängt, hat auch auf unser sonst so friedliches Dasein seine Schatten geworfen. Wir sprechen nur selten davon, um nicht immer wieder trübe Bilder zu wecken. Aber da wir einmal darauf gekommen sind, sollen Sie, lieber Doktor, der sonst doch all unsere kleinen Freuden und Leiden kennt, und besonders als einziger Freund meines Sohnes, dieses Drama kennenlernen. Wenn Sie hören wollen, will ich Ihnen die Geschichte meiner Schwester erzählen.«

»Du wirst dich zu sehr dabei aufregen, Mutter, laß mich Gunter alles erzählen.«

»Nein, nein, laß mich nur wieder einmal alles aussprechen, was ich so lange in mir verschlossen habe. Es liegt ja doch immer wie ein heimlicher Alpdruck auf meiner Seele. Du weißt, wie sehr ich mich nach meiner Nichte sehne. Also, hören Sie zu, lieber Herr Doktor. Meine Schwester war ungefähr zehn Jahre jünger als ich, ein Nachzügler in der Familie, mit dem eigentlich nicht mehr gerechnet worden war. Aber gerade deshalb wurde sie von allen verwöhnt, und es schadete ihr nichts, daß wir sie alle zärtlich liebten: sie besaß fast nur gute Eigenschaften und entwickelte sich zu einer reizenden jungen Dame. Der Zauber ihres Wesens war noch viel größer als ihre Schönheit. Sie bezauberte alles, was in ihre Nähe kam, durch ihre Liebenswürdigkeit und ihre Herzensgüte, die ihr wie ein Licht aus den Augen strahlte. Glauben Sie nicht, daß ich sie überschwenglich schildere, weil sie meine Schwester war, nein, man könnte sie nicht reizend genug schildern. Ich war schon längst verheiratet. Bernd zählte damals bereits acht Jahre, als Ruth zwanzig Jahre alt geworden war und in allen Gesellschaften sehr gefeiert und umschwärmt wurde. Sie zeichnete aber keinen ihrer Verehrer aus. Das wurde mit einem Schlag anders, als meine Schwester auf einem Ball der russischen Gesandtschaft den Grafen Alexander Soblikoff kennenlernte. Dieser war reichlich doppelt so alt wie meine zwanzigjährige Schwester, aber immer noch ein glänzender Kavalier und schöner Mann. Er war viel von Frauen umworben worden, hatte aber nie eine so geliebt, daß er sie hätte heiraten mögen. Lachend hatte er stets erklärt, es falle ihm nicht ein, seine Freiheit aufzugeben, er werde nie heiraten. Seine beiden Neffen, die einzigen Verwandten, die er besaß und die er großmütig unterstützte, weil dieser Familienzweig der Soblikoffs durch Wein, Spiel und die Frauen völlig verarmt war, hatten sich durch solche Reden von ihm gewissermaßen in das Recht seiner künftigen Erben hineingeträumt. Zwischen Graf Alexander und meiner Schwester gab es nun eine himmelstürmende Liebe auf den ersten Blick. Der allzeit Heiratsscheue streckte die Waffen, und der die Heirat verspottende Mund meiner Schwester verstummte – kurzum, schon vier Wochen nach dem ersten Sehen war Ruth die Braut des Grafen Soblikoff und wurde wegen dieser außerordentlich glänzenden Partie genauso beneidet wie der Graf um meine Schwester. Meine Eltern, wir alle sagten schweren Herzens zu, als uns der Graf erklärte, daß schon nach zwei Monaten Hochzeit sein sollte und daß Ruth ihn dann nach Rußland begleiten sollte, wo er sie bei Hofe vorstellen werde, und dann mit ihr auf seinen Gütern leben wolle. Aber Ruth bat so lange, bis wir einwilligten. Und sie fand ein so großes, wundersames Glück an der Seite dieses Mannes, der sie anbetete, sie auf Händen trug und ihr jeden Wunsch von den Augen ablas, daß wir alle Sorgen vergaßen, wenn wir ihre glückstrunkenen Briefe lasen. Nur ein Schatten lag damals auf ihrem Leben: Die beiden Neffen ihres Gatten stellten sich ihr feindlich gegenüber und sahen in ihr die Zerstörerin ihrer Erbaussichten. Aus dieser glückseligen Zeit stammt das Bild, das Sie eben gesehen haben. Ein berühmter Künstler hat sie so wie hier für ihren Gatten in Lebensgröße gemalt.

Jedes Jahr ging mein Schwager mit seiner Gattin einige Wochen an den Hof. Aber dann zog er sich plötzlich mitten in einer solchen Saison von den Hoffestlichkeiten zurück und brachte seine Gattin wieder in sein stilles, abgelegenes Stammschloß. Ruth schrieb uns, daß in der häßlichsten Weise gegen ihren Gatten bei Hof intrigiert worden sei und daß sie als die Urheber dieser Intrigen die beiden Neffen ihres Gatten vermute.

Meine Schwester war einverstanden mit diesem zurückgezogenen Dasein, denn das Leben in Petersburg mißfiel ihr sehr. Sie hatte in den ersten Jahren ihrer Ehe ihrem Mann eine Tochter geschenkt und wartete mit ihm sehnsüchtig auf einen männlichen Erben. Auch dieser Wunsch wurde ihnen erfüllt. Als die Tochter fünf Jahre alt war, wurde ihnen ein Sohn geboren, ein gesunder, kräftiger Knabe, wie sie uns jauchzend mitteilten. Das war der Höhepunkt ihres Glückes. Von nun an tauchten Schatten auf, nicht etwa in ihrem Eheleben, denn das blieb ein ideales bis zum furchtbaren Tod meiner Schwester. Zuerst geschah es, daß der kleine Sohn meiner Schwester, als er noch nicht zwei Monate alt war, angeblich durch die Unachtsamkeit der eingeschlafenen Wärterin, in seinem Kissen nachts erstickt war. Die Wärterin konnte sich freilich nicht erklären, wie es geschehen war, sie war sehr müde gewesen, so müde wie nie in ihrem

Leben, hatte sie ausgesagt. Und sie hatte in ihrer Schlaftrunkenheit das Kind noch einmal zurechtgelegt in seinem Bettchen und wußte dann von nichts mehr. Später brachte mein Schwager in Erfahrung, daß einer seiner Diener behauptet hatte, in jener Nacht die beiden Neffen des Grafen im Park gesehen zu haben. Als mein Schwager später durch die schurkischen Neffen noch mehr Leid erfahren mußte, wurde ihm klar, daß sie in jener Nacht seinen Sohn und Erben ermordet hatten. Die Wut über die späte Heirat ihres Onkels, durch die sie ihres schon so sicher geglaubten Erbes verlustig gegangen waren, hatte alle schurkischen und verbrecherischen Instinkte in ihnen geweckt.

Der so freudig begrüßte Sohn und Erbe war beseitigt. Meine Schwester war sehr unglücklich, ihr Gatte nicht minder. Aber nach kurzer Zeit fühlte sich meine Schwester wieder als Mutter und hoffte, wieder einem Sohn das Leben zu geben. Inzwischen waren meinem Schwager allerlei Gerüchte zu Ohren gekommen, daß in verstärktem Maße gegen ihn beim Zaren intrigiert würde. Da er die Zustände in seiner Heimat kannte, hatte er schon vorher Sorge getragen, daß sein enormes Barvermögen, das sich auf mehrere Millionen belief, unauffällig in die Schweiz gebracht wurde. Monate hatte er hierzu gebraucht, aber es war ihm geglückt, ohne daß ihn jemand daran gehindert hatte. Er hielt es streng geheim, war aber sehr froh, daß es geschehen war, als er mehr und mehr Feindseligkeiten vom Hofe aus zu kosten bekam. Seine Lage schien ihm bedenklich genug, daß er sich mit dem Plan trug, Rußland mit seiner Familie zu verlassen, sobald meine Schwester die Geburt ihres erwarteten Kindes hinter sich haben würde. Hätte er doch nicht darauf gewartet! Von trüben Ahnungen war er schon damals gequält worden, und er wußte auch, daß er alle Unannehmlichkeiten und alles Ungemach seinen Neffen zu danken hatte, denen er in seinem Zorn nun jede Unterstützung entzog.

Eines Tages machte mein Schwager mit meiner Schwester einen Ritt durch den riesengroßen Park, der ihr Schloß umgab. Sie ritten nur im Schritt wegen des Zustandes meiner Schwester, die aber immer noch gern diese mäßigen täglichen Ritte unternahm. Während sie so nebeneinander dahinritten, liebevoll miteinander plaudernd, hört mein Schwager plötzlich einen leisen Knall, wie wenn zwei Schüsse in einiger Entfernung abgegeben worden wären. Er sieht, daß seine Reitpeitsche ihm fast aus der Hand gerissen wird, und fühlt, wie der eine Schuß dabei seine Hand leicht streift. Er erkennt sofort, daß diese Kugel für ihn bestimmt gewesen und nur durch eine Bewegung mit der Reitpeitsche abgelenkt worden ist. Außer sich vor Zorn, als Täter wieder seine Neffen vermutend, springt er vom Pferd, um das Gehölz nach ihnen abzusuchen. Im demselben Augenblick sieht er seine Gattin im Sattel wanken – sie sinkt, ohne einen Laut, entseelt in seine Arme.

Mein Schwager hat vor Schmerz wie ein wildes Tier aufgeschrien. Dieser Schrei und das Geräusch der Schüsse rufen die Dienerschaft herbei. Der meinem Schwager treu ergebene Kammerdiener Wladimir ist der erste, der bei seinem Herrn eintrifft und ihm hilft, meine Schwester auf den weichen Rasen zu betten. Wladimir ruft seinem Herrn halb erstickt vor Grimm zu, daß er die beiden Neffen des Grafen soeben mit verhängten Zügeln jenseits des Parkes habe davonreiten sehen.

Der Verzweiflung nahe, bestattete mein Schwager sein junges Weib, mit dem zugleich ein neu aufkeimendes junges Leben vernichtet worden war. Er riß seine kleine Tochter an sich, das einzige, was ihm das Schicksal von seinem Glück gelassen hatte. Kein Zweifel blieb ihm, wem er das alles zu verdanken hatte. Nun war er entschlossen, zum Hof zu gehen und sie anzuklagen.

Am nächsten Morgen wollte er abreisen. Sein Töchterchen innig umschlungen haltend, saß er in einem der großen, prächtigen Zimmer und konnte sich nicht von seinem Kind trennen. Es war schon fast Nacht, und das Kind hätte längst zu Bett sein müssen, aber der unglückliche Vater konnte es nicht aus seinen Armen lassen und sorgte sich, ob es auch gut beschützt sein würde, wenn er fern war. Umlauerten die Mordgesellen vielleicht wieder sein Haus? Gerade wollte er sich aufraffen und sein Töchterchen selbst zu Bett bringen, da stürzte sein treuer Kammerdiener herein und flehte ihn an, sich zu retten: er solle verhaftet werden. Die Schurken hatten schnelle Arbeit getan und meinen Schwager, da sie ihn nicht ebenfalls hatten töten können, des Hochverrats angeklagt. Mein Schwager wußte, daß bei der Gerichtsbarkeit seines Vaterlandes sicher war, daß man ihn ohne Verhör entweder nach Sibirien schicken oder töten lassen würde. Die Neffen hatten auf irgendeine schurkische Weise bewiesen, daß mein Schwager und auch meine Schwester einem Geheimbund angehörten, der dem Zaren nach dem Leben trachtete. Wohl wußte sich mein Schwager rein von solcher Schuld, aber er wußte auch, daß man am Hof jeder Verleumdung dieser Art ein williges Ohr lieh. Er wollte sich und seine Tochter retten, deshalb befolgte er den Rat seines treuen Dieners, der in Eile alle Vorbereitungen zur Flucht durch einen geheimen Gang traf, während die Schergen versuchten, in das durch die Dienerschaft auf des Kammerdieners Befehl verbarrikadierte Schloß zu gelangen.

Graf Alexander hatte stets eines seiner Autos auf einem Vorwerk stehen, und das half ihm bei seiner Flucht.

Während Wladimir, der Diener, wieder in das Schloß zurückkehrte, um die Verfolger aufzuhalten und Näheres zu erfahren, erreichte Alexander mit seiner kleinen Tochter und dem nötigsten Gepäck das Vorwerk, bestieg dort das Auto und fuhr im schnellsten Tempo mit seinem Kind davon. Seine Flucht gelang. Einen Paß hatte er in jener Zeit immer für seine Familie und sich bereitgehalten. Über reichliche Geldmittel verfügte er auch, und so kam er unbehelligt nach Deutschland. Eines Abends kam er hier bei uns mit seiner Tochter an, ganz im geheimen. Wir verheimlichten seine Ankunft und Anwesenheit, so gut es ging, weil er es dringend wünschte. Er wartete einige Tage bei uns, bis ihm sein treuer Kammerdiener folgte. Dieser berichtete, was er alles erkundet hatte. Später hatte mein Schwager auf Umwegen noch mancherlei in Erfahrung gebracht und teilte uns dies brieflich mit. Seine sämtlichen Güter waren als die eines Verräters eingezogen worden, und seine russischen Bankkonten wurden gesperrt. Doch befanden sich auf diesen Konten nur geringe Summen, da Graf Alexander ja alles, auch den kostbaren Schmuck, als vorsichtiger Mann in die Schweiz gebracht hatte. Daß er ohne Verhör sofort nach Sibirien hätte verbannt werden sollen, hatte er ja schon als sicher angenommen, aber daß man seine Tochter auf Anordnung seiner beiden Neffen in ein Erziehungsheim bringen wollte, das ihm als Aufenthalt des Schreckens bekannt war, erschütterte ihn sehr. Dort wurden Kinder mißliebig gewordener Eltern untergebracht, wo sie dadurch unschädlich gemacht wurden, daß man sie körperlich und geistig verwahrlosen ließ, so daß sie entweder dahinsiechten und starben oder verblödeten. Diese Kunde hat meinen Schwager damals am tiefsten betroffen, und wenn er seine schurkischen Neffen hätte erreichen können, hätte er sie in seinem schmerzlichen

Zorn getötet. Das Schicksal behütete ihn zwar vor dieser Tat – aber sein Leiden war damit noch nicht zu Ende.«

Erschüttert schwieg Frau von Altdorf, und Bernd zog sie in seine Arme.

»Vater wird schelten, daß ich es zuließ, daß du diese trüben Bilder wieder heraufbeschworen hast.«

Seine Mutter faßte sich.

»Nein, Bernd, glaube mir, es tut gut, das alles einmal wieder aussprechen zu können. Es wird ja nicht ungeschehen, wenn man es totschweigt. Hören Sie weiter, lieber Herr Doktor. Mein Schwager brachte noch in Erfahrung, daß seine Neffen zwar vom Zaren befördert worden waren, zum Dank für ihren Verrat an ihrem Onkel, aber wenn sie, wie ja anzunehmen war, darauf gerechnet hatten, daß man ihnen zur Belohnung die Güter des Grafen Alexander überlassen würde, hatten sie sich geirrt. Der Zar behielt diese Güter für sich, sie fielen an die Krone, und den beiden Verbrechern wurde nur ›für ihre Treue und Wachsamkeit‹ das noch vorhandene Barvermögen zugesprochen – eine Kleinigkeit für so viel Verbrechen. Sicher waren sie sehr unzufrieden darüber, zumal ihnen ja die Unterstützung durch ihren Onkel fehlte. Sie standen dadurch schlechter als zuvor. Ihre Beförderung war auch sehr mäßig ausgefallen, und so hatten sie einen sehr geringen Vorteil von ihren Schurkenstreichen.

Also, mein Schwager setzte, nachdem er einige Tage bei uns verweilt hatte, mit seiner kleinen Tochter die Flucht fort. Er fürchtete mit Recht, daß die Gauner, getäuscht in ihren Erwartungen, nun nach seinem Barvermögen trachten und ihn noch weiter verfolgen würden, wenn sie seinen Aufenthalt in Erfahrung brächten. Er fühlte sich jedenfalls bei uns nicht sicher, da er annehmen mußte, daß man ihn bei uns zuerst suchen würde.

Auch wollte er uns keine Unannehmlichkeiten bereiten. So reiste er mit seiner Tochter und Wladimir in die Schweiz. All unsere Beredsamkeit, uns wenigstens seine Tochter dazulassen, bis er wieder ein sicheres, festes Unterkommen haben würde, nutzten nichts. ›Ein sicheres Asyl für meine Tochter und mich werde ich nie mehr finden, solange die Mörder meiner Frau und meines Sohnes am Leben sind. Gegen ihre Schlechtigkeiten gibt es keine Sicherheit‹, sagte er bitter. Auch fürchtete er, daß seine Tochter bei uns am meisten gefährdet sei, weil seine Neffen sicher zuerst bei uns nach ihr forschen und ihr nach dem Leben trachten würden, stand sie doch zwischen ihnen und dem begehrten Erbe! Denn daß sie nun mit allen Mitteln versuchen würden, sich in den Besitz des in das Ausland geschafften Vermögens zu setzen, schien uns allen sicher. Mein Schwager versprach mir nur noch, mir so oft wie möglich Nachricht zu geben.

An jenem Tag, als er abreiste, sah ich ihn und meine Nichte das letztemal. Ich bekam aber regelmäßig, auf allerlei Umwegen scheinbar, Nachricht von ihm. Er schrieb mir, daß er spüre, daß die ›Bluthunde‹, wie er seine Neffen nur noch nannte, ihm auf der Spur seien und daß er deshalb, um sie irrezuführen und um seine Tochter nicht dem unsicheren Nomadenleben auszusetzen, sich von seiner Tochter getrennt habe. Sie sei in einer Pension bei einer liebevollen und feingeistigen Dame, die ihm empfohlen worden sei, untergebracht. Ich könnte beruhigt sein, denn es sei nichts versäumt worden, was für ihre Sicherheit nötig sei. Er selbst besuche seine Tochter zuweilen unter Beachtung der größten Vorsichtsmaßregeln.

Aber aus all seinen Briefen klang es wie Jammer und Verzweiflung. Er konnte meine Schwester nicht vergessen, und ihr Verlust war das Härteste gewesen, was ihn traf. Ich machte mir große Sorge um ihn, denn seine Berichte verrieten etwas Nervöses, Krankhaftes, was ja erklärlich war. Die schwersten Schicksalsschläge, die ewige Angst und Sorge um seine und seiner Tochter Sicherheit und die Unmöglichkeit, sich an den Zerstörern seines Glücks, an den Mördern seiner Frau und seines Sohnes zu rächen, hatten seine Nerven zerrüttet. So vergingen Jahre, ohne daß sich etwas geändert hätte. Der Weltkrieg kam, und auch in diesen Jahren erhielten wir regelmäßig Nachricht von Graf Alexander. Sie kamen alle über die Schweiz.

Ob er dort lebte oder seine Post nur durch die Schweiz gehen ließ, wußte ich nicht. Jedenfalls schien er immer von Ort zu Ort zu flüchten, immer nur von seinem treuen Wladimir begleitet. Meine Antworten mußte ich immer an verschiedene Deckadressen richten. Wiederholt beschwor ich ihn, mir ein Wiedersehen mit meiner Nichte zu gestatten, nach der ich mich sehnte und um deren Wohl ich mich bangte, aber er erwiderte immer wieder, sosehr er meinen Wunsch verstehen könne, sei es ihm unmöglich, ihn zu erfüllen. Solange die beiden Bluthunde nicht vom Schicksal vernichtet seien, wage er es nicht, seine Tochter in meine Nähe zu bringen. Sie müsse uns um jeden Preis ferngehalten werden. Aber er teilte mir mit, daß sie sich wohl befinde und sich körperlich und geistig herrlich entwickle und ihrer Mutter von Tag zu Tag ähnlicher werde.

Sie sei sein einziger Trost im tiefen Leid. Nur der Gedanke an sie ließe ihn sein unstetes Leben ertragen. Seine Tochter sei wohlgeborgen. Freilich müsse sie auf das Glück, eine Mutter und ein friedliches Heim zu besitzen, verzichten, aber Gott werde helfen, daß eines Tages alle Gefahren für sie beseitigt seien. Dann werde er sie mir bringen und in unserer Nähe seinen Wohnort aufschlagen. Alle Annehmlichkeiten, die mit Geld zu erkaufen seien, mache er seinem Kind zugängig.

Und dann kam der große Umsturz in Rußland. Mein Schwager schrieb mir gleich, nachdem die erste Kunde davon zu ihm gedrungen war, daß er sofort nach Rußland reisen und nun endlich versuchen werde, die Mordbuben zur Rechenschaft zu ziehen. Endlich einmal müsse ihm doch Gerechtigkeit werden. Ich erschrak sehr, denn alle Nachrichten, die wir aus Rußland erhalten hatten, lauteten sehr besorgniserregend. Aber wir konnten meinen Schwager nicht mehr aufhalten, da er schon unterwegs war. In jenem Brief, dem letzten, den wir von ihm erhielten, teilte er mir mit, daß er für alle Fälle für seine Tochter Vorsorge getroffen habe. Er habe seinen treuesten und erprobtesten Freund, der zugleich sein Vermögensverwalter sei, zu ihrem Vormund bestellt, für den Fall, daß ihm etwas zustoße. Sein Freund sei Jurist, er habe ihm schon in mancher schweren Sache beigestanden. Er werde auch für seine Tochter sorgen und sie, nach seinen Weisungen, so behüten, wie er sie selbst behütet hätte. Bis zu ihrem fünfundzwanzigsten Geburtstag solle seine Tochter, falls er jetzt nicht sein Recht verfechten könne, uns ferngehalten werden und auch dann erst Kunde von uns erhalten. Sollte sie sich aber vorher verheiraten, dann werde man ihr an ihrem Hochzeitstag alles mitteilen, was man ihr zu ihrer eigenen Beruhigung als Geheimnis vorenthalten habe. Ich würde aber regelmäßig durch Vermittlung seines Freundes Nachricht erhalten.

Wir waren mit unseren heißen Segenswünschen bei seinem Vorhaben, sagten uns aber bekümmert, daß er wohl eine schlechte Zeit gewählt hätte. Wir fürchteten, daß er in Rußland vorerst noch das Chaos finden würde. Und wieder, nach Wochen, saßen wir eines Abends im

Wohnzimmer, als es sehr spät noch klingelte und uns Wladimir Torschek gemeldet wurde. So hieß der treue Diener Graf Alexanders, der ihn wieder nach Rußland begleitet hatte. Wir erschraken und ließen ihn in tiefer Erregung eintreten. So schreckhaft waren wir geworden, daß wir gleich wieder Schlimmes fürchteten. Und unsere Befürchtung sollte sich bestätigen. Wladimir brachte eine Unglücksbotschaft. Mein Schwager hatte mit ihm die russische Grenze überschritten – wie es ihm möglich war, weiß ich nicht. Wladimir hatte schon vor dem Grenzübertritt den einen Neffen seines Herrn, den Grafen Gregor Soblikoff, in einer Menschenmenge, die sie umgab, zu erkennen geglaubt, wenn dieser auch gleich wieder verschwunden war, und hatte es seinem Herrn gemeldet. Als sie dann die Grenze überschritten hatten, bemerkte Wladimir wieder zwei Männer, die er für die beiden Neffen seines Herrn hielt, wenn der eine auch einen Vollbart umgehängt und der andere den Hut so tief ins Gesicht gezogen hatte, daß man ihn nicht erkennen konnte. Gang und Haltung hatten sie aber doch verraten. Als er seinen Herrn auf die beiden Gestalten habe aufmerksam machen wollen, seien sie verschwunden gewesen.

Graf Alexander sei darüber, wie immer wenn er den Spuren seiner Neffen begegnet sei, tief erregt gewesen und habe Wladimir laut erklärt, jetzt endlich werde er die beiden der Gerechtigkeit überliefern können, das sei sein fester Vorsatz. Diese Bemerkung habe sein Herr zu ihm im Garten eines Gasthofes gemacht, in dem sie Wohnung genommen hatten. Er habe seinen Herrn noch gebeten, nicht so laut zu sprechen, für den Fall, daß man sie belausche. Da habe sein Herr erwidert, ganz Rußland solle es hören, daß seine Neffen Verbrecher seien.

Und Wladimir behauptete, er habe bei diesen Worten seines Herrn an einem offenen Fenster des Gasthofes wieder den Mann mit dem Bart, den er für den einen Neffen hielt, für einen Augenblick gesehen. Er sei aber gleich wieder verschwunden, und als Wladimir in das Zimmer hineinsah, zu dem dieses Fenster gehörte, sei es leer gewesen. Inzwischen sei die Dunkelheit hereingebrochen und sein Herr habe, da man noch stundenlang auf den Zug warten mußte, der sie weiterbringen sollte, einen Spaziergang unternommen, weil er Kopfweh gehabt hatte. Dieses Kopfweh habe ihn immer sehr geplagt. Obwohl sein Herr ihm geboten habe, ihn im Hotel zu erwarten, sei er ihm, von einer unbestimmten Sorge getrieben, gefolgt, aber nur von weitem, daß sein Herr ihn nicht bemerken konnte. So seien sie vor die Stadt gekommen, wo ein kleines Wäldchen die Straße zu beiden Seiten begrenzt habe. Und in der Dämmerung habe Wladimir plötzlich zwei Schatten bemerkt, die in dem Wäldchen, dicht hinter seinem Herrn, von Baum zu Baum gehuscht seien. Wladimir hatte sich nun schnell auf der anderen Seite hinter den Bäumen verborgen und war, sich immer in Deckung haltend, weitergehastet, um in die Nähe seines Herrn zu kommen. Aber ehe er ihm wesentlich näher gekommen war, hatte er gesehen, daß die beiden Schatten aus dem Wäldchen heraussprangen und von beiden Seiten von hinten über Graf Alexander herfielen. Wladimir hörte seinen Herrn nur noch laut aufschreien: ›Ihr Bluthunde, ihr Schurken! Seid verflucht!‹

Dann war er zusammengebrochen, und die beiden Schatten verschwanden im Dunkel des Waldes.

Wladimir eilte angstvoll zuerst zu seinem Herrn. Dieser hatte einen Dolchstoß in die Herzgegend erhalten. Er schlug noch einmal die Augen auf und sagte: ›Wladimir, nun haben sie mich doch zur Strecke gebracht. Gregor hat mir das Messer in die Brust gestoßen. Gott schütze meine Tochter! Geh nach Deutschland zurück, melde meinen Tod meinem Freund und meinen Anverwandten in Berlin. Ich sterbe!‹

Und in den Armen seines treuen Dieners, der fortwährend laut um Hilfe rief, verschied er.

Endlich waren Leute mit einem Handwagen des Weges gekommen. Auf diesem hatte Wladimir seinen toten Herrn zum Gasthaus zurückgebracht. Er hatte der Polizei seine Aussagen gemacht, und man hatte nach den beiden Grafen Soblikoff gesucht. Aber es hatte sich herausgestellt, daß in demselben Hotel zwar zwei Herren, auf die Wladimirs Beschreibung paßte, Zimmer gemietet hatten, sie hätten aber ganz andere Namen angegeben, die auch in ihren Pässen gestanden hätten, und diese beiden Herren seien vor einer halben Stunde sehr hastig zu einem Ausgang ins Hotel zurückgekommen und hätten erklärt, sofort abreisen zu müssen, obwohl sie anfangs bis zum nächsten Tag hätten bleiben wollen. Sie seien im Auto gekommen und auch wieder im Auto davongefahren.

In dem Drunter und Drüber, das in jener Zeit in Rußland geherrscht hat, ist die Verfolgung der beiden Verbrecher wohl nie richtig aufgenommen worden. Jedenfalls blieben die Mörder unbehelligt. Mein Mann hat nach einiger Zeit durch seine Verbindungen in Erfahrung gebracht, daß die beiden ihre wohlverdiente Strafe noch nicht erhalten haben. Ich fürchte sehr, daß sie jetzt, da nur noch meine Nichte zwischen ihnen und dem großen Erbe steht, auch dieser nach dem Leben trachten, und sosehr ich mich nach ihr sehne, sehe ich doch ein, daß sie bei uns am ehesten von den beiden Schurken geschnappt werden könnte. Ihr einziger Schutz ist wohl, daß man verstanden hat, sie vor ihnen zu verbergen. Unternehmen konnten wir nichts von hier aus.

Ich bekam jedenfalls noch immer regelmäßig durch den für uns namenlosen Freund meines Schwagers Nachrichten über das Ergehen meiner Nichte, weiß aber nicht, wo sie sich aufhält. Dieser Freund versichert mir immer wieder, daß er sich streng in allen Dingen nach den Vorschriften hält, die sein Freund, Graf Alexander Soblikoff, ihm vor seinem Tod gemacht habe. Und auch er verspricht mir, daß ich meine Nichte an ihrem fünfundzwanzigsten Geburtstag spätestens wiedersehen oder doch wenigstens von ihr selbst Nachricht erhalten werde. Auf diesen Tag, mein lieber Herr Doktor, warte ich nun mit großer Sehnsucht, wie Sie sich denken können.«

10

Erschöpft schloß Frau von Altdorf nach diesem Bericht die Augen, die vor Erregung brannten. Gunter hatte mit atemloser Spannung zugehört, hatte immer wieder auf das Bild der Gräfin Ruth gesehen und sah nun mit großen Augen zu Bernd hinüber. Seltsam hatte die Erzählung der alten Dame auf ihn gewirkt. Alles, was er von Romana wußte und was er hier gehört hatte, schien sich zu einem Ganzen zu verbinden. Und nach einer Weile, während er stumm in Bernds Gesicht geblickt hatte, das er noch nie so ernst gesehen, fragte er heiser:

»Wie heißt die Tochter Ihrer Frau Gräfin Schwester mit Vornamen, liebe gnädige Frau?«

Bernd zuckte leise zusammen und sah Gunter forschend an.

»Meine Nichte heißt Romana«, erwiderte Frau von Altdorf, mit den Tränen kämpfend.

Gunter sprang auf, blaß bis in die Lippen.

»Romana?« rief er erschrocken.

Bernd nickte ihm zu.

»Ja, Gunter, du weißt doch, daß ich betroffen aufhorchte, als du mir den Vornamen deiner Braut nanntest, er fiel mir gleich auf. Aber deine Braut heißt doch Harland – Romana Harland.«

Gunter preßte die Hände an die Schläfen.

»Aber das ist ja nicht das einzige, Bernd, das mich betroffen machte. Warte nur einen Augenblick.«

Und er nahm aus seiner Brieftasche den einzigen Brief, den er von Romana erhalten, am Tag ihrer Abreise von Hornklippe.

»Hören Sie zu, liebe gnädige Frau, und auch du, Bernd, was mir meine Braut unter anderem geschrieben hat, ehe sie Hornklippe mit ihrem Vormund verließ: ›Es schwebt ein Geheimnis über meinem Dasein, man sagte mir, ich sei von Gefahren bedroht und müsse in Sicherheit gebracht werden. Warum man mich deshalb auch von Dir trennt, weiß ich nicht. Mein Vormund handelt nach Weisungen meines verstorbenen Vaters. An meinem fünfundzwanzigsten Geburtstag soll ich erfahren, was bisher dunkel über meinem Leben steht. Wenn ich mich verheirate, soll ich an meinem Hochzeitstag schon alles erfahren.‹«

Gunter ließ den Brief sinken und sah in die erblaßten Gesichter von Mutter und Sohn. Und dann fragte er: »Ist das nicht ein seltsames Zusammentreffen wichtiger Daten, gnädige Frau? Wie alt ist Ihre Nichte Romana jetzt?«

»Sie wird im Oktober dreiundzwanzig Jahre alt.«

»Also genauso alt wie meine Braut, die auch im Oktober dreiundzwanzig Jahre alt wird.«

Frau von Altdorf sank kraftlos zurück.

»Mein Gott im Himmel, wenn Ihre Braut meine Nichte wäre!«

Gunter war nicht weniger erregt als sie.

»Mir fällt noch mehr Bedeutsames ein. Als ich meine Braut das erstemal nach ihrem Namen fragte, wurde sie verlegen und wollte ihn mir nicht nennen – wahrscheinlich, weil sie mir die Wahrheit nicht sagen durfte und mich doch nicht belügen wollte. Ich erfuhr dann von ihrem Pflegevater, daß sie Harland heiße. Als ich hörte, daß auch ihr Vormund Harland hieß, fragte ich den Geheimrat, ob Romana auch noch mit ihrem Vormund verwandt sei, weil sie doch seinen Namen führte. Er wurde verlegen und erklärte mir, darauf müsse er mir die Antwort schuldig bleiben, ich würde auch darüber von Justizrat Harland Antwort erhalten, wenn er von seiner Reise zurückkäme.«

»Seltsam, höchst seltsam! Ach, wenn ich Ihre Braut nur einen Augenblick sehen könnte, ich wüßte gleich, ob es meine Nichte ist. Ich würde sie, hätte sie sich auch noch so verändert, sofort an einem kleinen braunen Mal erkennen, das in unserer Familie erblich ist und sich oft wiederholt. Auch meine Nichte hat dieses Mal von ihrer Mutter geerbt; Bernd hat es auch, nur etwas größer, als es meine Mutter und meine Schwester hatten. Ich selbst besitze dieses Familienzeichen nicht. Da sehen Sie bei Bernd – dieses kleine verschobene Rechteck hinter dem rechten Ohrläppchen – das ist unverwechselbar. Haben Sie dies kleine Mal vielleicht an Ihrer Braut bemerkt?«

Gunter schüttelte den Kopf.

»Ich habe nicht darauf geachtet. Das kann man übersehen.«

Eine Weile schwiegen die drei Menschen und sahen sich erregt an. Gunter legte Romanas Brief mit zärtlicher Fürsorge in seine Brieftasche zurück. Dabei fiel ihm sein kleines Notizbuch aus der Tasche und schlug klatschend auf den Tisch. Es klappte dabei auf, und als es Gunter emporhob und schließen wollte, schob sich der daran befestigte Bleistift vor, so daß er ein Hindernis bildete. Er schob den Bleistift zurück, und dabei fielen seine Augen auf die russischen Sätze, die er sich notiert hatte. Er las: »Es ist doch kein Zweifel mehr, sie ist es, Gregor.«

Gunter stutzte.

»Gnädige Frau! – Wie heißen die beiden Grafen Soblikoff mit Vornamen?«

»Sie heißen Gregor und Michael.«

Gunter atmete schwer und las in seinem Notizbuch langsam die Sätze in russischer Sprache, die er sich, halb Spielerei und doch einem unwiderstehlichen Zwange folgend, notiert hatte:

»Man kann nicht wissen, Gregor, ob er nicht gerade hier im Seebad unverfänglich mit ihr zusammentreffen will, irgendwo müssen sie doch miteinander Fühlung nehmen.«

»Ich fürchte, Michael, du bist wieder, wie so oft, auf der falschen Fährte. Sie würde viel sicherer mit seiner Mutter zusammentreffen.«

Und dann später, bei der Kurmusik, hatten sie gesagt:

»Es ist doch kein Zweifel mehr, Gregor, sie ist es. Wiederholt haben wir vernommen, daß sie ihn Vetter und er sie Kusinchen nennt.«

»Und sie ist blond und hat braune Augen, auch das stimmt. Michael, wir scheinen endlich auf der rechten Spur zu sein.«

»Das Alter kann auch stimmen, und unter einem anderen Namen muß sie sich doch die ganze Zeit verborgen haben, sonst hätten wir sie längst ausfindig gemacht.«

»Es ist höchste Zeit, daß wir endlich Oberwasser bekommen. Wenn sie heiraten würde, hätten wir neue Schwierigkeiten, das darf auf keinen Fall geschehen.«

»Und wenn sie Kinder bekäme, dann wäre es ganz aus.«

»Still doch, nicht so laut!«

»Eh, es versteht uns hier doch kein Mensch.«

»Hast du gehört, daß sie in den nächsten Tagen nach Venedig reist?«

»Ja, und das trifft sich gut. In Italien können wir leichter zum Ziel kommen. Jetzt nur ihre Spur nicht verlieren.«

Gunter las diese Sätze noch einmal durch, und seine Züge waren gespannt, als müsse er ergründen, was das alles für einen Sinn hatte. Und plötzlich fuhr er empor und sagte hastig:

»Bernd, ich habe Fräulein Rosa Mertens unrecht getan, wenn ich annahm, daß sie unter einem falschen Namen auftrat.«

Bernd sah den Freund verständnislos an.

»Was hat Fräulein Mertens mit dieser Angelegenheit zu tun?«

Gunter rieb sich die Stirn.

»Ich glaube, mehr als du denkst, Bernd, das wird dir gleich klarwerden. Du erinnerst dich, daß ich dir sagte, als du mit Fräulein Mertens zur Kurmusik gewesen warst, daß zwei Fremde, die ich für Bäderhyänen hielt, euch beide scharf beobachtet hatten und über euch sprachen. Ich sah ihre Worte damals von einem ganz anderen Gesichtspunkt an – jetzt erhalten sie für mich plötzlich ein neues Gepräge. Diese beiden Männer waren nämlich Russen und unterhielten sich in russischer Sprache. Ich lauschte eines Tages, als sie sich in der Nähe unserer Pension herumtrieben, auf ihre Worte und behielt sie im Gedächtnis. Und bei der Kurmusik hörte ich dann das andere, das jetzt so ganz anders beleuchtet wird. Hör zu!«

Und Gunter las langsam und deutlich die wenigen Sätze vor. Bernd sprang in höchster Erregung auf.

»Kein Zweifel, das sind die beiden Schurken gewesen. Sie haben mich beobachtet, in der Hoffnung, daß ich vielleicht am dritten Ort mit meiner ›Base‹ zusammenkommen könnte. Sie haben nun Fräulein Mertens wegen unseres kleinen Ulks für meine Base gehalten. Daß ich nur eine Base besitze, wissen sie, denn sie kennen unsere Familienangehörigen alle.«

Gunter fuhr sich durchs Haar.

»Wie gut, wie gut, daß ihr Verdacht sie irregeführt hat! Möglich, daß sie nicht nur deine, sondern auch Romanas Spur zur Ostsee verfolgten und dann durch den kleinen Ulk von Romanas Spur abgelenkt wurden.«

Frau von Altdorf preßte die Hände auf das Herz.

»Jetzt verstehe ich erst ganz, wie notwendig es war, daß mein Schwager mir Romana so fernhielt. Gottlob, Bernd, daß du nur ein einziges Mal ganz flüchtig mit Romana Harland zusammengetroffen bist, sonst hätten die Schurken sicher ihren Aufenthalt ausgekundschaftet.«

Sie zweifelte schon nicht mehr, daß Romana Harland ihre Nichte war.

»Und jetzt muß ich, wie mir scheint, auch Justizrat Harland all mein Mißtrauen abbitten. Er war ja, falls meine Romana auch die von euch gesuchte ist, ganz im Recht, wenn er sie schnellstens von Hornklippe entfernte, denn entweder hatte er eine Ahnung, daß die Grafen Soblikoff in Swinemünde weilten, oder er trug Sorge, daß sie aus deiner Nähe kam.«

»Aus meiner Nähe?«

»Ja, Bernd. Und jetzt fällt mir auch wieder ein, daß Geheimrat Dürkopp so ein seltsames Gesicht machte, als ich ihm den Namen meines Freundes Altdorf nannte. Ja, richtig, und nachher rief er es seiner Gattin gleichsam als Warnruf zu, als sie mich sehr liebenswürdig aufnahm, daß mein Freund, Bernd von Altdorf, der Sohn des Gerichtspräsidenten Altdorf sei. Es ist kein Zweifel, der Geheimrat ist eingeweiht in die Gefahren, die Romana drohen, und so ist sein Benehmen zu erklären. Nicht vor mir flüchtete man mit Romana, sondern tatsächlich vor der Gefahr, die ihr drohte. Ich muß schon sagen, daß man sie sorgfältig behütet.«

»Wenn Sie ahnten, wie erregt ich bin, lieber Herr Doktor! Was tue ich nur, um Gewißheit zu erlangen?« fragte Frau von Altdorf mit zitternder Stimme.

Gunter küßte ihr die Hand.

»Ich werde Ihnen Gewißheit verschaffen, liebe verehrte gnädige Frau. Zum Glück habe ich die Anschrift des Justizrates, und sicher treffe ich Romana in Venedig oder erkunde dort wenigstens ihren Aufenthalt. Sie selbst müssen vorläufig noch warten, wenn Sie Romana nicht in Gefahr bringen wollen. Denn wenn die beiden Schurken – stimmen unsere Vermutungen – auch jetzt eine falsche Spur verfolgen, so reisen sie doch in Verfolgung dieser falschen Spur nach Venedig, werden sich also wieder in Romanas Nähe befinden, und wir müssen mit Justizrat Harland Hand in Hand arbeiten zur Sicherung seines Mündels.«

Frau von Altdorf nickte ergeben, und Bernd sagte bekümmert: »Aus demselben Grund darf auch ich nichts tun, um dir Gewißheit zu verschaffen, liebe Mutter«, die alte Dame liebevoll in seine Arme ziehend.

»Nein, Bernd, du würdest deine Base nur in Gefahr bringen, wenn du in ihrer Nähe wärest. Es ist schon das beste, ihr haltet euch auch weiterhin fern von ihr. Aber mich drängt es nun doppelt, nach Venedig zu reisen. Wie ich schon sagte, fahre ich morgen abend ab. Wenn man nur wüßte, wann dieses Fräulein Mertens nach Venedig reist, dann würde man sicher damit rechnen können, daß auch die beiden Schurken zu gleicher Zeit dahin aufbrechen. Anscheinend hatten sie ohnedies eine Reise nach Italien vor.«

»Fräulein Mertens wartete jeden Tag auf den Abruf durch ihre Tante.«

»Dann dürften auch die Verbrecher bald in Venedig sein, und es ist gut, wenn ich vor ihnen dort bin.«

»Wenn sie ihr nur nichts zuleide tun.«

»Das verhüte Gott, Bernd, aber ich glaube, bevor sie nicht in Italien sind, unternehmen sie nichts gegen sie, denn sie scheinen zu glauben, ein Verbrechen in Italien leichter verbergen zu können als hier in Deutschland. Jedenfalls werde ich, da ich ihre Spur jetzt habe, zugleich ein wachsames Auge auf Fräulein Mertens haben können.«

»Mein Gott, daß wir zur Untätigkeit verdammt sind«, klagte Frau von Altdorf.

In diesem Augenblick trat ihr Gatte ein, der inzwischen seine Amtsgeschäfte erledigt hatte. Aufgeregt berichtete man ihm, was die letzte Stunde zutage gebracht hatte. Er hörte aufmerksam zu, und seine Augen funkelten scharf durch die Brillengläser. Dann zog er seine Gattin beruhigend in die Arme und sagte nachdenklich:

»Nun, ein wenig kann ich vielleicht doch dazu beitragen, Ihnen in dieser Angelegenheit zu helfen, mein lieber Herr Doktor. Können Sie mir vielleicht angeben, in welchem Hotel oder in welcher Pension die beiden Russen in Swinemünde wohnten?«

»Ja, Herr Präsident, das kann ich zufällig angeben. Sie wohnten in Pension Vineta, ich sah sie selbst hineingehen.«

»Famos! Dann werden wir gleich ermitteln können, ob

sie schon abgereist sind oder wann sie es tun werden. Wir müssen natürlich damit rechnen, daß sie vielleicht unter anderem Namen dort wohnten, aber zwei Russen werden ja nicht jeden Tag zu den Pensionsgästen gehören. Sie reisen morgen abend?«

»Ja.«

»Nun, ein telefonischer Anruf bei der Behörde in Swinemünde dürfte uns schnell darüber orientieren, was wir wissen müssen, und das will ich sogleich erledigen. Ich werde mir telefonische Antwort erbitten und hoffe, Ihnen noch heute abend Bescheid geben zu können. Sie sind doch daheim, daß ich Sie erreichen kann?«

»Gewiß, ich will diesen Abend bei meinem Vater verbringen.«

»Gut, mein lieber Herr Doktor. Da wir selbst nicht weiter eingreifen können, ohne unsere Nichte zu gefährden, sind Sie der rechte Mann, die Sache in die Hand zu nehmen. Und nun will ich gleich mit Swinemünde sprechen. Sie hören jedenfalls noch heute von mir.«

Günter verabschiedete sich und fuhr hinaus zu seinem Vater, der ihn schon erwartete. Er berichtete diesem, was der Tag ihm gebracht hatte, und der alte Herr regte sich bei seiner Schilderung fast ebenso auf wie Gunter. Er wäre am liebsten mit nach Venedig gereist, aber Gunter machte ihm klar, daß er mehr Bewegungsfreiheit habe, wenn er ganz allein seine Sache führte. Da nickte der alte Herr und sagte ruhig: »Recht hast du! Also, Glück auf zur Brautfahrt!«

Der Gerichtspräsident hatte telefonische Antwort von der Behörde in Swinemünde. Man meldete ihm, daß in der Pension Vineta zwei Russen namens Wojewska und Karanow gewohnt hätten, daß diese jedoch am Morgen dieses Tages abgereist seien – Ziel der Reise unbekannt.

Zugleich hatte aber der umsichtige Gerichtspräsident, nachdem er seinen Sohn gefragt hatte, in welcher Pension Fräulein Rosa Mertens gewohnt hatte, in Swinemünde auch nach dieser Dame Nachforschung angestellt, und man hatte ihm mitgeteilt, daß auch Fräulein Mertens am gleichen Morgen abgereist sei, nachdem sie ein Telegramm erhalten habe.

Lächelnd hatte der alte Herr zu seinem Sohn gesagt: »Die junge Dame, die dir so spaßhafte Sachen über die Versklavung und die Selbständigkeit der Frau gesagt hat, wird hoffentlich nie erfahren, in welche Gefahr sie sich dadurch gebracht hat, daß sie dich als ihren Vetter ausgab. Sie wird vielleicht dies kleine Manöver nicht das erste und hoffentlich auch nicht das letztemal aufgeführt haben.«

Bernd strich sich über die Stirn, als sei ihm zu heiß.

»Wenn man sie nur warnen könnte«, sagte er.

»Weißt du, woher sie stammt?«

»Aus Berlin natürlich. In Swinemünde sind ja fast nur Berliner zur Erholung. Und so schnurriges Zeug redet nur eine aufgeklärte Berlinerin.«

»Nun, wir wollen hoffen, daß ihr nichts Schlimmes geschieht. Ich werde jedenfalls unauffällig Nachforschungen anstellen, um Doktor Valberg gegebenenfalls Hinweise geben zu können. Vor allem muß er auch ihre falschen Namen erfahren – immer vorausgesetzt, daß es wirklich die Soblikoffs sind, die sich darunter verbergen, was ja kaum mehr zu bezweifeln ist. Deiner armen Mutter wäre es zu gönnen, wenn sie endlich Ruhe bekäme über das Schicksal ihrer Nichte.«

Herr von Altdorf läutete Gunter an und berichtete, was er in Erfahrung gebracht hatte. Dann fuhr er fort:

»Ich werde Ihnen durch Bernd noch ein Empfehlungsschreiben an den mir persönlich befreundeten deutschen

Konsul in Venedig an den Zug senden, außerdem eine amtliche Bestätigung, daß Sie als Geheimdetektiv in einer inoffiziellen Sache von der dortigen Polizei allerlei Hilfe verlangen können. Das kommt Ihnen vielleicht irgendwie zugute. Man kann in Ihrem Fall nie wissen, wie man die Polizei braucht, und eine solche Bestätigung sichert Ihnen doch schnellere Hilfe als sonst.«

Gunter bedankte sich sehr und verabschiedete sich von dem alten Herrn, der ihm guten Erfolg und glückliche Reise wünschte.

Am nächsten Abend war Bernd pünktlich am Zug und brachte Gunter die Empfehlungsschreiben seines Vaters. Die Freunde nahmen herzlichen Abschied voneinander, und ehe Bernd dann den Abreisenden verließ, sagte er:

»Du, Gunter, am Ende werden wir nun noch Vettern. Das wäre fein!«

Gunter lächelte und atmete tief auf.

»Ich hätte auch nichts dagegen. Vorläufig, das muß ich sagen, geht mir noch alles wie ein Mühlrad im Kopf herum, und es wird mir ganz guttun, wenn ich jetzt auf der langen Fahrt ein wenig Ordnung in meine Gedanken bringe. Wenn ich Romana gefunden habe, dann wird mir leichter ums Herz sein.«

»Einen klaren Kopf wirst du brauchen, Gunter. Aber du wirst deine Sache als ›Geheimdetektiv‹ schon gut machen. Und – laß uns nicht zu lange ohne Nachricht!«

»Sobald ich irgend etwas in Erfahrung gebracht habe, schreibe ich.«

Noch einmal reichten sich die Freunde die Hand.

»Auf ein frohes Wiedersehen, Gunter!«

»Darauf hoffe ich auch, Bernd!«

Der Zug rollte davon, und Gunter lehnte sich mit geschlossenen Augen in die Kissen zurück. Er empfand es als Wohltat, allein sein und seinen Gedanken ungestört nachhängen zu können.

Erst spät ließ er sich von dem Schlafwagenschaffner sein Lager aufschlagen. Schlaf fand er nicht viel in dieser Nacht. Er mußte so viel an Romana denken.

Als sein Zug dann von München weiterfuhr, schlenderte er langsam den Laufgang entlang, um sich ein wenig Bewegung zu verschaffen. Erst ging er in entgegengesetzter Fahrtrichtung von seinem Abteil aus. Als er dabei an einem andern Abteil vorüberkam, fiel ihm auf, daß eine Dame, die eben den Hut ablegte, sich nach ihm umwandte und ihm nachsah.

Er wollte sich nicht nach ihr umsehen und wartete, bis er auf dem Rückweg an dem Abteil vorüberkam. Da sah er scharf in das Abteil hinein und zuckte leise zusammen. Die junge Dame, die ihm so auffällig nachgesehen hatte, war – Fräulein Rosa Mertens. Sie sah ihn sehr freimütig mit großen Augen an, als wollte sie sagen: Wenn wir uns auch nicht vorgestellt sind, so wissen wir doch ganz genau, wer wir beide sind! Und – es muß gesagt werden, Fräulein Mertens schien Bernd von Altdorf schon ganz vergessen zu haben, denn sie schien nicht wenig Lust zu verspüren, jetzt mit seinem Freund einen kleinen Flirt zu beginnen.

Gunter war aber durchaus nicht danach zumute. Er dachte our befriedigt: Gottlob, die junge Dame scheint mir noch recht munter und gesund zu sein, und ich brauche mich vorläufig nicht um sie zu sorgen! Aber es ist sehr gut, daß ich sie hier im Zug weiß. Da kann ich doch einmal ein wachsames Auge auf sie haben. Und nun will ich doch mal weiter in diesem Zug nachsehen. Habe ich mich in meinen Vermutungen nicht getäuscht, so müßten doch auch die beiden Russen hier sein.

Und aufs äußerste gespannt, ging er nun weiter, in jedes Abteil scharf hineinspähend. Als er sein Abteil wieder erreicht hatte, ging er in die andere Richtung. Anscheinend war Fräulein Mertens, die in Begleitung einer alten Dame, vermutlich ihrer Tante, war, erst in München in seinen Zug gestiegen. Sie war wohl schon am Tag vorher von Berlin nach München gefahren.

Seltsam, wie dieses Fräulein Mertens, das ihm so gleichgültig gewesen war, sich immer wieder in seinen Gedankenkreis hineindrängte, weil er wußte oder doch ahnte, daß die beiden Russen in ihr die junge Gräfin Soblikoff vermuteten.

Immer scharf nach den beiden Russen ausspähend, war er ohne Resultat bis an den Speisewagen gekommen. Er wollte diesen durchschreiten und dann weitergehen. Aber noch ehe er den Speisewagen betreten hatte, sah er ganz nahe beim Eingang die Gesuchten an einem kleinen Tisch beim Frühstück sitzen. Er stutzte und sah sofort wieder gleichgültig über die beiden hinweg. Er konnte es schon nicht mehr Zufall nennen, wie ihm das Schicksal in seiner Angelegenheit immer wieder zu Hilfe kam! Die beiden Soblikoffs oder, wie sie sich in Deutschland nannten, Wojewska und Karanow, hatten also wirklich Fräulein Mertens bis hierher verfolgt und ihre Spur nicht verloren.

Gunter war nicht ganz sicher, ob er den Russen in Swinemünde aufgefallen war, ob sie ihn überhaupt beachtet hatten. Es war ihm natürlich wichtig, das feststellen zu können. Er betrat daher den Speisewagen und ließ sich, Rücken an Rücken mit dem einen der Herrn, an dem nächsten kleinen Fenstertisch nieder. Unbemerkt beobachtete er sie dabei in dem gegenüberliegenden Spiegel. Aber sie zeigten keinerlei Interesse für den Eingetretenen, dem sie nur einen gleichgültigen Blick gönnten, um sich dann wieder in ihr Frühstück zu vertiefen. Gunter bestellte bei dem herbeigekommenen Kellner ebenfalls ein Frühstück und zog eine Zeitung hervor, in deren Inhalt er sich anscheinend vertiefte. Er hielt aber die Zeitung so, daß er die beiden Russen über dieselbe hinweg im Spiegel verstohlen beobachten konnte. Eine Weile schienen sie wie Gunter mit ihrem Frühstück beschäftigt. Sie sprachen nur wenig und nur Gleichgültiges, aber Gunter stellte fest, daß er ihr Gespräch gut belauschen konnte, trotz des Rüttelns des Wagens. Und nach einer Weile, als er wieder in seine Zeitung vertieft war, hörte er, wie der eine fragte:

»Weißt du, in welchem Abteil sie sitzt?«

»Im vorletzten Wagen«, erwiderte der andere, »wir haben Glück, daß sie gerade nach Venedig fährt, das für uns am Weg liegt. Nach Rom können wir weiterfahren, wenn – es geschehen ist.«

Sie sprachen wieder in ihrem reinen, wohlakzentuierten Russisch, das Gunter gut verstehen konnte. Und nun hörte er weiter:

»Die alte Dame gibt sie als ihre Tante aus und redet sie auch so an. Damit kann sie uns nicht mehr irreführen. Ihre einzige Tante, die sie hat, ist die Altdorf, und diese ist noch eine viel jüngere Erscheinung.«

Gunter hatte alle Selbstbeherrschung nötig, um seine Erregung nicht zu verraten. Wenn er noch Zweifel gehabt hätte, ob seine Vermutungen stimmten, dann waren sie jetzt geschwunden. Frau von Altdorfs Name hatte ihn überzeugt, daß er wirklich die beiden Verbrecher vor sich hatte. Ebenso sicher war es, daß sie in Fräulein Mertens Romana gefunden zu haben glaubten. Und so besorgt er nach allem auch um dieses Fräulein Mertens war, erfüllte es ihn doch mit großer Ruhe, daß er vorläufig Romana vor ihnen sicher wußte, denn solange sie

Fräulein Mertens Spur verfolgten, würden sie die Romanas nicht wiederaufnehmen. Mit welch anderen Gefühlen dachte Gunter jetzt an Justizrat Harland, der Romana so treu behütet und bewacht hatte!

Er lauschte jetzt wieder, immer scheinbar in seine Zeitung vertieft, denn die Russen sprachen weiter: »Die Banken in der Schweiz werden wir schon ausfindig machen, Gregor.«

»Kleinigkeit! Wenn es nur erst soweit wäre!«

Keinen Augenblick war Gunter im Zweifel, was sie damit sagen wollten. Mit gespannter Aufmerksamkeit lauschte er wieder auf ihr Gespräch, Bernd segnend, daß er ihn vor Jahren verleitet hatte, die russische Sprache zu erlernen. Außer ihm und den Russen befand sich in dem Abteil des Speisewagens nur noch eine junge Dame, die an der Tür zum Nebenabteil saß und nicht hören konnte, was hier gesprochen wurde. Leider konnte er die nächsten Sätze, die die Russen sprachen, nicht verstehen, denn der Zug fuhr über eine Brücke und polterte dabei so laut, daß jedes andere Geräusch verschlungen wurde. Aber als der Zug die Brücke hinter sich hatte und das Geräusch nachließ, hörte er den einen gerade besonders laut sagen:

»In Venedig finden wir sicher eine passende Gelegenheit. Wir müssen nur alles dransetzen, daß wir im selben Hotel mit ihr wohnen.«

»Nicht so laut!« mahnte der andere.

»Bei dem Gerassel des Zuges kann niemand etwas verstehen.«

Aber sie dämpften beide ihre Stimme, und trotz angespanntester Aufmerksamkeit konnte Gunter wieder eine Weile nichts verstehen. Aber dann hörte er wieder:

»Die vermeintliche Tante sagte zu ihr, sie habe immer im Bauer-Grünwald gewohnt und wolle dies auch diesmal tun. Um diese Zeit sind bestimmt Zimmer frei, und wir werden ebenfalls da Wohnung nehmen.«

»Es läuft alles, wie wir es wünschen – in einem Hotel mit ihr finden wir Gelegenheit, die Medizin anzubringen, dafür laß mich sorgen.«

Gunter lief ein Schauder über den Rücken, denn unter der »Medizin« war es nicht schwer für ihn, nach allem, was er wußte, Gift zu vermuten. Er gratulierte sich zu seinem Erfolg als Geheimdetektiv. Nun wußte er schon so viel von den Plänen der Russen, daß er ihnen gehörig auf die Finger sehen konnte.

Weiter vernahm er nun auch nichts Interessantes mehr, er hörte nur noch, daß sie sich versicherten, die Sache in Rom habe noch Zeit, bis in Venedig alles geregelt sei, und daß sie dann von Rom aus in die Schweiz reisen würden. Sie bezahlten ihr Frühstück und verließen den Speisewagen. Gunter zog sein Notizbuch und schrieb sich zur Sicherheit auf, was er erlauscht hatte. Dann bezahlte auch er und ging zu seinem Abteil zurück.

Selbstverständlich blickte Gunter nun besonders scharf in alle Abteile. Die Russen waren in derselben Richtung aus dem Speisewagen gegangen, wie er selbst es tun mußte, um sein Abteil zu erreichen, und so sah er sie auch gleich in dem Wagen neben dem Speisewagen im zweiten Abteil sitzen. Ein Herr und eine Dame teilten das Abteil mit ihnen.

Gunter ließ sich in seinem Abteil auf seinen Platz fallen und starrte vor sich hin. Wie sonderbar sich das alles fügte. Man konnte nicht anders, als an eine Schicksalsfügung zu glauben, denn die günstigen Zufälle mehrten sich in überraschender Weise. Und da das Schicksal ihm bisher so unerhört günstig gewesen war, hoffte er, daß es ihm auch weiter hold sein werde. Jedenfalls hatte er vorläufig Ruhe, die Russen saßen dahinten neben dem Speisewagen, Fräulein Mertens im vorletzten Wagen und er zwischen den beiden Parteien mit seinem quälenden und doch zugleich beruhigenden Wissen.

Er hielt getreulich Wache über Fräulein Mertens, die keine Ahnung hatte, daß man sie für eine Gräfin Soblikoff hielt und mit Mordgelüsten verfolgte. Sie saß ziemlich gelangweilt neben ihrer schlafenden Tante, die wirklich ihre echte und rechte Tante war. Und noch weniger ahnte sie, daß Herr von Altdorfs Freund beschlossen hatte, ihr in Venedig auf Schritt und Tritt zu folgen. Wußte er doch, daß er dann zugleich die Russen verfolgen würde, die er gar zu gern dingfest machen wollte. Er sagte sich, wenn er den beiden Schurken einen geplanten Mord nachweisen könne, würden sie für lange Zeit, wenn nicht für immer, für Romana Soblikoff unschädlich gemacht. Und dies zu erreichen war sein ebenso sehnlicher Wunsch wie der, Romana wiederzusehen und für sich zu erringen.

11

Der Zug brauste über die lange Brücke, die Venedig mit dem Festland verbindet. Erwartungsvoll standen die Reisenden an den Fenstern und schauten dem Zug voraus auf die Seestadt Venedig. Der Campanile überragte das ganze in glutroter Abendsonne liegende Stadtbild. Wenn der Blick sich aber von diesem herrlichen Bild abwandte und sich in das gegen die Brücke leise anflutende Meer versenken wollte, dann bot sich ihm ein weniger schöner Anblick. Auf dem Wasser zu beiden Seiten der Brücke schwammen unbeschreiblich viel Gegenstände, die schon einen Vorgeschmack gaben von dem, was man später in Venedig alles auf den Lagunen herumschwimmen sehen würde. Tote Katzen, Heubündel, Papiertüten, leere Konservenbüchsen, leere und verkorkte Flaschen, schmutzige Lappen und Gemüseabfälle – der Venezianer versenkt alles, was er im Haushalt aus dem Wege geräumt haben will, in die Lagunen. Diese tragen es in das geduldige Meer, das all diesen Schmutz mit der Flut sich hinwegzuspülen bemüht, immer wieder besorgt, daß diese Besudelung seiner Schönheit nicht zu viel Abbruch tut. Aber man vergißt das alles, nachdem man sich ein Weilchen darüber geärgert hat, und ergötzt seine Augen wieder an dem wundervollen Rundbild, das sich mehr und mehr den suchenden Blicken bietet.

Gunters Blick eilte nach Venedig voraus, mit der sehnsüchtigen Frage, ob die Geliebte schon in Venedigs Mauern weile. Da der August noch nicht ganz zu Ende war, war es noch heiß und schwül über dem Wasser. Aber jetzt stand eine frische Brise auf und brachte Erfrischung.

Bald lief der Zug in der Bahnhofshalle ein. Sehr schön ist der Bahnhof von Venedig nicht. Auf einem schmalen Bahnsteig drängten sich die Menschen, und Gunter hatte Mühe, die beiden Russen nicht aus den Augen zu verlieren. Er sah, daß sie anscheinend eifrig etwas besprachen und dann einen sehr hellen gelben Koffer bei der Handgepäckaufgabe in Verwahrung gaben. Das andere Handgepäck behielten sie bei sich. Es bestand noch aus zwei mittelgroßen Kupeekoffern, die bedeutend eleganter und größer waren als der gelbe Koffer.

Aber Gunter sah nun auch Fräulein Mertens mit ihrer sehr beleibten Tante an sich vorbeitänzeln. Sie warf ihm einen koketten Blick zu, und er sagte sich, wenn er ihr jetzt folgte und im gleichen Hotel wie sie Wohnung nahm, dann könne sie annehmen, daß er mit ihr anbändeln wolle. Deshalb beschleunigte er seine Schritte, so daß er sie überholte und vor ihr das Bahnhofsgebäude verließ. Er wußte ja, daß sie bei Bauer-Grünwald wohnen würde und konnte deshalb darauf verzichten, ihr zu folgen. Er ging ihr also voran zur Anlegestelle der Gondolas und rief hier den Hoteldiener von Bauer-Grünwald, der, auf Gäste wartend, dastand.

Gunter sagte dem Hoteldiener, daß der Gepäckträger seinen Koffer zur Gondel bringen werde. Dieser nötigte ihn in eine bereitstellende Gondola.

Nachdem Gunter untergebracht war, bat ihn der Hoteldiener, ein wenig zu warten, da sicher noch mehr Gäste für sein Hotel angekommen sein würden. Zufrieden lehnte sich Gunter in die schwarzgepolsterten Kissen zurück und wartete. Und nach kurzer Zeit kam der Hoteldiener mit den beiden Damen an und nötigte auch sie, in die Gondel zu steigen, in der Gunter bereits Platz genommen hatte und gleichmütig vor sich hinsah.

Fräulein Mertens bemerkte mit einem leisen Lächeln Gunters Anwesenheit und schwatzte allerlei süßen Unsinn mit ihrer Tante. Dabei warf sie immer wieder verständnisvolle Blicke zu Gunter hinüber, als wolle sie sagen: »Ich finde es famos, daß wir in demselben Hotel wohnen, und wenn erst die Tante nicht mehr in Sicht ist, dann wirst du schon anbeißen!«

Aber Gunter hatte nicht die geringste Lust anzubeißen und hütete sich, irgendwelche Hoffnungen in der jungen Dame zu erwecken. Er würde sich notgedrungen schon ohnedies sehr viel mit ihr beschäftigen müssen und würde alle Zurückhaltung nötig haben, um sie nicht, falsche Schlüsse ziehen zu lassen.

Inzwischen waren auch die beiden Russen herbeigekommen und wollten nun auch mit in dieselbe Gondel steigen, aber der Hoteldiener bat sie, in einer zweiten zu folgen, da diese sonst überlastet würde. Die beiden Russen waren einverstanden, sich anscheinend gar nicht um Fräulein Mertens und ihre Tante kümmernd, die ihnen auch nicht die geringste Aufmerksamkeit gönnten. Die beiden für Bauer-Grünwald bestimmten Gondeln fuhren nun dicht hintereinander durch die zahlreichen schmalen Wasserstraßen, die zum Hotel führten, das direkt am Canale grande, in der Nähe des Markusplatzes liegt. Nach einer durchaus nicht angenehmen Fahrt durch die ziemlich schmutzigen Lagunen hielten die Gondeln vor dem Portal des Hotels. Pförtner und Hausdiener standen bereit, die Gäste zu empfangen. Fräulein Rosa Mertens benahm sich trotz aller Emanzipation sehr ängstlich beim Aussteigen und schwankte herausfordernd hilfsbedürftig. Mit einem süßen Lächeln sah sie Gunter auffordernd an. Aber zu seiner Befriedigung brauchte er nicht ritterlich einzugreifen, da Fräulein Mertens schon von dem Pförtner sehr wirksam unterstützt wurde.

»Die Zimmer für meine Tante und mich sind reserviert, wir haben telegrafisch bestellt«, sagte Fräulein Mertens in eingelerntem Italienisch, dem man anhörte, daß es eben erst aus einem Wörterbuch zusammengesucht war.

»Die Zimmer sind bereit, gnädiges Fräulein«, erwiderte der Pförtner in geläufigem Deutsch, worauf die Tante bemerkte:

»Es sind doch nebeneinanderliegende Zimmer?«

»Jawohl, gnädige Frau.«

Gunter hörte, daß die Damen auf die Zimmer Nummer achtzig und einundachtzig geführt wurden, während er zu seiner Befriedigung das Zimmer vierundachtzig erhielt. Da er ein Badezimmer für sich wünschte, wurde ihm bedeutet, daß dieses Badezimmer die Nummer fünfundachtzig führte. Gunter erledigte nun etwas umständlich gleich die Anmeldepflicht und wartete auf die beiden Russen. Sie folgten auch nach einigen Minuten und begegneten gerade noch den beiden Damen, die auf ihre Zimmer geführt wurden. Gunter bemerkte, daß die beiden Russen einen Blick miteinander tauschten. Sie kamen dann auch zur Geschäftsstelle des Hotels und verlangten in ziemlich geläufigem Italienisch ein gemeinsames Zimmer mit zwei Betten. Zu Gunters großer Befriedigung hörte er, daß ihnen das Zimmer sechsundachtzig angewiesen wurde.

Sie füllten nun auch gleich ihre Anmeldezettel aus und wurden dann ebenfalls auf ihr Zimmer geführt. Als sie verschwunden waren, wandte sich Gunter lächelnd an den Pförtner.

»Das waren sicher zwei Russen?« fragte er mit der müßigen Neugier eines Menschen, der sich für alles interessiert.

»Nein, mein Herr, es sind zwei Ungarn.«

Gunter stutzte, zuckte aber nur gleichmütig die Schultern.

»So täuscht man sich, ich hätte die Herrn für Russen gehalten.«

»Nein, der eine heißt Josef Baggay und der andere Ignaz Teremti, beide aus Budapest.«

Gunter verzog keine Miene. Also hier in Italien führten die beiden Grafen Soblikoff wieder andere Namen als in Deutschland, wahrscheinlich, um ihre Spuren zu verwischen. Anscheinend waren sie mit einer ganzen Sammlung falscher Pässe ausgestattet. Und wenn sie in Venedig das Verbrechen, das sie planten, begangen hatten, dann würden sie sicher wieder irgendwohin unter anderem Namen entwischen – nach ihren Plänen nach Rom. Man mußte jedenfalls auf der Hut sein vor diesen mit allen Wassern gewaschenen Halunken!

Langsam suchte Gunter nun sein Zimmer auf und sah sich dabei genau die Örtlichkeit an. Die vielen Gänge des Hotels, das einst ein alter Palazzo gewesen war, konnten verwirren, wenn man nicht genau acht gab.

Mehrere Treppen und Fahrstühle besorgten den Verkehr zwischen den einzelnen Stockwerken. Er stellte fest, daß das Zimmer sechsundachtzig, das den Russen zugewiesen worden war, unmittelbar an sein Badezimmer stieß. Die beiden Zimmer achtzig und einundachtzig aber, die man den beiden Damen angewiesen hatte, lagen auf dem gleichen Korridor um die Ecke. Das Eckzimmer Nummer dreiundachtzig war, wie ihm der Zimmerkellner auf eine Anfrage sagte, unbewohnt und ebenso das Zimmer siebenundachtzig, das auf der anderen Seite neben dem Zimmer der beiden Russen lag. Das Hotel war um diese Zeit wenig besucht.

Gunter orientierte sich schnell über die Lage der Zimmer und stellte fest, daß seine und der Russen Zimmerfenster sowie das Fenster seines Badezimmers nach dem Wasser zu lagen, wo sich die Anfahrt für das Hotel befand. Die Zimmer der beiden Damen aber lagen über der Hotelterrasse, die nach dem Canale grande hinausging. Es beruhigte Gunter einigermaßen, daß sein Zimmer so lag, daß die Russen unbedingt daran vorübergehen mußten, wenn sie zu den Zimmern der beiden Damen gelangen wollten. Auch wenn sie das Hotel verlassen oder zu den Speisesälen gehen wollten, mußten sie an seinem Zimmer vorbei. So konnte er sie sehr gut im Auge behalten.

Er betrat also sein Zimmer und fertigte den Kellner ab. Dann schloß er seine Zimmertür ab, warf Hut und Paletot auf einen Sessel und öffnete erst einmal leise das Badezimmer, das zwischen seinem Zimmer und dem der Russen lag. Leise schlich er zu der gegenüberliegenden

Tür, hinter der nach seiner Erkundigung das Zimmer der Russen lag. Aber da es Doppeltüren hatte, vernahm er keinen Laut. Plötzlich aber geschah etwas Seltsames – zum offenen Fenster herein drang die Stimme des einen Russen ganz deutlich an sein Ohr. Er stutzte und trat leise näher an das Fenster heran. Die Russen mußten drüben ebenfalls das Fenster aufstehen haben, und es schien hier eine jener rätselhaften akustischen Merkwürdigkeiten vorzuliegen – jedes Wort, das drüben gesprochen wurde, kam mit einer fast lächerlich genauen Deutlichkeit gleichsam durch das offene Badezimmerfenster hereingeströmt. Man muß bedenken, daß es in Venedig fast keine Straßengeräusche gibt, und gar in den stillen Nebenstraßen herrschte völlige Stille. Es klang höchstens zuweilen der Warnruf eines Gondoliere durch die Stille. Das gegenüberliegende Gebäude war ein alter Palazzo, in dem alle Fensterläden geschlossen waren. Es stand mit seinen grauen Mauern in fast greifbarer Nähe vor den Fenstern. Und an diesen Mauern prallten die Schallwellen ab und strömten in das offene Badezimmerfenster zurück.

Gunter frohlockte. Das war eine herrliche Gelegenheit, die beiden Russen zu beobachten und zu belauschen. Er setzte sich ganz gemütlich auf einen Sessel am Fenster nieder und horchte mit atemlosem Interesse und ohne jegliche Gewissensbisse wegen seiner Indiskretion auf die Unterhaltung der beiden Russen, die zwar nur halblaut miteinander sprachen, deren Worte aber, gleichsam wie durch einen Schalltrichter verstärkt, zu Gunter zurückkamen.

Erst hörte er nur Gleichgültiges, aber er wich nicht von der Stelle und wartete auf Interessanteres. Er sollte nicht umsonst so ausdauernd gewesen sein, denn nach einer Weile hörte er den einen der Russen sagen:

»Welche Nummer hat der Handgepäckschein?«

Der andere antwortete nach einer Weile:

»Nummer dreihundertfünfundsechzig. Warum willst du die Nummer wissen?«

»Du weißt, ich habe eine Aversion gegen ungerade Zahlen, wenn es um etwas Wichtiges geht.«

»Du solltest dir solchen Aberglauben abgewöhnen, Michael. Nummern sagen gar nichts.«

»Warum hast du den gelben Koffer in der Gepäckannahme aufgegeben, Gregor, es ist mir ein unheimliches Gefühl!«

»Du hast mir schon auf dem Bahnhof deshalb Vorwürfe gemacht. Du wirst eben nie im Leben ein Diplomat. Der Koffer ist dort sicherer, als wenn wir ihn bei uns hätten. Er mag ruhig dort liegen, bis wir wieder abreisen, was hoffentlich nicht lange dauert. In sechs Tagen müssen wir unter allen Umständen nach Rom abreisen, sonst kommen wir zu spät. Aber ich denke, wir werden unser Privatgeschäft bis dahin erledigt haben. Also, sei schon zufrieden damit, daß ich den Koffer aufgab, man weiß nicht, was kommt, und er darf um keinen Preis bei uns gefunden werden.«

»Meine Angst bei der Zollrevision gönne ich meinem ärgsten Feind nicht.«

»Eh, du bist manchmal ein Hasenfuß. Habe ich dir nicht vorher gesagt, sie sehen sich so kleine Koffer kaum an, und wenn sie schon nichts als alte Zeitungen darin sehen, dann haben sie gleich genug. Du hast gesehen, sie haben gar nicht verlangt, daß wir diesen Koffer, der in seiner gelben Ärmlichkeit so unscheinbar aussieht, aufmachen. Hätten sie es aber getan, dann hätten sie gesehen, daß er nur alte Zeitungen enthält und hätten nicht nach den darin versteckten Dokumenten gesucht. Außerdem hätten sie die in russischer Sprache abgefaßten

Dokumente gar nicht lesen können. Sie sollen ja erst hier übersetzt werden für die Flugblätter.«

»Nicht so laut, Gregor!«

»Ich spreche doch ganz leise. Und außerdem haben wir es hier gut getroffen, die Zimmer rechts und links von uns sind unbewohnt. Und alle Türen sind Doppeltüren.«

»Dann ist es gut.«

»Im übrigen, wer soll uns hier verstehen, wenn wir russisch sprechen?«

»Um nochmals auf den Koffer zu kommen – könnte er nicht zufällig im Gepäckraum gestohlen werden?«

»Hier herrschen ja keine russischen Zustände, und außerdem, wer sollte sich gerade an dem ärmlichen Koffer bereichern wollen, da fassen sie nach anderem.«

»Er hat eine so auffallende Farbe.«

»Die habe ich mit Absicht gewählt. In einem so lächerlichen Behälter wird man keine Verschwörung vermuten.«

»Es wäre eine Katastrophe für uns, Gregor, wir wären verloren, wenn man uns hinter die Schliche käme.«

»Bist du bange?«

»Nun, ein Vergnügen ist es ohnedies nicht, den Anarchismus verbreiten zu helfen.«

Der andere lachte hart.

»Denkst du, mir ist das ein Vergnügen? Ich spucke auf alle Revolutionen, aber was bleibt uns übrig, als uns zu Agenten machen zu lassen. Auch das danken wir ihm, der durch seine unsinnige Heirat unser ganzes Leben zerstörte. Aber nicht mehr daran denken – dieses blonde Mädchen wird erledigt, und in wenigen Tagen haben wir unser Ziel erreicht. Wir werden endlich einmal wieder leben – leben können, wie wir es uns so lange gewünscht haben.«

»Wahrlich – wir haben viel gewagt dafür.«

»Hast du wieder einmal deine feigen Gewissensbisse?«

»Nein, nein, Gregor, aber ich wollte, wir wären endlich am Ziel.«

»Nun, auch das letzte Hindernis wird bald aus dem Weg geräumt sein.«

»Wie willst du es machen, Gregor?«

»Unsere Medizin ist sicher. Wohl uns, daß wir sie uns beschaffen konnten.«

»Aber – wie werden wir ihr die Medizin geben können?«

»Wird sich finden. Hier im Hotel sind mehrere Speisesäle. Wir müssen nur Sorge tragen, daß wir mit ihr in demselben Saal speisen und uns immer in ihrer Nähe halten. Alles weitere überlasse mir.«

»Wäre es nicht einfacher, wenn wir in ihr Zimmer gelangen könnten?«

»Das ist mir zu gefährlich. Dabei könnte uns jemand sehen, und wenn es dann geschieht, richtet sich der Verdacht auf uns. Außerdem – wer bürgt mir dann dafür, daß sie die Medizin wirklich nimmt? Nein, nein, ich muß sichergehen. Geschieht es im Speisesaal, dann kann man nachher herumspüren, soviel man will, wie die Medizin in die Speisen kam.«

»Und wenn die andere, die vermeintliche Tante, mit davon genießt?«

»Eh, dann ist es nicht zu ändern, davor kann und will ich nicht haltmachen. Sobald wir uns überzeugt haben, daß sie die Medizin nimmt, verschwinden wir sofort und gehen nach Rom, um unsere geheime Mission zu erfüllen. Die Namen wechseln wir auf alle Fälle. Und dann gehen wir in die Schweiz und forschen dort nach. Dort können wir dann als die erbberechtigten Grafen Soblikoff auftreten.«

»Nun wohl, Gregor, du bist klüger als ich, und ich überlasse alles dir.«

»Du tust recht daran! Mußt schon mit mir durch dick und dünn gehen, wenn du an den Früchten unserer Taten teilhaben willst.«

»Sei unbesorgt, es gibt kein Zurück mehr, für mich nicht und für dich nicht. Wenn unser verpfuschtes Leben noch einmal Wert erhalten soll, dann kann es nur sein, wenn wir das Vermögen erlangen, das von Rechts wegen unser Erbe ist. Ein Leben, wie wir es führen, seit er die blonde Deutsche heimgeführt hat, ist kein würdiges Leben für die Grafen Soblikoff.«

»Schweige, nenne diesen Namen nicht!«

»Ah, jetzt macht es dich feige, ihn zu hören.«

»Nein, aber es ist nicht nötig.«

Eine Weile blieb es drüben still. Gunter konnte seine Erregung kaum bezwingen, aber er blieb bewegungslos sitzen und lauschte weiter. Er hörte lange Zeit nur ein Auf- und Zuschieben der Schubladen, das Plätschern des Waschwassers und ein lautes Gähnen. Und dann sagte wieder einer von ihnen:

»Wir werden jetzt ein wenig auf den Markusplatz gehen, nehmen dort einen Tee und richten es dann so ein, daß wir nicht zu früh zum Essen ins Hotel gehen, damit sie ihren Platz schon gewählt hat und wir den unseren unauffällig in der Nähe nehmen können. Gewöhnlich behält man ja seinen Platz, solange man im Hotel bleibt, und sie scheint auf längere Zeit hier in Pension bleiben zu wollen.«

»Gut, wir brauchen dann wohl erst um acht Uhr wieder hier zu sein.«

»Lieber etwas früher, man beginnt hier um sieben zu speisen, und die Deutschen speisen zeitig zu Abend. Wenn wir um acht Uhr kommen, könnte sie schon fertig sein. Es ist besser, wir sind bald nach sieben Uhr wieder hier.«

Gunter hörte, wie sich die beiden Russen entfernten, und atmete tief auf. Was er gehört hatte, genügte, um sich über diese beiden Schurken völlig klarzuwerden. Die italienischen Behörden würden wahrscheinlich diese Angelegenheit sehr wichtig nehmen, wenn sie zu ihrer Kenntnis gelangte.

Der erwähnte gelbe Koffer, den Gunter schon auf dem Bahnhof bei den Russen gesehen hatte, schien doch allerhand wichtige Geheimnisse zu bergen, und wenn die italienische Regierung hinter diese Geheimnisse kam, würden die beiden Grafen Soblikoff vielleicht schleunigst verhaftet werden. Gunter war jedes Mittel recht, die beiden Schurken für Romana unschädlich zu machen, und er war nicht willens, dies erlauschte Geheimnis unberücksichtigt zu lassen.

Die Nummer des Aufbewahrungsscheines für den gelben Koffer hatte er sich sogleich, nachdem er sie gehört hatte, auf seine Manschette notiert. Er übertrug sie nun, nachdem er sein Zimmer wieder aufgesucht hatte, in sein Notizbuch. Auch das, was er sonst gehört hatte, schrieb er sich fast wortgetreu auf.

Und dann sann er eine Weile darüber nach, was er nun tun sollte, tun mußte. Sein Entschluß war schnell gefaßt. Er kleidete sich rasch um, steckte das Empfehlungsschreiben des Gerichtspräsidenten zu sich, sowie die amtliche Bestätigung, daß er in privater Angelegenheit als Detektiv hier sei und man ihm behilflich sein möge.

Als er auf den Korridor hinaustrat, sah er, daß auch die beiden Damen gerade ihr Zimmer verließen. Rosa Mertens warf Gunter einen Blick zu, als wollte sie sagen: Wann wirst du endlich eine Anknüpfung versuchen? Gunter sah sie, ihren koketten Blick übersehend, ernst und groß an und überlegte, ob er sie warnen solle. Er entschied sich jedoch, es vorläufig nicht zu tun. Die Russen mußten sicher gemacht werden, ehe man eine Falle stellen konnte, in der sie sich fingen, und sie hätte sich vielleicht verraten.

Fräulein Mertens hielt Gunters ernsten nachdenklichen Blick für ein Entgegenkommen und sagte zu ihrer Tante so laut, daß er es hören mußte:

»Wir fahren jetzt ein Stündchen in einer Gondel durch den Canale grande und gehen dann auf den Markusplatz, die Tauben füttern. Tantchen. Und ich denke, wir sind dann nach sieben Uhr wieder hier im Hotel zum Speisen.«

»Mir ist alles recht, Kind, halb acht Uhr ist meine gewöhnliche Tischzeit, und die möchte ich einhalten«, erwiderte die Tante.

Gunter atmete auf. Er wußte nun die beiden Damen vorläufig in Sicherheit. Ihm war zumute, als sei er dafür verantwortlich, daß Fräulein Mertens nichts Böses geschah, und dieses dumme kleine Mädchen hatte anscheinend nur Flirt und Koketterien im Kopf! Es verlangte ihn sehr danach, die sich selbst aufgebürdete Verantwortung auf andere Schultern abzuwälzen.

Unten angekommen, ließ er eine Gondel herbeirufen und sich zum deutschen Konsulat fahren. Er glaubte zwar nicht, daß er heute noch vorgelassen würde, da es schon so spät war, aber versuchen wollte er es wenigstens. Nicht eine Stunde wollte er versäumen.

Er hatte Glück. Der deutsche Konsul, dem er sein Empfehlungsschreiben vorlegen ließ, nahm seinen Besuch als besonders dringend an.

»Es ist ein Zufall, Herr Doktor, daß Sie mich jetzt noch hier im Amt vorfinden, ich hatte eine dringende Arbeit zu erledigen. Aber ich freue mich. Sie noch empfangen zu können, da mein alter Freund Altdorf Sie mir so warm empfohlen hat. Womit also kann ich Ihnen dienen?«

Gunter sah ihn mit ernsten Augen an.

»Ich glaube, Herr Konsul, daß es in Ihre Hand gelegt ist, Herrn von Altdorf einen großen Dienst zu leisten, indem Sie mir helfen, zwei Schurken unschädlich zu machen.«

»Es ist mir immer und unter allen Umständen ein Vergnügen, Schurken unschädlich zu machen, in diesem Fall aber wird es mir eine besondere Genugtuung sein. Mein Freund Altdorf schreibt mir, daß Sie gewissermaßen als Privatdetektiv in eigener Sache hier sind.«

Ein Lächeln umspielte Gunters Lippen.

»Es geschieht allerdings das erstemal, daß ich den Detektiven ins Handwerk pfusche, aber die Not zwingt mich dazu. Wenn ich schon jetzt einigen Erfolg in dieser Angelegenheit aufzuweisen habe, so danke ich das wirklich nur dem Zufall.«

»Ohne den Zufall würde manches Verbrechen unentdeckt bleiben. Also bitte ich Sie, mir zu sagen, wie ich Ihnen helfen kann.«

»Ich muß Ihnen im voraus sagen, Herr Konsul, daß ich Ihre kostbare Zeit eine ganze Weile werde in Anspruch nehmen müssen.«

»Keine Sorge, ich habe Zeit und für den Augenblick nichts zu versäumen.«

»So wird es das beste sein, Herr Konsul, wenn ich Sie in alles einweihe. Ihre Indiskretion brauche ich nicht zu fürchten. Wenn Sie alles wissen, was bisher geschehen ist und was für Sorge ich habe um ein geliebtes Leben, dann werden Sie mir vielleicht verraten können, was ich hier in Venedig in dieser Sache tun kann.«

»Ich bitte, reden Sie, ich werde Sie nicht unterbrechen.«

Gunter berichtete nun in knappen, klaren Worten, was er über die Familie des Grafen Soblikoff in Erfahrung gebracht hatte, so wie es ihm Frau von Altdorf erzählt hatte. Dazu berichtete er von seinen Beziehungen zu Romana, von seinen eigenen Beobachtungen. Nur von dem gelben Koffer und dem, was damit zusammenhing, schwieg er vorläufig, er wollte nicht alles Pulver auf einmal verschießen. Als er dann eine Pause machte, sagte der Konsul:

»Das scheinen ja ein paar ausgemachte Schurken zu sein, aber wie soll man ihnen beikommen? Sie werden alles leugnen, falls man sie nicht bei der Tat ertappt. Und die Polizei ist hier sehr schwerfällig.«

Gunter beugte sich vor und sah den Konsul scharf an. »Ich fürchte schon, daß man mir auf der Polizei nicht viel Interesse schenken würde, trotz der Vollmacht, die mir der Herr Gerichtspräsident ausgestellt hat. Mir liegt vor allen Dingen jetzt daran, dieses Fräulein Mertens davor zu bewahren, daß sie ein Opfer dieser Schurken wird, denn sie ahnt nicht, was ihr droht. Daß die Schurken auf falscher Spur sind, kann mir persönlich nur lieb sein, aber ich kann doch nicht ruhig mit ansehen, wie sie diese junge Dame vergiften, wenn ich auch damit erreichen würde, was mir wünschenswert ist: sie für meine Braut unschädlich zu machen.«

»Natürlich kann man es nicht darauf ankommen lassen, Herr Doktor. Lassen Sie mich einmal nachdenken, wie ich es einrichte, daß die hiesige Polizei ein wenig Appetit auf diesen Fall bekommt.«

Gunter richtete sich auf, in seinen Augen sprühte es wie Gewitterleuchten.

»Da kann ich Ihnen vielleicht einen Fingerzeig geben! Ich habe nämlich heute von den beiden Russen noch etwas erlauscht über eine geheimnisvolle Verschwörung, die sich gegen die italienische Regierung zu richten scheint.«

Lebhaft sah der Konsul auf.

»Und das sagen Sie mir erst jetzt – heraus damit, Herr Doktor, das würde uns schnell zum Ziel bringen!«

Nun berichtete Gunter, was er über den gelben Koffer und seinen Inhalt erlauscht hatte und über die Aufgabe, die den beiden Grafen Soblikoff anscheinend übertragen worden war. Als er zu Ende war, sprang der Konsul erregt auf.

»Alle Wetter, das gibt der Sache ein ganz anderes Gesicht! Darauf wird man auf der Questura sofort anbeißen, gleichviel, ob die Sache von Wichtigkeit ist oder nicht. Nach allem aber, was ich von Ihnen höre, scheint sie von Wichtigkeit zu sein. In der jetzigen politisch unruhigen Zeit, wo es ohne Aufhören gärt und der Explosionsstoff in der Luft liegt, darf man solche Dinge erst recht nicht leichtnehmen. Und hier bei der Polizei wiegt das jetzt mehr als ein Menschenleben, zumal es nur das Leben einer Deutschen ist. Also, mein verehrter Herr Doktor, wir brechen sofort zur Questura auf. Ich weiß, wohin wir uns in dieser Angelegenheit wenden müssen, und werde Sie dahin führen. Sie sind dann gleich an maßgebender Stelle.«

Gunter dankte ihm herzlich, und nach einigen Minuten saß er mit dem Konsul in dessen Gondel und fuhr zur Questura.

Auch hier ging alles glatt. Der Speck, mit dem Gunter die maßgebende Persönlichkeit lockte, versagte seine Wirkung nicht. Der gelbe Koffer, der auf Nummer dreihundertfünfundsechzig in der Handgepäckabgabe auf dem Bahnhof lagerte, machte mit seinem geheimnisvollen Inhalt den Beamten sehr neugierig. Er sah schon Lorbeeren für sich wachsen, wenn etwas bei dieser Sache herauskam, und war sogleich Feuer und Flamme. Sofort wurde Auftrag gegeben, den gelben Koffer zu beschlagnahmen, natürlich ohne daß die Russen etwas merkten.

Außerdem wurde Gunter nun zugesagt, daß sofort genügend Bewachung ins Hotel Bauer-Grünwald abgesandt werden sollte. Die Russen sollten unter scharfe Beobachtung kommen, und Gunter wurde gebeten, zu gestatten, daß in seinem Badezimmer ein ständiger Wachtposten auf weitere Gespräche der Russen achten sollte. Gunter war ein Stein vom Herzen gefallen, er wußte doch nun wenigstens Fräulein Mertens unter polizeilichem Schutz und bekam Bewegungsfreiheit für seine eigene Angelegenheit. Von Romanas möglicher Anwesenheit in Venedig hatte er nichts erwähnt, er wollte die Geliebte nicht beunruhigen. Er gab nun noch die Namen an, die die Russen in Deutschland geführt hatten, und auch die, welche sie hier führten. Auch die Nummern der Zimmer, die in Frage kamen, wurden notiert und die Namen der beiden Damen.

Aufatmend fragte Gunter, ob er sich darauf verlassen könne, daß die beiden Damen genügend beschützt seien, ohne daß sie beunruhigt würden. Der Beamte versicherte ihm, er könne ganz unbesorgt sein, die Damen würden nichts davon merken, daß sie bewacht würden, obwohl jetzt jeder Atemzug von ihnen gewissermaßen unter Polizeiaufsicht stehe.

Gunter war ein Stein vom Herzen gefallen. Daß er, soweit es seine Zeit erlaubte, trotzdem immer noch ein wachsames Auge auf Fräulein Mertens haben und vor allen Dingen zu jeder Mahlzeit im Hotel sein würde, um die Schurken zu beobachten, stand bei ihm fest. Aber es drängte ihn nun, Nachforschungen nach Romana anzustellen.

Mit dem Konsul, der ihn mit seiner Gondel bis zum

Molo mitnahm, verließ Gunter die Questura und dankte dem Konsul herzlich für seine Vermittlung. Man hatte versprochen, von den Ergebnissen der Kofferdurchsicht dem Konsul Nachricht zu geben, und dieser wollte dann Gunter die Nachricht übermitteln.

Herzlicher als sonst nach so kurzer Bekanntschaft verabschiedeten sich die beiden Herren voneinander. »Wenn ich Ihnen sonst noch dienen kann, Herr Doktor, lassen Sie es mich wissen. Vielleicht kommen Sie auf alle Fälle in den nächsten Tagen noch einmal auf das Konsulat.«

»Ich werde es mir gern erlauben, Herr Konsul, und danke Ihnen nochmals für Ihre freundliche und wirksame Unterstützung.«

Mit einem kräftigen Händedruck trennten sie sich. Gunter sprang die beiden Steintreppen am Molo hinauf und ging langsam, mit bedeutend erleichtertem Gemüt, über die Piazetta hinweg zum Markusplatz hinüber. Suchend ließ er seine Augen über den bunten Menschenschwarm schweifen, der den schönen Platz bevölkerte. Immer wieder hoffte er, Romanas Gestalt zwischen den anderen Damen auftauchen zu sehen, aber er hoffte vergebens. Seine suchenden Augen waren aber beobachtet worden. Fräulein Mertens stand mit ihrer Tante mitten auf dem Platz und fütterte die Tauben, wie das unbedingt jede junge Dame getan haben muß, die Venedig besucht – übrigens auch die meisten alten oder älteren Damen und auch die Herren. Rosa Mertens kokettierte, eines der Täubchen auf der Hand haltend, zu Gunter hinüber, bis er sie endlich bemerkte. Ein amüsiertes, erlöstes Lächeln huschte nun doch über Gunters Gesicht, aber er wandte sich dann schnell ab und schritt hinüber nach den Prokurazien, um in einem der Restaurants eine Erfrischung zu nehmen.

So ein Stockfisch! dachte Fräulein Rosa Mertens ärgerlich, als Gunter wieder keine Anstalten machte, sich ihr vorzustellen. Trotzdem glaubte sie, er sei nur ihretwegen zum Markusplatz gekommen, weil er doch gehört haben mußte, daß sie zu ihrer Tante davon gesprochen hatte, daß sie hier sein würden. Es geschah dann ganz ohne Gunters Dazutun, daß er, als er Platz genommen hatte und sich einen Trunk bestellte, nicht weit von sich entfernt die beiden Russen sitzen sah. Sie unauffällig beobachtend, bemerkte er sehr wohl, daß sie unverwandt zu Rosa Mertens hinübersahen, die immer noch die Tauben fütterte. Sie sprachen anscheinend kein Wort zusammen, aber zuweilen sahen sie sich einen Augenblick in die Augen, daß es Gunter kalt überlief.

Und er mußte daran denken, wie ihm erst zumute hätte sein müssen, wenn die beiden seine Romana so angesehen hätten. Es war wie ein Gebet in seiner Seele, daß diese Verbrecher endlich ihre wohlverdiente Strafe erhielten, damit seine Braut nicht mehr ruhelos vor ihnen flüchten mußte.

Gunter ging dann, als es sieben Uhr schlug, zum Hotel zurück und kleidete sich für die Abendtafel an. Um diese Zeit wird in den italienischen Hotels nach englischer Sitte das Diner genommen. Als Gunter fertig war, begab er sich hinunter in den Wandelgang des Hotels, der sich vom Eingang an dem Anfahrtsportal vorbei bis zur Terrasse zog. Er ging hier auf und ab, bis die beiden Damen erschienen, die auch schon Toilette gemacht hatten.

Unauffällig, aber von Rosa Mertens doch bemerkt und nach Wunsch gedeutet, folgte er den Damen in den im ersten Stock gelegenen Speisesaal. Es lagen mehrere Räume nebeneinander, und Gunter setzte sich zuerst an einen kleinen Seitentisch gleich im ersten Saal, wo sich ein großer Spiegel befand, der ihm recht zweckmäßig erschien. Und er hatte richtig gerechnet. Fräulein Rosa Mertens zog ihre Tante in nächster Nähe von Gunter an einen Tisch und setzte sich so, daß sie Gunter sehen konnte.

Dieser nahm aber nun keinerlei Notiz mehr von ihr, um sie nicht zu weiteren Koketterien zu veranlassen. Dafür beobachtete er um so schärfer, sich eine Zeitung vorhaltend, die beiden Russen, die wenige Minuten später eintraten und sich ebenfalls in nächster Nähe niederließen.

Die Russen beobachteten verstohlen, aber unentwegt Rosa Mertens, Gunter wiederum paßte auf die Russen auf, und Rosa Mertens ließ keinen Blick von Gunter.

Gunter blieb dabei jedoch noch Zeit, sich auch weiterhin etwas im Speisesaal umzusehen, denn er sagte sich, daß die Polizei, wenn sie es ernst mit ihrem Versprechen nahm, hauptsächlich hier im Speisesaal, wo das Verbrechen stattfinden sollte, einen Beobachtungsposten aufstellen müßte. Und da fiel ihm ein Kellner auf, der wie gelangweilt an dem Türpfosten zum Nebensaal stand und mit ziemlich blödem Gesicht durch den großen Spiegel in den Saal blickte. Etwas an diesem anscheinend blöden Gesicht fiel ihm auf. Es zuckte zuweilen ein Licht in den Augen des Kellners auf, das nicht zu dem blöden Gesicht paßte. Gunter jedoch ahnte, daß der blöde Kellner eine besondere Aufgabe hatte.

An diesem Abend geschah nichts Besonderes. Als Gunter später sein Zimmer aufsuchte, um zu Bett zu gehen, trat ihm aus dem Badezimmer ein fremder Mann entgegen.

»Herr Doktor Valberg?« fragte er in deutscher Sprache, obwohl man ihm den Italiener sofort ansah.

Gunter nickte.

»Sie wünschen?«

»Ich habe mich bisher in Ihrem Badezimmer aufgehalten. Jetzt ist es nicht mehr nötig – die beiden Herren von sechsundachtzig sind schlafen gegangen und werden sich nichts mehr zu erzählen haben.«

»Haben Sie etwas Interessantes gehört?«

»Nein, Herr Doktor – nichts, was ich nicht schon durch Ihre Bemühungen wußte. Sollten Sie mich dieser Tage hier im Hotel irgendwo wiedersehen, bitte ich Sie, mich nicht zu kennen, auch wenn Sie mich unter einer anderen Gestalt wiedererkennen sollten. Ich halte es nicht mehr für nötig, Ihr Badezimmer als Beobachtungsposten zu benützen. Wir sind jetzt genügend orientiert. Gestatten Sie, daß ich mich Ihnen als Kollege vorstelle, ich bin der Detektiv Guido Sponzi – Sie kennen vielleicht meinen Namen?«

Gunter hatte keine Ahnung, aber er wollte dem anscheinend berühmten Kollegen etwas Liebenswürdiges sagen und verneigte sich.

»Ihr Name ist bekannt genug«, sagte er verbindlich. Guido Sponzi lächelte geschmeichelt, sah aber dann schnell wieder sehr ernst aus, und Gunter fand sein Gesicht sehr interessant und klug. Daß er ihn für einen Kollegen hielt, war ein Irrtum, der dadurch entstanden war, daß Gunter die ihm von Gerichtspräsident Altdorf ausgestellte Vollmacht als Detektiv in eigener Sache auf der Questura vorgezeigt hatte. Er ließ ihn aber ruhig dabei. Guido Sponzi flüsterte ihm nun noch zu, daß er von morgen an einen Postkartenverkäufer in dem betreffenden Speisesaal vorfinden werde, und wenn er ihm etwas mitzuteilen habe, möge er sich an den Postkartenverkäufer wenden. Gunter nickte verständnisvoll, und die beiden Herren trennten sich mit einem Händedruck.

12

Am nächsten Morgen machte sich Gunter frühzeitig auf den Weg in die Via dei Baccaroli, wo Professor Marks in der Pension Calani wohnen sollte. Er brauchte nicht zu fürchten, daß ihn dort jemand erkennen könne. Nur Romana kam in Frage, und die würde ihn nicht verraten, aus Angst, wieder aus seiner Nähe gebracht zu werden. Wo die Via dei Baccaroli lag, wußte er nicht. Er gab dem Gondoliere, der ihn dorthin fahren sollte, Weisung, ihn aufmerksam zu machen, wo die Pension Calani sei. Er wollte sich zunächst einmal das Haus ansehen, in dem der Professor wohnte, und dann versuchen, zu erforschen, ob Justizrat Harland mit Romana bei ihm weilte. Er hoffte, daß ihm der Zufall auch weiter günstig sein würde.

Zu seinem freudigen Erstaunen lag die Via dei Baccaroli gar nicht weit von seinem Hotel entfernt. Langsam glitt die Gondel durch die Wasserstraße, die in den Canale grande mündete, und als sie in die Nähe der Piazza Manin kamen, zeigte ihm der Gondoliere das Eckhaus und sagte:

»Dies ist die Pension Calani, Signore.«

Gunter ließ die Gondel an der Piazza Manin halten und bedeutete dem Gondoliere, zu warten. Er stieg die breite Steintreppe hinan, sah an dem Eckhaus empor und betrat dann einen kleinen Obstladen. Hier erstand er einige Pfirsiche und knüpfte mit der hübschen Verkäuferin eine Unterhaltung an. Sie sagte ihm lachend, er sei ein »bello Tedesco«, und er revanchierte sich und sagte ihr, sie sei eine »bella Signorina«, wofür sie mit einem geschmeichelten Lachen dankte.

Dann sagte sie, auf das Eckhaus deutend:

»Dort im Haus wohnt auch ein deutscher Professor,

der in alle Kirchen geht, um Kunstwerke zu studieren, aber er ist kein bello Tedesco, sondern ein alter grauhaariger Signore, und seine Gattin ist auch eine alte grauhaarige Signora, aber sehr lustig und freundlich.«

»Sie ist wohl eine Kundin von Ihnen, Signorina?« fragte Gunter lachend.

Aber das verneinte die Verkäuferin. Sie liefere zwar viel Ware in die Pension Calani, aber die kaufe nur Signora Calani ein. Diese sei aber sehr schwatzhaft und erzähle ihr alles, was in ihrer Pension vorgehe. Gunter horchte auf und meinte scherzhaft, dann könne er wohl von ihr auch einige Neuigkeiten erfahren, wenn sie durch Signora Calani so gut damit versorgt würde.

Die lustige Verkäuferin, die sich anscheinend sehr gern mit dem »bello Tedesco« unterhielt, nickte lachend. Sie wisse genau, daß eine sehr schöne junge »Tedesca« zu Besuch zu dem deutschen Professor gekommen sei – oh, eine sehr schöne »Tedesca« mit goldenem Haar. Sie sei mit einem alten Signore gekommen, der sie zu dem deutschen Professor gebracht habe, aber heute morgen schon wieder abgereist sei.

Gunter klopfte das Herz bis zum Hals hinauf. Er ließ sich aber nicht anmerken, wie sehr ihn das alles interessierte, und sagte neckend:

»Wenn die ›bella Tedesca‹ nicht schöner ist als Sie, Signorina, dann kann sie mich nicht interessieren.«

»Doch, doch, Signore, sie ist tausendmal schöner als ich, aber nicht so vergnügt. Sie hat so traurige Augen wie die Madonna in ›dei Frari‹. Sie muß auch mit dem deutschen Professor immer allein in die Kirchen gehen und alle Kunstwerke ansehen, und das macht so müde. Das sagt Signora Calani auch – die deutsche Signora möge lieber zur Serenata fahren, da sei es lustiger.«

»Signora Calani ist wohl eine kluge Frau?«

»Oh, sehr klug und sehr tüchtig. Alle Fremden wohnen gern bei ihr. Sie führt eine sehr gute Küche und hat viele Gäste, die oft lange bei ihr bleiben.«

»Dann will ich doch gleich mal nachsehen, ob ich in ihrem Hause wohnen kann.«

»Sie werden sehr gut aufgehoben sein.«

»Wie kann man vom Wasser aus in das Haus gelangen?«

»Hier an meinem Laden vorbei führt ein schmaler Weg zum hinteren Eingang.«

Gunter verabschiedete sich mit einigen dankenden Worten und verließ den Laden. Er ging auf dem bezeichneten Weg zum hinteren Eingang des Hauses. Die Tür stand weit offen. Man betrat durch dieselbe eine große Halle, die anscheinend durch das ganze Haus bis zur Wasserseite führte. Die Halle besaß einen Steinfußboden, und es herrschte eine angenehm kühle Temperatur wie in allen Häusern, die am Wasser liegen. Anscheinend war auch dieses Haus ein ehemaliger Palazzo, denn es war weiträumig und sehr imposant angelegt. Einige schöne Teppiche bedeckten einen Teil des Fußbodens, und auf diesen Teppichen standen Gruppen von Sesseln um Tische herum.

Aber kein Mensch war zu sehen und zu hören. Gunter klopfte energisch an eine Tür rechter Hand. Darauf schoß eine behäbige, aber sehr flinke Italienerin in den Vierzigern heraus und sah ihn aus schwarzen Augen neugierig an.

»Sie wünschen, Signore?« fragte sie auf italienisch.

»Verzeihung, habe ich Signora Calani vor mir?« fragte Gunter ebenfalls italienisch.

Aber nun hatte Signora, da jetzt das Licht auf Gunter fiel, gleich heraus, daß sie einen Deutschen vor sich hatte, und ihre lustigen Augen blitzten.

»Oh, ich sprechen ganz ausgezeichnet die deutsche Sprache, wir können sprechen deutsch miteinander.«

»Das freut mich sehr, Signora. Man hat mir gesagt, daß man in Ihrem Hause einen sehr guten Aufenthalt und gute Küche findet, und ich wollte anfragen, ob Sie ein Zimmer für mich frei haben.«

»Oh, oh, das bedauern ich sehr – ich haben so viele Deutsche in meine Haus – jetzt wieder, nachdem die böse Krieg vorbei. Oh, Deutsche gute Mieter, gute Zahler. Es tun mir so leid, so leid, Signore, daß ich haben keine Zimmer für Signore. Aber es sein alles in meine Haus besessen – alles. Eine deutsche berühmte Professor haben für die ganze Jahr meine ganze Parterre gemietet und haben noch eine deutsche Signora jetzt eine Zimmer abgeben müssen, weil ich nichts mehr frei haben und die Signora doch unbedingt wollen bei Signora Calani wohnen. Der deutsche Herr, der haben die Signora hergebracht zu seine Freund, den Herrn Professor, haben müssen schlafen für einige Tage auf die Diwan in die Wohnzimmer von die Professor, nur um wohnen zu können bei Signora Calani. Ja, man wohnt so gern bei mir – es sein alles sauber und gute Küche. Es freuen mir, daß Signore haben gehört, daß bei mir alles sein gut, aber es tun mir so leid, daß ich nicht aufnehmen kann Signore, sehr leid.«

Und Signora Calanis Äuglein blinzelten wohlgefällig zu dem stattlichen Deutschen empor, der sie reichlich um Haupteslänge überragte.

Gunter bedauerte sehr und fragte, ob er nicht später noch einmal vorsprechen könne. Vielleicht werde doch ein Zimmer frei.

»Ich werde mir freuen, wenn Signore noch einmal wollen nachfragen, aber ich kann keine Hoffnung machen für eine Zimmer.«

Gunter versprach, noch einmal wiederzukommen, denn er wußte noch nicht, ob es nicht doch nötig sein würde. Er verabschiedete sich nun von Signora Calani und ging zu seiner Gondel zurück. Immerhin hatte er nun wenigstens die Gewißheit, daß Justizrat Harland Romana zu Professor Marks gebracht hatte. Er war anscheinend schon wieder abgereist – vielleicht, weil man ihm von seinem Büro aus gemeldet hatte, daß ein Klient mit einem großen Prozeß nach ihm verlangt hatte. Da er Romana vorläufig hier bei seinem Freund in Sicherheit wußte, konnte er ja beruhigt wieder heimkehren.

Aber wie sollte er nun mit Romana in Verbindung treten, ohne aufzufallen?

Nachdenklich stieg er wieder ein. In demselben Augenblick kam eine andere Gondel durch die Via dei Baccaroli – und legte am Haus der Signora Calani an. Mit brennendem Interesse versuchte Gunter unter das Dach der Gondel zu sehen, und kaum hatte er einen Blick hineingeworfen, da zuckte er zusammen – er hatte Romana erkannt, die mit einem alten graubärtigen Herrn in der Gondel saß. Er rief seinem Gondoliere zu: »Warten!«

Und aufrecht in der Gondel stehend, richtete er seinen Blick mit angespannter Erregung auf Romana. Sie hatte sich erhoben und wollte aussteigen. War es die Macht seines Blickes, die Romana anzog? Sie wandte jedenfalls das Haupt und sah zu der anderen Gondel herüber. Und da erblickte sie Gunter.

Mit einer beschwörenden Geste legte er den Finger auf den Mund. Sie wurde rot und blaß und taumelte, so daß sie vor freudigem Erschrecken fast ins Wasser gestürzt wäre. Der alte Herr hielt sie rechtzeitig fest und war zum Glück durch seine Fürsorglichkeit so stark in Anspruch genommen, daß er Gunter gar nicht beobachtete.

Schnell hatte sich Romana wieder gefaßt. Ein aufleuchtender Blick ihrer Augen flog zu Gunter hinüber, und sie neigte leicht das Haupt zum Zeichen, daß sie verstanden hatte, daß er ihr Schweigen gebot. Mit klopfendem Herzen bemerkte Gunter, daß sie, ehe sie das Haus betrat, ihr Taschentuch zog und verstohlen zu ihm herüberwinkte, ehe sie sich über das Gesicht strich, als sei ihr zu heiß geworden.

Dann war sie Gunters Blicken entschwunden. So gern er nun auch in ihrer Nähe geblieben wäre, wußte er doch nicht, was er beginnen sollte. Er gebot erst einmal dem Gondoliere, daß er weiterfahren solle. Langsam setzte sich die Gondel in Bewegung zum Canale grande hin. Aber nun hatte Gunter einen Entschluß gefaßt. Er mußte Romana auf irgendeine Weise eine Mitteilung zukommen lassen, und er hatte beschlossen, sich so lange die Via dei Baccaroli auf und ab fahren zu lassen, bis er Romana am Fenster erblicken würde. Sicher würde sie noch einige Male nach ihm Ausschau halten, und da sie mit dem Professor Marks das Parterre bewohnte, mußte es ihm gelingen, ihr eine Botschaft zuzurufen oder zuzuwerfen.

Er schrieb also, während die Gondel wieder durch die Via dei Baccaroli fuhr, auf ein Blatt seines Notizbuches:

»Wohne Hotel Bauer-Grünwald. Bin jeden Tag von elf bis ein Uhr in der Maria della Salute. Warte dort auf Dich, muß Dich sprechen. Schweige gegen jedermann von meinem Hiersein, sonst bringt man Dich wieder fort.«

Er setzte keine Anrede und auch keine Unterschrift dazu, falls der Zettel doch in andere Hände fiel. Da er keinen Stein hatte, um seine Botschaft zu beschweren, nahm er eine Silbermünze und wickelte sie in den Zettel.

Und nun fuhr er langsam immer wieder die Via dei

Baccaroli auf und nieder, seiner Braut auf diese Weise eine Art Fensterpromenade machend.

Romana war erst vor einigen Tagen in Venedig angekommen, da sie mit ihrem Vormund den Weg durch die Schweiz gewählt hatte. Als sie Gunter so unerwartet in der Gondel erblickt hatte, glaubte sie erst zu träumen. Mit wankenden Knien folgte sie Professor Marks durch die Halle. Ihr Herz schlug bis zum Hals hinauf. Sie hätte weinen und lachen mögen und konnte doch keines von beiden tun, um sich nicht zu verraten. Wie hatte Gunter ihren Aufenthalt so schnell entdeckt?

Der Professor fragte sie besorgt in seiner gütigen, aber zerstreuten Weise, ob sie sich eben nicht weh getan hätte beim Aussteigen. Sie verneinte hastig. Und nun kam Signora Calani herbeigeschossen und erzählte wortreich, ein schöner Tedesco habe ein Zimmer bei ihr mieten wollen, aber sie habe leider keines frei, wie man ja wisse. Es hätte ihm sehr leid getan, weil er gehört habe, wie gut man bei ihr aufgehoben sei. Er wolle sogar wiederkommen, um zu hören, ob nicht etwas frei werde. Er werde aber wohl vergeblich kommen, denn es werde so bald nichts frei werden.

Der Professor hörte mit seiner liebenswürdig-zerstreuten Miene zu, ohne ein Wort zu verstehen.

Er war in Gedanken schon wieder bei seinen Kunstschätzen. Gerade war er mit Romana von einem Besuch des Dogenpalastes zurückgekommen, den Romana natürlich auch hatte besichtigen müssen.

Romana aber entging kein Wort von Signora Calani. Sie ahnte, wer der schöne Tedesco gewesen war, und atmete auf, als sie hörte, daß er wiederkommen werde. Bis dahin, so sagte sie sich, mußte sie eine Gelegenheit erspähen, mit ihm in Verbindung zu treten. Ging es nicht anders, dann wollte sie Signora Calani um Vermittlung bitten, wenn ihr dieser Gedanke auch nicht angenehm war.

Sie folgte nun dem Professor zu seiner Gattin, die sie herzlich und heiter begrüßte. Sie empfing die beiden in dem großen, mit Steinfußboden ausgelegten Wohnzimmer und streichelte Romana mütterlich über das Haar.

»Ich will jetzt gar nichts fragen und Sie gar nicht mit meiner Neugier behelligen, liebes Kind, denn ich weiß, mein Mann hat Sie so voll Kunst gestopft, daß Ihnen der Kopf wirbelt. Ruhen Sie sich noch ein Weilchen aus, und dann machen Sie sich zum Lunch bereit«, sagte sie mit ihrer frohsinnigen Güte.

Romana war froh, daß sie eine Weile allein sein konnte. Sie zog sich in ihr Zimmer zurück, das ihr der Professor und seine Gattin von ihren Zimmern abgegeben hatte, weil sie Romana nach dem Briefwechsel mit Justizrat Harland erst in etwa vierzehn Tagen erwartet hatten. Erregt trat sie an das Fenster, um hinüber zum Piazza Manin zu sehen, wo Gunters Gondel angelegt hatte, als sie ihn erblickte. Aber so weit sie auch auf und ab blickte, es war nichts in der stillen Straße zu sehen. Unruhig dachte sie darüber nach, wie sie ihn wiedersehen könne. Zum Glück kannten ihn Professors nicht vom Aussehen, wenn Onkel Justizrat ihnen sicher auch seinen Namen genannt hatte.

Mechanisch machte sie sich zum Lunch fertig, immer wieder zum Fenster hinaussehend, in der Hoffnung, Gunter könnte zurückkommen. Nach einer Weile sah sie eben wieder hinaus, als sie eine Gondel herankommen sah. Mit brennenden Augen sah sie ihr entgegen, und fast hätte sie vor Freude aufgeschrien – sie erkannte Gunter. Er hatte sie nun auch erblickt und gab ihr ein Zeichen.

»Achtung!« rief er leise zu ihr hinauf, und als das

Fahrzeug gerade unter ihrem Fenster war, warf er den bereitgehaltenen Zettel mit der Münze in das Fenster hinein. Beider Augen fanden sich in einem leuchtenden Blick, dann verschwand Romana schnell vom Fenster, und Gunter sah wie gleichgültig vor sich hin. Der Gondoliere, der bemerkt hatte, daß sein Fahrgast der blonden Signorina etwas zuwarf, lachte, er hielt das für einen Scherz.

Langsam fuhr die Gondel weiter.

Romana hob den Zettel mit bebenden Händen auf. Sie las die Zeilen durch und drückte sie an ihre Lippen. Waren es doch die ersten Schriftzeichen von Gunter, die sie erhielt. Wie froh und glücklich war sie, daß sie Gunter in der Nähe wußte. Ganz sicher wollte sie es einrichten, daß sie mit dem Professor morgen schon vormittags in die Maria della Salute gehen würde. Sie wußte, daß sie den Wunsch nur zu äußern brauchte.

Der alte Herr war glücklich, wenn er jemand die Kunstschätze Venedigs zeigen konnte, wobei er sich immer wieder selber daran ergötzte. Seine Gattin hatte längst gestreikt und behauptet, so zum Überlaufen voll von Kunstgenüssen zu sein, daß sie nicht mehr aufnahmefähig sei. Viel lieber saß sie zu Hause über einem interessanten Roman oder einer hübschen Handarbeit, oder sie fuhr zur Piazetta und promenierte über den Markusplatz, um sich am Leben und Treiben der Fremden zu ergötzen oder um durch die Prokurazien zu schlendern und die Schaufenster zu besichtigen. Romana fuhr willig mit dem alten Herrn, wohin er sie führte. Sie war eine aufmerksame Schülerin und wünschte nur immer, alles, was sie sah, auf die Leinwand bannen zu können. Sie sagte sich daher, daß es ihr nicht schwerfallen würde, ihn zu einem Besuch der Maria della Salute zu bestimmen.

Die Hände auf die Brust gedrückt, stand sie mitten im Zimmer und überlegte, wie sie sich mit Gunter verständigen könnte. Allein durfte sie das Haus nicht verlassen, und Briefe konnte sie auch nicht unbemerkt empfangen. Man war in großer Sorge um sie, auch hier, und der Justizrat hatte strenge Weisung gegeben, sie nie allein zu lassen. Wenn der Professor nicht mit ihr ausfuhr, dann begleitete sie die Frau Professor, mit der sich Romana auch sehr gut stand und deren Frohnatur einen heilsamen Einfluß auf ihr bedrücktes Gemüt ausübte. Sie war Rheinländerin und das gerade Gegenteil zu ihrem ernsten, versonnenen Gatten, doch lebten die beiden alten Leutchen gut miteinander. Frau Anneli war ein Segen für ihren Gatten, denn er war der richtige deutsche Gelehrte, der über seinen Studien Essen und Trinken vergessen hätte, wenn seine resolute Gattin ihn nicht immer wieder zur Wirklichkeit zurückgeholt hätte. Das geschah von ihrer Seite aus mit Scherzen und Lachen, und er sah dann hilflos lächelnd zu ihr auf, küßte ihr die Hände und sagte: »Wenn ich dich nicht hätte, Anneli!«

Aber er konnte auch seine tapfere Anneli ganz vergessen, wenn er über interessante Kunstschätze geriet. Romana stand noch immer ganz benommen in ihrem Zimmer, als Frau Professor Marks bei ihr anklopfte und, zur Tür hereintretend, sagte: »Sind Sie fertig, Kindchen, wir wollen zum Lunch in den Speisesaal?«

Romana schrak zusammen.

»Ich bin gleich fertig, Frau Professor, und werde sofort kommen.«

»Dann also bis gleich«, sagte die alte Dame, durch diesen typischen Ausruf sich als Rheinländerin verratend. Hastig fuhr Romana glättend über ihr Haar, küßte die Zeilen Gunters noch einmal und sagte leise vor sich hin:

»Gottlob, daß er mich nicht vergessen hat!« Ein wenig bange war ihr doch gewesen, daß Gunters schnell erwachte Liebe ebenso schnell verfliegen könnte.

Sie eilte nun hinüber in den Speisesaal, der hoch gewölbt und sehr geräumig war. Auch er hatte einen Steinfußboden, auf dem verschiedene Teppiche lagen, was den Raum wohnlicher erscheinen ließ. Man speiste auch bei Signora Calani wie in einem Hotel an kleinen Tischen. Alle ihre Mieter waren in voller Pension bei ihr, und so fanden sich nach und nach fast vierzig Personen ein in einem Saal, der bequem die doppelte Anzahl Menschen hätte aufnehmen können. Nur Professor Marks besaß eine größere Wohnung, sonst bewohnten die Pensionäre immer nur ein Zimmer. Es waren in der Mehrzahl Deutsche.

Professor Marks hatte immer denselben Platz am Fenster belegt, das nach der Rückfront des Hauses in den winzig kleinen Garten hinaussah. In diesem Garten, Signoras Stolz, wurden allerlei nützliche Küchengewächse gezogen, auch ein kleiner Orangen- und ein noch kleinerer Zitronenbaum brachten einige kümmerliche Früchte hervor.

Romana konnte vor innerer Aufregung kaum etwas essen, und obwohl sie sich den Anschein gab, als höre sie aufmerksam zu, als der Professor anfing, über die Gemälde im Dogenpalast zu sprechen, kam ihr nicht ein Wort zum Bewußtsein. Sie mußte immer wieder darüber nachdenken, was sie tun konnte, um sich mit Gunter zu verständigen.

Frau Anneli widmete sich mit Vergnügen den Tafelfreuden und dem guten Chianti. Ihre lustigen Augen blitzten verständnisinnig zu Romana hinüber, als wollte sie sagen: »Wie lange wird es wohl noch dauern, bis dieses arme, liebe Kind überhaupt nichts mehr von Kunst in sein Köpfchen hineinbringt – so wie es mir auch ergangen ist?«

Aber sie sagte nichts, legte ihrem Gatten nur immer wieder unbemerkt von den guten Speisen vor und freute sich, wie er in der Zerstreuung brav alles aufaß. Er hätte ebensogut gefastet, ohne es zu merken. Wenn er dozieren konnte, war er selig, und deshalb ließ sie ihn auch reden, selbst wenn sie mit ihm allein war und durchaus nicht auf ihn hörte.

Endlich faßte sich aber Romana ein Herz und unterbrach den Professor in einer Abhandlung über die Gemälde im Dogenpalast. Zaghaft, aber doch mit zäher Energie ging sie auf ihr Ziel los:

»Ich hörte die Kirche Santa Maria della Salute so sehr rühmen, Herr Professor. Ließe es sich nicht einrichten, daß wir morgen vormittag dorthin gehen können?« Der Professor blickte zerstreut auf.

»Die Santa Maria della Salute? Hm, ja gewiß, gern, wenn Sie sie sehen wollen.«

»O ja, ich möchte sie gern sehen. Ich sah sie ja heute von der Gondel aus vor mir liegen, mit dem imposanten Aufgang von der Anlegestelle der Gondeln her.«

»Nun ja, die Lage der Kirche ist verlockend, aber was ihr Inneres anbelangt, da wird sie von vielen Kirchen in Venedig übertroffen. Da ist zum Beispiel, von der Markuskirche gar nicht zu reden, die Santa Maria dei Frari. Sie besitzt ungleich größere Kunstwerke, zumal auch die Assunta jetzt wieder dorthin gebracht worden ist. Da werden Sie staunen, liebes Kind, wie viele Schönheiten in dieser Kirche aufgestapelt sind. Dorthin werde ich Sie führen.«

Romana erschrak und nahm alle Energie zu einem Einspruch zu Hilfe.

»Aber erst in die Santa Maria della Salute, Herr Professor.«

Er nickte.

»Gut, gut, es ist vielleicht auch richtiger, wenn Sie erst die Salute sehen. Denn wenn Sie erst dei Frari gesehen haben, dann gefällt Ihnen nichts anderes mehr. Also gehen wir morgen in die Salute und übermorgen dann in dei Frari. Ich würde Ihnen raten, in dei Frari Ihr Skizzenbuch mitzunehmen. Sie könnten dort dies oder jenes kopieren. Es wäre mir sehr lieb, wenn Sie sich einige Stunden damit beschäftigten, während ich in dem an dei Frari anstoßenden Kloster, wo sich das großartigste Archiv der Welt befindet, mich in einige besonders interessante Urkunden vertiefe, was für Sie vielleicht doch etwas langweilig ist. Meinst du nicht, Anneli?«

Frau Anneli stimmte gern zu. Sie wollte Romana um jeden Preis die Urkunden ersparen, denn sie selbst war einmal darüber eingeschlafen, zum Entsetzen ihres Gatten.

»Natürlich, Peterle, Romana kann vielleicht die entzückende Madonna von Bellini in dei Frari kopieren. Du wirst schon die Erlaubnis für sie erhalten. Und du kannst dann in aller Ruhe deine Urkunden studieren. In der Kirche ist Romana gut aufgehoben. Und sie kann ihr hübsches Talent verwerten. Die Madonna von Bellini wird Ihnen gefallen, Kindchen, davon bin selbst ich begeistert.«

In Romana hatte sich natürlich schon der Wunsch geregt, dies oder jenes Bild, das sie gesehen hatte, zu kopieren, und sie würde auch mit Freuden auf diesen Vorschlag eingegangen sein, wenn ihr nicht zugleich damit eine Möglichkeit geboten worden wäre, ungestört mit Gunter zusammenzutreffen. Sie stimmte begeistert zu und sagte:

»Es lockt mich sehr, gerade diese Madonna zu kopieren. Ich sah schon verschiedene Abbildungen von ihr, und schon diese haben mich gefesselt. Wir lassen es also bei diesem Programm, Herr Professor. Morgen vormittag gehen wir zur Santa Maria della Salute und übermorgen vormittag in dei Frari. Dahin können wir dann vielleicht etwas zeitiger gehen, damit mir genügend Zeit zum Malen und Ihnen für Ihre Urkunden bleibt.«

»Richtig, Kindchen, morgen brauchen wir vor elf Uhr nicht zu gehen, da werden wir bequem bis zum Lunch fertig, aber in dei Frari müssen wir spätestens um neun Uhr sein.«

»Schön«, sagte die Frau Professor munter, »aber am nächsten Tag wird die Kunst ausgeschaltet, und ich entführe Sie zu einem ganz gemütlichen Bummel durch die Prokurazien. Ich will auch etwas von Ihnen haben, und da ich mehr für die realen Dinge des Lebens bin, schlage ich diesen Bummel vor, mit anschließender Schlemmerei in einer der Konditoreien. Das Gefrorene ist dort köstlich. Und auch auf den Campanile fahren wir dann hinauf, damit Sie das Panorama von Venedig genießen können.«

Der Professor sah seine Frau betreten an.

»Ach Anneli, da habe ich doch ganz vergessen, daß Romana eigentlich zu deiner Gesellschaft hier ist und nicht zu der meinen.«

Frau Anneli lachte.

»Laß nur, Peterle, wir kommen beide nicht zu kurz! Ich sorge schon dafür, daß ich nicht zu kurz komme. Sie sind doch mit meinem Vorschlag einverstanden, liebes Kind?«

Wie froh war Romana, daß sie nun schon für drei Tage das Programm im voraus wußte!

»Sehr einverstanden, liebe Frau Professor.«

»Sagen Sie lieber ›Frau Anneli‹ zu mir, Kindchen, ich unterschlage Ihnen ja auch auf Wunsch Ihres Vormundes die Gräfin, weil niemand wissen soll, daß Sie eine sind.

Sie können mich dafür kurzerhand um die Frau Professor bringen – ich tauge sowieso nicht recht dazu, bin nie eine richtige gewesen, nicht wahr, Peterle?« – Er sah sie zärtlich zerstreut an.

»Warst dafür allezeit mein guter Geist, Anneli, und mich dünkt, das ist mehr wert.«

Frau Anneli wurde rot wie ein kleines Mädchen.

»Jetzt mach du mir auch noch Komplimente, Peterle, das bin ich nicht gewohnt.«

»Wann werden wir denn zu den Prokurazien gehen, Frau Anneli? Vormittags oder nachmittags?« fragte Romana vorsichtig.

»Am Nachmittag natürlich, so um die fünfte Stunde. Und am Vormittag können wir zum Lido hinüberfahren und baden. Dann habe ich Sie den ganzen Tag für mich. Ist dir doch recht, Peterle?«

»Gewiß, du sollst auch zu deinem Recht kommen.«

Romana war glücklich, daß sich alles so gut nach ihren Wünschen richten ließ. Nach dem Lunch zogen sich die alten Herrschaften zur Ruhe zurück. Romana pflegte dann mit einer Handarbeit oder mit einem Buch in dem kleinen Garten Signora Calanis in einer Laube zu sitzen. Heute blieb sie aber auf ihrem Zimmer, um einen ausführlichen Brief an Gunter zu schreiben. Sie wollte auf alle Fälle einen Brief an ihn mit in die Salute nehmen, den würde sie ihm schon, unbemerkt von dem Professor, zustecken können. Und sie schrieb sich alles vom Herzen und verwahrte den Brief sorgfältig, bis sie ihn morgen brauchen würde.

Gunter Valberg hatte den Rest des Tages in begreiflicher Erregung verbracht. Um sich die Zeit abzukürzen, machte er, nachdem er den Lunch im Hotel wieder als getreuer Wächter über Fräulein Mertens eingenommen hatte, eine Fahrt zum Lido. Am Abend war er wieder im Hotel und nahm an seinem Tisch Platz. Auch die beiden Russen und die Damen waren wieder da, und so konnte Gunter sie genau beobachten. Wie er schon am Mittag bemerkt hatte, waren an der Eingangstür des Saales ein Tisch und ein Postkartenständer aufgebaut worden, und davor saß, scheinbar nur auf Kunden für Postkarten wartend, der Verkäufer. Er hatte graues Haar und trug, scheinbar zum Schutz seiner sehr angegriffenen Augen, eine blaue Brille. Obwohl Gunter nun den Detektiv Guido Sponzi als einen kräftigen, wenn auch nur mittelgroßen Mann in den Vierziger Jahren kennengelernt hatte, glaubte er doch, ihn in dem alten, müden und mit schlechten Augen behafteten Postkartenverkäufer wiederzuerkennen. Das wäre natürlich nicht möglich gewesen, wenn ihn Guido Sponzi durch seinen Hinweis auf den Postkartenverkäufer nicht darauf gebracht hätte.

Ehe Gunter mittags und abends zu Tisch gegangen war, hatte er auf dem Korridor in der Nähe seiner Tür einen Mann gesehen, der eifrig mit einem Schrubber den Steinfußboden blank rieb. Er schien trotz seines Eifers nicht recht vorwärts zu kommen, da er am Abend nicht viel weiter war als am Mittag. Am Mittag hatte Gunter ihm keine Beachtung geschenkt, aber am Abend sah er ihn scharf an – und sah in das blöde Gesicht des Kellners, den er am Tag vorher im Speisesaal beobachtet hatte. Da wußte er, daß dieser blöd aussehende Mensch ein Gehilfe von Guido Sponzi war.

Aus alledem hatte er die beruhigende Gewißheit erhalten, daß Fräulein Rosa Mertens gut bewacht war. Trotzdem wollte auch er noch das Seine dazutun und beobachtete scharf, was um ihn her vorging.

Ehe er heute abend zu Tisch gegangen war, hatte er wieder einmal eine Weile am Fenster seines Badezimmers gestanden, weil er bemerkt hatte, daß die beiden Russen in ihrem Zimmer waren. Und nachdem er gehört hatte, daß sie sich eine Weile über gleichgültige Dinge unterhielten, wollte er sich gerade von seinem Lauscherposten zurückziehen, als er wie gebannt stehenblieb, denn er hörte plötzlich den einen der beiden Russen sagen:

»Sie trinkt zu jeder Mahlzeit eine kleine Karaffe Wein, während die alte Dame nur Wasser trinkt. Die Karaffe hat einen sehr weiten Hals – und der Kellner stellt sie immer schon hin, ehe die Damen kommen, hast du das bemerkt?«

»Nein, Gregor, du bist eben doch der Klügere von uns beiden, du siehst alles.«

»Es ist doch sehr wichtig, verstehst du das nicht?«

»Doch, ich verstehe. Mit der Karaffe wird es sehr gut gehen. Ich denke morgen oder spätestens übermorgen. Wir müssen endlich zum Ziel kommen.«

Und dann hörte Gunter nichts mehr. Die Russen verließen ihr Zimmer, und Gunter beeilte sich, ihnen in den Speisesaal zu folgen. Fast zugleich mit ihnen betrat er ihn. Und nun sah er, daß der Kellner auf den Tisch, an dem die Damen zu sitzen pflegten, eine kleine, etwa einen Viertelliter enthaltende Karaffe mit rotem Wein vor den Platz von Fräulein Mertens und vor den der alten Dame eine Flasche Brunnen stellte. Gleich darauf kamen die Damen und nahmen ihre Plätze ein. Gunter beobachtete die Russen verstohlen, aber sie saßen scheinbar ganz harmlos und schienen sich um nichts zu kümmern als um ihr Essen.

Gunter überlegte. Was er vorhin von ihnen gehört hatte, war immerhin wichtig genug, um es Signore Sponzi nicht vorzuenthalten. Er warf einen flüchtigen Blick auf den Postkartenverkäufer und sah, daß sich dieser angelegentlich mit seinen Ansichtskarten beschäftigte, als sei dies der einzige Zweck seines Daseins.

Gunter schrieb nun auf einen Zettel erst in russischer Sprache, was er erlauscht hatte, und dann schrieb er die Übersetzung dazu, weil er nicht wußte, ob Guido Sponzi die russische Sprache auch so gut beherrschte wie die deutsche.

Daß es den beiden Schurken ein leichtes sein würde, im Vorübergehen das bereitgehaltene Gift in den Wein zu schütten, wenn die Damen noch nicht am Tische saßen und die Karaffe schon dastand, leuchtete Gunter ein. Es war notwendig, daß Signore Sponzi von der Absicht der beiden unterrichtet wurde.

So erhob sich Gunter nach einer Weile, den Zettel mit der Botschaft fest zusammengerollt in der Hand haltend, und trat an den Postkartenständer heran. Ohne zunächst auf den Verkäufer zu achten, suchte er, scheinbar sehr interessiert, einige Postkarten aus und trat dann an den Tisch, um zu bezahlen. Mit der Geldmünze zugleich legte er den Zettel vor Guido Sponzi hin, den dieser sofort unauffällig verschwinden ließ.

»Erlauscht!« flüsterte ihm Gunter zu.

»Capito, signore dottore«, erwiderte Sponzi leise und verständnisinnig.

Gunter ging zu seinem Platz zurück und beendete seine Mahlzeit. Es geschah an diesem Abend weiter nichts Besonderes.

Am nächsten Morgen beschloß Gunter, erst einmal auf dem Konsulat nachzufragen, ob man über die Beschlagnahme des gelben Koffers etwas ermittelt habe. Es blieb ihm noch Zeit genug, um pünktlich in der »Maria della Salute« zu sein. Der Konsul ließ ihn sofort vor und kam ihm mit ausgestreckter Hand entgegen.

»Es ist gut, daß Sie kommen, mein lieber Herr Doktor,

ich wollte schon nach Ihnen schicken. Gerade war der Detektiv Sponzi bei mir, mit dem Sie ja schon prächtig wie ein gelernter Detektiv gearbeitet haben. Sponzi hält Sie für einen deutschen Meisterdetektiv. Sie haben ihm sehr imponiert.«

Gunter lachte.

»Wem der Zufall so günstig ist wie mir bisher, der kann gut Lorbeeren als Detektiv ernten. Signore Sponzi hat Ihnen erzählt, was ich gestern abend vor Tisch erlauschte?«

»Auch das, aber nur nebenbei. Die Hauptsache, weshalb er mich aufsuchte, war, mir und durch mich Ihnen Bescheid zu geben über das Ergebnis der Kofferuntersuchung. Im übrigen soll ich Ihnen von Sponzi bestellen, daß er auch die russische Sprache vollständig beherrsche, da er ja sonst nicht fähig gewesen wäre, die beiden Russen zu belauschen. Sponzi freute sich sichtlich, daß er Ihnen, seinem Kollegen, in diesem Punkt eine kleine Belehrung erteilen konnte.«

Gunter mußte wieder lachen.

»Stimmt, da man ihn in das Badezimmer als Wachtposten stationiert hatte, um die Russen zu belauschen, hätte ich wissen müssen, daß er die russische Sprache beherrscht, und hätte das, was ich ihm auf dem Zettel mitgeteilt habe, nicht zu übersetzen brauchen. Mir scheint doch, daß mir Signore Sponzi bedeutend über ist.«

»Nun, immerhin haben Sie einen schönen Erfolg bei Ihrer Tätigkeit als ›Geheimdetektiv‹. Hören Sie an, was mir Sponzi als Abgesandter der Questura mitteilte. Der gelbe Koffer ist beschlagnahmt worden und enthält Dokumente von höchster Wichtigkeit für die italienische Regierung. Es handelt sich um verbrecherische Umtriebe eines terroristischen Bundes. Es sollen heimlich große Waffenmengen nach Italien gebracht werden. Sie werden schon in den nächsten Tagen in einem kleinen Hafen eintreffen, in großen Weinfässern verpackt und als Wein deklariert. Auch Munition soll auf diese Weise in das Land geschmuggelt werden. Die Fässer werden zur Vorsicht an verschiedene Empfänger adressiert. Sie sehen, mein lieber Herr Doktor, daß die italienische Regierung alle Ursache hat, Ihnen dankbar zu sein. Vorläufig soll alles geheim bleiben. Natürlich werden in aller Stille die famosen Weinfässer abgefangen. Die beiden Grafen Soblikoff haben vor, nachdem sie hier ihre Privatschändlichkeit erledigt haben, nach Rom zu gehen und die in dem Koffer befindlichen Papiere einem Mittelsmann abzuliefern. Hinter diesem scheint eine Anzahl prominenter Persönlichkeiten zu stehen, die bei dieser Gelegenheit alle dingfest gemacht werden sollen. Deshalb wird man die Papiere, nachdem sie sorgfältig kopiert worden sind, wieder in den gelben Koffer packen, diesen wieder auf den Bahnhof in die Handgepäckaufbewahrungsstelle schaffen, wo ihn die beiden Halunken anscheinend unversehrt wieder vorfinden sollen.«

»Wie? Man will diese beiden Schurken laufen lassen, nachdem sie hier ihre Schändlichkeit verübt haben?«

»Keine Sorge, die beiden Grafen Soblikoff werden in Italien keinen Schritt mehr unbeobachtet tun können und ihrer Strafe nicht entgehen. Man will nur Zeit gewinnen und die Teilnehmer an dieser Verschwörung nicht vorzeitig warnen, weil man sie allesamt festnehmen möchte. Die Grafen Soblikoff werden natürlich daran gehindert, ihr Verbrechen hier zu begehen, aber man wird sie auch nicht festnehmen, wenn sie wirklich Gift in den Wein der jungen Dame befördert haben. Daß sie das Gift nicht zu sich nehmen wird, dafür wird Sponzi sorgen. Man möchte der jungen Dame möglichst, wie Sie ja auch, den Schrecken ersparen und sie gar nicht wissen lassen, daß sie das Opfer eines Mordes sein soll. Das wollen wir ruhig Sponzi überlassen. Er weiß ja nun, dank ihrer Mithilfe, wie die beiden Schurken ihr das Gift reichen wollen. Man läßt also die Verbrecher nach ihrer vermeintlichen Tat unbehelligt von Venedig abreisen – nach Rom. Aber natürlich nur unter schärfster Bewachung. Die Namen der Mitverschwörer waren aus den Dokumenten nicht zu ersehen, da sie alle verschlüsselt sind. Aber die Grafen Soblikoff werden sich in das Lokal begeben, wo die Verschwörer zusammenkommen werden, um von ihnen Instruktionen zu bekommen. Und dahin werden sie natürlich nicht allein gehen. Man wird das ganze Verschwörernest ausheben und mit einemmal reinen Tisch machen. Selbstverständlich werden dabei auch die Grafen Soblikoff verhaftet werden, und dann wird man sie auch des versuchten Giftmordes anklagen.«

Gunter hatte mit atemlosem Interesse zugehört und sagte nun aufatmend:

»Da scheine ich ja wirklich der italienischen Regierung einen großen Gefallen getan zu haben!«

»Ganz sicher ist man Ihnen zu großem Dank verpflichtet.«

Die Herren sprachen noch eine Weile über die politische Lage. Dann verabschiedete sich Gunter mit herzlichem Dank von dem Konsul.

13

Gunter fuhr nun hinüber zur Maria della Salute, obwohl es noch nicht halb elf Uhr war. Er wollte lieber zu früh als zu spät kommen. Seine Ungeduld, Romana zu treffen, war sehr groß. Seit er sie gestern wiedergesehen hatte und genau wußte, daß sie in Venedig weilte, war seine Sehnsucht immer mehr gestiegen.

Was er erreicht hatte wegen der Grafen Soblikoff, befriedigte ihn sehr. Und was er gegen sie unternommen hatte, tat er für Romana.

Die Sonne schien jetzt für ihn noch heller auf Venedig und warf goldenen Glanz auf die Kuppel der Markuskirche. Tiefblau spannte sich der Himmel über Stadt und Meer. Zahlreiche Gondeln glitten mit ihren hohen Kielen über das Wasser, zum Lido hinüber strebten große und kleine Dampfer. Auf den Kaimauern balgten sich venezianische Schuljungen, und die müßigen Gondolieri sahen lachend zu und hetzten sie aufeinander. Gunter hätte am liebsten voll Daseinsfreude laut hinausgejubelt.

Seine Gondel legte an der breiten Marmortreppe an, die bis hinauf zur Maria della Salute führt. Langsam stieg Gunter die riesige Treppe hinan bis zum Portal der Kirche. Hier blieb er wartend stehen und ließ den Blick zurückschweifen. Zu beiden Seiten des Canale grande reihten sich die alten Palazzi auf, die einst die stolzen Adelsgeschlechter beherbergten und noch jetzt Zeichen ihrer einstigen Macht und Größe waren, obwohl sie zu Fremdenpensionen und nüchternen Amtsgebäuden herabgesunken waren. Der kleine Palazzo der Desdemona wurde fast erdrückt von den großen Palazzi daneben, aber doch behauptete er sich in seiner architektonischen Schönheit. Weiter zur Mole hin lag drüben Bauer-Grünwald mit seiner hübschen Terrasse, auf der die Hotelgäste unter den aufgestellten Sonnenzelten saßen und dem Leben und Treiben auf dem Canale grande zusahen. Und auf einem der kleinen Balkone, die vor dem Lese- und dem Speisesaal dieses Hotels lagen, erkannte er ganz deutlich das rote Kleid von Fräulein Mertens, die mit ihrer Tante dort drüben saß. Er wußte sie in guter Hut und war froh, daß er sie nicht mehr bewachen mußte, wenn sie ihn auch jetzt mit offensichtlicher Ungnade strafte, weil er auf ihr Entgegenkommen nicht eingegangen war. Er hatte seine Pflicht getan, alles andere war Sache der Polizei.

Nach einer Weile trat er in die Kirche. Er wollte nachsehen, ob Romana sich vielleicht schon dort befand; aber er sah sie nicht und trat wieder ans Portal. Und da erblickte er eine Gondel, die aus der Via dei Baccaroli herauskam und quer über den Kanal direkt auf die Maria della Salute zuhielt. Er strengte seine Augen an und erkannte bald in den Insassen dieser Gondel Romana und den alten graubärtigen Herrn von gestern. Die unruhige Spannung seiner Nerven ließ nach, und er sah dem Fahrzeug mit wachsender Erregung entgegen. Als die Gondel unten anhielt, zog sich Gunter wieder in die Kirche zurück, direkt am Eingang Aufstellung nehmend. Hier mußte Romana dicht an ihm vorüberkommen und konnte wenigstens mit ihm ein Zeichen tauschen. Anscheinend in ein Marmormonument vertieft, sah er bald darauf Romana mit Professor Marks eintreten. Sie erblickte Gunter sofort, und ihre Augen grüßten ihn strahlend. Sie richtete es nun so ein, daß der Professor einen Augenblick vorausgehen mußte, und benutzte diese Frist, um Gunter ihren Brief zu geben. Er griff sofort zu und ließ ihn in seiner Brusttasche verschwinden. Niemand hatte das kleine Vorkommnis bemerkt. Gunter wollte den Brief erst später lesen, wenn er zum Hotel zurückkam, aber dann sagte er sich, daß er Romana vielleicht gleich seine Antwort zustecken könne. Er zog sich also in eine Ecke zurück und öffnete den Brief, während Romana mit dem Professor durch das Kirchenschiff schritt und eine sehr unaufmerksame Zuhörerin für seine Erklärungen war. Ihr war es viel wichtiger, die hohe Männergestalt da drüben in der Ecke zu beobachten. Sie sah, daß er den Brief verstohlen an die Lippen drückte, und wurde sehr rot dabei.

Gunter las:

Mein lieber, lieber Gunter!

Wie froh bin ich, daß Du hier in Venedig weilst! Wie du es angefangen hast, mich ausfindig zu machen, weiß ich nicht, ich weiß nur, daß es mich sehr beglückt. Ich bin streng behütet. Auch meine hiesigen liebenswürdigen Wirte, Herr und Frau Professor Marks, gute Freunde meines Vormundes, hüten mich wie ihren Augapfel. Es wäre mir kaum möglich gewesen, Dich ungestört sprechen zu können, wenn mir nicht ein Zufall und mein kleines Maltalent – dem Himmel sei dafür gedankt – zu Hilfe gekommen wären. Morgen früh um neun Uhr will mich Professor Marks in die Kirche Santa Maria Gloriosa dei Frari führen, wo ich die Madonna von Bellini kopieren will. Der Professor wird mich dort im Schutz der Kirche einige Stunden allein lassen, um im Archiv des angrenzenden Klosters Urkunden einzusehen. Wirst Du diese Gelegenheit, mit mir ungestört plaudern zu können, benützen? Ich bitte Dich, gib mir ein Zeichen, wenn Du dies gelesen hast. Ein Nicken oder Kopfschütteln werden mir Antwort sein. Nein, Du wirst nicht mit dem Kopf schütteln, ich weiß, daß Du kommen wirst. Du findest mich dann in der Sakristei vor dem Bild der Madonna von Bellini. Sorge Dich nicht um mich, ich bin von der liebevollsten Teilnahme umgeben. Frau Professor heitert mich auf mit ihrem Frohsinn, und ich könnte mich ganz wohl fühlen, wenn ich nicht so große Sehnsucht nach Dir haben würde. Mein Vormund hat mich auf der Reise nach hier davon überzeugt, daß es nur zu meinem Besten ist, wenn er mich hier vor meinen Feinden verbirgt. Kannst Du mir nachempfinden, wie furchtbar das Gefühl ist, daß man so erbitterte Feinde hat? Was habe ich ihnen getan, daß sie mich so hartnäckig verfolgen? Eines weiß ich: Meine Feinde waren auch die meiner Eltern. Es macht mich so traurig, an all das zu denken, und nur der Gedanke an Dich hilft mir über alles Schwere hinweg. Mein Vormund hat mir versprochen, daß wir uns heiraten dürfen und daß er Dir alles anvertrauen wird, was ich noch nicht wissen soll. Warum er mich aber so ängstlich von Dir fernhält, begreife ich nicht. Aber Du bist ja nun da, und alles ist gut! Ich hoffe. Dich morgen in dei Frari zu sehen und zu sprechen. Bitte gib mir ein Zeichen, ob Du kommen wirst.

Deine Romana

Als Gunter diesen rührenden Brief gelesen hatte, sah er zu Romana hinüber, drückte wieder den Brief an seine Lippen und nickte mit dem Kopf. Romanas Augen leuchteten freudig auf.

Wie ein heißes Gebet stieg es in Gunters Herzen auf, daß es ihm vergönnt sein möge, Romana von ihren Feinden zu befreien. Justizrat Harland brauchte ihm ja nichts mehr zu sagen, er wußte alles, wußte jetzt sogar noch mehr als er. Eine unbeschreibliche Zärtlichkeit erfüllte ihn für Romana. Wie wollte er sie lieben und hegen, wenn sie erst seine Frau war, um sie ihre traurige Jugend vergessen zu machen! Und zugleich überkam ihn ein grimmiger Zorn auf die beiden Verbrecher, die sie so gequält und verfolgt und ihr all ihre Angehörigen genommen hatten. Es war nicht mehr der geringste Zweifel in ihm, daß Romana die junge Gräfin Soblikoff war. Aber trotzdem hätte er sich so gern überzeugt, ob der kleine Leberfleck vorhanden war, von dem ihm Frau von Altdorf erzählt hatte. Erst dann, wenn dieses Mal von ihm bestätigt werden konnte, würde auch Frau von Altdorf ganz sicher sein, daß seine Romana ihre Nichte war. Aber die modernen Hüte der Damen, wie auch Romana einen trug, ließen es nicht zu, daß er sich heute schon davon überzeugen konnte. Morgen aber, morgen würde er sich diese Gewißheit verschaffen.

Unentwegt hielt sich Gunter in nächster Nähe der Geliebten, so daß sie wenigstens zuweilen einen zärtlichen Blick tauschen konnten. Einmal konnte er auch verstohlen ihre Hand fassen, als sie ganz dicht nebeneinander vor dem wunderbaren Marmoraltar standen.

Dieser verstohlene Händedruck beseligte sie beide, und sie wußten, nie würden sie diese Stunde in der Maria della Salute vergessen, obwohl sie nicht ein einziges Wort hatten miteinander wechseln können. Gegen halb ein Uhr verließ der Professor mit Romana die Kirche, und Gunter hielt nun auch nichts mehr zurück. Nachdem er Romanas Gondel hatte abfahren sehen, fuhr auch er zu seinem Hotel hinüber.

Gunter kam gerade in dem Augenblick in den Speisesaal, als auch die Russen herunterkamen. Er trat zurück, um sie vor sich eintreten zu lassen, aber auch die beiden Russen wollten höflich sein und deuteten Gunter durch ein Zeichen an, er möge zuerst eintreten.

So schwer es ihm fiel, gegen diese beiden Verbrecher höflich zu sein, neigte er doch dankend den Kopf, als er an ihnen vorüberging, um nicht aufzufallen. Gunter sah den Postkartenverkäufer auf seinem Platz und beobachtete, daß vor Fräulein Mertens Platz wieder die Karaffe mit dem roten Wein stand. Während er an seinem kleinen Tisch Platz nahm, sah er den beiden Russen mit scharfen Blicken nach. Sie gingen ganz langsam an dem Tisch der beiden Damen vorbei, aber eine Reisegesellschaft, die schwatzend und lachend diesen Saal durchquerte, um drüben in dem größeren Speisesaal Platz zu nehmen, verhinderte heute mittag noch, was Gregor Soblikoff tun wollte. Er konnte nicht mehr unbemerkt an die Karaffe heran. Er ging zwar noch einmal an dem Tisch vorbei, um einige Postkarten zu erstehen, aber es geschah nur, weil er feststellen wollte, ob der Verkäufer von seinem Platz hinter dem Ständer den Tisch der Damen sehen konnte. Mit Befriedigung konnte er feststellen, daß dies unmöglich war, der Ständer stand zu weit vor. Außerdem spielte Sponzi so überzeugend den Kurzsichtigen und Augenleidenden, indem er das Geld, das er erhielt, ganz dicht an die Augen hielt, daß Gregor Soblikoff überzeugt war, daß dieser Mensch ihn nicht würde beobachten können.

Daß der Postkartenständer hinter einer der Postkarten ein kleines Loch besaß, durch das Sponzi alles, was er sehen wollte, erblickte, und daß er Augen hatte wie ein Luchs, das konnte Gregor Soblikoff nicht ahnen. Befriedigt ging er an seinen Tisch zurück. Inzwischen waren jedoch die beiden Damen gekommen und verhinderten dadurch, daß Gregor Soblikoff jetzt schon seinen Plan ausführen konnte.

Gunter aber sah, wie Sponzi, nachdem sich Gregor von seinem Stand entfernt hatte, eine Postkarte herabnahm und durch eine Öffnung hinter ihm hersah. Da lernte Gunter wieder etwas von Sponzi, er zog seine immer bereite Zeitung hervor und riß ein kleines Loch hinein. Und durch dieses Loch hindurch konnte er nun auch den Saal übersehen, obwohl er den Eindruck eines ins Lesen vertieften Menschen machte.

Aber heute mittag geschah nichts.

Gunter fuhr am Nachmittag zum Lido hinüber, um zu baden, kehrte aber früh genug zum Hotel zurück, so daß er schon um sieben Uhr im Speisesaal saß. Er vertiefte sich sogleich in seine präparierte Zeitung und schien nichts zu sehen und zu hören, was um ihn her vorging. Und so harrte er der Dinge, die da kommen sollten. Und – sie kamen.

Zuerst erschien der Postkartenverkäufer auf seinem Platz, gleich nach ihm auch die beiden Russen. Scheinbar in ein Gespräch vertieft, gingen sie ganz langsam zu ihrem Platz, wobei sie an dem Tisch der Damen vorüberkommen mußten, die noch nicht anwesend waren. Aber der rote Wein stand schon vor Fräulein Mertens Platz.

In der Nähe dieses Tisches angelangt, warf Gregor Soblikoff schnell einen forschenden Blick um sich, aber er sah nur den scheinbar hinter seiner Zeitung begrabenen Gunter und den Postkartenständer, hinter dem der Verkäufer ganz verborgen war. Ahnungslos, daß er von vier Augen scharf beobachtet wurde, zuckte Gregor Soblikoffs Hand empor, hinüber zu der kleinen Karaffe, ließ irgendein weißes Pulver hineinfallen, das er schon in der Hand bereitgehalten hatte, und ging ruhig, wenn auch etwas blaß, weiter zu seinem Tisch.

Eine unbeschreibliche Spannung bemächtigte sich Gunters, der alles durch das Loch in seiner Zeitung beobachtet hatte. Auch Sponzi hatte durch das kleine Loch im Ständer alles gesehen. Gunter starrte einen Augenblick zu Sponzi hinüber. Hatte dieser gesehen, was vorgegangen war? Sponzi schien Gunters stumme Frage zu verstehen, er legte verstohlen den Finger an die Lippen und verschwand plötzlich hinter seinem Ständer durch eine Tür. Gleich darauf kamen einige Kellner, die große Tabletts mit Gläsern trugen, in den Saal, und Gunter, dem vor Erregung das Herz bis zum Hals schlug und der die Karaffe nicht aus den Augen ließ, bereit, um jeden Preis zu verhindern, daß Fräulein Mertens von diesem Wein trank, sah, daß in demselben Augenblick, da die Kellner mit den großen Tabletts von der einen Seite an den beiden Russen vorbeikamen, ein anderer Kellner – es war wieder der mit den blöden Augen – zu der anderen Tür hereinkam, hinter der der Postkartenverkäufer hinausgegangen war. Und dieser anscheinend blöde Kellner hatte die Hände auf dem Rücken.

Er wurde so durch die Kellner mit den großen Tabletts gedeckt, daß die beiden Russen ihn unmöglich sehen konnten. Gunter aber, der seitlich saß, sah nun, daß der blöd scheinende Kellner schnell an den Tisch der Damen herantrat. Er nahm seine Hände vom Rücken, und Gunter atmete auf, als er eine zweite Karaffe mit rotem Wein sah. Er begriff mit einemmal, weshalb die Kellner mit den Tabletts den Weg versperrten. Schnell und gewandt hatte der Helfer Sponzis die Karaffen ausgetauscht. Ehe sich die anderen Kellner mit den Tabletts verliefen, hatte er längst den Saal mit dem Wein, in den Gregor Soblikoff das weiße Pulver hineingeschüttet hatte, verlassen. Die Ruhe im Saal war wieder hergestellt. Die beiden Russen ahnten nichts davon, daß in dem Tumult der Wein vertauscht worden war, aber sie sahen ziemlich blaß und nervös aus und schienen nicht viel Appetit zu haben.

Jetzt war auch der Postkartenverkäufer wieder auf seinem Platz, und gleich darauf erschienen die beiden Damen, die sehr vergnügt zu sein schienen. Fräulein Rosa Mertens sah sehr erhitzt aus und hatte blitzende Augen. Und sie warf einen spöttischen Blick zu dem »Stockfisch« hinüber, der nicht hatte anbeißen wollen. Gunter zog aus ihrem veränderten Wesen den Schluß, daß sie einen neuen Flirt gefunden hatte, womit er übrigens den Nagel auf den Kopf traf.

Interessanter aber als Fräulein Mertens waren ihm jetzt die beiden Russen, die er nun wieder mit scharfen Augen durch das Loch in der Zeitung beobachtete. Kaum waren die Damen eingetreten, da bezahlten die Russen anscheinend ihre Rechnung. Sie waren jedenfalls zur Abreise gerüstet. Als sie fertig waren, starrte Gregor Soblikoff über die Schulter seines Bruders, der mit dem Rücken zu den beiden Damen saß, mit einem unbeschreiblichen Blick zu Rosa Mertens hinüber. Diese schien sehr durstig zu sein, füllte ihr Weinglas aus der Karaffe und leerte es in einem Zug, lachend das Glas wieder absetzend. Gregor flüsterte seinem Bruder etwas zu, und sie erhoben sich beide mit etwas blassen Gesichtern, aber scheinbar ganz ruhig und unbefangen, und verließen den Speisesaal. Wenn Gunter nicht durch den Konsul gewußt hätte, daß man die Mörder absichtlich entwischen lassen wollte, dann hätte er wohl jetzt eine Torheit begangen. So aber blieb er ruhig sitzen und sah zu Rosa Mertens hinüber. Sie hatte heute nur spöttische Blicke für ihn, und um Gunters Mund spielte ein leises Lächeln.

»Sie ahnen nicht, Fräulein Rosa Mertens, und werden es wohl nie erfahren, wie nahe Ihnen jetzt der Tod gewesen ist und daß Sie es nur mir danken, daß Sie sich jetzt noch mit glühenden Wangen und strahlenden Augen eines neuen Flirts erfreuen können«, sagte er zu sich selbst.

Es erschien ihm natürlich keineswegs seltsam, daß der Postkartenverkäufer gleich hinter den beiden Russen den Speisesaal verlassen hatte. Draußen hatten die Russen inzwischen in der Garderobe ihre Hüte und Überkleider genommen und gingen nun schnell die Treppen hinab. Das böse Gewissen jagte sie schneller, als sie gehen wollten. Sie eilten zum Abfahrtsportal des Hotels, wo der Hausdiener mit ihren beiden Koffern schon auf sie wartete.

»Ist eine Gondel für uns da?« fragte Michael Soblikoff nervös.

»Nur einen Augenblick, Signore«, erwiderte der Hausdiener.

»Wir hatten doch ausgemacht, daß eine Gondel bereit sein sollte. Wenn wir unseren Zug versäumen, sind Sie schuld«, sagte Gregor erregt.

»Keine Sorge, Signore, der Zug nach Rom geht erst in einer halben Stunde, und in zehn Minuten sind Sie am Bahnhof. Es war keine Gondel in der Nähe, und ich habe erst den Boy nach einer geschickt. Er wird rechtzeitig mit der Gondel hier sein.«

Die beiden Verbrecher mußten warten, ob sie wollten oder nicht. Sie ahnten nicht, daß sie diese Verzögerung nur dem Postkartenverkäufer zu danken hatten, der Befehl gegeben hatte, daß die Russen aufgehalten werden sollten.

Wartend standen die Brüder mit blassen Gesichtern und zuckten leise zusammen, als in diesem Augenblick der Postkartenverkäufer die Treppe herabgelaufen kam und laut ausrief:

»Einen Arzt! Einen Arzt! Eine Dame ist ohnmächtig geworden!«

Die beiden Russen verfärbten sich noch mehr und traten ganz dicht an das Abfahrtsportal heran. Vielleicht wären sie in der nervösen Hast ihres bösen Gewissens davongelaufen, wenn statt der Lagune da draußen eine feste Straße gewesen wäre.

Der Postkartenverkäufer schien gar nicht auf die beiden Verbrecher zu achten, er lief an ihnen vorbei, immer noch laut nach einem Arzt rufend. Die beiden Verbrecher sollten nur glauben, daß ihre Missetat gelungen war, das sollte sein Geschrei bezwecken, sonst nichts.

Und er lief vor bis zum Ausgang des Hotels zu dem

Platz vor demselben, von dem eine Straße zum Markusplatz abbiegt. Auch an diesem Platz, der durch eine schmale Brücke mit der nächsten Brücke verbunden ist, fließt die Lagune vorbei, und Sponzi beugte sich jenseits der Brücke hinunter zur Lagune, wo ganz an die Seite gedrückt eine Gondel hielt.

In diese Gondel stieg er ein und begab sich im Dunkeln unter das Dach derselben, das fest verschlossen war. »Alles in Ordnung?« fragte er dabei leise den Gondoliere, der im Dunkeln wie ein schwarzer Schatten über die Gondel hinausragte.

»Alles in Ordnung, Signore Commissario!« flüsterte der Gondoliere zurück.

Hastig machte jetzt Guido Sponzi in der verschlossenen Gondel bei einer kleinen elektrischen Taschenlampe Toilette. Er riß die graue Perücke und den grauen Bart herunter, legte die blaue Brille ab und straffte seine sehnige Gestalt. Glättend fuhr er über seinen Scheitel, legte schnell einen anderen Anzug an, dazu einen Überrock und öffnete nun die Gondel. »Giuseppe!« rief er leise in das Dunkel der Lagune.

Eine zweite Gondel löste sich von der Wand und fuhr auf die Mitte der Lagune zu.

»Hole jetzt die Signori!« gebot Sponzi dem Führer der zweiten Gondel.

Dieser fuhr davon, hinüber zum Abfahrtsportal des Hotels, wo die Russen, außer sich vor Nervosität, noch immer auf die bestellte Gondel warten mußten.

Sie stiegen nun in großer Hast in die Gondel, ahnungslos, daß sie so lange hatten warten müssen, bis Signore Sponzi seine Umwandlung beendet hatte, und fuhren davon. Sie trafen bald darauf auf eine zweite Gondel, in der unter weit aufgezogenen Vorhängen wie ein biederer italienischer Spießbürger der Detektiv Sponzi saß – neben sich einen Reisekoffer. Die Gondeln fuhren nun dicht hintereinander zur Anlegestelle am Bahnhof.

Sponzi stieg zuerst aus und ging scheinbar unbekümmert zum Bahnhofsgebäude hinüber, an dessen Eingang ein nutzlos herumlungernder Vagabund lehnte.

Wieder fragte Sponzi im Vorbeigehen diesen Vagabunden: »Alles in Ordnung?«

»Alles, Herr!« antwortete dieser leise.

Sponzi kaufte sich noch in aller Ruhe Zeitungen, sah aber dabei verstohlen zu den inzwischen angekommenen Russen hinüber, die ihren gelben Koffer aus dem Handgepäckschalter abholten und ihre anderen Koffer einem Gepäckträger übergaben. Den gelben Koffer trug Michael Soblikoff selber. Sie waren ganz ahnungslos, daß er inzwischen von der Questura beschlagnahmt gewesen war.

Sponzi folgte ihnen nun auf den Bahnsteig hinaus, und als er sah, daß sie einen Wagen zweiter Klasse bestiegen, bestieg er denselben von der anderen Seite. Forschend, als suche er einen guten Platz, ging er im Zug den beiden Russen entgegen. Die Wagen waren stark besetzt, nur in einem Abteil saß ein einzelner Herr. Dahinein begaben sich die Russen, und auch Sponzi belegte nun den Platz an der Tür. Michael Soblikoff hatte einen Fensterplatz, den anderen Fensterplatz der Herr, der zuerst in dem Wagen saß und der sich in den Genuß einer Zigarre zu vertiefen schien. Neben seinem Bruder saß Gregor Soblikoff, und an der Tür, den Brüdern gegenüber, Sponzi.

Dieser legte sich in eine Ecke zurück und schloß die Augen, als sei er müde. Er sah nur noch einmal auf, als ein Speisewagenkellner durch den Zug ging und zum Abendessen aufforderte. Mit diesem Speisewagenkellner wechselte Sponzi einen kurzen Blick – es war abermals ein Gehilfe von ihm, der besondere Weisungen hatte. O ja, es war gut gesorgt, daß die beiden Grafen Soblikoff nicht durch die Maschen des sich immer enger ziehenden Netzes schlüpfen konnten.

Sponzi versank dann scheinbar in einen tiefen Schlaf und schnarchte mit dem anderen Herrn, der ahnungslos, was für eine Reisegesellschaft er hatte, auch in tiefem Schlummer lag, um die Wette.

Dabei sah Sponzi immer wieder verstohlen in die Gesichter der beiden Verbrecher, in denen sich nun langsam die gespannten Züge glätteten. Sie sprachen aber kein Wort miteinander, Sponzi konnte also nichts erlauschen.

Unaufhaltsam rollte der Zug weiter. In Florenz, als der Zug eine Weile hielt, hörte Sponzi die ersten Worte von den beiden Russen. Der eine sagte: »Nun sind wir am Ziel.«

Und der andere erwiderte aufatmend:

»Endlich!«

Weiter hörte Sponzi auf der ganzen Reise kein Wort von ihnen.

14

Am anderen Morgen machte sich Gunter voll freudiger Erwartung auf den Weg nach Santa Maria Gloriosa dei Frari. Er erreichte sie früher noch als Romana und wartete am Portal, bis er sie in einer Gondel ankommen sah. Während sie mit dem Professor über die Piazza zur Kirche herüberkam, trat Gunter schon in die Kirche und vor den Hauptaltar, über dem wieder, wie früher, die wunderbare Assunta Tizians hing. Aber so wunderbar dies berühmte Gemälde war, Gunter konnte sich jetzt nicht mit Andacht in seinen Anblick vertiefen. Er trat etwas zurück, als suche er sich einen geeigneten Platz, von dem aus er das Gemälde gut sehen konnte, und in diesem Augenblick ging Romana mit dem ahnungslosen Professor vorbei, den er noch sagen hörte:

»Es ist ein Jammer, daß die Assunta so schlecht beleuchtet ist, die beiden Seitenfenster des Altars blenden immer, wo man auch stehen mag.«

So hatte sich der alte Herr das Zurückweichen Gunters gedeutet, und dieser betrachtete nun doch aufmerksam die Assunta und mußte dem Professor recht geben.

Mit der ihm eigenen unbeholfenen Sorgfalt brachte der Professor Romana gleich in die Sakristei und sagte zu ihr:

»Sie haben heute genug zu tun, wenn Sie sich in die Kunstschätze der Sakristei vertiefen. Diese Kirche muß man gründlich studieren, wir werden mehrere Male hierhergehen. Wenn Sie sich dann für heute satt gesehen haben, fangen Sie an, die Madonna von Bellini zu kopieren. Sehen Sie das Gemälde nur an – ist es nicht auch eine Offenbarung der Schönheit?«

Damit hatte er sie vor den Altar der Sakristei geführt, und Romana sah nun trotz ihrer Erregung ergriffen in das wundervolle Madonnengesicht. Der Professor legte ihr Malgerät auf eine der Bänke und sprach dann mit einem der Priester, der gerade vorüberkam, um Romana die Erlaubnis zu verschaffen, die Madonna zu kopieren. Man kannte den deutschen Professor und Kunstliebhaber hier schon und erteilte die Erlaubnis ohne weiteres.

Romana dankte dem Professor und breitete ihr Malgerät auf der Bank aus. Von hier aus konnte sie das Gemälde am besten sehen.

Der Professor verabschiedete sich nun von seinem

Schützling und ging zum Kloster hinüber, um im Archiv seine Studien zu betreiben. Er war fest überzeugt, seine Begleiterin hier gut und sicher untergebracht zu haben.

Gunter betrat nun ebenfalls die Sakristei und sah Romana schon eifrig beschäftigt, ihre Malvorbereitungen zu treffen. Zu dieser frühen Stunde waren nur wenige Menschen in der Kirche, und diese wenigen zerstreuten sich in der Kirche selbst. Die meisten blieben im Mittel- und Seitenschiff oder im Querschiff und in den Chorkapellen, um sich die vielen Sehenswürdigkeiten anzusehen. Die Hauptkunstschätze zogen vornehmlich die Fremden an, und nur wenigen blieben Zeit und Verständnis, sich an den tausend anderen Kunstschätzen zu erfreuen, die diese wunderbare Kirche zu bieten hat. In die Sakristei kam kein Mensch, und die beiden Liebenden waren fast allein in dem weihevollen Raum mit seiner wundervollen Farbenpracht.

Gunter trat nun zu Romana heran und gab sich den Anschein, die Madonna zu betrachten.

»Liebste, hab ich dich endlich wieder«, sagte er voll heißer Zärtlichkeit.

Sie sah mit einem scheuen und doch glücklichen Blick zu ihm auf.

»Ich bin so glücklich, Gunter, daß du bei mir bist!«

Eine Weile schwiegen sie ergriffen und faßten sich fest bei den Händen. Endlich fragte Romana:

»Wie hast du meinen Aufenthalt ermittelt?«

»Ein kleiner Zufall brachte mich auf deine Spur«, sagte er und berichtete kurz, wie er die Anschrift des Justizrats ermittelt hatte. Ein leises Schelmenlächeln flog über Romanas Gesicht.

»Oh, Onkel Justizrat bekam einen Brief aus seinem Büro, daß ein ganz großer Prozeß auf ihn warte. Deshalb reiste er so schnell wieder nach Hause. Sicher trifft er nun den bewußten Klienten nicht an.«

Gunter lächelte ebenfalls und entzückte sich an Romanas Schelmerei.

»Im Krieg und in der Liebe sind alle Mittel erlaubt, Romana.«

»Wie lieb von dir, daß du dir so viel Mühe gabst, mich aufzufinden.«

»Wundert dich das, Süße? Ahnst du nicht, wie groß meine Sehnsucht nach dir war, nachdem ich dich, wenn auch nur für kurze Zeit, in meinen Armen gehalten hatte? Ach daß ich es doch wieder tun könnte! Erschrick nicht, ganz fromm und heilig wollte ich dich an mein Herz nehmen und deine Lippen, deine lieben Augen küssen.«

Er sah, daß flammende Röte über ihr Antlitz jagte. Solche Liebesworte waren Romana noch fremd und erschütterten sie. Und als jetzt gerade ein Priester durch die Sakristei ging, gab sich Gunter den Anschein, als sähe er der jungen Dame beim Malen zu. Sie zeichnete mit zitternder Hand den Umriß des Kopfes der Madonna auf die Leinwand.

Dann waren sie wieder allein, und Gunter sagte bewegt: »Wie dankbar bin ich dem Schicksal, daß es mir dies Zusammensein mit dir gestattet.«

»Oh, wie innig habe ich darum gebetet!«

Er beugte sich rasch herab und drückte seine Lippen auf den schmalen Streifen ihres Nackens, der zwischen Kleid und Hut sichtbar war.

»Nicht, bitte nicht, Gunter, wenn ein Priester das sieht.«

»Es ist wahrlich keine Entweihung dieses heiligen Ortes, meine Romana, wenn ich im Herzen Andacht halte vor der Schönheit, die Gott selbst geschaffen hat. Hält man doch hier Andacht auch vor der Schönheit, die

Menschengeist und Menschenhände schufen. Willst du mir eine Bitte erfüllen?«

»Sehr gern, wenn ich kann.«

»Bitte, leg deinen Hut ab, damit ich dein schönes goldenes Haar sehen kann. Der neidische Hut verbirgt mir zuviel von deinem lieben Gesicht.«

Romana hob die Hände und nahm den Hut vom Kopf.

Gunter fand, daß seine Romana durchaus mit der schönen Madonna von Bellini konkurrieren konnte. Er sagte ihr zärtliche Worte, die sie mit einer reizenden und rührenden Unbeholfenheit erwiderte. War sie doch nicht gewöhnt, solche Worte anzuhören oder auszusprechen. Nur tief empfinden konnte sie alles, was sie Gunter sagte, und deshalb war alles von Süßigkeit für ihn erfüllt.

Wieder wurden sie eine Weile gestört durch einen Herrn und eine Dame, die aber nur flüchtig in die Sakristei hineinsahen. Gunter trat, bis sie sich wieder entfernt hatten, an die Madonna heran und betrachtete sie scheinbar gefesselt. Aber dann kam er wieder an Romanas Seite, und nun fiel ihm ein, daß er noch nicht nach dem kleinen braunen Mal hinter ihrem rechten Ohr geforscht hatte. Er neigte sich tief über sie, faßte nach dem weichen, lockigen Haar und schob es sanft von dem rechten Ohr zurück. Und da sah er wirklich dieses Familienmerkmal, sah das kleine, verschobene Viereck, das sich in seinem dunklen Braun von der zarten weißen Haut abhob.

Sein Herz schlug laut und stark. Wohl hatte er kaum noch einen Zweifel gehabt, daß seine Romana die Gräfin Soblikoff sei, aber jetzt hatte er völlige Gewißheit. Ergriffen schaute er auf sie herab, sich fragend, ob sie selbst wußte, daß sie eine Gräfin Soblikoff war. Er setzte sich auf die Bank neben sie und fragte leise:

»Sage mir, mein geliebtes Herz, wie kommt es, daß du denselben Namen führst wie dein Vormund?«

Sie wurde ein wenig bleich.

»Du wirst es ja doch einmal erfahren müssen – ich heiße nicht Harland.«

Er faßte ihre Hand.

»Aber wie heißt du?«

Sie sah ihn bittend an.

»Verzeih mir, wenn ich dir diese Frage auch jetzt nicht beantworten kann. Ich gab mein Wort, ohne besondere Erlaubnis meines Vormundes niemand meinen Namen zu verraten. Beim Andenken an meinen Vater hat er mich beschworen, dieses Versprechen nie zu brechen.«

»Wenn du aber meine Frau werden sollst, muß ich doch deinen Namen wissen.«

»Du wirst ihn dann entweder durch meinen Vormund erfahren, oder er wird mich dir gegenüber meines Wortes entbinden.«

Er zog rasch ihre Hand an seine Lippen.

»Dann darf ich nicht weiter in dich dringen.«

»Bitte zürne mir nicht.«

Er streichelte ihre Hand.

»Wie könnte ich dir böse sein, mein armes, liebes Kind. Ich wollte ja nur feststellen, ob du selbst weißt, daß du einen anderen Namen trägst.«

Sie sah ihn unruhig forschend an.

»Wußtest du es schon?«

»Ja, mein liebes Herz. Sei ruhig und glaube mir, bald sollst du von dem niederdrückenden Zwang all der Geheimnisse um dich herum erlöst werden, bald soll alles licht und klar um dich sein!«

Fragend sah sie in seine Augen.

»Wirst du die Macht haben, du Lieber, dieses Geheimnis zu ergründen?«

Wieder zog er ihre Hand an seine Lippen.

»Ich habe es schon ergründet, meine Romana. Nein, erschrick nicht, es hat sich alles ohne Zwang so gefügt. Aber auch ich kann und darf dich nicht in alles einweihen, weil ich nicht den Weisungen deines Vaters vorgreifen will und auch für mich noch manches zu erforschen ist. Nur so viel sollst du heute schon wissen zu deiner Beruhigung, mein liebes Herz, daß die Gefahr, die über deinem Haupt schwebt und vor der dich dein Vormund so gewissenhaft beschützt und behütet hat, in ganz kurzer Zeit vorüber sein wird. Ich bin sehr glücklich, daß es gerade mir gelungen ist, diese Gefahr zu erkennen und sie zu beseitigen.«

Sie atmete zitternd auf und sah ihn mit großen bangen Augen an.

»Du sprichst in Rätseln – ach, es ist ja alles so rätselhaft, was mich umgibt. Nur meine Liebe zu dir – die ist klar und sonnenhell, sie darf mir nie getrübt werden, wenn ich nicht tief unglücklich werden soll.«

»Das soll sie auch nicht, meine Romana! Vertraue mir nur, in kurzer Zeit sollen alle Rätsel aus deinem Leben schwinden. Alles soll klar und licht sein wie unsere Liebe.«

»Versprichst du mir da nicht zuviel, mein lieber Gunter?«

»Ich hoffe nicht. Höre mir zu, Romana: so gewiß ich deinen wahren Namen weiß, so gewiß sollst du in kurzer Zeit ganz klar sehen und meine geliebte Frau werden, wenn du nur willst.«

»Wenn ich will? Kannst du daran zweifeln? Aber – was sagst du da? So wahr du meinen Namen weißt? Den weißt du doch nicht?«

»Doch, Romana, ich weiß ihn jetzt genau – allerdings erst seit wenigen Minuten so gewiß, daß ich darauf schwören kann. Vorher ahnte ich ihn nur.«

Beklommen sah sie ihn an. Und dann schüttelte sie den Kopf und sagte verzagt:

»Rätsel über Rätsel – wer soll dir denn hier in den wenigen Minuten meinen Namen verraten haben?«

Er legte den Finger auf das kleine braune Mal.

»Dies hat ihn mir verraten, dieses kleine braune Fleckchen.«

Sie griff hastig nach der Stelle.

»Habe ich da ein braunes Mal?«

Schnell küßte er die Stelle hinter dem Ohr.

»Ja, Süße, ein kleines rechteckiges Mal, das sehr reizend ist, hat mir verraten, wer du bist. Du bist ...« Sie legte erschrocken die Hand auf seinen Mund.

»Nein, sprich es nicht aus. Man hat mich gelehrt, mich zu fürchten beim Klang meines Namens«, sagte sie, sich furchtsam umsehend.

Voll zärtlichen Mitleids sah er in ihr erblaßtes Gesicht. »Armes Kind, du brauchst jetzt keine Angst mehr zu haben, kannst ruhig deinen Namen aussprechen, wenn du willst. Ich hoffe, deine Feinde sind schon jetzt unschädlich gemacht, werden es aber ganz sicher in einigen Tagen sein. Ich bleibe hier in Venedig, bis ich darüber Gewißheit habe. Dann reise ich nach Berlin zurück, suche deinen Vormund auf und bitte um deine Hand. Und er wird sie mir nicht länger wehren, wenn du, meine süße kleine Gräfin, dich mit einem gewöhnlichen Doktor Valberg begnügen willst.«

Sie zuckte leise zusammen.

»Du weißt wirklich, wer ich bin?«

»Ja, Romana. Aber nun sage mir auch, ob du deinen Namen mit einem bürgerlichen vertauschen willst?«

Mit einem krampfhaften Druck umfaßte sie seinen Arm.

»Hieße ich doch erst so wie du, mein Guter, wie glücklich wollte ich sein! Mein Name hat mir nur Leid gebracht, ich habe kaum noch an ihn zu denken gewagt. Wie gern vertausche ich ihn mit dem deinen.«

Er konnte nur mit fast schmerzhaftem Druck ihre Hand fassen, weil jetzt wieder Fremde in die Sakristei traten. Sie schwiegen beide, von ihren Empfindungen überwältigt. Als sie dann wieder allein waren, sagte Romana, nun eifrig an dem Bild arbeitend:

»Wenn wirklich alles gut ist, dann wird mir zumute sein wie einer Blinden, die ihr Augenlicht wieder erhalten hat.«

»Armes Herz, so sehr hast du gelitten unter diesen qualvollen Verhältnissen? Diese Schurken, diese elenden Schurken!«

Er ballte vor Grimm die Fäuste und biß die Zähne zusammen.

Sie seufzte tief auf.

»Ich weiß nicht, wen du meinst, aber wenn sie schuld sind an all meinem Leid, dann möchte ich nicht in ihrer Haut stecken. Sind sie mir wirklich so feindlich? Was habe ich ihnen denn getan?«

»Du hast gelebt, mein Herz, das war dein ganzes Verbrechen. Und ich kann dir nur das eine sagen, dein treuer und fürsorglicher Vormund hatte allen Grund, dich mit einem undurchdringlichen Wall zu umgeben.«

»Das sagst du, der erst so ungehalten über ihn war?«

»Weil ich nicht ahnte, um was es ging. Ich habe ihm viel abzubitten und will es freudig tun. Wir werden ja bald auch von ihm erfahren, was ich selber nicht ergründen kann. Habe nur noch einige Wochen Geduld, dann wirst du alles wissen.«

Überrascht sah sie ihn an.

»In einigen Wochen schon? So bald soll sich das Geheimnis klären, das mich umgibt?«

»Ja, Romana. Aber jetzt wollen wir nicht mehr von diesen trüben Dingen reden, bis ich dir alles erklären kann. Jetzt wollen wir nur von unserer Liebe sprechen. Du sollst mir sagen, ob du auch sehnsüchtig auf den Tag wartest, an dem du mir angehören wirst. Ich zähle die Stunden bis dahin!«

Sie plauderten glückselig, wie eben nur Liebende plaudern können, und sagten sich soviel Zärtlichkeiten, wie es ihnen ihre Herzen eingaben. Dazwischen arbeitete Romana fleißig an ihrem Bild, damit der Professor auch etwas sah, wenn er zurückkam. Gunter sah überrascht zu.

»Ich staune, Romana, du bist wirklich eine kleine Künstlerin. In Hornklippe sah ich das reizende Bildchen auf deiner Staffelei, das ich am liebsten gekauft hätte, und hier kopierst du nun so vortrefflich die reizende Madonna mit ihrem süßen, fraulichen und mütterlichen Zauber.«

Sie lächelte.

»Es ist doch keine Kunst, ein Gemälde zu kopieren.«

Er lachte leise.

»Nun, wenn mein Leben davon abhinge, ich könnte ein solches Bild nicht kopieren. Dies Bildchen mußt du mir schenken, wenn es fertig ist.«

»Würde es dir wirklich Freude machen?«

»Wie kannst du fragen? Wir wollen unsere Liebe und unser Glück unter den Schutz dieser Madonna stellen, Liebste.«

Sie nickte.

»Ich bin ihr so dankbar, daß ich in ihrem Schutz mit dir sprechen kann. So bedrückt und unruhig war ich, ehe ich dich hier sah, und nun ist mir so leicht ums Herz wie lange, lange nicht!«

Gerührt sah er in ihr liebes, schönes Gesicht. Und sie

saßen nun eine ganze Weile, ohne zu sprechen, nur das Glück ihrer gemeinsamen Stunden empfindend. Nach einiger Zeit fragte Gunter dann:

»Kannst du dich auf meinen Freund Bernd von Altdorf besinnen – weißt du, der sich mit mir im Wald verirrt hatte, als wir dich schlafend in der Hängematte fanden?«

Sie nickte lächelnd.

»O ja, ich erinnere mich genau. Er hatte so lustige Augen, die einen froh machten, und so einen drollig zerzausten Schopf.«

»Also, er ist dir sympathisch?«

»Da er dein Freund ist, gewiß.«

»Nein, ich meinte auch so, einfach als Mensch betrachtet?«

»Gewiß, so lustige, frohe Menschen mag ich immer gern, weil ich selbst so selten froh sein konnte und es doch immer gern sein wollte ...«

Er streichelte ihre Hand.

»Sollst es werden, meine Romana, du sollst das frohe freie Lachen lernen! Und Bernd von Altdorf soll mir dabei helfen, er ist so voller schnurriger Einfälle und bei aller Leichtlebigkeit so ein feiner, anständiger Mensch. Darf ich dir von ihm und seinen Eltern erzählen? Er hat eine wundervolle Mutter, um die man ihn beneiden kann, wenn man selber keine Mutter mehr hat.«

Sie nickte eifrig.

»Ja, bitte, erzähle mir von den Menschen, die dir nahestehen und lieb sind, sie sollen mir auch lieb werden.«

Gunter erzählte nun von dem harmonischen Familienverhältnis bei Altdorfs; aber mit keiner Silbe verriet er ihr, daß diese Menschen mit ihr ganz nahe verwandt waren. Romana hörte aufmerksam zu. Wie in einem seligen Frieden eingesponnen, lauschte sie Gunters Schilderung. Und als Gunter zu Ende war, sagte sie tief aufatmend:

»Das klingt mir wie ein Märchen – ein solch inniges Familienleben habe ich nie kennengelernt. Vielleicht, als ich noch sehr klein war, aber darauf kann ich mich nicht mehr deutlich besinnen.«

»Du sollst für alles entschädigt werden, mein armes Herz, und im Altdorfschen Haus wird man dich bis zu unserer Hochzeit aufnehmen wie das eigene Kind.«

»Versprich nicht zuviel, Gunter, wenn ich nun deinen Freunden nicht sympathisch bin?«

Er lächelte.

»Dafür garantiere ich dir, man erwartet dich schon mit großer Sehnsucht.«

Lebhaft wandte sie sich nach ihm um.

»Weiß man denn dort etwas von mir?«

»Ja, Romana, du glaubst nicht, wie man sich auf dich freut. Aber noch jemand wartet sehnsüchtig auf dich.«

»Wer ist das?«

»Mein Vater.«

Sie drückte die Hand an das Herz und wurde blaß vor Erregung.

»Du hast deinen Vater noch, Gunter? Wie beneidenswert bist du.«

»Das bin ich um so mehr, als mich mit meinem Vater eine seltene Harmonie verbindet. Ich habe ihn sehr lieb. Er ist nicht nur mein Vater, sondern auch mein bester Freund. Wir halten fest zusammen, zumal seit meine Mutter nicht mehr am Leben ist. Mein Vater hat den Verlust meiner Mutter, die er über alles geliebt hat, nie verwunden – wir Valbergs lieben nur einmal, aber mit der ganzen Inbrunst unseres Herzens. Obwohl mein Vater die Frau im Haus sehr vermißt, hat er meiner Mutter keine Nachfolgerin gegeben. Nun freut er sich auf die Frau seines Sohnes – du mußt ihm ein wenig Wärme und Liebe abgeben. Wir werden in seinem großen, schönen Haus wohnen. Ich weiß, das ist ihm das Liebste. So viele Zimmer stehen leer und unbenutzt. Du wirst die Zimmer meiner Mutter bekommen, es sind die schönsten im ganzen Haus, sie werden dir gefallen. Mein Vater wird sich an unserem Glück freuen und wieder spüren, was ein behagliches harmonisches Heim ist.«

Ein wenig bang und doch voll strahlender Freude sah sie ihn an.

»Ach Gunter, werde ich denn all meine Pflichten als deine Frau erfüllen können?«

Rasch zog er ihre Hand an seine Lippen.

»Daran brauchst du nicht zu zweifeln.«

»So froh wird es mich machen, wenn auch dein Vater mich liebend aufnimmt. Er soll mir meinen unvergeßlichen Vater ersetzen, und wenn er es sich gefallen lassen will, werde ich ihn wie den eigenen Vater lieben.«

Entzückt sah er in ihr von frohem Eifer gerötetes Gesicht.

»Nur zu gern wird er es sich gefallen lassen! Und Vater und ich, wir werden dich so recht nach Herzenslust verwöhnen. Wäre es nur erst soweit!«

Sie seufzte leise.

»Wüßte ich nur, wann es soweit sein wird.«

Übermütig blitzten seine Augen sie an.

»Wollen wir gleich jetzt den Termin für unsere Hochzeit festsetzen?«

Helle Röte stieg in ihr Gesicht.

»Wird das von unserem Willen abhängig sein?«

»Nur davon, mein liebes Herz. Ich bürge dir dafür, daß dein Vormund mir seine Einwilligung gibt, sobald ich mit ihm gesprochen habe. Und bei mir steht es ganz fest, daß du zu Weihnachten schon als meine liebe Frau schalten und walten sollst.«

Sie zuckte leise zusammen.

»Weihnachten schon?«

»Ist es dir zu früh?« neckte er.

Sie wagte nicht ihn anzusehen.

»O nein, nein – aber ich kann nicht daran glauben, daß es schon so bald sein wird.«

»Ganz gewiß, wenn du nur willst.«

»Kommt es auf mich an?«

»Nur auf dich.«

»O – ich will ganz gewiß«, flüsterte sie.

Er mußte ihr wenigstens schnell einen Kuß auf die Wange drücken.

»Also gut, setzen wir unseren Hochzeitstag fest. Wie gefällt dir der erste Dezember?« fragte er übermütig.

»Ein schöner Tag«, erwiderte sie mit der leisen Schelmerei, die sich doch nicht so recht hervorwagte.

»Einverstanden?«

Sie nickte aufatmend.

»Wie gern – wie gern, Gunter!«

Er sprang auf und ging eine Weile in der Sakristei auf und ab. Es war ihm zu heiß geworden bei der Aussicht auf seinen Hochzeitstag. Und es war sehr gut, daß er gerade ein Stück von Romana entfernt stand, denn gerade kam Professor Marks in die Sakristei. Mit einem liebenswürdig zerstreuten Lächeln trat er zu Romana heran.

»Sagen Sie, liebes Kind, wie spät ist es eigentlich? Meine Uhr ist stehengeblieben. Ich habe wohl vergessen, sie aufzuziehen, und weiß nun nicht, wie lange ich schon über meinen Urkunden gesessen habe.«

Romana sah auf ihre Armbanduhr. Ihr war natürlich die Zeit wie im Flug vergangen, und sie war erschrokken, als der Professor auftauchte.

»Es ist schon zwölf Uhr, Herr Professor.«

»Famos, ich glaubte, es sei viel später. Da kann ich ja noch ein halbes Stündchen hinübergehen. Hoffentlich verpasse ich die Zeit nicht.«

»Ich werde Sie punkt dreiviertel ein Uhr drüben abholen, Herr Professor.«

»Das ist ein famoser Gedanke, Kindchen. Wie weit sind Sie denn mit der Madonna gekommen? Ah, sehr fleißig gewesen. – Das wird gut – das wird sehr gut. Das Blau des Gewandes könnte noch einen Ton tiefer sein, meine ich.«

»Ich auch, Herr Professor, ich hatte diesen Ton nur probeweise angesetzt.«

»Gut, gut! Sie sind eine kleine Künstlerin, Romana, und haben ein feines Empfinden für die Kunst. Wenn Sie gezwungen wären, Ihren Lebensunterhalt mit Ihrem hübschen Talent zu verdienen, Sie würden gut für solche Arbeiten bezahlt werden. Einen famosen, sicheren Strich haben Sie! Das sitzt alles! Später müßten Sie auch den einen Engel da unten am Sockel kopieren. Den mit der Laute meine ich, er ist ein sehr interessantes Modell. Der andere, der mit der Flöte, sieht nicht sehr intelligent aus. Aber sehen Sie nur das wunderbare Teppichornament des Hintergrundes für die Madonna. Und das auf den vorspringenden Säulen – meisterhaft, ganz meisterhaft. Tizian konnte viel lernen von seinem Lehrer – und hat es ja auch getan. Was meinen Sie, Kindchen, ob wohl einer von den sogenannten Modernen so etwas kann? Sollten alle bei Tizian, Bellini und vielen anderen aus dieser Zeit in die Lehre gehen! Ah, das war doch Kunst, hohe Kunst, höchste Kunst und höchstes Können! Kunst und Können, das sind nun mal unzertrennliche Begriffe. Viele von diesen Modernen können eben nichts – nichts als großschnauzig Kritik üben. Auch an solche Meister wagen die Bürschchen sich mit ihrer Kritik. Sie werden nie erreichen, was wir hier vor uns sehen.«

Der alte Herr hätte sich festgeplaudert, wenn ihn Romana nicht an seine Urkunden gemahnt hätte. Da trollte er davon.

Als er verschwunden war, kam Gunter wieder in Romanas Nähe.

»Ein begeisterter Kunstliebhaber, der Herr Professor«, sagte er lächelnd.

Romana nickte.

»Von ihm kann man viel lernen. Ich freue mich trotz allem, daß ich hierhergekommen bin. Wie schön ist Venedig – ich sah auch auf unserer Reise sehr viel Schönes. Mein Vormund führte mich in Mailand in den Dom und in die Scala, ehe wir nach Venedig weiterreisten. Und was habe ich hier schon alles an hervorragenden Kunstwerken gesehen, von der Schönheit der Umgebung gar nicht zu reden. Jetzt genieße ich aber das Schöne noch viel mehr, weil du hier bist. Hast du morgen Zeit für mich?«

»Nur für dich, liebes Herz, verfüge ganz über mich.«

»Ich fahre morgen vormittag mit Frau Professor zum Lido.«

»Oh, dann werde ich drüben an der Dampferstation warten, bis ihr kommt, und dir dann folgen wie dein Schatten. Sehen muß ich dich wenigstens, wenn ich schon nicht mit dir sprechen kann.«

»Und am Nachmittag gegen fünf Uhr wollen wir einen Bummel über den Markusplatz und die Piazetta machen. Wir werden unter den Prokurazien in einer Konditorei Gefrorenes naschen und dann auf den Campanile hinauffahren.«

»Auch dann werde ich in deiner Nähe sein. Versuche nur immer, mir für den nächsten Tag euer Programm zu verraten, damit wir uns treffen können.«

»Und wie lange wirst du in Venedig bleiben?«

»Nur bis ich über eine Angelegenheit Nachricht habe. Das kann in einigen Tagen geschehen, es kann aber auch noch einige Wochen dauern. Sobald ich diese Nachricht habe, reise ich ab, um deinen Vormund aufzusuchen.«

»Aber du gehst nicht fort, ohne es mich wissen zu lassen?«

»Ganz bestimmt nicht. Sollte ich dich nicht sprechen können, so wollen wir ein Zeichen verabreden, das dir sagen soll: Morgen reise ich ab. Um welche Tageszeit bist du bestimmt auf deinem Zimmer – es war doch dein Zimmer, wo ich dir meine Botschaft zuwarf?«

»Ja, und ganz bestimmt kann ich nach dem Lunch, wenn Professors ausruhen, auf meinem Zimmer allein sein.«

»Das ist gut. Also, wenn ich am nächsten Tag abreisen muß und es dir nicht auf andere Weise mitteilen kann, werde ich mittags punkt zwei Uhr durch die Via dei Baccaroli mit der Gondel fahren. Du mußt dann nur jeden Tag um zwei Uhr am Fenster sein.«

»Gut, das wollen wir festhalten.«

»Vorläufig sehen wir uns also morgen früh am Lido und am Nachmittag unter den Prokurazien. Wir werden einander schon finden.«

»Ganz gewiß!«

Es war gut, daß die Liebenden alles Nötige besprochen hatten, denn jetzt kam ein junger Mensch, der im Gestühl der Sakristei Kunstsachen anbot. Es schien sein Vorrecht zu sein, Abbildungen aller Kunstwerke der Kirche hier feilzubieten, wahrscheinlich zu Nutz und Frommen der Kirche selbst.

Gunter suchte sich einige Fotografien und Kunstdrukke aus, unter anderem auch die Abbildung der Assunta und der Madonna von Bellini. Dabei hörte er, wie der junge Mensch zu einem Priester, der jetzt wieder durch die Sakristei kam, sagte, daß er wegen heftiger Schmerzen heute vormittag beim Zahnarzt gewesen sei und deshalb nicht wie sonst schon am Vormittag seinen Kunstverkauf eröffnet habe.

Gunter mußte lachen. Wieder ein Zufall, der ihm günstig gewesen war! Hätte der junge Mensch nicht den Zahnarzt aufsuchen müssen, dann hätte er nicht so ungestört mit Romana sprechen können.

Diese packte jetzt ihre Malutensilien zusammen, und Gunter trat noch einmal verstohlen an ihre Seite. »Mußt du jetzt gehen, Romana?«

»Ja, Gunter, es ist höchste Zeit, den Professor von seinen Urkunden wegzubringen, sonst kommen wir zu spät zum Lunch und bekommen Schelte von Frau Anneli, die streng auf regelmäßige Mahlzeiten hält. Um ein Uhr wird bei Signora Calani der Lunch eingenommen.«

»Dann also auf Wiedersehen, mein geliebtes Herz.«

»Auf Wiedersehen, du Lieber!«

Sie sahen sich noch einmal tief in die Augen. Dann schritt Romana schnell davon.

Gunter besichtigte nun dei Frari etwas eingehender und vertiefte sich noch einmal in den Anblick der Assunta. Heute brauchte er ja nicht so pünktlich zum Lunch im Hotel zu sein.

Es war fast zwei Uhr, als er den Speisesaal betrat. Heute war kein Postkartenverkäufer am Platz, die beiden Russen fehlten natürlich auch. Aber trotz der vorgerückten Stunde fand er Fräulein Rosa Mertens und ihre Tante noch im Speisesaal, und zwar in Gesellschaft eines hübschen jungen Mannes, der scheinbar der jungen Dame eifrig den Hof machte. Gunter selbst traf nur ein kalter, stolzer Blick aus Fräulein Mertens' Augen. Ein Lächeln huschte um Gunters Mund.

Oh, Fräulein Rosa, dachte er übermütig, wenn du ahntest, daß ich dir das Leben gerettet habe, du würdest mich nicht so tief durch diesen Gletscherblick verwunden wollen und mir selbst verzeihen, daß ich nicht mit dir geflirtet habe!

Mit gutem Appetit nahm er seine Mahlzeit ein und gönnte sich dabei das Vergnügen, Fräulein Rosa Mertens durch sein Lächeln ein wenig aus der Fassung zu bringen.

Das Herz war ihm leicht und frei, und er sagte sich, daß er das Seine getan hatte, um die Geliebte aus der ihr drohenden Gefahr zu befreien.

15

Für die beiden Liebenden vergingen nun einige Tage, an denen sie sich wohl stundenlang sehen, aber kein Wort miteinander sprechen konnten. Sie mußten vorsichtig sein, damit man ihnen nicht noch diese Begegnung unmöglich machte. Romana wurde erfinderisch, um immer wieder etwas auszudenken, was ihr ein Wiedersehen mit dem Geliebten ermöglichte.

Gunter wartete trotzdem voll Ungeduld auf die Nachricht aus Rom, die ihm der Konsul übermitteln sollte. Dieser hatte ihm versprochen, ihn sofort zu benachrichtigen, wenn die Soblikoffs festgenommen waren. Zuweilen wollte sich in seine Zuversicht ein leises Bangen einschleichen. Wenn nun diese Schurken entwischten? Romana konnte nicht eher ein freier und froher Mensch werden, als bis die beiden Verbrecher unschädlich gemacht worden waren. Er hatte am Nachmittag des Tages, da er mit Romana in ›dei Frari‹ zusammengetroffen war, ausführliche Briefe an seinen Vater und an Frau von Altdorf geschrieben. Der Brief an seinen Vater enthielt außer einer begeisterten Schilderung aller Vorzüge seiner Braut nur einen sachlichen Bericht, daß er Romana gefunden, sich mit ihr verständigt habe und schon in allernächster Zeit nach Berlin zurückkommen werde. Alles andere werde er dem Vater erklären, wenn er heimkomme. An Frau von Altdorf aber schrieb er:

Meine hochverehrte gnädige Frau!

Es ist eine große, reine Freude für mich, Ihnen mitteilen zu können, daß die lange Gesuchte und schmerzlich Vermißte gefunden ist. Meine Braut hat das bewußte Mal hinter dem rechten Ohr, und es besteht kein Zweifel mehr, daß es Ihre Nichte ist. Ich weiß, Sie würden auf diese Nachricht hin am liebsten sofort nach Venedig kommen, um die Wiedergefundene zu umarmen, aber noch bitte ich Sie, davon Abstand zu nehmen. Bald, das verspreche ich Ihnen, sollen Sie sie wiedersehen. Heute will ich Ihnen nur mitteilen, daß die Widersacher Ihrer Nichte in München in meinen Zug gestiegen sind und daß ich mich auf ihre Spur gesetzt habe. Was ich damit erreicht habe, dank einer Reihe von Zufällen – nein, dank der gütigen Vorsehung –, das wird hoffentlich alle Schatten aus dem Leben der jungen Dame tilgen, die wir beide so gern vor allem Leid bewahrten. Ich muß nur noch eine Nachricht erwarten, dann komme ich nach Berlin, um mit dem Vormund meiner Braut zu sprechen. Und dann, liebe hochverehrte gnädige Frau, werde ich mit einer Bitte zu Ihnen kommen, die Sie mir aber sicher gern erfüllen werden. Ich werde Sie bitten, mit mir nach Venedig zu reisen, um meine Braut abzuholen und sie unter Ihren Schutz zu nehmen. Ich werde Ihnen dann Romana eine Weile lassen, damit die Tante erst einmal zu ihrem Recht kommt. Bis ich sie heimführe – das wird am ersten Dezember geschehen –, soll sie in Ihrem Haus wohnen.

Daraus, daß wir schon den Termin festgelegt haben, können Sie ersehen, wie fest ich auf die Regelung der schwebenden Frage hoffe. Wie sehr ich mich freue, in Zukunft auch noch in verwandtschaftliche Beziehungen zu Ihnen treten zu können, werden Sie mir nachfühlen. Bernd sagen Sie bitte, er möge sich vorläufig mit dem begnügen, was er durch Sie erfährt. Mir bleibt keine Zeit, auch noch ihm ausführlich zu schreiben. Ihrem Herrn Gemahl bitte ich aber meinen besonderen Dank zu übermitteln dafür, daß er mir mit seinem Empfehlungsschreiben so große Dienste erwiesen und mir zur rechten Zeit Tür und Tor geöffnet hat. Ich grüße Sie wie immer in tiefster Ergebenheit

Ihr Gunter Valberg

Dieser Brief war wohl schon vor einer Woche abgegangen an Frau von Altdorf, als eines Morgens ein Bote des deutschen Konsulats Gunter zu sprechen wünschte und ihm mitteilte, daß der Konsul ihn bitten lasse, sogleich zu kommen.

Es war gegen zehn Uhr, und Gunter wußte, daß Romana ihn heute wieder in dei Frari erwartete. Sie wollte wieder an ihrem Bild malen, und der Professor hatte wieder im Archiv zu tun.

Um zehn Uhr hatte Gunter wieder in dei Frari sein wollen, aber nun mußte er Romana eine Weile warten lassen, denn sicher hatte ihm der Konsul Wichtiges zu sagen. Es half nichts, er mußte sie warten lassen! Doch war er sicher, daß er sie später noch dort antreffen würde, da sie wieder bis drei Viertel ein Uhr bleiben wolle.

Am Nachmittag, das wußte er, würde er Romana heute nicht sehen können, denn sie war mit Frau Professor Marks zu einer Teegesellschaft geladen.

Gunter beeilte sich also, zum Konsul zu kommen, und hoffte, nicht gar zu lange aufgehalten zu werden. Er war natürlich sehr gespannt, was ihm dieser zu sagen haben würde.

Dort angekommen, wurde er sofort in das Zimmer des Konsuls geführt, der ihm lächelnd entgegenkam.

»Mein sehr verehrter Herr Doktor, heute habe ich Ihnen eine Menge Neuigkeiten zu berichten. Bitte, nehmen Sie Platz! – Aber erst wollen wir uns eine Zigarette anzünden, mein Bericht wird etwas aufregend werden. Ich will das Interessanteste nicht vorwegnehmen, sondern hübsch nach der Reihe erzählen.«

Die Herren zündeten sich Zigaretten an. Dann begann der Konsul:

»Also, wie Sie sich denken können, hat Guido Sponzi die beiden Grafen Soblikoff nicht mehr aus den Augen gelassen, nachdem sich diese auf die Reise nach Rom begeben hatten. Hier ist übrigens inzwischen der Wein, den man, wie Sie wohl wissen, mit ungefährlichem vertauscht hat, vom Gerichtschemiker untersucht worden. Dieser hat festgestellt, daß sich in der Karaffe so viel Zyankali befunden hat, daß man ein halbes Dutzend Menschen damit hätte vergiften können. Doch nun weiter. Sponzi waren genug Hilfskräfte mitgegeben, da der Fall der Regierung sehr wichtig war, daß er die Anarchisten bei jedem Schritt, den sie taten, beobachten lassen konnte. Sie sind übrigens in dem Hotel in Rom wieder unter anderem Namen abgestiegen als hier, hatten also wieder neue falsche Pässe aufzuweisen. Alle Menschen, mit denen sie in Berührung kamen – man ließ ihnen anscheinend völlige Freiheit, sind festgestellt worden. Durch den Verkehr mit ihnen schien eine ganze Anzahl Personen verdächtig. Die Waffensendungen in den Weinfässern sind abgefangen worden, und die verschiedenen Adressaten, an die das Schmuggelgut ging, wurden natürlich auch aufs Korn genommen. Aber man hielt sich zurück, bis man alles ermittelt hatte, und verhaftete schließlich die ganze Brut auf einmal. Sie sind alle überführt und warten auf ihre Bestrafung. Die ganze Verschwörung ist dadurch aufgeflogen, und alles hat tadellos geklappt, dank der Informationen, die Sie auf der Questura geben konnten. Die beiden Grafen Soblikoff wurden zuletzt in ihrem Hotel verhaftet, in dem Augenblick, als sie in die Schweiz abreisen wollten. Wie vorzüglich Sponzi gearbeitet hatte, geht daraus hervor, daß die beiden Grafen gar nicht wußten, weshalb man sie eigentlich verhaftet hatte. Schließlich hatten sie ja auch die größte Auswahl an Gründen bei ihren zahlreichen Verbrechen.

Sponzi stand ihnen befriedigt gegenüber, als er glücklich alles festgenommen hatte, was ihm verdächtig gewesen war. Man hatte ihnen gesagt, daß er ihnen sagen würde, weshalb sie verhaftet worden seien. Sie fragten ihn denn auch – in italienischer Sprache, und da sie sich in Rom als Franzosen ausgegeben hatten, antwortete Sponzi zuerst in französischer Sprache, er würde es ihnen gleich mitteilen, aber in ihrer Muttersprache, damit sie es besser verstehen könnten. Sponzi hat die Situation mit Wonne ausgekostet, wie er mir heute morgen selbst berichtete. Er ist wirklich ein Sprachgenie, überhaupt ein Genie in seinem Fach. Gern hätte er Sie, seinen ›berühmten Kollegen‹, noch selbst gesprochen, aber er hat bereits einen neuen Fall übernommen und mußte schleunigst, nachdem er mir Bericht erstattet hatte, weiterreisen. Er hat mir Grüße an Sie aufgetragen und läßt Ihnen sagen, daß er hoffe, noch öfter mit Ihnen zusammenarbeiten zu können.

Aber nun wieder zu den Soblikoffs. Als sie Sponzi fragten, weshalb man sie, friedliche französische Bürger, verhaftet habe, sagte ihnen Sponzi, daß sie für französische Bürger sehr schlecht französisch sprechen könnten, und deshalb wolle er sich lieber in ihrer Muttersprache mit ihnen unterhalten. Er begann also russisch mit ihnen zu reden, was sie erst nicht zu verstehen vorgaben. Sie fragten wieder in französischer Sprache, weshalb man sie verhaftet habe, und nun erwiderte Sponzi, immer wieder russisch: ›Sie wollen wissen, weshalb Sie verhaftet worden sind? Nun, ich denke, Sie haben genug auf dem Gewissen! Ganz abgesehen davon, daß Sie vor vielen Jahren die Gattin Ihres Oheims erschossen haben und zugleich Ihren Oheim selber schon damals ermorden wollten, haben Sie schon vorher den kleinen Sohn Ihres Oheims, Ihres Wohltäters, in seinem Kissen erstickt, nachdem Sie sich nachts in sein Haus eingeschlichen hatten. Dann haben Sie im Jahre 1918 Ihren Oheim, nachdem er gerade die russische Grenze passiert hatte, um Sie endlich zur Rechenschaft zu ziehen, durch einen Dolchstoß ermordet – er hat seinem Diener sterbend den Namen seines Mörders verraten. Aber das sind alles Verbrechen, für die Sie in Rußland bestraft werden müssen.‹

Darauf haben die beiden Grafen plötzlich vergessen, daß sie französische Bürger waren, und verlangt, daß man sie an Rußland ausliefern solle. Sponzi hatte sie ironisch angesehen. Dann hat er erwidert: ›Das möchten Sie wohl gern, weil Sie hoffen, daß man Ihre Schandtaten in Rußland nicht kennt. Aber erst haben Sie sich hier zu verantworten wegen des Giftmordes an Ihrer Base, der Gräfin Romana Soblikoff, den Sie in Venedig im Hotel Bauer-Grünwald verübt haben.‹

Nach diesen Worten haben die beiden Grafen doch sehr betroffene Gesichter gemacht, aber erst einmal alles geleugnet. Sponzi hat sie eine Weile reden lassen, aber dann hat er sie unterbrochen und gesagt, sie mit seinem scharfen Blick ansehend: ›Außerdem haben Sie sich gegen Ruhe und Sicherheit unseres Landes vergangen. Ihre Machenschaften sind gleichfalls aufgedeckt worden, alle Mitschuldigen sind bereits verhaftet. Während Sie in Venedig durch Ihre Mordgier in Anspruch genommen wurden, hat man Ihren gelben Koffer beschlagnahmt, alle Papiere kopieren lassen und ihn wieder in die Gepäckaufgabe zurückgeschafft. Seither haben Sie keinen Schritt tun können, ohne genau beobachtet worden zu sein. Die geheimen Warfen- und Munitionssendungen in den Weinfässern sind beschlagnahmt, alle verdächtigen Personen verhaftet und in sicherem Gewahrsam. Sie werden einsehen, daß das Material gegen Sie genügt, um Ihnen hier den Prozeß zu machen. So, nun wissen Sie, weshalb Sie verhaftet worden sind. Wir haben Sie bis zuletzt aufgehoben.‹

Darauf haben sich die beiden Grafen Soblikoff mit verfärbten Gesichtern lange angesehen, und dann haben sie plötzlich beide etwas zum Mund geführt – man hat nicht feststellen können, wo sie das Gift verborgen hatten. Genug – sie haben beide in demselben Augenblick Gift genommen, dasselbe Gift, mit dem sie die junge Dame, die sie für ihre Base hielten, hatten vergiften wollen. Der eine von ihnen hat dabei gesagt: ›Es ist zu Ende! Leb wohl, Gregor!‹ Der andere aber hat einen greulichen Fluch ausgestoßen. Ehe man noch etwas unternehmen konnte, waren sie tot. Der rasche Tod war freilich eine zu gelinde Strafe für die beiden Bösewichte.«

Tiefes Schweigen folgte diesen Worten des Konsuls. Gunter war sehr blaß geworden, denn er wußte, er hatte die beiden Bösewichte der rächenden Vergeltung ausgeliefert. Er krampfte die Hände zusammen und suchte sich zu fassen. Der Konsul fuhr nach einer Weile fort: »Nach allem, was ich von Ihnen weiß, mein lieber Herr

Doktor, können Sie nur froh sein, daß die junge Gräfin Soblikoff nun keinen Feind mehr hat, der ihr nach dem Leben trachtet.«

»Ich kann nur sagen, gottlob, Herr Konsul. Diese Schurken haben die ganze Jugend meiner Braut verdüstert, sie haben ihr die Eltern, den Bruder genommen und sie durch ihre Verfolgung um alle Jugendfreuden gebracht, nachdem sie sie und ihren Vater ruhelos umhergehetzt haben. Sie sind wirklich zu milde bestraft worden, dadurch daß sie sich selbst gerichtet haben. Aber es ist mir eine große Beruhigung, daß meine Braut nun nie mehr etwas zu fürchten haben wird von diesen Verbrechern.«

»Das kann ich Ihnen nachfühlen, Herr Doktor. Und hier habe ich für Sie ein Anerkennungsschreiben von der Questura – mir selber hat man auch ein Dankschreiben für meine Bemühungen gesandt. Ich bin beauftragt, unter der Hand von Ihnen herauszubekommen, in welcher Weise man Ihnen eine Belohnung aussetzen darf – verstehen Sie recht, der Detektiv Valberg soll belohnt werden.«

Gunter mußte lachen – das Herz war ihm so leicht und frei.

»Ich verzichte auf jede Belohnung, Herr Konsul, da ich ja nur in eigener Sache gehandelt habe. Und diese Dankschrift betrachte ich deshalb auch nur mit gemischten Gefühlen.«

»Nun, ich an Ihrer Stelle würde sie mir gut verwahren, man weiß nie, wie man so etwas einmal brauchen kann.«

»Es beschämt mich aber, Herr Konsul. Wie gesagt, ich tat dies alles nur, um meine Braut zu schützen, und durchaus nicht, um der italienischen Regierung einen Dienst zu erweisen.«

Der Konsul schüttelte lächelnd den Kopf.

»Sie sind ein waschechter Deutscher, Herr Doktor! Ich rate Ihnen nochmals, stecken Sie diesen Beweis der Dankbarkeit einer Regierung ein – man kann nie wissen, wozu es einmal gut ist. Daß Sie eine klingende Belohnung ausschlagen würden, hatte ich mir schon gedacht.«

»Wenn man mir eine solche zugedacht hat, so bitte ich Sie, zu melden, daß ich darauf zugunsten meines berühmten ›Kollegen‹ Sponzi verzichte.«

Der Konsul verneigte sich.

»Das will ich in Ihrem Namen ausrichten, und ich glaube, Sponzi ist Ihnen ohnedies schon dankbar genug wegen des guten Fanges, zu dem Sie ihm verholfen haben.«

»Ich bitte Sie, Herr Konsul, Herrn Sponzi von mir zu grüßen, falls Sie ihn wiedersehen.«

»Das will ich gern ausrichten. Werden Sie noch lange in Venedig bleiben?«

»Nein, Herr Konsul, ich reise morgen ab, denn ich habe nur auf den Ausgang dieser Angelegenheit gewartet. Jetzt will ich mich zu meiner Braut begeben, die ich in dei Frari treffen werde.«

Erstaunt sah der Konsul auf.

»Die Gräfin Soblikoff ist hier in Venedig?«

»Ja, Herr Konsul, allerdings nur inkognito, als Pflegetochter Professor Marks'.«

»Ah, des bekannten Kunsthistorikers?«

»So ist es.«

»Dann müssen Sie mich Ihrer Braut vorstellen, ehe Sie Venedig verlassen. Sie ist mir doch durch diese Begebenheit eine sehr interessante Persönlichkeit geworden, und außerdem ist sie doch eine Nichte meines alten Freundes Altdorf.«

»Gestatten Sie mir, daß ich diesen Wunsch erst erfülle,

wenn ich in einigen Tagen wieder nach Venedig zurückkomme. Es liegen verschiedene wichtige Gründe vor, die mich zu dieser Bitte bewegen. Wenn ich zurückkomme, um meine Braut von hier abzuholen, wird Frau von Altdorf in meiner Begleitung sein, die meine Braut während der Reise unter ihren mütterlichen Schutz nehmen wird. Ich werde mir dann gestatten, Ihnen meine Braut in Frau von Altdorfs Begleitung vorzustellen, und sie wird Ihnen danken, daß Sie mich so wirkungsvoll unterstützt haben.«

»Es soll mir eine große Freude sein, die Damen begrüßen zu dürfen. Ich hoffe, Sie in meiner Häuslichkeit empfangen zu können.«

Die Herren verabschiedeten sich mit dem Gefühl großer gegenseitiger Sympathie.

Gunter sprang vor dem Konsulat in eine Gondel.

»Dei Frari!« rief er dem Gondoliere zu.

Voll Unruhe hatte Romana schon lange auf Gunter gewartet. Sonst war er immer schon zur Stelle gewesen, wohin sie ihn auch gerufen hatte. Immer hatte sie eine Gelegenheit gefunden, ihm ein Zettelchen zuzustecken, worauf sie ihm das Programm für den nächsten Tag verriet. Heute verging mehr als eine Stunde, und er war immer noch nicht da. Das erfüllte sie mit großer Unruhe. Sie atmete zitternd auf, als er endlich erschien und ihr mit froh leuchtenden Augen entgegenlachte.

»Habe ich dich warten lassen, mein geliebtes Herz?« fragte er zärtlich.

»Ach, daß du nur da bist – ich sorgte mich so sehr um dich«, sagte sie leise.

Er konnte sich heute nicht neben sie setzen, denn der junge Mann hatte seine Verkaufsstelle schon in der Sakristei aufgeschlagen, und sie waren nicht eine Minute allein. So beugte er sich nur zu ihrer Arbeit herab, als betrachte er sie, und flüsterte: »Liebe, ich muß einen Augenblick mit dir allein sein. Bitte komm mit mir hinaus ins Freie, der Herr Professor wird nicht so rasch wiederkommen, und deine Malerei läßt du hier unter dem Schutz dieses jungen Kunsthändlers.«

Zaghaft sah sie ihn an.

»Eigentlich darf ich das nicht!«

»Doch, du darfst es, du mußt es, ich habe dir so viel zu sagen.«

»So geh bitte voraus und erwarte mich an der Kirchentür.«

Er tat, wie sie ihm geheißen, und wartete am Hauptportal. Als Romana dann mit zaghaften Schritten erschien, zog er sie in den Schatten eines Kirchenpfeilers. Und hier schloß er sie erst einmal in die Arme und küßte sie wie ein Verdurstender. Dann gab er sie aufatmend frei.

»So, Liebling, nun werde ich wieder für eine Weile vernünftig sein können.«

Sie sah sich erschrocken um.

»Wenn man uns gesehen hätte, Gunter! Die Venezianer sind sehr streng, wie mir der Professor sagte, sie finden es anstößig, wenn sich ein Liebespaar auf der Straße küßt.«

Er streichelte ihre Hand.

»Auch wenn ich das gewußt hätte, meine Romana, hätte ich nicht anders gekonnt – ich mußte dich endlich wieder einmal küssen. Kannst du mir nicht nachfühlen, was für Tantalusqualen ich ausgestanden habe all die Zeit, wenn ich in deiner Nähe war und dich doch nicht ein einziges Mal küssen durfte? Wie hätte ich da jetzt auf die prüden Ansichten der Venezianer Rücksicht nehmen können! Ach Romana, ich bin so glücklich! Die Nachricht, auf die ich wartete, ist eingetroffen. Du kannst dich jetzt unbesorgt deines Lebens freuen, mein süßes Herz. Alles, was verdunkelnd über deinem Schicksal lag, ist gewichen. Die Gefahr, in der du schwebtest, ist beseitigt. Und daß ich es war, der dich von dieser jahrelangen Qual erlösen konnte, das macht mich so froh. Meine süße kleine Gräfin Romana Soblikoff, jetzt kannst du deinen Namen laut in alle Winde rufen, ohne daß ein Feind dich bedrohen wird. Nichts soll dich mehr schrecken und bedrücken. Du kannst frei aufatmen, leben, wo und wie du willst!«

Er hatte ihre beiden Hände gefaßt und sah ihr liebevoll zärtlich in die schönen, bangen Augen. Ihre Hände zitterten in den seinen.

»Das kann ich gar nicht fassen, mein Gunter. Brauche ich wirklich nicht mehr in Sorge zu sein, daß man mir nach dem Leben trachtet?«

»Nein, mein liebes Herz, deine Feinde sind tot!«

Erblassend sah sie zu ihm auf.

»Darf ich mich freuen, daß Menschen sterben mußten, die mir nach dem Leben trachteten? Wer waren diese meine Feinde?«

»Das alles sollst du wissen, wenn ich aus Berlin zurückkomme. Morgen früh reise ich ab, Liebling, aber nur, um deinen Vormund zu sprechen, ihm die Kunde zu bringen vom Tod deiner Feinde und ihn um deine Hand zu bitten. Dann komme ich sofort zu dir zurück und bringe eine Ehrendame mit, die dir lieb sein und dich in meiner Gesellschaft nach Berlin begleiten wird.«

Wie in einem schönen Traum sah sie ihn an.

»Das alles kann ich noch nicht fassen. Du sagst, meine Feinde sind tot. Wie kam es, daß sie starben?«

»Das alles würde ich dir am liebsten ganz verschweigen, um dir Aufregungen zu ersparen. Aber ich sage mir, du hast so lange unter dem Einfluß quälender Geheimnisse gestanden, daß man dir, auch wenn du dich dabei ein wenig aufregst, endlich Klarheit gönnen muß. Aber gedulde dich noch, bis ich von Berlin zurückkehre, denn ich müßte dich mit all den Stürmen, die das in dir erwekken muß, allein lassen, und das will ich nicht. Warte also bis zu meiner Rückkehr.«

Sie nickte geduldig.

»Ich will schon noch warten, solange du es für gut hältst, aber wenn dann wirklich mein Leben von allen Geheimnissen befreit ist, dann werde ich mich erst daran gewöhnen müssen, ein freier Mensch zu sein, der nicht immer ängstlich auf das Damoklesschwert über seinem Haupt sehen muß!«

Er zog ihren Arm durch den seinen und preßte ihn fest an sich. Zum Glück lag der Platz vor dem Campo Santo Toma ganz still und menschenleer vor ihnen. Nur drüben, an der Anlegestelle der Gondeln stand ein alter Mann, der sich einige Trinkgelder damit verdiente, daß er den ein- und aussteigenden Passagieren behilflich war und die Gondeln festhielt. Gunter konnte nicht widerstehen, er mußte Romana noch einmal küssen. Sie erbebte unter seinem Kuß und vermochte ihn nicht abzuwehren.

»Sei nicht böse. Liebste, das war eine kleine Wegzehrung. Ich werde dich jetzt mehrere Tage nicht sehen können. Und heute nachmittag bist du eingeladen. Kannst du nicht absagen, damit wir uns noch einmal sehen können?«

»Das geht leider nicht, Gunter. Wie soll ich Frau Anneli klarmachen, weshalb ich diese Gesellschaft nicht besuchen möchte? Sie freut sich so sehr darauf, mich als ihr Pflegetöchterchen in die Gesellschaft hier einzuführen. Ich freue mich ja auch, habe ich doch so wenig Geselligkeit kennengelernt all die Jahre – aber heute bliebe ich natürlich lieber mit dir zusammen. Ich müßte aber Professors dann schon den wahren Grund sagen, und – das darf doch wohl noch nicht sein?«

»Nein, Romana, damit wollen wir warten, bis ich ihnen von Justizrat Harland eine Bestätigung bringen kann, daß sie mir unbesorgt vertrauen können. Ich möchte die guten Menschen, die sich deiner so liebevoll annahmen, nicht in eine Zwickmühle bringen.«

»Das ist auf jeden Fall besser, Gunter. Nun müssen wir uns aber trennen, ich möchte Herrn Professor keinen Schrecken einjagen, wenn er mich nicht bei meiner Malerei findet.«

»So geh zurück, mein geliebtes Herz, und Gott mit dir, bis wir uns wiedersehen!«

»Gehst du jetzt gleich zum Hotel zurück?« fragte sie in ihrer zaghaften Bescheidenheit.

Er schüttelte den Kopf.

»Nein, ich bleibe in deiner Nähe, bis du mit dem Professor heimfährst, dann kann ich dich doch wenigstens noch eine Weile sehen.«

Sie reichten sich die Hände, sahen sich lange und tief in die Augen, und dann preßte Gunter seine Lippen auf ihre Hand.

»Auf frohes Wiedersehen, mein geliebtes Herz!«

»Auf frohes Wiedersehen, mein Gunter. Mir wird sein, als müsse ich von neuem gehen lernen. Gott mit dir – komm gesund wieder!«

Damit riß sie sich los und eilte in die Kirche zurück. Langsam folgte ihr Gunter.

Sie konnten kein Wort mehr wechseln, sich nur immer wieder ansehen und mit den Augen grüßen.

Als der Professor Romana pünktlich um drei Viertel ein Uhr abholte und mit ihr zur Gondelanlegestelle schritt, folgte ihnen Gunter von weitem. Und als sie die Gondel bestiegen, nahm auch er in einer Platz.

»Folgen Sie dieser Gondel«, sagte er zu dem Gondoliere, auf das Fahrzeug deutend, in dem der Professor mit Romana saß.

»Si, si, Signore, sara fatto!« erwiderte der Gondoliere mit einem verständnisinnigen Lächeln.

Und die Gondel schnitt mit ihrem hohen, metallbeschlagenen Kiel in die Lagunen. Bis zur Einfahrt in die Via dei Baccaroli folgte Gunter. Dann warf er verstohlen Romana eine Kußhand zu und gab dem Gondoliere Weisung, zum Hotel weiterzufahren. Er sah der Geliebten nach, bis sie seinen Augen entschwunden war, und sah noch, wie sie ihm mit ihrem Taschentuch verstohlen einen Gruß zuwinkte zum Lebewohl.

16

Am nächsten Morgen mußte sich Gunter sehr zeitig erheben, denn sein Zug ging kurz nach sechs Uhr von Venedig ab. Als er sich angekleidet hatte, begab er sich in das Frühstückszimmer und bestellte bei den etwas verschlafenen Kellnern sein Frühstück. Da er darauf immerhin eine Weile warten mußte, ging er hinaus auf die Terrasse, um noch einen Blick auf den Canale grande zu werfen.

Grauer Frühlichtschein lag über dem stillen Wasser. Die Luft trug den leisesten Laut weit über das Wasser hinweg in dieser Stille. Und drüben über der Maria della Salute stieg ein rötlich lodernder Schein vom erwachenden Tageslicht auf. Gunters Augen gingen mit einem fast andächtigen Ausdruck hinüber zur Kirche, in der er zum erstenmal in Venedig mit Romana zusammengetroffen war. Das Herz wurde ihm weit. Er war voll Glückseligkeit, weil er die Geliebte nicht mehr von Gefahren bedroht wußte. Ein dankbares Gefühl kam über ihn, und, in feierliche Andacht versunken, ließ er die märchenhafte Stille auf sich einwirken. Von der Dogana di märe herüber leuchtete fast gespenstisch in dem fahlen Schein die vergoldete Figur mit dem ausgespannten Segel in den Händen, das die Windrichtung angibt. Weiter draußen, zum Lido hinüber, lagen einige große Dampfer vor Anker, und man hörte zuweilen einen Ruf der Matrosen so deutlich herüberklingen, als komme er aus nächster Nähe.

»Signore, das Frühstück!« meldete der Kellner, zu Gunter heraustretend.

Noch einen letzten Blick warf er über den Kanal, dorthin, wo die Via dei Baccaroli einmündet. Seine Sehnsucht flog zu Romana, die wohl jetzt noch im tiefen Schlummer lag.

Hastig wandte er sich dann um und ging zu seinem Tisch. Als er das Frühstück eingenommen hatte, bestieg er die bereitstehende Gondel, die ihn durch die jetzt fast gespensterhaft stillen Lagunen zum Bahnhof brachte. Er sah an den hohen grauen Palazzi empor, fast alles stolze Bauten aus einer längst entschwundenen Zeit. Eine seltsam eindringliche Sprache vom Werden und Vergehen sprachen diese grauen Gebäude. Nur selten sah man ein wenig Grün oder ein paar Blumen über eine der hohen grauen Gartenmauern hängen.

Die Lagunen erschienen jetzt sauberer, gleichsam aufgeräumter als am Tag, nur hie und da staute sich in einer Ecke von der Flut zusammengespülter Müll. Und dann begegnete ihm noch die stille, schwarz verhängte, geschlossene Gondel, die Gefangene in das Gefängnis brachte. Gunter mußte an die beiden Russen denken, die ihrem verbrecherischen Leben ein Ende gemacht hatten, um ihrer Strafe zu entgehen. Er konnte kein Mitleid empfinden mit diesen Schurken, die um einer Erbschaft willen so viele Menschen gemordet hatten und immer tiefer gesunken waren.

Seine Reise verlief ohne Störung und Unterbrechung, und als er in Berlin ankam, erwartete ihn Bernd, dem er seine Ankunft telegrafisch gemeldet hatte. Die Freunde drückten sich herzlich die Hand und Bernd sagte in seiner frischen, humorvollen Art:

»Da haben wir dich also wieder! Und wir sind voll aufregender Erwartungen, so daß wir nicht wußten, wie wir die Zeit bis zu deiner Ankunft hinbringen sollten. Um es gleich zu sagen, ich habe mir von deinem Vater, der dich auch sehnsüchtig erwartet, die Erlaubnis ausgebeten, daß ich dich erst zu einem kurzen Besuch zu meiner Mutter bringen darf. Sie ist in einer unbeschreiblichen Aufregung, seit dein Brief eintraf, und du bist augenblicklich so sehr Hauptperson bei ihr, daß wir, Vater und ich, uns ganz häßlich, klein und unbedeutend vorkommen! Du mußt unbedingt erst auf einige Minuten mit zu uns hinaufkommen, damit sie sich etwas beruhigt.«

»Es ist gut, Bernd, ich komme mit zu euch.«

Die Freunde fuhren erst zur Wohnung des Gerichtspräsidenten. Frau von Altdorf kam ihnen erregt entgegen.

»Mein lieber, lieber Herr Doktor, wie geht es meiner Nichte? Weiß sie, wie ich mich um sie gebangt habe?« fragte sie, heiser vor Erregung.

Gunter nahm ihre Hand und zog sie an seine Lippen. Dann führte er sie sorgsam zu einem Sessel.

»Sie müssen sich erst ruhig hinsetzen und mir versprechen, sich nicht mehr aufzuregen. Denn Sie dürfen sich nicht krank machen. Romana wird Sie brauchen. Und nun zu Ihrer Frage: Romana ist gottlob gesund und wohlbehalten, und wir alle wollen schon sorgen, daß sich ihr durch ihr schweres Schicksal bedrücktes Wesen frei entfalten kann und daß sie lachen lernt wie andere junge Menschen. Sie weiß aber nicht, daß Sie sich nach ihr sehnen, denn sie weiß gar nicht, daß Verwandte von ihr leben. Man verschwieg es ihr wohl, um ihr die notwendige Trennung von ihnen nicht unerträglich zu machen. Ich wollte es ihr vorläufig auch nicht sagen, denn erstens möchte ich den Bestimmungen ihres Vaters nicht zuwiderhandeln, und zweitens wollte ich es vermeiden, sie jetzt, da ich sie noch einmal allein lassen mußte, mit solchen Eröffnungen aufzuregen. Nur das eine habe ich ihr gesagt, daß alle drohenden Schatten aus ihrem Leben gewichen sind. Alles andere soll sie erfahren, wenn ich mit Justizrat Harland gesprochen habe und mit Ihnen, liebe gnädige Frau, in Venedig wieder eintreffe. Ich hoffe doch, daß Sie mich begleiten?«

»Lieber heute als morgen, lieber Herr Doktor, das können Sie sich doch denken!«

»Nun – ich hoffe, daß bis übermorgen alles geregelt ist, und bitte Sie, sich bis dahin bereitzuhalten.«

»Aber nun erzählen Sie uns auch, wie alles verlaufen ist auf Ihrer Reise, wir sind sehr gespannt«, fiel hier der Gerichtspräsident ein.

»Ja, Gunter, berichte endlich. Wo stecken denn diese edlen Vettern Romanas?« drängte nun auch Bernd. Gunter ließ sich nieder.

»Sie sind tot, beide«, sagte er ernst.

»Tot – die beiden Grafen Soblikoff?« rief Frau von Altdorf erregt.

Gunter erzählte nun ausführlich, was er seit seiner Abreise nach Venedig erlebt hatte. Atemlos lauschend saßen ihm seine drei Zuhörer gegenüber und lasen ihm jedes Wort vom Mund ab. Und als er geendet hatte, legte Frau von Altdorf die Hände vor das Antlitz. Große Tränen rannen über ihre erblaßten Wangen.

»Ruth und Alexander sind gerächt – Gottes Mühlen mahlen langsam«, sagte sie erschüttert.

»Ich finde, diese Mordbuben sind viel zu gut weggekommen, das ist keine ausreichende Strafe für sie«, sagte der Gerichtspräsident hart und kalt.

Bernd aber sah seinen Freund bewundernd an.

»Mensch, Gunter, du hast da unten in Italien Weltgeschichte gemacht! Und das alles in so kurzer Zeit – kaum vierzehn Tage bist du weg gewesen. Und ein Dekret,das dir in Dankbarkeit die italienische Regierung überreichen ließ, hast du auch bekommen. Das ist ja einfach fabelhaft!«

Gunter wollte ihm helfen, Frau von Altdorf ihre Fassung zurückzuerobern, und ging auf den munteren Ton ein.

»Jawohl, mein Freund, und Signore Sponzi, der berühmte italienische Fachmann, hält mich für einen Meisterdetektiv. Das ist schon eine Sache.«

»Scherz beiseite, lieber Herr Doktor, die italienische Regierung kann sich ruhig bei Ihnen bedanken, denn ohne Ihre wirksame Mithilfe hätte sie das Komplott nicht aufgedeckt.«

Bernd, der die Hand seiner Mutter streichelte, sagte jetzt großartig:

»Bitte vergeßt meine Verdienste um die Ruhe Italiens und die Vernichtung der beiden Schurken nicht. Auch ich habe geholfen, Weltgeschichte zu machen. Wenn ich nicht mit Fräulein Rosa Mertens angebandelt und diese mich nicht in der Verlegenheit als ihren Vetter vorgestellt hätte, dann wollte ich mal sehen, wie weit du, mein lieber Gunter, mit deiner Meisterdetektiverei gekommen wärst!«

»Ehre, wem Ehre gebührt, Bernd. Du hast ganz recht, dein flatterhaftes Herz hat schließlich auch sein Gutes!«

»Und das arme Fräulein Mertens hätte beinahe diesen kleinen Flirt mit dem Leben büßen müssen«, warf Bernds Vater ein.

»Sie hat gottlob keine Ahnung, wie gefahrvoll die Sache für sie hätte ausgehen können. Und wenn sie auch zum Glück keinerlei Nachteile von dieser Sache gehabt hat, so will ich ihr doch darum verzeihen, mein lieber Bernd, daß sie dich so schnell treulos vergessen hat.«

»Ha, die Falsche! Wer ist mein Nachfolger geworden?«

Gunter lachte.

»Zuerst versuchte sie, nach mir die Netze auszuwerfen, und als ich nicht darauf einging, hat sie nach einem entzückenden Jüngling geangelt, der unmittelbar einem Modejournal für Herren hätte entstiegen sein können. Sie war auf diese Eroberung sehr stolz und hat mich dann schmählich geschnitten, mich, der ihr doch das Leben gerettet hat. Undank ist der Welt Lohn! Aber man muß ihr den Milderungsgrund zubilligen, daß sie ja nicht wissen konnte, was ich für sie getan habe. Wir wollen ihr trotz ihrer Treulosigkeit ein ehrenvolles Andenken bewahren, denn immerhin hat auch sie, völlig ahnungslos freilich, ein wenig Weltgeschichte gemacht. Was meinst du wohl, Bernd, wie stolz sie wäre, wüßte sie das?«

»Du siehst, mein lieber Gunter, wie notwendig es ist, daß der Mensch zuweilen flirtet. Abgesehen davon, daß dies eine recht angenehme Sache ist, kommt zuweilen doch etwas Gutes dabei heraus!«

Die Bemühung der beiden Freunde hatte den Erfolg, daß Frau von Altdorf wirklich über ihre Erregung hinwegkam. Sie zauste ein wenig Bernds blonden Schöpf und sagte lächelnd:

»Ich hätte nichts dagegen, Bernd, wenn du das Flirten um einer wirklich ernsten Neigung willen bald aufgeben würdest.«

Bernd seufzte abgrundtief.

»Ach, liebste Mutter, so eine Frau, wie mein Vater gefunden hat, läuft nicht noch einmal auf der Welt herum.«

»Sag deiner alten Mutter keine Schmeicheleien, um sie mundtot zu machen, du Strick! Es gibt genug nette Frauen, die eines Mannes ganzes Herz beanspruchen können, das siehst du an deinem Freund Gunter, der so eine Frau gefunden hat.«

»Ja, ja, nachdem sich das Mädchen aus der Fremde als meine leibliche Base entpuppt hat und diese auch noch von meinem Freund Gunter mit Beschlag belegt worden war, wüßte ich keine Frau, die dir nur im entferntesten das Wasser reichen könnte, liebe Mutter.«

»Suche nur ernsthaft, Bernd!«

Wieder seufzte Bernd.

»Ich suche ja dauernd, aber ich erlebe immer die schlimmsten Enttäuschungen. Die eine geht mir mit der Brieftasche durch, die andere verrät mich treulos mit einem Gecken – na, ich will lieber nicht weiter meine trüben Erfahrungen auf diesem Gebiet auskramen! Bisher fand ich wenigstens noch für alles Leid Trost bei dir, liebe Mutter, aber nun wirst du dein ganzes Herz an das Mädchen aus der Fremde hängen und für mich keine Zeit mehr haben. Vier Wochen sehe ich mir das mit an und begnüge mich, aber dann mache ich wieder meine Rechte geltend.«

Frau von Altdorf lächelte.

»Du wirst mit dir reden lassen, Bernd. Ich muß doch bei Romana so viel nachholen.«

»Nun, immerhin hat mein Bäschen ja auch noch einen Bräutigam, das beruhigt mich einigermaßen, zumal er so entschieden erklärt hat, daß am ersten Dezember seine Hochzeit mit Romana stattfindet. Da ist doch einige Aussicht vorhanden, daß ich in diesem Haus doch noch einmal wieder Kindesrechte genießen werde. Im übrigen hoffe ich, daß mir Gunter großmütig einen kleinen vetterlichen Flirt mit seiner Braut gestatten wird.«

Gunter streifte unternehmend die Ärmel seines Rokkes hoch.

»Wo willst du liegen, Bernd?«

»Na, erlaube mal, nur nicht gleich so handgreiflich. Irgendwo habe ich doch mal gelesen, daß Vettern und Basen in der Regel einmal zusammen geflirtet haben müssen.«

»Du hast Pech, Bernd, gerade dieses eine Mal ist die bekannte Ausnahme, die die Regel bestätigt.«

»So? Und da soll ich mich nun auf meine Base freuen? Die Mutter wird sie verwöhnen, der Freund sie nicht aus den Armen lassen. Lieber Vater, ich glaube, wir sind vorläufig in diesem Haus überflüssig.«

»Jeder fühlt sich, wie er kann, mein Sohn. Ich gedenke nicht, mich überflüssig zu fühlen«, neckte der Vater.

Bernd sah ihn tragikomisch an.

»Auch du, Brutus?«

Gunter legte, ernst werdend, die Hand auf Bernds Arm.

»Scherz beiseite, Bernd, Romana freut sich schon auf deine Bekanntschaft. Ich habe ihr viel erzählt von euch, ohne ihr zu verraten, daß ihr miteinander verwandt seid. Mit großen, sehnsüchtigen Augen hat sie sich die Schilderung eures Familienlebens angehört. Sie hat ja solche Freuden nie kennengelernt.«

Frau von Altdorf stürzten gleich wieder die Tränen aus den Augen.

»Das arme, liebe Kind! Ach, Herr Doktor, wie soll ich Ihnen nur danken, daß Sie Romana in unsere Arme zurückführen werden?«

Bernd griff gleich wieder munter ein, um die Rührung zu dämpfen.

»Wie wäre es, Mutter, wenn du Gunter und mir ein kräftiges Frühstück bringen ließest, um deiner Dankbarkeit Genüge zu tun?«

Er erreichte, was er bezweckt hatte. Seine Mutter fuhr erschrocken empor. Die Hausfrauenpflichten ließen sie den Schmerz vergessen. Sie wollte klingeln, aber Gunter erhob sich und hielt ihre Hand fest.

»Nein, liebe gnädige Frau, ich muß auf das Frühstück verzichten. Jetzt will ich zu meinem Vater hinausfahren. Er wartet wahrscheinlich auch mit großer Ungeduld auf mich. Du mußt schon allein frühstücken, Bernd.«

»Ein schöner Freund bist du! Wärst du geblieben, hätte ich sicher etwas besonders Gutes vorgesetzt bekommen.«

Gunter verabschiedete sich lachend.

»Nach einer Beköstigung mit Wasser und Brot siehst du auch nicht aus, Bernd. Ich will dich aber durch eine Einladung zum Abendessen bei meinem Vater entschädigen und unserer Hausdame alle deine Leibspeisen verraten.«

»Laß dich umarmen, edler Freund – ich bin gerührt durch deinen Großmut und werde mit Wonne erscheinen.«

Gunter fuhr nun zu seinem Vater hinaus und berichtete auch ihm ausführlich, was geschehen war. Sein Vater hörte mit derselben Aufmerksamkeit zu wie zuvor Altdorfs. Als Gunter zu Ende war, sagte er, mit väterlichem Stolz zu ihm aufsehend:

»Das hast du fein gemacht, mein Sohn, ich gratuliere zu deinem Erfolg! Aber hoffentlich wirst du nun nicht Detektiv werden wollen?«

Gunter schüttelte hastig abwehrend den Kopf.

»Nein, Vater, ich bleibe der Maschinenbranche treu, da brauche ich mich nicht auf glückliche Zufälle zu verlassen, da geht alles seinen Gang nach genauen Berechnungen. Es ist eine zuverlässige Sache. Und – wenn es mir auch in diesem einen Fall ein Vergnügen gewesen ist, die beiden Schurken zur Strecke zu bringen, so muß man doch wahrscheinlich als Detektiv manchmal einen Kieselstein statt eines Herzens in der Brust tragen, denn es gibt sicher auch Verbrecher, die man lieber laufen lassen möchte. Da würde ich vermutlich oft in starke innere Kämpfe kommen.«

Der alte Herr nickte.

»Das ist meine Ansicht auch. Und nun wollen wir von den unangenehmen Begleiterscheinungen deiner Reise nicht mehr sprechen, jetzt erzähle mir noch ein wenig ausführlicher von meiner zukünftigen Schwiegertochter. Ich weiß noch so wenig von ihr.«

Das ließ sich Gunter nicht zweimal sagen. Das Herz war ihm ohnedies voll zum Überlaufen. Und er schilderte seinem schmunzelnd zuhörenden Vater, was für ein Engel Romana sei.

17

Am nächsten Morgen fuhr Gunter in die Dorotheenstraße. Wieder stand er in dem kleinen Vorzimmer vor dem verstaubten Aktenmenschen und fragte nach Justizrat Harland. Der Aktenmensch sah ihn forschend an.

»Waren Sie nicht schon einmal hier vor etwa vierzehn Tagen?«

»So ist es«, erwiderte Gunter lächelnd.

»Ah, ich fürchtete schon, Sie hätten Ihren Prozeß einem anderen Rechtsanwalt übergeben.«

»Nein, ich brauche dazu unbedingt den Herrn Justizrat, das sagte ich Ihnen schon. Hoffentlich ist er jetzt zu sprechen?«

»Ich werde Sie sogleich anmelden. Wie war doch Ihr Name?«

»Valberg.«

Der Aktenmensch nahm ein Sprechrohr und rief hinein:

»Herr Justizrat, hier ist der Herr mit dem großen Prozeß, der schon einmal da war – ein Herr Valberg. Soll ich ihn einlassen?«

Gunter sah gespannt in sein Gesicht. Der Justizrat würde bezüglich des großen Prozesses eine Enttäuschung erleben. Der Aktenmensch lauschte.

»Wie? Ob der Herr ein Herr Doktor Valberg ist? Mein Herr – sind Sie Doktor Gunter Valberg?«

»Ja«, erwiderte Gunter.

»Jawohl, Herr Justizrat, es ist Doktor Valberg. Wie? Ach so – eintreten lassen – sofort, Herr Justizrat!«

Der Aktenmensch legte das Hörrohr hin.

»Herr Justizrat erwartet Sie. Er scheint schon Bescheid zu wissen. Sie haben ihm wohl geschrieben?«

»Nein, aber der Herr Justizrat scheint sehr scharfsichtig zu sein und schon zu ahnen, wo einen der Schuh drückt. Dafür ist er aber auch Rechtsanwalt«, sagte Gunter übermütig.

Der Aktenmensch sah ihn ein wenig mißbilligend an.

»Herr Justizrat ist einer der vorzüglichsten Juristen, Herr Doktor.«

»Davon bin ich überzeugt.«

Sie waren an der Tür des Allerheiligsten des Justizrates angelangt, und der Aktenmensch öffnete die Doppeltür und ließ Gunter eintreten.

Dieser stand nun in einem großen, hellen Raum, der mit Klubsesseln, einem großen Diplomatenschreibtisch und schönen Teppichen und Kunstgegenständen ausgestattet war. Am Schreibtisch saß Justizrat Harland, dessen Augen mit einem scharfen, forschenden Blick auf Gunter ruhten.

»Guten Morgen, Herr Doktor. Sie sind in meiner Abwesenheit schon einmal hier gewesen, um – wie Sie gesagt haben, mich mit einem großen Prozeß zu beauftragen. Ich bin deshalb früher von meiner Reise zurückgekehrt und habe auf Sie gewartet, ohne zu ahnen, daß der große Prozeß nur ein Vorwand war.«

»Sie müssen mir verzeihen, Herr Justizrat, im Krieg und in der Liebe sind alle Mittel erlaubt, und ich hoffte, durch den Hinweis auf einen großen Prozeß Ihre Anschrift zu ermitteln – aber es gelang mir nicht.«

Der alte Herr sah mit Wohlgefallen in Gunters freimütiges Gesicht. Die ruhige Sicherheit in Gunters Wesen gefiel ihm wohl, und er konnte sich schon denken, daß dieser Mann einen tiefen Eindruck auf sein Mündel gemacht hatte.

»Also bitte, nehmen Sie Platz, Herr Doktor. Wir wollen nun ohne Umschweife auf unser Ziel losgehen und nicht länger Verstecken voreinander spielen.«

»Das ist mir sehr lieb«, erwiderte Gunter, in einem Sessel Platz nehmend.

»Sie wollen also von mir wissen, wo sich mein Mündel, Romana Harland, aufhält, nicht wahr?«

Ein feines Lächeln spielte um Gunters Mund.

»Nein, Herr Justizrat, meine Braut befindet sich in Venedig unter dem Schutz Ihres Freundes, des Herrn Professor Marks, Pension Calani, Via dei Baccaroli.«

Der Justizrat sprang auf.

»Wie haben Sie das in Erfahrung gebracht?«

Gunter lächelte.

»So vorsichtig Sie selbst auch waren, Herr Justizrat, so sorgsam Sie Ihre Spur verwischten – Ihre Angestellten waren weniger vorsichtig.«

Und er erzählte, welchem Zufall er es zu verdanken hatte, daß er die Anschrift erfahren hatte.

Der Justizrat war erbleicht.

»Um Gottes willen, wenn die Anschrift in falsche Hände geraten wäre! Ich mag das gar nicht ausdenken. Aber nun weiter, Herr Doktor. Sie müssen in mir nicht Ihren Feind sehen, weil ich es Ihnen unmöglich machte, weiterhin mit meinem Mündel zu verkehren. Man sagte mir, daß Sie die Absicht haben, mein Mündel zu Ihrer Frau zu machen. Und da Romana Sie liebt und die Erkundigungen, die ich mir über Sie einzuziehen erlaubte, mir nur Gutes von Ihnen sagten, habe ich durchaus nichts dagegen einzuwenden. Ich habe mein Mündel nicht aus Hornklippe fortgebracht, um sie aus Ihrer Nähe zu entfernen, sondern ...«

Gunter hob die Hand.

»Sondern aus der Nähe meines Freundes, Bernd von Altdorf.«

Wieder stutzte der Justizrat betroffen.

»Herr Doktor, Sie scheinen sehr scharfsichtig zu sein.

Woraus schließen Sie, daß ich Romana aus der Nähe Ihres Freundes entfernen wollte?«

»Es ist eine begründete Vermutung – vielleicht haben Sie aber außerdem auch gewußt, daß die beiden Grafen Soblikoff unter falschen Namen sich in jener Zeit auch in Swinemünde aufhielten und meinen Freund Bernd von Altdorf beobachteten, um zu ergründen, ob er dort mit seiner Base zusammentreffen würde.«

Jetzt war der Justizrat ganz fassungslos.

»Allmächtiger Gott! Nein – das wußte ich nicht. Sagen Sie mir – es kann und muß Ihnen ja Romanas Wohl am Herzen liegen wie mir –, sagen Sie mir: Was wissen Sie von den beiden Grafen Soblikoff?«

»Etwas, Herr Justizrat, was Sie sogleich aller Sorgen, die bei meinen Worten riesengroß in Ihnen aufgewachsen sind, entheben wird. Die Grafen Gregor und Michael Soblikoff – sind tot.«

Nun war es ganz aus mit der Fassung des sonst so beherrschten Justizrates. Er sank in seinen Sessel zurück und hielt sich den Kopf mit beiden Händen. Dann richtete er sich mit einem Seufzer auf, sah Gunter mit großen Augen an und sagte tonlos:

»Ich sehe nun schon, Sie wissen mehr, viel mehr, als ich annehmen konnte. Aber das mit den Grafen Soblikoff – ist das wahr? Sind diese beiden Schurken wirklich tot, alle beide?«

Gunter zog eine Zeitung aus der Tasche – es war eine Zeitung aus Rom, die er sich auf der Reise gekauft hatte.

»Verstehen Sie Italienisch?«

Der Justizrat schüttelte den Kopf.

»Nicht mehr, als mir zur Not ein Nachtquartier und eine Mahlzeit zu bestellen«, sagte er ganz matt und erschöpft vor Aufregung.

»So will ich es Ihnen in deutscher Sprache vorlesen:

›Zu unserem gestrigen Artikel über die Festnahme der beiden russischen Grafen Soblikoff, die unter falschem Namen verhaftet wurden, teilen wir noch mit, daß diese beiden Verbrecher gestern morgen im Beisein des Detektivs Sponzi und des Untersuchungsrichters Gift genommen haben, das sie irgendwie versteckt hatten. Sie waren sofort tot. Es war keine Möglichkeit, sie ins Leben zurückzurufen.‹«

Gunter schwieg. Der Justizrat sah ihn starr an, dann sagte er leise:

»Du bist gerächt, Alexander – und dein Kind ist gerettet.« Aber dann schrak er plötzlich auf.

»Die beiden Grafen Soblikoff waren in Italien? Herr Doktor, Sie scheinen so viel zu wissen, was ich nicht weiß – sagen Sie mir um Gottes willen: Ist das Kind außer Gefahr – sind ihr die beiden Schurken nicht zu nahe gekommen?«

»Beruhigen Sie sich, Herr Justizrat, ich habe Romana wohlbehalten unter dem Schutz Ihres Freundes Marks in Venedig zurückgelassen.«

Der alte Herr atmete auf.

»Gottlob, ich fürchtete schon, man habe die beiden Schurken abgefangen, nachdem sie Romana etwas zuleide getan hatten.«

»Sie können ganz beruhigt sein, Herr Justizrat. Die beiden Schurken hatten freilich Gift in den Wein geschüttet, den ihrer Ansicht nach die junge Gräfin Soblikoff trinken sollte – aber es kam alles ganz anders. Aber es ist wohl das beste, ich berichte Ihnen der Reihe nach, was geschehen ist, damit Sie ganz klar sehen können. Es wird jedoch einige Zeit in Anspruch nehmen.«

»Bitte reden Sie – es ist mir jetzt nichts wichtiger als Ihr Bericht.«

Gunter begann alles, was seit der Stunde geschehen

war, da er Romana in der Hängematte schlafend gefunden hatte, zu erzählen. Der alte Herr hörte mit brennendem Interesse zu. Er unterbrach die klare, ruhige Darstellung nicht mit einem Wort, seine Augen hingen unverwandt an Gunters energischen Zügen. Und als dieser endlich fertig war mit seinem Bericht, sprang der alte Herr auf, faßte seine Hände mit krampfhaftem Druck und sagte tief erschüttert:

»Mein alter Freund Dürkopp hat recht gehabt, als er mir sagte, es sei gut, wenn wir Romanas Angelegenheit in jüngere Hände legen würden, weil wir zu alt geworden seien. So viel Dank bin ich Ihnen schuldig, mein lieber Herr Doktor! Sie ahnen nicht, was das für mich bedeutet, daß ich endlich befreit aufatmen kann in der freudigen Erkenntnis, daß mein Schützling nun wirklich geborgen ist, daß Romanas Feinde nicht mehr am Leben sind. Nie hätte sie Ruhe gefunden vor diesen Bluthunden, wie mein Freund Alexander Soblikoff seine entarteten Neffen nannte. Und nun will ich Ihnen berichten, was in dieser Angelegenheit noch klarzustellen ist.«

Er nahm wieder Platz und berichtete:

»Graf Alexander Soblikoff hat mit mir zusammen einige Semester Jura studiert. Er war ein Mann von umfassendem Wissen, hohen Geistesgaben und wirklich vornehmer Gesinnung. Gerade weil er so hoch von der Ehe dachte, hatte er nicht heiraten wollen, weil er annahm, daß er keine Frau finden würde, die seinen Ansprüchen in dieser Beziehung genügen würde. Und er hat tatsächlich seinen Neffen mehr als einmal erklärt, daß, wenn er nicht heiraten werde, sie seine Erben sein würden. Er hat sie auch ganz so gehalten, als wären sie seine Erben. Ich war wohl der erste, damals, als er die junge Freiin von Waldegg kennengelernt hatte, dem er anvertraute, er habe nun doch noch sein Ideal gefunden und werde heiraten, wenn er ihr Jawort erhielte. Wir waren immer in freundschaftlichen Beziehungen geblieben, schrieben einander viel. Er übertrug mir seine Geschäfte, nachdem ich eine Praxis eröffnet hatte, und trug viel dazu bei, daß ich von Anfang an ein gesichertes Auskommen fand. Deshalb gehörte ihm meine unauslöschliche Dankbarkeit. Er war ein leidenschaftlicher, stark empfindender Mensch und verfiel so völlig dem Zauber der jungen Ruth, daß er behauptete, wenn sie nicht die Seine werde, habe das Leben keinen Wert mehr für ihn.

Und Ruth von Waldegg erwiderte seine Neigung vom ersten Sehen an. Obwohl er doppelt so alt war wie die Zwanzigjährige, wurde die Ehe außerordentlich glücklich. Ich weiß, daß er an der Seite seiner angebeteten Frau ein Glück fand, wie es äußerst selten ist. Leider war ich gerade zu der Zeit, da er Hochzeit hielt, an einem schweren Gelenkrheumatismus erkrankt und konnte daran nicht teilnehmen. So lernte ich weder seine Frau noch deren Verwandte kennen. Auch die beiden Neffen des Grafen sind mir immer persönlich fremd geblieben.

Was nach der Hochzeit geschah, nach jenen wunderbaren Jahren des Glücks, das wissen Sie durch Frau von Altdorf. In der Zeit, da mein Freund zum erstenmal merkte, daß man gegen ihn intrigierte, und er noch keine Ahnung hatte, daß es seine Neffen waren, die seine Stellung bei Hof unterwühlten, hat er mich beauftragt, sein gesamtes Barvermögen und den wertvollen Schmuck in die Schweiz zu überführen. Ich will nun da weitererzählen, wo der Graf mit seinem Diener und seinem kleinen Töchterchen auf der Flucht Deutschland verließ, nachdem er seinen Verwandten hier einen kurzen Besuch abgestattet hatte. Noch am späten Abend war er bei mir und berichtete mir erschüttert von seinem Unglück. Der Verlust seiner Frau hatte ihn am härtesten getroffen, und er befand sich in einer so tiefen seelischen Depression, daß ich damals das Schlimmste für ihn fürchtete. Es ist ihm auch aus jener Zeit ein starkes Nervenleiden zurückgeblieben. Wenn Sie ihn gekannt hätten in der Vollkraft seiner gesunden, glückstrunkenen Männlichkeit und ihn dann so niedergebrochen wiedergesehen hätten wie ich, könnten Sie verstehen, welch ein Jammer mich bei seinem Anblick erfaßte. Wir besprachen an jenem Abend seine geschäftlichen Angelegenheiten, die, soweit sie sein Barvermögen betrafen, in bester Ordnung waren. Den Verlust seiner Güter und seiner hervorragenden Stellung in seiner Heimat hätte er leicht verwunden im Verhältnis zu dem Verlust seiner Frau. Und der brennende Haß und Ingrimm gegen seine Neffen, die Zerstörer seines Glücks, fraß sich wie ein Gift in seiner Seele fest. Er legte die Verwaltung seines noch immer riesigen Vermögens nun ganz in meine Hände und reiste in die Schweiz. Und bei mir deponierte er auch sein Testament für den Fall seines Todes. Es soll aber erst eröffnet werden am fünfundzwanzigsten Geburtstag seiner Tochter, erst dann soll sie über ihr Vermögen verfügen dürfen, weil er wohl in Sorge war, daß sich seine Neffen dieses Vermögens bemächtigen könnten, wenn er sterben sollte und Romana noch nicht imstande war, sich vor ihrer Habgier zu schützen. Nur wenn sie früher heiratete, sollte sich das ändern, auch sollte sie dann erst in das Schicksal ihrer Eltern und in alle Gefahren, die ihr drohten, eingeweiht werden. Ich weiß, was das Testament enthält. Seine Tochter ist seine unumschränkte Erbin. Ihnen, Herr Doktor, wird das nicht so sehr wichtig sein, da Sie selbst ein sehr vermögender Mann sind, aber es gehört zu meinem Bericht. Graf Alexander reiste nach der Schweiz und übergab in Genf seine Tochter einer Pension, weil er fürchtete, daß er verfolgt würde und seine

Tochter bei ihm nicht sicher genug sei. Und sie wurde schon damals unter dem Namen Romana Harland in das Pensionat aufgenommen. Ich besitze nämlich eine junge Nichte, die Tochter meines Bruders, die im gleichen Alter wie Romana ist. Sie ist auch blond, hat braune Augen wie sie, und es war mir damals ein leichtes, Graf Alexander Papiere meiner Nichte zu verschaffen. Nur so ist es uns gelungen, Romana den Nachforschungen dieser Bluthunde so lange zu entziehen. Als Gräfin Soblikoff hätten sie sie gewiß ausfindig gemacht. Graf Alexander trennte sich schweren Herzens um ihrer Sicherheit willen von seiner Tochter und hat unter dieser Trennung sehr gelitten. Ruhelos wie Ahasver zog er durch die Welt, immer darauf gefaßt, von seinen Neffen doch noch vernichtet zu werden. Nur sein treuer Diener Wladimir Torschek hat übrigens, das will ich hier gleich einfügen, bei meinem Bruder, der in der Mark ein großes Gut besitzt, nach dem Tode seines Herrn eine Anstellung gefunden und lebt dort jetzt noch.

Sie wissen, daß Graf Alexander 1918 nach Rußland zurückkehrte, um unter den dort veränderten Verhältnissen endlich sein Recht zu suchen. Er hoffte, die verhaßten Neffen ihrer Verbrechen zu überführen und sie bestrafen zu lassen. Diese Hoffnung, die ihm allein Aussicht gab, daß es noch friedliche Tage für ihn geben könne, in denen er sich an seiner lieblich heranblühenden Tochter freuen würde, trieb ihn in das Chaos hinein nach Rußland. Ich hatte nicht viel Hoffnung, war doch schon allerlei durchgesickert von den revolutionären Wirren drüben in Rußland, und suchte ihn zurückzuhalten. Da wurde er sehr aufgeregt und fragte mich mit einem dunklen Blick, ob ich nicht verstehen könne, daß ihm der Haß gegen die Zerstörer seines Glücks, wenn er sie nicht endlich vernichten könne, vollends das Herz zerfressen werde. Da wagte ich ihm sein Vorhaben nicht mehr auszureden.

Er traf alle Anordnungen für den Fall seines Todes bezüglich seiner Tochter, legte mir ihr Wohl und Wehe an das Herz und machte mich zu ihrem Vormund. Ich mußte versprechen, Romana in strengster Verborgenheit zu halten, sie nie in die Nähe ihrer Verwandten kommen zu lassen, ihren Aufenthalt jedesmal sofort zu wechseln, wenn ihr die Familie Altdorf oder die Soblikoffs nahe kämen, und sie erst zu ihrem fünfundzwanzigsten Geburtstag über alles aufzuklären, was mit ihrem Schicksal zusammenhing – oder, wenn ich ihr Schicksal vertrauensvoll in die Hand eines Gatten legen könne.

Er reiste ab – hinterließ mir für alle Fälle eine schriftliche Weisung, an die ich mich immer halten mußte –, ich werde sie Ihnen vorlesen, wenn Sie Romanas Mann werden.

Ich sah ihn niemals wieder – seine ruchlosen Neffen ermordeten ihn, wie Sie wissen. Wladimir brachte mir diese Nachricht, und ich übergab den treuen Diener meinem Bruder. Er erfährt von Zeit zu Zeit, wie es seiner jungen Herrin – so nennt er Romana noch immer – geht.

So, mein verehrter Herr Doktor, Sie wissen nun, was mich bewog, mit Romana vor Ihnen zu flüchten, und ich hatte mir schon den Kopf zerbrochen, wie ich es einrichten sollte, Ihnen mein Mündel zur Frau zu geben und sie doch ihren Verwandten noch so lange fernzuhalten. Das brauche ich nun nicht mehr zu tun. Sie haben zum Glück die beiden Schurken zur Strecke gebracht, und wenn Sie auch von Zufällen reden – ich fühle, daß es Schicksalsfügung war. Und glauben Sie mir, niemand hätte Graf Alexander die Hand seiner Tochter lieber gegeben als dem Mann, der all sein Unglück rächte. Mit befreitem Herzen lege ich Romanas Schicksal nun in Ihre Hände.

Sie werden der armen Romana das Glück geben, wonach sie sich so lange hat sehnen müssen. Ich freue mich von ganzem Herzen, daß ihrer einsamen bedrückten Jugend jetzt ein so reiches, volles Menschenglück folgen wird. Machen Sie das Kind so glücklich, wie sie es verdient.«

Gunter war tief ergriffen und faßte seine Hand.

»Es soll immer mein Bestreben sein, Herr Justizrat! Ich liebe Romana von ganzem Herzen, liebe sie um ihrer selbst willen. Ihr Glück wird auch das meine sein. Ich danke Ihnen für das Vertrauen, das Sie in mich setzten, und bitte Sie, mir an Professor Marks einige Zeilen mitzugeben, daß er mir gestattet, Romana mit nach Deutschland zu bringen. Ich will schon morgen mit Frau von Altdorf nach Venedig reisen.«

»Sogleich schreibe ich an Professor Marks. Am liebsten würde ich selbst mit nach Venedig fahren, um Romana Aufklärung über alles zu geben. Da die Soblikoffs tot sind, brauchen wir ihr nichts mehr zu verheimlichen. Ich werde mir übrigens erlauben, Frau von Altdorf meinen Besuch zu machen und mich als den anonymen Briefschreiber zu bekennen, der ihr zuweilen von ihrer Nichte Nachricht gab.«

»Vielleicht begleiten Sie mich gleich, Herr Justizrat? Mein Wagen steht unten, und ich werde ohnedies zu Altdorfs fahren.«

»Gut, heute mögen die Geschäfte warten. Ich komme mit Ihnen. Und wenn Sie erst mit Romana zurück sind, erwarte ich Sie beide, denn ich werde Ihnen genaue Rechenschaft ablegen über Romanas Vermögen. Wir brauchen damit nun nicht bis zu Romanas Hochzeitstag zu warten, den Sie wahrscheinlich nicht allzulange hinausschieben werden.«

»Wir haben bereits den ersten Dezember festgesetzt.«

»So, so – am ersten Dezember?«

»Ja, Herr Justizrat, so lange soll Frau von Altdorf ihre Nichte in ihrem Haus behalten. Noch eine Frage möchte ich an Sie richten, Herr Justizrat. War Graf Alexander Soblikoff sehr ahnenstolz? Würde er mir die Hand seiner Tochter versagt haben, weil ich ein Bürgerlicher bin?«

Der Justizrat machte eine abwehrende Bewegung.

»Er war der freisinnigste Aristokrat, den ich gekannt habe, und ihm galt immer nur der Mensch, in welchem Kleid er auch steckte. Gerade seine demokratischen Ansichten, die bei Hof bekannt waren, machten es den beiden Schurken so leicht, ihn zu verleumden. Freilich hielt er auf Tradition, weil er einen ausgeprägten Familiensinn hatte, als er sein großes Erbe antrat. Das ›Erwirb es, um es zu besitzen‹ war ihm eine heilige Aufgabe. Also, seien Sie ganz beruhigt, er hätte auch dann Romanas Hand gern in die Ihre gelegt, wenn es zu ihrem Glück nötig gewesen wäre, wenn Sie nicht gerade der Mann gewesen wären, der seine Peiniger zur Strecke gebracht hätte.«

18

Gunter und Frau von Altdorf waren in Venedig angekommen und hatten bei Danieli Wohnung genommen. Gleich nachdem sich Frau von Altdorf etwas erfrischt hatte, verlangte sie danach, ihre Nicht aufzusuchen, und Gunter teilte natürlich diesen Wunsch. Er führte Frau von Altdorf nach dem Molo. Als er dort mit ihr eine Gondel bestieg, sah er, zufällig sich nach den Insassen der Nachbargondel umwendend, Fräulein Rosa Mertens mit ihrer Tante und dem Jüngling aus dem Modejournal. Hochmütig warf sie das blonde Köpfchen zurück bei Gunters Anblick und wandte sich mit doppelter Liebenswürdigkeit an ihren Kavalier. Diskret machte Gunter seine Begleiterin auf die junge Dame aufmerksam.

»Das ist Fräulein Rosa Mertens, gnädige Frau.«

Frau von Altdorf sah zu Fräulein Mertens hinüber, deren Gondel noch eine Weile neben der ihren dahinglitt. Ein Lächeln flog über ihr Gesicht.

»Hoffentlich ist dieses Genre nicht ernsthaft meines Sohnes Geschmack, ich finde diese Art junger Damen doch ein wenig zu – nun, sagen wir, selbständig.«

»Sie brauchen nichts zu fürchten, gnädige Frau. Bernd hat im Grunde einen sehr guten, gesunden Geschmack, er hat sich in Swinemünde nur aus Langeweile ein wenig mit der Dame eingelassen. Macht er einmal Ernst, dann wird er sich schon die rechte Frau aussuchen.«

»Das will ich hoffen. Immerhin wünsche ich diesem Fräulein Mertens alles Gute, denn sie hat dazu beigetragen, daß ich meine Nichte endlich frei und ohne Scheu in meine Arme ziehen kann. Das sei ihr unvergessen!«

Die Gondel glitt mit eleganter Sicherheit durch den Canale grande in die Via dei Baccaroli und hielt ganz offiziell vor der Pension Calani. Und wieder, wie neulich, kam Signora Calani in die große Halle und sah Gunter lachend an.

»Ah, der Signore Tedesco! Sie wollen wissen, Signore, ob jetzt frei sein eine Zimmer. No, no, ich bedauern sehr, ist nix frei, gar nix.«

Gunter schüttelte lachend den Kopf.

»No, no, Signora Calani, ich will kein Zimmer mieten, sondern ich bin mit dieser Dame gekommen, um Herrn Professor Marks und Gemahlin einen Besuch zu machen.«

»Oh, Sie kennen die deutsche Professor? Aber er sein nix zu Hause, er sein fort mit der bella Signorina, und nur Frau Professor sein zu Hause.«

»Dann bitte, lassen Sie uns Frau Professor Marks melden.«

Er reichte der Signora eine Visitenkarte, auf die er geschrieben hatte: »Im Auftrag von Justizrat Harland bitte ich um eine Unterredung.«

Signora Calani schickte eine Dienerin hinein zu der Frau Professor. Die Dienerin kam bald zurück.

»Mi fara questro piacere«, sagte sie, eine einladende Handbewegung machend.

Frau von Altdorf und Gunter betraten nun einen mit alten stilechten Möbeln von etwas verblichener Pracht ausgestatteten Salon. Hier kam ihnen Frau Anneli entgegen. Gunter stellte sich und Frau von Altdorf vor und sagte:

»Um es ganz kurz zu machen, gnädige Frau, wir sind gekommen, um die Gräfin Romana Soblikoff abzuholen. Nein, bitte machen Sie kein ängstlich abweisendes Gesicht und bemühen Sie sich gar nicht erst, uns begreiflich zu machen, daß Sie diese junge Dame nicht kennen. Es geht alles mit rechten Dingen zu. Bitte lesen Sie dieses Schreiben des Herrn Justizrats, es wird Sie überzeugen, daß wir gut Freund mit Romana sind. Frau von Altdorf ist ihre Tante, und ich bin ihr Verlobter.«

Frau Anneli war eine resolute Frau und nicht leicht zu verblüffen, aber ein wenig war sie doch aus dem Gleichgewicht gekommen. Das wurde auch nicht besser, als sie den Brief des Justizrates gelesen hatte.

»Ach, Sie wollen uns das Kind wegnehmen. Darüber bin ich gar nicht entzückt, meine verehrten Herrschaften, aber ich sehe schon ein, daß uns alles nichts helfen wird. Und da es Romanas Glück bedeutet, will ich mich doch darüber zu freuen versuchen. Unser Freund Harland schreibt uns, daß nun keine Gefahr mehr für Romana besteht – das erleichtert mein Herz. Wahrhaftig, ich glaubte einen Augenblick, Sie seien ihre Feinde, und ich wollte mich schon auf einen Kampf mit Ihnen vorbereiten. Gottlob, daß dies nicht nötig ist. Bitte nehmen Sie einstweilen mit mir fürlieb. Romana ist mit meinem Mann nach dei Frari gefahren, wo sie ein kleines Bildnis der Madonna kopieren will. Sie wollte es heute gern fertigmachen, aber ich hoffe, daß sie jeden Augenblick kommen werden, denn zum Tee wollten sie bestimmt da sein. Ich hoffe, Sie nehmen den Tee mit uns?«

»Gern, wenn Sie es gestatten«, sagte Frau von Altdorf, der man die verhaltene Erregung anmerkte.

Man plauderte ein wenig, und noch waren nicht fünf Minuten vergangen, als Frau Anneli sagte:

»Sie kommen.«

Frau von Altdorf preßte die Hand auf das Herz – dann wandte sie sich an die Frau Professor.

»Gnädige Frau, würden Sie die Güte haben, uns zunächst ein Alleinsein mit meiner Nichte zu gestatten und vorher nichts von meinem Hiersein zu verraten?«

Frau Anneli nickte munter.

»Ist mir recht, da kann ich meinen Mann erst einmal vorbereiten, daß es nun wieder für uns heißt, allein zu bleiben. Es wird ihn ebenso schmerzen wie mich – und freuen, wie es mich freut. Bitte bleiben Sie hier, ich schikke Romana herein.«

Damit verließ Frau Anneli das Zimmer und trat draußen den Zurückgekehrten entgegen. Sie nahm Romana in ihre Arme.

»Kindchen, da drinnen ist jemand, der Sie sprechen will – im Einverständnis mit Onkel Justizrat. Bitte gehen Sie hinein.«

Romana erblaßte vor Erregung und drückte die Hand aufs Herz.

»Gunter!«

Frau Anneli sah lachend auf Gunters Visitenkarte, die sie noch in der Hand hielt.

»Ja – Gunter heißt er auch, der Herr Doktor Valberg.«

Da flog Romana auf die Tür des Salons zu und stand mit klopfendem Herzen auf der Schwelle. »Gunter!«

Alle Verlassenheit ihres Herzens, alle Sehnsucht, alles Glück über sein Wiederkommen brachen aus diesem einen Wort hervor.

Gunter breitete seine Arme aus und fing sie auf.

»Romana – meine Romana!«

Sie barg das Gesicht an seiner Brust.

»Daß du nur wieder bei mir bist«, stieß sie zitternd und bebend hervor.

Sie hatte Frau von Altdorf gar nicht beachtet, weil diese im Hintergrund des Zimmers saß. Nun hob Gunter ihr Köpfchen.

»Liebes, ich bin nicht allein gekommen.«

Romana richtete sich in seinen Armen auf, ohne ihn loszulassen. Sie erblickte nun die völlig fassungslose Frau, die ihre Hände um die Sessellehne krampfte und mit großen feuchten Augen zu ihr herübersah.

»Gnädige Frau, verzeihen Sie, daß ich Sie nicht begrüßte, ich – ich sah nur Gunter, als ich eintrat«, sagte Romana etwas betreten, aber doch mit der ihr eigenen Sicherheit der großen Dame.

Gunter legte den Arm um Romanas Schulter und führte sie vor Frau von Altdorf hin.

»Das ist Frau von Altdorf, meines Freundes Mutter, von der ich dir erzählte, Romana. Sie ist gekommen, um dich heimzuholen.«

Romana atmete tief auf. Das seltsam erregte Gesicht

der alten Dame bewegte sie und sie fühlte sich eigenartig zu dieser Frau hingezogen, ohne zu wissen, warum.

»Mich heimzuholen? Ach – wie gut das klingt, Gunter. Liebe verehrte gnädige Frau, es ist so gut von Ihnen, daß Sie sich meinetwegen bemüht haben. Gunter hat mir so viel Liebes und Gutes von Ihnen erzählt, und – ich weiß nicht – mir ist, als seien Sie mir gar nicht fremd.«

Der alten Dame stürzten die Tränen aus den Augen.

»Sagen Sie es ihr, Herr Doktor – ich kann nicht«, bat sie schluchzend.

Gunter nahm Romana an sein Herz.

»Liebes, diese Dame ist für dich auch keine Fremde – mit ihrer ganzen Sehnsucht hat sie dich jahrelang gesucht, ohne dich finden zu können. Sie ist – die Schwester deiner Mutter.«

Wie gelähmt stand Romana eine Weile und sah in die weinenden Augen der alten Dame. Diese erhob sich und streckte weinend die Arme nach ihr aus. Und dann lag Romana an ihrem Herzen.

»Ist das wahr? Du bist die Schwester meiner Mutter – ja – ja –, ich fühle es, daß du mir nicht fremd bist. Ach, warum hat man mir das verheimlicht, daß ich nicht ganz allein bin auf der Welt?«

Frau von Altdorf streichelte immer wieder zärtlich über Romanas Köpfchen.

»Wie du deiner Mutter gleichst – wie du deiner Mutter gleichst«, flüsterte sie ergriffen. »Man hat es dir verschwiegen, daß ich existiere, mein liebes, liebes Kind, weil dir in meiner Nähe eine große Gefahr drohte und weil man nicht wollte, daß du Sehnsucht nach mir bekommst, die man nicht hätte erfüllen können.«

Romana lauschte in sich hinein, als gehe sie einer Erinnerung nach.

»Ja – ja – jetzt weiß ich es – Tante Maria – nicht wahr?

Eine Tante Maria besaß ich einst und rief als Kind oft nach dir, wenn man mir sagte, daß meine Mutter, nach der ich auch verlangte, bei meinem kleinen Brüderchen sei. Nicht wahr, du bist Tante Maria?«

»Ja, mein Kind, deine Tante Maria, die so glücklich ist, daß sie dich endlich wieder im Arm halten kann.«

Und Romana erfuhr nun von Gunter alles, was sie wissen mußte, um zu begreifen, weshalb man sie so lange verborgengehalten und warum sie nun plötzlich wieder ein froher, freier Mensch sein durfte. Tante Maria hielt sie dabei in ihren Armen, und Gunter hielt ihre Hand fest und warm in der seinen und sah sie liebevoll und zärtlich an.

Mit großen bangen Augen hörte Romana zu, auf welche Weise sie ihre Eltern und ihren Bruder verloren und was ihr gedroht hatte all die Jahre. Sie schauderte zusammen und wurde bleich wie der Tod. Und als sie hörte, wie ihre beiden verbrecherischen Vettern den Tod gefunden hatten, nachdem sie glaubten, sie vergiftet zu haben, da sprang sie auf und warf sich in die Arme ihres Verlobten.

»Halte mich, halte mich in deinen Armen – ich fürchte mich noch immer. Was haben mir diese bösen Menschen angetan – alles nahmen sie mir, was mir gehörte. Meine arme liebe Mutter, mein geliebter Vater, was muß er gelitten haben unter den Schurkereien dieser Menschen, denen er doch nur Gutes getan hatte.«

Und sie weinte herzzerbrechend, weinte sich alles Quälende und Bedrückende von der Seele und fühlte zugleich beseligt, daß sie eine Heimat gefunden hatte an dem Herzen des Mannes, den sie liebte und der sie wiederliebte.

Dann umarmte sie wieder die Tante und überschüttete sie mit Zärtlichkeit. Sie hatte einen so großen Schatz an

Liebe und Zärtlichkeit in all den Jahren aufgespart, die arme kleine Romana, die nun so reich und glücklich geworden war und gar nicht genug austeilen konnte von ihrem Liebesreichtum.

Es wurde nichts mit der Teestunde im Salon der Frau Professor Marks. Die drei Menschen hatten sich viel zuviel zu sagen, so daß sie keine Zeit fanden, an anderes zu denken. Aber endlich, als alles besprochen war, was gesagt werden mußte, und alles klar geworden war in Romanas Köpfchen, raffte sie sich auf und sagte mit einem reizenden, verträumten Lächeln:

»Wie selbstsüchtig von mir, ich habe über all meinem Glück und meinem Schmerz Frau Anneli und den Herrn Professor ganz vergessen. Bitte wollen wir jetzt zu ihnen gehen!«

Sie gingen alle drei hinüber in das Wohnzimmer, wo die beiden alten Herrschaften einsam bei ihrem Tee saßen. Und nun erfuhren auch Professors, was ihnen bisher fremd geblieben war, und freuten sich an Romanas Glück.

Gunter bat dann Herrn und Frau Professor Marks, sie möchten mit Romana ins Hotel Danieli kommen, wo man zu Abend speisen wolle. Dabei könne man sich dann noch weiter über alle schwebenden Fragen aussprechen. Diese Einladung wurde gern angenommen. Romana und Frau Anneli machten schnell etwas Toilette, und auch der Professor tat zur Feier des Tages ein übriges. Und dann fuhr man zusammen zu Danieli. Nachdem man dort gespeist hatte, bat Gunter, man möchte ihm und Romana gestatten, eine Viertelstunde draußen spazierenzugehen. Die beiden Liebenden bekamen gern die Erlaubnis. Man konnte so gut verstehen, daß sie sich mancherlei zu sagen hatten, was vor Zeugen unmöglich war.

Das glückselige Brautpaar schritt langsam die Via degli Schiavoni entlang. Arm in Arm, dicht aneinandergeschmiegt gingen sie dahin, über sich den wunderbaren Sternenhimmel, wo die Sternschnuppen wie Himmelsgrüße dahinflogen, hüben die leuchtende Seestadt und drüben die dunklen, stillen Wasser des Meeres. Von der Punta della Salute herüber kamen die lampiongeschmückten Serenadenboote, und venezianische Liebeslieder klangen süß und verlockend durch die Nacht.

Gunter und Romana wären am liebsten so fortgewandert bis ins Grenzenlose. Heiße zärtliche Liebesworte flüsterte Gunter seiner Braut zu, und sie sah mit hold vertrauendem Blick zu ihm auf und dankte ihm immer wieder, daß er sie von allen Sorgen und Gefahren befreit hatte.

Am nächstenTag führte Gunter seine Braut und Frau von Altdorf zum deutschen Konsul, und am Abend dieses Tages waren sie von diesem in sein Haus geladen.

Weil Professors sehr darum baten, verschoben die drei Menschen ihre Heimreise noch um – einen Tag. Aber dann reisten sie ab.

Und die Heimreise, die Romana so recht im Gefühl ihres Glückes genoß, war ein unbeschreiblich köstlicher Genuß für sie. Wie schön war es, allen Gefahren entronnen zu sein und sich wie andere junge Menschen ihres Lebens freuen zu dürfen! Die leise Schelmerei, die schon immer trotz aller Not in ihrem Wesen verborgen gelegen hatte, kam nun zum Durchbruch und entzückte Gunter und die glückliche Tante Maria. Diese erzählte Romana viel von Bernd und auch von ihrem Gatten, und Gunter berichtete immer wieder, wie sein Vater sich auf Romana freue.

So verging die Reise sehr angenehm.

Vetter Bernd war natürlich am Bahnhof, als die drei

Reisenden eintrafen. Er stand auf dem Bahnsteig und hielt nach ihnen Ausschau, und da flog ihm plötzlich eine reizende junge Dame entgegen.

»Da bin ich, Vetter Bernd!«

»Oho! Das Mädchen aus der Fremde! Damit ist es nun aus, Bäschen, jetzt wollen wir uns mal ordentlich als Verwandte begrüßen, wie sich das gehört – und wenn dein Bräutigam vor Neid grün wird«, sagte Bernd lachend, umfaßte sein Bäschen und küßte sie herzlich ab, bis sie ihm Gunter aus den Armen nahm.

»So, mein lieber Bernd, jetzt hast du genug.«

»Erlaube, meine verwandtschaftlichen Pflichten sind noch nicht zu Ende.«

»Wenn sie noch weiter in derselben Weise wie bisher zum Ausdruck kommen, dann bin ich sehr dafür, daß du es mir überläßt, sie Romana in Zukunft zu übermitteln. Ich will das gleich einmal versuchen, du kannst inzwischen ruhig deine Mutter begrüßen.« Und mitten im Gewühl der Reisenden küßte er sich satt an den Lippen seiner Liebsten. Aufatmend gab er sie frei.

»So, mein süßes Herz, nun bin ich wieder für ein Weilchen vernünftig.«

Einige Minuten später saßen sie alle vier im Auto und fuhren zur Wohnung des Gerichtspräsidenten.

19

Am ersten Dezember fand die Hochzeit der Gräfin Romana Soblikoff mit Doktor Gunter Valberg statt. Gunters Vater, der von seiner Schwiegertochter restlos entzückt war, hatte sich ausgebeten, die Hochzeit richten zu dürfen. Sie wurde mit aller Pracht gefeiert.

Unter den Ehrengästen befanden sich Justizrat Harland und Herr und Frau Geheimrat Dürkopp, die aus Hornklippe gekommen waren. Als Romana mit ihrem jungen Gatten aus der Kirche kam, stand Justizrat Harland mit einem alten Mann am Eingang des Festsaales.

»Romana, kennst du diesen Mann?« Die schöne junge Frau im weißen Hochzeitsgewand sah sich nach dem alten Mann um, und plötzlich schossen ihr die Tränen in die Augen.

»Wladimir, guter alter Wladimir – daß du noch am Leben bist! Wie geht es dir? Du mußt bei mir bleiben. Gunter, sieh dir diesen Mann an, das ist Wladimir, meines Vaters treuer Diener. Er muß bei mir bleiben, bitte sag ihm, daß er in unserem Haus eine Heimat finden soll.«

Und sie streichelte dem alten Diener die Hand.

»Duschenka, Täubchen, alle Heiligen beschützen und behüten dich. Und hier habe ich dir ein Hochzeitsgeschenk gebracht, das dich freuen wird. Väterchen schenkte es mir, als er in meinen Armen starb, du weißt, er trug es immer bei sich. Jetzt sollst du es haben, daß es dir Glück bringe, Duschenka.«

Und er küßte nach der Sitte seiner Heimat Romanas Gewand. Sie packte das kleine Päckchen aus, das er ihr überreicht hatte. Es enthielt ein kleines Heiligenbild in köstlicher Mosaikarbeit auf Goldgrund. Sie erkannte es sogleich wieder, so oft hatte es der Vater in seinen Händen gehalten. Inbrünstig drückte sie es an ihre Lippen und sagte, mit feuchten Augen zu ihrem jungen Gatten aufsehend:

»Meines Vaters Segen ist bei mir in dieser Stunde, Gunter.«

Dieser zog seine schöne junge Frau an sich und wandte sich an den alten Diener.

»Wollen Sie bei uns bleiben, Wladimir? In unserem Haus sollen Sie eine Heimat finden.«

Der alte Diener küßte auch Gunters Hand.

»Wenn ich darf, dann bleibe ich bei Duschenka. Ich habe jetzt einen guten Platz bei dem Bruder von Herrn Justizrat, aber da kann ich nicht russisch sprechen. Mit dir kann ich das, Duschenka. Ich will meinen Herrn bitten, daß er mich freigibt, damit ich bei dir bleiben kann.«

»So soll es sein, Wladimir. Und heute bist du unser Gast. Onkel Justizrat, ich bitte dich, kümmere dich um Wladimir, wir müssen jetzt zu unseren Gästen.«

Das Hochzeitsfest verlief sehr stimmungsvoll. Das Brautpaar mußte erst viele Toasts über sich ergehen lassen, ehe es sich heimlich davonstehlen konnte. Draußen wartete das Auto, das die beiden Glücklichen hinaus in die schöne, vornehme Grunewaldvilla bringen sollte. Sie wollten keine Hochzeitsreise machen. Romana sollte endlich einmal das Gefühl kennenlernen, eine Heimat zu haben.

Damit sie das Haus in den ersten Wochen ganz für sich hatten, verlebte Kommerzienrat Valberg die Zeit bis zum Weihnachtsfest in seiner kleinen Stadtwohnung, wo er zuweilen übernachtete, wenn er geschäftlich in Berlin festgehalten wurde. Zum Weihnachtsfest aber, das hatte Romana sich ausgebeten, sollte er wieder heimkommen.

Er bezog dann auch am Morgen des Heiligen Abend sein Altenteil, wie er den Seitenflügel seiner Villa nannte.

»So kann ich in eurer Nähe sein, ohne euch zu stören«, hatte er gesagt.

Gunter aber hatte am Hochzeitstag sein junges Weib aus dem Wagen gehoben und über die Schwelle seines Hauses getragen. Und als sie dann ganz allein waren, zog er sie fest in seine Arme.

»Meine süße Frau – endlich ganz mein«, flüsterte er zärtlich.

Sie schmiegte sich in seine Arme und umarmte ihn.

»Ich bin daheim! Halte mich an deinem Herzen, mein geliebter Mann – ich bin daheim«, sagte sie mit feuchtschimmernden Augen.

Und ihre Lippen fanden sich im heißen Kuß der Liebe.

Hedwig Courths-Mahler

Sanna Rutlands Ehe

BASTEI LÜBBE

1

Seit dem Tod seiner Eltern wuchs Werner Rutland im Hause seines Onkels Johann Rutland auf. Das große Patrizierhaus der Rutlands war wohl das vornehmste der alten Stadt Danzig, deren Bürger ihren Wohlstand den berühmten Reedereien und Schiffswerften verdankten, und Johann Rutland galt als der reichste Mann in Danzig. Seit ihn ein körperliches Leiden gezwungen hatte, sich von den Geschäften zurückzuziehen, hatte er ein Gesellschaftsunternehmen gegründet, zumal sein Neffe und Erbe keinerlei Neigung zeigte, Schiffe zu bauen und später die Geschäfte zu übernehmen; und nun lebte Johann Rutland ziemlich zurückgezogen in dem wundervollen alten Haus.

Ein ausgedehnter herrlicher Garten, der sich hinter dem Haus fast bis zu den Schiffswerften hinzog, war das Paradies von Werner Rutlands Knabenzeit. Mit seinem Freund Rudolf Raven und dessen Schwester Käthe verbrachte er hier all seine Freistunden. Manchmal zwar waren auch noch andere Kinder dabei, aber das geschah selten, denn Fräulein Seraphine Münzer, eine entfernte Verwandte des Hausherrn, die seit Jahren dessen Haushalt vorstand, liebte Kinder nicht. Sie mochte es nicht leiden, daß die sich im Garten tummelten und die schönsten Frühbirnen und die Gravensteiner Äpfel vertilgten, obwohl reichlich viel davon vorhanden waren.

Tante Phine – so wurde sie von Werner genannt – hätte am liebsten auch Rudolf und Käthe Raven aus diesem Kindheitsparadies verwiesen, wie weiland der Cherub mit feurigem Schwert das erste Menschenpaar aus dem wirklichen Paradies; aber das litt der alte Herr Rutland nicht, denn die Geschwister waren die Kinder seines besten Freundes. Und sosehr Tante Phine ihn im Lauf der Jahre sonst unter den Pantoffel gekriegt hatte: in diesem Punkte blieb er der Herr.

So waren die Geschwister Raven Werner Rutlands unzertrennliche Spielgefährten. Werner und Rudolf waren in einem Alter, Käthe vier Jahre jünger. Sie war ein schönes, lustiges und lebensprühendes Geschöpf, sehr übermütig und unerschrocken, dabei jedoch herzensgut und von erfrischender Offenheit. Mit allen Menschen war sie gut Freund, nur nicht mit Tante Phine. Deren Abneigung erwiderte sie, gleich ihrem Bruder Rudolf, mit ehrlicher Streitlust, und die Schroffheiten und Unliebenswürdigkeiten des ältlichen Fräuleins wurden mit gleicher Münze heimgezahlt.

Als die beiden Knaben herangewachsen waren und ihre Abschlußprüfung bestanden hatten, verließen sie Danzig zur selben Zeit, um sich ihrem Studium zu widmen. Und als sie nach Beendigung ihrer Studien wieder in der Heimat zusammentrafen – Werner als Dr. phil. und Rudolf als Baumeister –, da war Käthe Raven zu einer wunderlieblichen Jungfrau herangewachsen, deren Liebreiz und Lebensfreude allen Menschen wohltaten – mit Ausnahme Tante Phines, die fröhliche Menschen im allgemeinen und Käthe Raven im besonderen nicht leiden mochte. In Werner Rutland aber, der das holde Bild seiner früheren Spielgefährtin schon immer im geheimsten Herzensschrein aufbewahrt hatte, erwachte nun ein heißes Verlangen nach ihrem Besitz.

Er vertraute sich Rudolf an und verriet ihm seinen Entschluß, um Käthe zu werben. Da aber mußte Rudolf dem Freund eine herbe Enttäuschung bereiten: Käthe hatte inzwischen ihr Herz bereits an den Sohn des Geschäftsteilhabers ihres Vaters, Fritz Verhagen, verschenkt – schon in den nächsten Tagen sollte die Verlobung stattfinden.

Werner suchte sich zu beherrschen, so gut es ging; doch trieb es ihn nun fort aus der Heimat, wo er Käthe täglich begegnen mußte. Er bat seinen Onkel, auf einige Jahre eine Forschungsreise nach Afrika unternehmen zu dürfen; und Johann Rutland gab ihm gern die Erlaubnis, denn Tante Phine hatte mit ihrem Spürsinn herausgefunden, daß Werner Käthe liebte, und es dem Onkel hinterbracht.

So verließ Werner Rutland wenige Tage nach Käthe Ravens Verlobung die Heimat.

Südöstlich von Windhuk, etwa zwei Tagereisen von dieser Stadt entfernt, lag an der Nordgrenze des Namalandes die Farm eines Deutschen, Klaus Folkhard mit Namen, der mit zu den ersten deutschen Ansiedlern der Kolonie gehörte. Ein ehemaliger deutscher Offizier, hatte er vor langen Jahren daheim seinen Abschied nehmen müssen, weil er ein armes Mädchen heiratete, das ebensowenig wie er selbst die notwendige Bürgschaftssumme hatte aufbringen können. Beide verwaist und ohne Anhang, verließen sie ihre deutsche Heimat, um in den Kolonien eine neue zu suchen. Sie bauten sich zuerst ein winziges Holzhäuschen und lebten als Farmer ein mehr als schlichtes, entbehrungsreiches Leben. Aber trotz aller Mühen und Plagen waren sie glücklich im gegenseitigen Besitz.

Die erworbene Farm, im Norden durch zerklüftetes

Gebirge und zerrissene Schluchten begrenzt, bestand aus steppenartigem Weideland, und Klaus Folkhard verlegte sich auf die Viehzucht. Im Anfang war der Betrieb sehr klein und äußerst beschwerlich, da man mit schwierigen Verkehrsverhältnissen und in der regenlosen Zeit mit großem Wassermangel zu rechnen hatte. So war es ein schweres, mühevolles Ringen, und Klaus und seine Frau Maria hatten allen Lebensmut nötig, um über die ersten zehn Jahre hinwegzukommen.

Mehr als einmal bereute es damals Klaus, seine junge Frau in diese Wildnis geführt zu haben. Er redete sich gern ein, daß er sich auch in der Heimat hätte eine bescheidene Existenz gründen können; und dann mußte ihm Maria immer wieder vorhalten, wieviel vergebliche Mühe er sich daheim gegeben hatte: »Hier sind wir wenigstens frei von lächerlichen Standesvorurteilen und Herr des Bodens, auf dem wir leben. Zu hungern brauchen wir auch nicht, und wenn wir nur Ausdauer haben, kommen wir vorwärts. Vielleicht haben wir auch ein wenig Glück, und wenn wir dann alt und müde vom Schaffen sind, kehren wir heim und ruhen uns aus.«

Ein Jahr, nachdem sie nach Südwestafrika gekommen waren, wurde ihnen ein Töchterchen geboren. Sie tauften es auf den Namen Susanna. Ein Missionar vollzog die heilige Handlung, als ihn sein Weg über die Farm führte. Die eingeborene Dienerin aber rief die Kleine von Anfang an nur Sanna, und da die Eltern die Abkürzung gleichfalls bequem fanden, behielt das Kind diesen Namen.

Als Sanna zehn Jahre alt war, erkrankte ihre Mutter schwer. Und ehe Folkhard bei den schwierigen Verkehrsverhältnissen und weiten Entfernungen einen Arzt hatte herbeischaffen können, starb die tapfere Frau, bis zuletzt ihrem Mann und ihrem Kind Mut und Hoffnung zusprechend.

Klaus Folkhard war lange der Verzweiflung nahe, und nur der Gedanke an sein Kind hielt ihn immer wieder ab, seiner geliebten Frau in die Welt zu folgen, die uns nach dieser erwartet. Nur langsam kamen ihm Mut und Entschlossenheit zurück, dann aber schloß er sich mit inniger Liebe seinem Kind an: Sanna war nun sein einziges Kleinod.

Das Kind wuchs in Luft und Sonne wie eine schöne wilde Blume auf. Der Vater sah seines ganzen Lebens Ziel und Inhalt jetzt nur noch in dem Kind. Er selbst unterrichtete Sanna gewissenhaft in allem, nicht nur in allen Fächern der Schulweisheit, sondern auch in den praktischen Dingen des Lebens. Und eigentlich nur Musik und neuere Literatur blieben ihr fast fremde Gebiete. Sie sang zwar deutsche Volkslieder sehr hübsch mit ihrer warmen, kräftigen Stimme, wenn sie über die Steppe streifte oder mit dem Vater des Abends vor dem Blockhaus saß, das nun ein hübsches, stattliches Gebäude war mit einer luftigen Holzveranda, aber ein Klavier oder sonstige Musikinstrumente waren ihr so fremd wie die dazugehörigen Noten. Dagegen fehlte es keineswegs an deutschen, französischen und englischen Klassikern, in denen Sanna nach des Vaters Angaben eifrig las.

Weltfremd wuchs das Kind freilich auf. Nur selten war sie, seit sie vierzehn Jahre alt war, mit dem Vater nach Windhuk gefahren – auf ihrem geliebten Fahrrad, das ihr der Vater zum vierzehnten Geburtstag geschenkt hatte, damit sie ihn zuweilen begleiten konnte. Und was hatte Sanna für erstaunte Augen gemacht, als sie die für ihre Begriffe große Stadt zum erstenmal gesehen hatte! Scheu hatte sie sich an den Vater geschmiegt, wenn er mit diesem oder jenem Bekannten sprach.

Auf dem Heimweg hatte ihr der Vater dann von den viel, viel größeren Städten seiner alten Heimat erzählt, von dem Leben und Treiben dort. – Wie ein fremdes Wunderland erschien Deutschland dem Kind. Sie sprachen nun fast täglich davon, und wie schön es sein würde, wenn sie erst heimkehren könnten. Des Vaters Sehnsucht nach der Heimat weckte gleiche Gefühle in Sannas Herzen: »Wenn wir erst in die Heimat zurückkehren« – so begannen fast alle traulichen Gespräche zwischen ihnen.

Langsam hatte in den letzten Jahren die Zivilisation ihre Arme auch nach dieser weltfernen Farm ausgestreckt. Missionare und Reisende aller Art kamen zuweilen in Klaus Folkhards Blockhaus, auch deutsche Offiziere und Soldaten rasteten hier auf ihren Erkundungsritten und Märschen. Dann war Klaus Folkhard tagelang in gehobener Stimmung. Sanna indes behielt eine gewisse Scheu vor fremden Menschen. Die wilde Anmut ihrer durch keine strenge Form beengten Bewegungen, ihre erblühende, unberührte Schönheit machten auf die Gäste ihres Vaters großen Eindruck; in manchem Männerauge spiegelte sich das Wohlgefallen an dieser seltsamen Wunderblume wider; man vergaß zuweilen über den Liebreiz des seltenen Geschöpfes, daß es noch ein Kind war. Aber wer dann in die kindlich unschuldsvollen Augen blickte, der erkannte bald, daß die Seele dieses Kindes noch ein völlig unbeschriebenes Blatt war. Und wer sie in kindlicher Lust und Wildheit mit ihrem Pony über die Steppe fliegen sah, der glaubte eher einen Knaben vor sich zu sehen.

Immer ungeduldiger sehnte sich Klaus Folkhard von Jahr zu Jahr nach der Heimat, nicht zuletzt Sannas wegen. Er rechnete und rechnete immer wieder, wann es so weit sein würde, daß er seine Farm um einen Preis verkaufen könnte, der es ihm ermöglichen würde, sich in Deutschland eine sorgenlose Existenz zu gründen. Aber immer mußte er sich sagen, daß seine Zeit noch nicht gekommen war. Dann wurde er oft so ungeduldig, daß nun Sanna, wie früher ihre Mutter, ihm gut zureden mußte. Wurde ihm in solchen Zeiten von den noch immer umherstreifenden räuberischen Stämmen ein Stück Vieh geraubt, dann war er imstande, diese Wilden bis tief in die Felsschluchten zu verfolgen, um ihnen die Beute wieder abzujagen, so gefährlich das auch war, da es den Verfolgten nicht darauf ankam, einen Menschen umzubringen.

Als Sanna eben fünfzehn Jahre alt geworden war, fehlten eines Tages wieder zwei der besten Kühe. Folkhard wußte, wo sie waren, warf sich auf sein Pferd und jagte den Räubern nach, trotz Sannas abratenden Bitten.

Er kannte Weg und Steg in der unwirtlichen Wildnis, und auf sein Pferd konnte er sich verlassen. Nachdem er jedoch stundenlang die Spur der Räuber verfolgt hatte, sah er ein, daß es vergeblich sein würde, weiter vorzudringen. Im Bestreben, den Rückweg abzukürzen, stieg er schließlich ab und führte sein Pferd über einen Felsengrat in eine Nebenschlucht, die mit wildem Gestrüpp bewachsen war.

Klaus Folkhard schüttelte finster den Kopf.

Da drangen plötzlich verworrene Stimmen an sein Ohr. Sollte er hier unvermutet den Viehräubern nahegekommen sein?

Er band sein Pferd an dem knorrigen Gestrüpp fest und schlich sich vorwärts. Noch sah er niemand, aber er hörte deutlich Ausrufe in der Sprache der wild umherstreifenden Stämme. Und dann plötzlich stockte sein Fuß: ganz deutlich vernahm er zwischen diesen Lauten den Ausruf eines Mannes in deutscher Sprache:

»So schieß doch endlich, schwarze Bestie!«

Ein wildes Geschrei antwortete auf diesen Ausruf. In Klaus Folkhards Gesicht aber spannte sich jeder Muskel. Erst vor zwei Jahren hätte man hier in der Nähe einen französischen Forschungsreisenden ermordet und ausgeplündert aufgefunden. Sollte er hier, statt seiner geraubten Kühe, einen deutschen Landsmann in Gefahr finden?

Mit dem Gewehr im Anschlag, schlich er, sich im Gestrüpp duckend, weiter vorwärts, da sah er, ungefähr zwanzig Schritt vor sich, einen schlanken, hochgewachsenen jungen Mann, gefesselt an einem Baumstamm. Auf dem Boden, im Reisegepäck des fremden Mannes, wühlten johlend vier oder fünf Schwarze; dicht vor dem Deutschen jedoch stand ebenfalls ein Schwarzer und hielt diesem mit teuflischem Grinsen eine Pistole vor. Klaus konnte so viel verstehen, daß sie sich nicht einig waren, ob sie den Fremden mit seiner eigenen Pistole niederschießen oder einfach hier in der Wildnis allein zurücklassen und dem Hungertod preisgeben wollten. Der mit der Pistole war für das erstere; er wollte anscheinend die hübsche Schußwaffe probieren.

In Klaus Folkhards Augen trat ein stählerner Glanz. Nur einen Blick warf er auf das düstere Gesicht des Fremden. Dann sprang er mit einem lauten, drohenden Ruf plötzlich hervor und legte das Gewehr auf den Pistolenschützen an. So unerwartet stand er plötzlich unter der Bande, daß die in feiger Flucht auseinanderstob, in der Meinung, daß Folkhard nicht allein sei.

Dieser benutzte sofort den günstigen Augenblick und schnitt mit dem Dolchmesser die Fesseln des Fremden durch. Schnell reichte er ihm dann seinen eigenen, geladenen Revolver und sagte hastig:

»Folgen Sie mir, so schnell Sie können. Wenn die Kerle

merken, daß ich allein gekommen bin, kommen sie zurück.«

Der Befreite streckte erlöst beide Arme empor und folgte seinem Retter durch das Gestrüpp. Noch hatten sie aber Folkhards Pferd nicht erreicht, als sie merkten, daß die Verscheuchten umkehrten und ihnen folgten. »Wir schießen nur im Notfall«, gebot Folkhard ruhig. »Sind wir über den Felsen, folgen sie uns kaum, falls wir nicht einen von ihnen über den Haufen geschossen haben. Sind wir jedoch gezwungen, den einen oder anderen zu töten, verfallen wir der Blutrache der anderen und kommen kaum mit dem Leben davon. Sie sind in der Überzahl und im Besitz Ihrer und der eigenen Waffen. Also Vorsicht.«

Jetzt hatten sie das Pferd erreicht, und nun ging es in wilder Hast aufwärts über den Felsen. Aber die Verfolger waren hinter ihnen her. Endlich waren sie oben, und freier Weg lag vor ihnen.

»Wir müssen beide aufs Pferd«, sagte Folkhard und ließ den Fremden aufsteigen. In dem Augenblick jedoch, als er selbst aufstieg, sah er eben einen Kopf über den Grat auftauchen und gleich darauf einen Arm mit der geraubten Pistole. Folkhard riß dem Fremden den geliehenen Revolver aus der Hand. Ein Blitz, ein Knall – ein Aufschrei, das dumpfe Aufschlagen eines menschlichen Körpers – Folkhard hatte getroffen.

Dem Pferd die Zügel straffend, jagten die beiden Männer den Abhang auf der anderen Seite hinunter. Hinter ihnen her mit wildem Geschrei die Bande. Folkhard wußte, daß nur schnelle Flucht jetzt helfen konnte. Das Tier mußte freilich doppelte Last tragen, aber es war zäh und die Verfolger zu Fuß.

»Ich glaube, wir sind in Sicherheit«, sagte der Fremde. »Wenn wir keinen von ihnen getötet hätten, wären wir vor ihnen sicher. Ich halte aber ihr scheinbares Zurückbleiben jetzt nur für eine List.«

Und er sollte recht behalten. Schon waren die beiden Männer glücklich aus den Schluchten heraus und ritten in das freie Steppenland. In der Ferne sah man bereits Folkhards Farm liegen, als plötzlich aus dem Hinterhalt eine Kugel herüberpfiff.

»Ich bin getroffen«, murmelte Klaus und wankte im Sattel.

Der Fremde wandte sich erschrocken um und sah in seines Retters erblassendes Gesicht. Mit einem dumpfen Schreckenslaut sprang er vom Pferd, um ihn zu stützen. Folkhard glitt zur Erde herab.

»Es ist nicht schlimm«, sagte er halblaut, die Zähne zusammenbeißend, »ich will bei den Kerlen nur den Anschein erwecken, als sei ich tot. Dann geben sie sich zufrieden. In die Ebene hinaus wagen sie sich nicht. Feuern Sie, bitte, schnell hintereinander dreimal in die Luft – das ist das Zeichen für meine Leute – sie werden es hören und herbeikommen.«

Der Fremde – es war Werner Rutland – tat, wie ihm geheißen, und kaum waren die drei Schüsse verhallt, wurde es auf der Farm lebendig. Folkhards Diener kamen in wildem Lauf herbei, allen voran aber jagte Sanna auf ihrem Pony. Einen Augenblick scheute sie vor Werner Rutland, aber dann sah sie den Vater am Boden liegen. Mit einem herzzerreißenden Schrei sprang sie vom Pferd und warf sich neben ihm auf die Knie. »Vater, lieber Vater – was ist dir?«

Folkhard nahm alle Kraft zusammen und lächelte. »Keine Angst, Sanna – es ist nichts – ein Streifschuß«, sagte er leise, und auf Werner deutend, fuhr er fort: »Unser Gast, Kind – ein Deutscher.«

Dann wurde er ohnmächtig.

In hilflosem Entsetzen sah Sanna zu Werner empor.

»Wir müssen ihn ins Haus bringen, mein Kind, und einen Arzt herbeischaffen«, sagte Werner Rufland erschüttert. Sanna machte auf ihn in ihren Kleidern ganz den Eindruck eines Kindes.

Nachdem Sanna den ersten Schreck verwunden hatte, zeigte sie sich tapfer wie eine kleine Heldin. Kein unnützes Wort, kein Klagelaut kam mehr über ihre Lippen. Nur sehr bleich sah sie aus, und in den scheuen Augen, die zuweilen nach Werner Rutlands düsterem Gesicht hinüberstreiften, lag eine heiße Angst um den geliebten Vater.

2

Wochenlang schwebte Klaus Folkhard zwischen Leben und Tod, und während der ganzen Zeit wich Werner Ruthland nicht von seinem Lager. Er dachte nicht daran, seinen Retter zu verlassen, bevor er wußte, ob er am Leben bliebe. Der Arzt, ebenfalls ein Deutscher, der sich zum Glück vorübergehend in dem einige Stunden entfernten Missionshaus aufgehalten hatte, hatte festgestellt, daß die Kugel Folkhards Lunge gestreift hatte.

Sanna und Rutland pflegten den Kranken mit großer Sorgfalt und Aufopferung. Sannas Scheu vor Werner verlor sich ein wenig, als sie sah, wie sehr sich der junge Mann das Leiden des Vaters zu Herzen nahm. Er hatte ihr erzählt, wie nahe er selber dem Tod gewesen war und wie ihn nur ihres Vaters Unerschrockenheit und Mut gerettet hätten. Tief beklagte er, daß nun Folkhard statt seiner das Opfer der Bande geworden war, die er sich als Führer und Gepäckträger gedungen und die ihn dann überfallen und beraubt hatten. »Ohne deines Vaters Eingreifen wäre ich längst ein toter Mann«, hatte er seinen Bericht geschlossen.

Als endlich das Fieber wich und der Kranke wieder bei Bewußtsein war, hatte Werner oft Gelegenheit, das unendlich zarte Verhältnis zwischen Vater und Tochter zu bemerken. Aber auch zwischen den beiden Männern, die sich in der Stunde der Gefahr kennengelernt hatten, entspann sich in diesen Wochen eine innige Freundschaft.

Rutland konnte sich nicht genugtun in Liebesbeweisen für seinen Retter, der ihn dem sicheren Tod entrissen hatte und nun selbst mit dem Tod rang. Und so wurde auch Sanna von Tag zu Tag zutraulicher gegen Werner Rutland, da sie sah, wie ihn der Vater liebte. Ihr junges Herz erschloß sich dem fremden Mann in kindlicher Zuneigung, und bald nannte sie ihn auf seinen Wunsch »Onkel Werner«.

Einige Tage nach Werner Rutlands Rettung hatten Folkhards Leute die Schlucht nach dem Gepäck des Reisenden abgesucht. Sie fanden aber nichts bis auf einige Papiere und einige Instrumente. Das aber war gerade für Werner das wichtigste, denn die Papiere enthielten seine wissenschaftlichen Aufzeichnungen über seine fast vollendete Reise. Zwei Jahre war er unterwegs gewesen und hatte sich nun nach Windhuk führen lassen wollen, um die Heimreise anzutreten.

Werner Rutland blieb länger als zwei Monate auf der Farm seines neugewonnenen Freundes. Folkhard erzählte, als er auf dem Wege der Besserung war, seinem jungen Gast von seinen Plänen und Hoffnungen für die Zukunft und von seiner Sehnsucht, mit seinem Kind nach Deutschland zurückkehren zu können. Auch Werner gab dem Freund Aufschlüsse über sein früheres Leben – nur über das sprach er nicht, was ihn aus der Heimat getrieben hatte. So war Folkhard der Meinung, daß nur der Forschungstrieb seinen Gast in diese Gegend geführt habe. Und er konnte Werner noch manchen wichtigen Aufschluß geben über Land und Leute, über seltsame Pflanzen und Gesteinsschichten.

Sanna saß meist dabei, wenn die Freunde miteinander sprachen. Mit angehaltenem Atem und großen Augen lauschte sie, wenn Werner dem Vater allerlei Neues aus der Heimat berichtete.

Werner strich dann wohl lächelnd über Sannas wundervoll üppiges Haar, das sich in seiner Lockenpracht kaum bändigen ließ und im Sonnenlicht so seltsam kupferfarbigen Schimmer bekam wie reife Kastanien.

»Ja, ja, kleine Sanna – du wirst Augen machen, wenn du erst in Deutschland bist«, sagte er dabei.

Sie blickte ihn erregt atmend an.

»Werde ich dich auch dort wiedersehen, Onkel Werner?« fragte sie hastig.

Er nickte.

»Ganz gewiß. Ich freue mich schon darauf, dir all das Neue, Fremdartige zu zeigen und es mit deinen Augen anzusehen.«

Sie preßte die Handflächen zusammen.

»Oh, nun will ich mich doppelt auf die Heimkehr freuen. Wie lange wird es noch dauern, Vater?«

Folkhard seufzte.

»Kind, einige Jahre werden immerhin noch vergehen«, sagte er, und ein weher Ausdruck lag in seinen Augen. Werner sah es, und ein sinnender, nachdenklicher Zug erschien in seinem Gesicht.

»Wenn du hier helfen – wenn du deine Dankesschuld abtragen könntest«, dachte er und machte heimlich Pläne.

Eines Tages traf dann für Werner eine Nachricht aus Deutschland ein. Seines Onkels Leiden hatte sich verschlimmert, und er wünschte die baldige Rückkehr seines Neffen.

So mußte Werner an die Abreise denken. Bewegten Herzens schied er von dem Freund.

»Ich komme noch einmal wieder, Klaus, sobald ich mich daheim freimachen kann. Und dann hoffe ich, dich mit heimnehmen zu können«, sagte er herzlich.

Folkhard saß draußen auf der Holzveranda und wandte das blasse, von der Krankheit ausgezehrte Gesicht dem Freund zu. In seinen Augen lag ein schwermütiger Ausdruck.

»Wie schön, wenn sich diese Hoffnung erfüllte. Ich fühle es – lange halte ich es hier nicht mehr aus. Mein selbstgestecktes Ziel zu erreichen, dauert mir zu lange. Ich will mich langsam nach einem Käufer umsehen für meine Farm, und wenn ich sie unter Preis losschlagen muß. Von den Zinsen allein kann ich ohnedies in Deutschland nicht leben, so muß ich sehen, daß ich noch etwas dazuverdiene. Nur heimkehren – das Heimweh läßt mich nicht mehr los.«

Werner drückte ihm stumm die Hand, und wieder erwog er, wie er dem Freund helfen könnte. Er nahm sich vor, mit seinem Onkel zu sprechen, ihn zu bitten, Klaus in irgendeiner Weise zu helfen.

Auch von Sanna nahm er zärtlichen Abschied. Das Kind schmiegte sich in seiner scheuen Art in seine Arme, und er hörte den lauten Schlag ihres Herzens.

»Vergiß mich nicht, kleine Sanna!«

Sie schüttelte ernst das Köpfchen. Wie verstreute Goldfunken glänzte es über ihrem Haar. Noch nie hatte er so wundervolles Frauenhaar gesehen.

»Ich vergesse dich nie – niemals, Onkel Werner!« sagte

sie mit verhaltener Stimme. Da küßte er ihre Stirn und ihre großen dunklen Augen.

»Lebewohl – und auf Wiedersehen!« sagte er. Dann riß er sich los und eilte die Treppe hinab. Noch ein letztes Winken hüben und drüben.

»Grüß die Heimat!« rief Klaus.

Und Werner rief zurück: »Dank dir, mein Klaus – daß ich lebe!«

Dann waren sie getrennt.

Sanna warf sich in ihres Vaters Arme in ungestümem Schmerz.

»Vater – glaubst du, daß er wiederkommt – daß wir ihn wiedersehen?«

Klaus Folkhard streichelte ihr Köpfchen, und seine Augen folgten dem in der Ferne entschwindenden Freund mit glanzlosem Blick.

»Wir wollen es hoffen, Kind. Kehrt er nicht zurück – so sehen wir ihn wohl in der Heimat wieder. Du hast ihn liebgewonnen, nicht wahr?«

Sanna nickte.

»Ja – er ist gut – fast so gut wie du, Vater, und ich hab' ihn nach dir am liebsten auf der Welt.«

Es war nun wieder sehr still auf Folkhards Farm. Klaus erholte sich nicht so, wie er es sich wünschte. Eine Schwäche blieb in seinem Körper zurück. Wohl war die Wunde verheilt, aber er merkte nur zu bald, daß seine Lunge nicht mehr ganz gesund war. Jede Anstrengung löste ein Gefühl ohnmächtiger Schwäche in ihm aus. Dazu kam, daß ihn das Heimweh stärker denn je befiel, seit Werner fort war. Dieser hatte zu deutlich die Erinnerung an die Heimat in ihm geweckt.

So sann er unablässig darauf, seine Farm baldmöglichst zu verkaufen. Er hatte ihren Wert auf sechzig- bis siebzigtausend Mark bringen wollen. Nun wollte er zufrieden sein, wenn er sie mit fünfzigtausend Mark losschlagen konnte. Damit hoffte er sich daheim ein bescheidenes Heim gründen zu können. Er fieberte vor Verlangen heimzukehren. Es war plötzlich eine heimliche Furcht in ihm, daß er die Heimat nicht mehr wiedersehen würde.

Doktor Werner Rutland war wieder daheim. Er fand seinen Onkel sehr schwach und leidend und nicht in der Lage, schwerwiegende Dinge mit ihm zu besprechen. Sosehr es ihn drängte, des Freundes Angelegenheit zur Sprache zu bringen, mußte er es doch vorläufig hinausschieben.

Fräulein Seraphine Münzer herrschte noch immer mit ihrer kalten, überlegenen Art in dem alten Patrizierhaus. Mit geheimer Befriedigung erzählte sie Werner, daß Käthe Raven sich inzwischen in eine Käthe Verhagen verwandelt hätte und daß sie als junge Frau, »wenn das überhaupt möglich gewesen« sei, noch übermütiger und unausstehlicher geworden sei.

Werner wußte nur zu gut, daß Tante Phine Käthe haßte, wie der Schatten das helle Sonnenlicht haßt. Aber sein Herz zuckte schmerzhaft bei dem Gedanken, daß Käthe ihr Glück bei Fritz Verhagen gefunden hatte. Daß dieser Fritz Verhagen ein prächtiger Mensch war und wohl geschaffen, eine Frau mit Käthes sonnigem Gemüt glücklich zu machen, wußte er nur zu gut; aber er konnte ihm Käthes Liebe nicht neidlos gönnen – jetzt noch nicht. Mit Rudolf Raven traf Werner zwar zusammen, aber Käthes Anblick mied er. Sie verstand ihn und suchte ebenfalls, sich ihm fernzuhalten. Des Onkels Leiden bedingte ohnedies auch für ihn ein zurückgezogenes Leben. Er ordnete seine Reiseerlebnisse, das Ergebnis seiner Forschungen und erledigte Vorarbeiten zu einem größeren Werk, das er später über die Kolonien herausgeben wollte.

Ging es dem Onkel zuweilen etwas besser, dann las er ihm davon einiges vor. Und dabei fand sich endlich auch eine Gelegenheit, mit ihm über Klaus Folkhard zu sprechen. Der alte Herr hörte aufmerksam zu und versprach, sobald er sich wohler fühle, darüber nachzudenken, wie man dem Lebensretter seines Neffen in unauffälliger Weise dankbar sein könnte. Inzwischen empfand es Werner erst so recht, in welch unangenehmer Weise Seraphine Münzer sich als Herrscherin des Hauses aufspielte. Früher hatte er nicht so darauf geachtet. Vielleicht war es auch mit der Zeit schlimmer geworden.

Aus der geduldeten, das Gnadenbrot essenden Verwandten war in aller Stille ein unausstehlicher Haustyrann geworden, der den alten Herrn vollständig beherrschte.

Werner wollte sich erst darüber ärgern und den Onkel aus dieser Tyrannei befreien. Als er aber sah, daß dieser sich anscheinend ganz wohl dabei fühlte, sagte er sich: »Wozu aufregen?« Der stille Humor, der auf dem Grunde seines Wesens lag, erwachte. Er nahm Tante Phine von der humoristischen Seite, belustigte sich über ihre überlegene Herrschermiene, über ihre prunkhaft sich gebende Vornehmheit. Gelegentlich machte er eine spottende Bemerkung oder einen Scherz über ihre Herrschsucht, und ihre Versuche, ihn gleichfalls unter ihr Zepter zu beugen, beachtete er entweder nicht oder erklärte ihr kurz und bündig, daß sie damit bei ihm kein Glück hätte.

Das ärgerte Tante Phine ungemein. Sie beantwortete mit zornigen Blicken Werners Spötteleien und wünschte ihn mit Inbrunst wieder »zu den Wilden«. Vielleicht wäre sie auch dem Onkel gegenüber feindlich gegen Werner vorgegangen. Aber sie war klug genug, einzusehen, daß hier ihrer Macht Grenzen gesteckt waren. Johann Rutland liebte seinen Neffen wie einen eigenen Sohn.

Daß sie ihren Einfluß auf Johann Rutland dazu benutzt hatte, daß dieser sie in seinem Testament reich bedachte, war bei Seraphine Münzers Charakter selbstverständlich. Sie hatte ihm auch einen Passus gewissermaßen in die Feder diktiert, der ihr bis zu ihrem Lebensende Heimatrecht im Hause Rutland sicherte. Werner wußte das. Der Onkel hatte es ihm persönlich gesagt und damit begründet, daß ihn Seraphine während seiner Krankheit treu und gewissenhaft gepflegt habe. »Selbst wenn du später heiraten solltest«, sagte er zu Werner, »wird Tante Phine dir nicht zu viel Platz im Hause wegnehmen. Sie mag bis zu ihrem Ende oben im zweiten Stock ihre beiden Zimmer behalten wie bisher.«

Werner erwiderte lächelnd:

»Es ist gut so, Onkel Johann. Ich hätte Tante Phine gewiß nicht aus dem Haus gewiesen.«

»Ja, ja, Werner, das weiß ich. Aber du wirst eines Tages eine junge Frau in unser altes Haus bringen.«

»Ich glaube kaum, Onkel, daß ich jemals heiraten werde.«

Da fuhr der alte Herr unwillig auf.

»Junge – sollen die Rutlands aussterben? Willst du als Junggeselle ein würdiges Seitenstück zu Tante Phine bilden?«

Werner mußte lachen.

»Der Gedanke ist nicht sehr verlockend für mich, Onkel. Aber vorläufig habe ich jedenfalls keine Lust zum Heiraten. Tante Phine wird noch lange Alleinherrscherin hier im Hause bleiben.«

Johann Rutland seufzte.

»Ich weiß, Werner – du kannst die Käthe noch nicht vergessen. War auch schade, daß sie dir verlorenging. So einen blonden Sonnenschein hätte unser altes Haus gut brauchen können! Aber – es gibt ja noch andere schöne und liebe Frauen. Wirst es mit der Zeit schon verwinden. – So, nun wollte ich zwar noch mit dir über deinen Freund Folkhard da unten in den Kolonien sprechen – aber – ich bin heute zu müde dazu – es war ein bißchen viel –, morgen sprechen wir darüber.«

Dieses »Morgen« kam aber nie. Die Kräfte des alten Herrn schwanden zusehends. Langsam, sehr langsam verlosch Johann Rutlands Leben.

Ungefähr ein halbes Jahr nach Werners Heimkehr starb er.

Werner war mit Klaus Folkhard im Briefwechsel geblieben. Er teilte ihm nun auch den Tod seines Onkels mit und schrieb ihm, daß er nun Herr über ein großes Vermögen geworden sei. Vorläufig sei er mit Geschäften überhäuft, es gäbe unendlich viel zu ordnen. Sobald er sich aber würde freimachen können, käme er wieder zu ihm, und dann wollten sie miteinander besprechen, wie Folkhards Übersiedlung nach Deutschland zu ermöglichen sei.

Am liebsten hätte Werner dem Freund das nötige Kapital überwiesen, aber er wußte, daß dieser nicht darauf eingehen würde. Sein Stolz durfte in keiner Weise verletzt werden. Werner dachte, daß es sich wohl am besten einrichten ließ, wenn er dem Freund durch einen diskreten Vermittler die Farm zu einem guten Preis abkaufen ließe, ohne daß Klaus ahnte, daß Werner dahintersteckte. Man könnte dann in Ruhe einen anderen Käufer suchen, und Klaus brauchte nie zu erfahren, wer eigentlich ihm seine Farm abgekauft hatte.

Um das alles unauffällig in die Wege zu leiten, war es jedoch nötig, daß Werner selbst wieder nach Südwest ging. Auf einige Monate würde es ja nicht ankommen, hatte Klaus doch damit gerechnet, daß noch Jahre vergehen würden, ehe er heimkehren konnte.

So verging nach dem Tode seines Onkels noch über ein Jahr, ehe Werner seinen Entschluß ausführen konnte. Aber selbst dann kündigte er sich gar nicht an bei Klaus, weil er ihn überraschen und gleich nach seiner Ankunft in Swakopmund oder in Windhuk den Ankauf der Farm durch einen Agenten veranlassen wollte, ehe er Klaus aufsuchte.

Lächelnd übergab Werner Tante Phine alle Haus- und Schlüsselgewalt, als er sich zur Reise rüstete. Wie lange er abwesend sein würde, wußte er nicht. Es lockte ihn, seine Forschungen zu ergänzen und während einiger Jahre noch unerschlossene Gebiete Afrikas zu durchstreifen. Tante Phine mochte immerhin damit rechnen, daß er auf Jahre die Heimat verließ.

Und Tante Phine rechnete sehr mit Werner Rutlands Wandervogeltrieb. Sie hoffte, ihn recht lange nicht zu sehen. Was ihn eigentlich nach Südwest trieb, ahnte sie nicht. Ihr genügte die Aussicht, daß Werner wieder »zu den Wilden« ging. Ja, im stillen Winkel ihres Herzens regte sich vielleicht sogar eine heimliche Hoffnung, daß Werner Rutland nicht wiederkehren würde; denn dann würde sie die Erbin des riesigen Vermögens und des alten Patrizierhauses sein.

3

Nach einer herrlichen Seereise landete Werner Rutland in Swakopmund. Als er über die weit ins Meer hineingebaute Landungsbrücke ging, begegnete er einer kleinen Gesellschaft, bestehend aus einigen deutschen Offizieren und zwei Herren in bürgerlicher Kleidung. Der eine davon stutzte bei Werners Anblick und trat lebhaft auf ihn zu. »Doktor Rutland – wieder in Südwest? Ich dachte, Sie sitzen behaglich daheim und kommen nicht wieder.« Werner ergriff lächelnd die Hand, die ihm gereicht wurde. Er erkannte in dem Begrüßenden einen deutschen Arzt, Doktor Lambert, den er vor nahezu zwei Jahren, als er sich in Swakopmund einschiffte, kennengelernt hatte.

»Sie sehen doch, daß ich wiedergekommen bin, Herr Doktor.«

»Wollen wieder ein bißchen ins Innere, neue Forschungsreise unternehmen, hm?« fragte Doktor Lambert gemütlich, und sein rundes Gesicht glänzte vor Vergnügen.

»Später vielleicht, Herr Doktor. Erst habe ich Geschäfte abzuwickeln. Und dann will ich einen Freund besuchen, der noch weit hinter Windhuk eine Farm besitzt.«

»So, so! Nun, heute reisen Sie doch nicht gleich weiter?«

»Nein, erst morgen früh.«

»Dann darf ich doch heute abend einige Stunden Ihre Gesellschaft genießen – man hört gern Neuigkeiten von daheim.«

»Ich stehe mit Vergnügen zur Verfügung.«

Sie verabredeten eine Zusammenkunft. Ehe sie sich trennten, fragte Werner den Arzt: »Sie können mir vielleicht die Adresse eines Agenten nennen, der hier Verkäufe von Grundbesitz vermittelt.«

»Alle Wetter – wollen Sie sich etwa ankaufen? Nun – zufällig kann ich Ihnen dienen. Ich habe da in meiner Krankenstation einen armen Schelm liegen – ehemaliger Offizier –, der vor kurzem seine Farm durch einen hiesigen Agenten verkauft hat. Klaus Folkhard war sehr zufrieden.«

Werner verhielt plötzlich den Schritt und legte erregt seine Hand auf den Arm des Arztes.

»Habe ich recht verstanden – Klaus Folkhard? Er ist hier in Swakopmund?«

»Ah, Sie kennen ihn?«

»Ja, ich kenne ihn. Erzählen Sie mir, wie kam er hierher, seit wann ist er hier?«

»Nun – seit etwa drei Wochen. Er hat seine Farm verkauft und wollte sich nach Deutschland einschiffen mit seiner Tochter. Schon in Windhuk fühlte er sich todelend. Kein Wunder bei seinem Zustand. Aber er schleppte sich weiter – er wollte heim um jeden Preis. Armer Kerl, hier brach er zusammen. Ich fürchte, er sieht die Heimat nicht mehr wieder.«

Werner war zumute, als schnüre ihm eine fürchterliche Angst die Kehle zu.

»Was fehlt ihm?« stieß er hervor.

Doktor Lambert beobachtete ein paar Lastträger, an denen er Muskelstudien machte. Werners Aufregung entging ihm. Er zuckte die Achseln. »Folkhard hat vor zwei Jahren einen Schuß in den Rücken erhalten. Dabei hat die Lunge einen Knacks abbekommen. Er ist nicht zu retten – tut mir herzlich leid, der arme Kerl, sorgt sich schrecklich um seine Tochter.«

Werner war leichenblaß geworden und taumelte. Nun wurde der Arzt aufmerksam.

»Was machen Sie denn, Doktor? Kleiner Schwindelanfall, was?«

Werner biß die Zähne zusammen und schüttelte den Kopf. »Wo befindet sich seine Tochter?« stieß er statt einer Antwort hervor.

Doktor Lambert stutzte und sah ihn forschend an.

»Sie ist bei ihm, will sich nicht von ihm trennen. Aber Sie scheinen sehr an den beiden Menschen Anteil zu nehmen?«

»Folkhard ist mein Freund – mein bester Freund. Sagen Sie mir, lieber Herr Doktor – besteht keine Hoffnung, ihn zu retten?«

Lambert zuckte wieder die Achseln.

»Offen gestanden – nein. Die verdammte Kugel hat ihn zugrunde gerichtet.«

»Ja«, seufzte Werner schwer, »und die Kugel, die war für mich bestimmt.«

Lambert machte ein betroffenes Gesicht.

»Donnerwetter – da hätte ich besser den Mund halten sollen. Erzählen Sie doch – wie ging das zu?«

»Nicht jetzt – später einmal. Aber eine Bitte habe ich an Sie – führen Sie mich zu ihm, jetzt gleich. Ich bin ja nur seinetwegen hier. Hätte ich das geahnt! Kein Wort hat er mir geschrieben, daß er leidend ist. Natürlich, er hat mich schonen wollen, es ist ein entsetzlicher Gedanke, daß er statt meiner ...«

Er brach erschüttert ab. Doktor Lambert schob seinen Arm unter den Werners. »Kommen Sie, ich war auf dem Weg zum Krankenhaus.«

Ein Stöhnen brach sich Bahn über Werners Lippen.

»Und wie lange, meinen Sie, kann er wirklich noch leben?«

Lambert zuckte die Achseln.

»Stunden – Tage – vielleicht auch noch Wochen im günstigsten Falle.«

»Herrgott, wenn ich zu spät gekommen wäre, wenn

ich ihn nicht noch einmal gesehen hätte! Weiß er, daß es zu Ende mit ihm geht?«

»Er ahnt es. Die Angst um das Schicksal seiner Tochter läßt ihm Tag und Nacht keine Ruhe.«

»Und Sanna? Weiß sie, daß der Vater sterben muß?«

»Sie hofft auf seine Genesung und weicht nicht von seiner Seite. Er beherrscht sich heldenhaft, aber seine Augen folgen ihr in stummer Angst. Übrigens, da fällt mir ein, gestern sagte das junge Mädchen zu ihrem Vater: ›Soll ich nicht an Onkel Werner schreiben, daß du hier krank liegst? Er wird uns sonst vergeblich in Deutschland erwarten.‹ Vielleicht sind Sie selbst dieser Onkel Werner?«

Der junge Mann nickte. »Ja. Die Meldung ihrer Ankunft hier hat mich nicht erreicht. Gottlob, sonst wäre ich jetzt nicht hier.«

Er strebte hastig weiter. Nach wenigen Minuten hatten sie das kleine Krankenhaus erreicht. Schnell schritten sie die Treppe zur Veranda empor, wo einige Kranke auf Ruhebetten lagen.

Lambert führte Rutland in sein eigenes kleines Zimmer.

»Warten Sie hier einen Augenblick, ich will Folkhard erst auf Ihr Kommen vorbereiten.«

Werner nickte stumm und lehnte sich an das Fenster. Seine Brust hob sich in schweren Atemzügen, ihm war zumute, als müsse er mit der kranken Lunge des Freundes atmen.

»Um meinetwillen – um meinetwillen« stöhnte er leise auf.

Wenige Minuten später öffnete Doktor Lambert die Tür, und Werner folgte ihm über den schmalen Flur und betrat einen kleinen schlichten Raum, in dem Klaus Folkhard allein untergebracht worden war. Dieser lag mit fieberglänzenden Augen auf dem Bett und sah dem

Freund entgegen. Mit einem schattenhaften Lächeln streckte er ihm die Hände entgegen.

Werner hätte beim Anblick der elenden, abgezehrten Gestalt laut aufschreien mögen. Wie vernichtet brach er in dem Stuhl, der am Bett stand, zusammen, ergriff die ausgestreckten Hände und barg sein Gesicht darinnen. »Klaus – mein Klaus!«

»Mein lieber Werner, du bist hier, freiwillig wiedergekommen?«

»Ja, Klaus, zu dir, ich – ich wollte dich heimholen, eher konnte ich mich nicht freimachen daheim, aber nun – nun bin ich da, gottlob, nun bin ich bei dir!«

Klaus lächelte. Ein mühsamer Atemzug hob seine Brust.

»Ja, gottlob, nun bist du da! Ich freue mich über deine Liebe und Treue.«

Werner wandte sich erschüttert ab, da traf sein Blick zwei große dunkle Mädchenaugen, die ihn seltsam scheu und doch verklärt anblickten. Er richtete sich empor und trat auf das junge Mädchen zu.

»Sanna, liebe, kleine Sanna!« Er faßte ihre Hände und streichelte sie, wie wenn ein großer Bruder seine kleine Schwester tröstet.

Dunkle Röte flog über das feingeschnittene, kindliche Mädchengesicht, und die scheuen Gazellenaugen blickten unsicher zu ihm auf. Die kleinen Hände zitterten in den seinen, und die schlanke Gestalt, deren Formen verrieten, daß sich das Kind zur Frau zu entwickeln begann, bebte wie in tiefer seelischer Erregung.

»Nun, sagst du mir kein Wort des Willkommens, kleine Sanna?« fragte er, um Zeit zu finden, sich zu fassen.

Da atmete sie tief auf.

»Ich wußte, daß du kommen würdest, Onkel Werner, ich fühlte es. Du hast es ja versprochen.«

»Ja, sie hat auf dich gewartet, jeden Tag, obwohl wir gar nicht wissen konnten, daß du auf dem Weg zu uns warst«, sagte Folkhard leise, und seine Augen hingen mit sonderbar brennendem Ausdruck an den beiden.

Werner setzte sich wieder zu ihm. »Wie gut, daß wir uns wenigstens hier getroffen haben. Wie leicht hätten wir aneinander vorbeireisen können.«

Folkhard nickte.

»Ja, es ist sehr gut so. Ich war freilich sehr unglücklich, daß ich hier zu einem unfreiwilligen Aufenthalt gezwungen war. Aber nun will ich nicht mehr darüber murren. Wer weiß, wann wir uns sonst erst wiedergesehen hätten!«

Fest preßte er des Freundes Hand, dann sagte er fast heiter, mit einem lächelnden Blick in das Gesicht seiner Tochter:

»Siehst du wohl, Sanna, nun wird es wieder so schön wie vor zwei Jahren!«

Sanna trat neben Werner an das Bett und gab dem Vater von der bereitstehenden gekühlten Limonade zu trinken. »Nun sprichst du aber nicht mehr, Vater, es strengt dich zu sehr an«, bat sie leise.

Er lächelte.

»Ach, verbiete mir doch jetzt das Reden nicht, Kind. Ich muß doch Werner erzählen, was wir für Zukunftspläne haben. Ach, Werner, wie die Heimat lockt und winkt. Ich hielt es nicht mehr aus. Für vierzigtausend Mark habe ich die Farm losgeschlagen, sie war unter Brüdern fünfzigtausend wert. Aber ich konnte nicht warten, bis mir einer so viel dafür bot. Gelt, man kann sich auch mit dieser Summe in Deutschland ein bescheidenes Heim gründen.«

»Ganz gewiß, mein Klaus, und dann vergiß nicht, dein Freund Werner ist jetzt ein reicher Mann, und mein Haus ist deine und Sannas Heimat. Also, Zukunftssorgen gibt es nicht mehr für dich.«

Klaus sah lange in das kühngeschnittene, edle Gesicht des Freundes und überflog dann seine schlanke, sehnige Gestalt, der man Jugend- und Spannkraft ansah.

»Sannas Heimat«, hauchte er träumerisch vor sich hin, als hänge er noch an diesem Wort. Seine Augen weiteten sich.

»Du siehst schon aus, als könntest du Schwachen und Schutzlosen ein Hort und ein Halt sein«, fuhr er leise fort, wie in Sinnen verloren. Aber dann streifte sein Blick Sannas Gesicht, und er nahm sich zusammen. »Laß mich nur gesund in der Heimat sein, dann, ja dann ist alles gut.«

»Ja, ja, dann ist alles gut«, stimmte Werner hastig zu.

Eine Weile schwiegen sie, jeder seinen Gedanken nachhängend. Dann sagte Klaus Folkhard lächelnd zu seiner Tochter:

»Geh jetzt ein wenig ins Freie, Sanna, leiste Schwester Agathe ein Weilchen Gesellschaft. Werner ist ja bei mir.«

Sanna zögerte.

Werner las in des Kranken Augen den Wunsch nach einem Alleinsein mit ihm und sagte: »Geh nur, Sanna, ich wache unterdessen über den Vater.«

Sanna sah von einem zum andern, und dann huschte ein Lächeln über ihr Gesicht. Dieses Lächeln gab dem jungen Gesicht einen Ausdruck hinreißender Lieblichkeit und Schelmerei. Werner blickte sie an, als sähe er sie jetzt zum erstenmal.

»Ach, ihr wollt mich nur forthaben, ich weiß. So habt ihr es damals auch gemacht, wenn ihr etwas Wichtiges bereden wolltet«, sagte Sanna.

Werner zwang sich zu einem Scherz.

»Kinder müssen nicht bei allen Dingen dabeisein«, neckte er.

Sie reckte sich hoch empor.

»Oh, ich bin so groß wie Vaters Pflegeschwester, und die ist schon dreißig Jahre alt.«

»Du aber bist erst sechzehn, nicht wahr?«

»In drei Monaten werde ich siebzehn.«

»So, so, schon siebzehn, dann freilich, dann bist du beinahe eine junge Dame.«

Er sah sie dabei mit einem prüfenden Blick an. Unter diesem Blick wurde sie rot, und die Augen wandten sich scheu zur Seite. Sanna beugte sich über den Vater.

»Ich gehe aber nur vor dem Haus auf und ab, und wenn du mich brauchst, muß Onkel Werner mich rufen.«

»Ja, Kind, geh nur unbesorgt.«

Da ging sie langsam aus dem Zimmer.

Als sich die Tür hinter ihr geschlossen hatte, sahen die beiden Männer noch eine Weile stumm hinter ihr her. Und dann wandten sie langsam und zögernd einander das Gesicht zu, wie in Angst, sich jetzt ansehen zu müssen.

Und als die beiden Augenpaare stumm in brennender Frage ineinandertauchten, erfaßte Klaus Folkhard Werners Hand mit jähem Griff: »Werner!«

Der atmete gepreßt.

»Klaus!«

»Jetzt laß uns wie Männer miteinander reden, mein Werner. Weißt du, daß ich sterben muß, bald?«

»Klaus!«

Eine furchtbare Qual lag in diesem einen Wort.

»Laß nur, Werner, mag es drum sein. Diese letzten Tage – da lag ich im stummen Hader mit dem Schicksal und mit tödlicher Verzweiflung im Herzen hier, Sannas wegen. Sie ist mein alles, und ich muß sie allein und schutzlos zurücklassen.«

»Klaus, sie wird nie allein und schutzlos sein, solange ich atme.«

Ein warmes Leuchten flog über Folkhards Gesicht. Seine Hand preßte die Werners.

»Als du vorhin hier über die Schwelle tratest, da kam es wie eine friedvolle Erlösung über mich. Ich wußte nun: Sanna hat einen Freund, einen Schützer gefunden. Aber du bist noch so jung, Werner, und in unserem lieben deutschen Vaterlande muß jedes Verhältnis zwischen einem jungen Mann und einem jungen Mädchen klargestellt sein.«

Werner strich sich über die Stirn.

»Freilich, da hast du recht. Aber das wird sich finden. Mein Leben soll Sanna geweiht sein, das schwöre ich dir in dieser bitterernsten Stunde. Ich bin zu jung, um Sanna jetzt an Kindes Statt annehmen zu können, und sie ist zu jung, als daß ich sie fragen dürfte: ›Willst du meine Frau werden?‹«

Folkhard zuckte plötzlich zusammen, und seine Augen hefteten sich in die des jungen Mannes mit einem rätselhaften Ausdruck.

»Deine Frau? Werner, gibt es keine Frau, die deinem Herzen nähersteht für diese Frage?«

Werner schüttelte den Kopf.

»Ich liebte ein Mädchen, eine Jugendgespielin. Sie hat einen anderen genommen. Mich trieb es damals aus der Heimat, nach Südwest. Sie ist sehr glücklich geworden, und ich, ich habe verwunden. Nichts würde mich hindern, Sanna meine Hand zu bieten, als ihre Jugend. Sie kann noch nicht über ihre Zukunft entscheiden.«

Folkhard sank schweratmend zurück.

»Das, ja das würde mir Ruhe und Frieden geben. Sanna deine Frau.«

Werner beugte sich erregt über ihn.

»Möchtest du es, würdest du einwilligen, könnte es dich beglücken?«

»Es wäre Erlösung von aller Pein.«

»Klaus, so verfüge über mich. Aber Sanna, sie ist ein Kind.«

»Sie würde tun, was ich von ihr verlange.«

»Und wenn sich dann ihr Herz später einem anderen zuwendet, wenn sie draußen im Leben einem begegnet, den sie liebt, was dann?«

Folkhard lächelte vor sich hin. Er wußte, in seines Kindes Herzen keimte scheu und verstohlen ein tiefes Gefühl für Werner. Aber er wollte seiner Tochter Geheimnis, das ihr noch selbst unbewußt war, nicht verraten. »Was dann?« Er seufzte. »Ich weiß es nicht, so weit denke ich nicht.«

Werner sann nach. Plötzlich erheiterte sich seine Miene. »Aber ich weiß es, Klaus, höre mich an. Es war mein voller Ernst, wenn ich dir sagte, mein Leben solle Sanna gehören. Ich habe ihr den Vater geraubt, freilich schuldlos, ich will ihn ihr zu ersetzen versuchen. Frage Sanna, ob sie meine Frau werden will. Willigt sie ein, ich glaube, sie tut es in der Einfalt ihres Herzens, so bin ich bereit, mich sofort mit ihr trauen zu lassen, um dir Ruhe und Frieden zu geben. Wir bleiben dann bei dir, bis du uns nicht mehr brauchst. Dann bringe ich Sanna in meine Heimat. In meinem Hause kann sie dann als Herrin unter dem Schutz von meines Onkels Haushälterin, einer Verwandten, leben. Liebe Freunde sollen sich ihrer annehmen und sie in heimischen Kreisen vertraut machen. Wüßte ich sie so geborgen in friedlichen Verhältnissen, unter dem Schutz meines Namens und meiner Freunde, dann würde ich die bereits geplante neue Reise ins Innere dieses Landes unternehmen, um meine Forschungen abzuschließen. Zwei Jahre würden dafür genügen. Kehrte ich aber nach zwei Jahren zurück, dann hätte Sanna Zeit gehabt, sich bewußt zu werden, ob sie mir für das ganze Leben angehören will. Sie könnte Vergleiche ziehen zwischen mir und anderen Männern und könnte entscheiden, ob sie in einer Ehe mit mir das Glück ihres Lebens finden kann. Und ich gebe dir mein Wort, Klaus, will sie sich dann von mir lösen, will sie ihr Glück an der Seite eines anderen suchen, dann will ich ihr beistehen wie ein treuer Bruder, der ich ihr überhaupt so lange sein will, bis ich die Entscheidung in ihre Hände gelegt habe. Was sagst du zu diesem Vorschlag?«

Die Augen das Kranken leuchteten in überirdischem Glanz.

»Führe mich nicht in Versuchung, Werner. Du weißt nicht, wie es mich lockt, dein Opfer anzunehmen. Alles, was du sagst, ist so gut, so verständig und wohlerwogen. Meine Sanna wüßte ich wohlgeborgen in deinem Haus. Es wäre zu schön, um wahr sein zu können. Aber ich darf dein Opfer nicht annehmen, vielleicht würdest du es eines Tages bereuen.«

»Nie, niemals! Und ein Opfer ist es sicher nicht, Klaus. Wären alle Opfer so leicht! Ich kenne doch Sanna, ihr reines Herz, ihr weiches Gemüt und ihren klugen, tapferen Sinn. Es wäre schön für mich, wollte sie mir ihr junges Leben weihen. Und will sie nicht, so wird es nicht minder schön für mich sein, ihr ein anderes Glück begründen zu helfen, an deiner Statt. Wie gern würde ich ein viel größeres und schwereres Opfer auf mich nehmen. Ich nahm mein Leben aus deiner Hand, du gabst dein eigenes dafür. So laß mich dir mit meinem Leben danken. Nur als Sannas Gatte kann ich ganz für sie eintreten, das ist mit klar geworden. Jedes andere Verhältnis zu ihr könnte man daheim anfeinden oder mit falschen

Blicken ansehen. Vertraue mir dein Kind an, Klaus, ich will es dir wie eine Wohltat danken.«

Fest hielten sich die beiden Männer bei den Händen und sahen sich ernst und tief in die Augen. Endlich sagte Folkhard fest und ruhig:

»Ich nehme dein Opfer an, Werner Rutland, meines Kindes wegen.«

Werner atmete tief auf. So leicht, wie er sich den Anschein gab, war ihm dies Anerbieten nicht geworden. Er war sich bewußt, etwas auf sich genommen zu haben, das ihm vielleicht eines Tages schwer zu tragen geben würde. Aber was lag jetzt daran, wie er sich in Zukunft mit seiner so seltsamen Ehe abfinden würde. Die Hauptsache war, daß er dem sterbenden Freund alles zuliebe tat, was in seiner Macht stand. Eine Dankesschuld hatte er abzutragen, und er durfte nicht abwägen, ob es ihm leicht- oder schwerfallen würde. Hatte er sich auch vorgenommen, unverheiratet zu bleiben, weil er glaubte, nie wieder eine Frau lieben zu können, wie er Käthe geliebt hatte, dieser Fall schloß alle Bedenken aus. Nur an Sanna und den Freund wollte er denken, nicht an sich.

Fest und entschlossen hob er das Haupt.

»Willst du jetzt gleich mit Sanna sprechen, Klaus? Ich glaube, sie erfährt es am besten von dir.«

Klaus nickte.

»Ja, ruf sie mir, ich will ihr alles sagen, auch die Wahrheit über meinen Zustand. Und nicht wahr, Werner, bald soll es dann geschehen, wer weiß, meine Stunden sind gezählt.«

»Es soll geschehen, so schnell es möglich ist. Ich lasse dich mit Sanna allein, du wirst die rechten Worte finden. Drüben bei Doktor Lambert warte ich auf deinen Ruf.«

Sie reichten sich noch einmal fest die Hände und sahen sich tief in die Augen. Dann ging Werner schnell hinaus.

Sanna ging draußen mit der Pflegeschwester auf und ab. Als Werner heraustrat, flog sie auf ihn zu. Er sah auf ihre flinken kleinen Füße, die unter dem Saum des weißen Leinenkleides zum Vorschein kamen. Ein eigenartiges, beklemmendes Gefühl legte sich auf seine Brust, als käme sein Schicksal auf ihn zugelaufen.

»Darf ich nun wieder mit hinein zu euch?« fragte Sanna hastig und sah ihn scheu und zaghaft an.

Er blickte nieder auf die kindliche Gestalt. Das schwere lockige Haar war in zwei dicke Flechten gebändigt und fiel über die Schultern und die zarte Büste herab. Um die weiße Stirn und die rosigen Ohren ringelten sich widerspenstige kastanienbraune Locken. Ihre schlanken, schöngeformten Hände, die leicht gebräunt waren und noch nie Handschuhe getragen hatten, streiften unruhig und hastig an den Flechten auf und nieder, und ihre dunklen Augen, in denen goldene Lichter wie gefangene Sonnenstrahlen schimmerten, sahen halb scheu, halb zutraulich zu ihm auf. Er mußte in diesem Augenblick daran denken, daß Sanna in einigen Jahren eine sehr schöne junge Frau sein würde. Seit er sie nicht gesehen hatte, war sie größer geworden, und ihre Züge hatten ein wenig die kindliche Rundung verloren. Wie würde sie ihm in abermals zwei Jahren entgegentreten? Ihr Gesicht hatte schon jetzt einen eigenen, fremdartigen Reiz, und wenn sie lächelte, strahlte es einen hinreißenden Zauber aus.

Werner strich ihr sinnend das Haar aus der Stirn, ein weicher Ausdruck lag in seinen Augen.

»Sollst zum Vater kommen, kleine Sanna!«

Sie faßte seine Hand.

»Und du, Onkel Werner?«

»Ich möchte Doktor Lambert einen Besuch abstatten und ihn fragen, wo ich ein Obdach finde.«

Sie blickte zu Boden, und ihr Gesicht wurde blaß und ernst.

»Und du willst Doktor Lambert wohl fragen, ob Vater bald wieder gesund wird?«

»Auch das, Sanna.«

Da legte sie die Hände fest verschränkt aufs Herz.

»Vater ist viel kränker, als du glaubst, er weiß es nur nicht«, sagte sie in gebrochenem Ton.

Er legte wie schützend den Arm um sie.

»Wie kommst du darauf, Kind?«

Sie stieß einen zitternden Seufzer aus.

»Ich fühle es – schon lange, lange. Wenn wir nur erst nach Deutschland reisen könnten – hier wird er nie ganz gesund. Die Sehnsucht nach der Heimat zehrt an ihm.«

»Und du, Sanna – gehst du gern mit nach Deutschland?«

Sie nickte.

»Ich sehne mich dorthin – wie mein Vater. Es ist ja die Heimat meiner Eltern, und die deine. Alle guten Menschen kommen von dort, auch Schwester Agathe und Doktor Lambert. Es sind wohl nur gute Menschen dort?«

Er lächelte.

»Alle sind wohl nicht gut, Kind.«

»Aber doch nicht so böse wie die scheußlichen Männer, die dich töten wollten und dann meinen lieben, armen Vater verwundet haben.« Sie schauerte zusammen und schob mit geschlossenen Augen wie abwehrend die Hände von sich.

Er führte sie ins Haus.

»Nicht daran denken, Sanna! Wir gehen nun bald nach Deutschland.«

Sie blickte erwartungsvoll zu ihm auf.

»Du gehst mit uns, nicht wahr?«

»Ja, ich führe dich in meine Heimat, in ein gemütliches, altes Haus mit einem großen, schönen Garten.«

Sie warf plötzlich die Zöpfe zurück und preßte die Hände an die Schläfen.

»In dein Haus – in deine Heimat – da dürfen wir bleiben?«

»Ja, Sanna – immerdar!«

Sie sah ihn an, dunkle Röte wich jäher Blässe. Ein zitternder Atemzug kam aus ihrer Brust, und dann lief sie plötzlich davon, ohne noch ein Wort zu sagen.

Werner sah ihr nach. Welch ein seltsames Gebaren! Und welch ein sonderbarer Ausdruck hatte in den Gazellenaugen gelegen! So ein heißes Freuen, ein unterdrückter Jubel. Und zuvor der tiefe Schmerz um den Vater. Wahrlich, eine reiche Empfindungsfähigkeit lag in dieser Kinderseele. Aber – war sie denn noch ein Kind? Daheim die jungen Mädchen hatten in ihrem Alter schon allerlei kleine Liebeleien und Herzensabenteuer; sie hatte sich in der Weltabgeschiedenheit ihren kindlichen Sinn bewahrt. Wie würde sie des Vaters Mitteilung aufnehmen? Nachdenklich suchte er Doktor Lambert auf, der ihm schon voll Neugier entgegenkam.

Sanna war neben dem Bett des Vaters in die Knie gestürzt. »Vater, lieber Vater – er geht mit uns nach Deutschland, Onkel Werner! In seinem Haus sollen wir wohnen, immerdar bei ihm bleiben!« stieß sie atemlos vor Glückseligkeit hervor.

Er streichelte ihr Haar und sah forschend in ihr glühendes Gesicht. »Freust du dich so sehr darauf?«

Sie nickte mit strahlenden Augen. »Sehr – ach so sehr. Du doch auch, Vater, nicht wahr? Wir haben ihn doch so lieb. Ach, wird das eine herrliche Reise werden. Wenn du nur erst gesund wärst – wenigstens so weit, daß wir reisen können.«

Er zog sie ganz nahe an sich heran. »Und wenn ich nie mehr gesund würde, mein Herzkind, wenn ich hierbleiben müßte – würdest du mit Werner Rutland allein gehen wollen?«

Sie fuhr erschrocken auf.

»Vater, lieber Vater – so darfst du nicht zu mir sprechen! Ich werde dich doch nicht allein lassen – nie!«

Noch näher zog er sie an sich.

»Ich muß so zu dir sprechen, mein Liebling. Sieh, der Arzt hat mir gesagt – auf meinen dringenden Wunsch –, daß ich es gar nicht wagen darf, nach Deutschland zurückzukehren – nie. Aber Werner will dich mit sich nehmen.«

Ein hilflos banger Ausdruck, ein dämmerndes Entsetzen lag in ihren Augen.

»Ohne dich doch nicht, mein geliebter Vater, doch nicht ohne dich?«

»Doch, Kind – ohne mich. Hör mich an, Liebling – und sei mein tapferes, starkes Kind, hörst du? Sieh, ich bin so müde vom Leben – so müde. Ich möchte schlafen. Meine kranke Brust tut mir so weh. Gelt, du würdest es mir gönnen, daß ich Ruhe fände, daß die Schmerzen aufhörten?«

Sanna wurde leichenblaß, und ihre Augen sahen ihn bang und erschrocken an.

»Vater – mein lieber, lieber Vater, so sehr leidest du?«

Und dann warf sie sich plötzlich über ihn und umklammerte ihn mit beiden Händen.

»Vater, das tust du mir nicht an – laß mich nicht allein!« rief sie in höchster Seelennot.

Er streichelte ihr Köpfchen.

»Mein armes, liebes Kind, es tut weh – ich weiß es.

Man möchte sein Liebstes mit tausend Armen halten. So ging es mir mit deiner Mutter. Ich hatte sie so lieb – und siehst du, sie hält mich noch über das Grab hinaus. Laß mich neben ihr ruhen, da liegen wir friedlich und träumen dann von der Heimat – wo unser Kind sein wird. Herzkind, ich könnte meine Augen so friedlich schließen, wenn du tapfer sein wolltest. Werner will dich mit in die Heimat nehmen – du sollst in seinem Haus leben –, natürlich erst, wenn ich nicht mehr am Leben bin. Und damit er dich so recht treu und gut schützen und hüten kann, sollst du seine Frau werden.«

Sanna fuhr empor und starrte ihn verwirrt an.

»Seine Frau – ich?«

»Ja, ja – erschrick nicht darüber. Sieh, in Deutschland gibt es andere Gesetze und Rechte als hier. Da wohnen so viele Menschen zusammen, und wenn zwei immer beieinander bleiben wollen, ein Mann und eine Frau, so müssen sie vor dem Gesetz ein Ehepaar werden. Dann darf sie niemand trennen. Begreifst du das?«

Sie nickte stumm, aber die hilflose Unruhe wich nicht von ihren Zügen.

»Nun, Kind, könntest du dich entschließen, Werners Frau zu werden? Es wäre mir ein so inniger Trost. Ganz leicht würde mir das Sterben, wüßte ich dich in Werners treuer Hut!«

Zitternd lag Sanna am Herzen des Vaters. Sie faßte es nicht, was man von ihr forderte, was auf sie einstürmte. Es ging auch alles unter in dieser Stunde vor dem furchtbaren Gedanken, daß sie den geliebten Vater verlieren sollte. Und sie wußte, sie würde ihn verlieren. Heimlich war ja schon zuweilen die Angst an sie herangekrochen, aber sie hatte sie entsetzt von sich gewiesen. Und nun wußte sie es – der Vater war todkrank, und sie würde ihn verlieren! Tapfer sollte sie sein, ihm den Frieden gönnen.

Wie schwer das war, wie furchtbar schwer! Und was sollte sie noch? Werner Rutlands Frau werden, seine Frau? Wie seltsam das war, wie sie das berührte. Es war gar nicht, als gelte das ihr, sondern einer anderen, einer Fremden. Sie konnte sich da nicht hineindenken. Es erschien ihr auch gar nicht von großer Wichtigkeit. Daß sie den Vater hergeben sollte, erfüllte sie so sehr mit Trauer und Schmerz, daß alles andere klein und nichtig dagegen erschien.

»Nun, Sanna, wirst du mein tapferes, starkes Kind sein, wirst du mir Ruhe und Frieden geben und Werner Rutlands Frau werden?« fragte Folkhard nach einer Weile, ohne sie aus seinen Armen zu lassen.

Noch eine kurze Zeit lag sie still und reglos, wie eine Tote, an seinem Herzen. Dann richtete sie sich auf und küßte ihn.

»Mein lieber, lieber Vater!« Aber da ward er wieder von seiner qualvollen Atemnot befallen, und seine Augen hingen in verzehrender Angst an ihr.

Sie raffte sich auf und nahm allen Mut zusammen. Liebevoll stützte sie ihn und streichelte ihm das ergraute Haar aus der von Angstschweiß bedeckten Stirn.

»Ich will alles tun, was dir Ruhe und Frieden gibt, mein teurer, lieber Vater, auch stark und mutig will ich sein«, sagte sie leise, mit blassen Lippen. Er sah zu ihr auf, die furchtbare Qual in seinen Augen erlosch. Er sank ermattet zurück und faßte ihre Hände.

Dann kamen Tage, die wie ein dumpfer Traum an Sanna vorüberglitten. Sie kam gar nicht recht zum Bewußtsein dessen, was mit ihr geschah.

Was Werner Rutland zu ihr und dem Vater sagte, als man ihn rief, war ihr kaum im Gedächtnis geblieben. Nur eine Empfindung hatte sie in dieser Zeit: dem Vater jeden Wunsch zu erfüllen, solange er noch am Leben war.

Als sie dann nach Tagen traumhafter Unruhe am Krankenbett des Vaters von einem deutschen Priester mit Werner Rutland vermählt wurde, da kam ihr nur flüchtig der Gedanke, daß damit ihr Leben in andere Bahnen gelenkt wurde. Was eine Ehe war, welche Rechte und Pflichten sie mit dieser Verbindung auf sich nahm, das faßte ihr kindlicher Sinn nicht. Auch in dieser Trauung sah sie nur eine Handlung, die dem sterbenden Vater Ruhe und Frieden brachte und ihm glückliche Stunden bereitete.

Doktor Lambert und der Agent, der Folkhards Farm verkauft hatte, waren die Trauzeugen. Außer ihnen war nur noch Schwester Agathe bei der heiligen Handlung zugegen. Alle waren tief ergriffen beim Anblick der kindlichen Braut und des todkranken Vaters. Der dicke, gutmütige Doktor Lambert stöhnte vor Rührung, als ob es ihm selbst ans Leben ginge, und Schwester Agathe blickte mit ihren stillen, ernsten Augen, in denen ein Schicksal lag, mitleidig in Sannas hilfloses, banges Gesicht.

Als auch nach der Trauung Sanna »Onkel Werner« zu ihrem Gatten sagte, flog ein Lächeln über all die ernsten Mienen. Werner legte liebevoll schützend den Arm um seine junge Frau und sagte lächelnd:

»Jetzt mußt du den ›Onkel‹ streichen, Sanna, jetzt bin ich nur noch dein Werner.«

Da flog eine jähe Röte über ihr blasses Gesicht, und sie trat schnell von ihm fort an das Bett des Vaters.

Noch sieben Tage vergingen, ehe Klaus Folkhard ausgelitten hatte. Während dieser Zeit wich das junge Ehepaar kaum noch von dem Bett des Kranken. In der Dämmerung des siebenten Tages entschlief Klaus still und friedlich, die Hände des jungen Paares in den seinen haltend. Sein letzter Blick war ein heißer Segenswunsch für die beiden Menschen.

Sanna hatte das Ende kommen sehen. Man hatte ihr nichts mehr verheimlicht. Tapfer hielt sie sich aufrecht, bis sein brechendes Auge von Werner geschlossen worden war. Dann brach sie ohne einen Laut bewußtlos zusammen, als sei nun mit einem Mal alle Kraft von ihr gewichen.

Tagelang lag sie in dumpfer Gleichgültigkeit, von Schwester Agathe liebreich gepflegt. Währenddessen ließ Werner Rutland die Leiche seines Freundes nach dessen Farm zurückbringen. Wie es der Tote gewünscht hatte, wurde er neben seiner Frau bestattet, unweit der Stelle, wo ihn das tödliche Blei damals getroffen hatte. Werner hatte ihm das Geleit gegeben, und als er wieder nach Swakopmund zurückkehrte, brachte er Sanna ein Sträußchen Blumen mit von der Eltern Gräber, die der neue Farmer pflegen und immer mit frischen Blumen schmücken wollte.

Sanna hatte sich inzwischen erholt, und Werner belegte Plätze auf einem Dampfer, der zwei Tage später abging. Es traf sich gut, daß Schwester Agathe zur selben Zeit einen längeren Urlaub in die Heimat antrat. Sie wollte ihre verheiratete Schwester in Berlin besuchen. Auf Werners Bitte schloß sie sich ihnen an. Sie konnte es dem jungen Paar, dessen Erleben sie ja kannte, sehr gut nachfühlen, daß ihnen an ihrer Gesellschaft viel gelegen war, denn ein Alleinsein mußte ihnen peinlich sein in der seltsamen, ungewohnten Lage. Mit feinem Takt nahm sich die Schwester der jungen Frau auf der Reise an.

Natürlich erregten diese drei Menschen bei allen Mitfahrenden brennende Neugierde. Die kindliche junge Frau mit den schwarzen Kleidern und dem traurigen, blassen Gesicht, der sie mit großer Zartheit und Sorgfalt behandelnde Mann mit den kühnen, ernsten Zügen – dazu Schwester Agathe in ihrer stillen Freundlichkeit –, man zerbrach sich allseitig den Kopf über ihre Zusammengehörigkeit.

Der Kapitän wurde um Auskunft bestürmt, er konnte jedoch nicht viel berichten.

Auf einer so langen Seereise, wo man wochenlang auf die Gesellschaft seiner Mitreisenden angewiesen ist, hat man viel Zeit, sich mit denselben zu befassen. Mit warmer Teilnahme von einer Seite, mit lästiger Neugier von der anderen betrachtete die Schiffsgesellschaft die junge Frau, wenn sie mit großen, traurigen Augen auf das Meer hinausstarrte. Erst hielt man sie für krank, weil die Schwester in ihrer Begleitung war. Dann aber hatte eine der Damen von der Aufwärterin erfahren, daß sie um den kürzlich verstorbenen Vater trauerte, den die Schwester bis zum Tode gepflegt hatte. Ein wenig wußte man nun Bescheid, und das Kreuzfeuer neugieriger Blikke ließ nach. Sanna und Werner lebten so zurückgezogen, wie es möglich war.

Am liebsten saß die junge Frau in einem bequemen Sessel auf Deck und blickte träumerisch über das Meer. Es war während der ganzen Fahrt günstiges Wetter und ruhige See. Legte das Schiff in einem Hafen an, dann versuchte Werner, Sanna zu bewegen, mit ihm einen Ausflug an Land zu machen. Er wollte sie zerstreuen und ablenken. Aber sie bat ihn, davon abzulassen. Ihre Scheu vor den Menschen, vor dem unruhigen Hasten und Treiben war zu groß. So mußte er sich begnügen, sie in Ruhe zu lassen.

Er versorgte sie mit Büchern und Näschereien, brachte ihr Blumen und Früchte, legte ihr sorglich etwas Wärmendes um, wenn es kühl wurde, und las ihr zuweilen vor. Im Verein mit Schwester Agathe suchte er sie immer wieder von neuem in eine Unterhaltung zu verstricken, um sie von ihren traurigen Gedanken abzulenken.

Sanna lächelte ihm scheu und dankbar zu, wenn er sich so treu um sie mühte, und faßte seine Hände.

»Du bist so gut, Werner, so überaus gut, ich bin dir so dankbar!« sagte sie oft.

Dann schüttelte er lächelnd den Kopf. »Brauchst mir nicht zu danken, Sanna, es macht mir Freude, dir etwas zuliebe zu tun«, entgegnete er ihr eines Tages.

Da wurde sie glühendrot und sah von ihm fort in die sinkende Sonne.

Werner befand sich in einem seltsamen Zustand. Auch ihm waren die letzten Wochen wie etwas Unwirkliches vergangen. Solange Klaus noch lebte, nahm dieser all seine Zeit und Gedanken in Anspruch. Seit er sich aber nun mit Sanna auf dem Dampfer befand und er sich um sie mühte und sorgte, übte das sonderbare Verhältnis eine eigentümliche Wirkung auf ihn aus. Sie erschien ihm in diesen letzten Wochen so viel älter und gereifter geworden zu sein. Mit einem Mal sah er nicht mehr das Kind in ihr. Vielleicht trugen die langen schwarzen Kleider dazu bei.

Zuweilen ertappte er sich dabei, daß er in ihren Zügen forschte, wie sie wohl über die Verbindung mit ihm dachte. War sie sich bewußt, welche Gemeinschaft jetzt zwischen ihnen bestand? Hatte sie wohl eine Ahnung, wenn auch nur eine unklare, welche Rechte und Pflichten sie übernommen hatte, in kindlicher Unschuld – nur um den Vater zu beruhigen.

Es reizte ihn doch zuweilen, einen Blick in ihre Seele

zu tun, und er beschäftigte sich innerlich viel mehr mit ihr, als er es vor kurzem noch für möglich gehalten hatte.

Wenn er ihr gegenübersaß und sie betrachtete, dann malte er sich aus, wie sie sich wohl in zwei Jahren entwickelt haben würde. In ihrem Alter konnte ein Jahr Wunderdinge verrichten. Wie würde sie sich dann zu ihm stellen, wenn er von seiner Reise zurückkehrte, wenn er sie fragte: »Willst du bei mir bleiben, oder soll ich dir deine Freiheit wiedergeben?« Ein wenig unruhig wurde ihm doch zumute. Er, der Wissende, stand ihrer Unwissenheit gegenüber, und das Wissen nahm ihm die Unbefangenheit.

Diese Unruhe steigerte sich, als er merkte, daß Sanna ihm gegenüber immer befangener wurde. In ihren Augen lag ein fragender, banger Ausdruck, der ihm verriet, daß auch ihre Seele in einen Zwiespalt geriet, daß sie sich allerlei Gedanken machte.

Eines Tages stand Sanna an der Reling und blickte, den Kopf in die Hand gestützt, über Bord. Schwester Agathe war leicht seekrank geworden und lag in ihrer Kabine. Werner trat zu Sanna. Sie waren allein, kein Mensch in ihrer Nähe.

Wie er so von der Seite in ihr süßes, trauriges Gesicht blickte, überkam ihn stärker als sonst der Wunsch, ihr etwas zuliebe zu tun, ihr zu zeigen, wie teuer sie ihm war als ein liebes Vermächtnis.

»Ist das nicht schön, Sanna?« fragte er, auf die leicht bewegte See deutend.

Sie nickte, ohne sich umzusehen.

»Wunderschön – man möchte den Blick gar nicht abwenden.«

»Aber mich könntest du doch einmal ansehen«, bat er weich.

Da sah er, wie ihr das Blut in das Gesicht schoß und wie ein unruhiger Ausdruck auf ihren Zügen erschien.

Sie wandte das Gesicht nicht zu ihm.

Da legte er plötzlich seinen Arm fest um ihre schlanke Gestalt.

»Sanna!«

Sie zuckte zusammen in jähem Schreck und trat, sich losreißend, schnell von ihm fort. Auf ihrem Gesicht lag ein Ausdruck, den er nie wieder vergessen konnte und der ihm verriet, daß sie sich des sonderbaren Verhältnisses zwischen ihnen bewußt geworden war. Ein inniges Mitleid nahm ihn gefangen, er schämte sich, mit seinem unruhigen Forschen dem Geheimnis ihrer erwachenden Seele nachzuspüren, und zugleich kam eine Angst über ihn, ihr Vertrauen zu verlieren. Die eigene Ruhe und Unbefangenheit hatte er verloren – er wollte nicht auch die ihre erschüttern durch voreiliges Forschen.

Um jeden Preis mußte er den beunruhigenden Eindruck zu verwischen suchen und sich harmlos geben, damit sie ihre Unbefangenheit wiederfand. Das konnte nur dadurch geschehen, daß er jetzt zwischen ihnen ein geschwisterliches Verhältnis betonte.

Ohne ihr zu folgen, blickte er scheinbar unbefangen auf die See hinaus.

»Willst du nicht mehr hierbleiben, kleine Sanna? Ist es dir zu kühl, soll ich dir ein Tuch holen?«

Das Herz klopfte ihm, als er merkte, daß sie zögernd wieder näher kam. Sie schien sich ihres Schrecks zu schämen. Er wandte ihr nun sein Gesicht zu.

»Oh – am Ende habe ich dich erschreckt, als ich so schnell zu dir trat?«

Sie nickte, ohne ihn anzusehen.

Er legte seine Hand auf ihren Arm.

»Aber, kleine Sanna, vor deinem alten Onkel Werner brauchst du doch nicht zu erschrecken. Gelt, wir zwei wissen doch, wie wir zueinander stehen. Und nicht wahr, du hast mir dein Vertrauen nicht entzogen, wenn du mich auch nicht mehr ›Onkel‹ nennen darfst? Im Grunde ist es doch dasselbe. Ich habe dich so herzlich lieb, wie es dein lieber Vater getan hat. Vergiß nie, daß ich alles daransetzen will, dich so recht froh und zufrieden zu machen, dir alles Quälende und Störende fernzuhalten. Denke doch immer daran, was dein Vater wohl fühlen würde, sähe er dich so traurig und bedrückt. Und tu es auch mir zuliebe. Muß ich mir nicht sagen, ich erfülle mein Versprechen schlecht, dich vor allem Leid zu schützen, wenn du gar nicht wieder froh werden willst? Ich trauere doch ebenfalls ehrlich und tief um deinen Vater. Sein Tod lastet auf mir schwer genug, starb er doch für mich. Ich finde gar keine Ruhe, solange du nicht wieder die alte bist, wie damals auf der Farm, als der Vater sich noch besser fühlte. Sei wieder mein liebes, kleines Schwesterchen, wir tragen unsere Trauer gemeinsam und helfen einander – ja? Gib mir die Hand darauf!«

Sie war immer näher gekommen und legte nun mit einem tiefen Atemzug ihre Hand in die seine. Ein befreites Lächeln lag auf ihrem Gesicht, als sei ihr eine unbestimmte Sorge abgenommen worden.

Er hielt ihre Hand fest und nickte ihr zu.

»Nicht wahr, du vertraust mir, kleine Sanna, als ob ich dein Vater wäre?«

»Du bist gut, habe nur ein wenig Geduld mit mir. Alles ist mir so neu und fremd«, sagte sie leise.

»Aber ich bin dir doch der alte geblieben, Sanna!«

Sie strich sich das Haar aus der Stirn und sah ihn an in prüfender Scheu. Aber da er ihren Blick heiter und unbefangen erwiderte, lächelte sie und sagte: »Manchmal bist du es, und manchmal ist mir, als wäre etwas Neues an dir.«

»Das macht die neue Umgebung, Kind, daran wirst du dich gewöhnen.«

»Meinst du?«

»Ganz sicher. Sei nur nicht ängstlich. Immer tapfer und unverzagt. Und vergiß nie, daß ich dein Schutz und Hort bin. Folgst du mir gern in meine Heimat?«

»Ja, sehr gern. Freilich, wäre Vater noch bei uns, dann ginge ich noch viel lieber mit dir.«

»Er ist bei uns, Sanna, wir tragen ihn im Herzen mit uns, und so kommt er doch noch in die alte Heimat zurück.«

Sie schob nun ganz zutraulich ihre Hand in seinen Arm, und ihre Augen leuchteten.

»Das war ein gutes Wort, daran will ich immer denken.«

Er erzählte ihr nun von zu Hause, von seinen Freunden und von Tante Phine.

»Weißt du, Sanna, mit Tante Phine mußt du ein bißchen Nachsicht haben, mußt ihre Eigenheiten in Kauf nehmen. Sie hat seit langen Jahren als Hausfrau geschaltet und hat sich das Regieren angewöhnt. Mußt sie nicht ernst nehmen. Tu, als ob du ihre Meinungen gelten ließest. Sobald du sie nur mit der nötigen Achtung behandelst, wird sie es dir an Behaglichkeit und Pflege nicht fehlen lassen. Du bist natürlich die Herrin in meinem Haus, aber Tante Phine muß sich erst langsam an den Gedanken gewöhnen, daß sie nicht mehr die Erste im Hause ist. Nimm sie ein wenig mit Humor, wie ich es tue, dann ist sie unschädlich. Und ich muß doch die Beruhigung mit mir nehmen, daß ihr beide in Frieden lebt, wenn ich wieder abreise.«

Sie sah betroffen auf.

»Wenn du wieder abreist? Du willst wieder fort, schon bald?« fragte sie hastig.

»Ja, Kind, sobald ich dich gut untergebracht habe und im Schütze meines Hauses und meiner Freunde weiß«, antwortete er, sie scharf beobachtend.

Die Farbe wechselte schnell in ihrem Gesicht. Er kannte schon dieses Zeichen innerer Erregung an ihr. Es schien ihm, als atme sie erleichert auf.

»Wirst du lange fortbleiben?«

»Zwei Jahre.«

Nun legte sich wieder ein Schatten auf ihre Züge.

»So lange!«

»Möchtest du, daß ich lieber bei dir bleibe?« fragte er gespannt.

Sie schüttelte den Kopf.

»Du sollst dich durch mich nicht in deinen Plänen stören lassen, ich weiß, du willst neue Erforschungen durchführen, nicht wahr?«

»Ja, so ist es. Aber, wenn ich bei dir bleiben soll ...«

»Nein, nein«, entgegnete sie schnell, »ich habe nur ein wenig Angst vor den vielen fremden Menschen, vor Tante Phine an erster Stelle.«

Er lachte.

»Du sollst dich vor nichts und vor niemandem fürchten, Sanna. Auch wenn ich fort bin, werde ich meine Hand schützend über dich halten. Und Angst vor Tante Phine – ach, die laß nur gar nicht erst aufkommen. Du bist die Herrin, und was du willst, soll geschehen. Nur zu deiner Pflege und zu deinem Behagen soll sie vorläufig den Haushalt noch führen, bis du das selbst kannst. An Zerstreuungen und Vergnügen soll es dir ebenfalls nicht fehlen. Theater und Konzerte kannst du unter Tante Phines Schutz besuchen, oder vielleicht schließt du dich lieber Käthe Verhagen an. Sie wird dir gut gefallen und eine angenehmere Gesellschafterin sein als Tante Phine. Und in unserem schönen, großen Garten wird es dir gefallen. Dort kannst du dich tummeln und wirst das freie Umherstreifen auf der Farm nicht zu sehr entbehren. Überhaupt, alles soll geschehen, was dir das Leben lieb und angenehm machen kann. Und du wirst mir fleißig schreiben, ja?«

Ihre Augen blitzten lebhaft.

»Ja, o ja, ich schreibe dir gern, und du, wirst du mir immer antworten, werde ich immer wissen, wo du bist?«

»Das sollst du gewiß, ich gebe dir immer Nachricht.«

Dieser Gedanke schien ihr Freude zu machen, sie sah froher und angeregter aus als die ganze Zeit.

Jedenfalls hatte Werners besonnenes Verhalten den gewünschten Erfolg. Sanna wurde wieder zutraulicher und unbefangener im Verkehr mit ihm. Sie lebte sichtlich auf und wandte ihrer Umgebung mehr Aufmerksamkeit zu.

Von diesem Tage an schloß sie sich auch nicht mehr so ängstlich gegen ihre Mitreisenden ab. Das Leben und Treiben auf dem Dampfer fing an, einen gewissen Zauber auf sie auszuüben. Werner und Schwester Agathe halfen ihr treulich bei diesem ersten, gleichsam tastenden Schritt in das neue Leben.

Werner freute sich herzlich, daß Sanna aus ihrer stummen Teilnahmslosigkeit erwachte. Sie nahmen nun auch an den gemeinsamen Mahlzeiten teil, während sie bisher allein gespeist hatten. Man kam dem jungen Ehepaar mit großer Freundlichkeit entgegen. Die Damen fanden Sanna reizend und Werner geistreich und unterhaltend, und die Herren wetteiferten in Artigkeiten gegen die »entzückende junge Frau«, deren eigenartige Ausdrucksweise und kindliche Drolligkeit so quellfrisch und ungekünstelt wirkten, daß man sich bald nicht genugtun konnte, sie zu verwöhnen. Es klang aber auch zu lieb, wenn sie, alle Sprachen durcheinandermischend, ihre Einfälle kundtat, Fragen stellte, die ihre Unberührtheit bekundeten, und Antworten gab, die gleichzeitig von großer Gedankentiefe und erstaunlicher Weltfremdheit zeugten.

Werner beobachtete Sanna unbemerkt im Umgang mit all diesen verschiedenartigen Menschen und freute sich, wie sie sich leicht und anmutig in die neue Rolle fand.

So verlief die Reise besser, als er nach den ersten Tagen zu hoffen gewagt hatte.

4

Fräulein Seraphine Münzer hatte es sich nach Werner Rutlands Abreise so recht gemütlich und behaglich in dem alten schönen Patrizierhaus gemacht. Sie fühlte sich so uneingeschränkt als Herrin, daß sie gar nicht daran dachte, es könne eines Tages wieder anders werden.

Vor allen Dingen hatte sie für sich die Zimmer der verstorbenen Herrin des Hauses mit Beschlag belegt, die zu Lebzeiten Johann Rutlands verschlossen geblieben waren. Es waren die schönsten Zimmer des Hauses im ersten Stock. Im Erdgeschoß waren nur Gesellschafts- und Speisezimmer. Die Wohn- und Schlafräume Johann Rutlands und seiner Frau, ebenso einige Zimmer für Werner befanden sich im ersten Stock. Seraphine hatte bisher ihre Zimmer im zweiten Stock bewohnt. Da sich aber da oben nur noch Zimmer für die Dienstboten und allerlei Wirtschaftsräume befanden, war es Fräulein Seraphine schon lang ein Dorn im Auge gewesen, daß man sie im zweiten Stock untergebracht hatte. Wozu sollten die schönen Zimmer im ersten Stock mit den wundervollen alten Möbeln leerstehen? Johann Rutland ruhte draußen auf dem Friedhof bei seiner Frau, und Werner war für lange, vielleicht – »man konnte nicht wissen« – für immer in die weite Welt gegangen. Da wäre es doch töricht gewesen, wenn sie, Fräulein Seraphine Münzer, die Bescheidenheit so weit getrieben hätte, weiter »da oben« bei den Dienstboten wohnen zu bleiben. Fromme Rücksicht ist eine schöne Sache, solange sie einen Zweck hat, aber jetzt hatte sie keinen Zweck mehr, es konnte niemandes Gefühl verletzen, wenn sich die »stellvertretende Herrin des Hauses« in den Zimmern der ehemaligen wirklichen Herrin breitmachte. Und so machte sich Tante Phine breit, sehr breit sogar, trotz ihrer hageren Gestalt und ihrer spitzen Nase. Alle Zimmer der verstorbenen Herrin nahm sie in Beschlag.

Werner hatte ihr, obwohl ihr Johann Rutland ein ansehnliches Jahrgeld ausgesetzt hatte, einen bedeutenden Zuschuß bewilligt, damit Haus, Hof und Garten und die Dienerschaft zu ihrem Recht kamen. Seraphine lebte vollständig auf Werners Kosten und konnte ihr Jahrgeld sparen. Sie fühlte sich aber nun auch ganz als reiche Patrizierin, und wenn sie ihre Kränzchenschwestern bei sich sah, dann waren für den Abend auch immer deren Männer gebeten, und Seraphine spielte auf Werners Kosten und mit seinen Weinkellerschlüsseln die gastfreudige Wirtin. Auch sonst sah sie gern und viel Gesellschaft bei sich und prunkte gehörig mit den Silberschätzen des Hauses, mit den feinen alten Damasten und dem kostbaren Porzellan.

Warum sollten diese Schätze auch ungewürdigt von Motten und Rost zerfressen werden? Tante Phine fühlte sich verantwortlich für den Glanz des Hauses Rutland und war sich bewußt, seine würdige Vertreterin zu sein. Oft dachte sie zufrieden, wie gut es doch war, daß Werner Rutland nicht »diese Käthe Raven« geheiratet hatte. Ein rechter Segen, daß die nun Käthe Verhagen hieß und unschädlich war, im geheimsten Schrein ihres Herzens dankte sie es ihr, daß sie nicht Werners Frau geworden war und daß sie ihm den Geschmack am Heiraten, »hoffentlich für immer«, genommen hatte. Wenn er wirklich nach einigen Jahren wiederkäme, dann würde er sich wie ein echter Bücherwurm mit seinem Reisewerk befassen und sie nach Belieben schalten und walten lassen. Heiraten würde der ganz sicher nicht mehr.

Tante Phine war sehr zufrieden mit dem Stand der Dinge und ließ sich die Schleppen an ihren »Prachtgewändern« noch ein Stück länger machen, damit sie recht königlich einherrauschte.

Mitten in diese Behaglichkeit schlug plötzlich ein Eilbrief Werner Rutlands wie eine vernichtende Bombe ein. Dieser Brief war in Bremerhaven zur Post gegeben worden und wirkte auf Tante Phine wie ein eisiges Sturzbad. Er lautete:

»Liebe Tante Seraphine! Wie Dir der Poststempel dieses Briefes schon verrät, bin ich nach Deutschland zurückgekehrt, schneller wohl, als Du vermutet hast. Sehr erstaunt wirst Du sein, wenn ich Dir sage, daß ich nicht allein zurückkomme, sondern mit meiner jungen Frau.«

Hier sank Tante Phine erst einmal entgeistert in ihren Sessel zurück. Ihre fahle, blasse Hautfarbe bekam entschieden einen grünlichen Anstrich, und ihre kalten, etwas vorstehenden Augen drohten aus dem Kopfe zu springen. Nachdem sie mit Hilfe von englischem Riechsalz und kaltem Wasser notdürftig ihre Lebensgeister wiedererweckt hatte, nahm sie den Brief erneut auf und las ächzend und stöhnend, sich in ohnmächtigem Groll verzehrend, weiter:

»Ich habe mich am 10. Mai in Swakopmund mit Fräulein Susanne Folkhard vermählt. Du wirst Dich wundern, daß ich mich so schnell entschlossen habe zu dieser Heirat. Die Gründe teile ich Dir mündlich mit. Heute nur so viel: Ich reise jetzt mit meiner jungen Frau noch auf einige Tage nach Berlin, wo wir allerhand Einkäufe zu erledigen haben. Nächsten Sonnabend treffen wir dann in Danzig ein, und ich bitte Dich, mit Deinem bewährten Geschick alles zum Empfang meiner jungen Frau vorzubereiten.

Sie soll die Zimmer bewohnen, die Tante Anna bewohnt hat, und die den jeweiligen Herrinnen des Hauses Rutland zukommen. Sie sind ja, wie es bei Deiner tadellosen Führung des Haushaltes selbstverständlich ist, in bester Ordnung, und Du wirst nur zu lüften und für hübschen Blumenschmuck zu sorgen haben. Ich selbst bewohne meine alten Zimmer wie sonst.

Weiter habe ich heute nichts zu bemerken. Alles andere mündlich. Meine junge Frau läßt sich Dir mit herzlichen Grüßen empfehlen, wie ich selbst es auch tue. Dein Werner.«

Das war ja unglaublich, völlig unglaublichl Werner Rutland, den sie »wohlbesorgt und aufgehoben« bei den »Wilden« wähnte, war auf dem Weg nach Hause, und nicht nur allein, sondern mit seiner Frau. Und der Himmel stürzte nicht ein über der unerhörten Tatsache, daß es nun wieder eine wirkliche Herrin im Hause Rutland geben würde, daß sie selbst, Seraphine Münzer, in das Schattendasein einer entthronten Königin untertauchen mußte? Sie sah sich mit einem glanzlosen Blick um in dem Zimmer, in dem sie sich so siegesgewiß eingenistet hatte. Diese Zimmer sollte sie nun wieder räumen, zur heimlichen Schadenfreude der Dienstboten natürlich, um sie der jungen Frau Werner Rutlands zu überlassen.

Wie kam er denn überhaupt dazu, zu heiraten, noch dazu, ohne ihr vorher Mitteilung davon zu machen? Man konnte ja auf der Stelle vor Schreck über diese unerhörte Neuigkeit tot umfallen. So sicher hatte sie ihn da unten gewähnt vor allen heiratslustigen Jungfern und Witwen. Brachte er etwa eine Wilde in das stolze Haus seiner Vorfahren? Nach dieser Nachricht war ja überhaupt nichts mehr unmöglich. Wie mußte er nur zu dieser Frau gekommen sein? Ja, hatte er denn schon so ganz und gar Käthe Verhagen vergessen, die er doch so maßlos geliebt hatte? O diese Männer, diese Männer! Konnte man sich noch auf einen von ihnen verlassen?

Aber alle Empörung half nichts. Sie sah, nachdem sie eine Weile in ohnmächtigem Zorn gegen diese Heirat gewütet hatte, mit verbissenem Grimm ein, daß sie sich Werners Anordnungen fügen mußte.

In ihrer kleinlichen Seele setzte sich in dieser ihren herrschsüchtigen Charakter so demütigenden Stunde ein an Haß grenzender Groll gegen die künftige Herrin des Hauses Rutland fest. Sanna erwuchs in ihr als eine erbitterte Feindin, noch ehe ihr Fuß die Schwelle des Hauses überschritten hatte. Während Seraphine dann wohl eine Stunde lang grübelnd die Zimmerflucht durchschritt, nahm sie sich fest vor, sich von der jungen Frau nicht von ihrem Posten als Leiterin des Hauswesens verdrängen zu lassen. Sie hatte nicht Lust, jetzt plötzlich bescheiden in den Hintergrund zu treten, nachdem sie jahrelang hier die Alleinherrscherin gewesen war.

Fräulein Seraphine bestimmten nicht nur der Ehrgeiz und die Herrschsucht zu diesem Vorsatz. Sie hatte in all den Jahren ein nettes Sümmchen für sich aus der Haushaltskasse erübrigt. Dieser angenehme Zuschuß sollte ihr nicht verlorengehen, solange sie es verhindern konnte. Wie hätte sie auch sonst ihre kostspieligen Wünsche befriedigen sollen? Sie liebte Schmuck und schöne Kleider. Von ihrer Rente allein konnte sie derartige Ausgaben nicht bestreiten. Alles in allem hatte Seraphine Münzer nun eine Reihe bitterer Stunden zu durchkosten, die sie alle der jungen Frau auf die Rechnung schob.

Die Dienerschaft lächelte schadenfroh hinter der unbeliebten Haustyrannin her, als ihre Sachen wieder in den zweiten Stock geschafft werden mußten. Sie hatte wohl oder übel erklären müssen, daß der Herr des Hauses mit einer jungen Frau zurückkehre und daß diese die Zimmer beziehen würde, die sie räumen mußte.

Neben diesen Bitterkeiten plagte Seraphine eine brennende Neugierde, wie Werners Frau beschaffen sein mochte. Vor allem quälte sie der Gedanke, ob diese sich leicht beherrschen und beiseite schieben lassen oder ob es zu einem erbitterten Kampf kommen würde.

Zu alledem ärgerte sie noch die viele Arbeit. In den wenigen Tagen war natürlich viel zu tun. Seraphine mußte eine geplante Festlichkeit, zu der sie schon Einladungen ausgeschickt hatte, absagen, da diese gerade am Sonnabend hätte stattfinden sollen.

Das Bitterste kam aber noch für die arme Seraphine. Ihre Kränzchenschwestern, voran ihre »beste Freundin«, Frau Geheimrat Papperitz, zu denen das Gerücht von Werner Rutlands Heirat gedrungen war, kamen der Reihe nach herbei, um Seraphine mit süßen Worten Glück zu wünschen und ihr zwischen den Worten mehr oder weniger deutlich zu verstehen zu geben, daß man nun das Ende ihrer Herrlichkeit voraussah. Seraphine Münzer konnte jedoch nicht nur andere beherrschen, sondern auch sich selbst, wenn sie es wollte. Und den mit versteckter Bosheit forschenden Blicken gegenüber wollte sie es.

Sie gab sich den Anschein, als sei sie durchaus nicht überrascht, ja, als sei sie längst in alles durch Werner eingeweiht. Sie heuchelte sogar eine große Freude an dem Ereignis.

Indes, wenn sie auch den Kopf noch so steif im Nakken trug, so fühlte sie sich doch im Innern grenzenlos gedemütigt. Auch diese Bitterkeit schrieb sie auf Sanna Rutlands Schuldbuch. Es waren also nur gehässige, grollende Gefühle, mit denen sie das junge Paar erwartete.

5

Werner Rutland war mit Sanna in Schwester Agathes Gesellschaft nach Berlin gereist, um Sanna vor allen Dingen erst einmal auszustatten. Er hatte die Schwester gefragt, ob sie die Güte haben wollte, mit seiner Frau die nötigen Einkäufe zu machen.

Schwester Agathe hatte lächelnd geantwortet:

»Vermutlich wäre ich eine sehr schlechte Beraterin in diesen Dingen, Herr Doktor; aber meine Schwester, die mich in Berlin erwartet, ist eine lebenskluge und ich glaube auch feine Weltdame mit gutem Geschmack. Ich will sie bitten, mit uns die Einkäufe zu besorgen.«

»Oh – soll ich wirklich auch noch Ihrer Frau Schwester Dank schuldig werden, wie schon Ihnen in so reichem Maße?«

Schwester Agathe lachte.

»Meiner Schwester können Sie nicht leicht einen größeren Gefallen tun. Wenn sie einkaufen kann, das ist ihre

Freude. Da sie mich sicher am Bahnhof erwartet, kann ich Sie miteinander bekannt machen, und wir besprechen dann alles weitere.«

Damit war Werner einverstanden. Auch Sanna war froh, daß sie noch einige Tage mit Schwester Agathe Zusammensein konnte. Sie hatten einander liebgewonnen, das scheue, weltfremde Kind und die durch herbes Leid und schwere Herzenserfahrungen gereifte Schwester, die im Dienste der leidenden Menschheit Vergessen suchte für eigene Schmerzen.

In Berlin angekommen, verabredete man mit der fröhlichen, lebenslustigen Schwester der Diakonissin, daß die beiden Damen Sanna am nächsten Morgen abholen würden.

So geschah es denn auch. Werner war froh, daß die beiden Schwestern ihm die Sorge um Sannas Aussteuer abnahmen, und pilgerte währenddessen ziellos durch die Straßen und ergötzte sich an dem großstädtischen Leben und Treiben, dem er so lange ferngeblieben war.

Am Abend leisteten dann Schwester Agathe, ihre Schwester und deren Mann dem jungen Paar beim Abendbrot Gesellschaft. Es kam eine ungezwungene, fröhliche Stimmung auf. Sannas große, erstaunte Augen, ihre drolligen Bemerkungen über das neue, unbekannte Leben und Treiben belustigten die kleine Gesellschaft. Alle bemühten sich eifrig, »die kleine Wilde« aufzuklären und zu belehren. Werner kam erst jetzt so recht zum Bewußtsein, wie entzückend Sannas unberührte Natürlichkeit wirkte. Er mußte sie immer wieder ansehen, und er fand, daß sie mit den geröteten Wangen, den lebhaft glänzenden Augen und dem in verhaltener Erregung zuckenden Mund einen seltsam süßen, fremdartigen Reiz ausstrahlte. Vielleicht trugen auch das geschmackvolle Kleid aus schwarzem Seidenkrepp und der sehr kleidsame große Hut dazu bei. Er sah Sanna zum erstenmal in solch gewählter Kleidung. Sie erschien ihm älter und erwachsener als bisher. Jedenfalls hatte der Gedanke, daß dieses schöne, fremdartige junge Geschöpf seine Frau war, einen eigenartigen Reiz für ihn.

An diesem Abend fragte er sich das erstemal eindringlich, ob es denn nötig sei, daß er wieder auf Reisen ging, statt bei seiner jungen Frau zu bleiben und ihre Entwicklung zu beobachten. Er sagte sich aber ehrlich, daß er dann schwer imstande sein würde, still und geduldig abzuwarten, bis sich dieses kindliche Geschöpf zu einer jungen Frau entwickelt hatte, der er die Entscheidung über die Zukunft ihrer Ehe in die Hand legen durfte.

Jetzt war Sanna wohl Wachs in seinen Händen. Ihrem unerfahrenen Sinn gegenüber war es kaum schwer, sie für sich zu gewinnen. Aber es erschien ihm wie ein Unrecht, ihr gewissermaßen willkürlich den eigenen Stempel aufzudrücken. Erst mußte sie selbst lernen, Unterschiede zu machen, mußte reisen und sich in Welt und Leben umschauen, damit sie ihr eigenes Herz verstehen lernte. Dann sollte sie ihre Entscheidung treffen, und wie sie dann auch ausfiel – er würde sich dieser Entscheidung fügen. Das hatte er dem sterbenden Freund versprochen, und dieses Versprechen würde er halten. Es war also das beste, er ging so bald wie möglich wieder auf Reisen und führte sein Werk zu Ende, wie er sich vorgenommen hatte.

Während er diese Erwägungen anstellte, lag Sanna drüben in ihrem Zimmer und sah mit großen Augen in das Halbdunkel, das sie umgab.

So viel Neues war auf sie eingestürmt in diesen Wochen. Ihr war zumute, als lägen Jahre zwischen jetzt und dem Tag, da sie mit ihrem Vater die stille Farm verließ.

Wohl hatte ihr der Vater so oft von all diesem Leben und Treiben erzählt, aber diese Erzählungen waren ihr wie bunte Märchen erschienen. Und nun waren diese Märchen Wirklichkeit geworden. Wie ein hilfloses Kind tastete sie in all dem Neuen umher und konnte sich nicht zurechtfinden. An der Hand des Vaters wäre es ihr vielleicht leichter gewesen. Wäre es ihr zuviel geworden, hätte sie sich in seine Arme geflüchtet und die Augen geschlossen. Daß jetzt an des Vaters Stelle Werner stand, vermochte sie sich nicht zu denken. Es war doch etwas anderes. Manchmal hätte sie wohl seine Hand fassen und ihn bitten mögen: »Halte mich – hilf mir, mich zurechtfinden, ich fürchte mich vor diesem Leben.« Sie fühlte, daß sie das früher gekonnt hätte, als er noch »Onkel Werner« für sie war. Aber seit man sie seine Frau nannte, seit sie ihn nicht mehr Onkel Werner nennen durfte, war doch etwas anderes zwischen ihnen geworden. Sie wußte nur nicht recht, was es war. Wohl machten ihr seine Güte und Freundlichkeit das Herz warm, und ein geheimnisvolles, unverstandenes Gefühl drängte sie innerlich zu ihm. Aber zugleich fühlte sie Angst und Scheu, ihm lästig zu fallen, und das machte es ihr unmöglich, sich hilfesuchend an ihn zu schmiegen.

Es war ihr damals nicht entgangen, daß Werner den Wunsch ihres Vaters erfüllte, als er sie fragte, ob sie als seine Frau mit ihm nach Deutschland gehen wollte. Nur dem Vater zuliebe hatte er sich dazu entschlossen, ihr Schutz und Hort zu sein. Er fühlte sich in seiner Großherzigkeit eben als Schuldner ihres Vaters, weil dieser statt seiner von der tödlichen Kugel getroffen worden war. Und deshalb mußte sie alles tun, um ihm nicht lästig zu werden, ihm seine übernommenen Pflichten nicht zu erschweren. Tapfer nahm sie sich vor, recht vernünftig zu sein und ihm sein Amt leicht zu machen, soweit es in ihrer Macht stand. Mit diesem Vorsatz schlief sie endlich ein.

Als sie erwachte, rieb sie sich verwundert die Augen, sah sich erstaunt um in dem eleganten Hotelzimmer und sprang dann aus dem Bett.

Eilig kleidete sie sich an. Schwester Agathe hatte ihr am Abend vorher gesagt, welches von den neuen Kleidern sie am nächsten Morgen anlegen sollte. Das Zimmermädchen mußte ihr dabei helfen, da sie allein nicht damit fertig wurde.

Dann betrachtete sie sich mit kindlicher Freude im Spiegel. Wie gut diese schwarzseidene Bluse und der in Falten gelegte Tuchrock saßen! Wenn sie nachher ausging, würden das hübsche lange Jackett und der kleine schwarze Hut ihre Eleganz vervollständigen. Am liebsten hätte sie es gleich erst noch einmal angezogen, aber das Zimmermädchen meldete ihr, daß »der Herr Gemahl« auf sie mit dem Frühstück warte.

Eilig begab sich Sanna in das Frühstückszimmer. Werner kam ihr entgegen und führte sie dann an einen kleinen Tisch am Fenster, von wo sie einen Ausblick auf das Straßenleben hatte. Ein großer Veilchenstrauß lag auf ihrem Platz.

»Hast du gut geschlafen, Sanna?« fragte Werner, mit Wohlgefallen sein Auge auf ihr ruhen lassend.

»Sehr gut, ich danke, nur ein wenig spät eingeschlafen bin ich. Habe ich dich zu lange warten lassen?«

»Nein, ich versäume ja nichts, ich habe dir inzwischen diese Veilchen gekauft.«

Sie steckte ihr Näschen in den Strauß und reichte ihm die Hand.

»Ich danke dir. Oh, wie schön sind sie, die deutschen Veilchen.«

Nun wollte er sie beim Frühstück bedienen, da legte sie bittend ihre Hand auf die seine.

»Nein, laß mich das tun. Ich habe gestern früh die junge Frau, die mit ihrem Mann hier am Nebentisch saß, beobachtet. Sie legte ihm vor und machte ihm auch ein Brötchen zurecht. Das will ich für dich auch tun, sonst merkt gleich jeder, daß ich eine kleine Wilde bin, wie sie auf dem Schiff meinten.«

Werner lachte und küßte ihr die Hand.

»Also, ich lasse mich mit Vergnügen von dir verwöhnen.«

Sie zog die Hand schnell und errötend fort.

»Das mußt du nicht tun«, sagte sie, verschämt um sich blickend.

»Doch, Sanna, sonst halten mich die Leute für einen ›großen Wilden‹. Wenn du mich bedienst, muß ich dir mit einem Handkuß dafür danken.«

Sie hob tief atmend die Schultern und lächelte schelmisch. »Ei – was habt ihr Deutschen für närrische Sitten.«

»Diese Sitte ist nicht unbedingt deutsch. Und dann darfst du nicht sagen: ›Ihr Deutschen‹. Du bist auch eine Deutsche.«

Sie lachte.

»Eigentlich bin ich eine kleine Hottentottin.«

»Wenn das Tante Phine hörte!« neckte er.

»Wäre das schlimm?« fragte sie ängstlich.

Er mußte lachen.

»Schade, daß du mir das nicht in Bremerhaven gesagt hast, dann hätte ich Tante Phine geschrieben: ›Meine junge Frau ist eine kleine Hottentottin.‹ Ich glaube, sie hätte dann vor dir die Flucht ergriffen.«

Sie seufzte lächelnd.

»Wenn ich nur erst vor Tante Phines Augen Gnade gefunden hätte!«

Er streichelte ihre Hand.

»Hast du immer noch Angst, Sanna? Was würde der Vater zu deiner Tapferkeit sagen? Du mußt das bekämpfen.«

»Ich will mir Mühe geben«, sagte sie.

Bald darauf wurde Sanna wieder von den beiden Schwestern abgeholt zu einer neuen Rundfahrt von Geschäft zu Geschäft. Auch des Abends war man wieder zusammen, und am nächsten Morgen reiste das junge Paar nach Danzig. Im Eisenbahnabteil blieben sie während der ganzen Fahrt allein. Werner hatte Sanna mit Lesestoff und Naschereien versorgt und saß ihr nun gegenüber.

So ganz allein mit Werner befiel die junge Frau wieder eine scheue Befangenheit. Schweigend und unverwandt sah sie zum Fenster hinaus. Er konnte ungestört ihr reines, klares Profil betrachten. Wie traurig sie nun wieder aussah!

Er vertiefte sich in die Einzelheiten ihres Gesichtes. Die großen dunklen Augen, in denen goldige Lichter schimmerten, wenn sie angeregt war, wurden von langen Wimpern umsäumt, deren Spitzen aufwärtsgebogen waren und einen goldenen Schein hatten wie das kastanienbraune Haar. Wie hübsch die schweren Locken sich unter dem schwarzen Hütchen auf der weißen Stirn und um das rosige Ohr ringelten! Und die Nase war fein geschnitten, ein wenig zu kurz. Das gab dem Gesicht zusammen mit dem etwas eigenwilligen Kinn ein besonders reizvolles Gepräge. Wahrlich, in Jahresfrist schon konnte sich dieses junge Geschöpf zu einer vollendeten Schönheit entwickelt haben. Soviel verstand er sich auf Frauenschönheit, wenn ihm auch bisher Käthe Verhagens goldblondes Haar und blaue Augen als Schönheitsideal vorgeschwebt hatten.

Und dann mußte er mitten in seiner Betrachtung über sich selbst lächeln. Wollte er sich selbst Sannas Vorzüge anpreisen, um sich in eine Neigung hineinzusteigern, die mit seinen bisherigen väterlichen Gefühlen nicht in Einklang zu bringen war? Wollte er sein verwaisten Herz an dieses holde junge Geschöpf hängen, um vielleicht später ein zweites Mal bitter enttäuscht zu werden? Es war doch wahrlich besser, er hielt das väterliche Gefühl fest, damit er sich das Herz nicht schwermachte und seine Unbefangenheit nicht verlor.

Aufatmend griff er zu dem noch ganz gefüllten Karton mit Naschwerk und hielt ihn Sanna geöffnet hin.

»Willst du nicht ein wenig naschen, Sanna?«

Sie wandte sich um und blickte auf die in Stanniol gehüllten Süßigkeiten hinab. Sie hätte keine junge Dame sein müssen, um widerstehen zu können. Sie hatte schon gelernt, diese geheimnisvoll verpackten Naschereien zu schätzen. Es war außerdem so lustig, diese glänzenden Hüllen zu entfernen und dann zu probieren, wie der Inhalt schmeckte.

Sie zögerte aber doch eine Weile.

»Welches soll ich nehmen?« fragte sie dann unsicher.

Er deutete mit dem Finger auf eine runde Kugel.

»Versuch dies einmal!«

Gehorsam langte sie zu.

»Du mußt aber auch davon nehmen!« sagte sie, scheu zu ihm aufblickend.

»Eigentlich bin ich es meiner Manneswürde schuldig, solche Genüsse zu verschmähen, aber dir zur Gesellschaft will ich eins nehmen.«

»Magst du sie nicht?« fragte sie erstaunt. »Sie schmekken köstlich.«

Er verzehrte einen Halbmond.

»Nun du wieder!« forderte er sie auf.

»Und dann du!« bat sie schelmisch. So schmauste er mit ihr, und dazwischen plauderten sie nun ganz vergnügt von ihren Reiseerlebnissen. Als sie von Berlin sprachen, sagte Sanna plötzlich:

»Gelt, Werner, ich habe schrecklich viel Geld ausgegeben für all die schönen Sachen, die ich mir gekauft habe?«

Er lachte.

»Nicht mehr, als du verantworten kannst.«

Sie atmete tief auf.

»Oh, es war wie ein Fieber in mir. Alles hätte ich kaufen mögen. Man sieht in den großen Geschäften so herrliche Sachen. Eins gefiel mir immer besser als das andere. Vieles war mir völlig unbekannt; Schwester Agathe und ihre Schwester mußten mir erst erklären, wozu es gebraucht wird.«

»Hast du Wünsche unerfüllt gelassen?« fragte er belustigt.

»O nein, ich habe ja so viel gekauft. Schwester Agathe meinte freilich, ich müsse das alles haben, und du wolltest es so. Aber seltsam erging es mir bei den Einkäufen. Wenn ich das eine gewählt hatte, gefiel mir das andere besser, und ich hätte das Gekaufte wieder umtauschen mögen.«

Er lachte herzlich über ihren Eifer. Da kam doch die echte Evastochter zum Vorschein.

»Nun, vorläufig bist du mit dem Nötigsten versehen. Was noch fehlt, bekommst du auch in Danzig, und wenn du erst die Trauerkleider ablegst, fährst du mit Tante Phine wieder nach Berlin und kaufst dir farbenprächtige Kleider.«

Ihre Augen umflorten sich, und der Mund zuckte in verhaltenem Weinen.

»Wenn mein lieber Vater hätte dabeisein dürfen! Wie

hat er sich gerade auf Berlin gefreut. So oft hat er mir ausgemalt, wie es sein würde, wenn er mich überall umherführen würde. Und nun ...«

Sie warf sich in ausbrechendem Schmerz in die Kissen zurück und weinte. Er setzte sich neben sie und zog sie in seine Arme.

»Nicht weinen, Sanna, nicht traurig sein – sonst findet ja der Vater keine Ruhe im Grabe!«

Sie bezwang sich tapfer und richtete sich empor. Er nahm sofort seinen alten Platz wieder ein, als sie sich beruhigt hatte.

»Erzähl mir bitte noch ein wenig von Danzig, von deinem Haus und von deinen Freunden!« bat sie ihn.

Er tat es, beschrieb das alte schöne Patrizierhaus und schilderte ihr die Menschen, mit denen sie in Berührung kommen sollte. Und dann sprach er mit ihr darüber, daß sie während seiner Abwesenheit ihr Leben mit etwas ausfüllen sollte, was ihr über einsame Stunden weghelfen konnte.

»Du wirst noch manche Lücke in deinem Wissen ausfüllen müssen, Sanna. Ich werde dafür sorgen, daß du gute Lehrer erhältst. Daß du gern Musikunterricht nehmen möchtest, hast du mir schon gesagt. Ich glaube auch, du hast eine sehr gute Stimme, du sangst deutsche Volkslieder sehr schön, und es klang voll und stark über die Steppe. Es würde jedenfalls ratsam sein, wenn du auch Gesangstunden nähmst. Auch mit der neuesten Literatur könntest du dich befassen. Lust zum Lernen hast du ja, und es ist immer gut, wenn man seinem Leben einen Inhalt gibt«, sagte er.

Und dann schilderte er ihr, wie er sich die Einrichtung ihres Tagewerks dachte. Sie war eifrig dabei und freute sich darauf, etwas zu tun zu haben. Da Tante Phine vorläufig den Haushalt weiterführen sollte, wäre ihr sonst die Zeit lang geworden. Sie war an ein tätiges Leben gewöhnt gewesen und haßte das Nichtstun.

»Aber schau – da tauchen die Türme von Danzig auf, bald sind wir daheim.«

Sie beugte sich vor und schaute voll atemloser Spannung auf das immer näher kommende Städtebild. Eine erwartungsvolle Unruhe lag in ihrem Blick.

6

Seraphine Münzer stand, feierlich in Seide gekleidet, in der großen, hallenartigen Diele des Hauses Rutland und warf einen wahrhaftigen Feldherrnblick um sich. Es war alles zum Empfang des jungen Paares vorbereitet. In wenigen Minuten mußte Werner mit seiner jungen Frau eintreffen. Tante Phine paßte mit ihrem scharfkantigen, unbewegten Gesicht und der stolzen, vornehmen Haltung vorzüglich in die altertümliche Pracht der hochgewölbten Diele mit den herrlichen, in Eichenholz geschnitzten Wänden. Die mit schönen, alten Malereien geschmückte Decke wölbte sich erst oben über dem ersten Stockwerk. Man sah von unten ein geschnitztes Geländer rings um den Flur des ersten Stockes laufen; er war von unten durch schwere Säulen gestützt, um die sich Rundbänke zogen. Oben führten zahlreiche Türen nach allen vier Seiten in die Zimmer, und unten lagen die Eingänge zu den Räumen unter dem säulengestützten Raum. Alle diese Eingänge waren geöffnet, die breiten Flügeltüren waren zurückgeschlagen, so daß man die schönen Räume überblicken konnte. Nur im Hintergrund, hinter der schweren, vom Alter dunkelbraun gebeizten Eichentreppe mit dem kunstvoll geschnitzten Geländer waren einige Türen geschlossen, die in ein schmales Treppenhaus führten, welches von den im Erdgeschoß befindlichen Küchen- und Wirtschaftsräumen bis zum zweiten Stock führte. Dieses Treppenhaus hatte einen Nebenausgang zur Straße und wurde von Dienstboten und Lieferanten benutzt.

Seraphine trat noch einmal in die Tür, die zum Speisezimmer führte. Hier war bereits die Tafel festlich gedeckt. Ein kostbares Damasttuch von feinstem Gewebe lag auf dem großen runden Tisch. Darauf standen schweres Silbergerät und altes, wertvolles Porzellan, feingeschliffene Kristallgläser und eine große, mit Blumen und Früchten gefüllte Schale, die ein silbernes Schiff mit goldenen Masten und Segeln darstellte, das glückbringende Sinnbild des Hauses Rutland.

Tante Phine wußte, was sie dem Glanz dieses Hauses schuldig war. Sie verstand zu vertreten, das mußte man ihr lassen.

Hätte sie freilich geahnt, welch ein schlichtes, einfaches Geschöpf die junge Frau Rutland war, hätte sie gewußt, daß diese in einer weltabgeschiedenen Farm ohne alle Bequemlichkeit aufgewachsen war, vielleicht hätte sie sich mit einer geringeren Prachtentfaltung begnügt.

Sie rief jetzt durch den Speiseaufzug, der Speisezimmer und Küche verband, einen Befehl hinunter. Gleich darauf hörte sie draußen den Wagen vorfahren. Ohne Hast, in steifer Würde und mit hocherhobenem Haupt ging Seraphine bis zur Mitte der Diele zurück und erwartete hier die Ankommenden. Ein Diener hatte die Tür geöffnet und stand nun draußen am Wagenschlag. Werner Rutland führte seine junge Frau an ihm vorüber über die Schwelle seines Hauses. Seraphine ging nun dem jungen Paar einige Schritte gemessen entgegen, jeder Zoll eine regierende Fürstin.

Werners Lippen umspielte verstohlen ein Lächeln. Genau so hatte er sich den Empfang vorgestellt. Er hatte Sanna sogar schon im voraus eine humoristische Schilderung davon geliefert, um sie darauf vorzubereiten. Nun mußte Sanna ein wenig lächeln und sah halb schelmisch, halb beklommen zu ihm auf. Er drückte leise ihren Arm und führte sie Tante Phine zu.

»Hier bringe ich dir meine junge Frau – dies ist Tante Phine, liebe Sanna!« sagte er, die Hand der alten Dame küssend.

Seraphine streckte langsam ihre kühle, hagere Hand aus, und Sanna legte die ihre schnell hinein. Ihre Augen blickten bang und unruhig in Tante Phines ausdrucksloses Gesicht.

Seraphine war von der ersten schnellen Musterung der jungen Frau sehr befriedigt und zugleich erstaunt. Dieses kindliche Wesen mit der bescheidenen, fast ängstlichen Haltung würde nicht schwer zu beherrschen sein. Wie kam Werner nur zu dieser kindlichen, schüchternen Frau?

Mühsam zwang sie sich einige freundliche Worte ab. Sanna fand keine Erwiderung, die Kehle war ihr wie zugeschnürt. Unwillkürlich faßte sie wie Schutz suchend nach Werners Arm, und dieser lächelte ihr ermutigend zu.

»Ich stelle meine Frau unter deinen besonderen Schutz, Tante Phine! Sei besonders lieb und gut zu ihr! Sie hat weder Vater noch Mutter, und unsere Sitten und Gebräuche sind ihr fremd. Du wirst ihr helfen, daß sie sich zurechtfindet, nicht wahr? Du mußt dich auch in Zukunft aufopfern und dem Haushalt vorstehen. Sanna ist noch zu jung und unerfahren. Ich rechne auf deine Bereitwilligkeit, weiß ich doch, daß du dem Glanz des Hauses Rutland jedes Opfer bringst.«

Tante Phine war ganz Huld und Gnade. Sie jubelte innerlich, daß man ihr so kampflos den ersten Platz überließ. Sie ahnte nicht, daß Werner seine Worte wohlberechnet hatte, um sie nicht gegen Sanna zu erbittern. Sie war äußerst befriedigt, daß sie, wie sie es sich gewünscht, als Opfer hinstellen konnte, was ihr heiß ersehnt und erstrebenswert war.

»Du weißt, daß ich jederzeit zu Opfern bereit bin, lieber Werner, es ist ja selbstverständlich, daß ich auch fernerhin meine Kräfte dem Wohle dieses Hauses widme«, sagte sie würdevoll. Und zu Sanna gewendet, fuhr sie fort: »Ich werde dich selbst in deine Zimmer führen.« Das sagte sie mit einem Ausdruck, als lasse sie sich zu einer großen Huld und Gnade herab.

Inzwischen war das Gepäck des jungen Paares in die Zimmer geschafft worden. Sanna und Werner schritten hinter Tante Phine die breite Eichentreppe empor. Werner trat mit in Sannas Zimmer, um sich durch einen Blick zu überzeugen, daß Tante Phine auch frische Blumen zum Willkommen aufgestellt hatte. Es war geschehen. O ja, auf Tante Phine konnte man sich verlassen! Mochten ihre Gefühle der jungen Frau gegenüber sein, wie sie wollten – an Äußerlichkeiten ließ sie es nie fehlen.

Sanna sah sich, Werners Hand noch immer festhaltend, in ihrem neuen Reich um. Die gediegene Pracht der Ausstattung machte einen überwältigenden Eindruck auf sie. Die Zimmer waren einer längst vergangenen Zeit und Geschmacksrichtung gemäß eingerichtet. Solche Möbel hatte Sanna noch nie gesehen. Aber trotzdem fühlte sie sich geborgen und heimlich berührt. Die tiefen Fensternischen erregten ihre Aufmerksamkeit.

»Oh, die starken Mauern! Sie machen den Eindruck, als wäre man sicher dahinter vor allen Gefahren«, sagte sie aufatmend.

»Du sollst auch sicher und geborgen sein in dieses Hauses Schutz. Nicht wahr, Tante Phine, du hilfst mir, Sanna zu beschützen und zu behüten, wenn ich wieder auf Reisen gehe?« erwiderte Werner.

Seraphine wandte sich ihm überrascht zu.

»Du willst wieder auf Reisen gehen?«

Er nickte.

»Ja. Aber darüber sprechen wir später. Jetzt wollen wir Sanna allein lassen, damit sie sich ein wenig in ihrem Reich umsehen kann. Hoffentlich gefällt es dir gut, Kind!«

»Es ist sehr schön hier – und so heimisch und traut. Ich weiß nicht, woran es liegt, aber mir ist, als wären mir diese Zimmer nicht fremd, als hätte ich sie schon im Traum gesehen«, sagte Sanna leise und versonnen.

Seraphine hatte kein Verständnis für derartige Stimmungen. Außerdem beschäftigte sie der Gedanke, daß Werner wieder reisen würde, voll und ganz.

»Du wirst dich umkleiden wollen, Susanna. Dein Gepäck steht in deinem Garderobenzimmer. Wenn du Bedienung brauchst, klingle bitte. Das Zimmermädchen wird dann sofort erscheinen. In einer Stunde wird gespeist«, sagte sie in ihrer kühlen Weise.

Werner lächelte Sanna zu.

»Du mußt pünktlich fertig sein, Sanna! Tante Phine hält Pünktlichkeit für die erste Tugend. Ich hole dich dann ab, um dich ins Speisezimmer zu führen.«

Er küßte ihr die Hand. Sie sah errötend von ihm zu Tante Phine.

»Also bis nachher, Susanna!« sagte diese huldvoll.

»Bitte, nenn mich Sanna. Ich bin nur an diesen Namen gewöhnt, liebe Tante Phine!« bat die junge Frau.

»Wie du willst, liebe Sanna!«

Damit rauschte Seraphine hinaus.

Werner blickte Sanna lächelnd ins Gesicht.

»Gelt, sie ist ganz so, wie ich sie dir beschrieben habe, die gute Tante Phine?« fragte er leise.

Sie nickte und sah ihn mit schelmischem Einverständnis an.

»Also auf Wiedersehen in einer Stunde, Sanna! Sei pünktlich – sonst stehe ich für nichts!«

Sie blickten sich lachend an, und dann verließ Werner schnell das Zimmer.

Draußen stand Seraphine, auf ihn wartend.

»Willst du wirklich wieder verreisen, Werner?« fragte sie hastig, als könne sie nicht erwarten, die Antwort zu hören.

Er sah sie belustigt an. Wußte er doch ganz genau, daß ihr eine Bestätigung angenehm sein würde.

»Wir sprechen noch darüber, Tante Phine! Ich habe dir überhaupt manches zu sagen. Jetzt verlangt mich jedoch danach, den Reisestaub abzuschütteln.«

Damit küßte er ihr artig die Hand und verschwand in seinen Zimmern, die denen Sannas gegenüberlagen, auf der anderen Seite des Flurs.

Seraphine sah ihm stumm und starr nach. Dann blickte sie auf Sannas Tür und schüttelte, die Achseln zukkend, den Kopf, als wollte sie sagen:

»Daraus werde ein anderer klug!«

Sanna schritt zögernd und langsam durch ihre Zimmer. Jedes Möbel, jedes Bild betrachtete sie aufmerksam. Zuweilen streifte sie wie schmeichelnd mit den Händen über einen besonders schönen Gegenstand hin. Über einem Schränkchen, das mit wundervollen Schnitzereien verziert war, hing in einem vergoldeten Rahmen das Bild einer Dame in einer Tracht, die Sanna völlig fremd war. Wie seltsam dieses Gesicht auf sie wirkte. Es war, als ob ihr die grauen Augen ermutigend zulächelten. Wo hatte sie nur diese Augen schon gesehen, mit dem leicht humoristischen Ausdruck, mit der warmen Güte und Zartheit, die so zum Herzen sprach. Es war, als ob dieses Gesicht lebendig würde, als ob die Lippen sich bewegten und ihr zuflüsterten: »Kleine Sanna, liebe, kleine Sanna!«

Und da ging es wie ein Ruck durch ihre Gestalt. Plötzlich wußte sie, daß dieses Damenbildnis sie an Werner erinnerte. Ein helles Rot flog über ihr Gesicht.

»Wer bist du?« fragte sie halblaut, als müßte ihr das Bild Antwort geben. Aber dann lächelte sie über sich selbst und dachte: »Ich will gleich nachher Werner fragen, wer diese liebe, freundliche Dame ist. Sie gefällt mir viel, viel besser als Tante Phine.«

Langsam ging sie weiter, aber noch einige Male blickte sie zu dem Bild zurück, und als sie mit ihrem Rundgang fertig war, setzte sie sich dem Bild gegenüber ans Fenster. Dies Zimmer gefiel ihr am besten, hier würde sie am liebsten weilen, das fühlte sie, und unter den gütigen, lächelnden Augen da drüben würde sie sich geborgen fühlen. Sie nickte dem Bild lächelnd zu.

»Du bist gut, das fühlt man«, sagte sie froh.

Und dann blickte sie zum Fenster hinaus. Ein leiser, entzückter Ausruf entfloh ihren Lippen. Da lag vor ihr der herrlichste Garten mit prachtvollen, breitästigen Bäumen und wundervollen Blumenrabatten. Blühende Rosen in ungeahnter Reichhaltigkeit und Fülle sandten ihren Duft zu ihr empor, als sie schnell das Fenster öffnete und sich hinausbeugte. Zwischen dem Gebüsch schimmerte das Dach eines hübschen Gartenhäuschens, welches von schlanken Säulen getragen wurde. Sie drückte die Hände aufs Herz und wandte sich nach dem Frauenbildnis um, als müsse sie jemand an ihrer Freude teilnehmen lassen.

»Heimat!« sagte sie bewegt vor sich hin – und dann noch ein zweites und drittes Mal mit starkem, innigem Ausdruck dieses eine Wort: »Heimat! Heimat!«

So grüßte sie die neue Umgebung und nahm sie in ihr Herz auf.

Dann glitt sie wieder in ihren Sessel und schloß die Augen. So saß sie reglos, bis ein feiner, silberner Ton sie aus ihrer Versunkenheit weckte. Erschreckt fuhr sie auf und blickte nach der hübschen kleinen Standuhr, die sie an die entschwindende Zeit gemahnt hatte. Eine halbe Stunde war bereits vergangen, jetzt mußte sie sich beeilen, um pünktlich fertig zu werden.

Schnell schritt sie hinüber in das Ankleidezimmer neben dem Schlafzimmer, das in ganz lichten Farben gehalten war. Hier standen ihre Koffer bereit. Sie wusch sich Gesicht und Hände und ordnete das lockige, schwere Haar in frische Flechten. Dann nahm sie ein passendes Kleid aus dem Koffer, duftig und geschmackvoll in Schwarz, mit einem Spitzeneinsatz am Hals und halblangen Ärmeln. Das legte sie an, und erst, als sie mit dem Zuknöpfen nicht fertig wurde, klingelte sie nach Bedienung. Ein sauber gekleidetes, frisches Mädchen trat ein und fragte nach ihrem Wunsch. Es trug ein weißes Häubchen auf dem blonden Haar und sah sehr freundlich und hilfsbereit aus.

Sanna bat, ein wenig schüchtern, ihr das Kleid zu schließen. Mit flinken, geschickten Händen führte das Mädchen den Auftrag aus. Sanna mußte an die alte Negerin denken, die ihr daheim ähnliche liebevolle Kammerzofendienste geleistet hatte.

»Haben gnädige Frau weitere Wünsche?«

Sanna wollte sich schon erkundigen, wer die Dame sei, deren Bild in ihrem Wohnzimmer drüben hing. Aber es fiel ihr ein, daß es vielleicht nicht statthaft sei, eine Dienerin danach zu fragen. Seufzend dachte sie, wieviel sie noch zu lernen habe, ehe sie sich richtig benehmen konnte in diesem Lande, das nun ihre Heimat war.

»Nein, danke, ich – ich möchte nur noch wissen, wie Sie heißen.«

»Berta, gnädige Frau!«

»Es ist gut, Berta, so darf ich Sie doch nennen, nicht wahr? Ich brauche jetzt nichts mehr. Wenn Sie später Zeit haben, können Sie mir vielleicht meine Sachen auspakken.«

»Gleich nachher, das gnädige Fräulein hat es mir schon auf getragen.«

»Dann nehmen Sie bitte hier die Schlüssel.«

Berta nahm knicksend den zierlichen Schlüsselbund und ging hinaus.

Draußen begegnete ihr Werner.

»Ist meine Frau fertig, Berta?«

»Ja, gnädiger Herr!«

Werner klopfte an die Tür zu Sannas Wohnzimmer und trat dann ein.

Sanna kam Werner mit erregt glühenden Wangen entgegen. Sie hatte sich beeilen müssen.

»Beinahe hätte ich mich verspätet, Werner. Habe ich dich schon warten lassen?« fragte sie ängstlich.

Er lachte.

»Aber, Sanna, du hast dich doch nicht durch meine scherzhafte Drohung schrecken lassen? Hier in diesem Haus hat sich alles nach dir zu richten, das vergiß nicht. Hat dich Tante Phine etwa schon eingeschüchtert durch ihre Herrscherinnenmiene? Das laß sie ja nicht merken, sonst sieht sie in dir ein Opfer ihrer Tyrannengelüste. Nicht ducken lassen, kleine Frau! Tu Tante Phine den Gefallen, sie scheinbar als Oberhoheit zu betrachten, aber halte dich innerlich ganz frei von jedem Einfluß, den sie auf dich ausüben will.«

»Müssen wir jetzt zu Tisch gehen, oder haben wir noch ein Weilchen Zeit?«

»Wir haben Zeit, solange du willst.«

»Ich möchte zwei Wünsche aussprechen.«

Er zog die Stirn in Falten.

»Gleich zwei?«

Sie nickte lächelnd.

»Nun, dann heraus damit«, forderte er sie auf. Sie führte ihn vor das Damenbildnis und sah erwartungsvoll in sein kluges, kühnes Gesicht mit den warmen, humorvollen Augen.

»Ich möchte wissen, wer das ist.«

Ein weicher Ausdruck erschien auf seinem Gesicht.

»Ist das einer von den zwei Wünschen?«

»Ja, der wichtigste.«

»Das ist meine Mutter, Sanna!«

Sie atmete tief auf und legte die Hand aufs Herz.

»Ach – wie gut! Ihre Augen erinnerten mich gleich an dich und – sie haben mich willkommen geheißen – ganz ohne Zweifel. Sie sprachen zu mir und machten mich richtig froh. Ich freue mich sehr, daß dieses Bild in meinem Zimmer hängt. Das ist, als sei ein Schutzgeist bei mir.«

Werner hatte ihren Worten mit seltsamer Ergriffenheit zugehört. Seine Augen ruhten sinnend auf ihrem jungen Gesicht.

Dann erinnerte er sich, daß sie von zwei Wünschen gesprochen hatte.

»Du hattest noch einen Wunsch auf dem Herzen, Sanna! Ist der auch so schwer zu erfüllen?« fragte er lächelnd.

Sie wandte ihm das Gesicht wieder zu.

»Ich möchte gern einmal in den schönen, großen Garten hinaus, der vor meinen Fenstern liegt.«

Er zog ihren Arm durch den seinen.

»So komm. Hast du lauter solche vermessenen Wünsche?«

Sie sah ihn an, und der hinreißende Schelmenzug lag wieder auf ihrem Gesicht.

»Du solltest dein Schicksal nicht herausfordern.«

Er fand sie entzückend mit diesem Ausdruck.

Sie waren die Treppe hinabgeschritten, und er führte sie nun durch ein in hellen Farben gehaltenes und mit einem großen, kostbaren Gobelin geschmücktes Zimmer. Von hier führte eine mit Glasfenstern versehene Tür über einige Sandsteinstufen in den Garten.

Sanna riß sich hier plötzlich von Werners Arm los und lief mit schnellen Schritten auf dem Hauptweg hinab bis zu den Rosensträuchern. Mit einem entzückten Ausruf blieb sie hier stehen und betrachtete, den Duft in vollen Zügen einatmend, die blühende Pracht.

»Wie schön, wie schön!« rief sie Werner entgegen, der ihr langsam gefolgt war.

Er freute sich an ihrem Entzücken und schnitt einige der schönsten Blüten ab, die sich erst halb entfaltet hatten.

»Komm, laß dich schmücken für das erste Mahl, das du in meinem Hause einnimmst«, sagte er und befestigte eine zarte Blüte in ihrem kastanienbraunen Haar. Sie hielt still und senkte errötend die Augen. Dabei sah sie so hold und lieblich aus, daß er sie am liebsten in seine Arme genommen und geküßt hätte. Aber er bezwang sich, um sie nicht zu erschrecken, und reichte ihr die anderen abgeschnittenen Rosen.

»So, die steckst du in den Gürtel, dann sieht dein schwarzes Kleid doch ein wenig festlich aus.«

Sie tat, wie er ihr geheißen hatte. In diesem Augenblick erschien Tante Phine in der offenen Tür.

Werner nickte ihr zu.

»Wir kommen sofort, Tante Phine!« rief er hinüber und fuhr leiser zu Sanna fort: »Ich glaube, der Braten brennt an, wenn wir uns jetzt nicht beeilen – und das würde uns Tante Phine nie verzeihen.«

Sie gingen den Weg gemeinsam zurück. Sanna ließ den Blick umherschweifen.

»Darf ich mich in diesem Garten aufhalten, sooft ich will?«

»Du darfst alles tun, was dir Freude macht. Haus und Garten sind dein Eigentum.«

Sie drückte in aufwallender Dankbarkeit seinen Arm.

»Du bist so gut, Werner – so unbeschreiblich gut. Mein lieber Vater könnte mich nicht mehr verwöhnen. Wenn ich es dir nur danken könnte!«

»Du dankst es mir, indem du dich wohl und zufrieden fühlst.«

Sie waren bei Seraphine angelangt, die ihnen mißbilligend ob ihrer Unpünktlichkeit entgegensah. Werner schnitt ihr jeden Vorwurf ab, indem er sagte:

»Ist das Festmahl bereit, Tante Phine? Wir sind heute ausnahmsweise ein bißchen unpünktlich gewesen. Sanna mußte sich erst ein wenig umsehen. Aber nun sollst du deine Freude haben. Wir werden dir bei Tisch alle Ehre antun.«

Sie saßen dann in dem schönen altertümlichen Speisezimmer mit den wundervollen dunkel gebeizten Eichenmöbeln, die so fest und gediegen auf ihren Plätzen standen, als seien sie seit Jahrhunderten mit dem Hause verwachsen.

7

Am nächsten Tag fuhr Werner mit Sanna erst zu Verhagens, um sie mit Käthe bekannt zu machen. Tante Phine sah ihnen mit einem gehässigen Gesicht nach. Daß Werner ihr noch immer nicht über alles, was sie wissen wollte, Aufschluß gegeben hatte, verstärkte ihren Groll. Sie ahnte nicht, daß es Werner schwerfiel, ihr die näheren Verhältnisse zu erklären und gewissermaßen das Geheimnis seiner seltsamen Ehe preiszugeben. Solche Eröffnungen macht man nicht einmal seinen vertrautesten Freunden gern. Tante Phine war seinem Innern völlig fremd. Trotzdem hatte er sich gesagt, daß es nötig sei, die alte Dame einzuweihen, damit sie Sanna gegenüber nicht Dinge berührte, die diese verletzen oder beunruhigen mußten. Aber er schob diese Eröffnung hinaus, solange es ging.

Nun war das junge Paar auf dem Weg zu Verhagens. Werner fühlte sich eigentümlich beklommen unruhig. Wie würde Käthes Anblick jetzt auf ihn wirken? Als er sie vor seiner Abreise zuletzt gesehen hatte, war in seinem Herzen noch immer ein schmerzhaftes Gefühl gewesen. Er hatte ihren bittenden Augen gegenüber noch kein befreites Lächeln gehabt, und sie war traurig gewesen, weil sie erkannt haben mochte, daß der Jugendfreund noch immer unter der Enttäuschung litt, die sie ihm hatte zufügen müssen.

Während er nun mit Sanna seinem Ziel immer näher kam, saßen in Käthe Verhagens hübschem lauschigem Zimmer ihr Gatte und ihr Bruder Rudolf der Hausfrau gegenüber.

»Ihr könnt es mir glauben oder nicht«, sagte Rudolf eifrig, »das Gerücht hat bereits die ganze Stadt durchlaufen. Gestern nachmittag soll Werner bereits mit seiner jungen Frau eingetroffen sein.«

Käthe erwiderte ungläubig: »Wenn sich Werner Rutland wirklich verheiratet hätte, warum hätte er es dann uns, seinen besten Freunden, nicht mitgeteilt?«

»Seine Vermählungsanzeige kann ja verlorengegangen sein, oder er ist früher angekommen als diese.«

Käthe seufzte ungeduldig.

»Ich gäbe etwas darum, wenn ich Gewißheit hätte!« rief sie in ihrer lebhaften Art.

»Es ist aber doch kaum zu glauben, daß er sich in dieser kurzen Zeit verheiratet haben soll. Bedenkt doch, daß sechs Wochen allein zur Hin- und Rückreise nötig waren. Daß er in Swakopmund eingetroffen ist, hat er dir gemeldet, Rudolf. Da hätte er ja kaum vier Wochen Zeit gehabt, sich da unten zu vermählen. Wer weiß, was die Gerüchteküche da wieder für einen Unsinn gezeitigt hat«, sagte Fritz Verhagen zweifelnd.

In diesem Augenblick öffnete ein zierliches, hübsches Zöfchen die Tür und meldete: »Herr und Frau Rutland.«

Die drei Menschen sahen sich sprachlos an. Dann ermannte sich Fritz Verhagen als erster.

»Wir lassen bitten.«

Gleich darauf trat Werner mit seiner Frau ins Zimmer. Nun kam Leben in Käthes Gestalt. Sie eilte mit strahlendem Gesicht dem jungen Paar entgegen und ergriff ohne Umstände beider Hände.

»Ist es denn wahr, Werner, ist es wirklich wahr? Wir wollten es nicht glauben, Rudolf brachte uns eben erst die Neuigkeit«, stieß sie atemlos und freudig erregt hervor.

In Werners Herzen keimten doch noch einmal alte Schmerzen auf, als er das schöne, lebensfrische Geschöpf vor sich sah, dem seine tiefe, ehrliche Liebe gehört hatte. Er verstand nur zu gut ihre Freude an seiner Vermählung, wich doch damit der Schatten, den seine unglückliche Liebe auf ihr Glück geworfen hatte.

»Ich bringe euch meine junge Frau«, sagte er jedoch scheinbar ruhig. »Sanna, dies ist Käthe Verhagen, meine Jugendfreundin – und das ist Fritz Verhagen, ihr Gatte ...«

»Und ich bin sein bester Freund, Rudolf Raven, meine verehrte, gnädige Frau – ich gestatte mir, Sie im Namen der ganzen Familie herzlichst zu begrüßen«, fiel ihm Rudolf ins Wort und beugte sich über Sannas Hand.

Käthe schob ihn zur Seite und zog Sanna zu sich auf den Diwan.

»Was dir einfällt, Rudolf! Im Namen der ganzen Familie? Wer hat dich dazu berechtigt? Wir begrüßen Frau Sanna Rutland selbst, und – ach du lieber Gott! – an Herzlichkeit soll es nicht fehlen. Bitte, nehmen Sie uns die formlose Begrüßung nicht übel. Aber wenn uns Werner Rutland seine junge Frau bringt, so gehört sie zu uns. Gelt, Werner?«

»Es ist sehr lieb von dir, Käthe. Ich habe es meiner Frau vorausgesagt, daß ihr ein Plätzchen neben mir in euren Herzen gehören wird.«

Käthe blickte mit feuchten Augen in Sannas Gesicht, aus dem ihr eine scheue Freude entgegenleuchtete.

»Werner hat mir sehr viel Gutes von Ihnen allen erzählt, gnädige Frau. Ich freue mich, daß Sie so gut zu mir sind und so freundlich«, sage Sanna gerührt.

Die drei Menschen lauschten entzückt ihrer fremdartigen Sprechweise.

»Sie sind Ausländerin, gnädige Frau?« fragte Fritz Verhagen artig, nachdem er auch Sanna durch einen Handkuß begrüßt hatte.

»Aber nein, ich bin Deutsche, mein Vater war deutscher Offizier«, antwortete sie lächelnd.

Rudolf faßte Werner bei den Schultern.

»Du, eine Schande ist es, von fremden Menschen muß man erfahren, daß du dich verheiratet hast.«

»Ihr müßt entschuldigen, die Umstände brachten das mit sich. Unsere Hochzeit mußte etwas übereilt stattfinden, wir sind am Sterbebett meines Schwiegervaters getraut worden. Und ehe ihr meine Nachricht erhalten hättet, war ich selbst da.«

»Nun, das läßt sich als Entschuldigung hören.«

Käthe plauderte lebhaft mit der jungen Frau in einer so herzlichen Art, daß Sanna schnell alle Scheu verlor und froh darauf einging. Die Herren hörten zu und fanden die junge Frau mit ihren etwas weltfremden Ansichten sehr reizend.

Als sie eine kleine Schilderung von ihres Vaters Farm gegeben hatte, sagte Rudolf Raven, ihr entzückt in die Augen sehend: »Von Ihrer Heimat müssen Sie mir noch viel erzählen, gnädige Frau. Werner hat sich mit kühner Hand einen Paradiesvogel in das alte Haus an der Werft geholt. Da er mein Freund ist, darf ich mich hoffentlich oft zu einem Plauderstündchen einfinden. Werner hat mir auch noch viel zu erzählen. Wie ist es nun mit deinem Wandervogeltrieb, Werner? Wirst du nun hübsch brav und seßhaft zu Hause bleiben?«

»Nein, Rudolf, noch habe ich meine Forschungen nicht abgeschlossen. Ich reise in wenigen Tagen wieder ab.«

Sie sahen ihn alle erstaunt an.

»Wie, du willst deine junge Frau allein lassen?« fragte Rudolf fast bestürzt. »Gnädige Frau, das dürfen Sie nicht zulassen.«

Sanna warf errötend einen scheuen Blick zu Werner hinüber. Dann sagte sie zaghaft:

»Werner weiß, was er tun muß.«

Rudolf sprang auf.

»Aber du Unmensch, das ist ja unerhört! So eine reizende junge Frau läßt man doch nicht allein, um toten Dingen nachzuforschen.«

Werners Stirn rötete sich. Er fühlte, daß ihn Käthe mit forschenden Augen ansah.

»Diese Reise war schon vorher beschlossene Sache, ich bin Verpflichtungen dafür eingegangen, die ich nicht lösen kann. Wir hätten unsere Hochzeit bis nach der Reise verschoben, wenn der Vater meiner Frau nicht gestorben wäre. Sanna ist noch so jung – ich habe sie nur heimgebracht, um sie im Schutz meines Hauses zu wissen. Und da komme ich nun auch gleich mit einer großen Bitte zu euch, vor allen Dingen zu dir, liebe Käthe. Nimm dich meiner jungen Frau ein wenig an! Sie ist ein Fremdling in der deutschen Heimat ihres Vaters und muß sich erst in mancherlei finden.«

Käthe Verhagen legte plötzlich ihren Arm fest um Sannas Schultern.

»Sie soll mir wie eine Schwester sein, Werner, ich verspreche es dir«, sagte sie ernst.

»Nun – ich hoffe ebenfalls von dieser Verschwisterung Vorteil zu ziehen. Gnädige Frau – ich werde Ihr getreuer Ritter sein, solange Werner fernbleibt!« rief Rudolf.

Sanna sah mit einem frohen Lächeln zu den Geschwistern auf.

»Sie sind beide so gut zu mir!«

Werner legte seine Hand auf Rudolfs Schulter.

»Ich ernenne dich feierlich zum Ritter meiner Frau!«

»Dagegen erhebe ich Einspruch!« rief Fritz Verhagen. »Zu solchem Ehrenamt ist Rudolf nicht alt genug. Mir kommt es eher zu.«

»Ach, weil du ein ganzes Jahr älter bist als ich! Nee, nee, mein Lieber, du bist auch durch Familiensorgen viel zu sehr gebunden.«

»Gnädige Frau, entscheiden Sie selbst, wem von uns beiden Sie mehr Vertrauen schenken«, wandte sich Fritz lachend an Sanna.

Diese blickte schelmisch von einem zum andern. »Da fällt mir die Wahl schwer«, sagte sie lächelnd.

»Jedenfalls weiß ich meine Frau in gutem Schutz bei euch allen«, meinte Werner zufrieden. »Aber deine Hilfe erbitte ich doch ganz besonders, Käthe. Sanna wird diese am nötigsten brauchen. Vor allen Dingen möchte ich dich bitten, zuweilen in meinem Haus nach dem Rechten zu sehen. Du kennst Tante Phine – man muß ihr ein kräftiges Selbstbewußtsein entgegensetzen, wenn man nicht unter ihre Tyrannei geraten will. Und Sanna ist keine Kämpfernatur.«

Käthe streckte fröhlich die Arme aus.

»Oh, auf eine lustige Fehde mit Tante Phine soll es mir nicht ankommen. Zuerst wollen wir aber unser Bündnis mit einem schwesterlichen ›Du‹ besiegeln. Werner Rutlands Frau kann ich unmöglich mit dem steifen ›Sie‹ anreden. Also auf du und du, liebe Sanna. Und morgen kommt ihr beide zu uns zu Tisch und bleibt bis zum Abend. Wir müssen noch viel besprechen, ehe Werner wieder abreist.«

Werner sagte mit Sannas Einverständnis zu. Man plauderte dann noch ein halbes Stündchen, dann verabschiedete sich das junge Paar, das noch einige Besuche machen wollte.

Käthe küßte Sanna herzlich zum Abschied.

»Wir werden uns sehr oft sehen, nicht wahr? Ich bin ja auch viel allein, wenn mein Mann im Geschäft ist. Und meine beste Freundin, Lotte Hansen, geht wieder nach Zürich, sie studiert Medizin. Da freue ich mich, daß ich in dir Ersatz finden werde«, schloß Käthe.

Sanna saß dann froh und angeregt im Wagen neben Werner.

»Was sind das für liebe, gute Menschen, man muß sie liebhaben«, sagte sie lebhaft.

»Ich wußte, daß sie dir gefallen würden«, antwortete er ruhig.

Sie sah ihn prüfend an.

»Du schienst mir so still in ihrer Gesellschaft? Oder habe ich mir das nur eingebildet?«

Er vermied ihren Blick.

»Ich war wohl nicht stiller als sonst. Vielleicht schien es dir so im Gegensatz zu Rudolf Ravens Lebhaftigkeit«, erwiderte er hastig, obwohl er sich bewußt war, daß sie recht hatte.

»Herr Raven ist sehr lustig«, sagte Sanna vergnügt. »Man muß viel über ihn lachen.«

»So wird er dir in meiner Abwesenheit ein guter Gesellschafter sein.«

Sannas Gesicht überflog jäh ein leiser Schatten. Wenn sie an Werners Abreise dachte, wurde ihr das Herz schwer. Ihre Scheu vor einem Zusammenleben hatte sich durch sein kluges, zurückhaltendes Benehmen fast verloren.

Sie hätte es jetzt gern gesehen, wenn er geblieben wäre. Aber darum zu bitten wagte sie nicht. Sie wollte ihn in keiner Weise hindern in der Freiheit seines Handelns. Leicht mußte sie ihm sein Beschützeramt machen, damit sie ihm nicht lästig wurde.

Käthe Verhagen hatte mit einem langen Blick hinter dem jungen Paar hergesehen.

Ihr Mann sagte erstaunt: »Was hat sich Werner Rutland für ein blutjunges Frauchen aus den Kolonien geholt? Was hältst du von dieser Ehe, Käthe?«

Sie seufzte.

»Da ist wohl nicht alles so, wie es sein sollte. Diese liebe, kleine Sanna scheint mir dazu geschaffen, einen Mann glücklich zu machen – trotz ihrer Jugend. Eins ist sicher – sie liebt ihren Mann.«

»Ei, woher weißt du das so genau?«

»Das merken wir Frauen an allerlei geheimnisvollen Zeichen«, sagte Käthe lächelnd.

»Hörst du, Rudolf, Käthe hört und fühlt einmal wieder mit ihrem sechsten Sinn.«

Rudolf nickte.

»Käthe wird schon recht haben. Übrigens ist diese Frau Sanna ein liebes, kleines Ding – ein kleiner, süßer Paradiesvogel.«

Käthe und ihr Mann sahen sich lachend an. Dann sagte die schöne Frau neckend zu ihrem Bruder:

»Hast du schon wieder Feuer gefangen, du Schmetterling?«

Rudolf zuckte lächelnd die Achseln.

»Was kann ich denn dafür, daß es so viele schöne Frauen gibt und daß mir eine immer besser gefällt als die andere?!«

Käthe gab ihm einen kleinen Nasenstüber.

»Warte nur, deine Stunde schlägt auch noch!«

Er nickte, als wisse er, daß er einem unentrinnbaren Schicksal in die Arme lief.

»Ich warte, sei ganz beruhigt, Schwesterherz. Aber ich will euch jetzt von meiner liebenswürdigen Gegenwart befreien. Meine Neuigkeit ist ja nun bestätigt worden. Mahlzeit, Herrschaften! Morgen komme ich natürlich ebenfalls zu Tisch, obwohl ihr mich schnöderweise noch nicht dazu eingeladen habt und ich mich eigentlich beleidigt fühlen könnte.«

»Das laß lieber bleiben, Rudolf, ich meine das Beleidigtfühlen. Ich verspreche dir auch, daß du neben dem Paradiesvogel sitzen darfst. Auf Wiedersehen – und bessere dich!« sagte Käthe lachend.

Rudolf schüttelte dem Schwager die Hand und drückte Käthe einen Kuß auf die Wangen, dann ging er.

8

Am nächsten Morgen hatte Werner Tante Seraphine um eine Unterredung bitten lassen. Er empfing sie in seinem Arbeitszimmer, nachdem er sich gleich nach dem Frühstück von Sanna für eine Stunde beurlaubt hatte.

Seraphine war natürlich voll brennender Neugier und hatte Mühe, die zur Gewohnheit gewordene überlegen vornehme Miene nicht preiszugeben.

Werner schob ihr einen Sessel hin und bat sie, Platz zu nehmen. Seinem Gesicht war anzusehen, daß ihm diese Unterredung nicht angenehm war. Er zögerte eine ganze Weile, bis er begann. Aber dann richtete er sich entschlossen auf und berichtete kurz und sachlich, wie es gekommen war, daß Sanna seine Frau wurde.

»Du siehst also, Tante Phine, daß ein etwas absonderliches Verhältnis zwischen mir und Sanna besteht. Ich habe dir dies alles offen erklärt, um dich zur größten Rücksichtnahme gegen meine junge Frau zu veranlassen. Ich bin nur dem Namen nach Sannas Ehemann und ihr rechtmäßiger Schutz und Hort. Sie ist noch zu jung und unerfahren, um die ganze Tragweite dieses Schrittes ermessen zu können. Ihr Herz ist noch ein völlig unbeschriebenes Blatt, und ich weiß nicht, ob es eines Tages, wenn es erwacht, für mich oder für einen anderen schlagen wird. Deshalb ist es gut, daß ich jetzt noch für zwei Jahre verreise. Inzwischen wird sie Zeit haben, sich über ihr Empfinden klarzuwerden. Komme ich nach zwei Jahren zurück, so soll sie selbst entscheiden, ob sie ihr Glück an meiner Seite finden kann – ob sie meine Frau werden will. Andernfalls werde ich sie freigeben, wie ich es ihrem Vater versprochen habe.«

Seraphine war mit atemloser Spannung seinen Worten

gefolgt. Verworrene Pläne und Gedanken kreuzten ihr Hirn.

»Soll das heißen, daß du dich in diesem Falle von Sanna scheiden lassen willst?«

»Ja, Sannas Glück ist meine Lebensaufgabe. Es wird sich dann schon ein Grund zur Scheidung finden lassen.«

Seraphine hatte vor Erregung rote Flecken im Gesicht bekommen.

»Nun, das muß ich sagen, reichlich romantisch ist eure Geschichte. Ich meine aber, du hättest die ganze Angelegenheit einfacher haben können, wenn du Sanna nur als deinen Schützling hier ins Haus gebracht hättest, da du doch wieder auf Reisen gehst.«

»Du vergißt, daß ich Sanna dann allerlei Mißdeutungen ausgesetzt hätte. Und noch eins: Es könnte ja sein, daß mir etwas zustieße unterwegs, dann will ich Sanna als meine gesetzliche Erbin vor allen Sorgen geschützt wissen.«

»Du gehst da wohl zu weit in deinem Dankbarkeitsgefühl gegen deinen Lebensretter. Übrigens wird eine Ehescheidung auch nicht wenig Staub aufwirbeln.«

»Ich werde dafür sorgen, daß Sannas Ruf dabei unangetastet bleibt.«

»Und du? Willst du dann als schuldiger Teil gelten?«

»Auf mich kommt es nicht an.«

»Du bist sehr großmütig, um so mehr, als du deine Frau nicht liebst. Es hätte mich ja auch bei deinem Charakter gewundert, daß du Käthe Verhagen so schnell vergessen konntest.«

Werner zog die Stirn finster zusammen.

»Bitte, erwähne Frau Verhagens Namen nicht im Zusammenhang mit mir. Daß du zufällig dahintergekommen bist, daß sie mir mehr galt als andere Frauen, berechtigt dich zu keinerlei Schlüssen.«

Tante Phine biß sich auf die Lippen und schwieg, während sie dachte: Rede du dagegen, soviel du willst, ich bin überzeugt, daß du diese Käthe Verhagen noch immer liebst.

Eine Weile herrschte Schweigen, dann sagte Werner scheinbar ruhig:

»Wir sind von unserem Thema abgekommen. Also, nicht wahr, nachdem ich dir die Verhältnisse klargelegt habe, kann ich über dein feinfühlendes Benehmen Sanna gegenüber beruhigt sein?«

Seraphine warf fast beleidigt den Kopf zurück.

»Über Mangel daran hat sich noch nie jemand bei mir zu beklagen gehabt, das hätte keines Wortes weiter bedurft.«

Es zuckte leise um Werners Mund, wie ein unterdrücktes Spottlächeln.

»Du hättest ja aus Unwissenheit einen Verstoß begehen können. Nun, da du eingeweiht bist, verlasse ich mich voll auf dich.«

»Das kannst du unbesorgt, ich werde Sanna behandeln wie ein junges Mädchen, nicht wie eine verheiratete Frau. Im Grunde besteht eure Ehe ja auch nur zum Schein.«

Werner hatte wieder eine Weile stumm vor sich hin gesehen. Tante Phines Worte »Im Grunde besteht eure Ehe ja nur zum Schein« klangen in ihm nach. Sie hatte ja so recht damit! In wenigen Tagen würde er wieder abreisen, und Sanna blieb allein zurück. Sie würde von der neuen Umgebung, von neuen Vergnügungen und Beschäftigungen in Anspruch genommen werden und ihn bald vergessen. Es würden täglich neue Menschen in ihr Leben treten – und da war dann vielleicht eines Tages einer dabei, dem sie ihr junges, unberührtes Herz zu eigen gab. Und dann?

Er zog die Stirn wie im Schmerz zusammen. Warum mochte er plötzlich dieses »dann« nicht mehr zu Ende denken? Würde es ihm schwer werden, sie dann freizugeben?

»Hast du schon einen bestimmten Tag für deine Abreise festgesetzt?« fragte sie, als handelte es sich um einen Nachmittagsausflug.

Er schrak aus seinem Sinnen empor.

»Ja, morgen in acht Tagen reise ich ab. Am 25. Juni geht mein Dampfer in See.«

»So bald schon?« sagte sie höflich.

»Es ist besser, ich zögere nicht länger. Du begreifst, daß der ganze Zustand für mich peinlich ist.«

Seraphine nickte.

»Vollkommen.«

»Also nicht wahr, Tante Phine, ich kann Sanna beruhigt unter deinem Schutz zurücklassen?«

»Gewiß, ganz unbesorgt.«

»Und du wirst nicht vergessen, daß sie scheu und weltfremd ist, daß sie der Leitung und Hilfe bedarf? Ich bitte dich, ihr jeden möglichen Wunsch zu erfüllen, sie soll sich froh und glücklich fühlen in meinem Haus. Ich werde dir für meinen Bankier die nötige Anweisung geben. Sanna soll gut und fein gekleidet sein.«

Seraphine lächelte überlegen.

»Ich weiß, was ich dem Hause Rutland schuldig bin. Und ich sorge dafür, daß deine Frau es würdig vertritt.«

»Gut, dann ist alles geklärt. Nur noch eins: Ich möchte, ehe ich abreise, einige Bekannte einladen, vielleicht nächsten Sonnabend. Willst du so freundlich sein, die nötigen Anordnungen zu einem kleinen, aber gewählten Festmahl zutreffen?«

»Das soll geschehen. Hast du schon überlegt, wer eingeladen werden soll?«

»Noch nicht. Ich schicke dir nachher die Liste. Mir liegt daran, all die Leute an Sannas Seite zu empfangen, mit denen ich sie gern einen näheren Umgang pflegen lassen möchte.«

»Sind Verhagens dabei?« fragte Seraphine anscheinend unbefangen und harmlos. Ihre Augen hatten jedoch dabei wieder den lauernden Ausdruck.

Werners Gesicht rötete sich, aber er beherrschte sich und sagte ruhig:

»Selbstverständlich, die zuerst. Rudolf Raven und seine Schwester sind meine ältesten Freunde, und Fritz Verhagen ist mir sehr angenehm. Käthe Verhagen hat mir versprochen, sich Sannas besonders anzunehmen. Wir werden heute mittag, wie du weißt, ihre Gäste sein. Und ihr Mann und Rudolf haben sich erboten, Sanna Ritterdienste zu leisten.«

Ein harter, kalter Glanz lag in Seraphine Münzers Augen.

»So, so, der lustige Rudolf auch«, sagte sie mit unnachahmlichem Ausdruck. »Nun – der wird ein sehr angenehmer Ritter sein.«

Werner erhob sich schroff.

»Das hoffe ich. Sanna soll soviel wie möglich mit frohen Menschen Zusammensein. Ich bitte dich, derartigen Umgang in jeder Weise zu unterstützen«, sagte er kurz und trat an das Fenster.

Seraphine blickte ihm mit einem unbeschreiblichen Lächeln nach. Was er da gesagt hatte – klang das nicht, als wolle er Sanna den Weg ebnen zu einem anderen Glück? Wünschte er vielleicht, daß er auf diese Weise seine Freiheit wiederfand? Sicher hatte er, nur durch seine Großmut gezwungen, diese Ehefessel auf sich genommen. Sie drückte ihn wohl bereits? Nun, in diesem Punkte sollten seine Wünsche mit den ihren zusammentreffen! Was an ihr lag, wollte sie tun, ihm die Freiheit wiederzuverschaffen, ob mit oder ohne seinen Willen. Und jedenfalls wollte sie Rudolf Raven zur Verwirklichung ihrer Pläne im Auge behalten. Er war ein hübscher, stattlicher Mann und hatte viel Glück bei Frauen. Unverheiratet und unverlobt war er auch noch – man konnte ein wenig nachhelfen. Wenn sich Sanna in Werners Abwesenheit in Rudolf Raven verliebte, das wäre die beste Lösung. Die Leute würden zwar ein bißchen böse reden, wenn Werner und Sanna sich trennten und die junge Frau dann Rudolfs Gattin würde. Aber sollten sie nur. Seraphine konnte sich mühelos über die Meinung der Leute hinwegsetzen, wenn dabei ihre Pläne gefordert wurden.

So fing sie schon jetzt an, Ränke zu schmieden, um sich wieder die erste Stelle in diesem Haus zurückzuerobern.

Sanna war in den Garten hinausgegangen. Werner fand sie in träumerischer Versunkenheit auf einer Bank sitzen. Als er zu ihr trat, schrak sie empor und sah verwirrt lächelnd zu ihm auf.

»Hast du Langeweile gehabt, Sanna?« fragte er.

Sie schüttelte den Kopf, so daß goldene Lichter auf ihrem Haar tanzten im Sonnenschein.

»Ich habe inzwischen allerlei mit Tante Phine besprochen für die Zeit meiner Abwesenheit. Nächsten Dienstag reise ich ab.«

Sie wandte langsam das Gesicht von ihm fort. Ihre Augen senkten sich, so daß die langen Wimpern wie goldige Halbmonde auf der kindlichen Rundung der Wangen lagen. Aber sie sagte kein Wort. So fuhr er fort:

»Sonnabend wollen wir unsere besten Freunde und Bekannten zu einer kleinen Feier laden. Es ist dir doch recht?«

»Mir ist alles recht, was du bestimmst«, antwortete sie einfach.

»Du sollst doch auch deine Meinung dazu äußern.«

Nun blickte sie auf.

»Werden Verhagens und Rudolf Raven auch kommen?«

»Gewiß, Sanna. Gelt, sie haben dir am besten gefallen von den Menschen, die du gestern bei unseren Besuchen kennengelernt hast?«

»Ja, und sie werden mir immer am besten gefallen, zumal Käthe. Ach, wie ist sie lieb und schön. Sie ist nun auch meine Freundin – ich habe noch nie eine gehabt. Findest du nicht, daß sie wundervolles goldenes Haar hat?«

Er lächelte und streichelte leise über ihre dicken Flechten.

»Nun, schöneres Haar als das deine sah ich noch nie.«

Dunkle Röte stieg in ihr Gesicht, und sie sah erschreckt in seine Augen.

Er lachte, obwohl ihm das Herz seltsam schwer und unruhig in der Brust schlug.

»Nun? Du siehst mich an, als habe ich dir etwas Schreckliches gesagt, kleine Sanna.«

Sie lächelte beklommen und strich über ihre Stirn.

»Ich bin es nicht gewöhnt, so etwas zu hören. Bitte, sag mir nie wieder solche Worte. Ich weiß nun schon, ihr nennt das Höflichkeit oder Artigkeit, und es ist bei euch so Sitte. Hier sagen sich alle Menschen Liebes und Gutes – auch wenn sie anders fühlen –, aus Höflichkeit. Ich muß mich ebenfalls daran gewöhnen. Aber du, du sollst nie etwas aus Höflichkeit zu mir sagen, nur immer, was wahr ist. Ich weiß doch ganz genau – mein Haar ist häßlich und widerspenstig, so unbändig, daß ich's kaum bewältigen kann. Käthes Haar ist weich und fein und glänzt so golden. Wie eine Krone liegt es auf ihrem Kopf und schmiegt sich, wie sie es haben will.«

Werner blickte mit scheinbar abwägendem Blick auf ihre schweren kastanienbraunen Zöpfe und die losen, widerspenstigen Locken, die sich so anmutig um die weiße Stirn ringelten. Früher hatte auch ihm Käthe Verhagens Blondhaar als das schönste gegolten. Jetzt mußte er sich aber eingestehen, daß Sannas Haar noch viel schöner und reicher war, selbst in dieser schlichten, ungekünstelten Anordnung. Oder vielleicht gewann es dadurch noch besonders.

»Ich werde dir gewiß nie aus Höflichkeit eine Lüge sagen, Sanna, das glaube mir. Und wenn dir dein Haar nicht gefällt, so weißt du eben selbst nicht, wie schön es ist und welchen Schatz du daran besitzt. Manche Frau würde wohl ein Vermögen dafür hingeben. Übrigens hast du recht, auch Käthe Verhagen hat schönes Haar.«

Sie schwiegen eine Weile. Werner blickte Sanna nachdenklich an, und sie schaute hinaus in den Garten. Um das Schweigen zu brechen, sagte er endlich:

»Ich habe gestern auch dein Erbteil in sicheren Papieren angelegt.«

Fragend sah sie zu ihm auf.

»Ach, du meinst das Geld, das Vater für die Farm erhielt?«

»Ja, ich wollte es dir nur der Ordnung halber mitteilen.«

»Muß ich mich um dieses Geld kümmern?« fragte sie unbehaglich.

»Nein, das besorgt alles mein Bankier. Wenn du Geld brauchst, sag es Tante Phine, sie wird dich jederzeit reichlich damit versorgen. Ich habe das mit ihr besprochen.«

Sie seufzte verstohlen auf.

»Ach, ich werde nie lernen, mit Geld umzugehen. Wenn ich etwas brauche, bitte ich Tante Phine, es für mich zu kaufen – oder Käthe –, darf ich das?«

»Gewiß. Aber du mußt das auch lernen. Es ist gar nicht so schwer, wie du denkst. Die Gewohnheit macht viel.«

Sie legte die Hände gefaltet in den Schoß.

»Wenn du nur wüßtest, wie mir das alles ist – wie ein Märchen, das ganze Deutschland. Ich muß nur immer staunen. Manchmal zwicke ich mich heimlich in den Finger, weil ich zu träumen glaube.«

»Bald genug wirst du dich an alles gewöhnen. Wenn ich in zwei Jahren zurückkomme, wird dir nichts mehr fremd sein.«

»Wirst du wieder in die Nähe unserer Farm kommen?« fragte sie leise.

»Nein, Sanna, diesmal will ich andere Gebiete durchforschen.«

Sie preßte die Hände zusammen. Im Herzen bangte sie unsagbar um ihn. Am liebsten hätte sie ihn gebeten: »Nimm mich mit!« oder »Bleibe bei mir!« Aber sie wagte es nicht auszusprechen, was ihre Seele erfüllte, sie glaubte kein Recht dazu zu haben.

Wieder hingen sie eine Weile ihren Gedanken nach. Dann sah Werner auf die Uhr.

»Es wird Zeit für dich zum Umkleiden, Sanna, wir werden bei Verhagens zu Tisch erwartet.«

Sie erhob sich sofort, und sie gingen ins Haus. In ihrem Wohnzimmer trat Sanna vor das Bild von Werners Mutter und sah lange in die gütigen Augen. »Du dürftest ihn bitten, daheimzubleiben. Dir zuliebe würde er es wohl auch tun. Aber ich darf ihn nicht halten«, flüsterte sie, und eine große Traurigkeit erfüllte ihr Herz.

9

Am nächsten Morgen trat Seraphine, mit erregten roten Flecken im Gesicht, in Werners Zimmer. Er saß am Schreibtisch und arbeitete seinen Reiseweg aus. Erstaunt blickte er auf.

»Was gibt es, Tante Phine?«

»Verzeih, wenn ich dich störe, Werner, aber ich bin sehr erregt. Ich muß dir sagen, daß ich mich sehr verletzt fühle,« antwortete sie hastig.

»Verletzt? Wodurch denn?«

»Nun, durch diese Liste, die du mir geschickt hast.«

Er schüttelte verständnislos den Kopf.

»Aber wie kann ich dich dadurch verletzt haben?«

Sie hielt ihm mit bebenden Händen die Liste entgegen.

»Da, sieh, nicht einen meiner besonderen Freunde und Bekannten hast du mit eingeladen, nicht einmal Herrn und Frau Geheimrat Papperitz. Was soll man denken, welch untergeordnete Rolle ich hier spiele, wenn man im Hause Feste feiert, ohne meine Freunde zu berücksichtigen.«

Werner konnte ein humorvolles Lächeln nicht unterdrücken.

»Aber, Tante Phine, wie kannst du dich darüber aufregen? Du kannst doch selbstverständlich die Liste nach deinen Wünschen vervollständigen. Ich habe dir nur aufgezeichnet, wen ich bei mir zu sehen wünsche und mit wem ich meine Frau gesellschaftlichen Umgang pflegen sehen möchte.«

»Nun, meine Freunde sind doch dazu auch nicht zu gering, sie gehören zu den besten Familien.«

Werner mußte nun doch lachen.

»Zugegeben, Tante Phine, aber sie sind sämtlich ein wenig zu alt für meine junge Frau. Das schließt natürlich einen gelegentlichen Besuch nicht aus, Sanna wird ja auch mit deinen Kränzchendamen zusammenkommen müssen. Und so lade du getrost noch ein, wen du willst. Wir haben ja eine Menge Platz im Hause Rutland.«

Seraphines Erregung hatte sich schnell gelegt, als sie merkte, daß es Werner völlig ferngelegen hatte, ihr die im Laufe der Jahre mühsam erkämpften Vorrechte zu beschneiden. Sie neigte nun huldvoll das Haupt. »Nun, so war es nur ein kleines Mißverständnis. Ich hätte mich auch sonst sehr wundern müssen.«

Werner lachte wieder.

»Ich würde ja gar nicht wagen, dir irgendwelche Vorschriften zu machen«, sagte er mit einem spöttischen Unterton. Sie blickte ihn etwas zweifelnd und mißtrauisch an, hielt es aber dann für klüger, seinen Spott nicht zu beachten. So verabschiedete sie sich schnell unter dem Vorwand, noch alle Hände voll zu tun zu haben.

Am Sonnabend zeigte sich zur Genüge, welch hervorragende Fähigkeit Tante Phine hatte, Feste zu veranstalten. Da sie auch ihre Freunde hatte einladen dürfen und vor diesen beurkunden konnte, daß ihre Herrscherinnenwürde von der jungen Frau in keiner Weise beeinträchtigt worden war, so tat sie ihr möglichstes, den Glanz des Hauses zu entfalten.

Sanna war in Rufe des Entzückens ausgebrochen, als sie, bevor die Gäste eintrafen, in den großen Speisesaal trat, in dem heute die Tafel gedeckt war. Sie war in Hufeisenform aufgestellt und mit so viel Geschmack ausgeschmückt, daß auch verwöhntere Augen als die Sannas Freude und Genuß bei dem Anblick empfinden mußten.

Seraphine nahm Sannas und Werners Lob mit einer Miene entgegen, als wollte sie sagen: Ich weiß ganz genau, welche hervorragende Persönlichkeit ich bin und daß ihr ohne mich sehr bedauernswerte Geschöpfe wäret.

Als dann die Gäste eintrafen, gefiel sie sich darin, Sanna mit nachsichtiger Freundlichkeit zu behandeln, etwa wie ein Kind, das zu Gast geladen war. Sie zeigte durch ihr Verhalten, daß Sanna viel mehr von ihr abhängig war als sie von der jungen Frau.

Zwischen Werner und Rudolf Raven wechselte zuweilen ein belustigtes Lächeln, wenn sie Seraphine beobachteten, und auch um Käthe Verhagens Mund trieben tausend Schelme ihr Spiel.

Jedenfalls aber erregte Sanna auch im Kreise von Tante Phines Freunden große Bewunderung. Man fand die junge Frau einstimmig entzückend und lauschte vergnügt, wenn sie in dem drolligen Wirrwar verschiedener Sprachen ihre Ansichten zum besten gab. Der Geheimrat Papperitz, ein hagerer, etwas klappriger Greis, der sich mit Vorliebe noch das Ansehen eines Schwerenöters und Lebemannes gab, sagte mit einem unbeschreiblich lächerlichen Augenaufschlag:

»Ist ja eine entzückende Errungenschaft, diese junge Frau – fremdländischer Reiz und natürliche, unverdorbene Kindlichkeit – kostbare Mischung, auf Ehre – strömt berückenden Zauber aus – he he – man möchte zwanzig Jahre jünger sein.«

Sanna war im Anfang still und scheu und blickte zuweilen ängstlich in Werners Gesicht, der ihr dann ermutigend zulächelte. Käthe Verhagen verstand es aber, die Scheu der jungen Frau zu bekämpfen und ihr die Unbefangenheit wiederzugeben. Sie wurde von ihrem Mann und Rudolf kräftig unterstützt. Sanna saß zwischen ihren beiden Rittern und wurde bald durch Rudolfs lustige Stimmung angesteckt.

Er machte ihr in seiner übermütigen Weise auf Tod und Leben den Hof, aber so, daß sich jeder von der Harmlosigkeit seiner Bemühungen überzeugen konnte. Auch Sanna selbst verlor jede Beklommenheit vor seinen Schmeicheleien, obwohl sie dieselben nicht gewöhnt war. Sie faßte sie als Scherz auf und erwiderte sie mit drolligen Bemerkungen, die davon zeugten, daß sie schlagfertig und witzig sein konnte.

Werner saß ihr gegenüber an Käthes Seite und mußte immer wieder zu Sanna hinübersehen. Sie trug ein schwarzes Spitzenkleid, welches den schlanken weißen Hals freiließ. Das kastanienbraune Haar hob sich wundervoll dagegen ab. Ihr Lächeln, dessen hinreißendem Zauber sich so leicht niemand entziehen konnte, entzückte ihn immer aufs neue. Wie gebannt starrte er zuweilen auf das Grübchen in ihrer Wange, welches sich beim Lächeln zeigte. Rudolf fing einen solchen Blick auf und sagte neckend:

»Ja, ja, mein lieber Werner, du starrst herüber wie ein Pilger ins Gelobte Land. Gelt, du möchtest selbst statt meiner neben deiner Frau Gemahlin sitzen«.

Werner lachte ein wenig gezwungen, aus seiner Versunkenheit aufschreckend. »Ich selbst habe dir deinen Platz neben meiner Frau bestimmt, also ist deine Rede hinfällig.«

Rudolf trank ihm zu.

»Sollst leben, Werner!« Und zu Sanna gewendet, fuhr er mutwillig fort: »Was geben Sie mir, gnädigste Frau Sanna, wenn ich Werner so eifersüchtig mache, daß er seine Reise aufgibt?«

Sanna wurde rot, aber sie verlor die Fassung nicht. Ihr Blick flog zu Werner hinüber.

»Ich gebe nichts dafür.«

»Oh – so wenig?«

»Ja, denn es würde vergeblich sein. Werner würde nicht reisen, wenn es nicht sein müßte. Und was ein Mann tun muß, daran soll man ihn nicht hindern wollen«.

Tante Phines kalte, forschende Augen beobachteten die beiden fast unverwandt. In jedem anderem Fall hätte sie sich maßlos darüber entrüstet, wenn sich Rudolf Raven so angelegentlich mit der Frau eines anderen befaßt hätte, hier aber entsprach es ihren Wünschen, und sie beschloß, Rudolf sehr viel Gelegenheit zu geben, sich mit Sanna zu beschäftigen.

Der feiste, rosige Herr neben Käthe, der schon wiederholt versucht hatte, Sanna in ein Gespräch zu ziehen, forderte sie während des Nachtisches auf, etwas aus ihrer früheren Heimat zu erzählen.

»Ach ja, ach ja«, unterstützte ihn seine Gattin, eine von Seraphines Kränzchenschwestern. »Es muß doch ungeheuer seltsam sein da unten. Ich höre furchtbar gern solche belehrenden Geschichten. Was trägt man eigentlich für Kleidung?«

Sanna blickte zu Werner hinüber und dann in Rudolfs verräterisch zuckendes Gesicht.

»Ich glaube, ich kann nicht gut erzählen«, sagte sie befangen.

»Oh, bitte, da sind wir entschieden anderer Meinung«, sagte der Geheimrat mit einer tiefen Verbeugung und einem neckischen Augenaufschlag. Auch die anderen bestürmten Sanna, und so begann sie zu erzählen von der Farm des Vaters und den Eingeborenen, von ihren Ausflügen nach Windhuk und von dem Aufenthalt in Swakopmund.

Werner half ihr zuweilen. Sie vermochte sehr wohl ihre Zuhörer zu fesseln und verstand, anschaulich und lebendig zu berichten.

Tante Phine kam jedoch zur Einsicht, daß Sanna durch ihre Erzählungen sich viel zu sehr zum Mittelpunkt der Gesellschaft machte, und hob, als eine kleine Pause eintrat, die Tafel auf.

Die Herren zogen sich zu einer Zigarette zurück, und die Damen plauderten im Salon. Käthe und Sanna standen an der Tür, die zum Garten führte. Sie war offen und ließ die warme, düfteschwere Sommerluft ein.

Sannas Wangen glühten. Sie atmete tief auf. Käthe legte lächelnd den Arm um sie.

»Wie hübsch du erzählt hast, Sanna. Man glaubt es vor sich zu sehen. Du mußt mir noch viel von deiner früheren Heimat erzählen.«

»Das will ich gern tun, liebe Käthe. Dir erzähle ich gern und ohne Scheu, was ich weiß. Vor den anderen Menschen kann ich nicht so sprechen, wie ich möchte.«

»Südwest muß doch eine seltsame Anziehungskraft für uns Deutsche besitzen. So viele suchen es auf. Und deinen Mann zieht es auch wieder dahin, obwohl er dich hier zurückläßt.«

Sanna errötete jäh.

»Weil er seine Forschungen abschließen muß. Ein Mann soll nichts halb tun.«

»Bist du tapfer, Sanna! Bangst du dich nicht um Werner, wenn du ihn wieder in unwirtlichen Gegenden weißt?«

Sanna preßte die Hände zusammen. »Sehr!« sagte sie leise, und ihre Augen schimmerten feucht.

»Und willst du ihn nicht zurückhalten?«

»Das darf ich nicht«, erwiderte Sanna, und ein trauriges Lächeln umspielte ihren Mund.

Käthe zog sie fest an sich. Ein unerklärliches Mitleid bewegte ihr Herz.

»Warum nicht? Es ist doch dein Recht, ihn zurückzuhalten. Sag ihm doch, daß du dich um ihn bangst, dann gibt es sicher die Reise auf.«

»Nein, nein«, erwiderte Sanna hastig und ängstlich abwehrend, »das darf nicht sein. Ich sage das auch sonst keinem Menschen. Nur dir – weil du so gut und freundlich zu mir bist.«

»Auch deinem Ehemann nicht?« fragte Käthe ernst und dringend.

Da schüttelte Sanna den Kopf.

»Ihm – o nein – nie! Und du darfst ihm nicht verraten, was ich dir sagte. Er soll ganz frei sein – ganz frei und keine Rücksicht auf mich nehmen.«

Käthe Verhagen blickte sinnend hinaus in den vom Mond beschienenen Garten, in dem sie so oft in kindlicher Daseinsfreunde mit Werner und dem Bruder herumgetollt war. Ihr ›sechster Sinn‹, mit dem sie von ihrem Mann und Bruder so viel geneckt wurde, verriet ihr wieder einmal manches. Und sie sorgte sich um Werner Rutlands Glück, wie um das der kleinen, lieblichen Sanna.

10

Tante Phine hatte es nicht übers Herz bringen können, ihrer Freundin Melanie Papperitz das Geheimnis über Werners seltsame Ehe vorzuenthalten. Während sie sich nach dem Abendessen mit ihr in den Erker der Bibliothek zurückgezogen hatte, teilte sie ihrer lieben Melanie »unter dem Siegel strengster Verschwiegenheit« mit, daß Werner und Sanna nur eine Scheinehe führten.

Frau Geheimrat Papperitz schlug die Hände über dem

Kopf zusammen. Sie versprach strengstes Stillschweigen, was sie natürlich nicht hinderte, gleich am nächsten Morgen die Runde zu machen bei den übrigen Kränzchenschwestern und jeder, ebenfalls ganz im Vertrauen, haargenau alles zu erzählen.

Nichts verbreitet sich schneller als ein ausgeplaudertes Geheimnis. Noch am selben Tage erfuhr Rudolf Raven davon, und er hörte auch, daß Tante Phine selbst das Gerücht in Umlauf gesetzt hatte. Entrüstet und empört kam er am Abend zu Verhagens und erzählte Schwager und Schwester, was er gehört hatte.

Käthe dachte an ihre Unterredung mit Sanna und seufzte tief auf.

»Das also war es. Nun verstehe ich alles«, sagte sie leise.

Rudolf blickte sie fragend an.

»Glaubst du an diese Scheinehe?«

Käthe nickte ernst.

»Ja, ich ahnte dergleichen. Sannas Verhalten verriet mir Ähnliches.«

Rudolf ging mit finster gekrauster Stirn hin und her.

»Dieser Tante Phine sollte man den Mund verschließen«, stieß er dann wütend hervor. Und vor Schwester und Schwager stehenbleibend, fuhr er fort: »Und dennoch ist Werner in seine süße, kleine Frau verliebt – seine Blicke haben es mir deutlich genug verraten.«

»Ach, wenn du doch recht hättest, Rudolf, dann könnte noch alles gut werden, denn Sanna liebt Werner von ganzem Herzen. Ich lege meine Hand dafür ins Freuer.«

»Ja doch, Käthe, wir wissen ja – dein sechster Sinn«, neckte ihr Gatte.

Sie seufzte.

»Wenn das nur nicht eine so verdammt heikle Angelegenheit wäre«, sagte Rudolf nachdenklich, »dann könnte man Werner ja einmal freundschaftlich auf den Zahn fühlen. Aber dazu müßte man schon die Unverfrorenheit dieser huld- und tugendreichen Seraphine Münzer haben. Streut diese Klatschbase ein so delikates Geheimnis in alle Winde! Wenn Werner das ahnte – er wäre außer sich. Aus welchem Grund auch immer er sie ins Vertrauen gezogen haben mag, an eine derartige Weiterverbreitung hat er sicher nicht gedacht. Natürlich ist Frau Sanna nun der Gegenstand müßigster Neugier. Die arme, kleine Frau, sie wird ohnedies unter Seraphines Zepter nicht wenig zu leiden haben.«

Fritz Verhagen streckte die Arme aus.

»Na, Rudolf, wir werden ihr gegenüber schon unsere Ritterlichkeit erfüllen. Und Käthe ist als Bundesgenosse auch nicht zu verachten.«

Käthe ballte zornig die Fäuste.

»Die soll mir nur die kleine Sanna in Frieden lassen!«

»Hast du nicht bemerkt, daß die edle Dame gestern ganz ungewohnt liebenswürdig zu mir war?« fragte Rudolf plötzlich, als erinnere er sich eben erst daran. »Sie ist doch sonst äußerst ungnädig zu mir. Gestern lud sie mich sogar ein, in Werners Abwesenheit recht oft zu kommen.«

»Das ist allerdings merkwürdig! Sonst war sie doch froh, wenn sie uns nicht sah.«

»Rätsel über Rätsel ...«

»Vorläufig ist überhaupt nichts zu machen. Werner reist übermorgen ab. Seht ihr ihn noch?« fragte Rudolf und sah auf die Uhr.

»Ja, morgen kommt er mit Sanna noch einmal zu uns.«

»Dann treffe ich ihn vielleicht bei euch. Sonst sagt ihm, daß ich noch bei ihm vorspreche.«

Dann verabschiedete sich Rudolf und ging.

Sannas Hände zitterten unruhig, das Ankleiden wollte heute nicht so schnell vonstatten gehen wie sonst. Und sie geizte doch mit den letzten Minuten, die Werner noch daheim verlebte! Berta half ihr mit ihren flinken, geschickten Händen, und endlich war sie fertig. Schnell ging sie in ihr Wohnzimmer hinüber.

»Guten Morgen, Werner! Verzeih, daß ich dich warten ließ. Wenn ich gewußt hätte, daß du schon wach warst, hätte ich mich früher bereitgehalten.«

Er faßte ihre Hände und sah ihr mit mühsam unterdrückter Erregung ins Gesicht.

»In zwei Stunden reise ich ab, Sanna, und ich wollte noch allerlei mit dir besprechen. Meinen Reiseweg habe ich dir aufgeschrieben, damit du immer weißt, wo mich deine Briefe erreichen können. Sollte irgendeine Änderung eintreten, erhältst du sofort Nachricht. Hier auf dem Tisch liegt der Zettel.«

Sanna griff danach und barg ihn in einer hübschen Schmuckschatulle, die auf dem Schränkchen stand, über dem das Bild von Werners Mutter hing.

»Ich danke dir dafür und werde dir pünktlich Nachricht senden. Du – du tust es doch auch, ja?«

Er trat neben sie.

»Ja, gewiß.«

Sie schwiegen eine Weile. Der Duft ihres Haares stieg zu ihm empor und umschmeichelte seine Sinne. Dann bat er halblaut mit unsicherer Stimme:

»Sanna, gib mir einen Talisman mit auf den Weg!«

Sie sah scheu und unruhig zu ihm auf. Ihr Gesicht war sehr blaß.

Am liebsten hätte er sie in seine Arme genommen, und auf ihren Lippen brannte der angstvolle Ruf: »Laß mich nicht allein, ich habe unsagbar Angst um dich!«

Aber sie bezwangen sich beide.

»Einen Talisman?« fragte sie nur zögernd.

»Ja, Sanna.«

Sie überlegte, was sie ihm geben könnte. Ihr Blick fiel auf das Bild seiner Mutter. Sie atmete rasch und unruhig.

»Am liebsten gäbe ich dir dieses Bild mit, das würde dich sicher schützen vor Not und Gefahr.«

»Es ist zu groß, als daß ich es immer bei mir tragen könnte. Auch möchte ich etwas von dir haben. Von meiner Mutter trage ich schon hier in dieser Kapsel eine Haarlocke – wenn du mir dazu eine von dir geben würdest?«

Sie wurde rot, und auf ihrem Gesicht spiegelte sich ein heißes, seliges Erschrecken.

Werner blickte wie gebannt auf eine goldig schimmernde, widerspenstige Locke, die sich aus den Flechten gestohlen hatte und auf dem weißen Hals lag. Wenn sie mir diese abschneidet – das soll mir ein gutes Vorzeichen sein – für ein gemeinsames Glück mit ihr in der Zukunft, dachte er, so recht töricht wie ein Liebender.

Sanna tastete nach ihrem Haar, und da kam ihr wirklich gerade diese eine Locke in die Hand. Achtlos schnitt sie dieselbe ab und reichte sie ihm.

»Leg sie selbst in die Kapsel – das ist wirksamer«, bat er, heiser vor Erregung.

Dicht mußte sie an ihn herantreten. Der Schmuck war an seiner Uhrkette befestigt. Ihre Finger kamen nicht schnell mit dem Werk zustande, immer wieder schlüpfte die Locke aus der goldenen Kapsel. So standen sie eine lange Weile dicht nebeneinander, und er mußte die Zähne zusammenbeißen, um ihr nicht zu sagen, wie schwer ihm der Abschied von ihr wurde und wie gern er bleiben möchte, wenn sie es haben wollte.

Plötzlich aber kam ihm ein Gedanke, der ihn ruhig machte: »Wenn sich ihr Herz für dich erschließen soll, wird es auch geschehen, wenn Tausende von Meilen zwischen euch liegen. Und keimt in ihrem Herzen eine Neigung für dich, so wird sie sich entwickeln, wird wachsen und stärker werden, auch wenn du fern bist. Sie ist kein Kind des Augenblicks. Ihr Herz hält fest, was es einmal gefaßt hat.«

Die Erregung und Spannung wich aus seinen Zügen, und ihm wurde freier ums Herz.

Sanna hatte die Locke geborgen und die Kapsel geschlossen.

»So – nun ist's geschehen«, sagte sie aufatmend. Er küßte ihre Hand.

»Ich danke dir. Nun nehme ich etwas Lebendiges mit von dir. Weißt du, daß deine Gedanken nun gezwungen sein werden, mir zu folgen?«

»Sie würden dich ohnedies auf deiner Reise begleiten.«

»Wirklich, Sanna?«

Sie sah mit feuchtschimmernden Augen zu ihm auf.

»Wie kannst du fragen? Du bist doch der einzige Mensch auf der Welt, der zu mir gehört. Ohne dich bin ich ein losgelöstes Blatt im Winde.«

Und die Hände auf die Brust pressend, fuhr sie fort, mit dem Mut, den ihr die Angst eingab:

»Ich bitte dich – ja, ich bitte dich sehr, daß du mir Schutz und Schirm bist, ich – ach – ich wäre sehr unglücklich, wenn dir ein Leid zustieße.«

Da zog er sie sanft an sich und küßte ihre Augen.

»Ich will immer daran denken, Sanna – immer – und mich nicht ohne Not in Gefahr begeben. Aber selbst, wenn das Schlimmste geschähe – noch über den Tod hinaus würde ich dich schützen. Mein Letzter Wille liegt verbrieft und versiegelt bei Gericht; für deine Zukunft ist gesorgt.«

Der Schmerz riß sie fort, sie dachte in diesem Augenblick nicht daran, daß sie seine Freiheit nicht beschränken wollte.

»Was soll mir eine Zukunft, in der ich dich nicht finde!« rief sie schmerzlich und halb erstickt.

Es ging wie ein Ruck durch seine Gestalt. Diese Worte erfüllten seine Seele mit frohem Hoffen. Das war mehr als leerer Schall. Er fühlte, in diesen Worten lag das Gefühl starker Zusammengehörigkeit.

»So laß uns hoffen auf eine gemeinsame Zukunft, in der es keine Trennung mehr geben wird«, sagte er bewegt.

Die Angst verlieh ihr noch mehr Mut.

»Darf ich dich jetzt nicht begleiten?«

Er riß sich von ihrem Anblick los und trat zurück.

»Nein, du mußt hierbleiben, mußt noch viel lernen, während ich fort bin. Wenn ich heimkomme, wirst du dich inzwischen hier eingelebt und den Verhältnissen angepaßt haben. Nicht wahr, du wirst fleißig und vernünftig sein?«

Ehe sie antworten konnte, öffnete sich die Tür, und Seraphine trat ein. Ihr forschender Blick streifte die beiden jungen, unruhigen Gesichter.

»Es ist höchste Zeit zum Frühstück, Werner, sonst kommst du zu spät zum Bahnhof.«

Werner legte mit warmem Druck Sannas Hand auf seinen Arm.

»Komm, Sanna!«

Gleich nach dem Frühstück fuhren sie zum Bahnhof. Seraphine ließ das junge Paar nicht einen Augenblick mehr allein. So kam es zu einem ruhigen, gemessenen Abschied. Werner küßte den Damen die Hand und im letzten Augenblick noch Sannas Stirn.

Der Zug fuhr ab. Sanna und Werner blickten sich lange und unverwandt in die Augen. Dieser letzte Blick erfüllte Werner mit froher Hoffnung und Sanna mit einem unruhigen, zweifelnden Sehnen.

Wie Blei waren ihre Füße, so schwer lösten sie sich vom Boden. Stumm und elend im Herzen schritt sie neben Tante Phine durch das Bahnhofsgebäude zu dem harrenden Wagen. In dem Augenblick aber, da sie hinter der alten Dame einsteigen wollte, kam ein zierliches kleines Gefährt. Es hielt dicht neben dem Rutlandschen Wagen. Der Schlag wurde geöffnet, und Käthe Verhagen sprang heraus.

»Glücklich abgepaßt!« rief sie Sanna lachend zu und machte eine scherzhafte tiefe Verbeugung vor Tante Phine, die sehr ärgerlich war und den Gruß steif erwiderte. »Ich will dich nämlich entführen, damit du deinem Trennungsschmerz nicht allein überlassen bist.«

»Sie vergessen, daß ich in Sannas Gesellschaft bin, Frau Verhagen«, bemerkte Tante Phine spitz, während Sannas Auge wie neu belebt an Käthes schönen, freundlichen Zügen hing.

»O nein, verehrtes gnädiges Fräulein, wer würde sich erlauben, Sie zu vergessen! Aber ich bin eben Frau Geheimrat Papperitz begegnet, die auf dem Weg zu Ihnen war. Sie werden sie sicher daheim antreffen. Und da wäre doch meine liebe, kleine Sanna sich selbst überlassen. Also, komm, Sanna, mach dem gnädigen Fräulein einen Knicks – mein gnädiges Fräulein, auf recht baldiges Wiedersehen, ich komme vielleicht schon morgen ins Haus Rutland, um Sanna Gesellschaft zu leisten.«

So sprudelte sie lustig hervor. Sanna behielt kaum Zeit, sich von Tante Phine zu verabschieden. Käthe zog sie mit zu ihrem Wagen. Noch einen ängstlichen Blick warf Sanna in Tante Phines versteinertes Gesicht. Dann saß sie mit einem warmen, geborgenen Gefühl neben Käthe im Wagen.

»So, mein Schatz, für diesmal habe ich dich glücklich losgeeist. Ich hätte es ja nicht übers Herz gebracht, dich heute mit Fürstin Seraphine allein zu lassen.«

Zärtlich legte sie den Arm um die junge Freundin, und ihre traurigen Augen betrachtend, fuhr sie leise mit warmem Ausdruck fort:

»Jetzt wein dich nur erst aus, Sanna, ich weiß, daß du dich danach sehnst.«

Und da barg Sanna schluchzend das Gesicht an Käthes Brust.

11

Eines Tages – es war über ein Vierteljahr seit Werners Abreise vergangen – erschien Käthe zu ungewohnter Zeit, Sanna zu besuchen. Sie suchte die junge Frau immer in ihren Zimmern auf, wenn sie ein Stündchen mit ihr plaudern wollte. Als sie, dem Diener, der sie melden wollte, freundlich, aber bestimmt abwinkend, die Treppe hinaufstieg, kam ihr von oben Tante Phine entgegen.

Käthe begrüßte sie in der vergnügt scherzhaften Art, die sie immer für »Fürstin Seraphine« hatte, und wollte an ihr vorbeigehen. Diese hielt sie jedoch mit einem etwas unsicheren Gesicht zurück und sagte ihr, es sei besser, wenn sie Sanna nicht besuche, da diese sich nicht recht wohl fühle. Etwas in Seraphines Gesicht machte Käthe stutzig.

»Ei, so muß ich sie erst recht besuchen und sie ein wenig zerstreuen«, erwiderte sie unbeirrt.

Tante Phine machte ein sehr ungehaltenes Gesicht.

»Sie haben immer sehr starke Nerven gehabt, Frau Verhagen, und können sich vielleicht nicht denken, daß zarter besaitete Naturen allein zu sein wünschen, wenn sie krank sind.«

Käthe nickte vergnügt.

»Gott sei Dank, meine Nerven sind noch genauso stark wie früher, gnädiges Fräulein, und Sanna ist gottlob auch ein unverfälschtes Naturkind, dem der Begriff ›feinfühlige Nerven‹ völlig abgeht. Ich wette mit Ihnen, daß sie sich freut, mich zu sehen.«

Tante Phine warf einen giftigen Blick in das schöne Frauengesicht und suchte nach einem neuen Grund, Käthe zum Rückzug zu bewegen. Diese ging aber mit raschen Schritten die Treppe vollends hinauf und machte von oben eine äußerst höfliche Verbeugung.

Käthe fand Sanna in Tränen. Bestürzt nahm sie die junge Frau in die Arme.

»Kleinchen, was ist dir denn? Bist du wirklich krank, oder hat dir Fürstin Seraphine etwas zuleide getan?«

»Nein, krank bin ich nicht«, antwortete Sanna, sich mühsam fassend.

Käthe ballte zornig die Hand.

»Also hat sie dir weh getan?«

»Nein, nein«, wehrte Sanna verlegen ab.

Käthe setzte sich zu ihr und sah sie forschend an.

»Du lehrst mich doch Tante Phine nicht kennen. Ihr Gesicht verriet mir schon nichts Gutes, und ein böses Gewissen hatte sie auch, sie wollte mich nicht zu dir lassen. Nun beichte mal, Schatz: Was hat es gegeben?«

»Oh, ich selbst bin schuld daran, Käthe. Tante Phine hat ihre Not mit mir. Ich habe wieder allerhand Verstöße gegen den guten Ton begangen, vor allem bin ich nicht ehrerbietig genug gegen Frau Geheimrat Papperitz gewesen. Wirklich – Tante Phine hatte recht, mich zu schelten.«

Käthe nahm Sanna lachend in die Arme.

»Ach, du törichtes Kleinchen, wie kannst du über eine Moralpauke von Tante Phine weinen! Laß sie doch reden, und weine dir nicht die Äuglein rot. Solche Leute wie sie darf man nicht so ernst nehmen. Dein Mann tut das auch nicht, das weiß ich.«

Sanna seufzte und trocknete sich die Augen.

»Aber, Käthe, sie hat ja recht, wenn sie mich schilt, das ist das Schlimmste. Ich kann einfach nicht gegen Menschen liebenswürdig sein, wenn mich mein Herz nicht dazu drängt. Und – dir will ich's gestehen – die Geheimrätin ist mir so schrecklich zuwider, und der Geheimrat, der ist mir geradezu verhaßt – ja, so schlecht bin ich!«

»Ach was, er ist ein würdeloses Ekel und sie eine falsche, heuchlerische Person. Es spricht nur für dein gesundes und lauteres Empfinden, wenn du solche Menschen nicht leiden magst. Mir sind sie ebenfalls unausstehlich, und ich gehe ihnen aus dem Weg, soweit ich kann.«

Sanna seufzte.

»Das möchte ich auch tun.«

»Nun, dann tu es doch.«

»Das geht ja leider nicht. Sie sind täglich hier im Haus, um Tante Phine zu besuchen.«

»Nun, so überlaß sie ihrer Busenfreundin. Du mußt sie doch nicht empfangen, wenn sie dir zuwider sind.«

»Aber sie nehmen doch fast täglich den Tee mit uns ein, wie soll ich da ausweichen?«

»Sehr einfach, indem du den Tee auf deinem Zimmer nimmst.«

»Das darf ich nicht.«

»Wer verbietet es dir?«

»Tante Phine.«

»Dann geh aus um diese Zeit.«

»Das darf ich auch nicht.«

»Darfst du nicht? Aber, Sanna!«

»Nun ja, ich muß doch den Tee bereiten und ihn servieren.«

Käthe sprang plötzlich auf und stellte sich kampfbereit vor Sanna hin.

»Das eine ›darfst du nicht‹, und das andere ›mußt‹ du! Kindchen, mir scheint, du hast dich schon ganz unter Tante Phines Joch gebeugt. Du, das geht so nicht weiter, das dulde ich nicht. Umsonst hat mich Werner nicht zu deinem Schutz bestellt. Närrchen du, mach dir doch mal klar, daß du hier im Haus die Herrin bist und nicht Tante Phine. Wenn sie Menschen empfängt, die dir unangenehm sind, so hättest du ein Recht, dir das wenigstens in deiner Gegenwart zu verbitten. Keinesfalls aber kann sie dich zwingen, die Gesellschaft solcher Menschen zu ertragen.«

»Ach, das würde doch gegen den guten Ton verstoßen.«

Käthe lachte hell auf.

»Puh, mit dem guten Ton wirst du armes Kind geschreckt? Nun laß dir damit nicht bange machen, meine kleine Sanna. Sag Tante Phine in aller Ruhe und Bestimmtheit, daß dir Geheimrats unerträglich sind und daß du, um ihren Gästen nicht unliebenswürdig begegnen zu müssen, vorziehst, künftig den Tee auf deinem Zimmer einzunehmen.«

Sanna hob erschrocken abwehrend die Hände.

»O nein, das wage ich mich nicht zu sagen, Tante Phine wäre außer sich.«

Käthe strich ihr über das lockige Haar.

»Kleines, es war höchste Zeit, daß ich hinter die Tyrannei kam, die sie an dir ausübt. Wie hätte ich sonst vor Werner bestehen sollen nach seiner Rückkehr. Mut, du kleiner, lieber Wildling! Wirst doch nicht vor Tante Phine die Segel streichen.«

Sanna lachte leise, und Käthe umarmte sie herzlich, ehe sie fortfuhr: »Wann pflegt ihr denn den Tee einzunehmen?«

»Um fünf Uhr.«

»Schön. Nun hört gut zu. Wir haben doch bis jetzt jeden zweiten Tag vormittags eine Stunde gemeinsam musiziert.«

»Ja, das heißt, du warst so freundlich, mich zu meinen Volksliedern zu begleiten.«

»Und ich will dir nur eben sagen, daß ich leider vormittags anderweitig beschäftigt bin.«

Sanna sah betrübt aus.

»Oh, wie schade!« Käthe lachte.

»Ja, mein Tag ist so unglaublich ausgefüllt, daß ich nur noch ab fünf Uhr Zeit für dich habe – sagen wir von fünf bis sieben. Außerdem meint dein Gesangslehrer – ich werde mich nachher gleich darum kümmern, daß er es meint –, daß du unbedingt jeden Tag mit mir üben mußt. Du wirst dich also jeden Nachmittag Punkt fünf Uhr bei uns einfinden.«

Sanna fiel Käthe um den Hals.

»Ach, Käthe, liebe Käthe, wenn ich dich nicht hätte, ich glaube, ich hielte es gar nicht länger hier aus«, sagte Sanna plötzlich mit leidenschaftlicher Heftigkeit.

Käthe streichelte ihre Wange.

»Mein armes, kleines Wildvöglein, ich könnte deinem Mann zürnen, daß er dich in den fremden Verhältnissen allein gelassen hat.«

Sanna schüttelte den Kopf.

»Nein, nein, zürne ihm nicht, du weißt ja nicht, was ihn fortgetrieben hat. Es mußte sein; ich – oh, ich verstehe, daß es ein mußte. Er ist so gut. Daß ich eine Heimat habe – ich meine –, deshalb hat er mich hierhergebracht. Ich kann dir das nicht alles so erklären, aber glaube mir, ihn trifft keine Schuld.«

Käthe hätte aus diesen etwas unklaren, verwirrten Worten wohl kaum klug werden können, wenn sie nicht durch Tante Phines Vertrauensbruch die Erklärung dafür gehabt hätte. Sie blickte mit herzlicher Teilnahme in das liebe, junge Gesicht der Freundin und sagte zart und leise:

»Du hast ihn sehr, sehr lieb, deinen Mann, nicht wahr?«

Sanna legte die Hand aufs Herz und wurde tief rot. Aber sie blickte Käthe offen an und sagte innig:

»So lieb wie keinen anderen Menschen auf der Welt, nie könnte ich jemand mehr lieben als ihn.«

Käthe drückte sie fester an sich. Ihre Augen strahlten.

»Hast du kürzlich Nachricht von Werner bekommen?«

»Ja, gestern erhielt ich einen Brief von ihm. Er ist gesund, und es geht ihm gut. Wie es mir geht, fragt er auch, und ob ich mich wohl und glücklich fühle.«

»Hast du ihm schon geantwortet?«

Sanna nickte heftig.

»Ich antworte ihm immer sofort.«

»Und hast du dich über Tante Phine beklagt?«

»Um Himmels willen nein! Er würde sich ja beunruhigen. Und er hat mir ja auch gesagt, ich soll Tante Phine nicht ernst nehmen, soll sie reden lassen und tun, was mir gefällt.«

»Nun siehst du wohl, du ungehorsame Frau, weshalb tust du nicht, was er dir sagt?«

Sanna lachte verlegen.

»Aber jetzt muß ich dich verlassen, Sanna, weil ich Tante Phine noch einen Besuch machen muß. Also morgen um fünf, auf Wiedersehen! Und pünktlich sein, Kleines.«

Sie verabschiedeten sich herzlich, und Sanna begleitete Käthe bis zur Treppe.

Tante Phine empfing Käthe in der Bibliothek, wo sie in ihrem Sinnierwinkel saß. In ihren eigenen Zimmern war es ihr nicht vornehm genug, deshalb hielt sie sich meist in den unteren Räumen des Hauses auf.

»Ich wollte nicht unterlassen, mich von Ihnen zu verabschieden, gnädiges Fräulein. Erfreulicherweise fühlt sich Sanna schon etwas wohler, aber ich wollte mich doch nicht zu lange bei ihr aufhalten, damit ihr Kopfweh nicht wieder schlimmer wird«, sagte Käthe scheinbar völlig unbefangen.

Seraphine warf ihr einen forschenden Blick zu. Hatte Sanna geplaudert, oder glaubte die Besucherin an ihr Kopfweh? Ohne sich indes aus ihrer hoheitsvollen Ruhe bringen zu lassen, zeigte sie einladend auf einen Sessel.

»Sanna leidet doch wohl etwas unter dem Klimawechsel«, sagte sie kühl.

»Meinen Sie? Na, hoffentlich ist ihr Kopfweh bis morgen verschwunden, denn morgen haben wir unsere musikalische Übungsstunde. Ich freue mich immer darauf. Sanna singt wirklich entzückend. Wenn sie erst noch etwas mehr geschult ist, müssen wir Ihnen einmal abends vormusizieren.«

Seraphine machte ein Gesicht, als habe sie auf einen Zitronenkern gebissen.

»Meine Nerven sind leider zu empfindlich, um mir einen solchen Genuß zu gestatten. Wenn Sanna ihre Klavierübungen macht, muß ich mich immer auf mein Zimmer zurückziehen.«

Käthe lachte.

»Übrigens kam ich heute her, um Sanna zu melden, daß ich leider unsere Übungsstunden auf den Nachmittag verlegen muß. Ich habe sie gebeten, zwischen fünf und sieben zu mir zu kommen.«

Seraphine richtete sich hoch auf.

»Sanna kann aber unmöglich um diese Zeit kommen, das hat sie Ihnen hoffentlich gesagt?«

»Allerdings meinte sie, daß Sie um fünf gemeinsam den Tee einnehmen. Aber das hindert uns nicht – Sanna trinkt eben bei mir ihren Tee.«

Seraphines Finger trommelten unruhig auf der Tischdecke.

»Es ist trotzdem unmöglich, unsere lieben Freunde, Geheimrat Papperitz und Frau Gemahlin, sind meist zum Tee unsere Gäste.«

Käthe erhob sich und machte ein sehr erfreutes Gesicht.

»Ah, das trifft sich ja herrlich, dann sind Sie wenigstens nicht allein. Dann ist ja alles in schönster Ordnung. Sanna hat mir auch schon ihr pünktliches Erscheinen zugesagt. Aber nun muß ich mich beeilen, mein Mann erwartet mich. Leben Sie wohl, gnädiges Fräulein, auf Wiedersehen!« sagte sie schnell, so daß Tante Phine gar nicht zu Wort kommen konnte. Und ehe die alte Dame eine Entgegnung fand, war sie schon zur Tür hinaus.

Tante Phine ging nun, hochrot vor Empörung, zu Sanna hinauf und hielt ihr eine Strafpredigt, daß sie Käthes Verlangen nicht abschlägig beschieden hatte.

Aber Käthes Worte waren doch nicht erfolglos verhallt. Statt wie sonst in Tränen auszubrechen, nachdem Tante Phines Zorn sich entladen hatte, atmete Sanna heute nur auf, nachdem diese das Zimmer verlassen hatte, und um ihren Mund huschte sogar ein leises Lächeln.

Am nächsten Nachmittag traf Sanna pünktlich bei Verhagens ein.

»Ist's gutgegangen, Schatz? Hat dich Fürstin Seraphine nicht in Ketten und Banden zu legen versucht?« fragte Käthe zärtlich besorgt.

Sanna lachte.

»Versucht hat sie's wohl. Aber ich hatte schrecklich viel Mut.«

»Bravo! So gefällst du mir. Und nachdem jetzt der Anfang gemacht ist, wird es schon besser gehen. Jetzt plaudern wir erst gemütlich, bis Fritz und Rudolf kommen. Sie finden es großartig, daß wir um diese Zeit musizieren wollen, weil sie dann von Geschäften frei sind und zuhören können. Rudolf hat seine helle Freude daran, daß ich dich Tante Phines strengem Regiment entrissen habe.«

Die beiden Herren trafen nach etwa einer Viertelstunde ein. Fritz brachte Blumen für die beiden Damen mit und Rudolf allerlei Naschwerk.

»Wir müssen Ihre Befreiung feiern, Frau Sanna. Fritz bestreut Ihnen den Weg zur Freiheit mit Blumen, ich pflastere ihn mit Pralinen; daß Sie eine Schwäche dafür haben, ist mir bekannt«, sagte Rudolf, ihr die Hand küssend.

Sanna dankte ihm lächelnd.

Diesen drei Menschen gegenüber fühlte sie weder Scheu noch Befangenheit.

»Müssen Sie mir denn so deutlich zeigen, daß ich ein Naschkätzchen bin?« fragte sie scherzend.

»Nun, Sie haben die vollste Berechtigung, es zu sein. Wer sich in seiner Kinderzeit niemals den Magen an Süßigkeiten verdorben hat, der muß das später nachholen – Verzeihung, ich meine natürlich nur das Naschen.«

Fritz Verhagen hatte, nachdem er seine Frau zärtlich begrüßt hatte, Sannas Hand an die Lippen gezogen und sah ihr mit lächelndem Wohlgefallen ins Gesicht.

»Frau Sanna, Sie werden schöner mit jedem Tag und erblühen wie eine Rose. Ich darf Ihnen das als verheirateter Mann schon sagen, nicht wahr?«

Sanna schüttelte schelmisch den Kopf.

»Nein, Sie sollen mir keine Schmeicheleien sagen.«

»Bitte – schelten Sie ihn noch mehr aus, Frau Sanna. Was der sich immer herausnimmt im Vertrauen auf seinen Ehering – scheußlich. Unsereiner darf höchstens ...«

»Einen Scherz über einen verdorbenen Magen machen, lieber Rudolf. Das hast du ja nun glücklich getan«, neckte Käthe den Bruder.

Er drohte ihr.

»Du sei ganz still, du bist Partei. Aber was dein Mann kann, das kann ich auch. Frau Sanna, Sie werden wirklich schöner mit jedem Tag.«

Sanna hielt sich die Ohren zu.

»Jetzt werden keine Komplimente mehr gemacht; erstens wird Sanna sonst nur eitel, und zweitens wollen wir jetzt Tee trinken. Drittens und letztens aber werde ich eifersüchtig, wenn Fritz noch länger so bewundernd in ihr Gesicht blickt«, schnitt ihm Käthe das Wort ab.

»Ach Käthe, ich möchte dich zu gern einmal eifersüchtig sehen«, sagte Fritz Verhagen vergnügt.

Sie zog ihn am Ohrläppchen.

»Nimm dich in acht!« drohte sie.

Er haschte nach ihrer Hand und drückte einen Kuß auf die rosige Innenseite. Dabei sahen sie sich mit leuchtendem Glück in die Augen.

Sanna sah diesen Blick schrankenlosen Vertrauens und inniger Hingabe. Ein wehes Gefühl stieg für einen Augenblick in ihr empor. Sie mußte ihre eigene Ehe mit der Käthes vergleichen. Aber schnell wehrte sie diesen Gedanken ab. Sie durfte keine Vergleiche ziehen, wenn sie nicht mutlos in die Zukunft blicken wollte. Nachdem man den Tee eingenommen hatte, wurde musiziert. Sanna sang einige Lieder, und Käthe begleitete sie einfühlsam. Die beiden Herren hörten mit Vergnügen zu.

Nur zu schnell verging die Zeit, und Sanna mußte nach Hause zurück. Rudolf begleitete sie. Ihm war nämlich der Auftrag erteilt worden, Tante Phine mitzuteilen, daß Sanna nun jeden Tag um fünf Uhr zu Verhagens gehen würde – weil der »Gesangslehrer« eine tägliche Übungsstunde, der beiden Damen für notwendig hielt und weil Käthe keine andere Zeit dafür erübrigen konnte.

Als die beiden ins Haus traten, stand Tante Phine in der Tür zum Gesellschaftszimmer. Sie wandte sich ihnen zu und sah ihnen mit einem lauernden, forschenden Blick entgegen.

»Ach, wie liebenswürdig, Herr Raven, Sie haben Sanna begleitet. Sie bleiben doch noch ein Weilchen und leisten uns Gesellschaft«, sagte sie mit auffallender Freundlichkeit.

Rudolf küßte ihr die Hand.

Man nahm Platz. Kaum hatte Tante Phine jedoch einige, für ihre Veranlagung sehr freundliche Worte mit Rudolf gewechselt, als sie sich plötzlich erinnerte, noch einige Anordnungen im Haushalt treffen zu müssen. Sie entschuldigte sich wortreich und ließ Sanna mit Rudolf allein mit dem Versprechen, gleich wiederzukommen.

Es verging jedoch eine lange Zeit, ohne daß sie zurückkehrte. Rudolf hatte ihr mit einem gespannten, forschenden Blick nachgesehen. Es war ihm schon einige Male aufgefallen, daß ihn Tante Phine fast stets unter irgendeinem Vorwand mit Sanna allein ließ. Im Gegensatz zu ihrer sonstigen Sprödigkeit war dies Verhalten auffällig – so auffällig, wie ihre plötzlich für ihn an den Tag gelegte Freundlichkeit. Er wußte nicht, wie er sich das erklären sollte, aber ganz entschieden erfüllte ihn ihr Verhalten mit einigem Mißtrauen.

Sanna schien es nicht aufzufallen. Sie plauderte harmlos und unbefangen mit ihm. Bei ihrer Unerfahrenheit war das verständlich. Rudolf aber blieb nachdenklich, und als Seraphine endlich zurückkehrte, bemerkte er ein falsches Flimmern in ihren kalten Augen.

Er tat jedoch klugerweise ganz harmlos und plauderte noch eine Weile mit den beiden Damen.

Im Laufe des Gesprächs sagte er dann:

»Frau Sanna soll ja nun, wie ihr Gesangslehrer befohlen hat, jeden Tag mit meiner Schwester üben. Die Damen machen gute Fortschritte. Und da meine Schwester nur die Stunden von fünf bis sieben frei hat und die Damen die Übungsstunden täglich auf diese Zeit verlegen, können wir, mein Schwager und ich, wenigstens zuweilen die dankbaren Zuhörer spielen.«

Seraphine fuhr mit einem entrüsteten Blick auf Sanna auf.

»Oh, das geht aber auf keinen Fall. Ich habe Ihrer Frau Schwester bereits gesagt, daß diese Zeit uns gar nicht paßt. Sanna weiß doch auch, daß wir zur Teestunde stets Besuch haben.«

Sanna nahm allen Mut zusammen. Rudolf blickte sie an, als wollte er sagen: Jetzt gilt's – nun Farbe bekennen! Sanna verschränkte die Hände fest ineinander, als suche sie einen Halt, und sagte möglichst ruhig:

»Liebe Tante Phine, der Besuch von Herrn und Frau Geheimrat gilt doch dir und nicht mir. Es ist für mich sehr wichtig, mit Frau Verhagen fleißig zu üben, ihr verständnisvolles Urteil fördert mich sehr. Ich möchte doch, daß Werner mit meinen Studien zufrieden ist, wenn er heimkommt. Deshalb habe ich Frau Verhagen fest zugesagt, jeden Tag zwischen fünf und sieben Uhr bei ihr zu sein.«

Rudolf blickte ihr beifallspendend in die Augen, als sie nun aufatmend, wie nach einer schweren Arbeit, schwieg.

»Sehen Sie, gnädiges Fräulein, Frau Rutland wünscht es dringend, und da brauchen wir wohl kein Wort mehr darüber zu verlieren.«

Tante Phine war zunächst sprachlos vor Empörung. Mit scharfen, stechenden Blicken musterte sie erst Rudolf, dann Sanna. Sie war klug genug einzusehen, daß man sich gegen sie verschworen hatte. Die Wut darüber erstickte zunächst jedes Wort in ihr. Rudolf lachte heimlich über Seraphines Ringen um Fassung und plauderte scheinbar unbefangen mit Sanna noch eine ganze Weile über ein neues Buch, das er ihr zum Lesen empfohlen hatte, ehe er ging.

Es war Tante Phine klar, daß Käthe Verhagen und wahrscheinlich auch ihr Bruder hinter Sannas plötzlich erwachtem Widerstand zu suchen waren. Da jedoch Rudolf Raven in ihren Plänen eine Rolle spielte und sie von ihm sozusagen Hilfe erhoffte, entlud sich ihr ganzer Zorn über Käthe allein. Sicher hatte sie Sanna aufgewiegelt, denn diese war viel zu unselbständig, um sich aufzulehnen. Aber diese Käthe Verhagen sollte sich in acht nehmen. Es gab ja gottlob Waffen, die man gegen sie gebrauchen konnte, wenn es nötig sein sollte. Freilich – vorläufig durfte sie es nicht zum Bruch kommen lassen! Rudolf Raven schien Sanna nicht wenig zu fesseln, und diese zeigte ihr Wohlgefallen an dem hübschen, stattlichen Mann ganz unverhohlen. Das mußte man unterstützen. Je mehr sich Sanna hier als Herrin aufspielte, desto eifriger mußte man dahin wirken, daß ihre Scheinehe mit Werner nie eine wirkliche Ehe wurde. Seraphine blieb stehen und sah vor sich hin. Finstere Gedanken gingen durch ihren Kopf.

Sollte sich aber zwischen Rudolf Raven und Sanna kein Band knüpfen lassen, das Werner freimacht, dann wird mir Käthe Verhagen das Mittel liefern, diese unvernünftige Ehe zu trennen. Diese Waffe werde ich klug bis zuletzt in Bereitschaft halten. Koste es, was es wolle: Sanna muß wieder aus dem Haus – ich will keine Herrin über mir, noch neben mir haben!

So dachte sie, und ihre Augen blitzten gehässig auf.

Sehr bald sollte Seraphine merken, daß sich Sanna mehr und mehr von ihrem Einfluß freimachte. Sie fing an, selbständig über sich zu verfügen. In ihren eigenen Angelegenheiten gab sie der Dienerschaft persönliche Befehle, nicht wie sonst durch Tante Phines Mund. Auch begann sie, ohne vorherige Besprechung, selbst kleine Einkäufe zu machen und kleidete sich nach ihrem Geschmack. Natürlich war ihr Käthe in all diesen Dingen eine freundliche und kluge Ratgeberin. Sie stärkte Sannas eigenen Willen durch vernünftiges Zureden und focht zuweilen selbst einen vergnüglichen kleinen Kampf mit Seraphine aus. Eines Tages – es waren schon Monate seit jenem ersten Auflehnungsversuch vergangen – lud sich Sanna auch selbst einige ihr angenehme Gäste ein und informierte Tante Phine nur, als nichts mehr daran zu ändern war.

Tante Phine schäumte vor verbissenem Grimm, und ihr Haß wuchs gegen Sanna und Käthe in gleichem Maße. Trotzdem brachte sie es fertig, »der guten Sache wegen« all diese »Widerwärtigkeiten« mit großer Selbstbeherrschung zu ertragen. Sie brachte es sogar über sich,

Käthe Verhagen gegenüber die liebenswürdige Wirtin zu spielen, denn natürlich waren Verhagens und Rudolf unter Sannas Gästen.

Auch Sanna gegenüber enthielt sich Seraphine anscheinend jeder Feindseligkeit und begnügte sich damit, ergebungsvoll die Augen gen Himmel zu heben, wenn diese »ihre Güte mit schwarzem Undank lohnte«.

Werner erfuhr nichts von diesem heimlichen Kampf in seinem Haus. Sanna erwähnte nichts davon in ihren Briefen, und Seraphine hütete sich, etwas davon zu berichten, weil sie im voraus wußte, daß Werner auf Sannas Seite sein würde. Aber der heimliche Groll nagte wie fressendes Gift an ihr, und all ihr Sinnen und Denken kreisten um den einen Punkt, wie sie Sanna aus dem Hause treiben konnte.

Inbrünstig hoffte sie, daß sich zwischen Rudolf und Sanna eine Liebelei entwickeln würde. Sie erfand allerlei Gelegenheiten, die beiden allein zu lassen, und belauschte sie dann voll brennender Begier, sie bei einer verborgenen Zärtlichkeit zu ertappen. Dann wollte sie dazwischentreten, um die Ehre des Hauses zu wahren, und dann sollte Werner unverzüglich erfahren, daß es Zeit sei, seine Gattin freizugeben, damit sie sich mit Rudolf Raven verbinden konnte.

Monat um Monat verging, und Tante Phine war ihrem Ziel noch nicht nähergekommen, trotz aller Ungeduld.

Nachdem das Trauerjahr um ihren Vater abgelaufen war, hatte Sanna die Trauerkleider abgelegt. Käthe machte sie nun darauf aufmerksam, daß sie sich völlig neu ausstatten müsse.

Sanna erklärte deshalb Tante Phine, daß sie, wie Werner es gewünscht hatte, nach Berlin reisen wolle, um sich einige neue Kleider zu kaufen.

»Frau Verhagen hat ebenfalls Einkäufe in Berlin zu machen, und ich werde mich ihr anschließen.«

Seraphine setzte ihre abwehrende Miene auf.

»Frau Verhagen ist kein ausreichender Schutz für dich, sie braucht selbst noch eine Anstandsdame. Oder begleitet euch etwa einer der beiden Herren?« fragte sie lauernd.

»Nein.«

»Nun, dann werde ich selbstverständlich mitkommen. Es wäre sicher nicht in Werners Sinn, ließe ich dich ohne ausreichenden Schutz nach Berlin reisen. Dort sind junge Frauen ziemliches Freiwild.«

Sanna seufzte verstohlen. Sie hatte sich wie ein Kind auf diese Reise mit Käthe gefreut. Nun war ihr diese Freude einigermaßen vergällt. Als sie am Nachmittag Käthe mit betrübter Miene meldete, daß Tante Phine mitkommen würde, lachte diese fröhlich auf.

»Fürstin Seraphine als unser Anstandswauwau, Schatz, das ist ja ein köstlicher Spaß. Da werden wir auf keinen Fall gestohlen, kleine Frau. Sei doch vergnügt, es ist ja ganz gut, daß sie auf uns aufpaßt. Was meinst du wohl, wie untertänig man uns überall entgegenkommt, wenn sie uns mit ihrer fürstlichen Würde die Wege ebnet.«

»Aber man kann doch kein bißchen vergnügt sein, wenn sie dabei ist«, meinte Sanna betrübt.

»Warum kann man nicht. Kleines? Steckt immer noch ein Rest Abhängigkeitsgefühl in deinem Herzen? Gerade erst recht werden wir vergnügt sein. Nur nicht bange machen lassen.«

Und so saßen dann die drei Damen einige Tage später zusammen im Zuge.

In Berlin wohnten sie auf Sannas Wunsch in demselben feinen Haus, in dem sie damals mit Werner Aufenthalt genommen hatte. Der Pförtner erkannte sie sofort wieder und bemerkte, daß die gnädige Frau dasselbe Zimmer wie damals wiederhaben könne. Käthe verlangte für sich ein Zimmer neben dem Sannas und ließ den Schrank, der die Verbindungstür verstellte, entfernen, so daß sie diese nach Belieben offenhalten konnten.

Tante Phine mußte einige Zimmer weiter untergebracht werden, obwohl sie unbedingt direkt neben den beiden Damen wohnen wollte. Grollend zog sie ab. Käthes Lachen folgte ihr.

Am Abend besuchten die Damen die Oper. Aber Käthe sah von der Vorstellung nicht viel. Sie mußte nur immer in Sannas begeistert glühendes Gesicht blicken.

Wenn Werner sie so hätte sehen können! Wie schön, wie entzückend schön war dies junge, holde Geschöpf, wie herrlich hatte sie sich in einem Jahr entfaltet.

Am nächsten Morgen begannen die Damen mit ihren Einkäufen. Mit Groll im Herzen mußte Seraphine bemerken, daß ihre Meinung bei Sanna gar nichts mehr galt. Sie kaufte nur noch das, wozu ihr Käthe riet.

»Weiß muß sie tragen – hier dieses entzückende weiße Seidenkleid mit den zarten Spitzeneinsätzen, das mußt du nehmen, Sanna. Weiß überhaupt, viel Weiß für unser Wildvöglein. Das paßt gut zum kastanienbraunen Haar. Und dann dieses herrlich zartblaue Seidenkreppkleid als Gesellschaftsrobe – gelt, das gefällt dir auch, Sanna?« Statt eines rosa Leinenkleides, das Seraphine »sehr vornehm« fand, wurde ein Jackenkleid aus Rohseide gekauft, und für ein von Tante Phine vorgeschlagenes steifes, weißes Alpacakleid wurde ein reizendes weißes Stickereikleid gewählt.

»Ich möchte nur wissen, wozu ich eigentlich mitgekommen bin, wenn doch alle meine Ratschläge unbeachtet bleiben«, sagte die alte Dame endlich entrüstet. »Ich habe doch immer einen guten Gesachmack gehabt und kleide mich selbst gewiß nicht geschmacklos.« Sanna legte ihre Hand bittend auf ihren Arm.

»Sei nicht böse, Tante Phine, aber die Kleider, die mir Käthe ausgesucht hat, gefallen mir auch viel besser.«

Käthe aber nickte vergnügt und gleichmütig.

So ging es drei Tage lang von Geschäft zu Geschäft. Abends besuchte man auf Sannas heißen Wunsch noch einmal die Oper.

Am nächsten Tag kehrten die drei Damen nach Hause zurück. Sanna war wieder voll neuer Eindrücke und schrieb gleich nach ihrer Heimkehr an Werner einen langen, ausführlichen Brief, in dem sich ihre Gedanken nur so überstürzten. Dieser Brief enthielt eine genaue Schilderung all dessen, was sie erlebt und gesehen hatte.

Auf diesen Brief kam nach Wochen eine Antwort von Werner. Nachdem er alles Wissenswerte von seinen Erlebnissen berichtet hatte, fuhr er fort:

»Ich freue mich sehr, daß es Dir in Berlin gut gefallen hat. Daß die Oper einen tiefen Eindruck auf Dich gemacht hat, kann ich mir denken, liebe kleine Sanna. Ich hätte dabeisein mögen, um Dein strahlendes Gesicht zu sehen! Und die Kleider, die Du ausgesucht hast, gefielen Käthe Verhagen sehr und Tante Phine gar nicht? Nun, wenn sie Käthe gefielen, sind sie sicher schön. Und das ›Blaue‹ hat eine Schleppe? Ei, wird sich da mein kleiner Wildvogel damenhaft ausnehmen. Ich sehe Dich im Geiste mit der blauen Schleppe durch das liebe alte Haus schweben, und auf deinem schönen Haar spielen goldene Sonnenlichter – ja, wer das doch sehen könnte! Sehr freue ich mich über Deine musikalischen Fortschritte. Wenn ich hier allein oder mit meinen schwarzen Trägern einsame Gegenden durchstreife, dann ist es mir zuweilen, als hörte ich Deine Stimme – wie damals, als ich auf Eurer Farm zu Gast war. Sie klingt mir

voll und warm in den Ohren – deutsche Volkslieder höre ich im Traum. Man kommt auf seltsame Gedanken in der Einsamkeit.

Du fragst, ob mich Deine ausführlichen Schilderungen von daheim nicht langweilen? Nein, Sanna, könntest Du in mein Herz sehen, würdest Du nicht so fragen.

Tante Phine schrieb mir, daß Rudolf Raven oft bei Euch ist und daß er sich sehr viel mit Dir beschäftigt. Du schriebst mir ja auch viel Liebes und Lustiges von ihm. Hast ihn sehr gern, nicht wahr? Und von Käthe schreibst Du ganz begeistert. Ja, sie ist ein selten liebenswerter Mensch, von frischer, ehrlicher Art, ich wußte, daß Ihr Freundinnen werden würdet. Und ich danke ihr, daß sie so lieb und gut zu Dir ist. Sag ihr das und grüße sie herzlich von mir, sie und Deine beiden Ritter. Vom zweiten Jahr meiner Abwesenheit ist nun schon das erste Viertel verstrichen. Manchmal sehne ich mich nach der Heimkehr – und zuweilen fürchte ich mich davor, das heißt – ach nein, ich will lieber schließen, meine Stimmung ist heute so wechselhaft, und das teilt sich meinem Brief mit. Achte nicht darauf. Sei froh und heiter, denke daran, daß mein größter Wunsch ist, Dich glücklich zu wissen. Jedes Opfer brächte ich für Dein Glück, schon im Angedenken an Deinen unvergeßlichen Vater. Schreib mir bald wieder. Alles, auch das kleinste interessiert mich. Du kannst nicht ausführlich genug sein. Leb wohl und sei herzlich gegrüßt von

Deinem treuen Werner«

Diesen Brief las Sanna, wie alle Schreiben Werners, unzählige Male durch. Sie ahnte nicht, welche Fülle von Sorge und Liebe zwischen den Zeilen stand. Werner war so vorsichtig, wie es ihm möglich war, um sie über seinen Zustand im unklaren zu lassen, weil er sie nicht beunruhigen oder beeinflussen wollte. Sie ahnte nicht, daß Tante Phine mit halben Worten und Andeutungen eine gewisse Eifersucht in Werner geweckt hatte und daß seine Fragen nach Rudolf von dieser Eifersucht veranlaßt waren. Sie wußte auch nicht, welche Sehnsucht ihn befallen hatte, als er sie im Geiste in dem blauen Kleid durch das Haus schweben sah. Rudolf Raven hatte ihm in seinem letzten Brief geschrieben, wie sehr sich Sanna zu einer Schönheit ersten Ranges entfaltete. Seine bewundernden Worte hatten ihn in seiner Eifersucht bestärkt. Vielleicht hatte das Rudolf mit Absicht getan, er und seine Schwester wollten an dem zukünftigen Glück des jungen Paares gar zu gern mitarbeiten.

Alles dies wußte Sanna nicht. Aber ihr Herz klopfte, als sie las, was er von ihrem Haar schrieb. Ob er wirklich danach verlangte, sie in dem blauen Kleid zu sehen?

Und weshalb sehnte er sich nach der Heimkehr und fürchtete sich zugleich davor?

Sie seufzte tief und blickte zu dem Bild seiner Mutter auf, mit dem sie oft heimliche Zwiesprache hielt.

»Sehnt er sich, weil er nach der Heimat verlangt, und fürchtet er sich, weil er mich hier finden wird? Bin ich ihm eine Last – eine Fessel? Kannst du mir keine Antwort geben, du Liebe, Gute? Wenn ich's wüßte, daß ich ihm eine Last bin, daß ihm sein Versprechen an meinen lieben Vater, meinem Glück zu leben, ein Opfer auferlegt – ich würde aus seinem Leben gehen, um ihn frei zu machen.«

So flüsterte sie und drückte mit schmerzlicher Inbrunst seinen Brief an ihre Lippen.

12

Wieder hatte Rudolf Sanna nach Hause begleitet und war, von Tante Phine aufgefordert, noch eine Weile geblieben. Und wieder hatte sich die alte Dame unter einem nichtigen Vorwand entfernt.

Rudolf sah ihr eine Weile nach, ohne sein Gespräch mit Sanna zu unterbrechen. Aber plötzlich erhob er sich, sprang auf die Tür zu und öffnete sie mit einem jähen Ruck.

Da ertönte ein leiser Schrei – Tante Phines Kopf war in sehr unsanfte Berührung mit der Türklinke geraten, denn sie hatte, wie Rudolf richtig vermutete, am Schlüsselloch gelauscht. Dafür trug sie nun eine lange Zeit eine sichtbare Beule an der Stirn.

Rudolf wußte nun plötzlich ganz genau, woran er war. Er entschuldigte sich höflich, aber mit leisem Hohn, um Sanna nicht zu beunruhigen. Tante Phine murmelte etwas von »eben zurückkehren wollen« und preßte sichtlich verlegen das Taschentuch gegen die Stirn.

Sanna bedauerte Tante Phine, als sie eintrat, und sprach ihre Verwunderung aus, daß die Klinke die alte Dame an der Stirn hatte treffen können. Diese hatte sich inzwischen auf eine Ausrede besonnen und erklärte, sie habe sich gerade gebückt, um ihr Schuhband zu befestigen. Sanna glaubte dies ohne Argwohn.

Rudolf konnte es sich nicht versagen, am anderen Tag mit seiner Schwester über die Angelegenheit zu reden.

Käthe lachte erst herzlich auf, als sie von dem Zusammenstoß Tante Phines mit der Türklinke hörte, aber dann wurde sie ernst und blickte ihren Bruder nachdenklich an.

»Was denkst du nun davon, Rudolf?« fragte sie etwas unruhig.

»Ich wollte erst deine Meinung hören, Käthe. Dabei rechne ich auf deinen berühmten sechsten Sinn.«

Käthe nickte.

»Ich glaube, der führt mich auch diesmal auf die rechte Spur, wenn es mir auch schwer wird, an so viel Niedertracht zu glauben. Daß Seraphine um die eigenartige Ehe des jungen Paares weiß, haben wir gehört. Darauf baut sie wohl. Ich glaube ihr kein Unrecht zu tun, wenn ich annehme, daß sie auf eine Lösung dieser Ehe hofft. Und ist es da so schwer zu erraten, daß sie nun gern ein wenig nachhelfen möchte? Sag mir einmal, mein lieber Bruder, ob du Sanna gegenüber ein ganz reines Gewissen hast.«

Rudolfs Stirn rötete sich.

»Aber, Käthe, ich bin doch kein Schuft!«

Sie legte in herzlicher Liebe ihre Arme um seine Schultern.

»Nein, Rudolf, das weiß ich. Aber du bist ein Mensch mit empfänglichen Sinnen für Frauenschönheiten. Und Sanna ist ein wunderholder Paradiesvogel geworden. Ich kann mir gut denken, daß sie einem Mann, dessen Herz noch frei ist, gefährlich werden kann. Deshalb frage ich dich, ob du dich Sanna gegenüber sicher fühlst, niemals, auch nur auf Minuten ihrem Zauber zu erliegen?«

Rudolf zog die Schwester herzlich an sich.

»Du bist ein prachtvoller Kerl, Käthe, und hast Verständnis für menschliche Schwächen. Aber sei ganz ruhig, deine kleine Sanna ist mir in doppelter Beziehung heilig, einmal als Frau meines besten Freundes und dann als die Freundin meiner Schwester. Aber vielleicht könnte ich dir trotz allem nicht so antworten, wenn mein Herz noch frei wäre.«

Käthe sah ihn froh erstaunt an.

»Rudolf – du?«

Er lachte ein wenig.

»Ja, du kluge Käthe – das hat dir dein sechster Sinn nun doch nicht verraten.«

»Ist es denn wahr, keine Flausen?«

»Schrecklich wahr. Ich bin verliebt bis über beide Ohren – nein, ernster, Käthe, bis ins tiefste Herz.«

»Aber in wen, Rudolf, in wen denn?« stieß Käthe eifrig hervor.

»Es ist – Lotte Hansen.«

»Die Lotte? Meine Freundin Lotte, die in Zürich Arzneikunde studiert?«

»Ja – diese.«

»Aber, Rudolf, das ist ja nicht möglich.«

»Warum denn nicht?«

»Was soll denn daraus werden?«

»Hoffentlich eine glückliche Ehe.«

»Aber sie will ja gar nicht heiraten, die Lotte. Sie will doch Ärztin werden, es ist ihr Vorsatz, der kranken Menschheit zu nützen.«

»Das hat sie mir auch gesagt, aber ich weiß es besser. Sie will eine glückliche Frau werden. Sie redet sich das nur ein mit der Befriedigung im ärztlichen Beruf. Übrigens kann sie den ja auch ausüben im Nebenamt – wenn unsere Kinder die Masern haben und ich den Schnupfen. Weißt du, sie will mir nur Hochachtung vor dem Studium der Frau beibringen. Du weißt ja, ich habe sie immer ein bißchen damit geneckt. Und sie ist ein süßer kleiner Trotzkopf. Aber gerade das gefällt mir an ihr, daß sie ihren Willen durchsetzt. Nun sitzt sie in Zürich und studiert drauflos, und ich muß hier geduldig warten, bis sie entweder ihren Doktor gemacht hat oder flügellahm heimkehrt. Aber ich glaube, sie macht ihn, den Doktor – am Ende gar ›summa cum laude‹, und ich kann dann sehen, wie ich mich gegen diesen Doktor behaupte. Meine Frau wird sie aber auf jeden Fall.«

Käthe lachte, aber sie hatte Tränen in den Augen.

»Also die Lotte! Mein Gott, daran hätte ich nie gedacht. Ihr konntet euch doch nie ausstehen.«

»Alles Verstellung.«

»Und du bist Lottes so sicher?«

»Unbedingt.«

»Hat sie dir denn einen Beweis ihrer Liebe gegeben?«

Rudolf machte ein eigenartiges Gesicht, und ein lustiges Lächeln spielte um seinen Mund.

»Gewiß, einen untrüglichen Beweis, nämlich eine Ohrfeige.«

Käthe fuhr betroffen zurück.

»Eine Ohrfeige? Aber, Rudolf!«

Er nickte gemütlich.

»Ja, ich habe sie einmal gegen ihren Willen geküßt, und da hat sie erst einen Augenblick ganz still und erschrocken in meinem Arm gelegen und hat am ganzen Körper gezittert und dann, ja dann hat sie sich plötzlich aufgerichtet und hat mir einen Schlag ins Gesicht versetzt – ganz kräftig, kann ich dir sagen.«

»Und das nennst du einen Liebesbeweis?« stammelte Käthe fassungslos.

»Ja, so eine Ohrfeige kann unter Umständen Bände reden. Mir hat sie riesig Eindruck gemacht. Und ich habe ihr gleich gesagt, daß sie meine Frau werden muß.«

»Und was hat sie dir geantwortet?«

»Nicht ja und nicht nein, sie hat mir nur die Tür vor der Nase zugeschlagen und mich mit einem Blick angesehen, mit einem Blick – na, ich danke. Und seit dem Augenblick habe ich sie nicht wiedergesehen. Am nächsten Tag ist sie nach Zürich abgereist. Und nun warte ich auf ihre Heimkehr.«

»Lieber Gott«, seufzte Käthe sorgenvoll, »wenn du dich nur nicht in einer Täuschung befindest.«

Mit einem herzlichen Kuß schloß Rudolf ihr den Mund.

»Laß nur, Käthe, das mit Lotte kommt schon in Ordnung. Aber wir waren bei Sanna. Was meinst du also, wie ich mich in Zukunft benehmen soll?«

»Nach deiner Erklärung ist das sehr einfach: genauso wie bisher. Übersieh Fürstin Seraphines Spioniersystem vollständig und gib dir den Anschein, als ob du nichts merktest.«

»Und nun wünsche ich nur, daß Lotte ihren Doktor macht und bald heimkehrt«, sagte Käthe, als sich Rudolf verabschiedete.

13

Es war zum zweitenmal Herbst geworden seit Werners Abreise, und wieder einmal waren Gäste im Hause gewesen. Sanna und Käthe hatten musiziert, und alle Anwesenden waren voll Entzücken und Lob gewesen, sogar Frau Geheimrat Papperitz, die einen leisen Groll gegen Sanna hegte, seitdem diese sich so auffallend von ihrer Gesellschaft zurückgezogen hatte. Nur Seraphine hatte kein Wort der Anerkennung gehabt und war mit einem sehr verbissenen Gesicht aus dem Zimmer gegangen. Das kam daher, weil Käthe Verhagen bei Tisch wieder einmal höchst unehrerbietig gegen sie gewesen war.

Am nächsten Tag, als sie mit Sanna beim Frühstück saß, zog Tante Phine schärfer als sonst gegen Käthe ins Feld. Sie gebrauchte harte, gehässige Ausdrücke.

Sanna verteidigte Käthe mit großem Eifer und fester Überzeugung. Das erboste Seraphine immer mehr, und plötzlich sagte sie gehässig:

»Ja, ja, ich weiß, du hast dich durch die glatte Larve dieser heuchlerischen Freundin gefangennehmen lassen, hast dich durch sie gegen mich, die ich es so gut mit dir meine, aufhetzen lassen. Wenn du nur wüßtest, was für ein falsches Geschöpf diese Käthe Verhagen ist.«

Sanna fuhr erregt auf.

»Nein, Tante Phine, das ist nicht wahr, an Käthe ist keine Spur von Falschheit. Ich liebe sie von Herzen und kann und will es nicht dulden, daß du sie schmähst.«

Seraphine zuckte die Schultern und kniff die Lippen zusammen.

»Wüßtest du, was ich über sie weiß, du würdest anders über sie urteilen.«

»Ach, Tante Phine, es ist einfach häßlich, daß du solch grundlose Beschuldigungen erhebst. Wäre Käthe nicht ein wirklich gutes Geschöpf, so hätte mir Werner nicht so zum Umgang mit ihr geraten.«

Seraphine lachte spöttisch auf, und ihre Augen flimmerten unheimlich.

»Werner? Werner liebt Käthe Verhagen und wird sie immer lieben. So, da hast du es!«

Sanna starrte erblassend in Seraphines unbewegtes Gesicht.

»Nein – nein, das ist nicht wahr, sie ist doch eines anderen Frau.«

Da lachte Seraphine abermals spöttisch auf.

»Jawohl, sie hat damals Fritz Verhagen vorgezogen, weil er reich und unabhängig war, während Werner ohne Vermögen und noch von seinem Onkel abhängig war. Aber geliebäugelt hat sie mit ihm und ihn glauben lassen, daß sie ihn liebt, ihn allein. Und als sie dann Verhagen heiratete, da ist er der Verzweiflung nahe gewesen und hinaus in die Welt gezogen, um Vergessen zu suchen. Das war damals, als er auf eurer Farm war. Aber er hat sie nicht vergessen können, und als er dann wiederkam, hat sie ihn von neuem in ihre Netze gezogen. Das hätte sie gar nicht nötig gehabt. Ein Mann wie Werner liebt nur einmal, und er ist für immer ihrem Zauber verfallen.«

Sanna lehnte sich in ihren Stuhl zurück und senkte den Kopf wie unter einem vernichtenden Schlag.

»Ein Mann wie er liebt nur einmal.« Diese Worte zerstörten alle ihre leisen, scheuen Hoffnungen im Keim.

Seraphine beobachtete sie mit lauernden Blicken.

Eine Weile saß Sanna wie gelähmt. Dann raffte sie sich auf und strich wie geistesabwesend über ihr Haar. Und endlich sagte sie mit müder Stimme:

»Ich glaube dennoch nicht, daß Käthe schlecht ist. Wer weiß, wie das alles zusammenhängt.«

»Mein Gott, bist du eine Törin! Du hast ja in deiner Unschuld keine Ahnung, was eine berechnende Frau vermag. Sie ist auch zu eitel, Werner jetzt von ihrem Triumphwagen zu lassen. Ihre ganze Art, dich zu beeinflussen, ist nichts als die Sucht, Werner noch fester an sich zu fesseln. Du sollst ihm nur Herrliches von ihr berichten, sollst sie loben und preisen. Und sicher tust du das auch in deiner Herzenseinfalt. Von Anfang an habe ich sie durchschaut und dich vor ihr zu warnen versucht. Sie weiß ganz genau, daß Werner dich nur aus Mitleid und Dankbarkeit gegenüber deinem Vater geheiratet hat, daß du im Grunde gar nicht seine Frau bist. Und Werner betrachtet sich auch nicht an dich gebunden. Er hofft darauf, daß du ihm seine Freiheit zurückgibst.«

»Wer hat dir das alles gesagt?« stieß Sanna mit halberstickter Stimme hervor.

»Mein Gott, Kind, wer soll mir das gesagt haben! Werner selbst, natürlich. Er ist doch wieder abgereist, um der peinlichen Lage zu entgehen, das hast du doch wohl selbst herausgefunden. Er hofft, daß du deine Neigung in der Zeit seiner Abwesenheit einem anderen zuwendest. Das wäre ja auch die beste Lösung. Du bist doch alt genug, um zu begreifen, daß eure sogenannte Ehe ein Unding ist. Jedenfalls erwartet Werner mit ziemlicher Bestimmtheit, daß du selbst ihn bittest, dich freizugeben. Er kann es ja als höflicher Mann nicht tun, nicht wahr? Ich sprach vor seiner Abreise eingehend mit ihm darüber und kenne seine Wünsche ganz genau.«

Sanna verließ in den nächsten Tagen ihre Zimmer nicht und ließ niemand außer Berta zu sich ein. Der einzige schwache Trost für sie war, daß sie allein sein konnte nach dieser Eröffnung, daß sie niemand zu sehen brauchte.

Und auch zu Käthe schickte Sanna und ließ sich für einige Tage mit Unwohlsein entschuldigen; auch bat sie diese, nicht zu kommen, da sie von unerträglichem Kopfweh geplagt sei und der ungestörten Ruhe bedürfe.

Als einige Tage darauf Käthe doch kam, um nach Sanna zu sehen, wurde ihr durch Berta mitgeteilt, die gnädige Frau lasse noch einige Tage um Ruhe bitten, sobald sie sich wohler fühle, werde sie es Frau Verhagen melden.

Käthe sah, daß über Seraphines Gesicht bei dieser Meldung ein höhnisches, siegesgewisses Lächeln glitt.

Da ist irgend etwas nicht in Ordnung, das verrät Fürstin Seraphines Hohnlächeln, dachte sie auf dem Heimweg. Ihrem Mann erzählte sie ganz aufgeregt von ihrem Besuch bei Sanna, und als später Rudolf dazukam, begann sie in ihrer lebhaften Art von neuem.

»Aber ich werde schon dahinterkommen, und wenn ihr diese unausstehliche Tante Phine etwas zuleide getan hat, dann – na, ich weiß nicht, was ich ihr dann antue. Jedenfalls gehe ich morgen wieder hin, das steht fest.«

Sanna hatte mit verhaltenem Atem auf Käthes Stimme gelauscht, als sie die Freundin durch Berta hatte abweisen lassen.

Drunten fiel die Tür hinter Käthe Verhagen ins Schloß. Sanna preßte die Hände auf ihr wild pochendes Herz.

Warum hatte sie Käthe abgewiesen? War diese nicht immer gleich lieb und gut zu ihr gewesen? War sie nicht in liebender Sorge gekommen, um nach ihr zu sehen? Hatten denn Tante Phines giftige Worte ihr Herz der geliebten und bewunderten Freundin entfremdet? Nein, o nein! Es war nur die brennende Scham, die Sanna abhielt, einem Menschen ins Gesicht zu sehen, die Scham, daß sie einen Mann liebte, der sich sehnte, von ihr befreit zu werden.

Konnte sie denn je wieder in eines Menschen Augen blicken? Aber warum nur nicht – sie hatte ja nichts getan, um diese Liebe in ihr Herz zu pflanzen. Gott selbst hatte sie hineingelegt, wie er in Werners Herz die Liebe zu Käthe legte. Das war ein großes Unglück, ein qualvolles Leid, aber keine Schande. Sie hatte ja nicht gewußt, was sie tat, als sie seine Frau wurde. Und nun, da ihr die Augen über alles geöffnet waren, nun mußte sie die Kraft haben, Werner von sich selbst zu befreien. Nur wenn sie das nicht tat, mußte sie sich schämen. Bald, in wenigen Monaten, kam er heim. Dann würde sie ihm sagen, daß sie sich von ihm lösen wollte.

Aber würde sie die Kraft haben, ihm das zu sagen, würde sie ihm je wieder ins Antlitz sehen können im Bewußtsein, ihn zu lieben und von ihm verschmäht zu sein?

Nein, o Gott, nur das nicht, nur ihn nicht wiedersehen müssen mit der brennenden Qual im Herzen! Er durfte auf keinen Fall ahnen, wie unglücklich sie war. Fliehen mußte sie, ehe er heimkehrte, fliehen vor seinem Anblick und vor der eigenen Liebe. Er durfte nicht erfahren, was sie diese Trennung kostete.

Nur der Gedanke, daß ihr noch Monate blieben, um ihre Flucht vorzubereiten, machte sie allmählich ruhiger.

Auch rechnen lernte sie in dieser qualvollen Zeit. Sie dachte an die Summe, die ihr der Vater hinterlassen hatte. Würde die für ihren Lebensunterhalt reichen? Sie war in Geldangelegenheiten so unerfahren, auch jetzt noch. Nur zufällig hatte sie einmal von Tante Phine gehört, wieviel Zinsen ihr das kleine Vermögen brachte. Es war sehr wenig im Verhältnis zu den Summen, die sie bisher allein für ihre Kleider ausgegeben hatte. Es bedrückte sie sehr, daß sie all das bisher wie selbstverständlich von Werner angenommen hatte. Das durfte nun nicht mehr sein. Sie mußte jetzt mit dem Geld auszukommen versuchen, das ihr gehörte. Und sie rechnete und rechnete, bis sie ganz wirbelig im Kopfe war. Das lenkte sie aber etwas von ihrem Schmerz ab, und langsam fand sie ihre Ruhe wieder. Es war allerdings eine freudlose, bedrükkende Ruhe.

Manchmal saß sie dann oben in ihrem Zimmer und sah vergrämt und todtraurig in das Gesicht von Werners Mutter, aus dem ihr seine eigenen gütigen Augen entgegenblickten.

»Warum hat er mich vor Tante Phine so tief gedemütigt, warum hat er ihr gesagt, daß ich ihm eine Fessel bin? War's nicht menschlicher, er sagte es mir selbst? Ist unter dem Zwang der Verhältnisse selbst das in seinem Herzen gestorben, was er für mich fühlte, als ich noch seine kleine Sanna und er mein Onkel Werner war?«

Sie barg schluchzend das Gesicht in ihren Händen und rang mit der Liebe in ihrem Herzen, die sich nur um so tiefer einbrannte, je mehr sie sich dagegen wehren wollte.

Als Käthe das nächste Mal zu Sanna kam, empfing diese sie in ihrem Zimmer.

Sie war ruhig und still, sah aber so blaß und elend aus, daß Käthe wirklich zuerst an ein körperliches Leiden glaubte.

»Wo fehlt es denn, Schatz?«

Sanna zwang sich zu einem Lächeln.

»Ich hatte nur so arges Kopfweh.«

Dieses Lächeln griff Käthe ans Herz. Sie betrachtete die junge Frau mit unruhigem Forschen.

»Weißt du, Sanna, daß du mir gar nicht gefällst? Hast du einen Arzt kommen lassen?«

»Nein.«

Käthe erhob sich plötzlich mit Entschiedenheit.

»Dann muß sofort einer herbeigeschafft werden, oder ich tue es selbst.«

Und sie ließ nicht nach: Sanna mußte den Arzt rufen lassen. Der stellte, wie immer in solchen Fällen, Nervosität fest und verordnete Ruhe und frische Luft.

Vorläufig mußte sich Käthe damit zufriedengeben. Aber als Tag um Tag verging, ohne daß Sanna sich erholte, da wurden ihre Freunde immer besorgter. Liebevoll drang Käthe in die junge Frau, ihr doch zu sagen, was sie so furchtbar verändert habe.

»Hast du denn gar kein Vertrauen mehr zu mir, Sanna? Ich sehe und fühle doch, daß du leidest, daß dich etwas bedrückt. Ich sorge mich so sehr um dich, wir alle tun es.«

Aber Sanna wich aus und nahm sich von nun an noch mehr zusammen. Sie kam jedoch nicht mehr jeden Tag zu Käthe, und am Musizieren hatte sie keine Freude mehr.

Da hielt Käthe denn mit ihrem Mann und ihrem Bruder einen Kriegsrat. Das Ergebnis war ein langer Brief, den Rudolf Raven an Werner Rutland schrieb und der folgendermaßen lautete:

»*Mein lieber Werner!*

Käthe läßt mir keine Ruhe, ich soll und muß Dir schreiben, obwohl ich vor langen Briefen wie alle schreibfaulen Leute einen heillosen Respekt habe. Und dieser Brief wird lang – sehr lang werden.

Mit ihrem sechsten Sinn – Du weißt ja, daß Käthe schon als Kind allerlei mit diesem sechsten Sinn herausbrachte, wovon wir keine Ahnung hatten – also mit dieser zuweilen sehr nützlichen Gabe wittert sie ein Unheil, das sich über dem Haupt deiner jungen Frau zusammenzieht. Wir stehen dabei mit gebundenen Händen, weil wir nicht wissen, was ihr droht. Erschrick nicht zu sehr, ums Leben geht es natürlich nicht – aber vielleicht um ähnlich kostbare Güter, vielleicht um Sannas Seelenfrieden.

Die Unheilstifterin ist nach unserer gemeinsamen Ansicht Fürstin Seraphine. Sollten wir ihr Unrecht tun, verpflichte ich mich, auf den Knien zu ihr zu rutschen und sie um Verzeihung zu bitten. Ich fürchte jedoch, daß ich es nicht nötig haben werde.

Noch ein Weilchen mußt Du Geduld haben, bis ich mit meiner langen Vorrede zu Ende bin und Dich so weit in alle Einzelheiten eingeweiht habe, daß Du unsere Sorge verstehen kannst. Daß sich Deine junge Frau sehr bald hier eingelebt hatte und körperlich und geistig sich täglich mehr und mehr entfaltete, habe ich Dir schon in früheren Briefen mitgeteilt. Wie innig sie sich mit Käthe angefreundet hat, weißt Du wohl von Frau Sanna selbst. Nur eins haben wir Dir bisher verschwiegen, um Dir nicht unnötig Sorge zu machen, nämlich, daß Tante Phine, die Edle, Deine Frau von Anfang an unerhört beherrschte und daß wir, Käthe und ich, energisch dagegen angingen und Deine Frau aus dieser Sklaverei befreiten.

Hauptsächlich Käthe tat das mit der nötigen Tatkraft und Kampfesfreude, daß sich zuweilen ganz nette Scharmützel ergaben, natürlich immer im Rahmen des guten Tones und der Höflichkeit. Und wir hatten das Gefühl, daß Frau Sanna sich wohl fühlte und mit ihrem Schicksal und ihrer Freiheit sehr zufrieden war. Sie sang uns mit Käthe fast täglich ihre süßen Lieder vor; Du ahnst wohl kaum, wie wundervoll sie jetzt singen kann, wie herrlich sich ihre Stimme entfaltet hat. Sannas frohes Lachen, ihre Schelmerei erfrischten uns wie ein klarer Trunk. Du siehst – ich kann ganz poetisch werden bei dem Gedanken daran. Aber seit einiger Zeit sind ihre Lieder verstummt, und singt sie einmal auf unseren dringenden Wunsch, dann klingen Tränen durch ihre Stimme. Ihr Frohsinn, ihre Schelmerei sind verflogen, ihre Augen blicken trübe und traurig, und wenn sie sich zu einem Lächeln zwingt, tut es einem nur weh. Das kam ganz plötzlich. Es begann mit einem Unwohlsein, an das wir drei aber nicht glauben. Käthe schleppte den Arzt herbei, auch der fand keine Spur von Krankheit.

Was vorgefallen ist, können wir weder von Tante Phine noch von Frau Sanna herausbringen, aber vorgefallen ist etwas, das steht außer Frage. Leider scheint Deine Frau kein Vertrauen mehr zu Käthe zu haben. Sie macht völlig den Eindruck einer Unglücklichen, die sich müht, ihr Leid vor fremden Augen zu verbergen.

Uns fehlt der Schlüssel zu ihrem veränderten Wesen, so daß wir ihr beim besten Willen nicht helfen können.

Wenn ich Dir nun noch, obwohl es mir unangenehm ist, dieses Thema anzuschneiden, erzähle, daß Seraphine Münzer ihren Kränzchenfreundinnen berichtet hat, daß zwischen Dir und Deiner Frau nur eine Scheinehe besteht und daß Du Sanna nur aus Mitleid und Dankbarkeit gegen ihren Vater geheiratet hast, so wirst Du Dir denken können, bis zu welcher ›Zartheit‹ des Handelns sich die edle Dame aufschwingen kann. Wir sind überzeugt, daß Seraphine etwas getan hat, was den Seelenfrieden Deiner Frau ruiniert – sicher aus selbstsüchtigen Gründen.

Deshalb, mein lieber Werner, gestatte ich mir als Dein Freund die Mahnung: Kehre unverzüglich heim, nur Du kannst Deine arme kleine Frau wirksam schützen. Hoffentlich erreicht Dich mein Brief ohne große Umwege. Ich sage: ›Auf baldiges Wiedersehen!‹ Melde mir möglichst Deine Ankunft.

Mit herzlichen Grüßen von meiner Schwester, meinem Schwager und mir *Dein Rudolf«*

Und diesen Brief erhielt Werner Rutland wirklich auf schnellstem Wege. Und ungefähr sieben Wochen später hatte Rudolf seine Antwort in Händen.

»Mein lieber Rudolf!

Vielen Dank für Deinen ausführlichen Brief. Ich war schon in Unruhe. Sannas letzter Brief an mich ist so ganz anders gehalten als ihre früheren.

Dein Brief hat mir gezeigt, daß ich Grund zu dieser Unruhe hatte, wenn ich auch leider nicht wissen kann, was Sanna so verändert hat. Sollte wirklich Tante Phine daran schuld sein?

Nun drängt es mich in großer Unruhe nach Hause. Mit dem nächsten Schiff folge ich diesem Schreiben, ich rüste in aller Eile zur Heimreise. Herzlich und innig bitte ich Euch, steht meiner armen kleinen Sanna auch weiterhin so treu zur Seite wie bisher, bis ich sie selbst unter meine Fittiche nehmen kann. Ich hatte ja triftige Gründe, sie allein zu lassen, sonst hätte ich es nicht getan. Tante Phines Schwatzhaftigkeit, die mich heftig gegen sie erbittert hat, wird Euch zur Genüge verraten haben, daß meine Ehe mit Sanna unter außerordentlichen Umständen geschlossen wurde. Ich hatte Tante Phine unter dem Siegel der Verschwiegenheit die nötigen Aufschlüs-

se gegeben, damit Sanna vor jeder unbedachten und heiklen Frage bewahrt bleiben sollte. Nicht einmal Euch gegenüber habe ich davon sprechen mögen, und sie macht es zum Gemeingut ihrer klatschsüchtigen Kränzchenschwestern. Sie wird mir Rechenschaft darüber ablegen müssen. Euch werde ich nun selbstverständlich über alles aufklären, wenn ich heimkehre, damit Ihr unentstellt die reine Wahrheit hört.

Ich fiebere heimzukehren, mein Herz ist voll und schwer, nicht nur voll Sorge um Sanna, sondern auch im eigenen Verlangen nach Glück. Aber davon später.

Ich muß mich beeilen, damit dieser Brief mit dem heutigen Dampfer noch abgeht. Sanna kann ich meine Ankunft gar nicht mehr ankündigen. Depeschieren will ich nicht, damit Tante Phine nichts von meiner Ankunft erfährt, ich will sie überraschen, vielleicht ist das besser. Bitte, sagt Sanna, daß ich am 24. April daheim eintreffe. Sie soll nichts zu Tante Phine sagen. Nun noch herzliche Grüße Euch allen und auf Wiedersehen. *Dein Werner«*

Es war am 18. April, als Rudolf diesen Brief erhielt. Er eilte damit zu seiner Schwester.

Diese atmete erleichtert auf, als sie das Schreiben gelesen hatte.

Rudolf war eben wieder fortgegangen. Käthe sah ihm vom Fenster aus nach und winkte ihm zu. Kaum war er um die Ecke verschwunden, als von der anderen Seite Sanna Rutland auf das Haus zukam.

»Bist du endlich einmal wieder da, Wildvögelein? Seit drei Tagen hast du dich nicht sehen lassen. Wenn ich nur wüßte, was dich so scheu gemacht hat. Warst ein so liebes, zutrauliches Geschöpf und hattest mich lieb, ich hab's gefühlt. Jetzt liegt etwas zwischen uns, was ich nicht greifen kann und wogegen ich doch immer mit dem Kopf stoße.«

Sannas Gesicht rötete sich.

»Ich habe dich lieb wie zuvor, glaub es mir«, antwortete sie ernst und drückte krampfhaft Käthes Hand.

»Aber Vertrauen hast du nicht mehr zu mir. Und das tut mir weh.«

Sanna senkte den Kopf.

»Ich möchte so gern, daß du meinen Launen gar keine Beachtung schenkst. Bitte glaub mir, daß du mir noch die beste Freundin bist.«

Käthe legte ihren Arm um sie.

»Nun gut, ich tue, wie du sagst. Bald kann ich mein Amt, dich zu behüten, in andere Hände zurücklegen. Höre, was für eine gute Nachricht ich für dich habe. Dein Mann trifft am 24. April hier ein.«

Sanna fuhr entsetzt empor. Aus ihrem Gesicht wich jeder Blutstropfen. Wie abwehrend streckte sie die Hände aus.

»Was sagst du?« kam es heiser über ihre Lippen.

Käthe beobachtete sie besorgt.

»Werner kommt, am 24. April ist er hier.«

»So bald schon?« stöhnte Sanna auf, und sie zitterte so heftig, daß Käthe sie stützen mußte.

Wie seltsam wirkte diese Kunde auf die junge Frau. Keine Spur einer freudigen Erregung, nur Furcht und Schrecken malten sich in ihrem Gesicht.

»Freust du dich denn nicht auf sein Kommen, kleine Sanna? So lange war er fort – dein liebster Mann.«

Sanna machte sich heftig los und strich das Haar aus der Stirn.

»Wann hast du diese Nachricht von ihm bekommen?« fragte sie tonlos.

»Er hat an Rudolf geschrieben, der war eben hier und sagte es mir.«

»Mir – mir hat er nichts mitgeteilt.«

Noch immer beobachtete Käthe die Freundin. Nicht nur ihr sechster Sinn, auch die normalen fünf schienen jede Kleinigkeit zu erfassen.

»Er wollte euch vielleicht überraschen, Tante Phine soll jedenfalls nichts davon wissen. Aber dir will ich's doch lieber sagen, du bist mir zu schreckhaft geworden.«

»Oh, ich danke dir sehr, daß du es getan hast«, stieß Sanna hastig hervor.

»Aber Tante Phine nichts verraten, sonst rüstet sie zu einem festlichen Empfang, und dann merkt Werner gleich, daß ich eine Plaudertasche bin.«

Sanna erhob sich in ziemlicher Eile.

»Ich werde ihr bestimmt nichts sagen, Käthe, und nochmals meinen Dank, daß du zu mir davon gesprochen hast. Ich werde es dir nie vergessen.«

Käthe schüttelte lachend den Kopf.

»Aber Wildvögelein, nur nicht so feierlich! Nun, willst du schon wieder fort?«

»Ja, weißt du, mir fällt da eben ein – eine Besorgung – ich muß gehen.«

Käthe hielt sie nicht, sie sah, wie Sanna fieberte, allein zu sein. Die Nachricht von Werners Heimkehr hatte sie heftig erschüttert.

An der Tür drehte sich Sanna noch einmal um und legte plötzlich in auffallender Herzlichkeit, wie früher oft, ihre Arme um Käthes Hals und küßte sie.

»Liebe – Gute – leb wohl! Ich danke dir für alle Liebe!«

Käthe drückte sie fest an sich.

»Närrlein, wie sonderbar du heute bist!«

Sanna riß sich schnell los und ging.

Käthe blickte ihr aufseufzend nach.

Sanna war nach Hause geeilt. Sie konnte nur noch eins denken: Du mußt fort, ehe Werner heimkommt.

In all den Wochen der Qual, die sie seit jenem Morgen hinter sich hatte, war sie nicht einen Augenblick im Zweifel gewesen, daß sie gehen müsse, ehe sie ihn wiedersah. Sie hatte geglaubt, noch Wochen vor sich zu haben, um in Ruhe einen Aufenthalt für die Zukunft zu suchen, und nun war sie plötzlich vor die Entscheidung gestellt.

Das Blut hämmerte ihr in den Schläfen, und sie konnte keinen klaren Gedanken fassen. Sie wünschte sich sehnlichst den Tod. Was sollte sie noch auf der Welt, allein und verlassen, ungeliebt und unbegehrt, eine Last dem Manne, den sie liebte! Sterben können, die Augen schließen und nie mehr zu Leid und Weh erwachen, heimkehren zu dem toten Vater – wie schön mußte das sein!

Aber es stirbt sich nicht so leicht mit neunzehn Jahren, wenn man einen gesunden Körper hat.

Seraphine sah mitleidlos zu, wie sich neben ihr ein junges Herz fast zu Tode quälte. Sie rechnete mit Sannas Stolz, wie niedrige Menschen immer mit der anständigen Gesinnung anderer rechnen.

Außerdem glaubte sie wirklich, daß Werner seine Frau nicht liebe und daß sie ihm noch einen Gefallen tat, wenn sie die Fesseln lösen half, die ihm nach ihrer Ansicht unbequem sein mußten.

Die beiden Frauen hatten in den letzten Wochen nur das Nötigste miteinander gesprochen und waren sich möglichst aus dem Wege gegangen.

Am 23. April abends gegen neun Uhr verließ Sanna Rutland heimlich das Haus. Sie trug ein einfaches dunkles Kleid und hielt eine kleine Reisetasche in der Hand.

Niemand bemerkte ihr Fortgehen.

Sie atmete tief auf, als der frische Aprilwind ihr die heiße Stirn kühlte. An der Straßenecke warf sie noch einen Abschiedsblick auf das Haus zurück, in dem sie fast zwei Jahre gelebt hatte.

Schnell eilte Sanna weiter. In der nächsten Straße bestieg sie eine leere Droschke und fuhr zum Bahnhof.

Dort nahm sie für den Nachtzug eine Fahrkarte nach Berlin. Dies war der einzige Ort, wo sich Sanna außer in Danzig allein zurechtzufinden hoffte. Es war ihr kein anderer Rettungsweg eingefallen. Der Zug fuhr schon wenige Minuten später ab. Das hatte Sanna mit vieler Mühe aus dem Kursbuch herausgefunden. So gut es ihr bei ihrer Unerfahrenheit möglich war, hatte sie sich ihren Reiseplan zurechtgelegt.

Mit einem Seufzer der Erleichterung sank sie in die Polster ihres Abteils zurück. Sie war allein. Ein Gefühl der Befreiung erfüllte ihre Seele.

Tante Phine wartete am anderen Morgen eine Weile mit dem Frühstück auf Sanna. Als sie nicht erschien, schickte sie Berta hinauf mit der Anfrage, ob Sanna herunterkommen würde oder ob man ihr das Frühstück auf ihr Zimmer bringen sollte.

Schon nach wenigen Minuten kam Berta mit bestürztem Gesicht zurück und meldete, daß die gnädige Frau nicht in ihrem Zimmer sei.

»Dann wird sie noch schlafen«, sagte Seraphine gleichgültig. »Wecken Sie die gnädige Frau lieber nicht, sie ist noch immer unwohl. Sagen Sie unten in der Küche, daß für mich allein gedeckt werden soll.«

Berta blieb zögernd stehen.

»Verzeihen gnädiges Fräulein, aber im Schlafzimmer befindet sich die gnädige Frau auch nicht – und es sieht darin aus – nun ja –, als sei die gnädige Frau gar nicht zu Bett gegangen.«

Seraphine blickte betroffen auf.

»Nicht zu Bett gegangen? Ach, Unsinn, Berta, vielleicht hat das andere Stubenmadchen das Zimmer schon in Ordnung gebracht.«

»Nein, gnädiges Fräulein, Minna ist im zweiten Stock in Ihren Zimmern beschäftigt, und vorher haben wir zusammen hier unten gearbeitet.«

Nun erhob sich Seraphine mit einem unruhig gespannten Ausdruck.

»Ich will selbst einmal nachsehen. Man soll mit dem Frühstück warten.«

So schnell, wie es sich mit ihrer würdevollen Art vertrug, ging Seraphine hinauf in Sannas Zimmer. Forschend schritt sie von einem Raum zum anderen. Nirgends fand sich eine Spur von Sanna, und das Schlafzimmer erschien tatsächlich unbenutzt.

Betroffen blieb sie stehen und sann eine Weile nach. Seit gestern nachmittag hatte sie Sanna nicht zu Gesicht bekommen. Vor dem Abendessen hatte sie sich entschuldigen lassen mit dem Bemerken, daß sie sofort zu Bett gehen wolle. Hastig klingelte Seraphine, und Berta erschien auffallend schnell mit neugierigem Gesicht.

»Wann haben Sie die gnädige Frau gestern abend zuletzt gesehen, Berta?«

»Gegen halb acht Uhr, gnädiges Fräulein.«

»War sie da in ihren Zimmern?«

»Nein, draußen auf dem Flur. Sie kam aus dem Kofferzimmer und hatte sich die kleine braune Handtasche geholt. Ich wollte sie ihr hinübertragen, aber sie wehrte ab und bestellte mir nur, sie zum Abendessen zu entschuldigen, da sie gleich zu Bett gehen wollte.«

Seraphines Augen blitzten auf, als sie von der Reisetasche hörte.

»Es ist gut. Sie können gehen.«

Berta verschwand und eilte in die Küche, wo die anderen dienstbaren Geister schon ihrer erwartungsvoll harrten. Natürlich machte die Meldung, daß die junge Gnädige verschwunden sei, nicht geringen Eindruck. Die Leute tuschelten aufgeregt miteinander. Dienstboten haben eine feine Witterung für ungewöhnliche Vorgänge, und es war ihnen nicht entgangen, daß es zwischen der jungen Frau und Tante Phine Spannungen gab.

»Die Alte hat die junge Gnädige hinausgegrault, dafür lege ich meine Hand ins Feuer«, sagte der Diener und sprach damit den anderen aus der Seele.

Sanna war sehr beliebt bei den Leuten. Ihre freundliche, stille Art hatte um so mehr alle Herzen gewonnen, als man Seraphines hochmütiges und oft ungerechtes Wesen unerträglich fand.

Nun waren alle äußerst gespannt auf die weitere Entwicklung der Dinge.

Seraphine war inzwischen oben in Sannas Reich von einem Möbel zum anderen gegangen, in der Hoffnung, eine Bestätigung ihres Verdachtes zu finden, daß die junge Frau auf immer das Haus verlassen habe. Erwartet hatte sie es schon längst.

So kam sie auch an Sannas Schreibtisch, und hier bemerkte sie sofort, daß die junge Frau gegen ihre Gewohnheit die Schlüssel hatte stecken lassen.

Zuerst zog sie das Fach auf, wo Sanna ihr Geld aufzubewahren pflegte. Es war leer, obwohl sie sich erst gestern eine größere Summe von Seraphine hatte geben lassen.

Nun öffnete sie das Mittelfach und entdeckte sofort einen Brief, der auffällig hineingelegt war. Sie stieß einen leisen Seufzer der Befriedigung aus und eilte an die Tür, um sie abzuschließen.

Schnell kehrte sie an den Schreibtisch zurück und nahm den Brief heraus. Er war von Sannas Hand an Werner Rutland gerichtet.

Unschlüssig wog sie ihn einen Augenblick in ihrer Hand. Dann öffnete sie mit großer Geschicklichkeit den Umschlag. Ihr ganzes Tun offenbarte zur Genüge, daß sie nicht das erstemal geschlossene Briefe öffnete. Tatsächlich hatte sie auf diese Art nicht nur Sannas Briefwechsel mit Werner beaufsichtigt, sondern auch früher den Werners mit seinem Onkel.

Mit spitzen Fingern zog sie das Schreiben aus dem Umschlag, entfaltete es und las:

»Lieber Werner!

Herzlich bitte ich Dich um Verzeihung, daß ich ohne Deinen Willen Dein Haus verlassen habe, noch ehe Du zurückkommst. Ich will Dir und mir ein Wiedersehen ersparen, das uns beiden sehr peinlich und quälend sein würde.

Mein lieber Vater hat es ja gut mit mir gemeint, als er mich mit Dir vermählte, er hat in seiner Sorge um mich wohl nicht daran gedacht, daß er Dir und auch mir eine Fessel anlegte, die zu tragen uns schwer sein würde. Ich war damals noch so sehr jung und unerfahren, stand dem Leben so fremd gegenüber, daß ich nicht wußte, was mit mir geschah und was ich tat. Ich war nur von dem Wunsche beseelt, Vaters letzte Stunden sorglos zu gestalten, und dachte nur an ihn, wie Du es auch getan hast. Du warst außer ihm der einzige Mensch, dem ich voll vertrauen konnte, den ich gern hatte, und es erschien mir so einfach und selbstverständlich, daß ich mich in Deinen Schutz begab.

Nun sehe ich jedoch das Leben mit anderen Augen und erkenne, in welch peinliche Lage ich Dich gebracht habe und in welcher unhaltbaren Lage ich mich selbst befinde.

Deshalb bin ich entschlossen, mich von Dir zu trennen. Ich gehe nach Berlin und werde mich zunächst dort in dem mir bekannten Haus aufhalten, bis ich ein anderes Unterkommen gefunden habe. Mit Geld bin ich vorläufig zur Genüge ver-

sorgt, später weist Du mir wohl mein kleines Vermögen von Vater an, es wird mir für ein bescheidenes Leben genügen.

Wie Du unsere Ehe lösen kannst und willst vor dem Gesetz, überlasse ich Dir, Du kannst mir ja brieflich Nachricht darüber senden.

Nur eins bitte ich Dich inständig: erspare mir jede persönliche Begegnung, ich könnte Dich nicht wiedersehen, ohne vor Scham zu vergehen, weil ich so töricht war, in eine Ehe mit Dir zu willigen. Ich wußte nicht, was ich tat. Über mein ferneres Leben kannst du ganz ruhig und unbesorgt sein. Ich werde mir vielleicht in einem Vorort von Berlin bei einer würdigen alten Dame ein bescheidenes Unterkommen suchen, wo ich zugleich Verpflegung und Schutz habe. Sollte ich einmal Rat und Hilfe brauchen, so werde ich mich an Dich, den treuen, gütigen Freund meines Vaters, wenden, das verspreche ich Dir.

Und nun leb wohl und habe Dank für Deine edle Aufopferung. Verzeihe mir, wenn ich eigenwillig unsere Bande löste, aber sie waren Dir und mir gleich drückend. Ich mußte es tun. Mit herzlichen Gruß und Lebewohl

Deine Sanna«

Mit einem befriedigten Atemzug steckte Seraphine den Brief wieder in den Umschlag und schloß ihn kunstvoll. Dann legte sie ihn nur vorn auf die Schreibtischplatte, damit er jedem gleich in die Augen fallen mußte. Stolzerhobenen Hauptes schritt sie dann durch die Zimmerreihe und nahm gleichsam schon wieder Besitz davon.

Es würde sich alles leichter und müheloser machen lassen, als sie in ihren kühnsten Erwartungen zu hoffen gewagt hatte. Dieser Brief war so recht nach ihren Wünschen geschrieben. Nicht die Spur eines Verdachts konnte auf sie fallen.

Es galt jetzt nur zu bedenken, was man den Dienstboten über Sannas Verschwinden sagen und welche Lesart man unter die Leute bringen sollte. Man brauchte ja nur die Geheimrätin Papperitz zum Sprachrohr zu machen. Die würde schon dafür sorgen, daß eine passende Erklärung bekanntwürde.

Noch eine Weile ging sie nachdenklich hin und her und überlegte, ob sie Werner sofort von Sannas Verschwinden Mitteilung machen sollte. Endlich verließ sie Sannas Zimmer und schloß die Tür hinter sich ab. Berta kam ihr auf der Treppe entgegen. »Die Sache hat sich aufgeklärt, Berta. Die gnädige Frau ist auf einige Zeit verreist. Sie sprach mit mir gestern schon davon, doch ich glaubte, sie würde erst heute abend reisen. Lassen Sie jetzt das Frühstück für mich bringen, und legen Sie mir meine Sachen zurecht. Ich will dann bald ausgehen.«

Seraphine begab sich ins Speisezimmer, und nachdem sie mit großer Seelenruhe ihr Frühstück eingenommen hatte, machte sie noch einen Gang durch den Garten. Sie sah sich die neu angelegten Beete an und ging dann langsam ins Haus zurück. Als sie eben über die Diele ging, um sich in ihrem Zimmer für den Ausgang zurechtzumachen, hörte sie draußen einen Wagen vorfahren. Lauschend blieb sie stehen, den einen Fuß schon auf der Treppe. Im nächsten Augenblick öffnete sich die Tür – und vor ihr stand Werner Rutland. Wäre der Blitz vor Seraphine eingeschlagen, hätte sie nicht mehr erschrekken können.

Wie das leibhaftige schlechte Gewissen! dachte Werner, als er mit schnellen Schritten auf sie zutrat.

»Guten Tag, Tante Phine!«

Sie faßte sich mühsam.

»Mein Gott, Werner – du – das ist ja – du siehst mich fassungslos vor Erstaunen. Ich denke, du bist noch in

Afrika – und nun stehst du plötzlich hier vor mir. Ich habe dich jetzt nicht erwartet.«

Er beobachtete sie scharf.

»Ich wollte euch überraschen, und mir scheint, das ist mir gelungen, wenn du auch wenig Freude darüber an den Tag legst.«

Seraphine zwang sich zu einem Lächeln, während sie sich klarzumachen suchte, wie sie sich jetzt zu verhalten hatte.

»Lieber Himmel, Werner, in deinem eigenen Hause wirst du doch willkommen sein. Nur sehr erschrocken bin ich – man kann auch vor Freude erschrecken.«

»Ja, das kann man.«

Sie reichte ihm huldvoll die Hand.

»Also nun erst einmal herzlich willkommen daheim!«

Er berührte flüchtig mit den Lippen ihre Hand.

»Nun möchte ich zu Sanna. Wo ist sie? In ihren Zimmern?«

Er wollte schon an ihr vorüber die Treppe hinauf eilen. Da aber legte ihm Seraphine die Hand auf den Arm. In ihren Augen lag noch eine heimliche Unruhe – ein Schuldbewußtsein.

»Warte einen Augenblick, Werner, ich habe dir etwas mitzuteilen. Du kommst im Grunde wie gerufen und siehst mich in einer unbeschreiblichen Aufregung. Deshalb wohl auch meine Fassungslosigkeit bei deinem Anblick. Es ist heute schon so viel auf mich eingestürmt. Wir haben in dieser Stunde entdeckt, daß Sanna wahrscheinlich schon gestern abend heimlich das Haus verlassen hat. Ihr Schlafzimmer war unberührt. Sie hatte sich, Unwohlsem vorschützend, gestern abend zeitig zurückgezogen, und seit der Zeit hat sie niemand mehr im Hause gesehen.«

Werner stand wie erstarrt. Sein Gesicht wurde bleich,

und jeder Muskel darin schien gespannt. Seine Augen bohrten sich drohend in die Seraphines.

»Was ist geschehen, was hast du Sanna angetan?« stieß er heiser hervor.

Sie richtete sich stolz auf. Jetzt war sie wieder Herrin der Lage.

»Deine Worte sind mir unverständlich, mein lieber Werner, und ich will sie deiner Erregung zugute halten. Ist mir doch selbst der Schreck heute morgen in alle Glieder gefahren. Was soll ich Sanna getan haben? Ich habe sie gehütet wie meinen Augapfel, wenn sie sich auch leider immer wieder meinem Schutz entzogen hat. Was geschehen ist, weiß ich leider selbst nicht. Ich bin vor wenigen Minuten erst ratlos aus Sannas Zimmern gekommen, wo ich nach ihr gesucht hatte. Ratlos stand ich ihrem Verschwinden gegenüber. Ich fand nichts oben als einen an dich gerichteten Brief. Hier ist der Schlüssel von Sannas Zimmern, ich schloß sie ab, der Dienstboten wegen. Hoffentlich enthält der Brief eine Erklärung und erlöst auch mich aus meiner Unruhe.«

Werner riß ihr fast den Schlüssel aus der Hand und stürmte die Treppe hinauf. Sie sah ihm mit lauernden, flimmernden Augen nach.

Wenn ich nicht wüßte, daß er Käthe Verhagen liebt, könnte ich denken, er sei in seine Frau verliebt, so unsinnig gebärdet er sich, dachte sie beunruhigt, und zum erstenmal beschlich sie Angst, daß ihr fein angelegter Plan doch noch scheitern könnte.

Inzwischen stand Werner oben vor Sannas Schreibtisch und hielt ihren Brief in seinen zitternden Händen. Mit brennenden Augen starrte er darauf nieder. Sein Gesicht zuckte in furchtbarer Erregung.

Heiße Sehnsucht im Herzen, war er zu ihr geeilt – und nun hielt er ihren Abschiedsbrief in Händen.

Er hatte sie fragen wollen in drängender Ungeduld: »Willst du mir angehören mit Leib und Seele, so wie das Weib dem Manne angehören soll, dessen Namen sie trägt?« Aber ehe er die Frage hatte stellen können, war ihm Sanna mit einem Nein zuvorgekommen. Geflohen war sie vor ihm, geflohen – aus seinem Schutz, vor seiner Liebe.

Schmerzlich stöhnte er auf, und langsam las er den Brief noch einmal durch. Der war so ruhig und klar abgefaßt, nicht ein Fünkchen Hoffnung blieb ihm. Zum zweitenmal hatte er Schiffbruch erlitten in seiner Liebe.

Sie wollte ihn nicht einmal sehen, schämte sich, daß sie ohne Liebe seine Frau geworden war, und wagte sich mit ihrer Unerfahrenheit in ein unbekanntes Leben hinein, nur um ihm nicht begegnen zu müssen.

Auf jeden Fall mußte er sofort mit Rudolf und Käthe sprechen. Vielleicht würde Käthe zu ihr nach Berlin fahren, um ihr beizustehen. So allein durfte sie nicht bleiben. Allerlei Gefahren konnten sie bedrohen. Und wenn sie ihn selbst nicht sehen wollte, Käthe würde sie sicher gestatten, sich ihrer anzunehmen.

Er sprang auf und ging auf die Tür zu. Da trat Seraphine ein. »Nun, Werner – ich fiebere vor Unruhe. Hast du Näheres in dem Brief über Sannas Verschwinden erfahren?«

»Sanna ist nach Berlin gereist, sie hat mein Haus für immer verlassen. Kannst du mir sagen, ob sich etwas Besonderes ereignet hat, das sie zu diesem Entschluß trieb? Hast du irgendeine Veränderung in ihrem Wesen bemerkt?«

Seraphine zuckte die Achseln.

»Ich sagte dir schon, sie hat sich leider immer mehr von mir zurückgezogen. Frau Verhagen hat einen, ich muß sagen, sehr ungünstigen Einfluß auf sie ausgeübt.

Meinen guten Willen, sie zu behüten, hat sie mißachtet. Was Käthe Verhagen sagte, war ihr wie ein Evangelium. Und Rudolf Raven hat sich bei ihr ebenfalls außerordentlich eingeschmeichelt. Wenn ich offen zu dir sein soll, ich fürchtete manchmal, zwischen den beiden spiele sich etwas ab.«

»Was willst du damit sagen?« stieß er erregt hervor.

»Mein Gott, du bist wirklich seltsam, weshalb siehst du mich denn so drohend an? Es kann ja sein, daß ich mich täusche, aber sie turtelten oft wie Liebesleute miteinander. Sanna war auch in der letzten Zeit sehr ungleich in ihren Stimmungen, aber wie gesagt, sie zog sich mehr und mehr von mir zurück, und wir haben immer nur das Nötigste besprochen.«

Werner zog die Stirn finster zusammen. In seinen Augen lag ein schmerzliches Sinnen. Er fuhr sich mit einer raschen, entschlossenen Gebärde durchs Haar.

»Entschuldige mich jetzt, ich habe etwas zu erledigen. Wenn ich zurückkomme, sprechen wir weiter über diese Angelegenheit«, sagte er rasch und verließ mit kurzem Gruß das Zimmer.

Seraphine ging beunruhigt hinter ihm die Treppe hinab. Jetzt hieß es aufpassen und die Fassung nicht verlieren. Die Gefahr würde schon vorüberziehen.

14

Rudolf Raven hatte sich neben seinem Baubüro einige hübsche, elegante Zimmer als Wohnung eingerichtet. Er saß an seinem Schreibtisch, als Werner bei ihm eintrat. Erfreut sprang er auf und begrüßte den Freund mit warmer Herzlichkeit.

»Gottlob, daß du endlich da bist, mein lieber Werner! Wirklich, du bist von uns mit Sehnsucht erwartet worden. Nun sag mir, wie geht es deiner Frau, wir haben sie einige Tage nicht gesehen. Wie fandest du sie?«

Werner sah ihm mit einem seltsamen Blick in die Augen.

»Ich habe sie gar nicht angetroffen, Rudolf. Sanna ist fort.«

Rudolf fuhr erschrocken auf.

»Fort! Was soll das heißen?«

»Sie ist abgereist nach Berlin, gestern abend wahrscheinlich, für immer fort aus meinem Hause.«

»Unsinn – das ist ja Unsinn«, fuhr Rudolf auf.

Werner atmete gepreßt.

»Leider nicht. Aber ehe wir weiter darüber sprechen, muß ich dir eine Frage vorlegen und beschwöre dich bei unserer langen Freundschaft, sie mir ehrlich zu beantworten.«

»Darum hast du mich noch nie besonders bitten müssen. Aber jetzt setz dich erst mal und trink einen Schluck Wein, du siehst ja aus, als sei dir der Schrecken in die Glieder gefahren. Und ich wittere Unheil, dazu braucht man wahrscheinlich nicht erst Käthes sechsten Sinn. So – nun trink!«

Er hatte Werner in einen Sessel gedrückt und ihm ein Glas Wein eingeschenkt. Während Werner es hastig leerte, setzte er sich ihm gegenüber.

»So, nun kannst du fragen, mein Lieber.«

Werner strich sich über die Stirn.

»Tante Phines Geschwätz hat dir und anderen also verraten, daß zwischen Sanna und mir nur eine Scheinehe bestand. Ich schicke das meiner Frage voraus, um dir zu beweisen, daß ich im Grunde kein Anrecht auf sie habe. Nun sag mir ehrlich: Hat zwischen dir und Sanna eine Neigung bestanden, die sie zur Flucht aus meinem Hause – vor mir – bewegen konnte?«

Rudolf richtete sich zu voller Größe auf.

»Wie kommst du zu dieser Frage? Hat dir die edle Fürstin Seraphine dies beigebracht?«

»Ja, sie machte mir gegenüber eine Andeutung, daß zwischen euch eine Neigung nicht ausgeschlossen sei.«

Rudolf lachte grimmig.

»Dachte ich's doch! Meine Ahnung hat mich also nicht getäuscht! Das war nicht sehr schlau, edler Seraph! Mein lieber Werner, ich wette, die liebe Dame wird bitter enttäuscht sein, daß ich dir deine Frage mit einem entschiedenen und ehrlichen Nein beantworten muß.«

Werner atmete auf. Ihm war plötzlich zumute, als sei noch nicht alle Hoffnung für ihn verloren.

»Ich danke dir. Aber was meinst du mit deinen Andeutungen in bezug auf Tante Phine?«

Wieder lachte Rudolf zornig auf.

»Oh, sie hat es nicht an liebevoller Beihilfe fehlen lassen. Sie hätte jedenfalls eine solche Neigung mit Freuden begrüßt.«

»Wie meinst du das?« fragte Werner gespannt und erregt.

Rudolf erzählte ihm nun in gedrängter Kürze von Seraphines Vorgehen und von ihrer Spioniererei.

Werner ballte die Fäuste.

»Was hat sie nur damit bezwecken wollen?« fragte er verstört.

Rudolf legte dem Freund die Hand auf die Schulter.

»Mein lieber Werner, du bist den Tücken dieser Frau gegenüber das reine Wickelkind, nimm mir das nicht übel. Bedenke doch, wie sie sich bei dir im Hause eingenistet und sich zur Herrscherin aufgeschwungen hat.

Sie wollte sich von diesem erhabenen Thron nicht verdrängen lassen durch deine Frau. Erst versuchte sie dieselbe zur Sklavin zu machen, und da ihr das nicht gelang, glaubte sie wohl, eure Scheinehe durch sanfte Intrigen zu lösen. Sie wollte deine Frau einfach mir in die Arme treiben. Jeder andere wäre ihr natürlich auch recht gewesen, aber bei mir glaubte sie vielleicht leichteres Spiel zu haben. Ich durchschaute sehr bald ihre gemeinen Absichten und schwieg dazu, um deiner Frau nicht die Unbefangenheit zu rauben. Auf eine Lösung eurer Ehe hat Seraphine sicher gerechnet, das ist uns längst klar geworden. Aber nun sag mir erst: Was ist geschehen, weshalb ist deine Frau aus deinem Hause gegangen? Ich denke, nach allem habe ich ein Recht auf dein Vertrauen.«

»Du sollst alles wissen«, antwortete Werner bedrückt, und dann erzählte er Rudolf, wie es gekommen war, daß Sanna seine Frau geworden war und daß er sie allein gelassen hatte. Er berichtete ihm, wie er Sanna erst nur als ein liebes, reizendes Kind betrachtet hatte und wie dann langsam die Liebe für sie in seinem Herzen erwacht und fester und fester mit seinem Sinn verwachsen war. Nichts verbarg er dem Freund mehr, der teilnahmsvoll lauschte. Er erzählte ihm, wie Sannas Liebreiz sein Herz hatte genesen lassen von der unglücklichen Neigung zu Käthe und wie er nun froh gewesen sei, daß Rudolfs Brief ihn früher aus der Selbstverbannung zurückgerufen hatte. Und wie er dann voll Sehnsucht heimgekehrt sei und nur noch Sannas Brief vorgefunden habe.

Er zog diesen Brief aus der Tasche und reichte ihn Rudolf.

»Nun lies selbst, was sie mir schreibt«, schloß er seinen Bericht.

Rudolf las, und ein ernster Ausdruck trat auf sein hübsches, sonst so heiteres Gesicht.

Dann stand er auf und legte seine Hände auf Werners Schultern.

»Lieber Freund, ich glaube nicht alles, was in diesem Brief steht. Frau Sannas Wahrheitsliebe in Ehren, aber manchmal werden Frauen durch die Verhältnisse zur Lüge gezwungen. Ich wette noch immer, da steckt eine Teufelei von Seraphine dahinter. Weißt du was? Wir gehen jetzt zu Käthe, die soll uns auf die Sprünge helfen. Frauen wissen immer mehr voneinander als wir von ihnen. Und Käthe hat deine Frau herzlich lieb.«

»Ich wollte dich schon darum bitten, mich zu deiner Schwester zu begleiten. Vielleicht ist sie so gütig, Sanna in Berlin aufzusuchen. Ich sorge mich maßlos um sie.«

»Gut – gehen wir zu ihr. Ich wollte zwar eben in eigener Sache einen wichtigen Gang antreten. Da ist seit gestern ein kleiner Doktor summa cum laude hier im Lande, ein süßer Trotzkopf mit braunen Zöpfen und blauen Augen. Diesen Edelfalken wollt' ich mir zähmen. Aber er fliegt mir nicht gleich fort. Nein, frage nichts und rede nichts, später hörst du alles. Jetzt gilt es erst deine Sache zu erledigen, die ist dringender. Ich wollte dir nur durch meine Andeutung den untrüglichen Beweis dafür geben, daß deine kleine Frau mir nur wie eine Schwester lieb ist. Und nun komm zu Käthe. Wenn sie dir helfen kann, tut sie es herzlich gern, sie fühlt sich immer noch bedrückt dir gegenüber. Und mir ist, als würde sie alles in Ordnung bringen, ich will nur nicht vorgreifen. Da, trink noch einen Schluck, daß du wieder Farbe im Gesicht bekommst.«

Er nötigte Werner noch ein Glas Wein auf, und dann gingen sie schnell ihres Weges.

Käthe Verhagen saß zu Hause und blätterte in neuen Büchern und Zeitschriften, aber ihre Gedanken schweiften immer ab. Eben hatte Doktor Lotte Hansen sie verlassen, die gestern aus Zürich zurückgekehrt war.

Käthe hatte sich die größte Mühe geben müssen, diesen hübschen braunzöpfigen und blauäugigen Doctor summa cum laude nicht ein wenig in bezug auf seine Herzensbeschaffenheit auszuforschen.

Schließlich konnte sie es aber nicht unterlassen, ein ganz klein wenig ihre Fühler auszustrecken. Sie sagte mit der unschuldigsten Miene:

»Wenn du noch ein Weilchen bleibst, wirst du auch meinen Bruder begrüßen können, ich erwarte ihn jeden Augenblick.«

Mit innigem Vergnügen hatte sie bemerkt, wie Lotte rot geworden war. Im Gegensatz zu diesem Zeichen innerer Erregung hatte sie kühl erwidert:

»Ich muß sogleich wieder aufbrechen, Käthe. Deinen Bruder sehe ich ja früh genug ein andermal.«

Und schnell war sie entflohen.

Käthe hatte spitzbübisch hinter ihr hergelacht.

Jetzt glaube ich fast selbst, daß die Ohrfeige ein Liebesbeweis war, dachte sie vergnügt.

Sie hatte sich dann zerstreut zu ihren Zeitungen gesetzt, und ehe sie noch ihre Gedanken ganz von Lotte Hansen und Rudolf lösen konnte, wurden ihr dieser und Werner Rutland gemeldet.

Erfreut sprang sie auf und eilte den Herren entgegen. Herzlich faßte sie Werners beide Hände.

»Willkommen daheim, lieber Freund, und gottlob, daß du da bist! Warum hast du Sanna nicht mitgebracht?«

Werner küßte ihr die Hand – und sein Herz blieb ruhig. Käthe Verhagen war ihm wieder die Freundin geworden, seine Liebe gehörte jetzt Sanna.

Rudolf berichtete an Werners Stelle, was geschehen war.

Käthe hörte mit ernstem Gesicht zu, und ihre Stirn zog sich nachdenklich zusammen. Als Rudolf mit seinem Bericht zu Ende war, fuhr Werner fort:

»Nun bin ich zu dir gekommen, Käthe, um dich herzlich zu bitten, nach Berlin zu reisen und dich Sannas anzunehmen. Rudolf will dich, wenn es nötig ist, begleiten. Du kannst dir denken, daß ich keine ruhige Minute habe, bis ich weiß, daß Sanna nicht schutz- und hilflos dem Leben gegenübersteht. Mich selbst will sie ja leider nicht sehen. Für mich steht aber jeder andere Gedanke hinter der Sorge um ihr Wohl zurück.«

Käthe sah ihn forschend an.

»Darf ich Sannas Brief einmal lesen?« fragte sie statt einer Antwort.

Werner reichte ihr denselben, und sie las ihn langsam durch. Dann beugte sie sich vor und blickte lächelnd in sein blasses, zuckendes Gesicht.

»Werner, darf ich eine peinliche Frage stellen, ohne von dir als aufdringlich oder neugierig zurückgewiesen zu werden?«

Er nickte. »Bitte, frage!«

»Also sag mir ehrlich: Liebst du deine Frau, ich meine so, wie ein Mann seine Frau lieben soll?«

Werners Stirn rötete sich, aber er wandte den Blick nicht von den ehrlichen, warmen Frauenaugen.

Mit einem tiefen Aufatmen sagte er fest:

»Ja, ich liebe Sanna. Alles, was früher in mir war, ist untergegangen in diesem Gefühl. Aber was hilft mir das? Sanna liebt mich nicht und ist vor mir geflohen. Ich habe kein Glück bei den Frauen. Mag Tante Phine auch wirklich dazu beigetragen haben, daß sie mein Haus verließ, daß sie es getan, beweist, daß sie mich nicht liebt und eine Ehe mit mir fürchtet.«

Käthe erhob sich und trat mit feuchtschimmernden Augen auf ihn zu.

»Lieber Werner, ich bedaure, daß ich nicht nach Berlin reisen kann – oder will, du selbst mußt Sanna aufsuchen.«

Werner hatte sich ebenfalls erhoben.

»Du vergißt, daß sie mich nicht sehen will.«

Käthe schüttelte den Kopf.

»Nein, das vergesse ich keinesfalls, im Gegenteil, ich prägte es mir recht fest ein. Aber ich las noch viel mehr aus diesem Brief heraus, und ich rate dir dringend: Reise sofort nach Berlin, suche Sanna auf, sage ihr, daß du sie liebst und ohne sie niemals glücklich werden kannst – alles andere findet sich von selbst.«

Werner fuhr sich über die Stirn.

»Kann ich das denn? Sie ist ja vor mir geflohen?«

Da lachte Käthe herzlich, und in ihren Augen schimmerte die Freude.

»O ihr kurzsichtigen Männer! Daß ihr doch nicht lernt, uns Frauen richtig zu beurteilen! Sanna ist nicht vor dir geflohen, sondern vor sich selbst – weil sie dich liebt und sich von dir nicht wiedergeliebt glaubt.«

Werner zuckte zusammen. »Wie willst du das begründen?« fragte er in atemloser Hast.

»Begründen? Muß man euch immer mit Gründen kommen? Ich weiß, daß Sanna dich liebt, weiß es von ihr selbst.«

»Von Sanna selbst?« fragten die beiden Herren zugleich.

Käthe nickte strahlend.

»Jawohl, eines Tages hat sie sich bei mir verraten. Es ist zwar nicht richtig, ihr Geheimnis preiszugeben. Aber euch Männern muß man ja mit Beweisen kommen. Für mich wäre dieses Bekenntnis gar nicht nötig gewesen, ich hätte auch so gewußt, daß Sanna dich liebt. Denn vor einem Mann, der uns gleichgültig ist, laufen wir Frauen nicht davon. Sanna hätte sonst ruhig deine Heimkehr abgewartet und dir gesagt: Laß uns auseinandergehen, wir lieben uns nicht. Daß sie so sinnlos flieht, dich nicht sehen will und sich schämt, deine Frau geworden zu sein, beweist, daß sie dich liebt und sich ungeliebt glaubt. Eile zu ihr und überzeuge sie von deiner Liebe, dann wird sie überraschend schnell bereit sein, dir wieder ins Haus zu folgen und dir das Glück zu bringen.«

Werner küßte Käthe mit Inbrunst beide Hände. In seinen Augen lag ein frohes Hoffen.

»Ach, wenn du recht hättest, Käthe!« sagte er heiser vor Erregung.

»Verlaß dich nur auf Käthes Worte, Werner. Etwas Ähnliches hätte ich dir auch geraten. Aber Käthe kann das besser. Sie führt überzeugende Gründe ins Treffen und hat die einfachste Lösung gefunden. Also komm, mein Lieber, du gehst zum Bahnhof, und ich habe glücklicherweise noch Zeit, meinen Edelfalken zu zähmen«, sagte Rudolf Raven frohgelaunt.

»Du, Rudolf, er war eben erst bei mir, dein Edelfalke!« rief Käthe lachend.

»Wie lange ist er fort?«

»Zehn Minuten bevor ihr kamt. Und weißt du, jetzt glaube ich auch an den Liebesbeweis.«

Rudolf nickte lachend, aber in seinen Augen brannte die Ungeduld.

»Und ich erst recht. Auf Wiedersehen, Käthe! Komm, Werner, wir gehen noch ein Stück zusammen.«

Die Herren verabschiedeten sich von Käthe.

»Nun geht eurem Glück entgegen, ihr beiden – und vergeßt nicht, daß ich voll Ungeduld auf die Nachricht warte, daß ihr es gefunden habt«, sagte sie herzlich.

Lotte Hansen war von Käthe Verhagen sofort nach Hause zurückgekehrt, obwohl sie erst noch einige Besuche hatte machen wollen.

Ihre Eltern waren nicht daheim. Die junge Dame legte zerstreut Hut und Handschuhe ab und strich sich das Haar glatt. Nachdem sie noch eine Weile unschlüssig in ihrem Zimmer diesen und jenen Gegenstand zurechtgerückt hatte, griff sie nach einem dicken Buch und setzte sich damit in das Wohnzimmer ihrer Eltern. Es handelte sich um ein medizinisches Werk, und Doktor Lotte Hansen versuchte sich darin zu vertiefen. Aber sie konnte heute ihre Gedanken gar nicht konzentrieren. Es war sonderbar. Seit sie ihre Prüfung hinter sich hatte, war eine gewisse geistige Müdigkeit über sie gekommen.

»Ich habe den trockenen Stil satt, scheint mir«, sagte sie plötzlich leise vor sich hin und stützte den Kopf in die Hand.

So saß sie noch da, als das Mädchen ihr meldete, daß der Herr Baumeister Raven seine Aufwartung machen wolle.

Helles Rot flog über Lottes Gesicht.

»Haben Sie dem Herrn Baumeister nicht gesagt, daß meine Eltern nicht zu Hause sind?« fragte sie unwirsch.

»Doch, aber der Herr Baumeister wünschte ausdrücklich Fräulein Doktor Hansen zu sprechen.«

»So führen Sie ihn in das Gesellschaftszimmer«, erwiderte Lotte kühl.

Als das Mädchen gegangen war, richtete sich Lotte hastig auf und trat vor einen Spiegel. Aber kaum hatte sie einen Blick hineingeworfen, wandte sie sich, ärgerlich über sich selbst, ab und ging mit großen festen Schritten hinüber. Dabei warf sie aber doch noch einen Blick auf ihre schönen, tadellos gepflegten Hände und strich glättend über das knappe, gutsitzende Kleid, das sich den schönen Linien ihrer jugendlich kräftigen Gestalt anschmiegte. So trat sie, das Haupt mit den reichen braunen Flechten stolz erhoben, vor Rudolf Raven hin.

Er ging ihr rasch einige Schritte entgegen und umfaßte mit einem strahlenden Blick die anmutige Erscheinung.

»Fräulein Doktor, ich gestatte mir, Ihnen meinen Glückwunsch persönlich zu überbringen.«

Lotte sah ihn sehr kühl an und lud ihn zum Sitzen ein.

»Bemühen Sie sich nicht, Herr Baumeister, ich weiß zur Genüge, wie Sie über Frauenstudium denken. Sie nehmen es ja doch nicht ernst.«

»Bitte sehr, ernster als ich kann es kein Mensch nehmen.«

»Dann haben Sie Ihre Ansichten radikal geändert.«

»Vielleicht, Fräulein Doktor. Und wenn man seine Ansichten ändert, muß man auch den Mut haben, dies einzugestehen.«

Lotte lächelte spöttisch.

»Da bin ich neugierig.«

»Ich trete den Beweis sofort an, mein sehr verehrtes Fräulein Doktor. Wie sie mich hier sehen, bin ich gekommen, um mich als erster Patient in Ihre Behandlung zu geben. Ich hoffe, es ist mir noch niemand zuvorgekommen.«

»Mir scheint, Sie belieben zu scherzen, und das vertrage ich in meinem Beruf nicht. Sie sehen nicht aus, als ob Sie ärztlicher Hilfe bedürften.«

Rudolf seufzte kläglich mit einem wehleidigen Gesicht.

»Das täuscht, Fräulein Doktor. Leider bin ich von einem quälenden Leiden befallen – schon lange.«

»Dann hätten Sie längst einen anderen Arzt befragen sollen.«

Er seufzte wieder und sah sie mit bittenden Blicken an, denen sie auszuweichen suchte.

»Mir kann schwerlich ein anderer Arzt helfen. Ich habe nun einmal nur Vertrauen zu Ihnen und deshalb gewartet, bis Sie zurückgekommen sind – sehr sehnsüchtig gewartet. Und nun bin ich hier und bitte Sie inständig, befreien Sie mich von meinem Leiden.«

Ihr Gesicht rötete sich.

Sie erhob sich, aber zu gleicher Zeit sprang Rudolf auf.

»Um Gottes willen, Fräulein Doktor, wollen Sie mich grausam meinem Schicksal überlassen? Ist das Ihre Menschenfreundlichkeit, für die Sie früher jedes Opfer bringen wollten?«

»Es wird meiner Menschenfreundlichkeit keinen Abbruch tun, wenn ich einen ungalanten Scherz zurückweise«, entgegnete sie scharf.

Rudolf trat dicht zu ihr heran und blickte ihr mit einem zwingenden, flehenden Blick in die Augen.

»Fühlen Sie doch wenigstens einmal meinen Puls – wie er rast! Das ist doch ein beängstigendes Zeichen, nicht wahr? So schlecht geht es mir nun schon, seit ich eines Abends – ein Jahr ist es wohl her – eine Ohrfeige bekam – nein, bleiben Sie doch, ich flehe Sie an! Die Ohrfeige bekam ich verdientermaßen – und von einer lieben, sehr lieben Hand. Aber furchtbar schlecht ist sie mir bekommen. Seit jener Zeit ist meine Herztätigkeit ganz aus der Ordnung geraten. Und wozu sind Sie nun Doktor summa cum laude geworden, wenn Sie mir nicht für mein Leiden eine Linderung geben können. Fräulein Doktor – Doktor Lotte – fühlen Sie doch nur ein einziges Mal meinen Herzschlag – ich glaube, dann bin ich schon halb gesund.«

Er faßte schnell nach ihrer Hand und preßte sie fest an sein Herz.

Lotte wurde rot und wollte sich losreißen.

»Lassen Sie das!« rief sie heftig, aber in ihrem Gesicht zuckte es unruhig.

»Nein, ich lasse diese liebe, kleine Hand nicht los – nie mehr! Jetzt hört es auf mit der Quälerei, das halte ich nicht mehr aus. Mädel, liebes, trotziges, süßer, kleiner Doktor, ich hab dich ja so lieb, so wahnsinnig lieb. Und dir springt ja auch trotz aller Abwehr die Liebe aus den Augen. Ergib dich doch, du Unband. Soll ich wie ein verliebter Primaner zu deinen Füßen liegen und um Verzeihung winseln! Das willst du doch nicht. So ein Waschlappen könnte doch meinem Edelfalken nicht gefallen. Mädel, ich bin dir ja so von Herzen gut. Eigentlich habe ich die Ohrfeige ganz unschuldig gekriegt – jawohl! Hast mich erst mit deinen Augen um den Verstand gebracht. Kein Mensch kann es mir verdenken, daß ich dich küßte, so lieb warst du anzuschauen. Und ich muß es auch jetzt wieder tun, deine roten Lippen sind mildernde Umstände. Diesmal halte ich dir aber die flinken Hände.«

Damit zog er sie so fest an sich, daß sie sich nicht rühren konnte, und küßte sie nun wieder und wieder.

Erst fühlte er noch ihren Widerstand, aber dann ergab sie sich in ihr Schicksal und ließ den Sturm seiner Zärtlichkeit willenlos über sich dahinbrausen. Als er endlich fühlte, daß ihre widerstrebenden Lippen seine Küsse wiedergaben, löste er die Arme.

»So«, sagte er tief aufatmend, »nun ist mir schon viel wohler. Du bist ein prächtiger Arzt, meine Lotte. Dieselbe Arznei, täglich, nein stündlich angewandt, wird mich von jeder Krankheit heilen.«

Lotte trat von ihm fort. Sich die gelockerten Flechten feststeckend, sagte sie zwischen Lachen und Weinen schwankend:

»So ein kecker Mensch wie du ist mir in meinem ganzen Leben noch nicht vorgekommen.«

Nun umschlang er sie von neuem.

»Nimm das sofort zurück!«

»Fällt mir nicht ein!«

»Dann muß ich dich bestrafen.«

»Wag's nur!«

»Mit Vergnügen!«

Und er küßte sie wieder und wieder und fragte nach jedem Kuß:

»Willst du Abbitte leisten?«

Sie schüttelte jedesmal den Kopf.

Da sah er sie listig an.

»Gelt, du kannst auch nicht genug bekommen von meinen Küssen?«

Da nahm sie seinen Kopf zwischen ihre Hände und sah ihn an. Und die Blicke senkten sich tief ineinander.

»Du – du Räuberhauptmann«, sagte sie leise, mit halberstickter Stimme.

Er hob sie jubelnd empor.

»Mein bist du – mein bleibst du – ein Räuberhauptmann gibt seine Beute nicht mehr frei.«

Sie lachten sich an.

»Und was soll nun mit meiner Doktorwürde werden – du Unmensch?« fragte sie seufzend.

»Oh, ich bestelle dich sofort zu meinem Hausarzt. Du wirst so viel an mir zu heilen haben, daß du gar keine anderen Kranken brauchst.«

Lotte schüttelte den Kopf und blickte ihn ernst an.

»Nein, du, da streike ich – ich will doch verwerten, was ich gelernt habe.«

Er streichelte ihre Hände.

»Ich habe ja nichts dagegen, Doktor Lotte, für die Zeit, da ich dich nicht für mich nötig habe, darfst du dich auch anderen Menschen widmen. Aber versprich mir feierlich, erst komme ich – und dann deine Kranken.«

»Bedingungen habe nur ich zu stellen, du Tyrann.«

»Gott bewahre – du verkennst die Sachlage. Also versprich: erst ich – dann die anderen noch lange nicht.«

Sie lachte.

»Ich verspreche gar nichts.«

Da nahm er sie wieder in die Arme und sah sie mit heißen Augen an.

»Lotte!«

Sie sah zu ihm auf.

»Dummer Rudolf – dummer Rudolf – ich lasse mich doch so gern von dir beherrschen.«

»Bravo, süßer, kleiner Doktor!«

Sie deutete lächelnd mit dem Finger auf seine Wange.

»War es die?« fragte sie zärtlich.

Er hielt mit einem tiefen Seufzer die geschlagene Wange hin.

»Du findest deine Spuren wohl heute noch drauf?« neckte er.

Sie küßte ihm die Wange und legte dann leise die ihre daran. »So, nun ist es gutgemacht.«

»Nein, dazu gehört jahrelange, sehr zärtliche Behandlung.«

Sie zog ihn am Ohr. »Frechdachs!«

In dieser Weise neckte sich das Brautpaar, bis Lottes Eltern nach Hause kamen.

Eine halbe Stunde später rief Rudolf seine Schwester durch das Telefon an. Lotte stand neben ihm. Als sich Käthe meldete, sagte er: »Du, Käthe, siehst du mir nichts an?«

Käthe lachte.

»O ja, du siehst riesig verlobt aus. Ich wünsche dir Glück!«

»Woher weißt du denn, daß es etwas zu beglückwünschen gibt?«

»Mein sechster Sinn, du weißt ja. Jetzt ruf mir einmal schnell die Lotte an den Fernsprecher!«

»Ist schon da!« antwortete Lotte.

»Du Duckmäuserin«, schalt Käthe. »Na warte nur, in einer Viertelstunde bin ich mit Fritz bei euch. Ich muß dir den Kopf waschen und euch beiden ganz nebenbei vor Freude ein bißchen totdrücken.«

»Das verbitten wir uns – das Leben ist zu schön«, rief Rudolf nun wieder.

»Schere dich fort, ich will noch mit Lotte sprechen!«

»Nun also – ich bin wieder da«, sagte Lotte lachend.

»Schön. Sei doch so gut und gib Rudolf in meinem Namen einen Nasenstüber.«

»Ach du – der läßt sich nichts mehr von mir gefallen.«

»Na, dann kann's auch meinetwegen ein Kuß sein.«

»Wird besorgt – prompt!«

»So – nun Schluß! In einer Viertelstunde sind wir dort. Stellt den Sekt schon kalt!«

»Auf Wiedersehen!«

Lotte hing den Hörer ein und führte Käthes Auftrag aus.

Später gab es eine frohe Verlobungsfeier.

Werner Rutland war spät am Abend in Berlin angekommen und fuhr sofort in das Gasthaus, wo er mit Sanna gewohnt hatte.

Der Pförtner mit dem guten Personengedächtnis erinnerte sich sofort seiner, als er fragte, ob Frau Rutland ihr altes Zimmer wieder bewohne.

»Gewiß, Herr Doktor, die gnädige Frau Gemahlin bewohnt wieder Nummer vier. Aber das Zimmer, das der Herr Doktor früher bewohnt hat, ist leider besetzt.«

Werner wußte nun wenigstens, daß Sanna hier war.

»So geben Sie mir vorläufig ein anderes Zimmer.«

Er sagte dann noch, daß er am anderen Morgen um acht Uhr geweckt zu werden wünsche und daß man seiner Frau seine Ankunft nicht melden solle, weil er sie überraschen wolle. Dann ging er hinter dem Kellner hinauf in sein Zimmer und begab sich zu Bett.

Vor Erschöpfung schlief er bald ein, trotz der Erregung, die ihn beherrschte; hatte er doch schon einige Nächte auf der Heimreise ziemlich schlaflos verbracht.

Erst als man ihn am nächsten Morgen weckte, wurde er wach. Schnell machte er sich fertig und überlegte nun, wie er sich Sanna nahem sollte.

Unschlüssig schritt er den langen Flur einige Male auf und ab. Dabei ging er wieder und wieder an Sannas Zimmer vorbei.

Dann mußte diese wohl geklingelt haben, denn das Zimmermädchen trat bei ihr ein. Sie kam gleich darauf wieder heraus mit dem leeren Frühstücksgeschirr. Durch die halbgeöffnete Tür erblickte Werner Sanna für einen Augenblick. Sie saß zum Ausgehen fertig angekleidet am Fenster.

Werner wartete noch einen Augenblick, bis das Mädchen verschwunden war. Dann trat er entschlossen an die Tür und klopfte.

Sanna forderte zum Eintreten auf, wohl in der Meinung, daß das Zimmermädchen noch einmal zurückgekehrt sei.

Werner trat schnell ein und schloß die Tür hinter sich. Sanna fuhr entsetzt von ihrem Stuhl empor und stieß einen leisen Schrei aus. Mit zitternden Händen umfaßte sie die Lehne ihres Stuhls, um sich zu stützen. Ihr Gesicht wurde erst glühendrot und dann sehr bleich. Werner trat auf sie zu, und sie sahen sich stumm in die Augen. Ihm war zumute, als sähe er Sanna zum erstenmal. Wie bezaubernd war sie in diesen zwei Jahren der Trennung geworden.

»Sanna, warum bist du vor mir geflohen?« fragte er in bebendem Ton.

Sie schauerte zusammen, als ob sie friere, und biß die Zähne fest aufeinander. Und dann streckte sie wie bittend die Hände aus und zeigte stumm zur Tür.

Er schüttelte den Kopf.

»Nein, Sanna, du darfst mich nicht fortschicken, bevor du mich angehört hast. Du hast mir zwar geschrieben, ich soll dir nicht folgen, du willst mich nicht sehen – aber ich konnte dir diesen Wunsch nicht erfüllen. Denn ich muß dir sagen, daß du mich durch dieses Verbot sehr unglücklich gemacht hast. Sanna, seit zwei Jahren habe ich mich selbst aus deiner Nähe verbannt, um deine Ruhe, deinen Frieden nicht zu stören. Es ist mir sehr schwer geworden, denn schon als ich von dir ging, liebte ich dich zärtlich. Ich wäre so gern bei dir geblieben, um mir deine Liebe zu erringen. Aber ich wollte dich nicht zu früh in Unruhe bringen. Ich ging mit dem heimlichen Wunsch im Herzen, daß du mich zurückrufen würdest mit der Bitte: Bleibe bei mir! Du sprachst sie nicht aus, und ich ging, dem Versprechen getreu, das ich deinem Vater gegeben hatte. Wie schwer ist es mir geworden, Sanna! Denn ich liebe dich – seit du meine Frau geworden bist. Diese Liebe ist während der Trennung gewachsen und erstarkt. Sehnsuchtsvoll weilten meine Gedanken bei dir. Im Geiste sah ich dich durch das Haus schreiten, und die Tage der Trennung wurden mir zur Ewigkeit. Jedes deiner Worte in deinen Briefen habe ich geprüft, ob sich ein Fünkchen Liebe dahinter verbergen könnte. Deine Locke, die du mir als Talisman mitgabst, habe ich auf meinem Herzen getragen und sie geküßt vieltausendmal. Der Gedanke: Du hast eine schöne, junge Frau daheim, aber du darfst sie nicht in deine Arme nehmen und fragen ›Liebst du mich?‹ quälte mich in mancher schlaflosen, sehnsuchtsvollen Nacht. Und dann endlich hielt ich's nicht mehr aus und eilte heim. Fiebernd vor Sehnsucht betrat ich mein Haus und suchte meine junge Frau. – Sie war geflohen vor mir und meiner Liebe. Fassungslos stand ich erst und starrte auf deine Abschiedsworte. So kühl sagtest du dich los von mir. Aber ich bin dir dennoch gefolgt. Du sollst es mir wenigstens ins Gesicht sagen, daß ich keine Hoffnung habe, dich zu erringen.«

Die junge Frau hatte in einem unbeschreiblichen Aufruhr der Gefühle seinen Worten gelauscht. Mit großen, bangen Augen sah sie nun zu ihm auf in sein bleiches, zuckendes Gesicht, in seine flehenden Augen. Sie konnte nicht fassen, was er da alles zu ihr sprach. Die Allgewalt der Liebe wurde ihr erst jetzt voll verständlich, als die seine auf sie einstürmte. Aber sie brach hilflos unter diesem Sturm zusammen und sank zitternd in ihren Sessel zurück, das Gesicht fassungslos in den Händen bergend.

Da stand er aber schon neben ihr und umfaßte sie mit beiden Armen.

»Meine Sanna, meine geliebte Frau, willst du wirklich von mir gehen?« fragte er leise mit heißer Innigkeit.

Da drängte sie sich stumm und zitternd in seine Arme und barg den Kopf an seiner Brust.

Er riß sie jubelnd zu sich empor. »Wildvögelein, hast du mich lieb?« Sie blickte ihn an mit einem bangen, glückseligen Staunen.

»Ach, Werner, liebst du denn nicht Käthe Verhagen?«

Fest preßte er sie an sich, und in seinen Augen flammte es auf.

»Das also war es. Ach, nun versteh' ich alles. Das hat dir Tante Phine erzählt?«

Sie nickte, ihn immer noch bange und forschend ansehend.

»Ist es denn nicht wahr?« fragte sie in atemloser Erwartung.

Er preßte seine Lippen fest auf die ihren in jäher Glut.

»Fühlst du, daß ich dich liebe, nur dich?« flüsterte er.

Sie schmiegte sich erschauernd an ihn.

»Und bin ich dir wirklich keine drückende Fessel?«

Er barg ihr Köpfchen wie schützend an seiner Brust.

»Hat dir das Tante Phine auch gesagt?«

»Ja.«

»Sie soll es büßen!« stieß er hervor. Aber gleich wurde er wieder weich und zärtlich.

»Und das hast du geglaubt, Sanna?«

»Mußte ich's denn nicht, Werner? Ich wußte doch, daß du mich nur auf Vaters Wunsch zu deiner Frau gemacht hast. Und Käthe Verhagen ist so gut und schön – man muß sie lieben.«

Er setzte sich und zog sie auf sein Knie. Ernst und voll heißer Zärtlichkeit sah er in ihre dunklen, wunderbaren Augen.

»Ich habe Käthe auch einmal sehr liebgehabt – als du noch nicht meine Frau warst. Als sie Fritz Verhagens Frau wurde, war ich sehr niedergeschlagen und dachte, es gäbe kein anderes Glück für mich. Aber dann wurdest du mein – und die Liebe zu dir ließ mich Käthe vergessen. Und jetzt kann mich nur eines glücklich machen – deine Liebe. Hast du mich lieb, kleine Sanna?«

»So unsagbar – ich wäre ja gestorben vor Herzeleid, wenn du mich nicht wiedergeliebt hättest. Schrecklich waren die Tage der Qual, seit mir Tante Phine gesagt, daß du froh wärst, wenn ich aus deinem Leben ginge.«

Er küßte und streichelte sie zärtlich.

So saßen sie und wurden nicht müde, von ihrer Liebe zu sprechen und von dem, was sie gelitten hatten.

Werner konnte sich nicht genugtun, sie noch nachträglich zu trösten.

»Du läßt mich nun nie, niemals mehr allein!« bat sie leise.

Er küßte sie heiß und innig.

»Nie mehr! Sollte ich noch einmal reisen müssen, gehst du mit mir.«

»Bis ans Ende der Welt, wenn es sein muß.«

»Aber jetzt wird es mich lange genug im Hause festhalten. – Mit Tante Phine rechne ich gründlich ab, wenn ich heimkomme. Aus dem Hause kann ich sie leider nicht weisen. Aber in den zweiten Stock wird sie verbannt, in ihre Zimmer, und du selbst wirst nun in meinem Haus die unbeschränkte Herrin sein. Vorläufig aber, meine süße Sanna, bleiben wir einige Wochen hier in Berlin. Ich muß dich erst eine Weile ganz für mich allein haben und wäre sogar auf Käthe eifersüchtig. Aber jetzt wollen wir der Guten wenigstens eine Nachricht schikken, damit sie weiß, daß ich mein Glück gefunden habe. Ich halte es fest in meinen Armen und lasse es nimmer von mir.«

So geschah es denn auch. Werner setzte folgendes Telegramm an Käthe auf:

»Als glückliches Ehepaar empfehlen sich Werner und Sanna ihrer Glücksgründerin. Brief folgt.«

Als Antwort hierauf traf Rudolf Ravens Verlobungsanzeige mit Doktor Lotte Hansen ein. Und dazu ein lieber, lieber Brief von Käthe an Sanna.

Vier Wochen später kehrte das junge Paar nach Danzig zurück.

Seraphine Münzer hatte recht unbehagliche Tage hinter sich, denn sie hatte weder von Werner noch von Sanna eine Nachricht bekommen.

Um so erstaunter und fassungsloser war sie, als Ende Mai das junge Paar ohne jede Anmeldung im Hause Rutland eintraf.

Seraphine verlor diesmal doch ihre überlegene Ruhe. Die hoheitsvolle Miene hielt nicht stand vor Werner Rutlands zürnenden Augen.

Auch ihre fein ausgeklügelte Verteidigungsrede verfing nicht. Fürstin Seraphine wurde entthront und in den zweiten Stock verbannt.

Dort mußte sie in Zukunft, auf ihr Jahrgeld angewiesen, ein bescheidenes Leben führen, das sehr verschieden war von dem, welches sie unten auf Werner Rutlands Kosten geführt hatte. Ihren Kränzchenschwestern gegenüber suchte sie die Behauptung aufrechtzuhalten, daß sie sich freiwillig auf ihr ›Altenteil‹ zurückgezogen habe. Aber man glaubte ihr das nicht, und da man nicht mehr auf die üppigen Einladungen rechnen konnte, vernachlässigte man die alte Dame sehr.

Sanna hatte sich mit anmutiger Würde in ihr unbeschränktes Hausfrauenamt gefunden.

Werner Rutland betete seine schöne, junge Frau an. Käthe Verhagen blieb Sannas beste Freundin. Sie und ihr Mann, dazu Rudolf mit seiner Lotte, das waren die liebsten Gäste im Hause. Wenn außer ihnen niemand weiter zu Gast war, und dies geschah sehr häufig, dann wurde Tante Phine nicht heruntergebeten. Käthe und Rudolf zürnten der alten Dame viel länger als Sanna und Werner.

Sanna wurde ihrem Mann eine eifrige Mitarbeiterin an seinem Werk. Nach einigen Jahren begleitete sie ihn auf kurze Zeit nach Südwest. Sie suchten die Stätten auf, die sie vor Jahren zusammen betreten hatten, und schmückten die Gräber von Sannas Eltern. Der Farmer hatte Wort gehalten, die Gräber glichen herrlichen Blumenbeeten.

Auch Schwester Agathe sahen sie wieder. Sie war in ihr Amt zurückgekehrt und freute sich über das Glück des jungen Paares.

Mit Dankbarkeit im Herzen kehrte Sanna mit ihrem Mann nach wenigen Monaten der Abwesenheit in ihre deutsche Heimat zurück.

Band 12871

Kitty Kelley

Die Royals

Ein schonungsloser Blick hinter die Kulissen von Buckingham und Balmoral

Die bekannteste Familie der Welt sieht sich mit der Tatsache konfrontiert, daß in diesem Buch ihre sämtlichen ängstlich gehüteten Geheimnisse enthüllt werden. Erzählt wird die Geschichte von Queen Mum, Queen Elizabeth und Prinz Philip, Prinzessin Margaret, den Königskindern Anne, Charles Edward und Andrew. Erschütternd die Beschreibung von Elizabeth als kalte und abweisende Mutter, ›unfähig, Gefühle zu zeigen‹. Breiten Raum nimmt vor allem Diana, Prinzessin von Wales, ein – Ironie des Schicksals, daß ausgerechnet die ›Königin der Herzen‹ ihres Titels als Königliche Hoheit beraubt – der strahlende Mittelpunkt der Royals war und bleibt.

BASTEI LÜBBE